W0277705

BASTEI LÜBBE

DAVID H. LAWRENCE

LADY CHATTERLEY UND IHR LIEBHABER

Aus dem Englischen von
Tom Roberts

BASTEI
LÜBBE

BASTEI-LÜBBE-TASCHENBUCH
Band 11933

Titel der englischen Originalausgabe:
LADY CHATTERLEY'S LOVER

Herausgegeben vom Gustav Lübbe Verlag,
Bergisch Gladbach
Printed in Great Britain
Einbandgestaltung: Beyer-Eynck, Berlin
Titelbild: Archiv für Kunst und Geschichte, Berlin
Satz: HEVO GmbH, Dortmund
Druck und Bindung: Cox & Wyman, Ltd.
ISBN: 3-404-11934-7

Der Preis dieses Bandes versteht
sich einschließlich der gesetzlichen Mehrwertsteuer.

EINLEITUNG

Lady Chatterley und ihr Liebhaber, ein Werk des englischen Romanschriftstellers D. H. Lawrence (1885-1930), gehört zu den Skandalbüchern dieses Jahrhunderts. Noch 1960 mußte ein englischer Verlag vor Gericht gehen, um sich gegen den Vorwurf zu verteidigen, ein »pornographisches« Buch veröffentlicht zu haben. Man warf dem Autor sogar vor, er habe dieses »obszöne« Werk aus reiner Gewinnsucht geschrieben. Die Editionsgeschichte der *Lady Chatterley* und die sich anschließende Diskussion ist zugleich ein Stück Geschichte der erotischen Literatur und der sich wandelnden Einstellung zur Sexualität.

1929 begann Lawrence in Italien mit den Arbeiten an diesem seinem letzten Roman. Schon 1927 lag die erste, noch sehr kurze Fassung vor, die 1944 unter dem Titel *The First Lady Chatterley* (deutsch *Die erste Lady Chatterley*) publiziert wurde. Kurz danach arbeitete er den Roman erneut um. 1927 legte er die zweite Fassung auf Italienisch vor: *La seconda Lady Chatterley,* von der auch eine deutsche Übersetzung mit dem Titel *John Thomas und Lady Jane* erschien. Da der Autor mit keiner der bisherigen Varianten des Romans zufrieden war, schrieb er eine dritte und letzte Fassung: *Lady Chatterley's Lover,* die er 1928 zuerst seinen Freunden als Privatdruck zugänglich machte. Dieser Roman wurde dann rasch ohne Genehmigung des Autors in Europa und den USA nachgedruckt, so daß sich Lawrence genötigt sah, 1929 eine »Volksausgabe« zu veröffentlichen. Auch in Deutschland erschienen ab 1930 offizielle und heimliche Übersetzungen des Romans. Lawrence teilt damit das Schicksal aller bedeutenden Autoren von erotischen Romanen wie beispielsweise Pierre

Louÿs, Mac Orlan etc., deren Werke heimlich ins Deutsche übersetzt wurden. Bei diesen limitierten Privatdrucken wurde natürlich der Autorenname weggelassen und zum Teil sogar der Titel verändert. Diese heimlichen Übersetzungen, die teilweise sogar den fleißigen Bibliographen der deutschen erotischen Literatur unbekannt sind, haben gegenüber den offiziellen Editionen den entscheidenden Vorzug, daß sie wortgetreu sind und vor allem die obszönen Passagen korrekt wiedergeben. Selbst die mit Beginn der 60er Jahre verstärkt publizierten Erotika, die oft als »Neuübersetzungen« solcher Werke aus den 30ern ausgegeben wurden, konnten sich diese Freiheit nicht erlauben, weil Rücksichten auf »Prüfstellen« etc. genommen werden mußten.

Die *Lady Chatterley*, ein hervorragend und stellenweise in einer geradezu poetischen Sprache geschriebener Roman, muß man eigentlich nicht neu entdecken. Wie alle großen Romane der erotischen Weltliteratur ist er zeitlos, da er einen grundlegenden Aspekt der menschlichen Sexualität behandelt. Er ist geradezu modern, ohne daß er wie in den 30er Jahren einen Sturm von Entrüstung hervorruft. Viele Menschen teilen heute nämlich die Grundeinsicht von Lawrence, daß die zivilisierte Gesellschaft sinnlos ist und die Industriegesellschaft zur Verödung und Entmenschlichung führt. Um seine Gegenposition zu verdeutlichen, wollte der Autor seinen Roman ursprünglich *Zärtlichkeit* nennen.

Seine Kulturkritik, die zugleich auch eine Auseinandersetzung mit der englischen Gesellschaft und ihren ausgeprägten »Klassen« ist, entwickelt Lawrence an einer sehr einfach strukturierten Handlung, einer Liebesaffäre der beiden Romanhelden, deren Ausgang für den Leser offenbleibt.

Lady Chatterley, die vitale und lebensfreudige Frau eines aristokratischen, infolge einer Kriegsverletzung gelähmten und völlig impotenten Grubenbesitzers, beginnt ein intimes Liebesverhältnis mit dem Förster ihres Mannes, Oliver Mellors. Allein der Umstand, daß sich eine Frau der höheren Gesellschaftsschicht in einen einfachen Mann verliebt, ist eine Provokation. Aber nicht genug! Sie wird schwanger, bekennt sich zu ihrem außerehelichen Verhältnis mit Folgen und reicht die Scheidung ein. Man kann verstehen, daß Lawrence an mehreren Fassungen arbeitete, weil es ungemein schwierig war, eine solche Romanhandlung überzeugend zu motivieren und zu entwickeln. Dem äußeren Anschein nach ist das Verhalten der Lady Chatterley sehr provokativ, aber bei näherem Betrachten ist es doch nur das ganz normale Verhalten einer liebenden Frau, was auch Lawrence bewußt war. Um nicht in die üblichen Trivialitäten der Gesellschaftsromane abzugleiten, stattet er ihren Ehemann Clifford mit einem recht großzügigen Charakter aus. So erlaubt er seiner Frau gelegentlich sexuelle »Ausflüge« und ist sogar bereit, ein Kind von einem Liebhaber zu akzeptieren, wenn er aus einem standesgemäßen Haus käme. Kurzum, er erlaubt ihr alles, was ihm aufgrund seiner gesellschaftlichen Stellung möglich ist, ohne sein Gesicht zu verlieren. Den Interpreten des Romans scheint bisher entgangen zu sein, daß Clifford Chatterley mit dieser Geisteshaltung selbst aus dem Rahmen der englischen Gesellschaft fällt. Fortschrittliche Literaten, Pädagogen und Sexualreformer vertraten in den 30er Jahren unter scharfen Anfechtungen von konservativer Seite eine solch großzügige Einstellung, die die Ehe an sich in Frage stellt. So propagierte Dora Russel den Geschlechtsverkehr ohne Fortpflanzungsabsichten mit der Losung »The right to be happy« (Das Recht, glücklich zu sein). Bertrand Russels setzte sich 1929 in seinem bekannten Buch »Marriage and Morals« (Ehe und Moral) für eine grundlegende Ehereform und eine Neubewertung der »freien Liebe« ein. In dem Buch »Do what you will« vertrat Aldous Huxley, der Lawrence übrigens bei der Veröffentlichung der dritten Fassung des Romans behilflich war, ähnliche Ideen. Daß Clifford am Ende des Romans diese großzügige Einstellung aufgibt und in einer geradezu kindisch anmutenden Szene seine Pflegerin Mrs. Bolton sexuell belästigt, macht ihn als Romanfigur nur glaubwürdiger.

Lady Chatterley nimmt sich zuerst den Dramatiker Michaelis als Liebhaber, der ihr aber auch nicht die ersehnte sexuelle Erfüllung verschaffen kann. Ihre Situation beschreibt sie so: »Ihr Körper wurde bedeutungslos, wurde glanzlos, undurchsichtig, nur eben ein Stück nutzloser Substanz. Das verursachte ihr ein Gefühl unendlicher Bedrücktheit und Hoffnungslosigkeit. Welche Hoffnung gab es? Sie war alt, alt mit siebenundzwanzig, ohne ein Schimmern, ohne einen Glanz in ihrem Fleisch. Alt durch Vernachlässigung und Versagung. Ja, Versagung. Modische Frauen erhielten durch äußere Sorgfalt ihre Körper schimmernd wie Porzellan. Innen in dem Porzellan war nichts; aber sie schimmerte nicht einmal auf diese Art. Das geistige Leben! Sie haßte es plötzlich mit einer jäh aufsteigenden Wut, haßte den Schwindel.«

Dies ändert sich mit einem Male, als sie nach dem verschrobenen und intellektuellen Michaelis den Förster Mellors kennenlernt. Er ist ein Mann aus einfachen Verhältnissen, der vor Lebenskraft nur so strotzt und gegenüber seinem impotenten Herrn darauf verweist, was er »zwischen den Beinen« hat. Er ist ein Außenseiter oder besser Aussteiger aus der Gesellschaft. Abgeschieden von der Gesellschaft und getrennt von seiner Ehefrau lebt er in einem Forsthaus im Wald. Seine Abneigung gegen die Zivilisation drückt Mellors auch dadurch aus, daß er nicht die Hochsprache gebraucht, sondern sich eines derben Dialektes bedient. Dieser Umstand führt bei der Übersetzung zu oft sehr schwer lösbaren Problemen, die von den bisherigen Ausgaben durch Kürzungen bzw. Weglassung des Textes gelöst wurden. Die vorliegende Ausgabe bemüht sich auch bei diesen Passagen um Vollständigkeit und Texttreue.

Schon nach ihrem ersten Zusammentreffen fühlt sich Lady Chatterley von diesem Mann, der für sie der Inbegriff der männlichen Sexualität ist, angezogen. Mit großem psychologischem Einfühlungsvermögen schildert Lawrence das Zusammentreffen von Standesschranken und gesellschaftlichen Vorurteilen mit der Sexualität, die für das eigentliche Leben steht. Je mehr diese künstliche Welt mit all ihren Vorurteilen zusammenbricht, desto freier kann sich die gehemmte und unterdrückte Sexualität der Lady Chatterley entfalten. Die anfänglich knappen Koitusschilderungen werden mit dem Erwachen ihrer Sexualität immer umfangreicher. Ihre gehemmte Einstellung zu allem Sexuellen äußert sich zunächst in einer ablehnenden, distanzierten und ironischen Einstellung zum männlichen Glied. Wie sehr sie auch auf ihre Freiheit bedacht ist und nicht zur »Sklavin« eines Mannes werden will, erliegt sie doch der Faszination ihres Liebhabers, dem es gelingt, sie beide nach anfänglichen Mißerfolgen zum gemeinsamen Orgasmus zu bringen. Seine »obszöne« Sprache beim Sexualakt und danach hat eine geradezu therapeutische Wirkung und stellt eine entspannte und sexualfremde Atmosphäre her. Diese »obszönen« Wörter, die man Lawrence so sehr vorgehalten hat, haben die Funktion, die Tabuisierung des Sexuellen in der Sprache aufzuheben. Durch diese Direktheit der Sprache, die durch den Dialekt noch verstärkt wird, verliert Lady Chatterley ihre Hemmungen und findet zu einer wichtigen Grundrealität des Lebens, der lustvollen Sexualität, zurück. Zu dieser Enttabuisierung des Sexuellen durch Obszönität gehört auch der Koitus im Freien und im Regen, wodurch Lady Chatterley sehr beschmutzt wird. Seit den Tagen des Marquis des Sade gehören solche »Besudelungen« zum eigentlichen Wesen des Obszönen. In diesen Zusammenhang reihen sich auch die zahlreichen analerotischen Passagen ein, in denen Mellors den Po seiner Geliebten lobt: »Du hast den schönsten Frauenhintern, den es gibt.« Eine gewisse Steigerung in dieser Richtung kann man in den Anspielungen auf die Notdurft und der damit verbundenen gleichzeitigen Berührung der »geheimen Stellen« sehen. Die in die Koitusszenen eingeflochtenen kulturkritischen Erörterungen über die Sinnlosigkeit des Geldverdienens, über die körperlichen Gebrechen der Menschen infolge der Arbeit und der widersinnigen Mode rufen gelegentlich Erinnerungen an de Sade wach. Aber sicherlich ist es maßlos übertrieben, wenn Clifford den Liebhaber seiner Frau als einen »Marquis de Sade« beschreibt, der im Forsthaus sein Unwesen mit den Frauen treibt.

Dieses intime Verhältnis hätte unbeschränkt fortgesetzt werden können, wenn nicht Lady Chatterley den Wunsch verspürte, von ihrem nicht-standesgemäßen Liebhaber ein Kind zu haben. Daraus folgt die Trennung von ihrem Mann, die sie auch erfolgreich in die Tat umsetzt. Damit ruft sie bei ihrem Liebhaber, der sich wegen seiner kritischen und ablehnenden Einstellung zur Zivilisation fürchtet, Kinder in die Welt zu setzen, zunächst Verblüffung und Ablehnung hervor. Zugleich aber distanziert sich auch der Autor mit dem beharrlichen Kinderwunsch seiner Titelheldin von den Sexualreformen seiner Zeit, die einen »Geschlechtsverkehr um der reinen Lust wegen« propagierten. Im Roman selbst wird diese Haltung mit Connies veränderter Einstellung zur Sexualität begründet. Unmittelbar nach einem Liebesakt mit Mellors beschreibt Lawrence ihr neues Körpergefühl und ihre veränderte Haltung gegenüber der Sexualität so:

»Ein anderes Ich war in ihr lebendig, brannte geschmolzen und weich in ihrem Leib und ihren Eingeweiden, und mit diesem Ich betete sie ihn an. Sie betete ihn an, bis ihre Knie weich wurden im Dahinschreiten. In ihrem Leib und ihren Eingeweiden zerfloß sie nun und war lebendig und verwundbar und hilflos in ihrer Anbetung für ihn wie die allernaivste Frau. ›Es ist, als fühlte ich ein Kind‹, sagte sie sich, ›als fühlte ich ein Kind in mir‹. Und so war es auch. Als hätte ihr Schoß, der fest verschlossen gewesen, sich geöffnet und mit neuem Leben erfüllt, beinah eine Last und doch wonnevoll.«

Daß der Kinderwunsch einer Frau eng mit der sexuellen Befriedigung durch ihren Partner zusammenhängt, ist eine bekannte Tatsache der Sexualwissenschaft. Eine solche Frau empfindet nämlich das männliche Glied als den »Keim« ihres ersehnten Kindes. Es gehört sicherlich zu den großartigsten Leistungen von Lawrence, mit geradezu wissenschaftlicher Akribie den Prozeß der Entfaltung der Sexualität der Lady Chatterley dargestellt zu haben.

H. Werner

ERSTES KAPITEL

Unser Zeitalter ist dem Wesen nach tragisch, daher weigern wir uns, es tragisch zu nehmen. Die Katastrophe ist eingetreten, wir stehen inmitten des Trümmerhaufens, wir beginnen, neue kleine Wohnstätten zu bauen, neue kleine Hoffnungen zu hegen. Es ist eine recht schwere Arbeit. Es führt keine glatte Straße in die Zukunft. Aber wir machen Umwege, wir klettern über Hindernisse. Wir müssen leben, ganz gleich, wieviele Himmel eingestürzt sein mögen.

In dieser Lage befand sich mehr oder weniger auch Constance Chatterley. Der Krieg hatte ihr das Dach über dem Kopf zum Einstürzen gebracht, und sie hatte begriffen, daß man im Leben nie auslernt.

Sie heiratete Clifford Chatterley, als er im Jahre 1917 einen Monat auf Urlaub daheim war. Ihre Flitterwochen währten einen Monat. Dann ging er zurück nach Flandern – und wurde sechs Monate später wieder nach England verfrachtet, mehr oder weniger in Stücken. Constance, seine Frau, war damals dreiundzwanzig Jahre alt, er selbst war neunundzwanzig.

Sein Lebenswille war erstaunlich. Er starb nicht, und die Stücke schienen wieder zusammenzuwachsen. Zwei Jahre lang blieb er in den Händen der Ärzte. Dann wurde er für geheilt erklärt und konnte ins Leben zurückkehren, die untere Körperhälfte, von den Hüften abwärts, für immer gelähmt.

Das war 1920. Das Paar bezog Clifford Chatterleys altes Heim, Wragby Hall, den »Familiensitz«. Da sein Vater gestorben war, war Clifford nun ein Baronet, Sir Clifford, und Constance war Lady Chatterley. Sie begannen ihren Haushalt und ihr Eheleben auf dem recht verlassenen Stammsitz der Chatterleys mit einem kaum ausreichenden Einkommen. Cliffords einzige Schwester war weggezogen. Andere nahe Verwandte waren nicht vorhanden. Der ältere Bruder war im Kriege gefallen. Für immer ein Krüppel, der wußte, daß er nie Kinder haben werde, kam Clifford heim ins rauchige Mittelengland, um den Namen der Chatterleys lebendig zu erhalten, solange er konnte.

Er war nicht wirklich niedergeschlagen. Er konnte sich in einem Rollstuhl umherfahren, und er besaß einen Krankensessel mit einem anmontierten kleinen Motor, und so konnte er langsam durch den Garten und den schönen schwermütigen Park kutschieren, auf den er in Wirklichkeit sehr stolz war, obgleich er tat, als wäre ihm nichts an ihm gelegen.

Er, der so viel gelitten, hatte bis zu einem gewissen Grad die Fähigkeit zu leiden verloren. Er blieb seltsam heiter und fröhlich, ja beinahe vergnügt, möchte man sagen, mit seiner rosigen, gesunden Gesichtsfarbe, seinen blaßblauen, herausfordernd glänzenden Augen. Seine Schultern waren breit und stark, seine Hände sehr kräftig. Er war kostspielig gekleidet und trug elegante Krawatten aus der Bond Street. Doch in seinem Gesicht war der wachsame, aber ein wenig leere Blick des Krüppels.

Er war so nahe daran gewesen, sein Leben zu verlieren, daß, was davon übrig blieb, ihm wundervoll köstlich erschien. Der gierige Glanz seiner Augen verriet, wie stolz er war, nach der großen Erschütterung noch am Leben zu sein. Aber er war so verwundet worden, daß irgend etwas in ihm zugrunde gegangen, daß einige seiner Gefühle verschwunden waren. Irgendwo war eine Lücke, eine leere, empfindungslose Stelle.

Constance, seine Frau, war ein rotwangiges, ländlich aussehendes junges Weib mit weichem braunem Haar, kräftigem Körper und langsamen Bewegungen voll ungewöhnlicher Energie. Sie hatte große, verwunderte Augen und eine weiche sanfte Stimme und schien eben aus ihrem Heimatdorf gekommen zu sein. Dem war keineswegs so. Ihr Vater war das einst wohlbekannte Mitglied der königlichen Akademie der Künste, der alte Sir Malcolm Reid. Ihre Mutter war in den schönen Tagen der Präraffaeliten eine jener kultivierten Fabierinnen gewesen. Inmitten von Künstlern und kultivierten Sozialisten genossen Constance und ihre Schwester Hilda eine, wie man sie nennen könnte, ästhetisch unkonventionelle Erziehung. Sie waren, um Kunst einzuatmen, nach Paris, Florenz und Rom und, in der anderen Richtung, auch nach Den Haag und Berlin zu großen Sozialistenkongressen mitgenommen worden, wo Redner in allen Kultursprachen sich hören ließen und niemand sich Zurückhaltung auferlegte.

Die beiden Mädchen waren daher von frühester Jugend an weder durch Kunst noch ideale Politik eingeschüchtert. Die waren ihr natürliches Element. Sie waren Kosmopoliten und Provinzler zugleich, von jenem kosmopolitischen Provinzlertum der Kunst, das Hand in Hand mit reinen sozialistischen Idealen geht.

Im Alter von fünfzehn Jahren waren sie nach Dresden geschickt worden, unter anderm der Musik wegen. Und sie hatten es sich dort gut gehen lassen. Sie lebten ein freies Leben mit den Studenten, sie führten lange Wortgefechte mit den Männern über philosophische, soziologische und künstlerische Dinge, sie waren ebenso gut wie die Männer selbst — nur noch besser, weil sie Frauen waren. Und so zogen sie mit stämmigen Jünglingen, die Gitarren trugen — pling, pling! —, los in die Wälder. Sie sangen Wandervogellieder und waren frei. Frei! Das war das große Wort. Draußen in der offenen Welt, draußen in den morgendlichen Wäldern, mit frischfröhlichen, stimmkräftigen Kameraden, waren sie frei zu tun, was ihnen beliebte, und — vor allem — zu sagen, was ihnen beliebte. Die Gespräche waren es, auf die es in erster Linie ankam, der leidenschaftliche Austausch von Gesprächen. Die Liebe war nur eine nebensächliche Begleitung dazu!

Hilda und Constance hatten beide, ehe sie achtzehn waren, ihre versuchsweisen Liebesaffären hinter sich. Die jungen Männer, mit denen sie so leidenschaftlich redeten und so lustig sangen und unter den Bäumen in solcher Freiheit kampierten, wollten natürlich ein Liebesverhältnis. Die Mädchen waren im Zweifel; aber schließlich, es wurde über die Sache so viel geredet, sie wurde für so wichtig gehalten... Und die Männer waren so demütig und lechzten so sehr danach. Warum sollte ein Mädchen nicht großmütig sein wie eine Königin und sich als Geschenk geben?

So hatten sie sich denn als Geschenk gegeben, eine jede dem Jüngling, mit dem sie die verzwicktesten und vertraulichsten Gespräche geführt hatte. Die Gespräche, die Wortgefechte, waren die Hauptsache; die Liebe und die Liebesbeziehung waren nur eine Art primitiven Rückschlags, eine kleine Ernüchterung. Man war nachher weniger verliebt in den Jungen und ein bißchen geneigt, ihn zu hassen, als wäre er unbefugt in das verbotene Gebiet des Privatlebens und der inneren Freiheit eingedrungen. Denn da man ein Mädchen war, bestand die ganze Würde und Bedeutung, die man im Leben besaß, in der Erlangung einer unbedingten, einer vollkommenen, einer reinen und edlen Freiheit. Was sonst bedeutete das Leben eines Mädchens, wenn nicht das Abwerfen der alten und niedrigen Bindung und Knechtungen?

Und wieviel sentimentales Zeug man darüber auch reden mochte, diese sexuellen Dinge war eine der urältesten, niedrigsten Bindungen und Knechtungen. Die Dichter, die sie verherrlichten, waren zumeist Männer. Frauen hatten stets gewußt, daß es noch etwas Besseres, etwas Höheres gebe. Und nun wußten sie es bestimmter denn je. Die schöne reine Freiheit des Weibes war unendlich wundervoller als irgendeine geschlechtliche Liebe. Das einzige Unglück war nur, daß die Männer darin so weit hinter den Frauen zurückblieben. Sie waren auf dieses sexuelle Zeug erpicht wie die Hunde.

Und einer Frau blieb nichts anderes übrig, als nachzugeben. Ein Mann mit seinen Gelüsten glich so sehr einem Kind. Eine Frau mußte ihm überlassen, was er wollte, sonst würde er wie ein Kind wahrscheinlich unartig werden und davonlaufen und verderben, was eine sehr angenehme Beziehung gewesen war. Aber eine Frau konnte sich einem Manne hingeben, ohne ihr inneres freies Ich aufzugeben. Das schienen die Dichter und die großen Redner über Sexualität nicht genügend in Betracht gezogen haben. Eine Frau konnte einen Mann nehmen, ohne sich selbst herzugeben. Sicherlich konnte sie ihn nehmen, ohne sich in seine Macht zu begeben. Da konnte sie eher diesen sexuellen Kram dazu benützen, Macht über ihn zu haben. Denn sie brauchte sich im geschlechtlichen Verkehr bloß zurückhalten und ihn zu Ende kommen und sich verausgaben zu lassen, ohne selbst bis zum entscheidenden Augenblick zu gelangen; und dann konnte sie das Zusammensein verlängern und ihren eigenen Orgasmus und Höhepunkt erreichen, während er bloß ihr Werkzeug war.

Beide Schwestern hatten ihre Erfahrungen in der Liebe bereits gemacht, als der Krieg ausbrach, und beide wurden eilends heimgerufen. Keine war je in einen jungen Mann verliebt gewesen, ohne daß er und sie einander in Worten sehr nahe gewesen währen, daß heißt, ohne daß sie zutiefst interessiert miteinander *geredet* hätten. Die erstaunliche, die tiefgehende, die unglaubliche Sensation, die darin lag, leidenschaftlich mit einem wirklich gescheiten jungen Mann stundenlang zu reden, Tag für Tag, durch Monate hindurch, wieder von neuem zu beginnen – die hatten sie sich nie vergegenwärtigt, ehe sie wirklich eintrat. Die paradiesische Verheißung »Du sollst Männer haben, um mit ihnen zu reden«, war nie verkündet worden. Sie ging in Erfüllung, ehe sie wußten, welch eine Verheißung das war.

Und wenn nach der erregten Vertraulichkeit dieser lebhaften und seelisch erleuchteten Diskussionen das Sexuelle mehr oder weniger unvermeidlich wurde, dann nahm man es eben hin. Es bezeichnete das Ende eines Kapitels. Es besaß auch seinen eigenen Reiz: ein seltsamer bebender Schauer innen im Körper, ein letzter Krampf von Selbstbehauptung wie das letzte Wort, aufregend und sehr ähnlich der Reihe von Sternchen, die man setzen kann, um das Ende eines Abschnittes oder eine Unterbrechung im Thema anzuzeigen.

Als die Mädchen in den Sommerferien 1913 heimgekommen waren – Hilda war damals zwanzig und Connie achtzehn Jahre alt gewesen – hatte ihr Vater deutlich sehen können, daß sie ihr Liebeserlebnis gehabt hatten.

Die Liebe war dahingegangen, wie jemand es ausgedrückt hatte. Aber er war selbst ein Mann von Erfahrung und ließ das Leben seinen Lauf nehmen. Die Mutter dagegen, eine nervöse Schwerkranke in den letzten paar Monaten ihres Lebens, wollte bloß, daß ihre Mädchen »frei« seien und »ihre Persönlichkeit verwirklichten«. Sie selbst war nie imstande gewesen, sich vollkommen zu verwirklichen; es war ihr versagt geblieben. Der Himmel mochte wissen, warum, denn sie war eine Frau, die eigenes Vermögen besaß und der man stets ihren Willen gelassen hatte. Sie gab ihrem Manne die Schuld. Aber der wirkliche Grund war, daß sie einen alten Eindruck von Autorität, der sich ihrem Geist oder ihrer Seele eingeprägt hatte, nicht loswerden konnte. Er hatte nichts mir Sir Malcolm zu tun, der seine nervös feindselige, reizbare Frau in ihrem eigenen Hühnerstall herrschen ließ, während er seiner Wege ging.

So waren die Mädchen also »frei« und kehrten nach Dresden zu ihrer Musik, zur Universität und ihren jungen Männern zurück. Sie liebten ihre betreffenden jungen Männer, und ihre betreffenden jungen Männer liebten sie, mit der ganzen Leidenschaft geistiger Anziehung. All die wundervollen Dinge, die die jungen Männer dachten, zum Ausdruck brachten und schrieben, dachten, sprachen und schrieben sie für die jungen Weiber. Connies Jüngling war musikalisch, Hildas Jüngling technisch begabt. Aber sie lebten einzig für die Mädchen. Im Geiste und in ihren geistigen Erfahrungen, heißt das. Anderswo waren sie ein wenig abgeschreckt, aber sie wußten es nicht.

Auch an ihnen war klar zu sehen, daß die Liebe durch sie hindurchgegangen war, daß heißt, das körperliche Erlebnis. Es ist sonderbar, welch eine kaum merkliche, aber unverkennbare Veränderung es im Körper sowohl des Mannes als auch der Frau bewirkt: die Frau ist blühender, feiner gerundet, die jungen Eckigkeiten sind geglättet, und ihre Miene wird entweder ängstlich oder triumphierend; der Mann ist viel ruhiger, mehr nach innen gekehrt, sogar die Form seiner Schultern und seiner Hinterbacken ist weniger selbstbewußt und unsicherer.

Im eigentlichen, körperlich empfundenen geschlechtlichen Erschauern erlagen die Schwestern beinahe der seltsamen männlichen Gewalt. Aber rasch faßten sie sich wieder, nahmen den Schauer als eine Sensation hin und blieben frei. Wogegen die Männer, in Dankbarkeit gegen die Frauen für das sexuelle Erlebnis, ihnen ihre Seelen entgegenbrachten. Und nachher fast so dreinsahen, als hätten sie einen Schilling verloren und ein Sechspencestück gefunden. Connies Freund konnte bisweilen ein wenig mürrisch sein und Hildas Freund ein wenig höhnisch. Aber so sind die Männer eben! Undankbar und nie zufrieden. Wenn du sie nicht nimmst, hassen sie dich, weil du nicht willst, und wenn du sie nimmst, hassen sie dich auch – aus irgendeinem anderen Grund. Oder aus gar keinem Grund, außer daß sie unzufriedene Kinder sind und nicht zufrieden sein können, was immer sie bekommen – mag eine Frau tun, was sie will.

Jedoch es kam der Krieg, und Hilda und Connie wurden wiederum nach Hause zurückgehetzt, nachdem sie bereits im Mai zum Begräbnis ihrer Mutter daheim gewesen waren. Noch vor Weihnachten 1914 waren ihre beiden jungen Deutschen tot, worauf die Schwestern weinten und ihre jungen Männer leidenschaftlich liebten, aber unter dieser Liebe vergaßen. Sie waren nicht mehr da. Beide Schwestern lebten in ihres Vaters, in Wirklichkeit ihrer Mutter Haus in Kensington und verkehrten in dem jungen Cambridger Kreis, dem Kreis, der für »Freiheit« eintrat und durch Flanellhosen und am Halse offene Flanellhemden und eine wohlerzogene Art gefühlsmäßiger Anarchie, eine flüsternde, diskret murmelnde Stimme und eine überempfindliche Art des Benehmens gekennzeichnet war. Hilda jedoch heiratete plötzlich einen um zehn Jahre älteren Mann, ein älteres Mitglied dieses selben Cambridger Kreises, einen Mann mit ansehnlich viel Geld und einem bequemen, in seiner Familie beinahe erblichen Posten in einem Ministerium; auch schrieb er philosophische Essays. Sie lebte mit ihm in einem kleinen Haus in Westminster und bewegte sich in jener guten Gesellschaft hoher Staatsbeamter, die nicht ganz zu den Spitzen gehören, die aber die wirklich intelligente Kraft der Nation sind oder sein wollen; Leute, die wissen, wovon sie reden, oder reden, als ob sie es wüßten.

Connie betätigte sich ein wenig in der Kriegshilfe und verkehrte mit den flanellbehosten Cambridger Intransigenten, die soweit alles und jedes sanft bespöttelten. Ihr bester Freund war ein gewisser Clifford Chatterley, ein junger Mann von zweiundzwanzig, der aus Bonn heimgeeilt war, wo er die technischen Einzelheiten des Kohlenbergbaus studiert hatte. Zuvor hatte er zwei Jahre in Cambridge verbracht. Nun war er Leutnant in einem vornehmen Regiment, und so stand es ihm in Uniform noch besser an, alles zu bespötteln.

Clifford Chatterley stammte aus höheren Kreisen als Connie. Connie gehörte der wohlhabenden Intelligenz an, er aber der Aristokratie. Nicht von der ganz feudalen Art, aber immerhin. Sein Vater war ein Baronet, und seine Mutter war die Tochter eines Viscount gewesen.

Aber Clifford war, obgleich von besserer Abstammung als Connie und mehr zu »Gesellschaft« gehörend, in seiner Art provinzhafter und schüchterner. Er bewegte sich unbefangen in der engen »großen Welt«, das heißt, der landbesitzenden Aristokratie, aber er war scheu und nervös in jener anderen großen Welt, die aus den ungeheuren Horden des Mittelstandes und der unteren Klassen und der Ausländer besteht. Die Wahrheit zu sagen: Er empfand sogar ein klein wenig Angst vor der mittelständischen und proletarischen Menschheit und vor Ausländern, die nicht seiner Klasse angehörten. Auf eine gewisse lähmende Art war er sich seiner eigenen Wehrlosigkeit bewußt, obwohl ihm alle Bollwerke des Bevorrechtetseins zur Verfügung standen. Eine sonderbare, aber allgemeine Erscheinung unserer Zeit.

Daher fesselte ihn die besondere, sanfte Selbstsicherheit eines Mädchens wie Constance Reid. Sie war in jener äußeren Welt des Chaos so viel mehr Herr ihrer selbst als er.

Nichtsdestoweniger war auch er ein Rebell; er rebellierte sogar gegen seine Kaste. Oder Rebell ist vielleicht ein zu starkes Wort; viel zu stark. Er wurde nur mit hineingerissen in die allgemeine, beliebte Auflehnung der Jungen gegen Konventionen und gegen jede Art wirklicher Autorität. Väter waren lächerlich; sein eigener, eigensinniger ganz besonders. Und Regierungen waren auch lächerlich; die abwartende und teetrinkende Art der Engländer ganz besonders. Und die Armee war lächerlich und alte Pfuscher von Generalen überhaupt, der rotgesichtige Kitchener vor allen. Sogar der Krieg war lächerlich, obwohl er eine ganz hübsche Menge Leute umbrachte.

In der Tat war alles ein wenig oder sogar sehr lächerlich; sicherlich war alles, was mit Autorität zusammenhing, ob im Heer oder in der Regierung oder an der Universität, in gewissem Grade lächerlich. Und soweit die herrschende Klasse irgendwelche Ansprüche machte zu herrschen, war auch sie lächerlich. Sir Geoffrey, Cliffords Vater, war außerordentlich lächerlich, wie er so seine Bäume zerhackte und Männer aus seinem Bergwerk ausjätete, um sie in den Krieg zu schubsen, und selber dabei so schön in Sicherheit und patriotisch war. Aber auch mehr Geld für sein Land verschwendete, als er besaß.

Als Miß Chatterley – Emma – aus den Midlands nach London kam, um sich als Pflegerin zu betätigen, redete sie in einer stillen Art sehr witzig über Sir Geoffrey und seinen entschlossenen Patriotismus. Herbert, der ältere Bruder und Erbe, lachte laut heraus, obgleich es seine Bäume waren, die gefällt wurden, um als Stützpfosten für die Schützengräben zu dienen. Clifford aber lächelte nur ein wenig unbehaglich. Alles war lächerlich, ganz recht. Aber wenn es einem zu nahe kam und man selber auch lächerlich wurde... ? Leute aus einer anderen Klasse, wie zum Beispiel Connie, waren wenigstens in *einem* ernst. An eines glaubten sie.

Sie waren recht ernst, wo es um die Tommies ging und die drohende allgemeine Wehrpflicht und den Mangel an Zucker und an Karamellen für die Kinder. In allen diesen Dingen begingen die Behörden selbstverständlich lächerliche Fehler. Aber Clifford konnte es sich nicht zu Herzen nehmen. Für ihn waren die Behörden von Anbeginn lächerlich. Nicht wegen der Bonbons oder der Tommies.

Und die Behörden kamen sich selbst lächerlich vor und benahmen sich auf eine recht lächerliche Art, und das Ganze war ein großes Narrenhaus. Bis die Dinge drüben auf dem Festland sich entwickelten und Lloyd George kam, um herüben die Situation zu retten. Das überstieg sogar die Grenzen dessen, was lächerlich gemacht werden konnte, und die kecken jungen Leute lachten nicht mehr.

1916 fiel Herbert Chatterley, und so wurde Clifford der Erbe. Sogar das machte ihn ängstlich. Seine Wichtigkeit als Sohn Sir Geoffreys und als Kind von Wragby war ihm so eingefleischt, daß er ihr nicht entrinnen konnte. Und doch wußte er, daß auch dies in den Augen der riesigen brodelnden Welt lächerlich sei. Nun also war er der Erbe und für Wragby verantwortlich. War das nicht schrecklich? Und auch herrlich? Und doch vielleicht unsinnig?

Sie Geoffrey ließ die Unsinnigkeit nicht gelten. Er war blaß und angespannt in sich selbst zurückgezogen und hartnäckig entschlossen, sein Land und seine eigene Stellung zu retten, mochte nun Lloyd George oder sonst wer am Ruder sein. So abgesondert war er, so abgeschnitten von dem England, das wirklich England war, so völlig unfähig, die wahre Lage der Dinge zu begreifen; Sir Geoffrey trat ein für England und Lloyd George, wie seine Vorfahren eingetreten waren für England und St. George; und er erkannte nie den Unterschied. Sir Geoffrey fällte Nutzholz und trat ein für Lloyd George und England, England und Lloyd George.

Und er wollte, daß Clifford heiratete und einen Erben zeuge. Clifford hatte das Gefühl, daß sein Vater ein hoffnungsloser Anachronismus sei. Aber worin war er selbst auch nur einen Schritt weiter, außer in einem zaghaften Gefühl für die Lächerlichkeit von allem und jedem und die überragende Lächerlichkeit seiner eigenen Stellung? Denn wohl oder übel nahm er seine Adelswürde und Wragby bitter ernst.

Die fröhliche Erregung war aus dem Krieg entschwunden... tot. Zu viel Tod und Greuel. Ein Mann brauchte Trost und Stütze. Ein Mann mußte einen Anker in einer sicheren Welt haben. Ein Mann brauchte eine Frau.

Die Chatterleys, zwei Brüder und eine Schwester, hatten, auf Wragby miteinander eingeschlossen, ungeachtet aller ihrer Verbindungen merkwürdig isoliert gelebt. Ein Gefühl des Isoliertseins verstärkte die Familienbande, ein Gefühl der Schwäche ihrer Stellung, ein Gefühl der Wehrlosigkeit, trotz oder auch wegen des Titels und Grundbesitzes. Sie waren abgeschnitten von jenem industriellen Mittelengland, in dem sie ihr Leben verbrachten. Und sie waren abgeschnitten von ihrer eigenen Klasse durch die grübelnde, eigensinnige, verschlossene Natur Sir Geoffreys, ihres Vaters, über den sie sich lustig machten, obwohl sie doch so empfindlich waren in allem, was ihn betraf.

Die drei hatten erklärt, sie wollten immer beisammen leben. Aber nun war Herbert tot, und Sir Geoffrey wollte, Clifford solle heiraten. Sir Geoffrey erwähnte es kaum; er sprach sehr wenig. Aber seine schweigende, grübelnde Beharrlichkeit machte es Clifford sehr schwer, sich dagegen zur Wehr zu setzen.

Emma jedoch sagte: Nein! Sie war zehn Jahre älter als Clifford, und sie fühlte, daß seine Heirat eine Fahnenflucht wäre, ein Verrat an allem, wofür die jungen Mitglieder der Familie eingetreten waren.

Clifford, nichtsdestoweniger, heiratete Connie und verlebte seinen Monat Flitterwochen mit ihr. Es war das schreckliche Jahr 1917, und sie waren so vertraut miteinander wie zwei Leute, die auf einem sinkenden Schiff stehen. Er war unberührt gewesen, als er heiratete; und das Sexuelle an der Ehe bedeutete ihm nicht viel. Auch von dem abgesehen, waren sie einander so nahe, er und sie. Und Connie empfand diese Intimität, die jenseits des Geschlechtlichen, jenseits der »Befriedigung« eines Mannes lag, als einen kleinen Triumph. Clifford jedenfalls war nicht gerade erpicht auf seine »Befriedigung«, wie so viele Männer es zu sein schienen. Nein! die Intimität war tiefer, war persönlicher als das, und das Sexuelle war bloß etwas Zufälliges oder eine Zutat: einer dieser merkwürdigen, dumpfen organischen Vorgänge, die sich in ihrer Plumpheit beharrlich erhielten, aber nicht wirklich notwendig waren. Connie jedoch wollte Kinder haben, wenn auch nur, um ihre Stellung gegenüber ihrer Schwägerin Emma zu stärken.

Aber zu Anfang des Jahres 1918 wurde Clifford zusammengeschossen heimtransportiert, und es war kein Kind da. Und Sir Geoffrey starb vor Verdruß.

ZWEITES KAPITEL

Connie und Clifford kamen im Herbst 1920 nach Wragby heim. Miß Chatterley, noch immer entrüstet über ihres Bruders Verrat, war weggezogen und lebte in einer kleinen Wohnung in London.

Wragby Hall war ein langgestrecktes niedriges altes Gebäude aus braunen Ziegeln, um die Mitte des 18. Jahrhunderts begonnen und später vergrößert, bis es einem Kaninchenbau glich und wenig Vornehmheit aufwies. Es stand auf einer Anhöhe in einem sehr schönen alten Park von Eichen, aber leider konnte man in geringer Entfernung den Schornstein der Tevershall-Zeche mit seiner Wolke von Dampf und Rauch erblicken und in der feuchten dunstigen Ferne den Hügelrücken mit den zerstreuten Häusern des Dorfes Tevershall, eines Dorfes, das beinahe am Parktor begann und sich in völlig hoffnungsloser Häßlichkeit eine lange greuliche Meile weit hinzog. Häuser, ganze Reihen elender, kleiner, verrußter Ziegelhäuser mit schwarzen Schieferdächern als Deckel darauf, mit scharfen Ecken und von einer gewollten trostlosen Trübseligkeit.

Connie war Kensington gewohnt oder die schottischen Berge oder die Hügel von Sussex: das war ihr England. Mit dem Stoizismus der Jugend erfaßte sie auf den ersten Blick die völlige, seelenlose Häßlichkeit des Mittelengland der Kohle und des Eisens und ließ es dabei bewenden. Die Häßlichkeit war so unglaublich und so, daß man gar nicht an sie denken konnte. Von den recht unfreundlichen Räumen in Wragby aus hörte sie das Gerassel der Kohlensiebe um die Schachtöffnung, das Puffen der Dampfwinde, das Klicken der hin und her verschobenen Loren und die heiseren kurzen Pfiffe der Bergwerkslokomotiven. Die Halden um den Tevershall-Schacht brannten, hatten seit Jahren gebrannt, und es würde Tausende kosten, sie zu löschen. Also mußten sie brennen. Und wenn der Wind aus jener Richtung wehte, was oft geschah, war das Haus erfüllt vom Gestank dieser schwefeligen Verbrennung des Exkrements der Erde.

Aber selbst an windstillen Tagen roch die Luft nach etwas Unterirdischem: Schwefel, Eisen, Kohle oder Säure. Und sogar auf den Christrosen setzte sich der Ruß beharrlich fest, unglaubhaft, wie schwarzes Manna vom Himmel des Weltuntergangs.

Nun ja, so war es eben: vom Schicksal bestimmt wie alles andere! Es war fürchterlich, aber warum dagegen strampeln? Man konnte es nicht wegstrampeln. Es nahm eben seinen Fortgang – das Leben wie alles übrige auch! Auf dem niedrigen, dunkle Wolkengebälke brannten des Nachts rote Flecke und zitterten schwellend und sich zusammenziehend wie Brandwunden, die schmerzten. Das waren die Hochöfen. Anfangs fesselten sie Connie mit einer Art von Entsetzen; sie hatte ein Gefühl, als lebte sie unterirdisch. Dann gewöhnte sie sich. Und an den Vormittagen regnete es.

Clifford behauptete, Wragby sei ihm lieber als London. Die Landschaft habe einen zähen eigenen Willen, und die Leute hätten Mut. Connie fragte sich, was sie sonst noch hätten: sicherlich weder Augen noch Gehirne. Die Menschen waren hohlwangig, ungestalt und trübselig wie die Landschaft und ebenso unfreundlich. Nur war da etwas in ihrem breiten Verschleifen der Mundart und dem Geklapper ihrer grobgenagelten Werkschuhe, wenn sie in kleinen Gruppen auf dem Heimwege von der Arbeit über den Asphalt dahinzogen, das entsetzenerregend war und ein wenig rätselhaft.

Es hatte keine Begrüßungsfeier für den heimkehrenden Grundherrn gegeben, keine Festlichkeiten, keine Deputation, nicht einmal eine einzige Blume. Nur eine naßkalte Fahrt in einem Automobil, eine dunkle, feuchte Allee entlang, die sich durch düstere Bäume wühlte, hinaus auf den Abhang des Parkes, wo graue, nasse Schafe weideten, auf die Kuppe hinauf, wo das Haus seine dunkelbraune Fassade ausbreitete und die Haushälterin und ihr Mann schemenhaft, gleich unsicheren Bewohnern auf dem Angesicht der Erde, warteten, bereit, ein Willkommen zu stammeln. Es bestand keine Verbindung zwischen Wragby Hall und Tevershall, gar keine. Es wurden keine Hände an die Mützen gehoben, es wurden keine Knickse gemacht. Die Bergleute starrten bloß; die Ladenbesitzer lüfteten die Mützen vor Connie wie vor einer Bekannten, und Clifford nickten sie verlegen zu, das war alles. Eine unüberbrückbare Kluft, und auf beiden Seiten eine stille Art von Abneigung. Anfangs litt Connie unter dem stetigen Geriesel von Feindseligkeit, das aus dem Dorfe sickerte. Später verhärtete sie sich dagegen, und es wurde eine Art Anregungsmittel, etwas, dem man sich gewachsen zeigen konnte. Nicht, daß sie und Clifford unbeliebt gewesen wären; sie gehörten bloß einer ganz anderen Spezies an als die Bergleute. Eine unüberbrückbare Kluft, ein unbeschreiblicher Riß, wie er vielleicht südlich des Trent nirgends vorhanden, in Mittelengland aber und im industriellen Norden ein unüberschreitbarer Abgrund ist, über den hinweg es keine Verbindung geben kann. Du bleibe auf deiner Seite, und ich will auf der meinen bleiben! Ein seltsames Verneinen des gemeinsamen Pulsschlags der Menschheit.

Aber das Dorf sympathisierte mit Clifford und Connie in einem abstrakten Sinne. Im Fleische war es, hüben und drüben: Laß du mich in Ruhe!

Der Pfarrer war ein netter Mann von ungefähr sechzig, ganz von seiner Pflicht erfüllt und persönlich beinahe zur Unbedeutendheit, zu einer Null herabgedrückt durch das schweigende »Laß du mich in Ruh!« des Dorfes. Die Frauen der Bergleute waren fast alle methodistisch. Die Bergarbeiter waren gar nichts. Aber selbst das bißchen offizielle Uniform, das der Geistliche trug, genügte, um vollständig die

Tatsache zu verdunkeln, daß er ein Mann wie irgendein anderer war. Nein, er war der Mista Ashby, eine Art automatischer Gebet- und Predigtunternehmung.

Dieses verstockte, instinktive: »Wir halten uns für ebenso gut, wie du bist, wenn du unbedingt Lady Chatterley sein *willst!*«, war für Connie anfangs äußerst verblüffend und rätselhaft. Die seltsame, argwöhnische, falsche Liebenswürdigkeit, mit der die Bergarbeiterfrauen ihren Annäherungsversuchen begegneten, der seltsam beleidigende Unterton dieses »Du meine Güte, jetzt bin ich wirklich wer, wenn die Lady Chatterley mit mir redet; aber sie braucht deswegen noch lange nicht zu glauben, daß ich nicht ebensogut bin wie sie«, das sie stets aus den halb schmeichlerischen Stimmen der Weiber näseln hörte, war etwas Unmögliches. Es war nicht darum herumzukommen. Es war hoffnungslos und beleidigend nonkonformistisch.

Clifford ließ die Leute in Ruhe. Connie lernte es, ein Gleiches zu tun; sie ging einfach vorbei, ohne sie anzusehen, und die Weiber glotzten, als wäre sie eine wandelnde Wachsfigur. Wenn Clifford mit ihnen zu tun hatte, war er recht hochmütig und verachtungsvoll; man konnte es sich nicht länger leisten, freundlich zu sein. Ja, er war im Ganzen eher überheblich und voll Verachtung gegen jeden, der nicht seiner Klasse angehörte. Er behauptete seinen Platz ohne einen Versuch zur Aussöhnung. Und er war weder beliebt noch unbeliebt bei den Leuten. Er gehörte einfach mit zu allem andern. Wie die Kohlenhalden und Wragby selbst.

Aber Clifford war in Wirklichkeit äußerst scheu und leicht verlegen, nun, da er gelähmt war. Er haßte es, irgend jemand in seiner Nähe zu sehen, außer den Leuten zu seiner persönlichen Bedienung, denn er mußte in einem Rollstuhl oder einer Art Krankensessel sitzen. Trotzdem war er von seinem alten teuren Schneider genau so sorgfältig gekleidet wie nur je, und er trug die sorgfältig ausgewählten Krawatten aus der Bond Street genau so wie zuvor. Und in der oberen Hälfte sah er genau so elegant und eindrucksvoll aus wie immer. Er war niemals einer von diesen modernen, femininen jungen Männern gewesen; er hatte eher etwas Bukolisches mit seinem geröteten Gesicht und seinen breiten Schultern. Aber seine sehr ruhige, zögernde Stimme und seine zugleich herausfordernden und furchtsamen Augen, die selbstbewußt und auch wieder unsicher blickten, enthüllten seine wahre Natur. Sein Benehmen war oft beleidigend überheblich und dann wieder bescheiden und unaufdringlich, beinahe ängstlich.

Connie und er waren einander sehr zugetan, auf die distanzierte moderne Art. Er war durch den großen Schock seiner Gelähmtheit viel zu sehr im Innersten verletzt, um unbefangen und leichtlebig zu sein. Er war etwas Verwundetes, und weil er das war, hielt Connie leidenschaftlich zu ihm.

Aber sie konnte sich eines Gefühls der Verwunderung nicht erwehren, wie wenig Verbindung er in Wirklichkeit mit Menschen hatte. Die Bergarbeiter waren in einem gewissen Sinne seine eigenen Leute; aber er sah sie mehr als Objekte denn als Menschen, mehr als Teile der Kohlengrube denn als Teile seines Lebens, mehr als rohe, ungeformte Erscheinungen denn als Mitmenschen, mit denen er etwas Gemeinsames hatte. Auf eine gewisse Art fürchtete er sich vor ihnen; er konnte es nicht ertragen, wenn sie ihn, der nun gelähmt war, anblickten. Und ihr wunderliches, rohes Leben schien ihm so unnatürlich wie das Leben von Igeln.

Er zeigte ein entferntes Interesse – aber wie ein Mensch, der durch ein Mikroskop hinunter oder durch ein Teleskop hinaufblickt. Er war nicht in Fühlung. Er war mit niemand in tatsächlicher, Berührung, außer überlieferungsgemäß mit Wragby und, durch das enge Band der familiären Solidarität, mit Emma. Darüber hinaus berührte ihn im Grunde nichts. Auch Connie fühlte, daß sie selbst ihn nicht wirklich, nicht wirklich berührte; vielleicht gab es bei ihm letzten Endes nichts, an das man gelangen konnte, sondern bloß eine Verneinung menschlichen Kontakts. Und doch war er unbedingt abhängig von ihr. Er bedurfte ihrer jeden Augenblick. So groß und stark er war, er war hilflos. Er konnte sich in einem Rollstuhl umherfahren, und er besaß eine Art von Krankensessel mit einem eingebauten Motor, in dem er langsam im Parke rundum puffen konnte. Allein aber war er wie etwas Verlorenes. Er bedurfte Connies, damit sie da sei, damit sie ihm versichere, er existiere überhaupt.

Dennoch war er ehrgeizig. Er hatte begonnen, Novellen zu schreiben; sonderbare, sehr persönliche Geschichten von Leuten, die er gekannt hatte. Gescheit, recht gehässig und doch auf irgend eine rätselhafte Art bedeutungslos. Sie zeigten eine außerordentliche und eigenartige Beobachtungsgabe. Aber es war keine Berührung da, kein tatsächlicher Kontakt. Es war, als würde sich das Ganze in einem luftleeren Raum abspielen. Und da das Gefilde des Lebens heute größtenteils eine künstlich erleuchtete Bühne ist, wurden die Novellen dem modernen Leben seltsam gerecht, der modernen Psychologie, heißt das.

Clifford war, was diese Novellen betraf, beinahe krankhaft empfindlich. Er wollte, daß jedermann sie für gut halte, für das Allerbeste in dieser Art, für das Höchste. Sie erschienen in den allermodernsten Magazinen und wurden wie üblich gelobt und getadelt. Aber für Clifford war der Tadel Qual – Messer, die ihn stachen. Es war, als wäre sein ganzes Ich in diesen Geschichten.

Connie half ihm, soviel sie konnte. Anfangs war sie begeistert. Er besprach alles mit ihr, besprach es eintönig, eindringlich, beharrlich, und sie mußte mit aller Kraft darauf eingehen. Es war, als müßte ihre ganze Seele und ihr Leib und Geschlecht sich erheben und in diese, seine Geschichten eingehen. Das packte sie und beschäftigte sie völlig.

An physischem Leben lebten sie sehr wenig. Connie hatte das Hauswesen zu überwachen. Aber die Haushälterin hatte Sir Geoffrey viele Jahre gedient, und die vertrocknete, betagte, in höchstem Maße korrekte Person – man konnte sie kaum eine Kammerzofe oder auch nur Frau nennen –, die bei Tische aufwartete, war seit vierzig Jahren im Hause. Selbst die Hausmädchen waren nicht mehr jung. Es war entsetzlich. Was konnte man mit solch einem Haus anfangen, außer es nicht betreten! Alle die vielen, endlosen Zimmer, die niemand benützte, all dies mittelenglische tägliche Einerlei, die mechanische Reinlichkeit, die mechanische Ordnung! Clifford hatte darauf bestanden, eine neue Köchin aufzunehmen, eine erfahrene Frau, die schon in seiner Junggesellenwohnung in London bei ihm gedient hatte. Im übrigen schien das Anwesen mit mechanischer Anarchie geleitet zu werden. Alles ging in bester Ordnung vor sich, in peinlichster Reinlichkeit, genauester Pünktlichkeit; sogar in peinlichster Ehrlichkeit. Und doch war es für Connie eine methodische Anarchie. Keine Wärme des Gefühls verband es organisch. Das Haus erschien so trübselig wie eine nicht mehr benützte Straße.

Was konnte sie anderes tun, als es lassen, wie es war? Also ließ sie es, wie es war. Miß Chatterley, mit ihrem aristokratisch schmalen Gesicht kam bisweilen und triumphierte, da sie nichts verändert fand. Sie würde Connie nie verzeihen, daß sie sie aus ihrer Bewußtseinseinheit mit dem Bruder verdrängt hatte. Sie, Emma, war es, die mit ihm diese Novellen, diese Bücher schreiben müßte, – die Chatterley-Novellen, etwas Neues in der Welt, das sie, die Chatterleys, hervorgebracht hatten. Es gab keinen Maßstab zum Vergleich, keine organische Verbindung mit früheren Gedanken und Ausdrucksformen. Es gab nur etwas in der Welt: die Chatterley-Bücher, etwas ganz Persönliches. Wenn Connies Vater zu vorübergehendem Besuch auf Wragby war, sagte er im Vertrauen zu seiner Tochter: »Cliffords Geschreibe ist ja recht gescheit, aber es ist nichts dahinter. Es wird nicht bleiben!« Connie blickte den kräftigen schottischen »Ritter von« an, der es sich sein ganzes Leben lang hatte gut gehen lassen, und ihre Augen, ihre großen, stillverwunderten blauen Augen bekamen einen verschwommenen Blick. Nichts dahinter! Was meinte er mit »Nichts dahinter«? Wenn die Kritiker es lobten, und Cliffords Name beinahe berühmt war, und es ihm sogar Geld einbrachte... Was meinte ihr Vater da, wenn er sagte, es sei nichts an dem, was Clifford schrieb? Was sonst sollte daran sein?

Denn Connie hatte sich die Richtschnur der Jungen zu eigen gemacht: Was der Augenblick enthielt, das war alles. Und die Augenblicke folgten einander, ohne notwendigerweise zueinander zu gehören.

Es war während ihres zweiten Winters auf Wragby, daß ihr Vater zu ihr sagte: »Ich hoffe, Connie, du wirst dich durch die Umstände nicht zwingen lassen, eine *Demi-vierge* zu sein?«

»Eine *Demi-vierge*?« erwiderte Connie unsicher. »Warum? Warum nicht?«

»Außer natürlich, es paßt dir!« sagte ihr Vater hastig. Zu Clifford sagte er dasselbe, als die beiden Männer allein waren. »Ich fürchte, es ist nicht ganz das Geeignete für Connie, eine *Demi-vierge* zu sein.«

»Eine Halbjungfrau!« erwiderte Clifford, sich den Ausdruck übersetzend, um sicher zu sein.

Er dachte einen Augenblick nach und wurde dann sehr rot. Er war verärgert und beleidigt.

»In welcher Weise ist es nicht das Geeignete?« fragte er steif.

»Sie wird mager, eckig. Es entspricht nicht ihrer Art. Sie ist nicht diese Sardinenart von schmächtigem kleinen Mädel. Sie ist eine muntere schottische Forelle.«

»Ohne die Flecken natürlich« sagte Clifford.

Er wollte später Connie etwas über diese Demi-Vierge-Sache sagen – diesen halbjungfräulichen Zustand der Dinge. Aber er konnte es nicht über sich gewinnen. Er war zu vertraut mit ihr und doch nicht vertraut genug. Er war so sehr eins mit ihr in seinem und ihrem Geiste. Aber körperlich waren sie füreinander nicht vorhanden. Und keines konnte es ertragen, das Beweisstück hereinzuzerren. Sie waren so vertraut und völlig außer Fühlung.

Connie erriet jedoch, daß ihr Vater etwas zu Clifford gesagt hatte, was dem nun im Kopfe herumging. Sie war überzeugt, daß ihm nichts daran läge, ob sie Halbjungfrau oder Halbweltdame sei, solange er es nicht unbedingt sicher wüßte und man ihn nicht darauf hinwiese. Was das Auge nicht sieht und das Hirn nicht weiß, ist nicht vorhanden.

Connie und Clifford lebten nun seit beinahe zwei Jahren auf Wragby, ein unbestimmtes Leben des Aufgehens in Clifford und seiner Arbeit. Ihre Interessen hatten nie aufgehört, über seinem Werk zusammenfließen. Sie redeten und rangen in den Wehen literarischen Schaffens und hatten das Gefühl, als ob irgend etwas geschähe, wirklich – im leeren Raume – geschähe.

Und so weit war es ein Leben: im Leeren. Im übrigen war es ein Nichtdasein. Wragby war da, und die Dienerschaft war da – aber geisterhaft, nicht wirklich existierend. Connie unternahm Spaziergänge im Park und in den Waldungen, die an den Park stießen, und genoß die Einsamkeit und das Geheimnisvolle, stieß die braunen Blätter des Herbstes mit dem Fuße vor sich her und pflückte die Primeln des Frühlings. Aber es war alles ein Traum, oder vielmehr, es war wie das Abbild der Wirklichkeit. Die Eichenblätter waren für sie wie Eichenblätter, die man im Spiegel sich regen sieht. Sie selbst war eine Gestalt, von der jemand gelesen hatte, und pflückte Primeln, die bloß Schatten waren oder Erinnerungen oder Worte. Weder sie noch irgend etwas hatte Substanz – keine Fühlung, kein Kontakt! Nur dieses Leben mit Clifford, dieses endlose Spinnen von Hirngespinsten, von Aufzeichnungen des Bewußtseins, diese Geschichten, von denen Sir Malcolm sagte, es sei nichts an ihnen und sie würden nicht bleiben. Warum sollte etwas an ihnen sein? Warum sollten sie bleiben? Für den Tag genügt des Tages Übel. Für den Augenblick genügt der *Anschein* der Wirklichkeit.

Clifford hatte eine ganze Anzahl von Freunden, oder vielmehr Bekannten, und er lud sie nach Wragby ein. Er lud alle möglichen Leute ein, Kritiker und Schriftsteller, Leute, die helfen würden, seine Bücher zu loben. Und sie waren geschmeichelt, nach Wragby eingeladen zu werden, und sie lobten. Connie durchschaute das alles vollkommen. Aber warum nicht? Dies war eines der flüchtigen Muster im Spiegel. Was war denn Schlimmes daran?

Sie war die Hausfrau für diese Leute – zumeist Männer. Sie war auch die Hausfrau für Cliffords gelegentlich auftauchende aristokratische Verwandte. Da sie ein weiches, rotwangiges, ländlich aussehendes Geschöpf war, das zu Sommersprossen neigte, große blaue Augen, gelocktes braunes Haar, eine weiche Stimme und recht starke weibliche Hüften hatte, wurde sie für ein wenig altmodisch und »fraulich« gehalten. Sie war kein kleiner Sardinenfisch mit flacher Knabenbrust und kleinen Hinterbäckchen. Sie war zu feminin, um ganz modern zu sein.

Also waren die Männer, besonders die nicht mehr ganz jungen, wirklich sehr nett zu ihr. Aber da sie wußte, welche Qual der arme Clifford beim leisesten Anzeichen, daß sie flirte, empfinden würde, ermutigte sie sie in keiner Weise. Sie blieb still, ruhig und unbestimmt, sie hatte keine Fühlung mit ihnen und beabsichtigte nicht, sie zu haben. Clifford war außerordentlich stolz auf sich.

Seine Verwandten behandelten sie recht freundlich. Sie wußte, daß diese Freundlichkeit Mangel an Furcht anzeigte und daß diese Leute keine Achtung vor einem hatten, wenn man sie nicht ein wenig in Furcht versetzen konnte. Aber auch hier hatte sie keinen Kontakt. Sie ließ sie freundlich und leise verachtungsvoll sein. Sie ließ sie fühlen, daß sie es nicht nötig hatten, den Dolch in Bereitschaft zu halten. Sie hatte keine wirkliche Verbindung zu ihnen.

Die Zeit ging dahin. Was immer sich ereignete, es ereignete sich nicht, weil sie so wunderschön außer Kontakt war. Sie und Clifford lebten in ihrer beider Ideen und seinen Büchern. Sie sah Gäste bei sich – es waren immer Leute im Haus. Die Zeit ging weiter wie die Uhr. Es wurde halb neun statt halb acht.

DRITTES KAPITEL

Connie war sich allerdings einer zunehmenden Ruhelosigkeit bewußt. Ihrer Unverbundenheit entspringend, ergriff eine Unruhe von ihr Besitz wie ein Wahn. Ihre Gliedmaßen zuckten, wenn sie nicht wollte, daß sie zucken sollten, es riß ihr Rückgrat empor, wenn sie sich gar nicht mit einem Ruck aufsetzen wollte, sondern es vorgezogen hätte, bequem zu ruhen. Es durchfuhr ihren Körper, ihren Schoß, bis sie das Gefühl hatte, sie müsse ins Wasser springen und schwimmen, um davon wegzukommen. Eine wahnsinnige Unrast. Sie verursachte ihr ohne Grund heftiges Herzklopfen, und sie magerte ab.

Es war einfach Ruhelosigkeit. Sie eilte plötzlich durch den Park davon, ließ Clifford allein und lag lang ausgestreckt zwischen den Farnkräutern. Nur von dem Haus wegkommen... Sie mußte weg von dem Haus und von jedermann. Der Wald war ihre einzige Zuflucht, ihr Heiligtum.

Aber er war nicht wirklich eine Zuflucht, ein Heiligtum, denn sie hatte keine Verbindung mit ihm. Er war bloß ein Ort, wo sie von allem übrigen loskommen konnte. Sie fand niemals Fühlung mit dem Geist des Waldes selbst, gesetzt, er besäße solch ein unsinniges Ding.

Undeutlich war sie sich bewußt, daß sie auf irgend eine Art dabei zugrunde ging. Undeutlich wußte sie, daß sie außer Verbindung war: sie hatte die Fühlung mit der greifbaren und lebendigen Welt verloren. Nur Clifford und seine Bücher, die kein wirkliches Dasein hatten – hinter denen nichts war! Leere über Leere. Undeutlich wußte sie es, aber es war, als stieße sie mit dem Kopf an einen Stein.

Ihr Vater warnte sie abermals: »Warum nimmst du dir nicht einen Freund? Das wäre das Allergesündeste für dich.«

In diesem Winter kam Michaelis für ein paar Tage zu Besuch. Er war ein junger Irländer, der sich durch seine Theaterstücke bereits ein großes Vermögen in Amerika erworben hatte. Er war eine zeitlang von der eleganten Gesellschaft in London mit Begeisterung aufgenommen worden, denn er schrieb flotte Gesellschaftsstücke. Dann begriff die elegante Gesellschaft allmählich, daß sie von einem ruppigen Dubliner Straßenköter lächerlich gemacht worden war, und es kam der Rückschlag. Michaelis wurde der Inbegriff alles dessen, was gehässig und schuftig hieß. Man entdeckte, er sei anti-englisch, und in der Klasse, die diese Entdeckung machte, galt dies für ärger als das schmutzigste Verbrechen. Er wurde völlig kaltgestellt und seine Leiche in die Abfallkiste geworfen.

Nichtsdesoweniger hatte Michaelis seine elegante Junggesellenwohnung in Mayfair und war das Sinnbild eines Gentleman, wenn er die Bond Street entlangschritt; denn man kann nicht einmal die besten Schneider dazu bringen, ihre gesunkenen Kunden zu schneiden, wenn diese Kunden zahlen.

Clifford lud den jungen Mann von dreißig in einem Augenblick ein, der für des jungen Mannes gesellschaftliche Aussichten wenig versprechend war. Aber Clifford zögerte nicht. Michaelis fand vermutlich bei ein paar Millionen Leuten Gehör, und da er ein hoffnungsloser Außenseiter war, würde er zweifellos für die Einladung nach Wragby gerade zu diesem Zeitpunkt dankbar sein, da der Rest der eleganten Welt ihn schnitt. Und aus Dankbarkeit würde er zweifellos Clifford drüben in Amerika nützen. Eine Hand wäscht die andere. Und es konnte einem sehr nützen, wenn auf die richtige Art über einen gesprochen wurde, besonders »drüben«. Clifford war ein kommender Mann; und es war bemerkenswert, welch einen gesunden Instinkt für Öffentlichkeit er besaß. Es kam soweit, daß Michaelis ihn höchst edel in einem Stück verewigte, und Clifford wurde eine Art volkstümlicher Held. Bis die Reaktion kam, als er herausfand, daß er lächerlich gemacht worden war.

Connie wunderte sich ein wenig über Cliffords blinden, gebieterischen Trieb, bekannt zu werden, daß heißt, in der ungeheuren amorphen Welt, die er nicht selber kannte und vor der er sich unbehaglich fürchtete, bekannt zu werden; bekannt als ein Schriftsteller, als ein erstklassiger moderner Schriftsteller. Connie wußte von dem erfolgreichen, alten, herzlichen, zu Spiegelfechterei geneigten Sir Malcolm her, daß Künstler wirklich für sich Reklame machten und sich anstrengten, ihre Ware an den Mann zu bringen. Aber ihr Vater benützte die schon ausgetretenen Wege, die von allen andern Mitgl. d. Königl. Akad. benützt wurden, wenn sie ihre Bilder verkauften. Wogegen Clifford neue Wege der Reklame entdeckte, und zwar die verschiedenartigsten. Er sah allerlei Leute bei sich auf Wragby, ohne sich geradezu etwas zu vergeben. Aber entschlossen, sich rasch ein Monument an Ruf zu errichten, benützte er beim Bau allen Schutt, der ihm zur Hand kam.

Michaelis traf pünktlich ein, in einem sehr netten Wagen mit einem Chauffeur und einem Diener. Er war ganz Bond Street. Aber bei seinem Anblick schrak etwas in Cliffords Landedelmannsseele zurück. Michaelis war nicht ganz... nicht ganz... ja, er war ganz und gar nicht, nun ja, was äußerlich anzudeuten er sich mühte. Für Clifford war dies endgültig und genug. Aber er war dennoch sehr höflich zu dem Mann, zu seinem erstaunlichen Erfolg. Die hündische Göttin des Erfolges, wie sie genannt wird, umsprang knurrend und beschützerisch den halb demütigen, halb trotzigen Michaelis und schüchterte Clifford völlig ein: denn auch er wünschte sich der hündischen Göttin des Erfolges zu prostituieren, wenn sie ihn bloß nehmen wollte.

Michaelis war ersichtlich kein Engländer, trotz allen Schneidern, Hutmachern, Friseuren und Schuhmachern des besten Viertels in London, Nein, nein, er war ersichtlich kein Engländer. Diese falsche Sorte von flachem, blassem Gesicht und von Haltung, und diese unrechte Art, etwas nicht verschmerzen zu können! Er hegte einen Groll und ewigen Grund zu klagen. Das war klar für jeden echten englischen Gentleman, der es verschmähen würde, so etwas in seinem Benehmen so aufdringlich zum Vorschein kommen zu lassen. Der arme Michaelis hatte viele Fußtritte erhalten, so daß er sogar jetzt noch ein wenig das Aussehen eines verprügelten Hundes besaß. Er hatte sich mit seinen Stücken durch reinen Instinkt und noch reinere Unverschämtheit den Weg auf die Bühne und an die Rampe gebahnt. Er hatte das Publikum gepackt, und er hatte gemeint, die Tage des Getretenwerdens seien vorbei. Leider waren sie es nicht – würden es nie sein. Denn er forderte in gewissem Sinne zum Getretenwerden heraus. Er lechzte danach, dort zu sein, wo er nicht hingehörte, – in der englischen Oberklasse. Und wie die sich freute über die verschiedenen Tritte, die sie ihm zu versetzen vermochte! Und wie er sie dafür haßte!

Nichtsdestoweniger reiste er mit seinem Diener und seinem sehr netten Wagen, diese Dubliner Promenadenmischung.

Es war etwas an ihm, das Connie gefiel. Er gab sich keine Allüren; er hatte keine Illusionen über sich selbst. Er sprach zu Clifford vernünftig, kurz und praktisch über alle Dinge, die Clifford zu wissen wünschte. Er machte sich nicht breit und ließ sich nicht gehen. Er wußte, er war nach Wragby eingeladen worden, um ausgenützt zu werden, und wie ein alter, gerissener, beinahe gleichgültig gewordener oder auch ein großer Geschäftsmann ließ er sich ausfragen und antwortete mit so wenig Gefühlsverschwendung als möglich.

»Geld!« sagte er, »Geld ist eine Art Instinkt. Es ist eine Art Naturveranlagung in einem Menschen, Geld zu machen. Es ist nicht etwas, das man selber tut. Es ist nicht ein Trick, den man ausführt. Es ist eine Art fortlaufender Zufall der eigenen Natur. Wenn man einmal beginnt, verdient man Geld, und dann geht es so weiter. Bis zu einem gewissen Punkt, vermute ich.«

»Aber man muß eben den Anfang machen«, sagte Clifford.

»Gewiß! Man muß hineinkommen. Man kann nichts tun, wenn man draußen gehalten wird. Man muß sich den Eingang erzwingen. Wenn man das einmal getan hat, geht es ganz von selbst weiter.«

»Aber hätten Sie anders als durch Theaterstücke Geld verdienen können?« fragte Clifford.

»Oh, wahrscheinlich nicht. Ich mag ein guter oder ein schlechter Schriftsteller sein, aber ein Schriftsteller, und zwar ein Bühnenschriftsteller, das bin ich nun einmal und muß es sein. Das steht nicht in Frage.«

»Und Sie glauben, daß Sie ein Schreiber beliebter Stücke sein müssen?« fragte Connie.

»Ja, so ist es!« rief er und wandte sich mit einem jähen Blick ihr zu. »Es steckt nichts dahinter, es steckt nichts hinter der Popularität, und, was das anlangt, auch nichts hinter dem Publikum. Es steckt nicht wirklich etwas in meinen Stücken, was sie popular *machen* würde. Es ist nicht das. Sie *sind* eben wie sie sein *müssen*,... wie das Wetter von der Art ist, die sein muß... zumindest für den Augenblick.«

Er wandte seine trägen, sehr runden Augen, die in solch bodenloser Illusionslosigkeit ertränkt gewesen waren, auf Connie, und sie erzitterte ein wenig. Er schien so alt — unendlich alt. Aufgebaut aus Schichten von Desillusion, die in ihm Generationen weit hinunterreichte wie geologische Strata. Und zugleich war er verloren wie ein Kind; in gewissem Sinne ein Geächteter, aber mit der verzweifelten Tapferkeit seiner köterartigen Existenz.

»Zumindest ist es wundervoll, was Sie in Ihrem Alter erreicht haben«, sagte Clifford nachdenklich.

»Ich bin dreißig... ja, ich bin dreißig!« sagte Michaelis

scharf und mit einem jähen, sonderbaren Lachen, hohl, triumphierend und bitter.

»Und Sie sind allein?« fragte Connie.

»Wie meinen Sie das? Ob ich allein lebe? Ich habe meinen Diener. Er ist ein Grieche, so behauptet er, und ganz untüchtig. Aber ich behalte ihn weiter. Und ich will heiraten. O ja, ich muß heiraten.«

»Das klingt, als müßten Sie sich die Mandeln rausnehmen lassen«, lachte Connie. »Wird es Sie einen solchen Entschluß kosten?«

Er blickte sie bewundernd an. »Nun ja, Lady Chatterley, in einem gewissen Sinne ja. Ich finde... entschuldigen Sie... ich finde, ich kann keine Engländerin heiraten, nicht einmal eine Irländerin.«

»Versuchen Sie es mit einer Amerikanerin«, meinte Clifford.

»Oh, eine Amerikanerin!« Sein Lachen klang hohl. »Nein, ich habe meinem Diener gesagt, er soll mir eine Türkin oder so was finden... etwas dem Orientalischen Näheres.«

Connie wunderte sich wirklich über dieses sonderbare, melancholische Exemplar eines erfolgreichen Mannes. Man sagte, er habe ein Einkommen von fünfzigtausend Dollar aus Amerika allein. Manchmal war er hübsch; manchmal, wenn er seitwärts und abwärts blickte und das Licht auf ihn fiel, besaß er die stille, bleibende Schönheit einer elfenbeingeschnitzten Negermaske, mit seinen sehr runden Augen und den starken, eigenartig geschwungenen Brauen, den unbeweglich zusammengepreßten Lippen, mit jener vorübergehenden, aber offenbaren Unbeweglichkeit – einer Regungslosigkeit, einer Zeitlosigkeit, wie der Buddha sie anstrebt und Neger sie bisweilen ausdrücken, ohne sie je anzustreben, – etwas Uraltes, ein Sichfügen in die Rasse. Äonen der Fügsamkeit in das Rassenschicksal, statt unseres individuellen Widerstandes. Und dann ein Hindurchschwimmen – wie Ratten durch einen dunklen Fluß. Connie fühlte ein plötzliches seltsames Aufwallen von Sympathie für ihn, das mit Mitleid gemischt war und einer Spur Widerwillen, ein Aufwallen, das beinahe Liebe war. Der Außenseiter! Und die Leute nannten ihn einen Streber! Um wieviel streberhafter und aufdringlicher Clifford aussah! Und um wieviel dümmer!

Michaelis wußte sogleich, daß er Eindruck auf sie gemacht habe. Er wandte ihr seine runden, haselnußbraunen, ein wenig vorgewölbten Augen mit einem Blick völligen Unbeteiligtseins zu. Er schätzte sie ein, sie und das Ausmaß des Eindrucks, den er gemacht hatte. Engländern gegenüber konnte ihn nichts davor bewahren, der ewige Außenseiter zu sein, nicht einmal Liebe. Aber Frauen vergafften sich manchmal in ihn ... auch englische Frauen.

Woran er mit Clifford war, wußte er ganz genau. Sie waren zwei fremde Hunde, die einander gern angeknurrt hätten, sich jedoch statt dessen gezwungenermaßen anlächelten. Aber was die Frau anlangte, war er nicht ganz so sicher.

Das Frühstück wurde stets in die Schlafzimmer gebracht; Clifford erschien niemals vor dem Mittagessen, und das Speisezimmer war ein wenig trübselig. Nach dem Frühstückskaffee fragte sich Michaelis, diese rastlose und unstete Seele, was er tun solle. Es war ein schöner Novembertag – schön für Wragby. Er blickte über den schwermütigen Park. Mein Gott! Welch ein Ort!

Er sandte ein Mädchen hinauf und ließ fragen, ob er etwas für Lady Chatterley besorgen könne, er wolle nach Sheffield fahren. Das Mädchen brachte die Antwort, Lady Chatterleys lasse fragen, ob er in ihr Zimmer hinaufkommen wolle.

Connie hatte ein eigenes Wohnzimmer im dritten Stock, dem obersten Stockwerk im Mitteltrakt des Hauses. Cliffords Zimmer befanden sich natürlich zu ebener Erde. Michaelis fühlte sich geschmeichelt, in Lady Chatterleys Boudoir gebeten worden zu sein. Achtlos folgte er dem Mädchen... er bemerkte niemals die Dinge um sich, er hatte niemals Fühlung mit seiner Umgebung. In ihrem Zimmer blickte er flüchtig umher, streifte die schönen deutschen Reproduktionen nach Renoir und Cézanne.

»Es ist sehr gemütlich hier oben«, sagte er mit seinem sonderbaren Lächeln, als täte es ihm weh, zu lächeln, und ließ dabei seine Zähne sehen. »Es war klug von Ihnen, sich hier oben einzurichten.«

»Ja, ich glaube auch«, erwiderte sie.

Ihr Zimmer war der einzige heitere, moderne Raum im Hause, der einzige in Wragby, in dem ihre Persönlichkeit überhaupt zum Ausdruck kam. Clifford hatte ihn nie gesehen, und sie forderte sehr wenige Leute auf, heraufzukommen.

Nun saßen sie und Michaelis einander vor dem Kamin gegenüber und plauderten. Sie fragte ihn über ihn selbst aus, über seine Mutter, seinen Vater, seine Brüder – andere Leute waren stets so etwas wie ein Wunder für sie, und wenn ihre Sympathie erweckt war, kannte sie keinen Klassendünkel. Michaelis sprach offen über sich; ganz offen und ohne Geziertheit enthüllte er einfach seine verbitterte, gleichgültige Seele eines streunenden Hundes und ließ dann einen Schimmer rachsüchtigen Stolzes auf seinen Erfolg sehen.

»Warum sind Sie solch ein einsamer Kauz?« fragte Connie ihn, und abermals sah er sie mit seinem vollen, forschenden, haselnußbraunen Blick an.

»Manche Käuze sind schon so«, erwiderte er und fügte dann mit einem Anflug vertraulicher Ironie hinzu: »Und wie ist's denn mit Ihnen? Sind Sie nicht auch so eine Art einsamer Kauz?« Ein wenig überrascht, dachte Connie ein paar Augenblicke nach und sagte dann: »Nur in gewissem Sinn, nicht ganz und gar, so wie Sie.«

»Bin ich ganz und gar ein einsamer Kauz?« fragte er mit seinem seltsamen Lächeln, das schon ein Grinsen war, als hätte er Zahnweh, so schmerzlich war es, und seine Augen waren so völlig schwermütig oder stoisch oder desillusioniert oder ängstlich.

»Nicht?« fragte sie ein wenig atemlos, als sie ihn anblickte. »Sind Sie das nicht?«

Sie fühlte ein schreckliches Flehen von ihm zu ihr kommen, das sie beinahe ihr Gleichgewicht verlieren ließ.

»Oh, Sie haben ganz recht«, sagte er und wandte den Kopf ab und blickte seitwärts und abwärts, mit dieser seltsamen Unbeweglichkeit einer alten Rasse, einer Regungslosigkeit, die es heutzutage kaum mehr gibt. Und die war es, die Connie wirklich die Kraft verlieren ließ, ihn losgelöst von ihr selbst zu betrachten.

Er sah zu ihr auf, mit dem vollen Blick, der alles sah, alles vermerkte. Gleichzeitig aber schrie das Kind, das in der Nacht weinte, aus seiner Brust zu ihr, auf eine Art, die sie mitten im Leibe verspürte.

»Es ist riesig nett von Ihnen, an mich zu denken«, sagte er lakonisch.

»Warum sollte ich nicht an Sie denken!« rief sie, mit kaum genug Atem, es auszusprechen.

Er stieß ein bitteres Lachen aus, das wie ein rasches Zischen klang.

»Oh, auf diese Art!... Darf ich für einen Augenblick Ihre Hand halten?« fragte er plötzlich und richtete seine Augen mit beinahe hypnotischer Gewalt auf sie – eine flehende Anrufung, die sie unmittelbar in den Schoß traf.

Sie starrte ihn an, betäubt und gebannt, und er trat zu ihr und kniete neben ihr nieder, nahm ihre Füße fest in beide Hände, sein Gesicht in ihren Schoß vergrabend, und blieb so, regungslos. Sie war vollkommen benommen und betäubt und blickte mit einer Art Verwunderung auf seinen beinahe zarten Nacken hinab und fühlte, wie sein Gesicht sich an ihre Schenkel preßte. In all ihrer flammenden Bestürzung konnte sie sich nicht zurückhalten, ihre Hand mit Zärtlichkeit und Mitgefühl auf seinen wehrlosen Nacken zu legen, und er erzitterte in einem tiefen Erschauern.

Dann blickte er mit jenem schrecklichen Flehen in seinen runden, glühenden Augen auf. Sie war völlig unfähig, dem zu widerstehen. Aus ihrer Brust strömte das erwidernde, unendliche Sehnen über ihn; sie mußte ihm alles geben, alles, was er nur wollte.

Er war ein seltsamer und sehr sanfter Liebhaber, sehr sanft mit der Frau, unbeherrschbar zitternd und doch zugleich unbeteiligt, bewußt, jedes Lautes draußen bewußt.

Ihr bedeutete es nichts, außer daß sie sich ihm hingab. Und endlich hörte er auf zu zittern und lag ganz still, ganz still. Und dann, mit beklommenen, teilnahmsvollen Fingern, strich sie über seinen Kopf, der an ihrer Brust lag.

Als er sich erhob, küßte er ihre beiden Hände, dann ihre beiden Füße in den wildledernen Slippern und ging schweigend ans andere Ende des Zimmers, wo er, ihr den Rücken zukehrend, stehen blieb. Einige Minuten herrschte Schweigen. Dann wandte er sich um und kam wieder zu ihr, die auf ihrem alten Platz am Kamin saß.

»Und jetzt werden Sie mich vermutlich hassen«, sagte er in seiner ruhigen, unausweichlichen Art. Sie warf ihm einen schnellen Blick zu.

»Warum sollte ich Sie hassen?« fragte sie.

»Das tun die meisten«, antwortete er und faßte sich dann schnell, »ich meine, man setzt es bei einer Frau voraus.«

»Dies ist ganz und gar nicht der Augenblick, Sie zu hassen«, sagte sie verstimmt.

»Ich weiß, ich weiß, es sollte so sein. Sie sind schrecklich gut zu mir...«, rief er jämmerlich.

Sie fragte sich, warum ihm so jämmerlich zu Mute sei. »Wollen Sie sich nicht wieder setzen?« fragte sie. Er blickte nach der Tür.

»Sir Clifford!« sagte er. »Wird er... wird er nicht... ?« Sie schwieg einen Augenblick und überlegte.

»Vielleicht«, sagte sie und blickte zu ihm auf. »Ich will nicht, daß Clifford weiß... nicht einmal, daß er argwöhnt... Es würde ihm so weh tun. Aber ich glaube nicht, daß es schlecht ist. Oder ja?«

»Schlecht? Guter Gott, nein! Sie sind nur zu unendlich gut zu mir... ich kann es kaum ertragen.«

Er wandte sich ab, und sie sah, daß er im nächsten Augenblick zu schluchzen beginnen würde.

»Aber wir brauchen es Clifford nicht wissen zu lassen, nicht wahr?« verteidigte sie sich. »Es würde ihm wirklich so weh tun, und wenn er es nie erfährt, nicht einmal argwöhnt, tut es niemand weh.«

»Von mir!« rief er beinahe zornig, »von mir wird er nichts erfahren. Da kann er lange warten. Ich sollte mich selbst verraten? Haha!« Er lachte hohl und zynisch über solch einen Gedanken. Sie beobachtete ihn verwundert. Er sagte zu ihr: »Darf ich Ihnen die Hand küssen und gehen? Ich glaube, ich werde nach Sheffield hineinfahren und drinnen zu Mittag essen, wenn Sie erlauben, und zum Tee zurück sein. Kann ich etwas für Sie besorgen? Kann ich sicher sein, daß Sie mich nicht hassen? – Und nicht hassen werden?« schloß er in einem verzweifelten Ton von Zynismus.

»Nein, ich hasse Sie nicht«, sagte sie. »Ich glaube, Sie sind nett.«

»Ah«, sagte er heftig zu ihr, »mir ist's lieber, Sie sagen das, als Sie sagten, Sie lieben mich! Es bedeutet so unendlich viel mehr... Heute nachmittag also. Bis dahin habe ich über eine Menge nachzudenken.«

Er küßte demütig ihre Hände und ging.

»Ich glaube nicht, daß ich diesen jungen Mann vertragen kann«, sagte Clifford beim Mittagessen.

»Warum nicht?« fragte Connie.

»Er ist solch ein Streber unter seinem Lack... er wartet nur darauf, einen beiseite zu stoßen.«

»Ich glaube, die Leute sind sehr unfreundlich zu ihm gewesen«, sagte Connie.

»Wundert dich das? Und glaubst du, er verwendet seine goldenen Stunden dazu, Werke der Güte zu vollbringen?«

»Ich glaube, er besitzt eine gewisse Art von Großmut.«

»Gegen wen?«

»Ich weiß nicht recht.«

»Natürlich nicht. Ich fürchte, du hältst Gewissenlosigkeit für Großmut.«

Connie schwieg. Hatte er recht? Es war vielleicht möglich. Aber Michaelis' Gewissenlosigkeit besaß etwas Fesselndes für sie. Er ging den ganzen Weg, wo Clifford nur ein paar furchtsame Schritte weit schlich. Auf seine Art hatte er die Welt bezwungen. Und das war es, was Clifford tun wollte. Mittel und Wege... ? Waren jene, die Michaelis benützte, verächtlicher als Cliffords? War die Art, wie der arme Außenseiter sich in höchsteigener Person vorwärtsgeschoben und -gezwängt hatte, und zwar durch Hintertüren, schlechter als die Art Cliffords, durch Reklame zu Berühmtheit zu gelangen? Die hündische Göttin des Erfolges wurde von Tausenden japsender Hunde mit heraushängender Zunge verfolgt. Der eine, der sie zuerst erwischte, war der wahre Hund unter den Hunden, wenn man nach dem Erfolg urteilte. Also konnte Michaelis den Kopf hoch tragen.

Das Sonderbare war, daß er es nicht tat. Zur Teezeit kam er mit einem großen Strauß Veilchen und Lilien und mit derselben Miene eine verprügelten Hundes zurück. Connie fragte sich manchmal, ob das eine Art Maske sei, um Widerstand zu entwaffnen; denn er behielt diese Miene beinahe zu beharrlich bei. War er wirklich solch ein armer Hund?

Diese Arme-Hunde-Art seines Wesens blieb den ganzen Abend unverändert. Doch Clifford spürte die heimliche Herausforderung darunter. Aber Connie spürte sie nicht. Vielleicht, weil sie nicht gegen Frauen gerichtet war, sondern nur gegen Männer und deren Anmaßung und Überheblichkeit. Diese unverwüstliche innere Unverschämtheit in dem mageren Gesellen war der Grund, warum die Männer es auf Michaelis so scharf hatten. Seine bloße Anwesenheit war eine Herausforderung für einen Mann der Gesellschaft, wie sehr er sie auch in angenommene gute Manieren hüllen mochte.

Connie war verliebt in ihn. Aber sie brachte es zuwege, mit ihrer Stickerei dazusitzen und die Männer reden zu lassen und sich nicht zu verraten. Michaelis benahm sich ausgezeichnet. Er war genau derselbe schwermütige, aufmerksame, sich abseits haltende junge Mann vom Abend zuvor, Millionen Grade von seinen Gastgebern entfernt, aber wortkarg sich ihnen im erforderlichen Maße anpassend und nie auch nur für einen Augenblick aus sich herausgehend. Connie hatte das Gefühl, er müsse den Vormittag vergessen haben. Er hatte nicht vergessen, aber er wußte, wo er war... auf dem gleichen alten Platze draußen, wo alle geborenen Außenseiter waren. Er nahm das Lieben nicht ganz persönlich. Er wußte, es würde ihn nicht aus einem herrenlosen Hund, dem jedermann das goldene Halsband neidete, in einen angenehmen Gesellschaftshund verwandeln.

Die entscheidende Tatsache war, daß er im Grunde seiner Seele wirklich ein Außenseiter und antisozial war und diese Tatsache still für sich hinnahm, gleichgültig, wie sehr er äußerlich nach Bond Street aussah. Seine Losgelöstheit war eine Notwendigkeit für ihn; ebenso wie der Anschein des Sichanpassens und Sichanschließens an die vornehmen Leute eine Notwendigkeit für ihn war.

Aber gelegentliche Liebe als Trost und Linderung war auch etwas Gutes, und er war nicht undankbar. Im Gegenteil. Er war glühend, ergreifend dankbar für ein bißchen natürliche, ungezwungene Güte – beinahe bis zu Tränen dankbar. Hinter seinem blassen, unbeweglichen, desillusionierten Gesicht schluchzte er der Frau voll Dankbarkeit entgegen und brannte darauf, wieder zu ihr zu kommen; genau so wie er tief in seiner Seele eines Geächteten wußte, er werde ihr in Wirklichkeit aus dem Wege gehen.

Als sie in der Halle die Kerzen in ihren Handleuchtern anzündeten, fand er eine Gelegenheit, sie zu fragen: »Darf ich kommen?«

»Ich komme zu dir«, sagte sie.

»Oh, gut!«

Er wartete lange Zeit auf sie... aber sie kam.

Er war die zitternde, aufgeregte Art von Liebhaber, deren Höhepunkt bald kam und zu Ende war. Sein nackter Körper hatte etwas merkwürdig Kindliches und Wehrloses: wie Kinder nackt sind. Seine Verteidigungsmittel lagen alle in seinem Verstand und seiner Verschlagenheit, in seinem Trieb zur Verschlagenheit selbst, und wenn der fehlte, war er doppelt nackt und wie ein Kind von ungereiftem, zarten Fleisch und strampelte gewissermaßen hilflos.

Er erweckte in der Frau eine wilde Art von Mitgefühl und Sehnen und eine rasende, lechzende physische Begierde. Diese physische Begierde in ihr befriedigte er nicht. So schnell war er stets am Ziel und zu Ende und sank dann auf ihrer Brust zusammen und gewann ein wenig von seiner Unverschämtheit wieder, während sie ganz benommen dalag, enttäuscht, verloren.

Aber sie lernte es bald, ihn festzuhalten, ihn da in sich zu halten, wenn sein Höhepunkt vorbei war. Und darin war er großmütig und merkwürdig potent; er blieb steif in ihr, ihr hingegeben, während sie tätig war und wild, leidenschaftlich tätig zu ihrem eigenen Höhepunkt kam. Und wenn er die Raserei verspürte, mit der sie ihre eigene orgiastische Befriedigung von seiner harten, aufrechten Passivität erlangte, empfand er ein merkwürdiges Gefühl von Stolz und Genugtuung.

»Ah, wie gut!« flüsterte sie bebend, und sie wurde ganz still und klammerte sich an ihn. Und er lag da in seiner Unbeteiligtheit, aber erfüllt von einem gewissen Stolz.

Er blieb diesmal nur drei Tage in Wragby und benahm sich Clifford gegenüber genau so wie am ersten Abend. Und auch Connie gegenüber. Es erfolgte kein Niederbrechen des äußeren Menschen.

Er schrieb an Connie in dem gleichen klagenden, schwermütigen Ton wie immer, manchmal witzig und mit einer Spur seltsamer geschlechtsloser Zuneigung. Er schien eine Art hoffnungsloser Neigung für sie zu fühlen, und die wesentliche Entferntheit blieb die gleiche. Er war hoffnungslos im innersten Mark und er wollte hoffnungslos sein. Ja, er haßte vielmehr alle Hoffnung. ›Eine immense Hoffnung hat die Erde überquert‹, las er irgendwo, und seine Bemerkung dazu war, »– und sie hat, verdammt noch mal, alles ersäuft, was der Mühe wert war.«

Connie konnte ihn niemals wirklich verstehen, aber auf ihre Art liebte sie ihn, und die ganze Zeit hindurch fühlte sie in sich den Widerschein seiner Hoffnungslosigkeit. Aber in Hoffnungslosigkeit konnte sie nicht ganz, ganz lieben. So trieben sie es eine geraume Zeit, wechselten Briefe und trafen einander gelegentlich in London. Sie wollte noch immer die physische, sexuelle Sensation haben, die sie mit ihm durch ihr eigenes Tätigsein erlangen konnte, sobald sein kleiner Orgasmus vorbei war. Und er wollte ihr die noch immer geben. Das genügte, sie in Verbindung zu halten.

Und es genügte auch, ihr eine kaum merkliche Art von Selbstsicherheit zu geben, etwas Blindes und ein wenig Arrogantes. Es war ein beinahe mechanisches Vertrauen auf ihre eigenen Kräfte und ging Hand in Hand mit einer großen freudigen Zuversicht.

Sie war schrecklich zuversichtlich in Wragby, und sie benützte ihre ganze erweckte Lebenslust und Befriedigung, um Clifford anzuregen, so daß er in jener Zeit seine besten Sachen schrieb und auf seine wunderliche, blinde Art beinahe glücklich war. Er war es, der wirklich die Früchte ihrer sinnlichen Befriedigung erntete, die sie von Michaelis' maskuliner, aufrechter Passivität in ihr gewann. Aber das wußte er natürlich nicht. Und hätte er es gewußt, würde er nicht Danke gesagt haben.

Aber als die Tage ihrer großen freudigen Zuversicht und Anregung vorbei waren, ganz vorbei, und sie niedergeschlagen und gereizt war, wie sehr sehnte sich Clifford da wieder nach ihnen! Vielleicht hätte er, wenn er davon gewußt hätte, gewünscht, sie und Michaelis wieder zueinander zu bringen.

VIERTES KAPITEL

Connie hatte stets eine Vorahnung gehabt von der Hoffnungslosigkeit ihrer Affäre mit Mick, wie die Leute ihn nannten. Und doch schienen ihr andere Männer nichts zu bedeuten. Sie war Clifford zugetan. Er brauchte einen guten Teil ihres Lebens, und den gab sie ihm. Aber sie brauchte einen guten Teil vom Leben eines Mannes, und den gab Clifford ihr nicht, konnte ihn ihr nicht geben. Es kamen gelegentliche Michaelis-Zeiten. Aber wie sie vorahnend wußte, würden die ein Ende haben. Mick konnte einfach nichts für lange aufrecht erhalten. Es war ein Teil seines wahrsten Wesens, daß er jede Verbindung abbrechen und wieder losgelöst, abgesondert und vollkommen der verlaufene Hund sein mußte. Es war eine höhere Notwendigkeit für ihn, obgleich er stets sagte: Sie hat mir den Laufpaß gegeben.

Die Welt, so wird allgemein angenommen, ist voll von Möglichkeiten. Aber im persönlichen Erleben der meisten Menschen verringern sie sich zu hübsch wenigen. Es gibt Unmengen guter Fische im Meer – das mag stimmen –, aber die ungeheuren Massen scheinen Makrelen oder Heringe zu sein, und wenn du selbst nicht Makrele oder Hering bist, wirst du kaum viele gute Fische im Meer finden.

Clifford begann, zu Berühmtheit und sogar zu Geld zu gelangen. Leute kamen ihn aufsuchen. Connie hatte stets irgendeinen Gast in Wragby. Aber wenn es nicht Makrelen waren, waren es Heringe und gelegentlich ein Meerwolf oder ein Aal. Es gab ein paar regelmäßig wiederkehrende Männer – die Konstanten –, Männer, die mit Clifford in Cambridge gewesen waren. Da war Tommy Dukes, der in der Armee geblieben und nun ein Brigadegeneral war. »Das

Militär läßt mir Zeit zum Denken und bewahrt mich davor, in den Lebenskampf ziehen zu müssen«, sagte er.

Da war Charles May, ein Irländer, der wissenschaftliches Zeug über die Sterne schrieb. Da war ferner Hammond, auch ein Schriftsteller. Alle waren sie ungefähr gleichaltrig mit Clifford. Die jungen Intellektuellen des Tages. Sie alle glaubten an das Leben des Geistes. Was du, von dem abgesehen, tatest, war deine eigene Sache und hatte nicht viel zu bedeuten. Niemand fällt es ein, sich zu erkundigen, wann ein anderer die Toilette aufsucht. Es ist für niemand von Interesse, außer für den Betreffenden.

Und so ist es mit den meisten Dingen des gewöhnlichen Lebens; wie du dein Geld verdienst, oder ob du deine Frau liebst, oder ob du Verhältnisse hast. Alle diese Dinge gehen nur die Person an, die sie angehen, und sind, wie das Aufsuchen der Toilette, für niemand sonst von Interesse.

»Der ganze Witz am Sexualproblem«, sagte Hammond, der ein hochgewachsener magerer Mensch mit einer Frau und zwei Kindern war, aber in viel engerer Beziehung zu seiner Schreibmaschine stand, »ist der, daß es keinen Witz hat. Streng genommen, ist da kein Problem. Wir haben nicht den Wunsch, einem Manne ins WC zu folgen, warum also sollten wir ihm mit einer Frau ins Bett folgen wollen? Und darin liegt das Problem. Wenn wir dem einen Ding nicht mehr Beachtung schenken würden als dem andern, gäbe es kein Problem. Das Ganze ist völlig sinnlos und witzlos. Eine Sache schlecht angebrachter Neugier.«

»Gewiß, Hammond, gewiß! Aber wenn jemand Julia allzu stark den Hof macht, gerätst du ins Sieden, und wenn es weitergeht, kochst du bald über.« – Julia war Hammonds Frau.

»Ja, selbstverständlich. Das würde ich auch, wenn jemand in einem Winkel meines Salons zu urinieren begänne. Jedes Ding an seinem Ort.«

»Du meinst, du hättest nichts dagegen, wenn ich Julia in einem diskreten Alkoven lieben würde?«

Charlie May sprach ein wenig satirisch, denn er hatte ein ganz kleines bißchen mit Julia geflirtet, und Hammond hatte das sehr krumm genommen.

»Selbstverständlich hätte ich etwas dagegen. Sexualität ist eine Privatangelegenheit zwischen mir und Julia. Und ich hätte natürlich gegen jeden etwas, der sich einzumischen versuchte.«

»Tatsache ist«, sagte der hagere, sommersprossige Tommy Dukes, der viel irischer aussah als der blasse und recht fette May. »Tatsache ist, Hammond, daß du einen starken Besitzerinstinkt hast und einen starken Selbstbehauptungstrieb, und Erfolg haben willst. Seit ich endgültig beim Militär bin, bin ich vom Weltgetriebe abgerückt, und nun sehe ich, wie unverhältnismäßig stark die Gier nach Selbstbehauptung und Erfolg im Menschen ist. Sie ist ungeheuer überentwickelt. Unsere ganze Individualität ist in diese Bahn geflossen. Und natürlich glauben Männer wie du, daß sie, von einer Frau unterstützt, besser durchkommen. Darum bist du so eifersüchtig. Das ist es, was die Sexualität bedeutet, – einen vitalen kleinen Dynamo zwischen dir und Julia, der den Erfolg bringen soll. Wenn du anfangen würdest, keinen Erfolg zu haben, würdest du zu flirten beginnen wie Charlie, der keine Erfolge hat. Verheiratete Leute wie du und Julia haben Zettel auf sich wie Reisekoffer. Julia ist bezeichnet: *Mrs. Arnold B. Hammond* – wie ein Koffer auf der Eisenbahn, der jemand gehört. Und du bist bezeichnet mit *Arnold B. Hammond, c/o Mrs. Arnold B. Hammond.* Oh, du hast ganz recht, ganz recht. Das geistige Leben bedarf eines behaglichen Heims und guter Küche. Du hast ganz recht! Es bedarf sogar der Nachwelt. Aber alles hängt von dem Instinkt für Erfolg ab. Der ist die Achse, um die sich alles dreht.«

Hammond sah recht verärgert drein. Er war ja stolz auf die Integrität seines Geistes und darauf, daß er kein Zeitsklave war, aber nichtsdestoweniger verlangte ihn nach Erfolg.

»Es ist vollkommen wahr, man kann nicht ohne Moneten leben«, sagte May. »Man muß einen gewissen Betrag haben, um leben und fortkommen zu können. Sogar um die nötige Freiheit zum Denken zu haben, muß man einen gewissen Geldbetrag besitzen, oder der Magen hindert einen. Aber mir scheint, du könntest die Zettel von der Sexualität weglassen. Wir sind frei, mit jedem beliebigen Menschen zu reden. Warum sollten wir also nicht frei sein, mit jeder Frau, die uns die Neigung dazu einflößt, zu schlafen?«

»Da spricht der wollüstige Kelte«, sagte Clifford.

»Wollüstig? Na gut, warum nicht? Ich kann nicht einsehen, warum ich einer Frau mehr antue, wenn ich mit ihr schlafe, als wenn ich mit ihr tanze – oder mit ihr über das Wetter rede. Es ist einfach ein Austausch von Sinnesempfindungen, statt von Gedanken. Also warum nicht?«

»Und durcheinanderremmeln wie die Karnickel«, sagte Hammond.

»Warum nicht? Was paßt dir an den Karnickeln nicht? Sind sie ärger als eine revolutionäre Menschheit voller nervösem Haß?«

»Aber auch so sind wir keine Kaninchen«, erwiderte Hammond.

»Sehr richtig! Ich besitze meinen Geist. Ich habe gewisse Berechnungen in gewissen astronomischen Dingen anzustellen, die mir beinahe wichtiger sind als Leben und Tod. Manchmal stört mich meine Verdauung. Hunger würde mich katastrophal stören. Auf die gleiche Weise stört mich auch ein ausgehungerter Geschlechtstrieb. Also was tun?«

»Ich sollte meinen, sexuelle Verdauungsstörungen infolge von Überfütterung würden dich ernsthafter stören«, sagte Hammond boshaft.

»Keineswegs! Ich überfresse mich nicht und ich überficke mich nicht. Man hat die Wahl, ob man zu viel essen will, aber du willst mich unbedingt verhungern lassen.«

»Keineswegs. Du kannst heiraten.«

»Woher weißt du, daß ich das kann? Es wäre vielleicht meinen Geistesvorgängen nicht zuträglich. Die Ehe könnte

— und würde sicherlich — meine Geisteshandlungen verdummen. Ich bin eben nicht auf sie eingestellt. Muß ich mich also in einem Zwinger anketten lassen wie ein Mönch. Alles Quatsch und Kneiferei, mein Lieber! Ich muß leben und meine Berechnungen anstellen. Ich brauche bisweilen Frauen, aber ich weigere mich, einen Elefanten aus der Sache zu machen. Und ich weise jedermanns moralisches Verdammungsurteil und jedermanns Verbot zurück. Ich würde mich schämen, eine Frau mit einem Namenszettel von mir herumgehen zu sehen, samt Adresse und Bahnstation, — wie ein Kleiderkoffer.«

Die beiden Männer hatten einander den Flirt mit Julia nicht verziehen.

»Es ist ein amüsanter Gedanke, Charlie«, sagte Dukes, »daß Sexualität eine Form des Redens ist, bei der man die Worte agiert, statt sie zu sprechen. Ich glaube, es ist auch wahr. Ich vermute, wir könnten mit Frauen ebensoviele Sinnesempfindungen und Gefühle austauschen wie Gedanken über das Wetter und so weiter. Das Geschlechtliche könnte eine Art normaler physischer Konversation zwischen Mann und Frau sein. Du führst nicht Gespräche mit einer Frau, wenn ihr nicht gemeinsame Ideen habt, du sprichst dann nicht mit irgendwelchem Interesse. Und ebenso würdest du, wenn du nicht irgendwelche Gefühle oder Sympathien mit einer Frau teiltest, nicht mit ihr schlafen. Aber wenn du die hättest...«

»Wenn man die richtige Art von Gefühl oder Sympathie mit einer Frau gemeinsam hat, soll man mit ihr schlafen«, sagte May. »Es ist das einzig Anständige, das man tun kann: mit ihr zu Bett gehen. Genau so, wie es, wenn man am Gespräch mit jemand Interesse hat, das einzig Anständige ist, das Gespräch zu Ende zu führen. Man tut nicht prüde die Zunge zwischen die Zähne und beißt sich darauf. Man sagt einfach, was man zu sagen hat. Und ebenso auch in der andern Art.«

»Vielleicht. Und zu wenig von dir geht jenen Weg, mein lieber Hammond, verheiratet oder nicht. Du kannst dir die

Reinheit und Integrität deines Geistes bewahren, aber sie vertrocknet ganz gewaltig. Soweit ich sehen kann. Du redest ihn einfach nieder.«

Tommy Dukes brach in ein Gelächter aus.

»Nur zu, ihr zwei Geister!« rief er. »Seht mich an! Ich leiste keine hohe und reine geistige Arbeit, ich tue nichts als ein paar Gedanken hinkritzeln. Und ich heirate weder, noch laufe ich Frauen nach. Ich glaube, Charlie hat ganz recht. Wenn er den Weibern nachlaufen will, steht es ihm völlig frei, es nicht zu oft zu tun. Aber ich würde ihm das Nachlaufen nicht verbieten. Hammond dagegen hat einen Besitzerinstinkt. Und so sind natürlich der gerade Weg und das enge Tor das Richtige für ihn. Ihr werdet sehen, er wird ein großer Literat sein, ehe es mit ihm aus ist. Ein A. B. C. vom Scheitel bis zur Sohle. Und nun komme ich. Ich bin nichts. Einfach ein verprasselndes Feuerwerk. Und was ist's mit dir, Clifford? Glaubst du, die Sexualität ist ein Dynamo, um einem Manne zum Erfolg im Leben zu verhelfen?«

Clifford sprach selten bei solchen Gelegenheiten. Er legte nie los; seine Gedanken waren nicht lebendig genug dafür. Er war zu verworren und zu leicht erregbar. Jetzt errötete er und blickte unbehaglich drein.

»Nun«, sagte er, »da ich selbst kampfunfähig bin, kann ich nicht finden, daß ich viel zu der Sache zu sagen hätte.«

»Keine Spur«, erwiderte Dukes. »Dein Oberteil ist keineswegs kampfunfähig. Das geistige Leben ist bei dir gesund und unbeeinträchtigt. Also gib uns deine Anschauung zum besten.«

»Hm ja«, stammelte Clifford, »auch dann, vermute ich, habe ich keine besondere Anschauung – ich glaube, ›Heirate und hab's hinter dir‹ drückt so ziemlich aus, was ich denke. Obgleich es natürlich zwischen einem Mann und einer Frau, die einander gern haben, eine große Sache ist.«

»Was für eine große Sache?« fragte Tommy.

»Oh, es vervollkommnet die Vertrautheit«, sagte Clifford, so verlegen wie eine Frau bei solch einem Gespräch.

»Nun, und Charlie und ich glauben, das Geschlechtliche ist eine Art Verständigungsmittel wie die Sprache. Laß irgend eine Frau eine sexuelle Verständigung mit mir beginnen, und es ist für mich das Natürliche, mit ihr zu Bett zu gehen, um das Ganze zu beenden. Alles zur Zeit selbstverständlich. Unglücklicherweise macht keine Frau einen besonderen Anfang mit mir, und so gehe ich allein schlafen und bin darum um nichts schlechter dran. Das hoffe ich jedenfalls. Denn wie sollte ich es wissen? Jedenfalls habe ich keine Sternenrechnungen zu machen, die gestört werden könnten, und keine unsterblichen Werke zu schreiben. Ich bin bloß ein Kerl, der beim Militär herumfaulenzt...«

Ein Schweigen entstand. Die vier Männer rauchten. Und Connie saß da und tat wieder einen Stich an ihrer Näharbeit. Ja, sie saß da. Sie mußte stumm dasitzen. Sie mußte still sein wie ein Mäuschen, um solch ungeheuer wichtige Erwägungen dieser hochgeistigen Herren nicht zu stören. Aber sie mußte da sein. Die Vier kamen ohne sie nicht so gut vorwärts. Ihre Gedanken flossen nicht so glatt. Clifford war viel verschlossener und nervöser, er bekam viel schneller kalte Füße in Connies Abwesenheit, und das Gespräch kam nicht vorwärts. Tommy Dukes nahm sich am besten aus. Er war ein wenig inspiriert durch ihre Gegenwart. Hammond, den mochte sie nicht wirklich leiden. Er war auf eine geistige Art so selbstsüchtig. Und Charles May, obgleich sie einiges an ihm gern hatte, schien ein bißchen widerlich und unappetitlich, trotz seinen Sternen.

Wie viele Abende hatte Connie so gesessen und den Kundgebungen dieser vier Männer gelauscht! Dieser vier und eines oder zweier anderer. Daß sie niemals irgendwohin zu gelangen schienen, beunruhigte Connie nicht sehr tief. Sie hörte gerne, was sie zu sagen hatten, besonders, wenn Tommy da war. Es war ein Spaß. Statt daß die Männer einen küßten und einen mit ihrem Körper berührten, umhüllten sie einen mit ihrem Geist. Es war ein großer Spaß! Aber welch kalte Geister!

Und es war auch ein wenig aufreizend. Sie hatte mehr Achtung für Michaelis, über dessen Namen sie alle solch vernichtende Verachtung ausgossen. Über den kleinen emporgekommenen Köter und schlechtrassigen Streber von der ärgsten Sorte. Köter und Streber oder nicht, er zog seine eigenen Schlüsse. Er ging nicht bloß mit Millionen Worten um die Dinge herum, das geistige Leben parodierend.

Connie hatte das geistige Leben ganz gern und verschaffte sich aus ihm eine große Sensation, aber sie war doch der Ansicht, daß es sich ein wenig zu sehr aufspiele. Sie liebte es, dabei zu sein, umhüllt von dem Tabakrauch dieser berühmten Abende der Kumpane, wie sie sie insgeheim nannte. Sie war unendlich belustigt und auch stolz, daß die ohne ihre schweigende Gegenwart nicht einmal ihr Reden zuwege brachten. sie hatte einen ungeheuren Respekt vor dem Denken – und diese Männer machten wenigstens den ehrlichen Versuch, zu denken. Allein es war, sozusagen, zwar ein Hase da, aber er wollte nicht laufen. Einer wie der andere redeten sie auf etwas los, doch was es war, das konnte sie für ihr Leben nicht sagen. Es war etwas, das auch Mick nicht erklären konnte.

Aber Mick versuchte schließlich überhaupt nicht, etwas anderes zu tun, als nur durchs Leben zu kommen und anderen Menschen so viel anzutun, wie sie ihm anzutun versuchten. Er war in Wirklichkeit antisozial, und das war es, was Clifford und seine Kumpane übelnahmen. Clifford und seine Kumpane waren nicht antisozial. Sie waren mehr oder weniger darauf aus, die Menschheit zu retten oder, bescheiden gesprochen, sie zu belehren. Am Sonntag abend gab es ein grandioses Gespräch, als die Konversation sich der Liebe zuwandte.

»Gesegnet sei das Band, das unsere Herzen bindet
In gleicher...

ich weiß nicht mehr, was», sagte Tommy Dukes. »Möchte wissen, was für ein Band das ist. Das Band, das uns eben jetzt verbindet, ist die geistige Reibung aneinander. Und davon abgesehen, gibt es verdammt wenig Band zwischen uns. Wir lieben einander und sagen einer über den andern gehässige Dinge. Wie alle übrigen verdammten Intellektuellen in der Welt. Verdammte Jedermanns, was das betrifft, denn alle Menschen tun das. Also streben wir auseinander und verdecken die Gehässigkeiten, die wir einer gegen den andern empfinden, indem wir falsches Zuckerzeug reden. Es ist eine merkwürdige Sache, daß das geistige Leben am besten zu gedeihen scheint, wenn es die Wurzeln in Gehässigkeit hat, in unaussprechlicher, bodenloser Gehässigkeit. So war es immer. Denkt an Sokrates und Plato und dessen Wortschwall über ihn! Die schiere Gehässigkeit in allem, einfach die schiere Freude, jemand anderen in Stücke zu reißen... Protagoras, oder wer es war, und Alkibiades und all die andern kleinen Schülerhunde, die sich an der Hetzjagd beteiligten. Ich muß sagen, es bringt einen dazu, Buddha vorzuziehen, der ruhig unter einem Bo-Baum saß, oder Jesus, der seinen Schülern kleine Sonntagsgeschichten erzählte, friedlich und ohne geistiges Feuerwerk. Nein, mit dem geistigen Leben ist etwas von der Wurzel an faul. Es wurzelt in Haß und Neid, Eifersucht und Bosheit. An seinen Früchten sollt ihr den Baum erkennen.«

»Ich glaube nicht, daß wir so ganz boshaft sind«, widersprach Clifford.

»Mein lieber Clifford, denke nur an die Art, wie wir alle einer den andern durchhecheln. Ich bin darin eher ärger als andere, denn ich ziehe die spontane Bosheit dem zusammengebrauten Zuckerzeug unendlich vor. Das ist wirklich giftig. Wenn ich davon zu reden beginne, was für ein feiner Kerl Clifford ist und so weiter, dann verdient der arme Clifford Mitleid. Redet um Gottes Willen alle nur hübsch boshafte Dinge über mich, dann werde ich wissen, daß ich euch wirklich etwas bedeute. Redet kein Zuckerzeug, oder es ist um mich geschehen.«

»Oh, aber ich glaube ehrlich, wir haben einander gern«, sagte Hammond.

»Ich sage dir doch, wir müssen einander gernhaben – wir sagen einer hinter des andern Rücken solch gehässige Dinge. Ich bin darin der Ärgste.«

»Und ich glaube, du verwechselst das geistige Leben mit der kritischen Tätigkeit. Ich stimme dir bei: Sokrates gab der kritischen Tätigkeit einen großartigen Start. Aber er tat mehr als das«, sagte Charlie May recht schulmeisterhaft. Die Kumpane besaßen solch sonderbare Pomphaftigkeit unter ihrer angenommenen Bescheidenheit. Es war alles so sehr autoritär und es wollte den Anschein erwecken, so demütig zu sein.

Tommy Dukes ließ sich mit Sokrates nicht reizen.

»Das ist ganz richtig. Kritik und Wissen sind nicht dasselbe«, sagte Hammond.

»Natürlich sind sie es nicht«, stimmte Berry ein, ein ernster junger Mann, der gekommen war, um Dukes zu sprechen, und über Nacht blieb.

Sie alle blickten ihn an, als hätte der Esel zu reden begonnen.

»Ich habe nicht vom Wissen geredet. Ich habe vom geistigen Leben geredet«, lachte Tommy. »Wirkliches Wissen kommt aus der Gesamtheit des Bewußtseins, aus deinem Bauch ebensosehr wie aus deinem Gehirn und deinem Geist. Der Geist kann nur analysieren und rationalisieren. Laß den Geist und die Vernunft die Oberhand gewinne, und alles was sie tun können, ist, zu kritisieren und Abgestorbenheit zu erzeugen. Ich sage, *alles,* was sie tun können. Das ist ungeheuer wichtig. Mein Gott, die Welt hat es heute nötig, kritisiert zu werden, zu Tode kritisiert zu werden. Darum wollen wir das geistige Leben leben und uns mit unserer Gehässigkeit brüsten und dem ganzen faulen Zauber die Fetzen herunterreißen. Aber versteht mich recht, es ist so: Während man sein Leben lebt, ist man gewissermaßen ein organisches Ganzes mit allem Leben; wenn man aber einmal das geistige Leben beginnt, pflückt man den Apfel. Man hat die Verbindung zwischen dem Apfel und dem

Baum getrennt, die organische Verbindung. Und wenn man nichts im Leben hat als das geistige Leben, dann ist man selber ein gepflückter Apfel – man ist vom Baume gefallen. Und dann ist es eine logische Notwendigkeit, gehässig zu werden, genau so, wie es eine natürliche Notwendigkeit für den gepflückten Apfel ist, zu faulen.«

Clifford machte große Augen. Das war alles unverständliches Zeug für ihn. Connie lachte heimlich in sich hinein.

»Na, dann sind wir eben gepflückte Äpfel«, sagte Hammond ziemlich scharf und ungeduldig.

»Machen wir also Most aus uns«, meinte Charlie.

»Aber was halten Sie vom Bolschewismus?« warf der ernste Berry ein, als hätte alles auf diese Frage abgezielt.

»Bravo!« brüllte Charlie. »Was haltet ihr vom Bolschewismus?«

»Also los! Laßt uns den Bolschewismus in der Luft zerreißen!« rief Dukes.

»Ich fürchte, der Bolschewismus ist eine umfangreiche Frage«, sagte Hammond und schüttelte ernsthaft den Kopf.

»Bolschewismus, so scheint mir«, sagte Charlie, »einfach ein superlativer Haß gegen das Ding, das sie bürgerlich nennen. Und was bürgerlich ist, das wird nicht ganz definiert. Unter anderem ist es Kapitalismus. Gefühle und Empfindungen sind auch so entschieden bürgerlich, daß man einen Menschen erfinden müßte, der keine besitzt.«

»Ferner ist das Individuum, besonders der persönliche Mensch bürgerlich, also muß er unterdrückt werden. Du mußt untertauchen in dem größeren Ding, in dem sowjetsozialen Ding. Sogar ein Organismus ist bürgerlich. Also muß das Ideal etwas Mechanisches sein. Das einzige Ding, das eine Einheit ist, eine nichtorganische, zusammengesetzt aus vielen verschiedenen, jedoch gleich wichtigen Teilen, ist die Maschine. Jeder Mensch ist ein Maschinenteil, und die treibende Kraft der Maschine ist Haß. Haß gegen den Bourgeois. Das ist für mich der Bolschewismus.«

»Unbedingt!« sagte Tommy. »Aber es scheint mir zugleich auch eine vollkommene Beschreibung des gesamten industriellen Ideals zu sein. Es ist das Ideal des Fabrikbesitzers in einer Nußschale. Nur daß er leugnen würde, der Haß sei die treibende Kraft. Aber trotzdem ist es der Haß. Der Lebenshaß selbst. Seht euch nur dieses Mittelengland an, ob er nicht deutlich quer darüber geschrieben steht... Aber es ist alles ein Teil des geistigen Lebens, es ist eine logische Entwicklung.«

»Ich bestreite, daß der Bolschewismus etwas Logisches ist. Er verwirft den größten Teil der Prämissen«, entgegnete Hammond.

»Mein lieber Freund, er läßt die Prämisse der Materie zu. Das tut auch der reine Geist – indem er sie ausschließt.«

»Zumindest ist der Bolschewismus auf den Tiefpunkt gelangt«, sagte Charlie.

»Der Tiefpunkt! Der Boden, der keinen Boden mehr hat. Die Bolschewiken werden in kurzer Zeit die beste Armee der Welt mit der besten technischen Ausrüstung besitzen.«

»Aber das kann nicht so weitergehen, diese Sache mit dem Haß. Es muß eine Reaktion eintreten...«, sagte Hammond.

»Nun, wir haben seit Jahren gewartet – wir warten auch länger. Haß ist etwas Wachsendes, wie alles andere. Er ist die unvermeidliche Folge, wenn man dem Leben Ideen aufzwingt, wenn man den tiefsten Instinkten Zwang auferlegt. Unsere tiefsten Gefühle zwingen wir nach bestimmten Ideen. Wir treiben uns selbst mit einer Formel an wie eine Maschine. Das logische Denken gibt vor, das Ganze zu beherrschen, und und das Ganze verwandelt sich in reinen Haß. Wir sind alle Bolschewiken, aber wir sind Heuchler. Die Russen sind Bolschewiken ohne Heuchelei.«

»Aber es gibt noch viele andere Möglichkeiten«, meinte Hammond, »als die Sowjetmöglichkeit. Die Bolschewiken sind nicht wirklich klug.«

»Natürlich nicht. Aber manchmal ist es klug, ein Halbnarr zu sein: wenn man sein Ziel erreichen will. Ich persönlich halte auch unser soziales Leben im Westen für halb verrückt. Ja, ich halte unser weitberühmtes geistiges Leben dafür. Wir sind alle so kalt wie Blödsinnige. Wir sind alle leidenschaftslos wie Idioten. Wir sind alle durch die Bank Bolschewiken. Nur geben wir der Sache einen anderen Namen. Wir glauben, wir sind Götter – Menschen, Göttern gleich! Es ist dasselbe wie Bolschewismus. Man muß menschlich sein. Man muß ein Herz und einen Penis haben, wenn man dem entgehen will, entweder ein Gott oder ein Bolschewik zu sein, – denn sie sind beide gleich: zu gut, um wahr zu sein.«

Aus dem mißbilligenden Schweigen kam Berrys ängstliche Frage:

»Du glaubst also an Liebe, Tommy, nicht wahr?«

»Nein, mein süßer Junge«, sagte Tommy. »Nein, mein Cherub, neun von zehn Mal nicht! Liebe ist heute nur eine andere von diesen halbverrückten Verführungen. Kerle mit schwingenden Hüften, kleine Jazzmädel mit kleinen Knabenhintern wie zwei Kragenknöpfe! Meinst du diese Art von Liebe? Oder die Gütergemeinschaftsliebe? Oder die Gut-mit-einander-leben-Liebe? oder die Meine-Frau-hin-mein-Mann-her-Liebe? Nein, mein Prachtjunge, an all das glaube ich nicht!«

»Aber an irgend etwas glaubst du doch?«

»Ich? Oh, vernunftmäßig glaube ich daran, daß man ein gutes Herz haben soll, einen munteren Penis, einen lebhaften Verstand und den Mut, in Gegenwart einer Dame ›scheiß drauf‹ zu sagen.«

»Na, das alles hast du ja«, sagte Berry.

Tommy Dukes brüllte vor Lachen. »Du Engelsknabe! Wenn ich es nur hätte, wenn ich es nur hätte! Nein, mein Herz ist so gefühllos wie eine Kartoffel, mein Penis ist schlapp und hebt nie den Kopf; ich würde eher wagen, mir ihn glattweg abzuschneiden, als ›scheiß drauf‹ vor meiner Mutter oder meiner Tante zu sagen... Sie sind wirklich Damen, müßt ihr wissen! Und ich bin nicht wirklich intelligent, ich bin bloß ein ›Im-Geiste-Lebender‹. Es wäre wundervoll, intelligent zu sein. Dann wäre man in allen erwähnten und unerwähnten Teilen lebendig. Der Penis höbe den Kopf und sagte ›Wie geht's dir‹ zu jeder wirklich intelligenten Person. Renoir sagte, er male seine Bilder mit seinem Penis... Das tat er auch. Herrliche Bilder! Und ich wollte, ich könnte etwas mit dem meinen tun! Gott! Wenn man nichts als reden kann! Eine neue Qual im Hades. Und Sokrates hat sie aufgebracht.«

»Es gibt auch nette Frauen in der Welt«, warf Connie ein, aufblickend und endlich auch etwas sagend.

Die Männer verdroß es – sie hätte tun sollen, als hörte sie nichts. Es ging ihnen gegen den Strich, daß sie zugab, solch einem Gespräch so aufmerksam zugehört zu haben.

»Nein«, entgegnete Tommy Dukes, »es ist hoffnungslos! Ich kann einfach nicht im Einklang mit einer Frau pulsieren, und wäre sie noch so nett. Es gibt keine Frau, die ich wirklich begehren kann, wenn ich ihr gegenüberstehe, und ich werde nicht anfangen, mich dazu zu zwingen. Mein Gott, nein, ich will bleiben, wie ich bin, und das geistige Leben führen. Es ist das einzig Ehrliche, das ich tun kann. Ich vermag ganz glücklich zu sein, wenn ich mit Frauen *rede;* aber es ist alles rein, hoffnungslos rein. Hoffnungslos rein! Was sagst du dazu, Hildebrand, mein Sohn?«

»Es ist viel weniger kompliziert, wenn man rein bleibt«, sagte Berry.

»Ja, das Leben ist viel zu einfach.«

FÜNFTES KAPITEL

An einem frostigen Vormittag mit ein wenig Februarsonne unternahmen Clifford und Connie einen Spaziergang durch den Park in den Wald. Das heißt, Clifford zuckelte in seinem Motorstuhl dahin, und Connie schritt neben ihm.

Die rauhe Luft war noch immer schwefelig, aber sie waren beide an sie gewöhnt. Um den nahen Horizont zog sich der Dunst, opalisierend von Frost und Rauch, und obenauf lag der kleine blaue Himmel, so daß es schien, als befände man sich innerhalb einer Einzäunung. Immer innen. Das Leben war stets ein Traum oder eine Raserei innerhalb einer Einzäunung.

Die Schafe husteten in dem groben, dürren Gras des Parkes, wo der Frost bläulich um die Schäfte der Grasbüschel lag. Durch den Park lief ein Pfad zum Waldtor, ein schmales rosa Band. Clifford hatte ihn mit gesiebtem Kies von den Grubenhalden neu bestreuen lassen. Wenn Gestein und Abfall der Unterwelt ausgebrannt waren und ihren Schwefel abgegeben hatten, wurden sie hellrosa: garnelenfarben an trockenen, dunkler, krabbenfarben an nassen Tagen. Heute war der Kies blaß garnelenfarben mit einem bläulichweißen Überzug von Reif. Er gefiel Connie stets, dieser Teppich von gesiebtem, hellen Rosa. Ein schlechter Wind, der niemand was Gutes zuträgt!

Clifford steuerte vorsichtig den Abhang vor dem Hause hinab, und Connie ließ ihre Hand auf der Lehne ruhen. Vor ihnen lag der Wald, das Haseldickicht zunächst, die violette Masse der Eichen dahinter.

Am Waldrand hüpften Kaninchen hervor und knabberten. Krähen erhoben sich plötzlich in einem schwarzen Zug und strichen ab.

Connie öffnete das Tor zum Wald, und Clifford pufften langsam hindurch in die breite Schneise, die einen Abhang zwischen den glattgeschlagenen Haseldickichten hinauflief. Der Wald war ein Überrest des großen Forstes, in dem Robin Hood gejagt hatte, und diese Schneise war eine uralte Straße, die über Land kam. Aber jetzt war sie natürlich nur noch eine Schneise durch einen privaten Waldbesitz. Die Straße von Mansfield her führte im Bogen nördlich herum.

Im Walde war alles regungslos. Die alten Blätter auf dem Boden bewahrten noch den Reif auf ihrer Unterseite. Ein Häher schrie rauh. Viele kleine Vögel flatterten. Aber kein Wild war zu sehen, keine Fasanen. Während des Krieges waren sie und das Wild ausgerottet worden, und der Wald war ohne Schutz geblieben, bis Clifford jetzt wieder seinen Förster bekommen hatte.

Clifford liebte den Wald; er liebte die Eichen. Er fühlte, sie waren seit Generationen sein. Er wollte sie beschützen. Er wollte diesen Ort unverletzt erhalten, abgeschlossen von der Welt.

Der Rollstuhl zuckelte langsam den Abhang hinauf und schwankte und rumpelte über die gefrorenen Erdschollen. Und plötzlich kam zur Linken eine Lichtung, wo es nichts gab als einen Wirrwarr toter Farnkräuter mit einem dünnen, spindeligen, schräg geneigten jungen Stamm hier und da, große Baumstümpfen, die ihre Schnittfläche und die ausgreifenden Wurzeln zeigten, — leblos. Und Flecke von Schwärze, wo die Holzhauer Reisig und Abfall verbrannt hatten.

Dies war eine der Stellen, wo Sir Geoffrey während des Krieges Holz für die Schützengräben hatte schlagen lassen. Die ganze Kuppe, die sich sanft zur Rechten der Schneise erhob, war abgeholzt und sah seltsam kahl und verloren aus. Auf der Höhe der Kuppe, wo die Eichen gestanden hatten, war nun alles leer, und von hier konnte man über die Bäume hinausblicken auf die Grubenbahn und die neuen Werkanlagen bei Stacks Gate. Connie war stehen geblieben und hatte Ausschau gehalten. Es war eine Unterbrechung in der reinen Abgeschlossenheit des Waldes. Es ließ die Welt herein. Aber das sagte sie Clifford nicht.

Diese kahlgeholzte Stelle ließ Clifford stets merkwürdig zornig werden. Er hatte den Krieg mitgemacht und gesehen, was er bedeutete. Aber er war nicht eher wirklich zornig geworden, als bis er diesen kahlen Hügel gesehen hatte. Er ließ ihn aufforsten. Aber er flößte ihm ein Gefühl von Haß gegen den Vater ein.

Clifford saß mit starrer Miene da, während der Rollstuhl sich langsam aufwärts bewegte. Als sie auf den Gipfel der Anhöhe kamen, hielt Clifford ihn an. Er wollte den langen und sehr holperigen Abhang auf der anderen Seite nicht wagen. Er saß da und blickte auf den absinkenden grünlichen Verlauf der Schneise, einen freien Weg durch die Farnkräuter und Eichen. Am Fuße des Hügels machte sie einen Boden und verschwand. Aber sie hatte solch einen anmutigen, ungezwungenen Schwung, gemahnte an Ritter und Roß und Damen auf Zeltern.

»Ich glaube, das ist wirklich das Herz Englands«, sagte Clifford zu Connie, als er in der matten Februarsonne dort saß.

»Findest du?« erwiderte sie und setzte sich in ihrem blauen Strickkleid auf einen Baumstumpf am Wegrand.

»Ja, das ist das alte England. Sein innerstes Herz. Und ich will es unversehrt bewahren.«

»Oh ja!« sagte Connie. Aber während sie es sagte, hörte sie die Elf-Uhr-Sirenen unten in der Zeche von Stacks Gate. Clifford war zu sehr an den Klang gewöhnt, um ihn zu bemerken.

»Ich will diesen Wald vollkommen erhalten – unberührt. Ich will keine Eindringlinge in ihm dulden«, fuhr Clifford fort.

Darin lag ein gewisses Pathos. Der Wald bewahrte noch immer etwas vom Geheimnis des wilden alten England, aber Sir Geoffreys Abholzungen während des Krieges hatten ihm einen Schlag versetzt. Wie still die Bäume waren mit ihren krakeligen unzähligen Zweigen gegen den Himmel und den grauen, eigensinnigen Stämmen, die sich aus den braunen Farnkräutern erhoben! Wie sicher die Vögel zwischen ihnen umherflatterten! Und einst waren hier Hirsche gewesen und Bogenschützen und Mönche, die auf Eseln vorbeitrotteten. Der Ort erinnerte sich noch, erinnerte sich noch immer.

Clifford saß in der bleichen Sonne, mit dem Lichte auf seinem glatten, sehr blonden Haar, seinem rötlichen, vollen, unentzifferbaren Gesicht.

»Wenn ich hierher komme, mache ich mir mehr daraus, keinen Sohn zu haben, als zu irgendeiner anderen Zeit«, sagte er.

»Aber der Wald ist älter als deine Familie«, erwiderte Connie sanft.

»Gewiß«, meinte Clifford. »Aber wir haben ihn erhalten. Wenn wir nicht wären, würde er verschwinden – er wäre schon verschwunden wie der übrige Frost. Man muß einiges von dem alten England erhalten.«

»Muß man? Wenn es erhalten werden *muß*, und zwar *gegen* das neue England? Es ist traurig, ich weiß.«

»Wenn nicht etwas von dem alten England erhalten bleibt, wird überhaupt kein England bleiben«, sagte Clifford. »Und wir, die wir diese Art von Besitz haben und das Gefühl dafür, wir müssen es erhalten.«

Es folgte eine traurige Pause.

»Ja, für eine kleine Weile«, sagte Connie.

»Für eine kleine Weile! Das ist alles, was wir tun können. Wir können bloß unser Teil leisten. Ich habe das Gefühl, daß jeder Mann meiner Familie sein Teil hier geleistet hat, seit der Besitz uns gehört. Man mag sich gegen die Konvention wenden, aber man muß die Tradition aufrecht erhalten.«

Es folgte wieder eine Pause.

»Welche Tradition?« fragte Connie.

»Die Tradition Englands! All dessen da!«

»Ja«, meinte sie gedehnt.

»Darum hilft es, wenn man einen Sohn hat; man ist bloß ein Glied in einer Kette«, sagte er.

Connie hatte nicht viel übrig für Ketten, aber sie sagte nichts. Sie dachte nach über die seltsame Unpersönlichkeit seines Verlangens nach einem Sohn.

»Es tut mir leid, daß wir keinen Sohn haben können«, sagte sie. Er blickte sie unentwegt mit seinen runden, blaßblauen Augen an.

»Es wäre beinahe gut, wenn du ein Kind von einem andern Mann hättest«, sagte er. »Wenn wir es in Wragby aufzögen, würde es zu uns und dem Besitz gehören. Ich glaube nicht sehr an Vaterschaft. Wenn wir das Kind zum Aufziehen bei uns hätten, wäre es unser eigenes und würde das Werk fortsetzen. Glaubst du nicht, daß es der Erwägung wert ist?«

Connie blickte endlich zu ihm auf. Das Kind, ihr Kind, war einfach ein »Es« für ihn. Es – es – es!

»Und der andere Mann?« fragte sie.

»Kommt es viel auf den an? Berühren uns solche Dinge wirklich sehr tief? – Du hast diesen Geliebten in Deutschland gehabt. Was ist das jetzt? Beinahe nichts. Mir scheint, es sind nicht diese kleinen Handlungen und kleinen Verbindungen in unserem Leben, auf die es so viel ankommt. Sie gehen vorüber. Und wo bleiben sie? Wo? – Wo ist der Schnee vom vergangenen Jahr? Was während des eigenen Lebens dauert, darauf kommt es an. Auf mein Leben, in seiner Fortführung und Entwicklung, kommt es mir an. Aber was wollen die gelegentlichen Verbindungen ganz besonders? Wenn die Leute sie nicht lächerlich übertreiben, gehen sie vorbei wie die Paarung der Vögel. Und so soll es auch sein. Was wollen sie besagen? Die lebenslange Gemeinschaft ist es, auf die es ankommt. Das Zusammenleben von Tag zu Tag, nicht das einmal oder zweimal zusammen

Schlafen. Du und ich, wir sind verheiratet, ganz gleich, was uns widerfährt. Wir sind eins dem andern zur Gewohnheit geworden, und Gewohnheit ist meiner Meinung nach lebenswichtiger als irgend eine zufällige Erregung. Das Langwährende, das Langsame, Andauernde – davon leben wir –, nicht von einem gelegentlichen Krampf irgendwelcher Art. Ganz allmählich geraten zwei Leute, die miteinander leben, in eine Art Einklang. Ihre Schwingungen sind so unentwirrbar aufeinander abgestimmt. Das ist das wirkliche Geheimnis der Ehe, nicht das Geschlechtliche; zumindest nicht die einfache Geschlechtsfunktion. Du und ich, wir sind in eine Ehe verwoben. Wenn wir daran festhalten, müssen wir imstande sein, das Sexuelle so einzurichten, als träfen wir Anstalten, zum Zahnarzt zu gehen; da das Schicksal uns hier physisch schachmatt gesetzt hat.«

Connie saß und lauschte in einer Art von Verwunderung, von Angst. Sie wußte nicht, ob er recht oder unrecht hatte. Da war Michaelis, den sie liebte, so sagte sie sich. Aber diese Liebe war gewissermaßen nur ein Ausflug aus ihrer Ehe mit Clifford, aus der langen, langsamen, in Jahren des Leidens und der mit Geduld ausgebildeten Gewohnheit des Vertrautseins. Vielleicht bedarf die menschliche Seele solcher Ausflüge, und man soll sie ihr nicht versagen. Aber der Kernpunkt eines Ausfluges ist, daß man wieder heimkommt.

»Und würde es dich nicht kümmern, von welchem Mann ich das Kind hätte?« fragte sie.

»Aber Connie, ich würde deinem natürlichen Instinkt für Anstand und deinem guten Geschmack vertrauen. Du würdest es einfach nicht zulassen, daß ein Mann von der unrechten Sorte dich anrührte.«

Sie dachte an Michaelis. Er verkörperte vollkommen Cliffords Idee von der unrechten Sorte.

»Aber Männer und Frauen mögen verschiedene Gefühle über die unrechte Art von Mann hegen«, sagte sie.

»Nein«, erwiderte er. »Du hast eine Neigung zu mir gefaßt. Ich glaube nicht, daß du je eine zu einem Manne fassen könntest, der mir völlig antipathisch wäre. Dein Lebensrhythmus würde dich das nicht tun lassen.«

Sie schwieg. Auf diese Logik gab es keine Antwort, weil sie völlig falsch war.

»Und du würdest von mir erwarten, daß ich es dir sage?« fragte sie, beinahe verstohlen zu ihm aufblickend.

»Keineswegs. Ich sollte es lieber nicht wissen. Aber du bist doch auch meiner Meinung, nicht wahr, daß das zufällige Geschlechtliche nichts ist, verglichen mit dem langen, gemeinsam gelebten Leben? Glaubst du nicht, daß man einfach das Sexuelle den Notwendigkeiten eines langen Lebens unterordnen kann? Es einfach benützen kann, da wir dazu getrieben werden? Schließlich, bedeuten denn diese zeitweiligen Erregungen irgend etwas? Besteht nicht das ganze Problem des Lebens darin, im Laufe der Jahre langsam eine einheitliche Persönlichkeit aufzubauen? Ein unzerfasertes Leben. Ein zerfasertes Leben hat keinen Sinn. Wenn der Mangel an Sexuellem dich zu zerfasern droht, dann geh und hab eine Liebesaffäre! Wenn der Mangel eines Kindes dich zu zerfasern droht, dann hab ein Kind, wenn du irgend kannst! Nur tue diese Dinge so, daß du ein unzerfasertes Leben hast, das ein langes harmonisches Ganzes bildet. Und du und ich, wir können das miteinander – glaubst du nicht? – wenn wir uns den Notwendigkeiten anpassen und zugleich diese Anpassung mit unserem stetig gelebten Leben verweben. Meinst du nicht auch?«

Connie war ein wenig überwältigt von seinen Worten. Sie wußte, er hatte theoretisch recht. Aber wenn sie tatsächlich das stetig gelebte Leben mit ihm berührte – dann zögerte sie. War es tatsächlich ihre Bestimmung, sich für den Rest ihres Lebens in sein Leben zu verweben? Nichts als das?

War es eben das? Sie sollte damit zufrieden sein, ein stetiges Leben mit ihm zu leben, ein einiges Gewebe, vielleicht durchwirkt von der gelegentlichen Blume eines Abenteuers. Doch wie konnte sie wissen, was sie nächstes Jahr fühlen würde? Wie konnte man je wissen? Wie konnte man ja sagen auf Jahre und Jahre hinaus? Das kleine Ja, das im Atemhaus verwehte. Warum sollte man sich festnageln lassen durch dieses Schmetterlingswort? Es mußte doch davonflattern und weg sein, um von andern Jas und Neins gefolgt zu werden. Ein Umherirren von Schmetterlingen.

»Ich glaube, du hast recht, Clifford. Und soweit ich sehen kann, stimme ich dir bei. Nur mag das Leben vielleicht allem ein ganz neues Gesicht geben.«

»Aber bis das Leben allem ein neues Gesicht gibt, stimmst du mir bei?«

»Oh ja. Ich glaube, das tue ich wirklich.«

Sie beobachtete einen braunen Spaniel, der aus einem Seitenweg hervorgelaufen war, sie mit erhobener Nase ansah und ein weiches, flockiges Bellen hören ließ. Ein Mann mit einer Jagdflinte kam rasch und leise hinter dem Hunde hergeschritten und wandte sich ihnen zu, als wollte er sie beide angreifen; dann blieb er jedoch stehen, legte grüßend die Hand an den Hut und wandte sich bergab. Es war der neue Förster, aber er hatte Connie erschreckt; er schien mit solch geschwinder Drohung aufzutauchen. So wenigstens hatte sie ihn gesehen – wie den plötzlichen Ansturm einer Drohung aus dem Nichts.

Er war ein Mann in dunkelgrünem Manchestersamt und Ledergamaschen – nach alter Art, mit gebräuntem Gesicht und rötlichblondem Schnurrbart und einem fernen Blick. Er schritt schnell bergab.

»Mellors!« rief Clifford. Der Mann machte eine leichte Wendung und salutierte mit einer raschen, knappen Bewegung – ein Soldat!

»Wollen Sie den Rollstuhl herumdrehen und ihn in Gang setzen? Das macht es mir leichter«, sagte Clifford.

Der Mann hing sofort seine Flinte über den Rücken und kam mit den gleichen, seltsam schnellen und doch weichen Bewegungen herbei, als bliebe er unsichtbar. Er war mäßig groß und mager und war schweigsam. Er blickte überhaupt nicht auf Connie, sondern nur auf den Rollstuhl.

»Connie, dies ist unser neuer Förster Mellors. Sie haben Lady Chatterley noch nicht kennen gelernt, Mellors?«

»Nein, Sir«, kam die rasche, gleichgültige Antwort.

Der Mann lüftete, wo er stand, den Hut, und ließ sein dichtes, beinahe hellblondes Haar sehen. Er starrte Connie gerade in die Augen, mit einem vollen, furchtlosen, unpersönlichen Blick, als wollte er sehen, wie sie aussehe, und bewirkte, daß sie sich scheu fühlte. Sie nickte ihm schüchtern zu, und er nahm seinen Hut aus der rechten in die linke Hand und machte eine leichte Verbeugung wie ein Gentleman; aber er sprach kein Wort. Für einen Augenblick verharrte er still, den Hut in der Hand.

»Aber Sie sind schon einige Zeit hier, nicht wahr?« sagte Connie zu ihm.

»Acht Monate, gnädige Frau – Euer Gnaden«, verbesserte er sich selbst ruhig.

»Und gefällt es Ihnen?«

Sie blickte ihm in die Augen. Die seinen zogen sich leicht zusammen, gleichsam ironisch, vielleicht ein wenig unverschämt.

»Gewiß, ja, ich danke Euer Gnaden. Ich bin hier aufgewachsen...« Er machte noch eine leichte Verbeugung, wandte sich, setzte seinen Hut auf und kam herbei, um den Rollstuhl zu fassen. Bei den letzten Worten was seine Stimme in das breite Verschleifen der Mundart verfallen – vielleicht mit einem gewissen Spott, denn vorher war keine Spur von Dialekt zu entdecken gewesen. Er mochte beinahe ein Gentleman sein. Jedenfalls war er ein wunderlicher, geschwinder, abseitiger Geselle, allein, aber seiner selbst sicher.

Clifford setzte den kleinen Motor in Gang, der Mann drehte den Stuhl vorsichtig herum und richtete ihn gegen den Abhang, der sich sanft zu dem dunklen Haseldickicht hinabsenkte.

»Ist das alles, Sir Clifford?« fragte der Mann.

»Nein, kommen Sie lieber mit, im Fall er stecken bleibt. Der Motor ist nicht stark genug fürs Bergauffahren.« Der

Mann blickte sich nach seinem Hunde um – ein bedachtsamer Blick. Der Spaniel sah zu ihm auf und wedelte ein wenig mit dem Schweif. Ein kleines Lächeln, spöttisch oder den Hund neckend, aber sanft, erschien für einen Augenblick in des Mannes Augen und verschwand dann; doch sein Gesicht blieb ausdruckslos. Sie gelangten ziemlich schnell den Abhang hinab, wobei der Mann seine Hand auf der Lehne des Stuhles hielt und ihn vorm Schwanken bewahrte. Er sah eher wie ein freier Soldat denn ein Bediensteter aus, und irgend etwas an ihm erinnerte Connie an Tommy Dukes.

Als sie ans Haselwäldchen kamen, lief Connie plötzlich voraus und öffnete das Tor zum Park. Während sie dastand und es offen hielt, blickten die beiden Männer sie im Vorbeikommen an, Clifford kritisch, der andere mit einer merkwürdigen, kühlen Verwunderung, als wollte er ganz unpersönlich wissen, wie sie aussehe. Und sie gewahrte in seinem blauen, unpersönlichen Blick einen Ausdruck des Leidens und der Teilnahmslosigkeit, aber auch einer gewissen Wärme. Doch warum war er so abseits, so abgesondert?

Clifford hielt den Rollstuhl an, sobald er durchs Tor war, und der Mann kam schnell und höflich herbei, um es zu schließen. »Warum bis du vorausgelaufen, um es zu öffnen?« fragte Clifford mit seiner unbewegt ruhigen Stimme, die zeigte, daß ihm etwas nicht gefiel. »Mellors hätte es tun können.«

»Ich dachte, du würdest gleich weiterfahren«, sagte Connie.

»Und dich hinterherlaufen lassen?« erwiderte Clifford.

»Oh, mein Gott, ich laufe manchmal ganz gern.«

Mellors faßte wieder den Rollstuhl und sah völlig achtlos drein, aber Connie fühlte, daß er alles bemerkte. Als er den Rollstuhl den recht steilen Abhang der Kuppe im Park hinaufschob, atmete er rasch, mit geöffneten Lippen. Er war doch recht zart. Seltsam voll von Lebenskraft, aber ein bißchen zart und gedrückt. Ihr fraulicher Instinkt spürte das.

Connie blieb im Gehen zurück. Es war ein grauer Tag geworden. Der kleine blaue Himmel, der sich über den kreisförmigen Rand von Dunst gespannt hatte, war wiederum verschlossen, der Deckel war zu, es herrschte eine rauhe Kälte. Schneeluft. Alles grau in grau! Die Welt sah müde und verbraucht aus.

Der Rollstuhl wartete am oberen Ende des rosafarbenen Pfades. Clifford blickte sich nach Connie um.

»Du bist nicht müde, nicht wahr?« fragte er.

»O nein«, antwortete sie.

Aber sie war doch müde. Ein seltsames müdes Sehnen, eine Unzufriedenheit war in ihr erwacht. Clifford bemerkte es nicht; das waren nicht Dinge, deren er gewahr wurde. Aber der Fremde erkannte es. Connie erschien alles in ihrer Welt und im Leben erschöpft, und ihre Unzufriedenheit war älter als die Berge.

Sie kamen zum Haus und zur Hintertüre, vor der keine Stufen waren. Clifford brachte es zuwege, sich in den niedrigen Hausrollstuhl hinüberzuschwingen; seine Arme waren sehr stark und voll Beweglichkeit. Dann hob Connie die Last seiner toten Beine ihm nach.

Der Förster, der in dienstlicher Haltung darauf wartete, entlassen zu werden, beobachtete alles ganz genau – es entging ihm nichts. Er erblaßte in einer Art Entsetzen, als Connie in ihren Armen die unbeweglichen Beine des Mannes in den anderen Stuhl hinüberschob und Clifford dabei seinen Leib herumschwenkte. Er war erschrocken.

»Danke fürs Helfen, Mellors«, sagte Clifford obenhin, als er sich durch den Flur im Dienerschaftsflügel rollte.

»Wünschen Sie noch etwas, Sir?« erklang es unbeteiligt wie eine Stimme in einem Traum.

»Nichts. Guten Morgen.«

»Guten Morgen! Es war nett von Ihnen, den Stuhl dort den Hügel hinaufzuschieben. Ich hoffe, er war nicht zu schwer für Sie«, sagte Connie und blickte auf den Förster zurück, der draußen vor der Türe stand.

Seine Augen kamen für einen Moment zu den ihren, als erwachte er. Er wurde ihrer gewahr.

»O nein, nicht schwer«, sagte er schnell. Dann geriet seine Stimme wieder in den breiten Klang der Mundart. »Guten Morgen, Euer Gnaden.«

»Wer ist dein Förster?« fragte Connie beim Mittagessen.

»Mellors. Du hast ihn ja gesehen«, erwiderte Clifford.

»Ja, aber woher kommt er?«

»Von nirgendwo. Er ist ein Bursche aus Tevershall... der Sohn eines Bergarbeiters, glaube ich.«

»Und war er selbst auch ein Bergarbeiter?«

»Schmied in der Grubenwerkstatt, glaube ich. Oberschmied. Aber er war vor dem Kriege zwei Jahre lang Förster hier, ehe er zum Militär ging. Mein Vater hatte immer eine gute Meinung von ihm, und so habe ich ihn, als er zurückkam und wieder als Schmied ins Bergwerk wollte, einfach als Förster hierher zurückgenommen. Ich war wirklich sehr froh, ihn zu bekommen, – es ist beinahe unmöglich, hier in der Gegend eine guten Mann als Heger oder Förster zu bekommen. Und man braucht dazu einen, der die Leute hier kennt.«

»Ist er nicht verheiratet?«

»Er war es. Aber seine Frau ging ihm durch mit – mit verschiedenen Männern – aber zum Schluß mit einem Bergarbeiter von Stacks Gate, und ich glaube, sie lebt noch dort.«

»Also ist der Mann allein?«

»Mehr oder weniger. Er hat seine Mutter im Dorf – und ein Kind, glaube ich.«

Clifford blickte Connie mit seinen blassen, ein wenig vorgewölbten blauen Augen an, in die eine gewisse Verschwommenheit kam. Im Vordergrund schien er lebhaft wach zu sein, aber der Hintergrund war wie die Atmosphäre der Midlands – Dunst, rußiger Nebel. Und der Nebel schien vorwärtszukriechen. So fühlte sie, als er sie auf seine eigentümliche Art anstarrte und ihr seine eigenartige genaue Auskunft gab, wie der Hintergrund seines Geistes sich mit Nebel, mit einem Nichts füllte. Und es flößte ihr Furcht ein. Es ließ ihn unpersönlich erscheinen, fast bis zur Schwachsinnigkeit.

Und undeutlich begriff sie eines der großen Gesetze der Menschenseele: Wenn das Gemüt einen verwundenden Schlag erhält, der den Körper nicht tötet, scheint die Seele sich zugleich mit dem Körper zu erholen. Aber das ist nur scheinbar. Es ist in Wirklichkeit nur der Mechanismus der wieder angenommenen Gewohnheit. Langsam, langsam beginnt die Wunde der Seele sich fühlbar zu machen wie eine Verletzung, die erst allmählich ihren fürchterlichen Schmerz vertieft, bis er die ganze Psyche erfüllt. Und wenn wir glauben, wir haben uns erholt und vergessen, dann müssen die schrecklichen Nachwirkungen in ihrer ärgsten Form bekämpft werden.

So war es mit Clifford. Sobald er gesund, sobald er wieder in Wragby war und seine Novellen schrieb und sich des Lebens trotz allem sicher fühlte, schien er zu vergessen und seinen Gleichmut wiedergewonnen zu haben. Nun aber, da die Jahre langsam, langsam vorbeigingen, fühlte Connie, wie die durch Furcht und Schrecken ihm zugefügte Wunde zum Vorschein kam und sich in ihm ausbreitete. Eine Zeitlang war sie so tief gewesen, daß sie nicht spürbar, daß sie gleichsam nicht vorhanden war. Nun begann sie sich langsam in einer Ausbreitung von Furcht und beinahe Lähmung geltend zu machen. Geistig war er noch immer regsam. Aber die Lähmung, die Verletzung durch einen zu großen Schock breitete sich allmählich in seinem Gefühlsleben aus.

Und wie sie sich in ihm ausbreitete, so fühlte Connie sie auch in sich Raum gewinnen. Eine innere Furcht, eine Leere, eine Gleichgültigkeit gegen alles verbreitete sich allmählich in ihrer Seele. Wenn Clifford aufgerüttelt wurde, konnte er noch immer glänzend reden und sozusagen die Zukunft beherrschen, wie zum Beispiel, als er im Walde davon gesprochen hatte, ein Kind zu haben und Wragby einen Erben zu geben. Aber am nächsten Tage schienen die glänzenden

Worte wie abgestorbene Blätter zusammenzuschrumpfen und sich in Staub zu verwandeln, im Grunde nichts bedeutend und von jedem Windhauch verweht. Es waren nicht die frischen Worte eines aktiven Lebens, jung und voll Tatkraft und einem Baume angehörend. Es waren die Scharen abgefallener Blätter eines Lebens, das wirkungslos geworden war.

So schien es ihr überall zu sein. Die Bergleute zu Tevershall sprachen wiederum von Streik, und es schien Connie auch hier, daß es nicht eine Kundgebung von Energie sei, sondern die Verwundung durch den Krieg, die, eine Zeitlang unsichtbar, langsam an die Oberfläche kam und das große Weh der Unrast und die lähmende Starre der Unzufriedenheit erzeugte. Die Verwundung war tief, tief, tief, — die Verwundung durch den falschen, unmenschlichen Krieg. Es würde das lebendige Blut von Generationen kosten, den dicken schwarzen Klumpen geronnenen Blutes tief innen in ihren Seelen und Leibern aufzulösen. Und es würde eine neue Hoffnung brauchen.

Arme Connie! Wie die Jahre so vergingen, war es die Furcht vor dem Nichts in ihrem Leben, von der sie angegriffen wurde. Cliffords und ihr eigenes geistiges Leben gaben ihr allmählich das Gefühl eines Nichts. Ihre Ehe, ihr einander ergänzendes Leben, gegründet auf einer gewohnheitsmäßigen Vertraulichkeit, von der er so viel redete, — es gab Tage, da all dies völlig leer und ein Nichts wurde. Es waren Worte, nichts als Worte. Die einzige Wirklichkeit war dieses Nichts und, darüber hinaus, ein falsches Gebilde von Worten.

Freilich, da war Cliffords Erfolg. Die hündische Göttin! Es war wahr: Er war beinahe berühmt, und seine Bücher brachten ihm tausend und einige Pfund ein. Photographien von ihm erschienen überall. In einer der Kunstgalerien stand eine Büste von ihm, und in zweien hing sein Porträt. Er schien die modernste aller modernen Stimmen des Tages. Mit seinem unheimlichen lahmen Instinkt, sich in Szene zu setzen, war er in vier oder fünf Jahren einer der bestbekannten jungen »Intellektuellen« geworden. Wo der Intellekt blieb, das konnte Connie nicht recht sehen. Clifford war wirklich gescheit, wo es die leicht humoristische Analyse von Leuten und Motiven galt, die schließlich alles zerfasert und nichts als einzelne Stücke übrig läßt. Aber es war fast so, als rissen junge Hunde ein Sofakissen in Stücke; nur machte es nicht den Eindruck von Jugend und spielerischem Übermut, sondern von seltsamem Altsein und recht eigensinniger Eingebildetheit. Es war unheimlich und es war nichtig. Dies war das Gefühl, das endlos auf dem Grunde von Connies Seele widerhallte: es war alles nichts, eine wundervolle Schaustellung von Nichtigkeit. Und eben eine Schaustellung. Eine Schaustellung!

Michaelis hatte Clifford zur Hauptfigur eines Stückes genommen; er hatte bereits die Handlung festgelegt und den ersten Akt geschrieben. Denn Michaelis verstand es sogar noch besser als Clifford, eine Schaustellung von Nichtigkeit zu geben. Das war das letzte Restchen Leidenschaft in diesen Männern: die Leidenschaft, sich zur Geltung zu bringen. Sexuell waren sie leidenschaftslos, ja sogar tot. Und es war nicht Geld, worauf Michaelis aus war. Clifford war nie in erster Linie auf Geld ausgewesen, obwohl er es einstrich, wo es möglich war, denn Geld ist das Siegel und der Stempel des Erfolges. Und Erfolg war, was sie wollten. Alle beide wollten sie eine wirkliche Schaustellung veranstalten. Das wirkliche Sichselbstzurschaustellen eines Mannes, das für eine Weile das ungeheure Publikum gefangennehmen sollte.

Sie war etwas Seltsames, diese Prostitution an die hündische Göttin. Für Connie, da sie in Wirklichkeit außerhalb stand, besonders seit sie gegen das Erregende daran unempfindlich geworden war, war auch sie nur ein Nichts. Sogar die Prostitution an die hündische Göttin war ein Nichts, obgleich die Männer sich unzählige Male prostituierten. auch dies ein Nichts! Michaelis schrieb Clifford über das

Stück. Sie wußte natürlich schon lange davon. Clifford war abermals begeistert. Er würde wieder zur Schau gestellt werden, und diesmal von einem anderen, und zwar vorteilhaft. Er lud Michaelis und den ersten Akt nach Wragby ein.

Michaelis kam: im Sommer, in einem lichten Anzug und weißen Wildlederhandschuhen, mit lila Orchideen für Connie – sie waren entzückend –, und der erste Akt war ein großer Erfolg. Sogar Connie war begeistert – begeistert bis in das bißchen Mark, das ihr geblieben war. Und Michaelis, begeistert von seiner Macht, zu begeistern, war wirklich wundervoll – und geradezu schön in Connies Augen. Sie sah ihn in jener uralten Unbeweglichkeit einer Rasse, die nicht mehr desillusioniert werden kann, vielleicht aus einem Übermaß von Unreinheit, das bereits wieder Reinheit war. Am andern Ufer seiner äußersten Prostitution an die hündische Göttin schien er bereits wieder rein. Rein wie eine afrikanische Elfenbeinmaske, die Unreinheit zu Reinheit umträumt in ihren elfenbeinernen Linien und Flächen.

Sein Augenblick schierer Verzückung mit den beiden Chatterleys, als er Connie und Clifford einfach hinriß, war einer der höchsten Augenblicke in Michaelis Leben. Es war ihm gelungen: er hatte sie mitgerissen. Sogar Clifford war für eine Zeit in ihn verliebt – wenn man es so ausdrücken kann.

Am nächsten Morgen war Mick unsicherer als je in seinem Gehaben: ruhelos, verzehrt, die Hände nervös in den Hosentaschen vergraben. Connie hatte ihn in der Nacht nicht besucht – und er hatte nicht gewußt, wo sie zu finden war. Koketterie! – in diesem Augenblick des Triumphes!

Am Vormittag ging er in ihr Boudoir hinauf. Sie wußte, er werde kommen. Und seine Ruhelosigkeit war offenkundig. Er fragte sie über sein Stück aus – ob sie glaube, daß es gut sei. Er mußte es gelobt hören: das gab ihm das letzte dünne Erschauern von Leidenschaft, weit über jeden sexuellen Orgasmus hinaus. Und sie lobte das Stück mit Begeisterung. Und doch wußte sie dabei im Grunde ihrer Seele ganz genau, daß es ein Nichts war.

»Sieh her!« stieß er endlich hervor. »Warum machen wir Zwei nicht reinen Tisch? Warum heiraten wir nicht?«

»Aber ich bin ja verheiratet«, sagte sie verdutzt und fühlte doch nichts.

»Ach so! – Er wird schon in die Scheidung einwilligen. – Warum heiraten wir nicht? Ich will heiraten. Ich weiß, es wäre das beste für mich – heiraten und ein geregeltes Leben führen. Ich führe ein höllisches Leben und zerreiße mich dabei einfach in Stücke. Gib acht, du und ich, wir sind füreinander geschaffen – wir passen ausgezeichnet zueinander. Also warum sollten wir nicht heiraten? Siehst du irgendeinen Grund, warum wir es nicht tun sollten?«

Connie blickte ihn erstaunt an. Und doch fühlte sie nichts. Diese Männer, sie waren alle gleich; sie ließen alles weg. Sie rasten immer nur mit dem Hirn davon, als wären sie Feuerwerkskörper und erwarteten von einem, daß man himmelwärts getragen würde auf ihren dünnen Stäbchen.

»Aber ich bin bereits verheiratet«, sagte sie. »Ich kann Clifford nicht verlassen. Das weißt du doch.«

»Warum nicht? Warum denn nicht?« rief er. »Nach sechs Monaten wird er gar nicht mehr wissen, daß du weg bis. Er weiß nicht, daß irgendwer außer ihm da ist. Dieser Mensch hat ja überhaupt keine Verwendung für dich, so viel ich sehen kann; er ist vollkommen in sich selbst eingesponnen.«

Connie fühlte, daß darin Wahrheit steckte. Aber sie fühlte auch, daß das, was Mick tat, schwerlich eine Zurschaustellung von Selbstlosigkeit war.

»Sind nicht alle Männer in sich eingesponnen?« fragte sie.

»Oh, mehr oder weniger, das gebe ich zu. Ein Mann muß es sein, um durchzukommen. Aber das ist nicht das Wesentliche. Das Wesentliche ist, was für ein Leben ein Mann einer Frau bieten kann. Kann sie es gut haben bei ihm oder nicht? Wenn nicht, dann hat er kein Recht auf die Frau...« Er hielt inne und blickte sie mit seinen runden Haselnußaugen beinahe hypnotisch an. »Ich bin nun der Meinung«, fügte er hinzu, »ich kann einer Frau das beste Leben bieten, das sie sich wünschen kann. Ich glaube, ich kann für mich garantieren.«

»Und was für eine Art von gutem Leben?« fragte Connie und blickte ihn noch immer mit einer Art von Verwunderung an, die wie Verzückung aussah, – und darunter fühlte sie gar nichts.

»Jede Art von gutem Leben, zum Kuckuck! Jede Art! Kleider, Schmuck bis zu einem gewissen Grad, Ausgehen und Nachtlokale so viel du willst, jeden Menschen kennen lernen, den du willst, alles mitmachen – Reisen und jemand sein, wo du hinkommst, den Teufel noch mal! jede Art von gutem Leben.«

Er sprach in einem glitzernden Triumph. Und Connie blickte ihn benommen an und empfand wirklich garnichts. Kaum die Oberfläche ihres Gemüts war gekitzelt durch die blendenden Aussichten, die er ihr bot. Kaum ihr alleräußerlichstes Ich, das zu jeder andern Zeit verzückt erschauert wäre, antwortete darauf. Er gab ihr überhaupt kein Gefühl, sie konnte nicht »toll werden«.

Sie saß einfach da, starrte vor sich hin und sah benommen drein und fühlte nichts, sondern verspürte nur irgendwo den außerordentlich unangenehmen Geruch der hündischen Göttin.

Mick saß wie auf Nadeln, vorgeneigt und sie beinahe hysterisch anstarrend; und es war schwer zu entscheiden, ob er aus Eitelkeit ängstlicher darauf wartete, daß sie ja sage, oder ob er mehr vom Schrecken gepackt war, aus Furcht, sie würde einwilligen.

»Darüber müßte ich nachdenken«, meinte sie. »Jetzt kann ich es nicht sagen. Vielleicht scheint es so, als ob Clifford nicht zählte. Aber er zählt doch. Wenn du bedenkst, wie hilflos er ist...«

»Ach, hol's der Teufel! Wenn ein Mann aus seiner Hilflosigkeit Nutzen ziehen soll, könnte ich damit beginnen, zu erzählen, wie einsam ich bin und stets gewesen bin und all das übrige Zeug – Seelenqual und: O Mensch! Hol's der Teufel! Wenn ein Mann nur durch seine Gebrechen anziehend wirkt...«

Er wandte sich ab, und seine Hände in den Hosentaschen zuckten wütend. An jenem Abend sagte er zu ihr:

»Du kommst heute nacht in mein Zimmer herüber, nicht wahr? Ich will verdammt sein, wenn ich weiß, wo deines ist.«

»Gut«, sagte sie.

In dieser Nacht war er ein aufgeregterer Liebhaber als sonst, in seiner seltsam zarten Nacktheit eines kleinen Jungen. Connie fand es unmöglich, zu ihrem Orgasmus zu gelangen, ehe er wirklich den seinen beendet hatte, und er erweckte mit seiner knabenhaften Nacktheit und Weichheit eine lechzende Leidenschaft in ihr; sie mußte, nachdem er zu Ende war, den wilden Aufruhr und das Wogen ihrer Lenden andauern lassen, während er sich heroisch in ihr aufrecht und gegenwärtig hielt mit all seinem Willen und Sichdarbieten, bis sie unter unheimlichen kleinen Schreien selber kam.

Als er sich schließlich von ihr entfernte, sagte er mit halblauter, beinahe hämischer Bitterkeit: »Du kannst nicht mit dem Mann zugleich ans Ziel kommen, was? Du mußt dich selber so weit bringen! Du mußt natürlich fertig werden, wenn du willst.«

Diese kleine Rede in diesem Augenblick war eine der großen Erschütterungen ihres Lebens; denn jene passive Art, sich zu geben, war so offenkundig seine einzige mögliche Art des Verkehrs.

»Ich weiß nicht, was du meinst«, sagte sie.

»Du weißt ganz gut, was ich meine. Du tust noch stundenlang weiter, wenn ich schon fertig bin, und ich muß mich verbeißen und darf nicht loslassen, bis du dich zum Losgehen bringst.«

Sie war betäubt von diesem plötzlichen Ausbruch von Brutalität in einem Augenblick, da sie einem unaussprechlichen Wohlgefühl erglühte, in einer Art von Liebe für ihn. Denn schließlich kam er, wie so viele moderne Männer, zu Ende, ehe er recht begonnen hatte. Und das zwang die Frau, selber aktiv zu sein.

»Aber du willst doch, daß ich weitertue, um zu meiner eigenen Befriedigung zu kommen?« fragte sie.

Er lachte verbittert. »Ob ich will!« sagte er. »Das ist gut! Ich will mit zusammengebissenen Zähnen standhalten, während du auf mich losgehst!«

»Aber willst du das denn nicht?« beharrte sie.

Er wich der Frage aus. »Alle diese verflixten Weiber sind so«, sagte er. »Entweder sie gehen gar nicht los, als wären sie tot dort drinnen, – oder sie warten, bis unsereiner wirklich erledigt ist, dann erst fangen sie an, sich soweit zu bringen, und unsereiner muß standhalten. Ich habe noch nie eine Frau gehabt, die im selben Augenblick wie ich fertig geworden wäre.«

Connie hörte diese Kostprobe neuartiger maskuliner Aufklärung nur halb. Sie war betäubt von seinem feindseligen Gefühl gegen sie – seiner unverständlichen Brutalität. Sie fühlte sich so unschuldig.

»Aber du willst doch, daß auch ich meine Befriedigung habe?« wiederholte sie.

»Oh, meinetwegen. Ich habe nichts dagegen. Aber ich will verdammt sein, wenn's ein Spaß sein soll für einen Mann, durchzuhalten und zu warten, bis die Frau...«

Diese Worte waren ein entscheidender Schlag in Connies Leben. Sie töteten etwas in ihr. Sie war nicht gar so erpicht gewesen auf Michaelis. Ehe er die Affäre begonnen hatte, hatte sie ihn nicht gewollt. Es war, als hätte sie ihn nie entschieden gewollt. Aber sobald er sie einmal dahin gebracht hatte, schien es ihr nur natürlich, daß sie mit ihm auch ihren eigenen Orgasmus erreichen sollte. Sie hatte ihn dafür beinahe geliebt – sie hatte ihn beinahe geliebt in dieser Nacht und ihn heiraten wollen.

Vielleicht wußte er es instinktiv, und darum hatte er das Ganze mit einem Krach zum Einsturz bringen müssen – das

Kartenhaus. Ihr ganzes sexuelles Gefühl für ihn oder für irgendeinen Mann brach in jener Nacht zusammen. Ihr Leben fiel von dem seinen so völlig ab, als wäre er nie dagewesen. Und sie ging trübselig durch die Tage dahin. Jetzt gab es nichts mehr als die leere Tretmühle dessen, was Clifford das Einander-ergänzende-Leben nannte, das lange Zusammenleben zweier Menschen, die die Gewohnheit haben, miteinander im selben Hause zu sein.

Das Nichts! Das große Nichts des Lebens hinzunehmen, schien das einzige Ziel des Lebens zu sein – alle die vielen geschäftigen und wichtigen kleinen Dinge, die die große Gesamtsumme des Nichts ergeben!

SECHSTES KAPITEL

»Warum haben Männer und Frauen heutzutage einander nicht wirklich gern?« Connie richtete die Frage an Tommy Dukes, der mehr oder minder ihr Orakel war.

»Oh, aber sie haben einander gern! Ich glaube, seit die Gattung Mensch erfunden wurde, hat es nie eine Zeit gegeben, da Männer und Frauen einander so gern gehabt haben wie heutzutage. Echtes Gernhaben! Nehmen Sie mich, zum Beispiel! Mir sind Frauen wirklich lieber als Männer. Sie sind tapferer; man kann aufrichtiger mit ihnen sein.«

Connie überdachte das. »Ah ja, aber Sie haben nie etwas mit ihnen zu tun«, sagte sie.

»Ich? Was tue ich denn eben jetzt anderes, als vollkommen ernsthaft mit einer Frau reden?«

»Ja, reden...«

»Und was mehr könnte ich tun, wenn Sie ein Mann wären, als vollkommen ehrlich mit Ihnen reden?«

»Nichts vielleicht. Aber eine Frau...«

»Eine Frau will, daß man sie gern hat und mit ihr redet, und zugleich, daß man sie liebt und begehrt. Und mir scheint es, daß die beiden Dinge einander ausschließen.«

»Aber das sollten Sie nicht!«

»Kein Zweifel, Wasser sollte nicht so naß sein, wie es ist; es übertreibt seine Nässe. Aber so ist es einmal. Ich habe Frauen gern und rede mit ihnen. Und darum liebe und begehre ich sie nicht. Die beiden Dinge geschehen nicht gleichzeitig in mir.«

»Ich glaube, sie sollten das aber.«

»Na gut. Die Tatsache, daß Dinge etwas anderes sein sollten, als sie sind, schlägt nicht in mein Fach.«

Connie dachte darüber nach. »Es ist nicht wahr«, sagte sie. »Männer können Frauen lieben und mit ihnen reden. Ich begreife nicht, wie sie sie lieben können, ohne mit ihnen zu reden und freundlich und vertraut mit ihnen zu sein.«

»Tja«, erwiderte er, »ich weiß nicht. Welchen Zweck hat mein Verallgemeinern? Ich kenne nur meinen eigenen Fall. Ich habe Frauen gern, aber ich begehre sie nicht. Ich rede gern mit ihnen, und mit ihnen zu reden, macht mich zwar in einer Hinsicht mit ihnen vertraut, aber es setzt mich an den andern Pol, was das Küssen betrifft. Da haben Sie's! Aber nehmen Sie mich nicht als Beispiel für die Allgemeinheit. Wahrscheinlich bin ich ein Spezialfall. Einer von den Männern, die Frauen gern haben, aber sie nicht lieben, und sie sogar hassen, wenn sie mich zwingen, Liebe vorzutäuschen oder so auszusehen, als wäre ich erobert worden.«

»Aber macht Sie das nicht traurig?«

»Warum sollte es mich traurig machen? Keine Spur. Ich sehe mir Charlie May an und die übrigen Männer, die Liebschaften haben, und... Nein, ich beneide sie nicht im geringsten. Wenn das Schicksal mir eine Frau senden würde, die ich haben wollte, – schön und gut. Da ich keine Frau kenne, die ich haben möchte, und nie eine sehe... Tja, ich vermute, ich bin kalt. Und ich habe wirklich einige Frauen sehr gern.«

»Haben Sie mich gern?«

»Sehr sogar! Und sehen Sie, zwischen uns gibt es die Frage des Küssens gar nicht, nicht wahr?«

»Nein, gar nicht«, sagte Connie. »Aber sollte sie nicht bestehen?«

»Warum, um Gottes Willen? Ich habe Clifford gern, aber was würden Sie sagen, wenn ich hinginge und ihn küßte?«

»Ist da nicht ein Unterschied?«

»Wo liegt der, soweit er uns angeht? Wir alle sind intelligente Menschen, und dieses ganze Mann-Sein und Frau-Sein ist außer Kraft gesetzt. Einfach außer Kraft gesetzt. Wäre es Ihnen recht, wenn ich jetzt in diesem Augenblick anfinge, mich wie ein kontinentales Männchen zu benehmen, und meine Sexualität hervorkehrte?«

»Ich würde es abscheulich finden.«

»Nun also! Ich sage Ihnen, wenn ich überhaupt ein Männchen bin, dann begegne ich eben nie dem Weibchen meiner Gattung. Und ich vermisse es nicht. Ich habe Frauen eben nur gern. Wer kann mich zwingen, sie zu lieben oder vorzugeben, ich liebte sie, und das Liebesspiel in Gang zu bringen?«

»Nein, ich sicher nicht. Aber da ist doch etwas nicht in Ordnung.«

»Das empfinden Sie vielleicht; ich nicht.«

»Ja, ich fühle, daß zwischen Männern und Frauen etwas nicht in Ordnung ist. Eine Frau hat keinen Zauber mehr für einen Mann.«

»Hat den ein Mann für die Frau?«

Sie überdachte die andere Seite der Frage. »Nicht viel«, sagte sie aufrichtig.

»Dann wollen wir die Sache auf sich beruhen lassen und lieber anständig und einfach miteinander umgehen wie richtige menschliche Wesen. Den künstlichen Sexualzwang mag der Teufel holen. Ich will nichts damit zu schaffen haben.«

Connie wußte, er habe im Grunde recht. Aber es ließ sie sich so verloren fühlen, so verloren und verirrt. Wie ein Stückchen Holz auf einem trüben Teich, so fühlte sie sich. Welchen Sinn hatte sie oder irgend etwas?

Was sich da auflehnte, war ihre Jugend. Diese Männer schienen so alt und kalt. Alles schien alt und kalt. Und Michaelis ließ sie so im Stich; er taugte nichts. Die Männer wollten einen nicht. Sie wollten eine Frau einfach nicht wirklich haben. Nicht einmal Michaelis.

Und die Schurken, die nur so taten und das Liebesspiel in Gang brachten, die waren die allerärgsten.

Es war eben traurig, und man mußte sich damit abfinden. Es war wahr: die Männer besaßen keinen wirklichen Zauber für eine Frau. Wenn man sich einzureden vermochte, sie hätten einen, so wie sie es sich bei Michaelis eingeredet hatte, war das noch das Beste, das man tun konnte. Inzwischen lebte man eben so dahin, und es ließ sich nicht ändern. Sie begriff vollkommen, warum die Leute Cocktails tranken und jazzten und Charleston tanzten, bis sie beinahe umfielen. Man mußte sie auf dem einen oder andern Weg ausleben, diese Jugend, oder sie fraß einen auf. Aber welch gräßliches Ding diese Jugend war! man fühlte sich so alt wie Methusalem, und doch prickelte dieses Ding und ließ einen nicht in ruhiger Behaglichkeit. Ein schäbiges Leben. Und keine Aussichten. Sie wünschte beinahe, sie wäre mit Mick durchgegangen und hätte ihr Leben zu einer einzigen langen Abendunterhaltung mit Cocktails und Jazz gemacht. Jedenfalls war das besser, als sich mit dummen Sehnsuchtsträumen einfach ins Grab zu bringen.

An einem ihrer schlechten Tage ging sie allein aus und wanderte im Wald umher, nachdenklich, ohne auf etwas zu achten, ohne auch nur zu bemerken, wo sie war. Der Knall einer Flinte, in geringer Entfernung, schreckte sie auf und ärgerte sie.

Dann, als sie weiterschritt, hörte sie Stimmen und lief zurück. Menschen.

Sie wollte keine Menschen. Aber ihr feines Gehör erhaschte noch einen andern Klang, und sie wurde aufmerksam. Es war ein Kind, das weinte. Sie war sogleich besorgt: jemand mißhandelte ein Kind. Sie schritt schnell den feuchten Waldweg entlang, ein dumpfer Unwille stieg in ihr auf. Sie fühlte sich just dazu aufgelegt, eine Szene zu machen.

Um eine Ecke biegend, sah sie zwei Gestalten auf dem Wege vor sich: den Förster und ein kleines Mädchen in einem roten Mantel und einer Fellmütze und das Mädchen weinte.

»Ach, hör auf, du falsches kleines Biest!« hörte sie des Mannes zornige Stimme, und das Kind schluchzte lauter.

Constance schritt mit flammenden Augen näher. Der Mann wandte sich um und blickte sie an, er grüßte kühl, aber er war bleich vor Zorn.

»Was ist los? Warum weint sie?« fragte Constance gebieterisch, aber ein wenig atemlos.

Ein schwaches Lächeln wie ein höhnisches Grinsen erschien auf des Mannes Gesicht. »Sie müssen sie schon selber fragen«, erwiderte er stur in breitem Dialekt.

Connie hatte ein Gefühl, als hätte er sie ins Gesicht geschlagen, und sie wechselte die Farbe. Dann sammelte sie ihren Trotz und blickte zu ihm auf aus ihren dunkelblauen, ein wenig unsicher flammenden Augen.

»Ich habe *Sie* gefragt«, stieß sie hervor.

Er machte eine wunderliche kleine Verbeugung und lüftete den Hut. »Ganz richtig, Euer Gnaden«, sagte er, und dann zur Mundart zurückkehrend, »aber ich kann's Ihnen nicht sagen.« Und er wurde ganz Soldat, unergründlich, nur blaß vor Ärger.

Connie wandte sich an das Kind, ein stämmiges, schwarzhaariges Ding von neun oder zehn Jahren. »Was ist mit dir, Kleine? Sag mir, warum du weinst!« fragte sie mit der entsprechenden üblichen Süßlichkeit. Noch heftigeres, wohlberechnetes Schluchzen.

Noch mehr Süßlichkeit von seiten Connies.

»Aber, aber, weine doch nicht. Sag mir, was man dir getan hat!« Ein betonte Zärtlichkeit in der Stimme. Gleichzeitig griff sie in die Tasche ihrer gestrickten Jacke und fand glücklicherweise ein Sechspencestück.

»Na, weine nur nicht«, sagte sie und beugte sich zu dem Kind hinab. »Schau, was ich da für dich habe!«

Noch ein paar Schluchzer, abgerissenes Schnaufen; eine Faust wird von einem verheulten Gesicht weggezogen, und ein schwarzes, listiges Auge wirft einen raschen Blick auf das Sechspencestück. Dann weiteres Schluchzen, aber nachlassend. »Na, na, sag mir, was dir geschehen ist, sag mir's!« Connie drückt die Münze in des Kindes patschige Hand, die sich um das Geldstück schließt.

»Es ist wegen... wegen... der Mieze.«

Ein Schauer verebbenden Schluchzens.

»Welche Mieze, mein Kind?«

Nach einem Schweigen weist die scheue, um das Geldstück geschlossene Hand in das Brombeergestrüpp.

»Da!«

Connie blickte hin, und wirklich, dort lag eine große schwarze Katze, scheußlich hingestreckt, ein wenig Blut auf dem Fell »Oh!« rief Connie voll Abscheu.

»Sie hat gewildert, Euer Gnaden«, sagte der Mann spöttisch.

Sie warf ihm einen zornigen Blick zu. »Kein Wunder, daß das Kind weint«, sagte sie, »wenn sie sie in seiner Gegenwart erschossen haben. Keine Wunder, daß sie weint.«

Er blickte in Connies Augen — lakonisch, verächtlich, ohne seine Gefühle zu verbergen. Und abermals errötete Connie; sie fühlte, daß sie eine Szene gemacht habe, daß der Mann sie nicht respektierte.

»Wie heißt du denn?« fragte sie spielerisch das Kind. »Willst du mir nicht deinen Namen sagen?« Neuerliches Aufschnupfen; dann sehr geziert mit piepsender Stimme: »Connie Mellors.«

»Connie Mellors! Ah, das ist aber ein hübscher Name. Und bist du mit dem Vater hergekommen, und hat er eine Miezekatze erschossen? — Aber es war eine böse Mieze!«

Das Kind blickte sie mit unerschrockenen, dunklen, forschen Augen an, schätzte sie und ihr Mitgefühl ab.

»Ich habe bei der Großmutter bleiben wollen«, sagte das kleine Mädchen.

»So? Aber wo ist deine Großmutter?«

Das Kind hob den Arm und wies den Fahrweg entlang. »Dort im Haus.«

»Im Haus! Und möchtest du zu ihr zurückgehen?«

Plötzliche schaudernde Zuckungen erinnerungsvollen Schluchzens. »Ja!«

»Dann komm! Soll ich dich hinführen? Soll ich dich zu deiner Großmutter führen? Dann kann dein Vater hier tun, was er zu tun hat.« Sie wandte sich an den Mann. »Es ist doch Ihre Kleine, nicht?«

Er hob die Hand an den Hut und machte eine leichte, bejahende Kopfbewegung.

»Ich glaube, ich kann sie wohl zum Forsthaus hinunterführen?« fragte Connie.

»Wenn Euer Gnaden wünschen.«

Wiederum sah er ihr mit jenem ruhigen, forschenden kühlen Blick in die Augen. Ein Mann, der sehr allein und auf sich selbst gestellt war.

»Möchtest du mit mir zum Haus kommen, zu deiner Großmutter, Kleine?«

Das Kind guckte wieder empor. »Ja«, piepste es.

Connie mochte sie nicht, dieses verzogene, falsche kleine Weibsbild. Dennoch wischte sie ihr das Gesicht ab und nahm sie bei der Hand. Der Förster grüßte wortlos.

»Guten Morgen«, sagte Connie. Es war beinahe eine Meile bis zu dem Haus, und Connie senior war recht gelangweilt von Connie junior, als des Försters malerisches kleines Heim in Sicht kam. Das Kind war bereits randvoll von Faxen wie ein kleines Äffchen und ungeheuer selbstbewußt.

Die Türe des Forsthauses stand offen, und von innen ertönte Geklapper. Connie blieb stehen, das Kind entschlüpfte ihrer Hand und lief ins Haus.

»Großmutter! Großmutter!«

»Was ist denn? Bist du schon wieder da?«

Die Großmutter hatte den Herd frisch geschwärzt, denn es war Samstag vormittag. Sie kam in ihrer lose hängenden Schürze zur Türe, eine Glanzbürste in der Hand, einen schwarzen Schmutzstreifen auf der Nase. Sie war eine kleine, ziemlich vertrocknete Frau.

»Ja, was denn!« rief sie und fuhr sich mit dem Ärmel hastig übers Gesicht, als sie Connie draußen stehen sah.

»Guten Tag«, sagte Connie. »Die Kleine weinte, und so habe ich sie nach Hause gebracht.«

Die Großmutter blickte sich schnell nach dem Kinde um.

»Na, wo war denn dein Vater?«

Das kleine Mädchen klammerte sich an den Rock der Großmutter und zierte sich.

»Er war dort«, sagte Connie, »aber er hat eine wildernde Katze erschossen, und das hat die Kleine aufgeregt.«

»Ja, wie kommst du nur dazu, die Frau Baronin zu belästigen? Was fällt dir ein? Wirklich, das ist sehr nett von Ihnen, aber Sie hätten sich nicht die Mühe machen sollen. Ja, hat man so etwas gesehen!« Und die alte Frau wandte sich an das Kind. »Macht sich die Frau Baronin so viel Mühe um dich. Das war aber nicht notwendig!«

»Es war gar keine Mühe, nur ein Spaziergang«, sagte Connie lächelnd.

»Oh, das ist aber wirklich sehr freundlich von Ihnen, wirklich! Sie hat also geweint! Ich wußte ja, es wird etwas passieren, Die kommen nicht sehr weit! Sie fürchtet sich vor ihm, das ist es! Er ist fast ein Fremder für sie, ein völlig Fremder. Ich glaube, die werden nie gut miteinander auskommen. Er hat seinen eigenen Charakter!«

Connie wußte nicht, was sie sagen sollte.

»Schau, Großmutter!« piepste das Kind.

Die alte Frau blickte auf das Sechspencestück in der linken Hand des Mädchens hinab.

»Und noch sechs Pence dazu! Nein, Euer Gnaden, das sollten Sie nicht machen! Na, weißt du, die Lady Chatterley ist aber gut zu dir! Meine Güte, was hast du heute für ein Glück, mein Kind!«

Sie sprach den Namen, wie alle Leute im Dorf, »Tschatli« aus. »Die Lady Tschatli ist halt viel zu gut zu dir!« – Connie konnte sich nicht enthalten, wieder auf die Nase der alten Frau zu blicken, und die wischte abermals mit dem Handrücken über ihr Gesicht, verfehlte aber den Schmutzstreifen.

Connie wandte sich zum Gehen... »Ja, ich dank' Ihnen recht schön, Frau Baronin. Recht schönen Dank. Sag' ›Dankeschön‹ zu der Frau Baronin« befahl die alte Frau dem Kind. »Ich danke schön!« piepste die Kleine.

»So ist's brav!« lachte Connie und entfernte sich mit einem »Guten Tag«, herzlich froh, wieder wegzukommen.

Sonderbar, dachte sie, daß dieser schlanke stolze Mann diese kleine scharfe Frau zur Mutter hatte.

Und die alte Frau eilte, sobald Connie gegangen war, zu dem Spiegelscherben in der Küche und besah ihr Gesicht. Als sie ihr Bild erblickte, stampfte sie vor Verdruß mit einem Fuße auf. »Gerade in meiner groben Schürze und mit meinem schmutzigen Gesicht hat sie mich erwischen müssen. Was wird sie nur von mir denken.«

Connie ging langsam heim nach Wragby. »Heim!« — Ein warmes Wort für den großen ungemütlichen Kasten! Aber es war schließlich ein Wort, dessen Zeit vorbei war. Es war gewissermaßen ausgestrichen. Alle die großen Worte waren, so schien es Connie, für ihre Generation ausgestrichen. Liebe, Freude, Glück, Heim, Mutter, Vater, Ehegatte — alle diese großen, dynamischen Worte waren jetzt halbtot und starben von Tag zu Tag mehr dahin. Das Heim war ein Ort, wo man wohnte, Liebe war ein Ding, dessentwegen man keinen Narren aus sich machte, Freude war ein Wort, das man auf einen guten Charleston anwandte, Glück war ein heuchlerischer Ausdruck, um anderen Leuten etwas vorzumachen, ein Vater war ein Einzelwesen, das ein eigenes Dasein genoß, ein Ehegatte war ein Mann, mit dem man lebte, und den man bei guter Laune erhielt. Und Sex, das letzte der großen Worte, das war einfach ein Cocktail, Ausdruck für eine Erregung, die einen für eine Weile aufpulverte und einen dann noch abgenützter ließ. Abgenützt! Es war, als wäre selbst der Stoff, aus dem man gemacht war, ein billiger Stoff, der fadenscheinig wurde und von dem nichts übrig blieb.

Nichts blieb wirklich übrig als ein verstockter Stoizismus, und darin lag ein gewisses Vergnügen. In dem Erlebnis selbst, in dem Erlebnis der Nichtigkeit des Lebens, Phase nach Phase, Abschnitt nach Abschnitt, lag eine gewisse grausige Genugtuung. So, das wäre das! Immer war dies das letzte Wort: Heim, Liebe, Ehe, Michaelis — so, das wäre das! Und wenn man stürbe, würden die letzten Worte an das Leben sein: So, das wäre das!

Geld? Da konnte man vielleicht nicht dasselbe sagen. Geld brauchte man stets. Geld, Erfolg, die hündische Göttin – wie Dukes nach dem Muster Henry James' sie beharrlich nannte –, das waren bleibende Notwendigkeiten. Man konnte nicht seinen letzten Heller ausgeben und schließlich sagen: So, das wäre das! Nein, wenn man auch nur noch weitere zehn Minuten lebte, brauchte man noch ein paar Heller für dies oder jenes. Nur um das Getriebe mechanisch in Gang zu halten, brauchte man Geld, mußte man es haben. Geld mußte man schlechterdings haben. Man brauchte wirklich nichts anderes. So, das wäre das!

Denn es ist natürlich nicht dein Fehler, daß du am Leben bist. Sobald du aber einmal am Leben bist, ist Geld notwendig. Die einzige unbedingte Notwendigkeit. Alle andern Dinge – man kann, wenn es sein muß, ohne sie auskommen. Aber nicht ohne Geld. Höchst nachdrücklich: Das wäre das! – Sie dachte an Michaelis, an das Geld, das sie mit ihm gehabt hätte; und auch das wollte sie nicht. Sie zog die geringere Summe vor, die sie Clifford durch seine Schriftstellerei verdienen half. Die sie tatsächlich verdienen half. »Clifford und ich, wir verdienen jährlich zwölfhundert Pfund mit unserer Schriftstellerei«, so drückte sie es bei sich aus. Geld machen! Aus dem Nichts! Es aus der Luft zapfen. Die letzte Leistung, auf die man als Mensch stolz sein konnte. Alles übrige war verstiegenes Zeug.

So trottete sie weiter, heim zu Clifford, um sich wieder mit ihm zusammenzutun und noch eine Geschichte aus nichts zu machen, und eine Geschichte bedeutete Geld. Clifford schien sehr viel daran zu liegen, ob man seine Novellen für erstklassige Literatur hielt oder nicht. Genau genommen, war es ihr gleich. Nichts dahinter! sagte ihr Vater. Zwölfhundert Pfund letztes Jahr! war die einfache und endgültige Antwort darauf.

Wenn man jung war, biß man eben die Zähne zusammen, packte an und hielt fest, bis das Geld aus dem Unsichtbaren zu fließen begann. Es war eine Frage der Kraft. Es war eine Frage des Willens. Eine unmerklich feine, kraftvolle Ausstrahlung des Willens aus dem eigenen Ich brachte einem die geheimnisvolle Nichtigkeit des Geldes: ein Wort auf einem Stückchen Papier. Es war eine Art Magie. Und gewiß war es ein Triumph. Die hündische Göttin! Na schön, wenn man sich schon prostituieren mußte, dann mochte es die hündische Göttin sein. Man konnte sie stets verachten, selbst während man sich prostituierte. Und das war gut so.

Clifford, natürlich, hatte noch viele andere kindische Tabus und Fetische. Er wollte für einen wirklich guten Schriftsteller gelten, und das war blühender Unsinn. Wirklich gut war, was tatsächlich einschlug. Es half nichts, wirklich gut zu schreiben und darauf sitzen zu bleiben. Leute, die wirklich Gutes leisteten, waren wie Menschen, die eben den Anschluß versäumten. Schließlich lebte man nur ein einziges Leben, und wenn man den Autobus versäumte, wurde man einfach auf dem Gehsteig zurückgelassen, zusammen mit den übrigen Leuten, welche es zu nichts brachten.

Connie dachte daran, den nächsten Winter mit Clifford in London zu verbringen. Er und sie hatten den Autobus ganz gut erreicht, und so mochten sie wohl ebensogut für eine Weile auf dem Verdeck fahren und sich zeigen.

Das Schlimmste daran war, daß Clifford dazu neigte, verschwommen und geistesabwesend zu werden, und zeitweilig in leere Niedergeschlagenheit verfiel. Es war die Wunde in seiner Psyche, die da zum Vorschein kam. Aber auf Connie wirkte das so, daß sie am liebsten geschrien hätte. O Gott! Wenn der Mechanismus des Bewußtseins selbst aus der Ordnung geriet, was blieb einem da zu tun? Hol's der Henker, man tat seine Sache. Würde man denn völlig im Stich gelassen werden?

Manchmal weinte sie bitterlich, aber sogar während des Weinens sagte sie sich: »Dumme Gans! Machst da Taschentücher naß, als ob das zu irgend etwas führte.«

Seit der Affäre mit Michaelis war sie zu dem Entschluß gekommen, nichts mehr zu wollen. Das schien die einfachste Lösung des sonst Unlösbaren. Sie wollte nicht mehr als sie hatte. Nur wollte sie mit dem, was sie hatte, vorwärts kommen. Clifford, die Novellen, Wragby, das Lady-Chatterley-Sein, Geld und Berühmtheit, soviel davon da war, — sie wollte vorwärtskommen damit. Liebe, Sexualität, all dieses Zeug — einfach Wassereis! Leck' es auf und vergiß es! Wenn man nicht im Geiste daran hing, war es nichts. Sexualität insbesondere — nichts! Entschließe dich einmal dazu, und du hast das Problem gelöst. Das Geschlechtliche und ein Cocktail, beide währten sie ungefähr gleich lange, hatten dieselbe Wirkung und liefen ungefähr auf dasselbe hinaus.

Aber ein Kind, ein Baby — das ließ einen doch noch etwas empfinden. Sie wollte sehr behutsam an das Experiment herangehen. Man mußte vor allem den Mann erwägen, und es war seltsam — da war nicht ein Mann in der ganzen Welt, dessen Kinder man wollte. Micks Kinder! Abscheulicher Gedanke. Ebenso gern würde sie von einem Kaninchen Kinder haben. Tommy Dukes? — Er war sehr nett, aber irgendwie konnte man ihn nicht recht mit einem Neugeborenen, mit einer anderen Generation in Verbindung bringen. Er endete bei sich selbst. Und unter dem ganzen Rest von Cliffords hübsch ausgedehnter Bekanntschaft war auch nicht ein Mann, der nicht ihre Verachtung erweckte, wenn sie daran dachte, ein Kind von ihm zu haben. Es gab mehrere, die als Liebhaber ganz gut möglich gewesen wären, sogar Mick. Aber sich ein Kind machen zu lassen von ihnen... Brr! Erniedrigung und Greuel.

So, das war das!

Nichtsdestoweniger ging Connie das Kind nicht aus dem Sinn. Warte! Warte! Sie würde die Generationen der Männer durchsieben und sehen, ob sie nicht einen finden könnte, der taugen würde. »Gehet in die Straßen und in die Gassen von Jerusalem und sehet zu, ob ihr *einen Mann* finden könnt!« Es war unmöglich gewesen, im Jerusalem des Propheten einen Mann zu finden, obgleich es tausende männliche Einwohner gab. Aber ein *Mann*! Das ist eine andere Sache.

Sie hatte eine Ahnung, er würde ein Ausländer sein müssen. Kein Engländer, noch weniger ein Ire. Ein wirklicher Ausländer.

Aber warte! Warte! Nächsten Winter würde sie Clifford nach London bringen. Den übernächsten würde sie ihn dazu bringen, ins Ausland zu gehen, – Südfrankreich, Italien. Warte nur! Sie hatte keine Eile mit dem Kind. Das war ihre eigene Angelegenheit und der einzige Punkt, bei dem es ihr, auf ihre eigene wunderliche weibliche Weise, bis auf den Grund ihrer Seele Ernst war. Sie wollte es nicht mit einem zufällig Daherkommenden wagen! Sie nicht! Man mochte beinahe in jedem Augenblick einen Liebhaber nehmen, aber einen Mann, mit dem man ein Kind zeugen wollte... Warte, warte! das ist eine andere Sache. – »Gehet in die Straßen und in die Gassen von Jerusalem...« Es war nicht eine Frage der Liebe; worauf es ankam, das war: ein Mann. Ja, man könnte ihn persönlich sogar beinahe hassen, aber wenn er *der* Mann wäre, was läge dann an dem persönlichen Haß? Hier ging es um einen andern Teil des Ich.

Es hatte geregnet wie gewöhnlich, und die Wege waren zu sehr durchweicht für Cliffords Rollstuhl, aber Connie wollte ausgehen. Sie ging jetzt jeden Tag allein spazieren, meistens in den Wald, wo sie wirklich allein war. Dort sah sie niemand.

An diesem Tage jedoch wollte Clifford dem Förster einen Auftrag senden, und da der Stallbursche an Grippe erkrankt lag – irgend jemand schien stets Grippe zu haben in Wragby –, sagte Connie, sie wolle am Forsthaus vorbeigehen.

Die Luft war weich und tot, als stürbe langsam die ganze Welt ab. Grau und naßkalt und still, selbst das Getriebe bei den Schächten, denn die Gruben arbeiteten mit verkürzter Arbeitszeit, und heute waren sie überhaupt nicht in Betrieb. Das Ende aller Dinge!

Im Wald war alles vollkommen unbewegt und regungslos, nur große Tropfen fielen von den kahlen Ästen, mit einem hohlen kleinen Knall. Im übrigen war zwischen den alten Bäumen alles grau in grau, hoffnungslose Trägheit, Schweigen, Leere.

Connie schritt matt dahin. Aus dem alten Wald kam ihr eine uralte Schwermut, eine Linderung zu, besser als die rauhe Fühllosigkeit der äußeren Welt. Sie hatte sie gern, die Verinnerlichung dieses Restes eines Forstes, die wortlose Schweigsamkeit der alten Bäume. Sie schienen eine wahre Macht von Schweigen und doch eine lebendige Gegenwart zu sein. Auch sie warteten. Hartnäckig, stoisch warteten sie und strömten eine Macht von Schweigen aus. Vielleicht warteten sie nur auf das Ende. Gefällt und weggeräumt zu werden – das Ende des Forstes –, für sie das Ende aller Dinge. Aber vielleicht bedeutete ihr kraftvolles und aristokratisches Schweigen, das Schweigen starker Bäume, etwas anderes.

Als sie auf der Nordseite aus dem Walde trat, sah das Forsthaus, ein ziemlich dunkler Ziegelbau mit Giebeln und einem gefällig geformten Schornstein, unbewohnt aus, so still und allein stand es da. Aber ein Rauchfaden stieg aus dem Schornstein, und der kleine eingezäunte Garten vor dem Haus war umgegraben und sehr sauber gehalten. Die Haustür war verschlossen.

Nun sie hier war, fühlte sie ein wenig Scheu vor dem Mann mit den sonderbaren, in die Ferne blickenden Augen. Es war ihr nicht angenehm, ihm Befehle zu überbringen; sie hatte Lust, wieder wegzugehen. Sie klopfte leise. Niemand kam. Sie klopfte abermals, aber noch immer nicht laut. Es folgte keine Antwort. Sie spähte durch das Fenster und sah den dunklen kleinen Raum in seiner beinahe finsteren Abgeschlossenheit, die nichts eindringen lassen wollte.

Sie stand und lauschte, und es schien ihr, als hörte sie Geräusche hinter dem Haus. Da es ihr nicht gelungen war, sich vernehmbar zu machen, fühlte sie sich angestachelt und wollte sich nicht besiegen lassen. Sie ging also um das Haus herum. Hinten stieg der Boden steil an, so daß der Hof vertieft lag und von einer niedrigen Steinmauer eingefaßt war. Sie kam um die Ecke des Hauses herum und blieb stehen. In dem kleinen Hof, ein paar Schritte vor ihr, stand der Mann völlig ahnungslos und wusch sich. Er war bis zum Gürtel nackt, und seine Cordhosen waren ein Stück über seine schlanken Hüften herabgeglitten. Sein weißer schmaler Rücken war über eine große Schüssel seifigen Wassers gebeugt, in die er den Kopf tauchte, ihn mit wunderlichen kleinen Bewegungen schüttelte, die schlanken weißen Arme hob und das seifige Wasser aus den Ohren preßte, flink, gewandt wie ein Wiesel, das mit Wasser spielt, und völlig allein. Connie wich um die Ecke des Hauses zurück und eilte in den Wald davon. Sie hatte sich eines Schocks nicht wehren können. Aber schließlich war es doch bloß ein Mann, der sich wusch. Gewöhnlich genug, weiß der Himmel!

Und doch war es auf eine sonderbare Weise ein visionäres Erlebnis: es hatte sie mitten in den Leib getroffen. Sie sah die plumpen Kniehosen über die reinen, zarten, weißen Hüften herabgleiten, die ein wenig die Knochen sehen ließen, und der Eindruck des Alleinseins, der Eindruck eines reinlich einsamen Geschöpfes überwältigte sie. Vollkommene Weiße einsamer Nacktheit eines Geschöpfes, das allein, und auch innerlich allein, lebte. Und darüber hinaus eine gewisse Schönheit, nicht einmal der Körper der Schönheit, sondern ein gewisses Strahlen, die warme weiße Flamme eines einzelnen Lebens, in Umrissen sich enthüllend, die man berühren konnte: ein Menschenleib!

Connie war das jäh Erschreckende der Vision ins Eingeweide gedrungen, und sie wußte es; und es lag nun in ihr. Aber mit ihrem Geist war sie zum Lächerlichmachen geneigt. Ein Mann, der sich in einem Hinterhof wusch! Noch dazu sicherlich mit übelriechender gelber Seife... Sie war recht ärgerlich: Warum mußte es ihr widerfahren, gegen diese gewöhnlichen Privatangelegenheiten zu stolpern?

So täuschte sie sich selbst, aber nach einer Weile setzte sie sich auf einen Baumstumpf. Sie war zu verwirrt, um zu denken. Aber inmitten des Knäuels ihrer Verwirrung war sie entschlossen, dem Kerl ihren Auftrag zu bestellen. Sie wollte sich nicht hindern lassen. Sie mußte ihm Zeit geben, sich anzukleiden, aber nicht genug Zeit, um auszugehen. Er machte sich vermutlich zu irgendeinem Ausgang bereit.

Sie schlenderte langsam zurück und lauschte. Als sie nahekam, sah das Häuschen genau so aus wie zuvor. Ein Hund kläffte, und sie klopfte an die Tür und konnte es nicht verhindern, daß ihr Herz heftig schlug.

Sie hörte den Mann mit leichten Schritten die Treppe herabkommen. Er öffnete rasch und erschreckte sie. Er selbst blickte ein wenig verlegen drein, aber sogleich erschien ein Lachen auf seinem Gesicht.

»Lady Chatterley!« rief er. »Wollen Sie nicht hereinkommen?«

Sein Benehmen war so vollkommen unbefangen und gut – sie trat über die Schwelle in den recht trübseligen kleinen Raum.

»Ich bin nur mit einem Auftrag von Sir Clifford gekommen«, sagte sie mit ihrer weichen, ein wenig atemlosen Stimmen.

Der Mann blickte sie mit seinen blauen, alles sehenden Augen an, und das ließ sie ihr Gesicht ein wenig zur Seite wenden. Er fand sie hübsch, beinahe schön in ihrer Schüchternheit, und sogleich ergriff er selbst die Herrschaft über die Situation.

»Wollen sie sich nicht niedersetzen?« fragte er in der Annahme, daß sie es nicht tun werde. Die Türe stand offen.

»Nein, danke. Sir Clifford wollte wissen, ob Sie...« Und sie bestellte ihren Auftrag und sah ihm wiederum unbewußt in die Augen. Und nun blickten seine Augen warm und gütig, besonders für eine Frau, wundervoll warm und gütig und unbefangen.

»Sehr wohl, Euer Gnaden. Ich werde sogleich danach sehen.«

Mit der Entgegennahme eines Befehls hatte sich sein ganzes Wesen verändert, hatte sich mit einer Art Härte und Entferntheit überzogen. Connie zögerte – sie müßte gehen. Aber sie blickte sich in dem kleinen, sauberen, jedoch recht trübseligen Wohnzimmer mit so etwas wie Verzagtheit um.

»Leben Sie hier ganz allein?« fragte sie.

»Ganz allein, Euer Gnaden.«

»Aber Ihre Mutter...?«

»Sie wohnt mit dem Kind in einem Hause im Dorf.«

»Mit dem Kind?« fragte Connie.

»Mit dem Kind!« Und sein schlichtes, verhärmtes Gesicht nahm einen unbestimmbar spöttischen Ausdruck an. Es war ein Gesicht, das sich immerzu verblüffend veränderte.

»Nein«, sagte er, da er sah, daß Connie dastand, ohne zu begreifen. »Meine Mutter kommt an Samstagen und räumt auf für mich; das übrige tue ich selber.«

Abermals blickte Connie ihn an. Seine Augen lächelten wieder, ein wenig spöttisch, aber warm und blau und doch auch gütig. Sie wunderte sich über ihn. Er trug lange Hosen und ein Flanellhemd und einen grauen Schlips, sein Haar war weich und feucht, sein Gesicht recht blaß und verhärmt. Wenn die Augen aufhörten zu lachen, sahen sie aus, als hätten sie viel gelitten, aber doch, ohne ihre Wärme zu verlieren. Allein ein schwacher Schimmer von Abgesondertheit kam über ihn – sie war für ihn nicht wirklich da.

Sie wollte so vielerlei sagen und sagte nichts. Sie blickte nur zu ihm auf und bemerkte: »Ich hoffe, ich habe Sie nicht gestört.«

Das schwache spöttische Lächeln verengte seine Augen. »Hab mir nur die Haare gekämmt, wenn Sie gestatten. Entschuldigen Sie, daß ich keinen Rock anhabe, aber ich habe keine Ahnung gehabt, wer klopft. Niemand klopft hier. Und das Unerwartete klingt immer unheilvoll.«

Er ging vor ihr den Gartenpfad hinab, um das Gatter für sie zu öffnen. Im Hemd, ohne den plumpen Rock aus Manchestersamt, sah sie wiederum, wie schlank er war, wie mager und ein wenig vorgeneigt. Und doch, als er nun vorbeiging, war etwas Junges und Helles um seine blonden Haare und seine lebhaften Augen. Er mochte ein Mann von sieben- oder achtunddreißig sein.

Sie stapfte in den Wald hinein und wußte, er blickte ihr nach; er verwirrte sie so, gegen ihren Willen.

Und er, als er ins Haus zurückging, dachte: »Sie ist lieb, sie ist echt. Sie weiß nicht, wie lieb sie ist.«

Sie wunderte sich sehr über ihn; er schien so ganz anders als ein Förster, jedenfalls ganz anders als ein Arbeiter, obgleich er etwas mit den Leuten im Ort gemein hatte. Aber er hatte auch etwas sehr Ungewöhnliches.

»Der Förster Mellors ist ein merkwürdiger Mensch«, sagte sie zu Clifford. »Er könnte beinahe ein Gentleman sein.«

»So?« erwiderte Clifford. »Ich hab's nicht bemerkt.«

»Aber hat er nicht etwas Eigentümliches?« beharrte Connie.

»Ich glaube, er ist ein ganz netter Kerl, aber ich weiß sehr wenig über ihn. Er kam erst letztes Jahr vom Militär, vor weniger als einem Jahr. Aus Indien, wenn ich nicht irre. Vielleicht hat er dort gewisse Dinge aufgeschnappt. Vielleicht war er Offiziersbursche und hat in seiner Stellung zugelernt. Manche von den Männern waren so. Aber es tut ihnen nicht gut. Sie müssen wieder auf ihren alten Platz zurücktreten, wenn sie heimkommen.«

Connie blickte Clifford nachdenklich an. Sie gewahrte in ihm die eigentümliche knappe Zurückweisung gegen jeden aus den unteren Klassen, der wirklich emporsteigen könnte, die Zurückweisung, die sie als für Menschen seines Schlages charakteristisch kannte.

»Aber glaubst du nicht, daß er etwas Besonderes hat?« fragte sie.

»Offen gesagt, nein. Nichts, das ich bemerke.«

Er blickte sie neugierig, unbehaglich, halb argwöhnisch an, und sie fühlte, er sage ihr nicht die wirkliche Wahrheit; er sagte sich selbst nicht die wirkliche Wahrheit – das war es. Er konnte die Andeutung tatsächlicher Außerordentlichkeit eines Menschen nicht leiden. Die Leute mußten mehr oder weniger auf seiner Stufe oder unter ihm stehen.

Connie empfand abermals die Engherzigkeit, die Mißgünstigkeit der Männer ihrer Generation. Sie waren so engherzig, so erschreckt vom Leben.

SIEBENTES KAPITEL

Als Connie in ihr Schlafzimmer hinaufkam, tat sie, was sie seit langem nicht mehr getan hatte: sie zog sich ganz aus und besah sich nackt in dem riesigen Spiegel. Sie wußte nicht, wonach sie spähte, noch auch sehr genau, was sie anblickte. Aber sie verschob die Lampe, bis das Licht voll auf ihre Gestalt fiel.

Und sie dachte, was sie so oft gedacht hatte: Welch ein gebrechliches, leicht verletztes und recht rührendes Ding ein nackter menschlicher Körper ist – gewissermaßen ein wenig unfertig, unvollständig!

Sie hatte immer angenommen, sie habe eine recht gute Figur, aber nun war sie aus der Mode: ein wenig zu weiblich, nicht genug einem knabenhaften Jüngling gleich. Sie war nicht sehr groß, eher ein bißchen breit und ländlich im Wuchs. Aber sie hatte eine gewisse fließende, abwärtsgleitende Anmut, in der ihre Schönheit bestehen mochte. Ihre Haut war ein wenig bräunlich, ihre Glieder hatten eine gewisse Ruhe. Ihr Körper hätte eine üppige, abwärtsgeschwungene Fülle haben sollen, aber es fehlte ihm etwas.

Statt seine festen, niedergleitenden Kurven zu reifen, begann ihr Körper flach und ein wenig kantig zu werden. Es war, als hätte er nicht genug Sonne und Wärme gehabt; er war ein wenig grau und saftlos. Betrogen um seine wahre Weiblichkeit, war es ihm nicht gelungen, knabenhaft und unkörperlich und durchscheinend zu werden; statt dessen war er trüb geworden.

Ihre Brüste waren ziemlich klein und birnenförmig. Aber sie waren unreif, ein wenig bitter, und hingen da ohne Bedeutung. Und ihr Bauch hatte den frischen runden Schimmer verloren, den er besessen, als sie jung war, in den Tagen ihres deutschen Jungen, der sie wirklich physisch geliebt hatte. Damals war ihr Leib jung und erwartungsvoll gewesen und hatte wirklich sein eigenes Aussehen gehabt. Nun wurde er schlaff und flach, schlanker zwar, aber es war eine schlaffe Schlankheit. Auch ihre Schenkel, die so flink und schimmernd geschienen hatten in ihrer weiblichen Rundung, auch sie wurden irgendwie flach, schlaff, bedeutungslos.

Ihr Körper wurde bedeutungslos, wurde glanzlos, grau, nur eben ein Stück nutzloser Substanz. Das verursachte ihr ein Gefühl unendlicher Bedrücktheit und Hoffnungslosigkeit. Welche Hoffnung gab es? Sie war alt, alt mit siebenundzwanzig, ohne Schimmern, ohne Prickeln in ihrem Fleisch. Alt durch Vernachlässigung und Versagung. Ja, Versagung. Modische Frauen erhielten durch äußere Sorgfalt ihre Körper schimmernd wie zartes Porzellan. Innen in dem Porzellan war nichts; aber sie schimmerte nicht einmal auf diese Art. Das geistige Leben! Sie haßte es plötzlich mit einer jäh aufsteigenden Wut, haßte den Schwindel.

Sie blickte in den anderen Spiegel, auf das Abbild ihres Rückens, ihrer Taille und Hüften. Sie wurde schlanker, aber das stand ihr nicht gut. Wenn sie sich zurückneigte, um sich zu betrachten, hatte die Hüftfalte in ihrem Rücken etwas Müdes; und sie hatte einst so heiter ausgesehen. Und der längliche Schwung ihrer Hüften und Hinterbacken hatte seinen Schimmer und seine Andeutung von Üppigkeit verloren. Vorbei! Nur der deutsche Junge hatte das alles geliebt, und er war zehn Jahre tot. Fast zehn Jahre. Wie die Zeit verging! Zehn Jahre tot, und sie war jetzt siebenundzwanzig. Jener gesunde Junge mit seiner frischen, ungeschickten Sinnlichkeit, die sie damals so verächtlich gefunden hatte! Wo würde sie die heute finden? Sie war aus den Männern verschwunden. Die Männer hatten ihre rührenden Zweisekunden-Krämpfe wie Michaelis, aber keine gesunde menschliche Sinnlichkeit, die das Blut erwärmte und das ganze Wesen erfrischte.

Noch immer, so dachte sie, war das Schönste an ihr die langgestreckte Kurve der Hüften vom Tiefpunkte des Rükkens an und die schlummernde stille Rundung der Hinterbacken. Wie Sandhügel, sagten die Araber, so weich und langgestreckt absinkend. Hier verweilte das Leben noch hoffnungsvoll. Doch auch hier war sie magerer, verlor sie die Reife, schrumpfte sie ein.

Aber die Vorderseite ihres Körpers machte sie elend. Sie begann bereits schlaff zu werden – eine schlaffe Art von Magerkeit, beinahe welk, – sie wurde alt, ehe sie je wirklich gelebt hatte. Sie dachte an das Kind, das sie vielleicht doch noch im Leibe tragen würde. Taugte sie überhaupt dazu?

Sie schlüpfte in ihr Nachtgewand, und im Bette schluchzte sie dann bitterlich. Und in ihrer Bitterkeit brannte eine kalte Empörung gegen Clifford und sein Geschreibe und sein Gerede, gegen alle diese Männer seiner Art, die eine Frau sogar um ihren Körper betrogen.

Ein Unrecht! Ein Unrecht! Das Gefühl eines tiefen physischen Unrechts brannte bis in ihre innerste Seele.

Aber am Morgen war sie dennoch um sieben auf und ging hinunter zu Clifford. Sie mußte ihm bei allen intimen Dingen helfen, denn er hatte keinen Diener und wollte keine weibliche Bedienung. Der Mann der Wirtschafterin, der ihn noch als Knaben gekannt hatte, half ihm gelegentlich und besorgte das schwere Heben; aber Connie tat alles Persönliche und tat es willig. Es war viel verlangt, aber sie hatte tun wollen, was sie nur konnte.

So verließ sie Wragby fast nie, und nie für mehr als ein paar Tage, während deren dann Mrs. Betts, die Haushälterin, für Clifford sorgte. Wie es im Laufe der Zeit unvermeidlich war, nahm er alle diese Dienste als selbstverständlich hin. Es war ganz natürlich, daß er das tat.

Und doch begann in Connie, tief in ihrem Inneren, ein Gefühl zu brennen, daß ihr Unrecht geschehe, daß sie um etwas betrogen werde. Das physische Gefühl erduldeten Unrechts ist ein gefährliches Gefühl, wenn es einmal erweckt ist. Es muß einen Ausweg finden, oder es verzehrt den Menschen, in dem es erweckt wurde. Der arme Clifford war nicht zu tadeln. Sein Mißgeschick war das größere. Es war alles ein Teil der allgemeinen Katastrophe.

Aber war er nicht doch in einer Hinsicht zu tadeln? Dieser Mangel an Wärme, dieser Mangel an einfachem, warmem physischen Kontakt, – war er für den nicht zu tadeln? Er war nie wirklich warm oder auch nur freundlich, sondern bloß aufmerksam und auf eine wohlerzogene, kalte Art rücksichtsvoll. Aber niemals warm, wie ein Mann zu einer Frau warm sein konnte, wie sogar Connies Vater zu ihr warm sein konnte mit der Wärme eines Mannes, der es sich gut gehen ließ, und das mit voller Absicht, der aber noch immer eine Frau zu trösten vermochte mit einem Wenigen von seiner maskulinen Glut.

Clifford jedoch war nicht so. Seine ganze Rasse war nicht so. Sie waren alle innerlich hart und verschlossen, und Wärme war einfach eine Geschmacklosigkeit. Man mußte ohne sie fortkommen und seinen Platz behaupten; was alles recht gut war, wenn man derselben Rasse und Klasse angehörte. Da konnte man sich kühl halten und sehr achtbar sein und seinen Platz behaupten und die Genugtuung darüber genießen. Aber wenn man einer anderen Klasse und einer anderen Rasse angehörte, taugte es nichts; es war kein Spaß, bloß seinen Platz zu verteidigen und zu fühlen, man gehöre zur herrschenden Klasse. Welchen Sinn hatte das, wenn selbst die vornehmsten Aristokraten nichts positiv Eigenes zu verteidigen hatten, und ihre Herrschaft in Wirklichkeit eine Posse und gar keine Herrschaft war? Wo war da der Sinn? Es war alles kalter Unsinn.

Ein Gefühl der Auflehnung glomm in Connie. Welchen Zweck hatte das alles? Welchen Zweck hatte ihr Opfer? Welchen Zweck hatte es, ihr Leben Clifford zu widmen? Wem diente sie schließlich damit? Einem kalten Geist der Eitelkeit, der keine warmen menschlichen Berührungspunkte kannte und der in seinem Lechzen, sich der hündischen Göttin des Erfolges zu prostituieren, so verderbt war wie irgendein niedrig geborener Jude. Sogar Cliffords kühle und beziehungslose Selbstsicherheit, der herrschenden Klasse anzugehören, verhinderte es nicht, daß ihm die Zunge aus dem Maul hing, während er hinter der hündischen Göttin herkeuchte. Schließlich war Michaelis darin wirklich würdevoller und viel, viel erfolgreicher. Wahrhaftig, wenn man sich Clifford genau besah, war er ein Clown. Und ein Clown zu sein, ist etwas Erniedrigenderes, als ein Streber zu sein.

Von den beiden Männern hatte Michaelis wirklich viel mehr Verwendung für sie als Clifford. Er brauchte sie sogar viel notwendiger. Jede gute Pflegerin konnte sich um die Beine eines Krüppels kümmern. Und kam es auf heroische Anstrengungen an, war Michaelis zwar eine heroische Ratte, Clifford aber weit eher ein Pudel, der sich produzierte.

Es wohnten Gäste im Hause, unter ihnen Tante Eva, Lady Bennerley. Sie war eine magere Frau von sechzig Jahren mit einer roten Nase, eine Witwe; und sie war noch immer so etwas wie eine Große Dame. Sie gehörte einer der besten Familien an und besaß Charakter genug, das zur Geltung zu bringen. Connie hatte sie gern. Sie war so vollendet einfach und offen – soweit sie beabsichtigte, offen zu sein, – und auf eine oberflächliche Art gütig. Im Innersten war sie eine wahre Meisterin darin, ihren Platz zu behaupten und andere Leute ein wenig niederzuhalten. Sie war keineswegs ein Snob; dazu war sie ihrer selbst viel zu sicher. Sie besaß eine vollendete Fertigkeit in dem gesellschaftlichen Sport, sich kühl zu behaupten und andere Leute dazu zu bringen, sich ihr unterzuordnen. Sie war freundlich zu Connie und versuchte, sich mit der scharfen Ahle ihrer wohlgelungenen Beobachtungen in ihre Frauenseele einzubohren.

»Meiner Meinung nach bist du ganz wundervoll«, sagte sie zu Connie. »Du hast Wunder getan für Clifford. Ich habe nie ein knospendes Genie in ihm entdecken können, und nun ist er auf einmal der Gegenstand allgemeiner Begeisterung.« Tante Eva war selbstgefällig stolz auf Cliffords Erfolg. Wieder ein Lorbeerblatt für die Familie! Dabei kümmerte sie sich nicht im geringsten um seine Bücher – aber warum sollte sie auch?

»Oh, ich glaube nicht, daß ich etwas dazu getan habe«, sagte Connie.

»Doch! Es kann niemand sonst gewesen sein. Und mir scheint, du selbst hast nicht genug davon.«

»Inwiefern?«

»Sieh dir bloß an, wie du hier eingesperrt bist. Ich sagte zu Clifford: Wenn das Kind eines Tages rebelliert, wirst du dich bei dir selbst bedanken können!«

»Aber Clifford verweigert mir nie etwas«, entgegnete Connie.

»Sieh her, mein liebes Kind!« Und Lady Bennerley legte ihre Hand auf Connies Arm. »Eine Frau muß ihr Leben leben und die Reue darüber erleben, es nicht gelebt zu haben. Glaube mir!« Und sie nahm noch einen Schluck Brandy, der vielleicht ihre Form von Reue war.

»Aber ich lebe doch mein Leben, nicht?«

»Nicht, wie ich es meine. Clifford sollte dich nach London nehmen und dich in Gesellschaft gehen lassen. Seine Art von Freunden ist ganz gut für ihn. Aber was können sie dir bedeuten? Wenn ich du wäre, hielte ich das Ganze für nicht gut genug. Du wirst deine Jugend vorbeigleiten lassen und wirst dein Alter und auch deine mittleren Jahre damit verbringen, das zu bereuen.«

Die Dame verfiel, beschwichtigt durch den Brandy, in nachdenkliches Schweigen

Aber Connie hatte keine Lust, nach London zu gehen und von Lady Bennerley in die elegante Gesellschaft gesteuert zu werden. Sie fühlte sich nicht wirklich fein; es war nicht interessant. Und sie empfand die eigenartige, alles verdorrende Kälte unter allem; wie der Boden von Labrador, der heitere kleine Blumen auf der Oberfläche trägt und einen Fuß darunter gefroren ist.

Tommy Dukes war in Wragby und außer ihm noch ein Mann namens Harry Winterslow, und ferner Jacob Strangeways mit Olive, seiner Frau. Das Gespräch war viel zerfahrener, als wenn nur die Kumpane da waren, und jedermann fühlte sich ein wenig gelangweilt, denn das Wetter war schlecht, und so gab es nur den Billardtisch und, wenn man tanzen wollte, das Pianola.

Olive las ein Buch über die Zukunft – kleine Kinder würden in Flaschen gezüchtet werden und Frauen wären ›immunisiert‹.

»Und das wäre sehr gut«, sagte sie. »Da könnte dann eine Frau ihr eigenes Leben leben.« Strangeways wollte Kinder haben, und sie wollte keine.

»Wie würde es Ihnen gefallen, immunisiert zu sein?« fragte Winterslow sie mit einem häßlichen Grinsen.

»Ich hoffe, ich bin es – von Natur«, erwiderte sie. »Jedenfalls wird die Zukunft mehr Verständnis haben, und eine Frau wird nicht durch ihre Funktionen erniedrigt werden.«

»Vielleicht wird sie ganz und gar in den Weltraum entschweben«, meinte Dukes.

»Ich glaube, genügend Zivilisation würde eine Menge der physischen Mängel beseitigen«, sagte Clifford. »All dieses Liebesgetue, zum Beispiel, könnte ebensogut entfallen. Wahrscheinlich würde es das auch, wenn wir kleine Kinder in Flaschen züchten könnten.«

»Nein!« rief Olive. »Das würde einem umsomehr freie Hand für den Spaß lassen.«

»Ich vermute«, sagte Lady Bennerley nachdenklich, »wenn das Liebesgetue entfiele, würde etwas anderes an seine Stelle treten. Morphium vielleicht. Ein wenig Morphium überall in der Luft. Es wäre wundervoll erfrischend für jedermann.«

»Die Regierung müßte an Sonnabenden ein wenig Äther in die Luft mischen für ein heiteres Weekend«, schlug Jack vor. »Hört sich ganz gut an, aber wo würden wir am Mittwoch halten?«

»Solange man seinen Körper vergessen kann, ist man glücklich«, sagte Lady Bennerley. »Und im Augenblick, da man beginnt, sich seines Körpers bewußt zu werden, ist man elend. Wenn also die Zivilisation etwas taugt, muß sie uns helfen, unsere Körper zu vergessen. Und dann vergeht die Zeit glücklich, ohne daß wir es wissen.«

»Uns helfen, unsere Körper überhaupt loszuwerden«, sagte Winterslow. »Es wäre längst Zeit, daß der Mensch begänne, seine eigene Natur zu verbessern, besonders ihre physische Seite.«

»Stellt euch vor, wir schwebten alle wie Tabakrauch!« rief Connie.

»Das wird nicht eintreten«, erwiderte Dukes. »Unser ganzer alter Zirkus wird bankrott werden, unsere Zivilisation zusammenbrechen. Sie wird hinunterstürzen in den bodenlosen Schacht, hinunter in den Abgrund. Und glaubt mir, die einzige Brücke über den Abgrund wird der Phallus sein!«

»Oh, bitte, bitte, seien Sie unmöglich, General!« schrie Olive.

»Ich glaube auch, daß unsere Zivilisation zusammenbrechen wird«, meinte Tante Eva.

»Und was wird nachher kommen?« fragte Clifford.

»Ich habe nicht die leiseste Ahnung. Aber vermutlich irgend etwas«, erwiderte die betagte Dame.

»Connie sagt, Leute wie Rauchschwaden, und Olive behauptet, immunisierte Frauen und Säuglinge in Flaschen, und Dukes sagt, der Phallus werde die Brücke sein zu dem, was als Nächstes kommt. Ich möchte gern wissen, was es wirklich sein wird«, meinte Clifford.

»Oh, zerbrecht euch nicht den Kopf. Sehen wir lieber zu, wie wir mit dem Heute fertig werden«, rief Olive. »Nur beeilt euch mit der Brutflasche und erlaßt es uns armen Frauen.«

»Vielleicht wird es in der nächsten Phase sogar wirkliche Männer geben«, meinte Tommy. »Wirkliche, intelligente, kerngesunde Männer. Und kerngesunde, nette Frauen. Wäre das nicht eine Abwechslung? Eine ungeheure Veränderung, verglichen mit uns? Wir sind keine Männer, und die Frauen sind keine Frauen. Wir sind nur mit dem Gehirn tätige Lückenbüßer, mechanische und intellektuelle Experimente. Vielleicht folgt sogar eine Kulturepoche echter Männer und Frauen auf uns naseweises Gesindel mit der Intelligenz Siebenjähriger. Das wäre sogar noch erstaunlicher als Rauchmenschen oder Säuglinge in Flaschen.«

»Oh, wenn die Leute von wirklichen Frauen zu reden beginnen, dann gebe ich's auf.«

»Gewiß ist nichts in uns besitzenswert als Geistiges«, sagte Winterslow.

»Geistiges!« rief Jack und trank seinen Whisky mit Soda aus.

»Glaubst du? Gib mir die Auferstehung des Körpers!« sagte Dukes. »Aber sie wird mit der Zeit kommen, bis wir den Gehirnstein ein wenig weggewälzt haben und das Geld und alles übrige. Dann werden wir eine Demokratie menschlichen Kontakts bekommen, statt einer Demokratie der Tasche.«

Irgend etwas echote in Connie: »Gib mir die Demokratie des Kontaktes, die Wiederauferstehung des Leibes!« Sie verstand ganz und gar nicht, was es bedeutete, aber es tröstete sie, wie Unverständliches das mitunter tut.

Jedenfalls war alles schrecklich einfältig, und sie war davon bis zur Verzweiflung gelangweilt – von Clifford, von Tante Eva, von Olive und Jack und Winterslow und sogar von Dukes. Gerede! Gerede! Gerede! Welch eine Hölle es war, dieses beständige Geplapper!

Als dann alle diese Leute wieder weg waren, wurde es um nichts besser. Sie trottete weiter dahin, aber Überdruß und Gereiztheit hatten von ihrem Körper Besitz ergriffen, und sie konnte nicht entwischen. Die Tage schienen sich mit seltsamer Schmerzhaftigkeit zu dehnen, und nichts geschah. Sie wurde bloß magerer. Sogar die Haushälterin merkte es und fragte sie danach. Sogar Tommy Dukes behauptete, sie sei nicht gesund, obgleich sie sagte, sie fühle sich ganz wohl. Sie begann bloß, sich vor den greulichen weißen Grabsteinen zu fürchten, die mit ihrer eigentümlich widerlichen Weiße carrarischen Marmors, abscheulich wie falsche Zähne, aus dem Abhang unterhalb der Kirche von Tevershall herausragten, und die sie in solch grimmiger Deutlichkeit vom Park aus erblickte. Das stachelige Starren dieser scheußlichen falschen Zähne auf dem Hügel verursachte ihr ein gruseliges Entsetzen. Sie fühlte, die Zeit sei nicht mehr fern, da sie dort begraben sein würde: Eine mehr in der schauerlichen Schar unter den Leichensteinen und Grabmälern in diesem greulichen Mittelengland.

Sie brauchte Hilfe und sie wußte das. So schrieb sie denn einen kleinen ›Herzensschrei‹ an ihre Schwester Hilda. »Ich fühle mich in letzter Zeit nicht wohl und ich weiß nicht, was mit mir ist.«

Und schon kam Hilda von Schottland herunter, wo sie ihren Wohnsitz aufgeschlagen hatte. Sie kam im März, allein, und lenkte selber einen flinken Zweisitzer. Die Auffahrt herauf kam sie, tutete auf dem Abhang, schwenkte dann um den ovalen Grasplatz, wo auf der ebenen Fläche vor dem Hause die zwei großen wilden Buchen standen.

Connie war auf die Stufen hinausgelaufen. Hilda hielt den Wagen an, stieg aus und küßte ihre Schwester.

»Aber Connie«, sagte sie, »was ist nur los?«

»Nichts«, erwiderte Connie recht beschämt; aber sie wußte, wie sehr sie, im Gegensatz zu Hilda, gelitten hatte. Beide Schwestern besaßen die gleiche fast goldene, warmleuchtende Haut und das weiche braune Haar und die natürlich kräftige und warme Konstitution. Connie aber war nun mager und sah erdig aus mit ihrem hageren gelblichen Hals, der aus dem Jumper hervorragte.

»Aber du bist ja krank, Kind«, sagte Hilda mit der weichen, ein wenig atemlosen Stimme, die beiden Schwestern eigen war. Hilda war beinahe, aber nicht ganz, zwei Jahre älter als Connie.

»Nein, nicht krank. Vielleicht gelangweilt«, sagte Connie ein wenig pathetisch. Die Kampflust leuchtete in Hildas Gesicht auf. Sie war – so sanft und still sie scheinen mochte – eine Frau von der Amazonenart, nicht geschaffen, sich Männern anzupassen.

»Dieser jämmerliche Ort!« sagte sie leise und blickte mit wirklichem Haß auf das alte, gerümpelhafte Wragby. Sie selbst sah weich und warm aus wie eine reife Birne, und sie war eine Amazone von der alten echten Art.

Sie ging still zu Clifford hinein. Er dachte, wie hübsch sie aussehe; aber auch er wich vor ihr zurück. Die Familie seiner Frau besaß nicht seine Art von Manieren oder seine Art von Etikette. Er hielt sie für Außenseiter; aber wenn sie einmal auf die Innenseite gelangt waren, ließen sie ihn durch die Reifen springen.

Er saß vierschrötig und gepflegt in seinem Rollstuhl, das Haar glatt und blond und das Gesicht frisch, die blauen Augen blaß und ein wenig vorgewölbt, die Miene undurchdringlich, aber wohlerzogen. Hilda fand sie verdrossen und einfältig; und er wartete. Er hatte einen Anflug von Pomphaftigkeit, aber Hilda kümmerte sich nicht darum, was für Anflüge er hatte. Sie war auf dem Kriegspfad, und wäre er der Papst oder der Kaiser gewesen, es hätte keinen Unterschied gemacht.

»Connie sieht entsetzlich ungesund aus«, sagte sie mit ihrer weichen Stimme und richtete ihre schönen, dunkel leuchtenden grauen Augen fest auf ihn. Sie sah so mädchenhaft aus. Und auch Connie sah so aus. Aber den Felsgrund schottischer Unbeugsamkeit darunter kannte er gut genug.

»Sie ist ein wenig magerer«, sagte er.

»Habt ihr denn nichts dagegen getan?«

»Glaubst du, daß es notwendig ist?« fragte er mit seiner verbindlichsten englischen Steifheit. Die zwei Eigenschaften gehen oft Hand in Hand.

Hilda sah ihn nur drohend an, ohne zu antworten. Schlagfertigkeit war weder ihre noch Connies Stärke. So saß sie nur finster blickend da, und ihm war viel unbehaglicher zumute, als wenn sie die unangenehmsten Dinge gesagt hätte.

»Ich werde mit ihr zum Arzt gehen«, sagte Hilda endlich. »Weißt du einen guten hier in der Nachbarschaft?«

»Ich fürchte, nein.«

»Dann werde ich sie nach London mitnehmen, wo ich einen Doktor weiß, dem man vertrauen kann.«

Obgleich kochend vor Wut, erwiderte Clifford nichts.

»Ich nehme an, ich kann wohl über Nacht hier bleiben«, sagte Hilda, ihre Handschuhe ausziehend. »Und morgen fahre ich sie dann in die Stadt.«

Clifford war gelb vor Ärger, und am Abend war auch das Weiße seiner Augen ein wenig gelblich. Seine Galle war schnell angegriffen. Aber Hilda war unveränderlich bescheiden und mädchenhaft.

»Du mußt eine Pflegerin oder jemand haben, der sich um dich kümmert. Von Rechts wegen brauchst du einen Diener«, sagte Hilda, als sie alle äußerlich ruhig nach dem Abendessen beim Kaffee saßen. Sie sprach in ihrer leisen, scheinbar sanften Art, aber Clifford hatte das Gefühl, daß sie ihn mit einer Keule auf den Kopf schlage.

»Meinst du?« entgegnete er kalt.

»Ich bin überzeugt. Es ist notwendig. Entweder das, oder Vater und ich müssen Connie für ein paar Monate von hier wegbringen. So kann es nicht weitergehen.«

»Was kann nicht weitergehen?«

»Hast du das Kind nicht angesehen?« fragte Hilda und starrte ihm voll ins Gesicht. Er sah im Augenblick einer riesigen gesottenen Krabbe sehr ähnlich – so fand sie zumindest.

»Connie und ich werden es besprechen«, sagte er.

»Ich habe es bereits mit ihr besprochen«, entgegnete Hilda.

Clifford war lange genug in den Händen von Krankenpflegerinnen gewesen. Er haßte sie, weil sie ihm nicht genug

Ungestörtheit ließen. Und gar ein Diener! Er konnte es nicht ertragen, daß ein Mann stets um ihn herumlungerte. Da war jede Frau noch besser. Aber warum nicht Connie?

Die beiden Schwestern fuhren am Morgen ab. Connie sah fast wie ein Osterlamm aus, recht klein neben Hilda, die am Steuer saß. Sir Malcolm war nicht in London, aber das Haus in Kensington war offen.

Der Arzt untersuchte Connie sorgfältig und fragte sie nach allen Einzelheiten ihres Lebens aus. »Ich sah manchmal Ihr und Sir Cliffords Bild in den illustrierten Zeitungen. Sie beide sind beinahe Berühmtheiten, nicht? So wachsen die stillen kleinen Mädchen heran! Obgleich Sie auch jetzt nur ein stilles kleines Mädchen sind, trotz den illustrierten Zeitungen. Nein, nein! Organisch ist alles in Ordnung. Aber so geht es nicht. So geht es nicht weiter. Sagen Sie Sir Clifford, er muß mit Ihnen in die Stadt kommen oder Sie ins Ausland mitnehmen und Sie unterhalten. Sie müssen unterhalten werden, sie müssen es. Ihre Lebenslust ist viel zu schwach; keine Reserven, keine Reserven. Die Herznerven sind schon jetzt ein bißchen wunderlich, o ja! Nichts als Nerven. Ich würde Sie schon wieder auf die Beine bringen, mit einem Monat in Cannes oder Biarritz. Aber so darf es nicht weitergehen. Es darf nicht, sage ich Ihnen. Oder ich stehe nicht für die Folgen ein. Sie vergeuden Ihr Leben, ohne es zu erneuern. Sie müssen Unterhaltung haben, richtige, gesunde Unterhaltung. Sie verbrauchen Ihre Lebenskraft, ohne sie wieder aufzufüllen. Das kann nicht so weitergehen, wissen Sie. Depressionen. Vermeiden Sie Depressionen!«

Hilda setzte eine entschlossene Miene auf, und das wollte etwas heißen.

Michaelis hörte, sie seien in der Stadt, und kam mit Rosen herbeigerannt. »Ja, was ist denn los?« rief er. »Du bist nur noch ein Schatten deiner selbst. Ich habe nie solch eine Veränderung gesehen. Warum hast du mich gar nichts wissen lassen? Komm mit mir nach Nizza. Komm hinunter nach Sizilien.

Tu's doch! Komm nach Sizilien mit mir! Gerade jetzt ist es herrlich dort. Du brauchst Sonne, du brauchst Leben. Du schwindest ja förmlich dahin. Komm weg mit mir; komm nach Afrika! Oh, hol' der Kuckuck Sir Clifford! Laß ihn sitzen und komm mit mir. Ich heirate dich im Augenblick, da er sich von dir scheiden läßt. Komm und versuch ein neues Leben! Du lieber Gott! Dieses Wragby muß ja jeden Menschen umbringen. Scheußlicher Ort! Verpestet! Bringt jeden um! Komm weg mit mir in die Sonne! Was du brauchst, ist selbstverständlich Sonne und ein bißchen normales Leben!«

Aber Connies Herz stand einfach still bei dem Gedanken, Clifford auf der Stelle zu verlassen. Sie konnte es nicht tun. Nein – nein! Sie konnte einfach nicht. Sie mußte nach Wragby zurückkehren.

Michaelis war empört. Hilda mochte Michaelis nicht leiden, aber sie zog ihn Clifford beinahe vor. So fuhren die Schwestern in die Midlands zurück.

Hilda sprach mit Clifford, der noch immer gelbliche Augäpfel hatte, als sie zurückkamen. Auch er war auf seine Art überreizt; aber er mußte alles anhören, was Hilda sagte, alles, was der Doktor gesagt hatte – allerdings nicht das, was Michaelis gesagt hatte –, und während des Ultimatums saß er stumm wie ein Fisch da.

»Hier ist die Adresse eines guten Dieners, der bei einem vorigen Monat verstorbenen invaliden Patienten des Doktors war. Er ist ein wirklich tüchtiger Mensch und würde wohl sicher kommen.«

»Ich bin kein Invalide und ich will keinen Diener haben«, widersprach Clifford, der arme Teufel.

»Und hier sind die Adressen von zwei Frauen. Mit der einen habe ich gesprochen. Sie wäre sehr gut als Pflegerin. Eine Frau von ungefähr fünfzig, ruhig, stark, freundlich und in ihrer Art gebildet...«

Clifford trotzte nur und wollte nicht antworten.

»Also gut, Clifford. Wenn wir uns bis morgen nicht auf etwas einigen, werde ich an Vater telegraphieren, und wir werden Connie mit uns nehmen.«

»Wird Connie gehen?« fragte Clifford.

»Sie will es nicht. Aber sie weiß, daß sie muß. Mutter starb an Krebs, den sie sich durch zu viel Gereiztheit zugezogen hatte. Wir riskieren lieber nichts.«

Und so schlug Clifford am nächsten Tag Mrs. Bolton vor, die Gemeindepflegerin von Tevershall. Offenbar hatte Mrs. Betts sich ihrer erinnert. Mrs. Bolton wollte demnächst ihr Amt aufgeben, um private Fälle zu pflegen. Clifford hatte eine seltsame Angst, sich den Händen einer fremden Person auszuliefern, aber diese Mrs. Bolton hatte ihn einst gepflegt, während er Scharlach gehabt hatte, und er kannte sie.

Die beiden Schwestern suchten sogleich Mrs. Bolton auf, die in einem neuen, für Tevershall geradezu vornehmen Reihenhaus wohnte. Sie fanden sich einer hübschen Frau von einigen vierzig Jahren in Pflegerinnentracht mit weißem Kragen und weißer Schürze gegenüber, die sich eben in einem überladenen kleinen Wohnzimmer Tee bereitete.

Mrs. Bolton war äußerst aufmerksam und höflich, schien sehr nett, sprach mit einer leicht dialektischen Färbung ein schwerfälliges, aber korrektes Englisch und besaß, weil sie eine gute Anzahl von Jahren mit den kranken Bergleuten herumkommandiert hatte, eine sehr hohe Meinung von sich und eine gute Portion Selbstbewußtsein. Kurzum, auf ihre kleine Weise eine von der herrschenden Klasse im Dorf und sehr angesehen.

»Ja, Lady Chatterley sieht gar nicht gut aus! Sie war doch immer so kräftig, nicht wahr? Aber den ganzen Winter über ist sie immer weniger geworden. Oh, es ist schwer, es ist schwer. Der arme Sir Clifford! Ah, dieser Krieg, der hat viel verschuldet!«

Und Mrs. Bolton wollte sogleich nach Wragby kommen, falls Dr. Shardlow sie entließe. Sie habe von Rechts wegen noch vierzehn Tage auf ihrem Posten als Gemeindepflegerin zu bleiben, aber vielleicht könne er eine Stellvertreterin für sie finden.

Hilda eilte gleich zu Dr. Shardlow weiter, und am folgenden Sonntag fuhr Mrs. Bolton in Leivers Wagen mit zwei Koffern in Wragby vor. Hilda unterhielt sich mit ihr; Mrs. Bolton war jeden Augenblick zum Reden bereit. Und sie schien so jung! Wie leidenschaftlich sich ihre sonst so bleichen Wangen röten konnten! Sie war siebenundvierzig.

Ihr Mann, Ted Bolton, war vor zweiundzwanzig Jahren ums Leben gekommen – zweiundzwanzig Jahre waren es letzte Weihnachten – und hatte sie mit zwei Kindern zurückgelassen, und eines davon noch ein Säugling. Oh, die Kleinere, Edith, war jetzt verheiratet an einen jungen Mann in der Drogerie Boots in Sheffield. Die andere war Lehrerin in Chesterfield, und sie kam übers Wochenende nach Hause, wenn sie nicht anderswo eingeladen war. Die jungen Leute unterhielten sich heutzutage, hatten ein anderes Leben, als da sie, Ivy Bolton, jung gewesen war.

Ted Bolton war achtundzwanzig, als er bei einer Explosion drunten auf der Strecke umkam. Der Obersteiger vor ihnen schrie ihnen zu, sich schnell auf den Boden zu werfen. Ihrer vier waren sie. Und sie alle warfen sich rechtzeitig hin, nur Ted nicht, und ihn tötete es. Und dann, bei der Untersuchung, behauptete der Obersteiger, Ted hätte Angst bekommen und wegzulaufen versucht und Befehle nicht befolgt, und so wäre es in Wirklichkeit seine eigene Schuld. Die Entschädigung war daher nur dreihundert Pfund, und sie taten noch so, als wären sie mehr ein Geschenk als eine gesetzliche Entschädigung, weil es in Wirklichkeit des Mannes eigene Schuld gewesen wäre. Sie wollten ihr das Geld nicht bar auszahlen. Sie hätte gerne einen kleinen Laden aufgemacht. Aber da hieß es, sie würde das Geld zweifellos verschleudern, vielleicht gar vertrinken! Also mußte sie es sich in wöchentlichen Raten von dreißig Schilling holen. Ja, jeden Montag hatte sie in die Kanzlei gehen und dort zwei Stunden stehen und warten müssen, bis sie an die Reihe kam. Ja, beinahe vier Jahre ging sie jeden Montag. Und was konnte sie tun mit zwei kleinen Kindern auf dem Hals?

Aber Teds Mutter war sehr gut zu ihr. Als das Kleine laufen konnte, behielt sie beide Kinder über den Tag, während sie selbst, Ivy Bolton, nach Sheffield fuhr und Erste Hilfe lernte, und dann im vierten Jahr besuchte sie sogar einen Pflegerinnenkurs und bekam ihr Diplom. Sie war entschlossen, unabhängig zu sein und ihre Kinder bei sich zu behalten. Also wurde sie für eine Weile Hilfsschwester im Krankenhaus in Uthwaite – nur ein kleiner Ort. Aber als die Gesellschaft, die Tevershaller Bergwerksgesellschaft, oder eigentlich Sir Geoffrey, sah, daß sie allein vorwärts kommen konnte, waren sie sehr gut zu ihr, gaben ihr die Stelle der Gemeindepflegerin und standen ihr bei, das müsse sie ihnen lassen. Und so hatte sie sich seither fortgebracht, bis es jetzt ein wenig zu viel für sie wurde. Sie brauchte ein bißchen was Leichteres. Man mußte zu viel herumrennen als Gemeindepflegerin.

»Ja, die Gesellschaft war sehr gut zu mir, das sage ich immer. Aber ich werde nie vergessen, was sie über Ted gesagt haben. Denn er war so zuverlässig und furchtlos, ein Bergmann, wie nur je einer eingefahren ist. Und es war dasselbe, wie ihn zu einem Feigling zu stempeln. Aber so war er eben tot und hat keinem von ihnen mehr was erwidern können.«

Es war eine sonderbare Mischung von Gefühlen, die da zum Ausdruck kam, wenn die Frau sprach. Sie mochte die Bergleute, die sie so lange gepflegt hatte, gut leiden; aber sie fühlte sich ihnen sehr überlegen. Sie fühlte sich beinahe wie jemand aus der Oberklasse. Und gleichzeitig glomm ein Groll gegen die herrschende Klasse in ihr. Die Herren! In einem Streite zwischen den Herren und den Arbeitern war sie stets für die Arbeiter. Aber wenn es nicht eine Frage des Kampfes war, lechzte sie danach, überlegen und eine aus den oberen Klassen zu sein. Die oberen Klassen faszinierten sie, erweckten ihre besondere englische Leidenschaft für gesellschaftliche Überlegenheit. Sie war begeistert davon, nach Wragby zu kommen. Begeistert, sich mit Lady Chatterley zu unterhalten, die wahrhaftig etwas anderes war als die Frauen gewöhnlicher Bergleute. Sie sagte das auch ganz unzweideutig. Aber man konnte doch einen gewissen Groll gegen die Chatterleys herausklingen hören, – den Groll gegen die Herren.

»Ah, freilich, ja, es würde Lady Chatterley zugrunde richten. Ein Glück, daß sie die Schwester hat, die kommen und ihr helfen konnte. Die Männer denken nicht, ganz gleich, ob hoch oder niedrig. Sie nehmen alles, was eine Frau für sie tut, als selbstverständlich. Oh, den Bergleuten habe ich oft genug meine Meinung gesagt. Aber es ist ein hartes Los für Sir Clifford, wissen Sie, so gelähmt wie er ist. Sie waren immer eine hochmütige Familie, die Chatterleys, und haben sich was eingebildet, wozu sie ja auch das Recht haben. Aber dann so heruntergebracht zu werden! Und es ist hart für Lady Chatterley, vielleicht härter für sie. Was sie entbehren muß! Ich habe Ted bloß drei Jahre gehabt. Aber auf mein Wort, während ich ihn hatte, habe ich an ihm einen Mann gehabt, den ich nie vergessen könnte. Er war einer unter Tausend und so lustig wie der Tag. Wer hätte je gedacht, daß er so umkommen würde! Ich kann's bis heute noch immer nicht recht glauben; ich hab's nie recht geglaubt, obwohl ich ihn mit meinen eigenen Händen gewaschen hab. Aber er war nie tot für mich, nie! Ich hab's nie ganz hingenommen.«

Das war eine neue Stimme in Wragby. Eine sehr neue für Connie; sie erweckte ein neues Ohr in ihr.

Während der ersten Woche oder so war Mrs. Bolton sehr still in Wragby; ihre selbstsichere, befehlshaberische Art verließ sie, und sie war nervös. Clifford gegenüber benahm sie sich scheu, beinahe ängstlich, und schweigsam. Ihm gefiel das. Und er gewann bald wieder seinen Gleichmut zurück und ließ sie Dinge für ihn verrichten, ohne sie selbst auch nur zu bemerken.

»Sie ist eine nützliche Null«, sagte er. Connie machte vor Verwunderung große Augen, aber sie widersprach ihm nicht. So verschieden waren Eindrücke auf zwei verschiedene Menschen!

Und er gab sich bald recht erhaben, ja einigermaßen königlich im Umgang mit der Pflegerin. Sie hatte das beinahe erwartet, und, ohne es zu wissen, suchte er ihren Erwartungen zu entsprechen.

Wie empfänglich wir sind für das, was man von uns erwartet! Die Bergleute hatten so sehr Kindern geglichen, die, während sie sie verband oder pflegte, mit ihr sprachen und ihr erzählten, was ihnen weh tat. Sie hatten ihr stets so ein Gefühl von Größe, beinahe von Übermenschlichkeit bei ihren Handreichungen gegeben. Nun gab ihr Clifford das Gefühl, sehr klein und wie eine Magd zu sein, und sie nahm es wortlos hin und paßte sich den oberen Klassen an.

Sie kam, wenn sie sich mit ihm zu befassen hatte, stets sehr stumm herein, mit ihrem länglichen, hübschen Gesicht und den niedergeschlagenen Augen. Und sie sagte sehr demütig: »Soll ich jetzt dies tun, Sir Clifford, oder das?«

»Nein, lassen Sie es für eine Weile. Ich werde später das Nötige anordnen.«

»Sehr wohl, Sir Clifford.«

»Kommen Sie in einer halben Stunde wieder herein.«

»Sehr wohl, Sir Clifford.«

»Und nehmen Sie diese Zeitungen gleich mit hinaus, bitte.«

»Sehr wohl, Sir Clifford.«

Sie ging sehr leise hinaus und kam leise in einer halben Stunde wieder. Sie war eingeschüchtert, aber das machte ihr nichts aus. Sie machte ihre Erfahrungen mit den oberen Klassen. Sie empfand weder Abneigung noch Zuneigung gegenüber Clifford. Er war einfach Teil eines Phänomens, des Phänomens hochklassiger Leute, ihr bisher unbekannt, nun aber ihrer Kenntnis sich erschließend. Mit Lady Chatterley fühlte sie sich unbefangener, und schließlich ist es die Herrin des Hauses, auf die es ankommt.

Mrs. Bolton half Clifford abends ins Bett und schlief in einem auf dem Gange gegenüberliegenden Zimmer und kam, wenn er des Nachts klingelte. Sie half ihm auch am

Morgen und bediente ihn bald vollständig, rasierte ihn sogar in ihrer sanften, zögernden, weiblichen Art. Sie war eine sehr gute und tüchtige Pflegerin, und sie wußte bald, wie ihn in ihrer Gewalt zu haben. Er war schließlich nicht so viel anders als die Bergleute, wenn man ihm das Kinn einseifte und sanft die Stoppeln rieb. Sein Hochmut und Mangel an Offenheit bekümmerten sie nicht; sie machte eine neue Erfahrung.

Clifford jedoch verzieh Connie innerlich nie, daß sie seine persönliche Wartung aufgegeben und einer fremden, angeworbenen Frau überlassen hatte. Das hatte, so sagte er sich, die wahre Blüte der Vertrautheit zwischen ihm und ihr getötet. Aber daraus machte Connie sich nichts. Die schöne Blüte dieser Vertrautheit erschien ihr eher wie eine Orchidee, ein Knollen, der parasitisch auf dem Baume ihres Lebens saß und ihrer Ansicht nach recht armselige Blüten trieb.

Nun, da sie mehr Zeit für sich hatte, konnte sie droben in ihrem Zimmer sitzen und leise auf dem Klavier spielen und singen. »Rühre nicht die Nessel an... denn es ist der Liebe Fessel schwer zu lockern.« Sie hatte sich bis vor kurzem nicht vergegenwärtigt, wie schwer sie zu lockern war, diese Fessel der Liebe. Aber, dem Himmel sei Dank!, sie hatte sie gelockert. Sie war so froh, allein zu sein, nicht immer mit ihm sprechen zu müssen. Wenn er allein war, tipp-tipp-tipp-tippte er endlos auf seiner Schreibmaschine. Aber wenn er nicht ›arbeitete‹ und sie da war, redete er — immer redete er. Unendlich kleines Zergliedern von Leuten und Motiven und Ergebnissen, Charakteren und persönlichen Eigenheiten, bis sie es jetzt satt bekommen hatte. Jahrelang hatte sie es geliebt, bis sie nun genug davon gehabt hatte, und es plötzlich zu viel gewesen war. Sie war dankbar, allein sein zu können.

Es war, als wären Tausende und Tausende kleiner Wurzeln und Fäden des Bewußtseins in ihm und ihr zu einer verworrenen Masse zusammengewachsen, bis sie sich nicht weiter zusammendrängen konnten, und die Pflanze abstarb. Nun entwirrte sie in Ruhe und geschickt das Wirrsal seines und ihres Bewußtseins, zerriß sachte, einen nach dem andern, die Fäden mit Geduld – und mit Ungeduld, loszukommen. Aber die Fesseln einer solchen Liebe sind schwerer zu lockern, als die meisten andern Fesseln; obgleich Mrs. Boltons Kommen eine große Hilfe gewesen war.

Clifford jedoch wollte noch immer diese vertraulichen, von Gespräch erfüllten Abende mit Connie; von Gespräch oder Vorlesen. Aber sie konnte nun Mrs. Bolton den Auftrag geben, um zehn Uhr zu kommen und zu stören. Um zehn Uhr konnte sie hinaufgehen und allein sein. Clifford war bei Mrs. Bolton in guten Händen.

Mrs. Bolton aß mit Mrs. Betts im Zimmer der Haushälterin, da sie alle sich sehr gut vertrugen, und es war seltsam, um wieviel näher der Dienerschaftsflügel gerückt zu sein schien – bis dicht vor die Türe von Cliffords Arbeitszimmer –, während er vorher so weit entfernt gewesen war. Denn Mrs. Betts saß manchmal in Mrs. Boltons Zimmer, und Connie hörte ihre gedämpften Stimmen und fühlte gewissermaßen, wie die starken und so ganz anderen Pulse der arbeitenden Leute beinahe in den Salon einbrachen, wenn sie und Clifford allein waren. So verändert war Wragby allein schon durch Mrs. Boltons Kommen.

Und Connie fühlte sich erlöst, in einer anderen Welt, sie hatte das Gefühl, sie atme anders. Aber noch immer flößte es ihr Furcht ein, wieviele ihrer Wurzeln, vielleicht lebenswichtige, mit denen Cliffords verflochten waren. Dennoch atmete sie freier; ein neuer Abschnitt in ihrem Leben nahm seinen Anfang.

ACHTES KAPITEL

Mrs. Bolton hatte ein sorgsames Auge auf Connie, denn sie fühlte, sie müsse ihren weiblichen und berufsmäßigen Schutz auch auf sie ausdehnen. Stets drängte sie Ihre Gnaden, einen Spaziergang zu unternehmen, nach Uthwaite zu fahren, an der Luft zu sein. Denn Connie hatte die Gewohnheit angenommen, still beim Kamin zu sitzen oder so zu tun, als läse sie, oder lässig zu nähen, und sie ging überhaupt kaum mehr aus.

Es war ein windiger Tag, bald nach Hildas Abreise, da sagte Mrs. Bolton: »Warum machen Sie nicht einen Spaziergang durch den Wald und sehen sich die gelben Narzissen hinterm Forsthaus an? Sie sind das Hübscheste, was man in diesen Märztagen sehen kann. Sie könnten ein paar in Ihr Zimmer tun. Wilde Narzissen sehen immer so aufheiternd aus, nicht?«

Gutmütig ließ Connie sich das gesagt sein. Wilde Narzissen! Schließlich durfte man nicht immer in seinem eigenen Saft schmoren. Es wurde wieder Frühling... »Die Jahreszeiten, sie kehren wieder, aber mir kehret der Tag nicht zurück, noch das süße Nahen von Abend und Morgen.«

Und der Förster – sein schlanker weißer Leib, wie der einsame Stempel einer unsichtbaren Blume! Sie hatte ihn vergessen in ihrer unaussprechlichen Bedrücktheit. Aber nun erwachte etwas... »Blaß hinter Tür und Tor«... Was man tun mußte, das war, durch Tür und Tor hindurchschreiten.

Sie fühlte sich kräftiger, sie konnte besser gehen, und im Walde würde der Wind nicht so ermüdend sein wie auf dem Weg durch den Park, wo er sich gegen sie preßte. Sie wollte vergessen, die Welt und alle diese halbverwesten

Leute vergessen. »Ihr müsset von neuem geboren werden! Ich glaube an die Auferstehung des Leibes. So ein Weizenkorn nicht in die Erde fällt und stirbt, soll es mitnichten tragen. Wenn die Krokusblüte hervorkommt, will auch ich hervorkommen und die Sonne sehen!« Im Märzwind trieben ohne Unterlaß solche Sätze durch ihr Bewußtsein.

Kleine Stöße von Sonnenlicht wehten seltsam hell und erleuchteten das Schöllkraut am Waldrand, und unter den Haselstauden flimmerte es glänzend und gelb. Und der Wald war still, ganz still, und doch durchweht von der einfallenden Sonne. Die ersten Windröschen waren heraus, und der ganze Wald schien blaß von der Blässe unzähliger kleiner Anemonen, die den erschütterten Boden sprenkelten. »Die Welt ist erblaßt vor deinem Atem.« Aber diesmal war es der Atem Persephones; sie war eines kalten Morgens aus dem Hades geschlüpft. Kalt wehende Atemstöße kamen daher, und zu Häupten tobte der Zorn des Windes, der sich in den Zweigen verfangen hatte. Auch er hatte sich verfangen, der Wind, und versuchte, sich loszureißen und frei zu werden wie Absalom. Wie verfroren die Anemonen aussahen, deren nackte weiße Schultern über Krinolinenröckchen von Grün erbebten! Aber sie hielten aus; und auch ein paar erste, gebleichte Primeln am Wegrand und gelbe Knospen, die sich eben entfalteten.

Das Sausen und Schwanken war oben zu Häupten, und nur kalte Zuglüfte gelangten herunter. Connie war seltsam erregt im Walde, und Farbe stieg in ihre Wangen und brannte blau in ihren Augen. Sie schritt schwankend dahin und pflückte ein paar Primeln und die ersten Veilchen, die süß und kühl rochen, süß und kühl. Und sie trieb weiter, ohne zu wissen, wo sie war.

Bis sie auf die Lichtung am andern Ende des Waldes hinauskam und das grüngefleckte Ziegelhäuschen sah, das beinahe rosig aussah wie das Fleisch an der Unterseite eines Pilzes, – seine Steine erwärmt in einem Schauer von Sonne. Und an der Türe war ein Funkeln gelben Jasmins. Und die

Türe war geschlossen. Aber kein Laut; kein Rauch aus dem Schornstein; kein Hundegebell.

Sie ging leise um das Haus herum, nach hinten, wo der Boden anstieg. Sie hatte einen Vorwand: sie wollte sich die gelben Narzissen ansehen.

Und da waren sie, die kurzstieligen Blumen, raschelnd und flatternd und erschauernd, so hell und lebendig, aber ohne einen Ort, wo sie ihre Gesichter verbergen konnten, wenn sie sich vom Winde abwandten. Sie schüttelten ihre hellen, sonnigen kleinen Fähnchen wie in Anfällen von Kummer. Aber vielleicht gefiel es ihnen in Wirklichkeit, vielleicht gefiel ihnen das Geschütteltwerden.

Constance saß nieder, den Rücken an eine junge Tanne gelehnt, die ihr entgegenwinkte, von seltsamem Leben erfüllt, elastisch und kraftvoll emporsteigend. Das aufrechte, lebendige Ding, mit seinem Kopf in der Sonne! Und sie sah zu, wie die Narzissen golden wurden im jäh durchbrechenden Sonnenlicht, das warm auf ihren Händen und ihrem Schoß lag. Sogar sie erhaschte den schwachen, teerigen Geruch der Blumen. Und dann, wie sie so still und allein dasaß, schien sie in die Strömung ihres eigenen wahren Geschicks zu geraten. Sie war angebunden gewesen mit einem Strick und hatte gezerrt und geächzt wie ein Boot an der Vertäuung; nun war sie los und trieb dahin.

Der Sonnenschein wich einer plötzlichen Kälte; die Narzissen waren im Schatten und wippten schweigend. So würden sie den Tag und die lange kalte Nacht hindurch wippen. So stark in ihrer Zartheit!

Sie erhob sich ein wenig steif, pflückte ein paar Narzissen und schritt den Abhang hinunter. Sie brach die Blumen ungern, aber sie wollte nur eben einige wenige, die mit ihr kommen sollten. Sie mußte nach Wragby und zu seinen Mauern zurückkehren, und nun haßte sie es, besonders seine dicken Mauern. Mauern! Immer Mauern! Aber man brauchte sie in diesem Wind.

Als sie heimkam, fragte Clifford sie: »Wohin bist du gegangen?«

»Quer durch den Wald. Schau, sind diese kleinen Narzissen nicht wundervoll? Wenn man denkt, daß so etwas aus der Erde kommt!«

»Ebensosehr aus der Luft und dem Sonnenschein«, sagte er.

»Aber geformt in der Erde«, gab sie mit einem schlagfertigen Widerspruch zurück, der sie selbst ein wenig überraschte.

Am nächsten Nachmittag ging sie wieder in den Wald. Sie folgte dem breiten Weg, der sich zwischen den Lärchen im Bogen zu einer ›Johannesbrunnen‹ genannten Quelle hinaufzog. Es war kalt hier am Abhang, und keine einzige Blume stand in der Dunkelheit der Lärchen. Aber die eisige kleine Quelle drängte sanft empor aus ihrem winzigen Bett von reinen, rötlich weißen Kieseln. Wie eiskalt und klar sie war! Glitzernd! Der neue Förster hatte zweifellos frische Kiesel hineingetan. Sie hörte das leise Plätschern des Wassers, mit dem der kleine Überfluß über den Rand und bergab sickerte. Sogar durch das zischende Brausen des Lärchenwaldes, der seine starrende, blattlose, wölfische Dunkelheit über den Abhang breitete, hörte sie das Geklingel wie von winzigen Wasserglocken.

Der Ort war ein wenig düster, kalt und feucht. Doch die Quelle mußte seit Hunderten von Jahren ein Trinkplatz gewesen sein. Aber sie war es nicht mehr. Die winzige Lichtung war feucht und kalt und verödet.

Sie erhob sich und schritt langsam heimwärts. Im Gehen hörte sie ein leises Klopfen fern zur Rechten und blieb stehen, um zu lauschen. Waren es Hammerschläge, oder war es ein Specht? Es waren gewiß Hammerschläge. Horchend schritt sie weiter. Und dann bemerkte sie einen schmalen Pfad zwischen jungen Tannen, einen Pfad, der nirgendhin zu führen schien. Aber sie hatte das Gefühl, er sei benützt worden. Abenteuerlustig schlug sie ihn ein, zwischen den dicken jungen Tannen, die bald dem alten Eichenwald Platz machten. Sie folgte dem Pfad, und das Gehämmer klang näher in der Stille des windigen Waldes, denn die Bäume schufen selbst im Lärm des Windes eine Stille.

Sie erblickte eine versteckte kleine Lichtung und eine versteckte kleine Hütte aus ländlich groben Balken. Und sie war nie zuvor hier gewesen! Sie erriet, daß es das stille Plätzchen war, wo die jungen Fasane aufgezogen wurden; der Förster kniete in Hemdsärmeln da und hämmerte. Der Hund kam mit einem kurzen, scharfen Bellen herangetrippelt, und der Förster hob plötzlich den Kopf und sah sie. Ein Ausdruck des Erstaunens war in seinen Augen.

Er richtete sich auf und grüßte und beobachtete sie schweigend, wie sie mit schwachwerdenden Gliedern auf ihn zukam. Er war ungehalten über dieses Eindringen. Er schätzte seine Einsamkeit als seine einzige und letzte Freiheit im Leben.

»Ich wußte nicht, was das für ein Gehämmer sei«, sagte sie und fühlte sich schwach und außer Atem und ein wenig ängstlich vor ihm, als er sie so geradewegs anstarrte.

»Brutkästen mache ich für die jungen Fasane«, sagte er in breitester Mundart.

Sie wußte nicht, was sie erwidern sollte, und sie fühlte sich schwach.

»Ich möchte mich gerne ein wenig niedersetzen«, sagte sie.

»Kommen Sie und setzen Sie sich in die Hütte«, sagte er, ging vor ihr her in die Hütte, schob ein paar Holzstücke und sonstiges Zeug beiseite und zog einen einfachen Stuhl aus Haselstöcken herbei.

»Soll ich Feuer machen?« fragte er mit der seltsamen Naivität der Mundart.

»Oh, bemühen Sie sich nicht«, erwiderte sie.

Aber er blickte auf ihre Hände: sie waren recht blau. Also ergriff er rasch ein paar Lärchenzweige und warf sie auf die kleine Feuerstelle aus Ziegeln im Winkel, und in einem Augenblick züngelte eine gelbe Flamme zum Rauchfang hinauf. Er machte Platz für sie beim Ziegelherd.

»Setzen Sie sich ein wenig hierher und wärmen Sie sich«, sagte er.

Sie gehorchte. Er besaß diese sonderbare Art beschützender Autorität, der sie sogleich gehorchte. Also saß sie da und wärmte ihre Hände an der Glut und legte hin und wieder ein Scheit aufs Feuer, während er draußen weiterhämmerte. Sie wollte nicht wirklich in einen Winkel gedrängt beim Feuer sitzen. Sie hätte ihm lieber von der Tür aus zugesehen, aber man sorgte für sie, und so mußte sie sich fügen.

Die Hütte war ganz behaglich, mit ungefirnißtem Holz getäfelt, und außer ihrem Stuhl war noch ein zweiter und ein einfacher Tisch da und eine Hobelbank und eine große Kiste, Werkzeuge, neue Bretter, Nägel; und viele Dinge hingen an Haken an der Wand: Axt, Handbeil, Fallen, Dinge in Säcken, sein Rock. Es war kein Fenster da, das Licht kam durch die offene Tür. Es war ein Durcheinander, aber es war auch eine Art von kleinem Heiligtum.

Sie lauschte dem Klopfen seines Hammers; es klang nicht mehr so glücklich. Er war bedrückt. Hier war ein Eindringling in seinen Bereich geraten, und ein gefährlicher! Eine Frau! Er hatte den Punkt erreicht, wo alles, was er auf Erden wollte, war: allein sein. Und doch war er machtlos, seine Abgeschiedenheit zu bewahren; er war ein gedungener Mann, und diese Leute waren seine Herren.

Besonders mit einer Frau wollte er nicht in Berührung kommen. Er fürchtete das; denn er hatte eine große Wunde von früheren Begegnungen. Er fühlte, er würde sterben, wenn er nicht allein sein könnte und nicht allein gelassen werden könnte. Sein Zurückweichen vor der Außenwelt war vollständig. Seine letzte Zuflucht war dieser Wald. Um sich da zu verkriechen.

Connie wurde es warm beim Feuer, das er zu groß gemacht hatte; dann wurde ihr heiß. Sie stand auf und saß auf dem Stuhl in der Tür und sah dem Manne bei seiner Arbeit zu. Er schien sie nicht zu bemerken, aber er wußte, daß sie da war. Dennoch arbeitete er weiter, als wäre er ganz vertieft, und sein brauner Hund saß neben ihm und überblickte prüfend die Welt, der man nicht trauen konnte.

Schlank, still und flink beendete der Mann die Arbeit an dem Brutkäfig, mit dem er beschäftigt gewesen war, probierte die Schiebetür, dann stellte er ihn beiseite. Er erhob sich und holte einen zweiten Käfig und trug ihn zu dem Hackstock, wo er arbeitete. Niederhockend prüfte er die Stäbe; einige brachen unter seinen Händen. Er begann, die Nägel herauszuziehen. Dann wandte er den Käfig um und überlegte und gab überhaupt kein Zeichen, daß er sich der Anwesenheit der Frau bewußt war.

So beobachtete Connie ihn unentwegt. Und dies selbe einsame Alleinsein, das sie an ihm bemerkt hatte, als er nackt gewesen, sah sie nun auch, da er bekleidet war: einsam und voll Eifer wie ein Tier, das allein arbeitet, aber auch grübelnd wie eine Seele, die zurückweicht, weg, weg von aller menschlichen Berührung. Schweigend, geduldig, wich er eben jetzt sogar von ihr zurück. Es war diese Ruhe, diese zeitlose Art von Geduld in einem ungeduldigen und leidenschaftlichen Manne, die Connie im Innersten ergriff. Sie sah sie in seinem geneigten Kopf, den flinken, sicheren Händen, der Beugung seiner schlanken, empfindlichen Hüften: etwas Geduldiges und Abgewandtes. Sie fühlte, sein Erleben sei tiefer und weiter gewesen als ihr eigenes. Viel tiefer und weiter und vielleicht tödlicher. Das war eine Erleichterung für sie. Sie fühlte sich beinahe unverantwortlich.

So saß sie in der Türe der Hütte wie in einem Traum, völlig unbewußt der Zeit und der besonderen Umstände. Sie war so weit weg geglitten, daß er rasch aufblickte und den völlig stillen und wartenden Ausdruck ihres Gesichtes sah. Für ihn war es ein Ausdruck des Wartens. Und eine kleine schmale Feuerzunge flackerte jäh in seinen Lenden auf, an der Wurzel seines Rückens, und er stöhnte im Geiste. Er fürchtete, beinahe mit einer Abscheu wie vor dem Tod, jeden weiteren Kontakt. Er wünschte vor allen Dingen, sie würde weggehen und ihn seiner Abgeschiedenheit überlassen. Er fürchtete ihren Willen, ihren weiblichen Willen und ihre moderne weibliche Beharrlichkeit. Und vor allem fürchtete er ihre kühle, den oberen Klassen eigene Unverschämtheit, alles nach ihrem Kopfe zu wollen. Denn schließlich war er ein gedungener Mann. Er haßte ihre Anwesenheit.

Connie kam mit einem plötzlichen Unbehagen zu sich. Sie stand auf. Der Nachmittag ging zu Ende, doch sie konnte nicht weggehen. Sie trat zu dem Mann, der sich zu dienstlicher Haltung erhob, sein vergrämtes Gesicht starr und leer, die Augen beobachtend auf sie gerichtet.

»Es ist so schön hier, so ruhevoll«, sagte sie. »Ich bin nie zuvor hier gewesen.«

»Nicht?«

»Ich glaube, ich werde manchmal herkommen und ein wenig hier sitzen.«

»Ja!«

»Versperren Sie die Hütte, wenn Sie nicht hier sind?«

»Ja, Euer Gnaden.«

»Glauben Sie, könnte ich auch einen Schlüssel haben, damit ich manchmal hier sitzen kann? Sind zwei Schlüssel da?«

»Ich weiß nicht, ob es noch einen gibt.«

Er war wieder in die Mundart verfallen. Connie zögerte; er setzte ihr Widerstand entgegen. War es am Ende seine Hütte?

»Könnten wir nicht einen zweiten Schlüssel bekommen?« fragte sie mit ihrer weichen Stimme, in der der Ton einer Frau mitschwang, die entschlossen war, ihren Willen durchzusetzen.

»Einen zweiten!« wiederholte er und warf ihr einen jähen Blick voll Zorn zu, in dem eine Spur von Spott war.

»Ja, ein Duplikat«, sagte sie errötend.

»Vielleicht weiß es der Herr Baron«, meinte er, sie hinhaltend.

»Ja«, sagte sie, »er hat vielleicht einen zweiten. Sonst könnten wir uns einen nach dem Ihren machen lassen. Es würde vermutlich nur ein, zwei Tage dauern. Können Sie Ihren Schlüssel so lange entbehren?«

»Das kann ich Ihnen nicht sagen, Euer Gnaden. Ich kenne hier niemanden, der Schlüssel anfertigt.«

Connie wurde plötzlich rot vor Ärger. »Na schön«, sagte sie. »Ich werde schon dazusehen.«

»Wohl, wohl, Euer Gnaden.«

Ihre Augen begegneten einander. Die seinen hatten einen häßlichen Blick von Abneigung und Verachtung und Gleichgültigkeit gegen alles, was geschehen würde. Die ihren waren heiß von der Zurückweisung.

Aber ihr Herz verzagte; sie sah, wie völlig abgeneigt er ihr war, wenn sie gegen ihn anging. Und sie gewahrte in ihm eine Art von Verzweiflung.

»Guten Abend.«

»Guten Abend, Euer Gnaden«. Er grüßte und wandte sich schroff ab. Sie hatte die schlafenden Hunde alten gefräßigen Zornes in ihm geweckt, des Zornes gegen sie, das eigenwillige Weibchen. Und er war machtlos, machtlos. Er wußte es.

Und sie war zornig auf das eigenwillige Männchen. Ein Bediensteter noch dazu. Sie schritt verdrossen davon.

Sie traf Mrs. Bolton unter der großen Buche auf dem Hügel, von wo sie nach ihr ausspähte.

»Ich habe mich gerade gewundert, ob Sie kommen würden, Euer Gnaden«, sagte die Frau lebhaft.

»Habe ich mich verspätet?« fragte Connie.

»Nein – Sir Clifford hat bloß darauf gewartet, daß Sie ihm den Tee einschenken.«

»Warum haben Sie ihn nicht eingeschenkt?«

»Oh, ich glaube nicht, daß mir das zukommt. Ich glaube, Sir Clifford wäre das gar nicht recht, Euer Gnaden.«

»Ich sehe nicht ein, warum nicht«, entgegnete Connie.

Sie ging ins Haus, in Cliffords Arbeitszimmer, wo der alte Messingkessel auf dem Tablett summte.

»Habe ich mich verspätet, Clifford?« fragte sie, legte die paar Blumen hin und hob, während sie in Hut und Schal vor dem Tablett stand, den Teewärmer ab. »Es tut mir leid. Warum hast du nicht Mrs. Bolton den Tee machen lassen?«

»Es ist mir nicht eingefallen«, sagte er ironisch. »Ich kann sie mir nicht recht vorstellen, wie sie am Teetisch präsidiert.«

»Oh, es ist doch nichts Heiliges an einer silbernen Teekanne«, sagte Connie.

Er blickte neugierig zu ihr auf. »Was hast du den ganzen Nachmittag getrieben?«

»Spazieren gegangen und an einem geschützten Ort ein wenig gesessen. Weißt du, daß noch immer Beeren auf dem großen Stechpalmenbaum sind?«

Sie legte ihren Schal, aber nicht ihren Hut ab und setzte sich nieder, um den Tee zu bereiten. Der Toast würde sicher wie Leder sein. Sie stülpte den Teewärmer über die Kanne und erhob sich, um ein kleines Glas für ihre Veilchen zu holen. Die armen Blumen ließen die Köpfchen hängen.

»Sie werden sich wieder erholen«, sagte sie und stellte sie im Glase vor ihn hin, damit er sie riechen möge.

»Süßer als Junos Augenlider«, zitierte er.

»Ich sehe nicht den geringsten Zusammenhang mit wirklichen Veilchen«, meinte sie. »Die Dichter der elisabethinischen Zeit sind doch recht schwülstig.«

Sie schenkte ihm Tee ein.

»Glaubst du, ist ein zweiter Schlüssel zu der kleinen Hütte unweit vom Johannesbrunnen da? Wo die Fasanen gehegt werden«, fragte sie.

»Kann schon sein. Warum?«

»Ich habe sie heute entdeckt – ich habe sie nie zuvor gesehen. Ich finde, es ist ein entzückendes Plätzchen. Ich könnte manchmal dort sitzen, nicht?«

»War Mellors dort?«

»Ja. Dadurch habe ich hingefunden; durch sein Gehämmer. Er schien es gar nicht gern zu sehen, daß ich dort eindrang. Ja, er war beinahe grob, als ich ihn nach einem zweiten Schlüssel fragte.«

»Was sagte er?«

»Oh, nichts. Nur so seine Art. Und er sagte, er wisse nichts von einem zweiten Schlüssel.«

»In Vaters Arbeitszimmer ist vielleicht einer. Betts kennt sie alle; sie sind alle dort. Ich werde ihn nachsehen lassen.«

»Ja, bitte«, sagte sie.

»So, also Mellors war beinahe grob?«

»Es war nichts, in Wirklichkeit. Aber ich glaube nicht, daß er mich gern in seiner Burg aus- und eingehen sähe.«

»Vermutlich nicht.«

»Immerhin, ich weiß nicht, warum er etwas dagegen haben sollte. Schließlich wohnt er nicht dort. Es ist nicht seine private Unterkunft. Ich sehe nicht ein, warum ich nicht dort sitzen soll, wenn ich Lust habe.«

»Gewiß!« sagte Clifford. »Er hält zu viel von sich, der Mann.«

»Glaubst du?«

»Oh, entschieden. Er glaubt, er sei etwas Besonderes. Er hatte eine Frau, weißt du, mit der er sich nicht vertrug. Also meldete er sich 1915 freiwillig und wurde nach Indien geschickt, glaube ich. Jedenfalls war er eine Zeit lang Hufschmied bei der Kavallerie in Ägypten. Hat immer mit Pferden zu tun gehabt. Wußte geschickt mit ihnen umzugehen. Dann hat irgend ein Oberst in einem indischen Regiment einen Narren an ihm gefressen und ihn zum Leutnant gemacht. Ja, man hat ihm ein Offizierspatent gegeben. Ich glaube, er ist dann nach dem Kriege mit seinem Oberst nach Indien zurückgegangen, hinauf an die Nordwestgrenze. Er wurde krank. Jetzt hat er eine Pension. Er kam erst letztes Jahr aus dem Heeresdienst, glaube ich, und dann war es natürlich für einen solchen Mann nicht leicht, auf seine eigene Stufe zurückzukehren. Er kann wohl nicht anders, als Taktfehler zu begehen. Aber er tut sehr ordentlich seine Pflicht, soweit es mich angeht. Ich will nur nichts von dem Leutnant-Mellors-Getue wissen.«

»Wie konnten sie ihn zum Offizier machen, wenn er ordinärsten Dialekt spricht?«

»Tut er nicht – außer gelegentlich einmal. Er kann tadellos sprechen für einen Mann wie er. Ich vermute, er hat die Vorstellung, da er wieder zur Mannschaft heruntergekommen ist, müßte er auch wie die Mannschaft sprechen.«

»Warum hast du mir nicht früher von ihm erzählt?«

»Oh, ich habe nichts übrig für diese romantischen Schicksale. Sie sind der Ruin jeder Ordnung. Jammerschade, daß der Krieg sie mit sich brachte.«

Connie war geneigt, ihm beizustimmen. Was nützte es, unzufriedene Leute zu haben, die nirgends hinpaßten?

Während dieser Reihe von schönen Tagen entschloß sich auch Clifford, in den Wald zu fahren. Der Wind war kalt, aber nicht lästig, und der Sonnenschein war das Leben selbst, warm und voll.

»Es ist erstaunlich«, sagte Connie. »wie anders man sich an einem frischen, schönen Tag fühlt. Gewöhnlich hat man das Gefühl, daß sogar die Luft halbtot sei. Die Menschen töten sogar die Luft.«

»Glaubst du, die Menschen tun das?«

»Ja, das glaube ich. Der Dampf von so viel Langweile und Unzufriedenheit und Ärger aus all den Leuten tötet einfach die Lebenskraft in der Luft. Ich bin davon überzeugt.«

»Vielleicht verringert ein gewisser Zustand der Atmosphäre die Lebenskraft der Leute?« meinte er.

»Nein, es ist der Mensch, der das Weltall vergiftet«, behauptete sie.

»Sein eigenes Nest beschmutzt?« meinte Clifford.

Der Rollstuhl puffte weiter. In den Haseldickichten hingen die Kätzchen blaßgolden, und an sonnigen Stellen waren die Waldanemonen weit offen, als jauchzten sie vor Lebensfreude, genau so wie in vergangenen Zeiten, als die Menschen mit ihnen jauchzen konnten. Sie rochen schwach nach Apfelblüten. Connie pflückte ein paar für Clifford.

Er nahm sie und betrachtete sie aufmerksam.

»Du ungeschänd'te Braut des stillen Friedens«, zitierte er. »Es scheint um so viel besser auf Blumen zu passen als auf griechische Vasen.«

»Geschändet ist solch ein gräßliches Wort«, sagte sie. »Es sind nur die Menschen, die etwas schänden.«

»Na, ich weiß nicht... Schnecken und solches Zeug.«

»Sogar Schnecken fressen bloß Dinge, und Bienen schänden auch nicht.«

Sie ärgerte sich über ihn, der alles in Worte umwandelte.

Veilchen waren Augenlider der Juno, und Windröschen waren ungeschändete Bräute. Wie sie Worte haßte! – Immer drängten sie sich zwischen sie und das Leben. Wenn irgendetwas, besorgten sie das Schänden. Fertige Worte und Phrasen, die den Lebenssaft aus allem Lebendigen saugten.

Der Spaziergang mit Clifford verlief nicht sehr glücklich. Zwischen Clifford und Connie herrschte eine Spannung, die jedes von ihnen nicht zu bemerken vorgab, aber sie war da. Plötzlich, mit der ganzen Kraft ihres weiblichen Instinkts, stieß sie ihn in Gedanken von sich. Sie wollte von ihm loskommen, besonders von seiner Bewußtheit, seinen Worten, seiner Besessenheit von seinem eigenen Ich, seinem endlosen tretmühlenartigen Besessensein von seinen eigenen Worten.

Das Wetter wurde wieder regnerisch. Aber nach ein paar Tagen ging sie im Regen aus und in den Wald. Und einmal dort, ging sie zur Hütte. Es regnete, aber es war nicht sehr kalt, und der Wald schien so still und fern, unnahbar in der Dämmerung des Regens.

Sie kam zur Lichtung. Niemand da! Die Hütte war versperrt. Aber sie saß auf der Holzschwelle unter dem ländlichen Vordach und kuschelte sich in ihre eigene Wärme. So saß sie da und blickte in den Regen, lauschte seinen vielen lautlosen Geräuschen und dem seltsamen Seufzen des Windes in den höchsten Ästen, wenn scheinbar kein Wind wehte. Alte Eichen standen rings umher, graue kraftvolle Stämme, regengeschwärzt, rund und lebensvoll, und reckten ihre unbekümmerten Gliedmaßen. Der Boden war fast ganz frei von Unterholz, von Anemonen gesprenkelt; ein paar Büsche waren da, Erlen oder Schneeballen, und ein violettrotes Gewirr von Brombeerranken. Das alte Rostrot der Farnkräuter verschwand beinahe unter den grünen Halskrausen der Anemonen. Vielleicht war dies einer der ungeschändeten Orte. Ungeschändet! Die ganze Welt war geschändet.

Manche Dinge konnten nicht geschändet werden. Man konnte nicht eine Sardinenbüchse schänden. Und so viele Frauen waren so – und Männer. Aber die Erde...!

Der Regen ließ nach. Er schuf kaum noch ein graues Dämmern zwischen den Eichen. Connie wollte gehen. Und doch blieb sie sitzen. Aber es wurde ihr kalt. Und doch hielt die überwältigende Trägheit ihres innerlichen Unwillens sie wie gelähmt dort fest.

Geschändet! Wie geschändet man sein konnte, ohne je berührt worden zu sein. Geschändet von toten Worten, die obszön geworden, und von toten Ideen, die Besessenheiten geworden waren.

Ein nasser brauner Hund kam gelaufen und bellte nicht, hob bloß seinen nassen Federbusch von einem Schweif. Der Mann, in einer nassen, schwarzen Lederjacke wie ein Chauffeur, kam hinter ihm drein, und sein Gesicht rötete sich ein wenig. Sie fühlte, wie er in seinem schnellen Schreiten zurückschreckte, als er sie erblickte. Sie erhob sich in dem Streifen Trockenheit unter dem ländlichen Vordach. Er grüßte wortlos und kam näher. Sie begann, sich zu entfernen.

»Ich wollte eben gehen«, sagte sie.

»Haben Sie darauf gewartet, daß Sie hineinkönnen?« fragte er und blickte auf die Hütte, nicht auf sie.

»Nein, ich habe bloß ein paar Minuten unter dem Vordach gesessen«, sagte sie mit ruhiger Würde.

Er blickte sie an.. Sie sah kalt aus.

»Der Herr Baron hat also keinen zweiten Schlüssel?« fragte er.

»Nein, aber das macht nichts. Ich kann da unter dem Vordach ganz im Trockenen sitzen. Guten Abend!« Sie haßte das Übermaß von Mundart in seiner Redeweise.

Er beobachtete sie scharf, während sie sich entfernte. Dann schob er seinen Rock hoch, griff mit der Hand in die hintere Hosentasche und zog den Schlüssel zur Hütte hervor.

»Vielleicht nehmen Sie lieber diesen Schlüssel da. Ich finde schon einen anderen Platz für die Brutkästen.«

Sie blickte ihn an und erkannte durch den Nebel des Dialekts hindurch, was er meinte.

»Warum reden Sie nicht ganz gewöhnlich?« fragte sie kalt.

»Ich? Ich dächte, ich rede ganz gewöhnlich.«

Ärgerlich schwieg sie ein paar Augenblicke.

»Also, wenn Sie einen Schlüssel wollen, dann nehmen Sie diesen! Oder noch besser, ich gebe Ihnen den Schlüssel morgen. Dann kann ich vorher noch den ganzen Kram wegräumen. Was ist Ihnen lieber?«

Sie wurde noch ärgerlicher.

»Ich wollte Ihren Schlüssel nicht«, sagte sie. »Ich will gar nicht, daß Sie von hier weg sollen mit Ihren Sachen. Ich will Sie nicht im geringsten aus Ihrer Hütte verdrängen. Danke schön! Ich wollte nur die Möglichkeit haben, manchmal hier zu sitzen, so wie heute. Aber ich kann sehr gut unter dem Vordach sitzen. Also, bitte, reden Sie nicht weiter davon.«

Er blickte sie wiederum mit seinen bösen blauen Augen an.

»Euer Gnaden sind der Hütte willkommen wie das Weihnachtsfest mit dem Schlüssel und allem, was da ist. Doch diese Jahreszeit müssen die Kästen aufgestellt werden und das macht eine Menge Arbeit, nachschauen und so. Im Winter aber muß ich nicht hierher kommen. Aber was ist im Frühjahr, wenn der Herr Baron die Fasane aufgezogen haben will? Euer Gnaden will sicher nicht, daß ich hier herumwerkele, wenn Sie mal hierher kommen.«

Sie hörte ihm mit einer Art dumpfer Verwunderung zu.

»Warum sollte ich etwas dagegen haben, daß Sie hier wären?«

Er blickte sie sonderbar an.

»Mir ist es auch lästig!« sagte er kurz, aber bedeutungsvoll.

Sie errötete.

»Na schön!« sagte sie entschlossen. »Ich werde Sie nicht belästigen. Aber ich glaube nicht, daß ich das Geringste dagegen gehabt hätte, hier zu sitzen und zuzuschauen, wie Sie sich um die jungen Fasane kümmern. Ich hätte es ganz gern gesehen. Aber da Sie glauben, es behindere Sie, werde ich Sie nicht stören, fürchten Sie sich nicht. Sie sind Sir Cliffords Wildhüter, nicht der meine.«

Der Satz klang sonderbar, sie wußte nicht warum. Aber sie achtete nicht weiter darauf.

»Nein, Euer Gnaden. Die Hütte ist Ihr Eigentum. Ganz wie Euer Gnaden belieben und wünschen. Wenn Sie wollen, können Sie mich rauswerfen. Es ist halt nur...«

»Nur was?« fragte sie verdutzt.

Er schob auf eine seltsame, komische Art den Hut von der Stirne zurück.

»Nur, denk' ich, daß Sie diesen Platz für sich allein haben wollten, wenn Sie hierher kommen, und nicht wünschen würden, daß ich mir hier zu schaffen mache.«

»Aber warum?« fragte sie zornig. »Sind Sie nicht ein zivilisierter Mensch? Glauben Sie, ich müßte mich vor Ihnen fürchten? Warum sollte ich mir etwas daraus machen, ob Sie hier sind oder nicht? Warum ist das von Wichtigkeit?«

Er blickte sie an, und sein ganzes Gesicht flimmerte vor boshaftem Lachen. »Es ist nicht deswegen, Euer Gnaden. Nein, deswegen bestimmt nicht.«

»Nun, warum denn?«

»Soll ich Euer Gnaden also einen anderen Schlüssel besorgen?«

»Nein, danke! Ich brauche ihn nicht.«

»Doch, ich werd' einen besorgen. Es ist wohl am besten, wenn jeder einen eigenen Schlüssel zu der Hütte hat.«

»Und ich finde, Sie sind unverschämt«, sagte Connie,

und die Röte stieg ihr ins Gesicht, und ihr Atem ging schneller.

»Ach nein!« erwiderte er schnell. »Das dürfen Sie nicht sagen! Nein, das habe ich nicht gemeint! Ich habe nur gedacht, wenn Sie hierher kommen, muß ich weggehen und mir einen anderen Platz suchen. Aber wenn sich Euer Gnaden überhaupt nicht um mich kümmern, dann... Es ist ja dem Herrn Baron seine Hütte, und alles soll sein, wie es Euer Gnaden recht ist, alles nach Ihrem Belieben, Euer Gnaden! Am besten, Sie kümmern sich gar nicht um mich, wenn ich hier arbeite und erledige, was ich zu tun habe.«

Connie ging völlig verwirrt hinweg. Sie war nicht sicher, ob sie tödlich gekränkt und beleidigt worden sei oder nicht. Vielleicht meinte der Mann wirklich bloß, was er sagte: daß er glaubte, sie würde erwarten, daß er dem Ort fernbliebe.

Als ob ihr das im Traume eingefallen wäre! Und als ob er ihr überhaupt so wichtig sein könnte, er und seine dumme Anwesenheit!

In arger Verwirrung ging sie heim und wußte nicht recht, was sie dachte oder fühlte.

NEUNTES KAPITEL

Connie war erstaunt über ihr Gefühl der Abneigung gegen Clifford. Und mehr noch, sie fühlte, daß sie ihn nie wirklich gemocht hatte. Es war kein Haß: es war keine Leidenschaft in dem Gefühl, aber es war eine tiefe physische Abneigung. Ihr schien beinahe, als hätte sie ihn geheiratet, weil sie ihn auf eine geheimnisvolle, physische Art nicht leiden mochte. Aber in Wirklichkeit hatte sie ihn natürlich geheiratet, weil er sie geistig anzog und erregte. Er war ihr gewissermaßen als ihr Meister, als ihr überlegen erschienen.

Nun hatte sich die geistige Erregung erschöpft und war zusammengebrochen, und sie war sich nur noch der physischen Abneigung bewußt. Die stieg aus ihrem tiefsten Innern empor, und sie wurde sich ihrer bewußt; wie sie auch begriff, wie sehr diese Abneigung an ihrem Leben gezehrt hatte.

Sie fühlte sich schwach und völlig verloren. Sie wünschte, es würde ihr von außen irgend eine Hilfe kommen. Aber in der ganzen Welt gab es keine Hilfe. Die Gesellschaft war schrecklich, weil sie wahnsinnig war. Die zivilisierte Gesellschaft war wahnsinnig. Das Geld und die sogenannte Liebe waren ihr zwei große Manien; das Geld aber kam weitaus an erster Stelle. Das Einzelwesen behauptete sich in seinem zusammenhanglosen Wahnsinn durch diese beiden: Geld und Liebe.

Michaelis, zum Beispiel! Sein Leben und seine Tätigkeit waren einfach Wahnsinn. Seine Liebe war eine Art Wahnsinn.

Und mit Clifford war es das gleiche. All dieses Gerede! All das Geschreibe! Und all das wilde Ringen, um sich vorwärtszuschieben! Es war einfach Wahnsinn. Und es wurde immer ärger, wirklich manisch.

Connie fühlte sich ausgelaugt von Furcht. Aber wenigstens verlegte Clifford seinen Halt von ihr auf Mrs. Bolton. Er wußte es nicht. Wie bei vielen Wahnsinnigen konnte sein Wahnsinn an den Dingen gemessen werden, deren er sich nicht bewußt war, an den großen Wüstenstrecken in seinem Bewußtsein.

Mrs. Bolton war in vieler Hinsicht bewundernswert. Aber sie besaß jene seltsame Art der Herrschsucht, das endlose Geltendmachen ihres eigenen Willens, das bei den heutigen Frauen eines der Zeichen von Wahnsinn ist. Sie *glaubte*, sie gehe völlig in ihrem Dienst auf und lebe für andere. Clifford faszinierte sie, weil er stets oder sehr oft ihren Willen wie durch ein feineres Werkzeug vereitelte. Er hatte einen feineren, gewandteren Willen zur Selbstbehauptung als sie. Darin lag für sie sein Zauber.

Vielleicht war das auch sein Zauber für Connie gewesen.

»Es ist ein herrlicher Tag heute!« sagte Mrs. Bolton etwa mit ihrer schmeichelnden, überredenden Stimme. »Ich glaube, eine kleine Fahrt in Ihrem Motorstuhl würde Ihnen Freude machen, die Sonne ist einfach herrlich.«

»Ja? Wollen Sie mir das Buch dort geben – dort drüben, das gelbe. Und ich glaube, ich werde diese Hyazinthen aus dem Zimmer schaffen lassen.«

»Aber sie sind doch so wunderschön!« Sie legte einen gezierten Nachdruck auf das Wort. »Und der Geruch ist einfach herrlich.«

»Der Geruch ist es eben, den ich nicht mag«, sagte er. »Er erinnert einen zu sehr an ein Begräbnis.«

»Sie glauben wirklich?« rief sie überrascht und ein klein wenig gekränkt, aber getroffen aus. Und sie trug die Hyazinthen aus dem Zimmer, beeindruckt von seiner feineren Empfindlichkeit.

»Soll ich Sie heute rasieren, oder wollen Sie es lieber selber tun?«

Stets die gleiche schmeichelnde, unterwürfige und doch befehlshaberische Stimme.

»Ich weiß nicht. Vielleicht warten Sie noch ein wenig. Ich werde klingeln, wenn ich bereit bin.«

»Sehr wohl, Sir Clifford«, antwortete sie so sanft und fügsam und zog sich still zurück. Aber jede Zurückweisung staute neue Willenskraft in ihr auf.

Wenn er hierauf nach einiger Zeit klingelte, kam sie sogleich. Und dann sagte er: »Ich glaube, es wäre mir lieber, wenn Sie mich heute morgen rasierten.«

Ein kleiner Freudenschauer durchzuckte ihr Herz, und sie erwiderte mit besonderer Sanftheit: »Sehr wohl, Sir Clifford.«

Sie war sehr geschickt mit ihren weichen, zögernden, ein wenig langsamen Händen. Anfangs hatte er einen Widerwillen empfunden gegen die unendlich weiche Berührung ihrer Finger auf seinem Gesicht. Nun aber hatte er sie mit einer zunehmenden Wollüstigkeit gern. Er ließ sich fast jeden Tag von Mrs. Bolton rasieren, ihr Gesicht dem seinen nahe, ihre Augen so gespannten Blicks, achtsam, daß sie es recht mache. Und allmählich kannten ihre Fingerspitzen seine Wangen und Lippen, seine Kiefer und sein Kinn und seine Kehle vollkommen. Er war wohlgenährt und sah gut aus, sein Gesicht, sein Hals waren hübsch genug, und er war ein Gentleman.

Auch sie war hübsch: blaß, das Gesicht eher länglich und vollkommen still, die Augen glänzend, aber ohne etwas zu enthüllen. Allmählich, mit unendlicher Sanftheit, beinahe mit Liebe, erwischte sie ihn an der Kehle, und er ergab sich ihr.

Sie tat jetzt beinahe alles für ihn, und er fühlte sich nun ihr gegenüber ungenierter als gegenüber Connie, er schämte sich weniger, ihre Dienstleistungen anzunehmen. Sie liebte es, mit ihm zu hantieren, sie liebte es, seinen Körper in ihrer Obhut zu haben, vollkommen, bis zu den niedrigsten, gewöhnlichsten Dienstleistungen. Zu Connie sagte sie eines

Tages: »Alle Männer sind kleine Kinder, wenn man ihnen auf den Grund kommt. Du lieber Gott! Ich habe manche der zähesten Burschen behandelt, die je in den Tevershall-Schacht eingefahren sind, aber es braucht ihnen bloß was weh zu tun, so daß man sie pflegen muß, und sie sind wie kleine Kinder – einfach wie kleine Kinder. Oh, es gibt nicht viele Unterschiede zwischen Männern!«

Anfangs hatte Mrs. Bolton gedacht, es gebe wirklich einen Unterschied bei einem Gentleman, einem wirklichen Gentleman wie Sir Clifford. Und daher war Clifford ihr über gewesen. Aber allmählich, als sie ihm – um ihren eigenen Ausdruck zu gebrauchen – auf den Grund kam, fand sie, daß er wie die übrigen war, ein kleines Kind, das zu den Maßen eines Mannes herangewachsen war, aber ein kleines Kind mit einem wunderlichen Temperament und feinen Manieren und der Macht, sie selbst zu beherrschen, und allerhand seltsamem Wissen, von dem sie sich nie hatte träumen lassen, Wissen, mit dem er sie noch immer einschüchtern konnte.

Connie fühlte sich manchmal versucht, ihm zu sagen: »Um Gottes Willen, verfalle diesem Frauenzimmer doch nicht gar so entsetzlich!« Aber sie fand, daß ihr mit der Zeit nicht mehr so viel daran lag, als daß sie es ihm gesagt hätte.

Es war noch immer ihre Gewohnheit, den Abend bis zehn Uhr mit ihm zu verbringen. Sie sprachen oder lasen miteinander, oder arbeiteten seine Manuskripte durch. Aber die Begeisterung war entschwunden. Connie war gelangweilt von seinen Manuskripten. Doch schrieb sie sie noch immer pflichtschuldigst auf der Schreibmaschine für ihn ab. Aber mit der Zeit würde Mrs. Bolton auch das besorgen. Sie hatte Mrs. Bolton vorgeschlagen, sie solle Maschineschreiben lernen. Und Mrs. Bolton, stets bereit, hatte begonnen und übte fleißig. Also diktierte Clifford ihr nun manchmal einen Brief, und sie schrieb ihn zwar recht langsam, aber korrekt. Und er bezeigte viel Geduld, wenn er ihr die schwierigen Worte oder die gelegentlichen französischen Phrasen buchstabierte. Sie war so begeistert – es war beinahe ein Vergnügen, sie zu belehren.

Connie schützte nun manchmal Kopfschmerzen vor, um gleich nach dem Abendessen in ihr Zimmer hinaufgehen zu können.

»Vielleicht spielt Mrs. Bolton Piquet mit dir«, schlug sie Clifford vor.

»Oh, sorge dich nicht um mich! Geh du nur in dein Zimmer und ruhe dich aus, meine Liebe!«

Aber kaum war sie gegangen, als er nach Mrs. Bolton klingelte und sie bat, Pique oder Bezique oder gar Schach mit ihm zu spielen. Er hatte sie alle diese Spiele gelehrt. Und Connie fand es seltsam widerwärtig, Mrs. Bolton errötend und zaghaft wie ein kleines Mädchen ihre Königin oder ihren Buben mit unsicheren Fingern berühren und die Hand wieder zurückziehen zu sehen; und Clifford mit halb neckender Überlegenheit leise lächelnd sagen zu hören: »Sie müssen sagen: ›Ich berühre nur‹!«

Sie blickte mit glänzenden, erstaunten Augen zu ihm auf und murmelte dann scheu und gehorsam: »Ich berühre nur«.

Ja, er erzog sie. Und es machte ihm Freude. Ihr gab es ein Gefühl von Macht. Und sie war begeistert. Sie gelangte Stück für Stück in den Besitz alles dessen, was die vornehme Welt wußte, alles dessen, was die Zugehörigkeit zur Oberklasse ausmachte – abgesehen vom Geld. Das begeisterte sie. Und gleichzeitig flößte sie Clifford den Wunsch ein, sie stets um sich zu haben. Diese ihre echte Begeisterung war eine listig feine, tief versteckte Schmeichelei für ihn.

Connie schien es, als käme Clifford erst jetzt in seinen wahren Farben heraus: ein bißchen gewöhnlich, ein bißchen alltäglich und ungeistig und recht dick. Auch Ivy Boltons Mätzchen und demütige Tyrannei waren nur allzu durchsichtig. Aber Connie wunderte sich wirklich über die echte Begeisterung, die das Frauenzimmer aus Clifford zu ziehen wußte. Zu sagen, daß sie in ihn verliebt sei, hätte es falsch ausgedrückt. Sie war begeistert von ihrer Fühlungnahme mit einem Manne der Oberklasse, mit diesem adeligen Gentleman, diesem Schriftsteller, der Bücher und Gedichte schreiben konnte, dessen Photographien in den illustrierten Zeitungen erschienen. Sie war bis zu einer unheimlichen Leidenschaft begeistert. Und der Umstand, daß er sie erzog, erweckte in ihr eine leidenschaftliche Erregung und Erwiderung, viel tiefer, als jede Liebesaffäre es vermocht hätte. Ja, gerade die Tatsache, daß es hier keine Liebesaffäre geben konnte, gab ihr die Möglichkeit, bis ins innerste Mark von dieser Leidenschaft zu erschauern, der besonderen Leidenschaft, Wissen zu besitzen, Wissen von der Art, wie er es besaß.

Es ließ sich nicht verkennen, daß die Person auf irgend eine Art in ihn verliebt war, — was für eine Kraft immer man dem Worte Liebe beilegen mochte. Sie sah so hübsch und so jung aus, und ihre grauen Augen waren manchmal wundervoll. Zugleich aber war eine versteckte sanfte Genugtuung um sie, sogar etwas wie Triumph und heimliche Befriedigung. Brrr, diese heimliche Befriedigung! Wie es Connie vor der ekelte!

Aber kein Wunder, daß sich Clifford von dieser Frau fangen ließ! Auf ihre beharrliche Art betete sie ihn einfach an und stellte sich ihm unbedingt zu Diensten, damit er Gebrauch von ihr mache, wie es ihm beliebe. Kein Wunder, daß er sich geschmeichelt fühlte!

Connie hörte lange Gespräche zwischen den beiden mit an, oder vielmehr, es war zumeist Mrs. Bolton, die sprach. Sie hatte ihm gegenüber den Strom des Klatsches über Dorf Tevershall entfesselt. Es war mehr als Klatsch. Einmal angekurbelt, war Mrs. Bolton besser als jedes Buch über das Leben des »Volkes«. Sie kannte sie alle so eingehend und nahm solch besonderes, brennend eifriges Interesse an allen ihren Angelegenheiten, daß es wundervoll, wenn auch ein wenig erniedrigend war, ihr zuzuhören. Anfangs hatte sie nicht gewagt, »Tevershall zu erörtern«, wie sie es nannte. Aber einmal angefangen, ging es weiter. Clifford suchte Stoff zu erlauschen, und er fand ihn in Menge. Connie begriff, daß sein sogenanntes Genie eben darin bestand: in einer bemerkenswerten Begabung für persönlichen Klatsch, gescheit und offenbar objektiv. Mrs. Bolton natürlich erhitzte sich sehr, wenn sie »Tevershall erörterte«. Ja, sie war tatsächlich hingerissen. Es war wunderbar, was alles geschah und von was allem sie wußte. Sie hätte Dutzende von Bänden füllen können.

Connie war gefesselt, wenn sie ihr zuhörte, aber nachher stets ein wenig beschämt. Sie hätte nicht mit solch wunderlicher, brennender Neugier zuhören dürfen. Schließlich mag man die allergeheimsten Angelegenheiten anderer Leute hören, aber nur im Sinne der Achtung für das ringende, vom Schicksal geschlagene Ding, das jede Menschenseele ist, und im Sinne eines edlen, verständigen Mitgefühls. Denn sogar die Satire ist eine Art des Mitgefühls. Was wirklich unser Leben bestimmt, das ist die Art, wie unser Mitgefühl ausströmt und zurückweicht. Und hierin liegt die ungeheure Bedeutung des Romans, wenn er richtig gehandhabt wird. Er kann Kenntnis vermitteln und den Strom unseres bewußten Mitgefühls an neue Orte lenken, und er kann unser Mitgefühl in Abscheu von Dingen weglenken, die abgestorben sind. Daher kann der Roman, richtig gehandhabt, die allergeheimsten Quellen des Lebens enthüllen, denn es sind vor allem die leidenschaftlichen, geheimen Stellen des Lebens, wo die Wogen empfindungsfähigen Bewußtseins, stets reinigend und auffrischend, ebben und fluten müssen.

Aber der Roman, ebenso wie der Klatsch, kann auch vorübergehende Sympathie und Abneigung erzeugen, mechanische, für die Seele tödliche. Der Roman kann die verderbtesten Gefühle verherrlichen, solange sie konventionell »rein« sind. Da wird der Roman, wie der Klatsch, zuletzt lasterhaft und, wie der Klatsch, um so mehr lasterhaft, weil er stets aufdringlich auf Seiten der Engel steht. Mrs. Boltons Klatsch stand stets auf Seiten der Engel. »Und er war solch ein schlechter Kerl, und sie war solch eine nette Frau«, wogegen Connie selbst aus Mrs. Boltons Klatsch ersehen konnte, daß die Frau bloß von der gewissen schönrednerischen Art war und der Mann von einer gewissen zornigen Ehrlichkeit. Aber bei dem lasterhaften, konventionellen Kanalisieren der Sympathie durch Mrs. Bolton machte eben zornige Ehrlichkeit einen »schlechten Mann« aus ihm und Schönfärberei aus ihr eine »nette Frau«.

Aus diesem Grunde war der Klatsch erniedrigend. Und aus demselben Grunde sind die Romane, besonders die beliebten, auch erniedrigend. Das Publikum geht heutzutage nur auf einen Appell an seine eigenen Laster ein.

Nichtsdestoweniger erhielt man aus Mrs. Boltons Reden einen neuen Eindruck vom Dorfe Tevershall. Ein schreckliches, brodelndes Durcheinander häßlichen Lebens schien es zu sein, keineswegs die flache Eintönigkeit, die es von außen gesehen darstellte. Clifford kannte natürlich die meisten erwähnten Leute vom Sehen, Connie nur einige wenige. Aber es klang wirklich mehr nach einem Dschungel in Zentralafrika als nach einem Dorf in England.

Clifford bekam einen ganz neuen Begriff von seinem eigenen Dorf. Der Ort hatte ihm stets Furcht eingeflößt, aber er hatte ihn für mehr oder weniger fest gegründet gehalten. Nun jedoch...?

»Gibt es viel Sozialismus und Bolschewismus unter den Leuten?« fragte er.

»Oh,« erwiderte Mrs. Bolton, »ein paar Großmäuler machen sich bemerkbar. Aber meistens sind es Frauen, die in Schulden geraten sind. Die Männer kümmern sich nicht. Ich glaube nicht, daß man aus unseren Tevershaller Männern Kommunisten machen wird. Dazu sind sie zu anständig. Aber die Jungen blöken manchmal. Nicht, daß ihnen wirklich etwas daran liegt. Sie wollen bloß ein bißchen Geld in der Tasche haben, um's im Arbeiterheim auszugeben oder sich in Sheffield zu vergnügen. Das ist das Einzige, woran ihnen liegt. Nur wenn sie kein Geld haben, hören sie zu, was die Roten ihnen vorposaunen. Aber in Wirklichkeit glaubt kein Mensch daran.«

»Also meinen Sie, daß keine Gefahr ist?«

»O nein, nicht, wenn sie genug verdienen, dann sicher nicht. Aber wenn es noch lange Zeit schlecht geht, könnten die Burschen ein bißchen komisch werden. Ich sage Ihnen, sie sind eine egoistische, verzogene Gesellschaft. Aber ich sehe nicht, daß sie je etwas unternehmen könnten. Sie nehmen nichts ernst, außer das Protzen mit Motorrädern oder das Palais de Dance in Sheffield. Man kann ihnen keinen Ernst beibringen. Die Ernsten machen sich fein und ziehen los ins Palee, um sich vor möglichst vielen Mädeln groß zu tun und diesen neuen Charleston und was weiß ich zu tanzen. Wirklich, manchmal ist der Autobus ganz voll von jungen Burschen in Abendanzügen, lauter Lackeln vom Bergwerk, auf dem Weg ins Palee. Gar nicht zu reden von denen, die mit ihren Mädeln in Autos oder auf Motorrädern hinfahren. Sie verwenden keinen ernsten Gedanken auf irgend etwas, außer auf die Rennen in Doncaster und das Derby. Denn alle miteinander wetten sie bei jedem Rennen. Und Fußball! Aber auch Fußball ist nicht mehr dasselbe wie früher. Lange nicht. Eine viel zu große Anstrengung, sagen sie. Nein, sie fahren am Samstag nachmittag lieber auf dem Motorrad nach Sheffield oder Nottingham.«

»Aber was tun sie, wenn sie dort sind?«

»Oh, sie treiben sich so herum und trinken Tee in irgendeinem feinen Teehaus wie dem ›Mikado‹ und gehen mit irgendeinem Mädel ins Palee oder ins Kino oder ins Varieté. Die Mädel benehmen sich genau so frei wie die Burschen. Sie tun einfach, was ihnen paßt.«

»Und was tun sie, wenn sie nicht das Geld für diese Dinge haben?«

»Sie scheinen's irgendwie zu kriegen. Und dann fangen sie an, häßlich zu reden. Aber ich sehe nicht, wie der Bolschewismus hier aufkommen soll, wenn die Burschen nichts anderes wollen als Geld, um sich zu unterhalten, und die Mädel ebenso, nur feine Kleider obendrein, und sie sich um nichts anderes kümmern. Sie haben nicht Hirn genug, um Sozialisten zu sein. Sie haben nicht genug Ernst, um irgend etwas wirklich ernst zu nehmen, und werden ihn nie haben.«

Connie dachte, wie außerordentlich ähnlich allen andern Klassen die unteren seien, nach dem, was sie da hörte. Es war einfach dasselbe in einer anderen Farbe, Tevershall oder Mayfair oder Kensington. Es gab heutzutage nur eine Klasse: die Geldmänner. Der Geldmann und das Geldmädchen. Der einzige Unterschied war, wieviel man hatte und wieviel man haben wollte.

Unter Mrs. Boltons Einfluß begann Clifford ein neues Interesse an den Gruben zu nehmen. Er begann zu fühlen, er gehöre zu ihnen. Eine neue Art von Selbstsicherheit entwickelte sich in ihm. Schließlich war er der wirkliche Herr in Tevershall, er war wirklich das Bergwerk. Es war ein neues Gefühl der Macht, etwas, wovor er bisher ängstlich zurückgeschreckt war.

Die Gruben in Tevershall wurden immer weniger ergiebig. Es waren nur noch zwei Schächte vorhanden. Tevershall selbst und Neu-London. Tevershall war einst ein erstklassiger Schacht gewesen und hatte erstklassiges Geld getragen. Aber seine besten Tage waren vorbei. Neu-London war niemals sehr reich gewesen, kam in gewöhnlichen Zeiten gerade nur anständig vorwärts. Nun aber waren die Zeiten schlecht, und Schächte wie Neu-London wurden aufgegeben.

Es waren vor allem Mrs. Boltons Reden, die Clifford neuen Kampfmut einflößten. Sein Einkommen aus der Hinterlassenschaft seines Vaters sei, so bedeutete sie ihm, gesichert, wenn auch nicht groß. An den Gruben hatte ihm nicht wirklich viel gelegen. Es war die andere Welt gewesen, die er erobern wollte, die Welt der Literatur und des Ruhms – die Welt der Popularität, nicht die der Arbeit.

Nun wurde er sich des Unterschiedes zwischen Popularitätserfolg und Arbeitserfolg bewußt, zwischen der genießenden und der arbeitenden Bevölkerung.

Als Privatmann hatte er mit seinen Geschichten die genießende Bevölkerung unterhalten, und er hatte dabei gut abgeschnitten. Aber unter der Bevölkerungsschicht der Genießer saß grimmig, rußig und recht furchtbar die Bevölkerung der Arbeiter. Auch sie mußte ihre Versorger haben, und es war ein viel grimmigeres Geschäft, die arbeitende Bevölkerung zu versorgen, als die Vergnügen suchende. Während er seine Novellen geschrieben und es in der Welt zu etwas gebracht hatte, war Tevershall auf ein totes Geleise geraten.

Er begriff nun, daß die hündische Göttin des Erfolges zwei Hauptappetite hatte: einen auf Schmeichelei, Liebedienerei, Streicheln und Kitzeln, was alles ihr von Schriftstellern und Künstlern zuteil wurde, aber den anderen, grimmigeren, auf Fleisch und Knochen. Und das Fleisch und die Knochen für die hündische Göttin wurden von den Männern geliefert, die sich in der Industrie Geld machten.

Ja, es gab zwei große Gruppen von Hunden, die um die hündische Göttin rauften. Die Gruppe der Schmeichler, jene, die ihr Unterhaltung, Erzählungen, Filme, Theaterstücke opferte, und die andere, viel weniger auffällige, aus einer viel wilderen Zucht, die Gruppe jener, die ihr Fleisch, den wahren Nährstoff des Geldes gaben. Die wohlgepflegten, auffälligen Luxushunde der Unterhaltung rauften und knurrten miteinander um die Wette um die Gunst der hündischen Göttin. Aber das war nichts gegen das stumme Kämpfen bis zum letzten Atemzug, das unter den unentbehrlichen Nutzhunden, den Knochenbringern, vor sich ging.

Unter Mrs. Boltons Einfluß fühlte Clifford sich versucht, in diesen andern Kampf einzutreten und sich der hündischen Göttin durch die brutalen Mittel industrieller Produktion zu bemächtigen. Auf irgend eine Art schwoll ihm der Kamm. In einer Hinsicht machte Mrs. Bolton einen Mann aus ihm, wie Connie das nie getan hatte. Connie hielt ihn abgesondert und machte ihn empfindlich und seiner selbst und seiner Zustände bewußt. Mrs. Bolton machte ihn nur äußerer Dinge bewußt. Innerlich begann er weich wie Gallerte zu werden. Aber äußerlich wurde er tatkräftig.

Er raffte sich sogar dazu auf, wieder einmal die Zeche zu besuchen.

Und als er da war, fuhr er in den Schacht ein und ließ sich dann in einem Förderwagen in die Strecken ziehen. Dinge, die er vor dem Kriege gelernt und dann völlig vergessen zu haben schien, fielen ihm nun wieder ein. Er saß da, ein Krüppel in einem Förderwagen, und der Bergmeister zeigte ihm mit einer starken Lampe das Flöz. Und er sprach wenig. Aber sein Geist begann zu arbeiten.

Er begann, wiederum seine technischen Werke über Kohlenbergbau zu lesen, er studierte die Regierungsberichte und las sorgfältig die neuesten deutschen Bücher über die Gewinnung und die Chemie von Kohle und Kohlenschiefer. Die wertvollsten Entdeckungen wurden natürlich so weit als möglich geheim gehalten. Aber sobald man einmal eine Art Forschung auf dem Gebiete des Kohlenbergbaus begann, ein Studium der Methoden und Mittel, ein Studium der Nebenprodukte und der chemischen Möglichkeiten der Kohle, mußte man staunen über die Erfindungsgabe und die beinahe unheimliche Gescheitheit des modernen technischen Geistes, als hätte wirklich der Teufel selber den technischen Wissenschaften der Industrie höllischen Verstand geliehen. Es war viel interessanter als Kunst, als Literatur, — viel interessanter als dieses armselige, gefühlvolle, halbnärrische Zeug war diese technische Wissenschaft der Industrie. Auf diesem Gebiet waren die Menschen Göttern gleich oder Dämonen, zu Entdeckungen inspiriert, und sie kämpften, um sie auszuführen. In dieser Tätigkeit waren die Menschen weit über jedes berechenbare geistige Alter hinaus. Aber Clifford wußte, wenn es auf die gefühlsmäßige und menschliche Seite ankam, standen diese Selfmademen in einem Alter von ungefähr dreizehn Jahren – waren sie schwächliche Knaben. Die Unstimmigkeit war ungeheuer und erschreckend. Aber mochte dem sein, wie ihm wollte. Mochte der Mensch im Gefühlsmäßigen und Menschlichen zu allgemeinem Schwachsinn hinabsinken – Clifford lag nichts daran. Mochte das alles zum Teufel gehen. Er hatte nur Interesse für die Technik des modernen Kohlenbergbaus und dafür, Tevershall aus der Klemme zu ziehen.

Tag für Tag ließ er sich nun zum Bergwerk fahren, er studierte, er hielt den leitenden Direktor und den Werksdirektor und den Bergmeister und die Ingenieure in Atem, wie sie es sich nie hatten träumen lassen. Macht! Er fühlte sich von einem neuen Machtgefühl durchflutet. Macht über alle diese Männer, über die Hunderte und Hunderte von Bergleuten. Er fand Dinge heraus, und er bekam die Sache in den Griff.

Und er schien wahrhaftig wiedergeboren zu werden. Jetzt kam Leben in ihn. Mit Connie und in dem isolierten privaten Leben mit Künstlern und bewußten Wesen war er langsam abgestorben. Laß all das jetzt sein, laß es ruhen! Er fühlte geradezu, wie aus der Kohle, aus dem Schacht, das Leben ungestüm in ihn einströmte. Die schale Luft der Strecken selbst schien ihm besser als Sauerstoff. Sie gab ihm ein Gefühl der Macht, der Macht! Er tat etwas. Und er war auf dem Wege, etwas zu leisten. Und er war auf dem Wege, zu gewinnen: nicht, wie er es mit seinen Novellen getan, bloße Popularität, die inmitten eines ganzen Laufgrabensystems von Energie und Bosheit errungen werden mußte, sondern eines Mannes Sieg.

Anfangs dachte er, die Lösung läge in der Elektrizität, in der Umwandlung der Kohle zu elektrischer Kraft. Dann kam ihm ein neuer Gedanke. Die Deutschen hatten eine neue Lokomotive mit Selbstspeisung erfunden, die keines Heizers bedurfte und mit einem neuen Brennstoff betrieben wurde, der unter besonderen Umständen und großer Hitzeentwicklung in kleinen Mengen verbrannte.

Der Gedanke eines neuen konzentrierten Brennstoffes, der mit harter Langsamkeit unter starker Hitzeentwicklung verbrannte, dieser Gedanke war es, der Clifford zuerst fesselte. Es mußte noch eine andere Art von Beeinflussung bei der Verbrennung solchen Heizmaterials geben, nicht nur bloße Luftzufuhr. Er begann Versuche anzustellen und beschaffte sich einen gescheiten jungen Mann, der sich als glänzender Chemiker erwiesen hatte, damit er ihm helfe.

Und er fühlte einen Triumph. Er war endlich aus sich selbst herausgelangt, er hatte seine lebenslange Sehnsucht erfüllt, aus sich herauszugelangen. Die Kunst hatte das nicht für ihn geleistet, die Kunst hatte es nur ärger gemacht, aber nun, nun hatte er es geschafft.

Er war sich nicht bewußt, wie sehr Mrs. Bolton hinter ihm stand. Er wußte nicht, wie sehr er von ihr abhing. Aber trotzdem war es klar, daß im Beisammensein mit ihr seine Stimme zu einem lässigen Tonfall der Vertraulichkeit herabsank, der beinahe ein bißchen gewöhnlich war.

Connie gegenüber benahm er sich ein wenig steif. Er fühlte, er schulde ihr alles, alles, und er bezeigte ihr die größte Achtung und Rücksichtnahme, solange sie ihm wenigstens äußerliche Achtung zuteilwerden ließ. Aber es war offenkundig, daß er eine geheime Furcht vor ihr empfand. Der neue Achilles in ihm hatte eine Ferse. Und an dieser Ferse konnte ihn das Weib, ein Weib wie Connie, seine Frau, verhängnisvoll lähmen. Er lebte in einer gewissen halb unterwürfigen Furcht vor ihr und benahm sich äußerst nett gegen sie. Aber seine Stimme war ein wenig gespannt, sooft er mit ihr sprach, und er begann schweigsam zu werden, wenn sie anwesend war.

Nur wenn er mit Mrs. Bolton allein war, fühlte er sich wirklich als Herr und Meister, und im Gespräch mit ihr klang seine Stimme beinahe so unbefangen und geschwätzig wie die ihre. Und er ließ sich von ihr rasieren oder seinen ganzen Körper mit einem Schwamm abwaschen, als wäre er ein Kind, wirklich, als wäre er ein Kind.

ZEHNTES KAPITEL

Connie war jetzt recht viel allein. Es kamen weniger Leute nach Wragby; Clifford brauchte sie nicht mehr. Er hatte sich sogar gegen die Kumpane gewendet. Er war wunderlich. Er zog das Radio vor, das er mit beträchtlichen Kosten, aber schließlich auch mit beträchtlichem Erfolg hatte anbringen lassen. Er konnte manchmal Madrid oder Frankfurt hören, sogar hier, in dem unruhigen Mittelengland. Und so saß er stundenlang allein und lauschte dem drauflos plärrenden Lautsprecher. Es machte Connie starr vor Staunen. Aber da saß er, mit einer leeren, entrückten Miene, wie ein Mensch, der den Verstand verlor, und lauschte diesem unmöglichen Ding oder schien ihm zu lauschen.

Hörte er wirklich zu? Oder war es eine Art Betäubungsmittel, das er nahm, während darunter etwas anderes in ihm weiterarbeitete? Connie wußte es nicht. Sie flüchtete hinauf in ihr Zimmer oder aus dem Haus in den Wald. Eine Art Entsetzen erfüllte sie bisweilen, ein Entsetzen vor dem beginnenden Wahnsinn der ganzen zivilisierten Spezies.

Nun aber, da Clifford in diese andere Unheimlichkeit industrieller Tätigkeit hineintrieb und beinahe eine *Kreatur* wurde, mit einer harten, tüchtigen Schale und einem schleimigen Innern, ein Exemplar dieser erstaunlichen Krabben und Hummer der modernen Industrie und Finanzwelt – Invertebraten aus der Gattung der Schalentiere, mit Schalen aus Stahl wie Maschinen und einem Inneren aus weichem Schleim –, nun war Connie wirklich völlig gestrandet.

Sie war nicht einmal frei, denn Clifford mußte sie in der Nähe haben. Er schien eine nervöse Furcht zu hegen, daß sie ihn verlassen könnte. Der seltsame schleimige Teil in ihm, der emotionelle und menschlich-individuelle Teil seines Wesens, war von ihr in einer Art Furcht abhängig wie ein Kind, beinahe wie ein Schwachsinniger. Sie mußte da sein, da in Wragby, eine Lady Chatterley, seine Frau. Sonst wäre er verloren wie ein Schwachsinniger in einem Sumpf.

Dieser erstaunlichen Abhängigkeit wurde Connie sich mit einer Art von Entsetzen bewußt. Sie hörte ihn im Gespräch mit seinen Ingenieuren, mit seinen Mitdirektoren, mit jungen Wissenschaftlern, und sie war erstaunt über seinen klugen Einblick in die Dinge, seine Macht, seine unheimliche materielle Macht über Leute, die man Männer der Praxis nannte. Er war selber ein Mann der Praxis geworden, und ein erstaunlich gewitzter und mächtiger dazu, ein Meister. Connie schrieb dies Mrs. Boltons Einfluß zu, der gerade in der entscheidenden Zeit seines Lebens eingesetzt hatte.

Aber dieser verschlagene und praktische Mann war beinahe ein Idiot, wenn er lediglich seinem Gefühlsleben überlassen blieb. Er betete Connie an, sie war seine Frau, ein höheres Wesen, und er betete sie mit einer sonderbaren feigen Götzendienerei an wie ein Wilder – eine Anbetung, die auf ungeheurer Furcht beruhte und sogar auf Haß gegen die Macht des Idols, des gefürchteten Idols. Alles, wonach er verlangte, war, daß Connie hoch und heilig schwüre, ihn nicht zu verlassen, ihn nicht im Stich zu lassen.

»Clifford«, sagte sie zu ihm – aber dies war, nachdem sie den Schlüssel zur Hütte hatte –, »würdest du es wirklich gern sehen, wenn ich eines Tages ein Kind bekäme?«

Er blickte sie mit einem Ausdruck verstohlener Befürchtung in seinen vorgewölbten, blassen Augen an.

»Ich hätte nichts dagegen, falls das zwischen uns nichts änderte«, erwiderte er.

»Woran nichts änderte?« fragte sie.

»An mir und dir. An unserer Liebe für einander. Wenn es an die rühren würde, wäre ich unbedingt dagegen. Schließlich kann ich vielleicht eines Tages sogar ein eigenes Kind haben.«

Sie blickte ihn verwundert an.

»Ich meine, die Fähigkeit dazu könnte mir doch eines Tages zurückkehren.«

Sie starrte ihn noch immer verwundert an, und er fühlte sich unbehaglich.

»Also es wäre dir nicht recht, wenn ich ein Kind bekäme?« fragte sie.

»Ich sagte dir ja«, erwiderte er schnell, wie ein in die Enge getriebener Hund, »ich bin ganz einverstanden, vorausgesetzt, daß es nicht an deine Liebe zu mir rührt. Wenn es an die rührte, bin ich absolut dagegen.«

Connie konnte bloß schweigen, schweigen in kalter Furcht und Verachtung. Solches Gerede war wirklich das Gestammel eines Idioten. Er wußte nicht länger, was er sprach.

»Oh, an meinen Gefühlen für dich würde es nichts ändern«, sagte sie mit einem gewissen Hohn.

»Siehst du«, rief er, »darauf kommt es an. In diesem Fall habe ich nicht das geringste dagegen. Ich meine, es wäre schrecklich nett, ein Kind hier im Hause herumlaufen zu haben und zu fühlen, daß man eine Zukunft für es aufbaut. Ich hätte dann etwas, wofür ich mich anstrengen könnte, und ich wüßte, es wäre dein Kind. Nicht wahr, Liebste? Und es würde ebenso sein, als wäre es mein eigenes. Denn du bist es, auf die es in diesen Dingen ankommt. Das weißt du doch, nicht wahr, Liebste? Ich spiele da keine Rolle, ich bin völlig belanglos. Du bist das große ›Ich bin‹, was das Leben anbelangt. Das weißt du doch, nicht wahr? Ich meine, soweit es mich betrifft. Ich meine, ohne dich bin ich absolut nichts. Ich lebe um deinetwillen und für deine Zukunft. Für mich selbst bin ich nichts.«

Connie hörte das alles mit immer tieferem Verzagen und Abscheu. Es war eine der grauenhaften Halbwahrheiten, die das menschliche Dasein vergifteten. Welcher Mann mit gesundem Verstand würde solche Dinge zu einer Frau sagen? Aber Männer haben keinen gesunden Verstand. Welcher

Mann mit einem Funken von Ehre im Leibe würde diese grauenhafte Last der Lebensverantwortlichkeit einer Frau aufladen und sie dann allein lassen, in der großen Leere?

Überdies hörte Connie eine halbe Stunde später Clifford mit heißer, erregter Stimme zu Mrs. Bolton sprechen und sich dabei in einer Art leidenschaftsloser Leidenschaft dieser Frau enthüllen, als wäre sie halb seine Geliebte, halb seine Ziehmutter. Und Mrs. Bolton kleidete ihn sorgfältig in seinen Frack, denn es weilten wichtige Geschäftsfreunde im Hause.

Connie hatte zu dieser Zeit manchmal wirklich das Gefühl, sie würde sterben. Sie fühlte, daß sie zu Tode gedrückt wurde durch unheimliche Lügen und durch die erstaunliche Grausamkeit des Schwachsinns. Cliffords seltsame Geschäftstüchtigkeit schüchterte sie in gewisser Art ein, und das Geständnis seiner privaten Anbetung versetzte sie in einen panischen Schrecken. Es war nichts zwischen ihnen. Sie hatte nicht einmal mehr Fühlung mit ihm und er nicht mit ihr. Nicht einmal ihre Hand ergriff er je in diesen Tagen und hielt sie freundlich. Nein, und weil sie beide so völlig außer Fühlung waren, quälte er sie mit diesem Geständnis seines Götzendienstes. Es war die Grausamkeit völliger Impotenz, und sie hatte das Gefühl, sie müßte den Verstand verlieren oder sterben.

Sie flüchtete sich so viel als möglich in den Wald. Eines Nachmittags, als sie grübelnd dasaß und das Wasser im Johannesbrunnen kalt emporsprudeln sah, war der Förster zu ihr herangetreten.

»Ich habe einen Schlüssel für Euer Gnaden machen lassen.« Er grüßte und hielt ihr den Schlüssel hin.

»Ich danke Ihnen vielmals«, sagte sie, aus ihren Gedanken aufgeschreckt.

»Die Hütte ist nicht sehr ordentlich, hoffentlich macht es Ihnen nichts«, sagte er. »Ich habe weggeräumt, was ich konnte.

»Aber ich wollte Sie nicht bemühen.«

»Oh, es war keine Mühe. In ungefähr einer Woche setze ich die Hennen ein. Sie werden sich aber nicht schrecken vor Ihnen. Ich werde morgens und abends nachsehen müssen, aber ich werde Sie nicht mehr belästigen, als ich muß.«

»Aber Sie würden mich nicht belästigen«, widersprach sie. »Ich würde lieber gar nicht in die Hütte gehen, wenn ich Ihnen im Wege wäre.«

Er blickte sie mit seinen scharfen blauen Augen an. Er schien freundlich, aber fern. Aber wenigstens war er bei Sinnen und gesund, trotzdem er mager und schlecht aussah. Ein Husten quälte ihn.

»Sie haben Husten«, sagte sie.

»Es ist nichts – eine Erkältung. Seit der letzten Lungenentzündung huste ich immer ein bißchen, aber es ist nicht von Bedeutung.«

Er hielt sich von ihr fern und wollte nicht näherkommen.

Sie ging recht häufig zu der Hütte, vormittags oder auch am Nachmittag, aber er war niemals dort. Zweifellos ging er ihr mit Absicht aus dem Wege. Er wollte seine Zurückgezogenheit unangetastet bewahren.

Er hatte die Hütte gesäubert und den kleinen Tisch und Stuhl an die Feuerstelle gerückt, hatte einen kleinen Haufen Späne und kleine Scheite dagelassen und die Werkzeuge und Fallen so weit als möglich weggeräumt – sich gewissermaßen ausgelöscht. Draußen im Freien, am Rande der Lichtung, hatte er ein niedriges Flugdach aus Zweigen und Stroh errichtet, einen Schutz für die Vögel, unter dem die fünf Brutkäfige standen. Und eines Tages fand sie, als sie kam, zwei braune Hennen wachsam und wütend in den Brutkästen sitzen. Sie saßen auf Fasaneneiern und plusterten sich stolz auf in der ganzen Hitze des brütenden weiblichen Blutes. Der Anblick brach Connie beinahe das Herz. Sie selbst war so verloren und unbenützt, überhaupt nicht weiblich, einfach ein bloßes Ding voller schreckhafter Regungen.

Später waren dann alle fünf Brutkästen von Hennen besetzt, drei braunen, einer grauen und einer schwarzen. Alle kauerten sie sich in gleicher Weise auf die Eier nieder, mit der weichen, nistenden Gewichtigkeit des weiblichen Dranges, der weiblichen Natur, und plusterten ihre Federn auf. Und mit glänzenden Augen beobachtete Connie sie, als sie vor ihnen hockte, und die Hennen stießen ein scharfes Glucken des Zornes und der Aufregung aus, aber besonders des weiblichen Zornes, darüber, daß man sich ihnen näherte.

Connie fand Korn in der Futterkiste in der Hütte. Sie hielt es den Hennen in der offenen Hand hin. Die wollten es nicht fressen. Nur die eine Henne pickte mit einem wütenden, kurzen Schnabelhieb nach ihrer Hand, sodaß Connie sich fürchtete. Aber sie sehnte sich danach, ihnen etwas zu geben, den brütenden Müttern, die selber weder fraßen noch tranken. Sie brachte in einer kleinen Blechdose Wasser herbei und war entzückt, als eine der Hennen trank.

Nun kam sie jeden Tag zu den Hennen; sie waren das Einzige in dieser Welt, das ihr Herz erwärmte. Cliffords Beteuerungen ließen sie von Kopf bis Fuß erkalten. Mrs. Boltons Stimme ließ sie erkalten und auch der Klang der Stimmen der Geschäftsfreunde, die ins Haus kamen. Ein gelegentlicher Brief von Michaelis gab ihr ein gleiches Gefühl der Kälte. Sie fühlte, daß sie sicherlich sterben würde, wenn es noch viel länger dauerte.

Aber es war Frühling, und die Traubenhyazinthen kamen im Walde hervor, und die Blattknospen an den Haselsträuchern öffneten sich wie Spritzer eines grünen Regens. Wie schrecklich es, daß es Frühling sein sollte und alles kaltherzig, kaltherzig! Nur die Hennen, so wundervoll aufgeplustert auf den Eiern, waren warm mit ihren heißen, brütenden weiblichen Leibern! Connie fühlte sich die ganze Zeit am Rande einer Ohnmacht leben.

Dann, eines Tages, eines herrlichen, sonnigen Tages mit großen Büscheln von Primeln unter den Haselsträuchern und vielen Veilchen an den Wegrändern, kam sie am Nachmittag zu den Brutkasten, und da war ein winzig kleines, freches Küken und hüpfte kleinwinzig vor einem der Käfige umher, und die Mutterhenne gluckte vor Entsetzen. Das magere kleine Küken war graubraun mit dunkeln Flecken, und es war in diesem Augenblick der lebendigste kleine Funken von einem Geschöpf in sieben Königreichen. Connie kauerte sich in einer Art Verzückung nieder, um zu beobachten. Leben, Leben! Reines, funkengleiches, furchtloses neues Leben! Neues Leben! So winzig und so vollkommen und so ganz ohne Furcht. Selbst als es ein bißchen strampelnd in den Brutkorb zurückflüchtete und unter den Federn der Henne verschwand, den wilden Alarmrufen der Mutterhenne gehorchend, war es nicht wirklich erschrocken; es nahm das ganze als ein Spiel, das Spiel des Lebens. Denn einen Augenblick später guckte ein winziger schwarzer Kopf zwischen den goldbraunen Federn der Henne hervor und beäugte das Weltall.

Connie war gefesselt, und dabei hatte sie niemals die Qual ihrer weiblichen Verlorenheit so scharf empfunden. Die wurde unerträglich.

Sie hatte nur noch das einzige Verlangen, zu der Lichtung im Walde zu gehen. Alles andere war wie ein schmerzvoller Traum. Aber manchmal wurde sie den ganzen Tag durch ihre Pflichten als Hausfrau in Wragby festgehalten. Und dann hatte sie das Gefühl, als würde auch sie leer werden, einfach leer und wahnsinnig.

Eines Abends, Gäste oder nicht, entfloh sie nach dem Tee. Es war spät, und sie eilte durch den Park wie jemand, der fürchtet, zurückgerufen zu werden. Die Sonne ging rosenrot unter, als sie den Wald betrat, aber sie hastete weiter durch die Blumen. Droben in der Höhe würde es noch lange hell bleiben. Erhitzt und nur halb bewußt, erreichte sie die Lichtung. Der Förster war da, in Hemdsärmeln, und verschloß eben die Brutkäfige für die Nacht, damit die kleinen Insassen in Sicherheit wären. Aber noch immer trippelte ein kleines Trio flinker grauer Dingerchen auf winzigen Füßen unter dem Strohdach umher und ließ sich von der ängstlichen Mutter nicht hereinrufen.

»Ich hab' mir die Küken ansehen kommen müssen«, sagte sie atemlos, mit einem scheuen Seitenblick auf den Förster, kaum seiner Anwesenheit bewußt. »Sind wieder neue da?«

»Sechsunddreißig sind's bisher im Ganzen«, sagte er. »Nicht schlecht.«

Auch er fand ein seltsames Vergnügen daran, die jungen Dinger ausschlüpfen zu sehen.

Connie kauerte sich vor den letzten Brutkäfig. Die drei Küken waren hineingelaufen. Aber noch immer guckten die frechen Köpfchen aus den gelben Federn heraus, dann zogen sie sich zurück, und dann äugte nur noch ein einziges perläugiges Köpfchen unter dem ungeheuren Mutterleib hervor.

»Ich möchte sie so gern anrühren«, sagte sie, und streckte zaghaft einen Finger durch die Stäbe. Aber die Mutterhenne pickte wütend nach ihrer Hand, und Connie zog sie überrascht und erschrocken zurück.

»Wie sie nach mir pickt! Sie haßt mich!« sagte sie verwundert. »Aber ich würde ihnen nicht weh tun.«

Der Mann, der über sie gebeugt stand, hockte sich neben sie auf die Fersen und streckte seine Hand mit ruhiger Sicherheit langsam in den Käfig. Die alte Henne hieb nach ihm, aber nicht so wild. Und langsam, sacht, mit sicheren, behutsamen Fingern tastete er zwischen den Federn des alten Vogels und zog ein leise piepsendes Küken in der geschlossenen Hand hervor.

»Da!« sagte er und streckte ihr seine Hand hin. Sie nahm das kleine graubraune Ding zwischen ihre Hände, und da stand es auf seinen unmöglichen kleinen Stengeln von Beinen, und sein Atom balancierenden Lebens bebte durch die beinahe gewichtlosen Füßchen bis in Connies Hände. Aber es hob kühn sein hübsches klargeformtes Köpfchen, blickte scharf umher und ließ ein kleines »Piep« hören. »So süß! So keck!« sagte Connie leise.

Auch der Förster, der neben ihr hockte, betrachtete mit

erheiterter Miene den kecken kleinen Vogel in ihren Händen. Plötzlich sah er eine Träne auf ihr Handgelenk fallen.

Und er erhob sich und trat beiseite, zu dem nächsten Brutkasten. Denn mit einem Mal war er sich bewußt, daß die alte Flamme in seinen Lenden aufsprang und emporschoß, die Flamme, von der er gehofft hatte, daß sie für immer zur Ruhe gekommen wäre. Er kämpfte dagegen an, er wandte der Frau den Rücken zu. Aber die Flamme sprang weiter und sprang abwärts und kreiste in seinen Knien.

Er wandte sich wieder, um sie anzusehen. Sie kniete und streckte ihre beiden Hände langsam vor, blindlings, damit das Küken wieder zur Mutter hineinlaufe. Und etwas so Stummes und Verlorenes war in ihr – Mitleid für sie flammte in seinem Eingeweide.

Ohne es recht zu wissen, kam er rasch auf sie zu und, neben ihr niederhockend, nahm er ihr das Küken aus den Händen, weil sie sich vor der Henne fürchtete, und tat es in den Brutkasten zurück. In seinen Lenden brach das Feuer plötzlich stärker hervor.

Er blickte sie argwöhnisch an. Ihr Gesicht war abgewendet, und sie weinte blind drauf los in der ganzen angstvollen Qual der Verlorenheit ihrer Generation. Sein Herz schmolz mit einem Mal wie ein Tropfen von Feuer, und er streckte seine Hand aus und legte seine Finger auf ihr Knie.

»Weinen Sie doch nicht«, sagte er sanft.

Aber da schlug sie die Hände vors Gesicht und fühlte, daß ihr Herz wirklich gebrochen war und daß an nichts mehr etwas lag.

Er legte ihr die Hand auf die Schulter, und leise und sanft begann die Hand hinabzuwandern über die Biegung ihres Rückens, blindlings, mit einer blind streichelnden Bewegung, zu der Beugung ihrer kauernden Hüften. Und sanft, sanft streichelte seine Hand da die Krümmung ihrer Flanke, mit der blinden, instinktiven Liebkosung.

Sie hatte ihr Fetzchen von einem Taschentuch gefunden und versuchte ungeschickt, ihr Gesicht zu trocknen.

»Wollen Sie in die Hütte kommen?« fragte er mit ruhiger, ausdrucksloser Stimme.

Und seine Hand sacht um ihren Oberarm schließend, zog er sie empor und führte sie langsam zur Hütte, ohne sie loszulassen, bis sie drinnen waren. Dann räumte er den Tisch und Stuhl beiseite, nahm eine braune Militärdecke vom Werkzeugkasten und breitete sie langsam auf den Boden. Sie blickte in sein Gesicht, während sie regungslos dastand.

Sein Gesicht war bleich und ausdruckslos wie das eines Mannes, der sich dem Schicksal ergibt.

»Legen Sie sich da nieder«, sagte er leise und schloß die Tür, so daß es dunkel war, ganz dunkel.

Mit einem sonderbaren Gehorsam legte sie sich auf die Decke nieder. Dann spürte sie, wie die sanft tastende, hilflos begehrende Hand ihren Körper berührte und nach ihrem Gesicht fühlte. Die Hand streichelte sanft ihr Gesicht, sanft, mit unendlicher Beruhigung und Überzeugung, und da war endlich die weiche Berührung eines Kusses auf ihrer Wange.

Sie lag ganz still in einer Art Schlaf, in einer Art Traum. Dann erbebte sie, als sie fühlte, wie seine Hand sacht und doch mit seltsam behinderter Ungeschicklichkeit an ihrem Kleid herumtastete. Aber die Hand wußte doch, wie die Frau entkleiden, wo sie wollte. Er zog die dünne Seidenhülle herab, langsam, behutsam, ganz hinab und über ihre Füße. Dann berührte er mit einem Beben erlesenen Genießens den warmen weichen Körper, streifte für einen Augenblick ihren Nabel in einem Kuß. Und er mußte sogleich zu ihr hineinkommen, mußte eingehen in den Frieden auf Erden ihres weichen, stillen Leibes. Es war der Augenblick reinsten Friedens für ihn, dieses Eingehen in den Schoß der Frau.

Sie lag still in einer Art Schlaf, immerzu in einer Art Schlaf. Tätig war nur er, der Orgasmus war nur sein, ganz sein; sie konnte nicht mehr für sich darum ringen. Sogar die enge Umschließung seiner Arme, sogar die heftige Bewegung seines Körpers und das Entquellen seines Samens in ihr waren eine Art Schlaf, aus dem sie sich nicht aufzuraffen begann, ehe er nicht zu Ende war und leise keuchend an ihrer Brust lag.

Dann fragte sie sich, fragte sie sich bloß dunkel, warum? Warum war dies notwendig? Warum hatte es eine große Wolke von ihr gehoben und ihr Frieden gegeben? War es wirklich? war es wirklich?

Ihr gequältes modernes Frauenhirn hatte noch immer keine Ruhe. War es wirklich? Und sie wußte, wenn sie sich diesem Manne hingab, war es wirklich. Aber wenn sie sich für sich behielt, war es nichts. Sie war alt; Millionen Jahre alt, so fühlte sie. Und endlich konnte sie die Last ihres Ichs nicht länger ertragen. Sie war zu haben, sobald man sie nahm. Zu haben, sobald man sie nahm.

Der Mann lag in einer geheimnisvollen Regungslosigkeit. Was fühlte er? Was dachte er? Sie wußte es nicht. Er war ein fremder Mann für sie, sie kannte ihn nicht. Sie mußte bloß warten, denn sie wagte nicht, seine geheimnisvolle Stille zu unterbrechen. Er lag da, die Arme um sie geschlungen, seinen Körper an dem ihren; sein feuchter Körper berührte den ihren ganz nah. Und völlig unbefangen. Und doch nicht friedlos. Seine Stille selbst war friedvoll.

Sie wußte das, als er sich schließlich regte und von ihr abrückte. Es war, als gäbe er sie preis. Er zog in der Dunkelheit ihr Kleid über ihre Knie hinab und stand ein paar Augenblicke, offenbar seine eigene Kleidung in Ordnung bringend. Dann öffnete er leise die Tür und ging hinaus.

Sie sah einen sehr hellen kleinen Mond über dem Abendglühen hinter den Eichenwipfeln scheinen. Rasch stand sie auf und richtete ihre Kleidung; sie war ordentlich. Dann ging sie zur Türe der Hütte.

Der Wald unten war ganz im Schatten, beinahe in Finsternis. Aber der Himmel oben war kristallen. Doch er strömte fast gar kein Licht aus.

Der Mann kam durch die unteren Schatten auf sie zu, sein Gesicht erhoben, wie ein bleicher Fleck.

»Wollen wir jetzt gehen?« fragte er.

»Wohin.«

»Ich werde mit Ihnen bis zum Tor gehen.«

Er richtete die Dinge auf seine Art. Er versperrte die Türe der Hütte und kam ihr nach.

»Es tut Ihnen nicht leid, nicht wahr?« fragte er, als er neben ihr dahinschritt.

»Nein! O nein! Aber Ihnen?«

»Das? Nein!« erwiderte er. Nach einer Weile fügte er hinzu: »Aber da ist noch alles andere.«

»Was alles?« fragte sie.

»Sir Clifford. Andere Leute. Die ganzen Verwicklungen.«

»Warum Verwicklungen?« fragte sie enttäuscht.

»Es ist immer so. Für Sie ebenso wie für mich. Immer gibt es Verwicklungen.« Er schritt unentwegt im Dunkeln weiter.

»Und es tut Ihnen leid?« wiederholte sie.

»In gewissem Sinn«, erwiderte er und blickte zum Himmel empor. »Ich dachte, ich hätte das alles hinter mir. Nun habe ich wieder begonnen.«

»Was begonnen?«

»Das Leben.«

»Leben!« echote sie mit einem seltsamen Erschauern.

»Das ist das Leben«, sagte er. »Man kann sich nicht davon fernhalten. Und wenn man sich davon fernhält, mag man beinahe ebenso gut sterben. Wenn ich also wieder aufgebrochen werden muß, muß ich's eben.«

Sie sah es nicht ganz so, aber dennoch...

»Es ist einfach die Liebe«, sagte sie munter.

»Was immer das sein mag«, erwiderte er. Sie gingen schweigend weiter durch den dunkelnden Wald, bis sie beinahe am Parktor waren.

»Aber Sie hassen mich nicht, nicht wahr?« fragte sie sinnend.

»Nein, nein«, erwiderte er, und plötzlich hielt er sie wieder fest an seine Brust gedrückt, mit der alten verbindenden Leidenschaft. »Nein, für mich war es gut, es war gut. Und für dich?«

»Ja, für mich auch«, erwiderte sie ein wenig unaufrichtig, denn sie war sich nicht vieles bewußt gewesen.

Er küßte sie sanft, sanft, mit Küssen der Wärme.

»Wenn es nur nicht so viele andere Leute auf der Welt gäbe«, sagte er.

Sie lachte. Sie waren am Parktor. Er öffnete es für sie.

»Ich werde nicht weiter mitkommen«, sagte er.

»Nein!« Und sie streckte ihre Hand aus, als wollte sie ihm die Hand schütteln. Aber er ergriff sie mit beiden Händen.

»Soll ich wiederkommen?« fragte sie sehnsüchtig.

»Ja! Ja!«

Sie verließ ihn und schritt durch den Park.

Er trat zurück und sah zu, wie sie ins Dunkel hineinging, sich abhebend von der Blässe des Horizonts. Beinahe mit Bitterkeit sah er ihr nach. Sie hatte ihn, der doch allein sein wollte, wieder in Verbindung gebracht. Sie hatte ihn um jene bittere Zurückgezogenheit eines Mannes gebracht, der endlich nur noch allein gelassen werden will.

Er wandte sich in die Dunkelheit des Waldes. Alles war still, der Mond war untergegangen. Aber er nahm die Geräusche der Nacht wahr, die Dampfmaschinen in Stacks Gate, den Verkehr auf der Landstraße. Langsam stieg er zu der abgeholzten Kuppe hinauf. Und von oben konnte er die Gegend sehen, breite Reihen von Lichtern in Stacks Gate, kleinere Lichter bei der Tevershall-Zeche, die gelben Lichter von Tevershall, und Lichter überall, hier und dort auf dem dunkeln Land und, da die Nacht klar war, das ferne Aufflammen der Hochöfen, matt und rötlich von der Röte des ausfließenden weißglühenden Metalls. Scharfe, bösartige elektrische Lichter in Stacks Gate. Ein undefinierbares Leben von Bösem in ihnen! Und all das Unbehagen, die ewig unruhige Angst der Industrienacht in den Midlands. Er konnte die Förderwinden in Stacks Gate hören; die Siebenuhrschicht wurde hinuntergelassen. Die Grube arbeitete in drei Schichten.

Er stieg wieder hinab in die Dunkelheit und Abgeschlossenheit des Waldes. Aber er wußte, daß die Abgeschlossenheit des Waldes trügerisch war; die industriellen Geräusche unterbrachen die Einsamkeit, die scharfen Lichter, obgleich ungesehen, spotteten ihrer. Ein Mensch konnte nicht länger still für sich und zurückgezogen leben. Die Welt duldete keine Einsiedler. Und nun hatte er die Frau genommen und einen neuen Kreislauf von Schmerz und Verhängnis auf sich gewälzt. Denn er wußte aus Erfahrung, was das hieß.

Es war nicht die Schuld der Frau, nicht einmal die Schuld der Liebe oder des Geschlechts. Die Schuld lag dort, dort draußen, in jenen bösen elektrischen Lichtern und dem diabolischen Gerassel der Maschinen. Dort in der Welt des gierigen Mechanismus und der mechanisierten Gier, funkelnd von Lichtern und heißes Metall ausströmend und brüllend von Verkehr, dort lag das ungeheure böse Ding, bereit, alles zu zerstören, was sich ihm nicht anpaßte. Bald würde es den Wald vernichten, und die Traubenhyazinthen würden nicht mehr sprießen. Alle verwundbaren Dinge mußten zugrunde gehen unter dem Rollen und Rasen des Eisens.

Er dachte mit unendlicher Zärtlichkeit an die Frau. Armes, verlaufenes Ding! Sie wußte nicht, wie lieb sie war, und oh! so viel zu gut für die dickhäutige Bande, mit der sie in Berührung stand. Armes Ding, auch sie besaß etwas von der Verwundbarkeit der wilden Hyazinthen, sie bestand nicht ganz aus Gummiwaren und Platin wie das moderne Mädchen. Und sie würden sie hereinlegen. Das war so sicher wie das Amen im Gebet. Sie würden sie hereinlegen, wie sie es mit allem von Natur zarten Leben taten. Zart! Irgendwo war sie zart, von der Zartheit der sprießenden Hyazinthen, die etwas war, das aus dem Zelluloidweib von heute verschwand. Aber er wollte sie für eine kleine Weile mit seinem Herzen beschützen. Für eine kleine Weile, ehe die fühllose Eisenwelt und der Mammon mechanisierter Habsucht beide hereinlegte. Sie sowohl als auch ihn.

Er ging heim mit seiner Flinte und seinem Hund, heim in das dunkle Forsthaus, zündete die Lampe an, machte ein Feuer und aß sein Nachtmahl: Brot und Käse, junge Zwiebeln und Bier. Er war allein, allein in einer Stille, die er liebte. Sein Zimmer war sauber und ordentlich, aber recht kahl. Doch das Feuer war hell, der Herd blank, die Petroleumlampe hing hell über dem Tisch mit seinem Wachstuch. Er versuchte, ein Buch über Indien zu lesen, aber heute abend konnte er nicht lesen. Er saß in Hemdsärmeln beim Feuer, ohne zu rauchen, aber mit einem Krug Bier in Reichweite. Und er dachte über Connie nach.

Die Wahrheit zu sagen, war er traurig über das Vorgefallene, vielleicht am meisten um ihretwillen. Er hatte ein Gefühl der Vorwarnung, kein Gefühl des Unrechts oder der Sünde; er war in dieser Hinsicht von keinen Gewissensbissen beunruhigt. Er wußte, daß Gewissen vor allem Furcht vor der Gesellschaft oder vor einem selbst ist. Er fürchtete sich nicht vor sich. Aber er fürchtete sich ganz bewußt vor der Gesellschaft, die er instinktiv als ein übelwollendes, zum Teil wahnsinniges Tier kannte.

Die Frau! Wenn sie da bei ihm sein könnte und sonst niemand auf der Welt wäre! Die Begierde erwachte wieder, sein Penis begann sich zu regen und erhob sich wie ein lebendiger Vogel. Zugleich lastete auf seinen Schultern ein Druck, eine Furcht, sich und sie jenem Außending preiszugeben, das lasterhaft in den elektrischen Lichtern funkelte. Sie, das arme junge Ding, war einfach ein junges weibliches Geschöpf für ihn; aber ein junges weibliches Geschöpf, das er besessen hatte und das er wiederum begehrte. Er streckte sich mit dem seltsamen Gähnen der Begierde, denn er war seit vier Jahren allein und abseits von Mann oder Frau gewesen, und erhob sich. Er nahm wieder seinen Rock und seine Flinte, schraubte den Docht der Lampe herunter und ging mit seinem Hund in die sternklare Nacht hinaus. Getrieben von Verlangen und von Furcht vor dem übelwollenden Ding dort draußen, machte er langsam und leise seine Runde durch den Wald. Er liebte die Finsternis und bettete sich in sie. Sie paßte zu der Geschwelltheit seiner Begierde, die trotz allem wie ein reicher Schatz war; zu der erregenden

Unruhe seines Penis, dem erregenden Feuer in seinen Lenden! Oh, wenn es nur auch andere Männer gäbe, mit denen zusammen man dieses funkelnde elektrische Ding dort draußen bekämpfen könnte, um die Zartheit des Lebens zu behüten! Die Zartheit der Frauen und die natürlichen Schätze der Begierde. Wenn es bloß Männer gäbe, mit denen man Seite an Seite kämpfen könnte! Aber die Männer waren alle dort draußen und rühmten sich dieses Dinges, triumphierten oder wurden niedergetreten in dem Ansturm mechanisierter Gier oder gieriger Mechanisierung.

Constance ihrerseits war, beinahe ohne zu denken, durch den Park heimgeeilt. Bis jetzt hatte sie keine Nachgedanken. Sie würde zum Abendessen zurecht kommen. Zu ihrem Ärger fand sie jedoch die Türen verschlossen, so daß sie klingeln mußte. Mrs. Bolton öffnete ihr.

»Ach, da sind Sie ja, Euer Gnaden. Ich habe mir schon gedacht, Sie hätten sich verirrt«, sagte sie ein wenig schalkhaft. »Sir Clifford hat aber nicht nach Ihnen gefragt. Mr. Linley ist bei ihm, und sie besprechen irgend etwas. Es sieht aus, als wollte er zum Abendessen bleiben. Nicht wahr, Euer Gnaden?«

»Ja, das scheint mir auch«, erwiderte Connie.

»Soll ich das Abendessen für eine Viertelstunde später auftragen lassen? Da hätten Sie Zeit, sich in Ruhe umzukleiden.«

»Ja, das wäre vielleicht gut.«

Mr. Linley war der leitende Direktor des Bergwerks, ein betagter Mann aus dem Norden mit nicht ganz genug Tatkraft, um Clifford zu passen. Den Nachkriegsverhältnissen nicht gewachsen und auch nicht den Nachkriegsbergleuten mit ihrem Evangelium des »Nimm, was du kannst!«. Aber Connie mochte Mr. Linley gut leiden, wenn sie auch froh war, dem speichelleckerischen Wesen seiner Frau zu entgehen.

Linley blieb zum Essen, und Connie war die Hausfrau, wie sie Männern so sehr gefällt: bescheiden und doch so aufmerksam und alles gewahrend, mit großen, weit offenen blauen Augen und einer sanften Ruhe, die zur Genüge verbarg, was sie wirklich dachte. Connie hatte diese Frau so oft gespielt, daß sie ihr beinahe zur zweiten Natur geworden war. Aber immerhin, ganz entschieden nur zur zweiten. Dennoch war es sonderbar, wie alles aus ihrem Bewußtsein schwand, während sie die Rolle spielte.

Sie wartete geduldig, bis sie hinaufgehen und ihren eigenen Gedanken nachhängen konnte. Sie wartete immer. Es schien ihre Stärke zu sein.

Einmal in ihr Zimmer gelangt, fühlte sie sich jedoch noch immer unsicher und verwirrt. Sie wußte nicht, was sie denken sollte. Was für eine Art Mann war er in Wirklichkeit? Hatte er sie wirklich gern? Nicht sehr, so fühlte sie. Aber dennoch war er gütig. Es war etwas in ihm, eine Art warmer, naiver Güte, seltsam und jäh, die ihm ihren Leib beinahe aufschloß, aber sie hatte das Gefühl, er könnte zu jeder Frau derart gütig sein. Doch auch so war es seltsam beruhigend und tröstend. Und er war ein leidenschaftlicher Mann, unverdorben und leidenschaftlich. Aber er war vielleicht nicht ganz individuell genug; er mochte mit jeder Frau so sein, wie er mit ihr gewesen war. Wirklich, es war nichts Persönliches. Sie war wirklich bloß irgend ein weibliches Wesen für ihn.

Aber vielleicht war das besser. Und schließlich, er war gut zu der Frau in ihr, und das war kein Mann je gewesen. Die Männer waren sehr gütig zu der *Person*, die sie war, aber recht grausam zu dem Weib und verachteten oder ignorierten es ganz und gar. Die Männer waren schrecklich gut zu Constance Reid oder zu Lady Chatterley, aber nicht zu ihrem Schoß. Zu dem waren sie nicht gut. Er aber kümmerte sich nicht um Constance oder um Lady Chatterley; er streichelte einfach sanft ihre Lenden oder ihre Brüste.

Am nächsten Tag ging sie in den Wald. Es war ein grauer stiller Nachmittag, das dunkelgrüne Bingelkraut breitete sich unter den Haselsträuchern aus, und alle Bäume machten eine schweigende Anstrengung, ihre Knospen zu öffnen. Heute konnte sie es beinahe im eigenen Leibe verspüren, dies ungeheure Drängen des Saftes in den massigen Bäumen, aufwärts, hinauf, hinauf zu den Knospenspitzen, um dort in kleine, flammende Eichenblätter, bronzefarben wie Blut, auszubrechen. Es war wie eine Flut, die schwellend aufwärtsströmte und sich über den Himmel verbreitete.

Sie kam zu der Lichtung, aber er war nicht da. Sie hatte ihn nur halb erwartet. Die Fasanenkücken kamen leichtfüßig hervorgelaufen, leicht wie Insekten, aus den Brutkäfigen, wo die gelben Hennen ängstlich gluckten. Connie saß und sah ihnen zu und wartete. Sie wartete nur. Sogar die Kücken sah sie kaum. Sie wartete.

Die Zeit verging mit traumgleicher Langsamkeit, und er kam nicht. Sie hatte nur halb erwartet, daß er kommen werde. Am Nachmittag kam er nie. Sie mußte heimgehen zum Tee. Aber sie mußte sich zwingen, den Ort zu verlassen.

Als sie nach Hause ging, fiel ein feiner Regen.

»Regnet es schon wieder?« fragte Clifford, der sie ihren Hut schütteln sah.

»Es nieselt nur.«

Schweigend schenkte sie den Tee ein, versponnen in eine Art von Eigensinn. Sie wollte den Förster heute um jeden Preis treffen, um zu sehen, ob es wirklich wahr sei. Ob es wahrhaftig Wirklichkeit sei.

»Soll ich dir nachher ein wenig vorlesen?« fragte Clifford.

Sie blickte ihn an. Er mußte etwas gemerkt haben.

»Der Frühling macht mich so sonderbar müde – ich hätte gern ein wenig geruht.«

»Ganz wie du willst. Aber du fühlst dich nicht wirklich krank, nicht wahr?«

»Nein, nur recht müde – vom Frühlingswetter. Willst du, daß Mrs. Bolton irgend etwas mit dir spielt?«

»Nein, ich glaube, ich werde ein wenig Radio hören.«

Sie spürte die seltsame Genugtuung in seiner Stimme. Sie ging in ihr Schlafzimmer hinauf. Von dort hörte sie, wie der Lautsprecher mit einer idiotischen, samtig-sanften Stimme zu plärren begann – irgend etwas über eine Reihe alter Straßenrufe, wobei ein Ausbund wohlanständiger Affektiertheit die alten Ausrufer nachahmte. Sie zog ihren alten, lilafarbenen Regenmantel an und schlüpfte durch die Seitentür aus dem Haus.

Der feine Sprühregen war wie ein Schleier über der Welt, geheimnisvoll, gedämpft, nicht kalt. Es wurde ihr sehr warm, als sie durch den Park eilte. Sie mußte ihren leichten wasserdichten Mantel öffnen.

Der Wald schwieg still und geheimnisvoll, in dem abendlichen leisen Regen voll vom Geheimnis bebrüteter Eier, halboffener Knospen, halbenthüllter Blumen. In der Dämmerung alles dessen glitzerten die Bäume nackt und dunkel, als hätten sie sich entkleidet, und die grünen Dinge auf Erden schienen von Grüne zu summen.

Es war noch immer niemand auf der Lichtung. Die Kücken waren beinahe alle unter die Mutterhennen geschlüpft, nur ein oder zwei verlorene Abenteurer pickten noch in der Trockenheit unter dem Strohdach herum, und sie waren ihrer Sache nicht recht sicher.

So, er war also noch immer nicht dagewesen. Er blieb absichtlich weg, oder vielleicht war etwas geschehen. Vielleicht sollte sie zum Forsthaus gehen und nachsehen.

Aber sie war zum Warten geboren. Sie öffnete die Hütte mit ihrem Schlüssel. Es war alles ordentlich, das Korn in die Kiste getan, die Decken zusammengefaltet auf dem Wandbrett, das Stroh säuberlich in einer Ecke, ein frisches Bündel Stroh. Die Sturmlampe hing an einem Nagel. Tisch und Stuhl waren wieder dahin zurückgestellt, wo sie mit ihm gelegen hatte.

Sie setzte sich auf den Stuhl in die Türe. Wie still alles war. Der feine Regen wehte sehr sacht, wie ein Schleier, vorbei, aber der Wind machte keinen Lärm. Nichts gab einen Laut von sich. Die Bäume standen wie kraftstrotzende Wesen, schwach erkennbar im Zwielicht, schweigend und lebendig. Wie lebendig alles war!

Die Nacht zog langsam wieder herauf; sie würde gehen müssen. Er mied sie.

Aber mit einem Mal kam er auf die Lichtung herausgeschritten in seiner schwarzen Lederjacke, wie ein Chauffeur, glänzend von Nässe. Er warf einen raschen Blick nach der Hütte, grüßte halb, schwenkte dann zur Seite und ging zu den Brutkäfigen. Dort kauerte er schweigend, besah alles eingehend und schloß dann sorgfältig die Hennen und Kücken für die Nacht ein.

Endlich kam er langsam auf sie zu. Sie saß still auf ihrem Platz. Er stand vor ihr unter dem Vordach.

»Sie sind also gekommen«, sagte er und gebrauchte den Tonfall der Mundart.

»Ja«, erwiderte sie, zu ihm aufblickend, »aber Sie kommen spät.«

»Ja«, sagte er und blickte weg in den Wald.

Sie erhob sich langsam und zog den Stuhl beiseite.

»Wollten Sie herein?« fragte sie.

Er blickte schlau auf sie hinab.

»Was werden denn die Leute denken, wenn Sie jeden Tag hierher kommen?«

»Warum?« Sie blickte verständnislos zu ihm auf. »Ich habe doch gesagt, ich werde kommen. Niemand weiß es.«

»Sie werden es bald genau wissen«, erwiderte er. »Und was nachher?«

Sie fand keine Antwort.

»Warum sollte man es wissen?« fragte sie dann.

»Die Leute erfahren alles sehr schnell«, erwiderte er.

Ihre Lippen bebten ein wenig. »Ja, dagegen kann ich nichts tun«, stammelte sie.

»Nein«, sagte er. »Sie können schon was dagegen machen, wenn Sie nicht hierher kämen – wenn Sie das wollen, heißt das«, fügte er leiser hinzu.

»Aber das will ich nicht«, murmelte sie.

Er blickte wieder von ihr weg in den Wald und schwieg.

»Aber was ist, wenn die Leute darauf kommen?« fragte er endlich. »Stellen Sie sich das einmal vor! Stellen Sie sich vor, wie erniedrigend es für Sie ist – mit einem Bediensteten Ihres Mannes.«

Sie blickte zu seinem abgewandten Gesicht auf. »Ist das«, stammelte sie, »ist das, weil Sie mich nicht wollen?«

»Denken Sie daran!« sagte er. »Denken Sie einmal darüber nach, was sein wird, wenn's die Leute rausbekommen – der Herr Baron auch – und alle anfangen darüber zu reden.«

»Nun, dann kann ich ja von hier weggehen.«

»Wo denn hin?«

»Überall hin. Ich habe selber Geld genug. Meine Mutter hat zwanzigtausend Pfund hinterlassen, und ich weiß, Clifford kann die nicht anrühren. Ich kann weg.«

»Aber vielleicht wollen Sie nicht weg?«

»Doch, ja! Ich mache mir nichts daraus, was mit mir geschieht.«

»Ach, das denken Sie jetzt! Aber später machen Sie sich schon etwas daraus. Jedem muß es was ausmachen. Sie dürfen nicht vergessen, daß Ihre Gnaden, die Frau Baronin, was mit dem Förster hat. Das ist nicht dasselbe, wie wenn es ein feiner Herr aus der Stadt wäre. Oh, Sie werden sich schon was daraus machen, bestimmt.«

»Nein, ich nicht. Ich mache mir nichts aus dem, Euer Gnaden! In Wirklichkeit ist's mir unausstehlich. Ich hab das Gefühl, daß mich die Leute verhöhnen, so oft sie es aussprechen. Und das tun sie auch. Sie tun es bestimmt. Sogar Sie spotten, wenn Sie es sagen.«

»Ich?« Zum ersten Mal blickte er sie voll an, blickte ihr gerade in die Augen. »Ich verspotte Sie bestimmt nicht«, sagte er.

Und während er ihr in die Augen blickte, sah sie seine Augen dunkel werden, ganz dunkel, und die Pupillen sich vergrößern.

»Macht es Ihnen denn überhaupt nichts aus, dies zu riskieren?« fragte er sie mit heiserer Stimme. »Es sollte Ihnen aber etwas ausmachen. Warten Sie nicht damit, bis es zu spät ist.«

Eine seltsame, flehentliche Warnung klang aus seiner Stimme, »Aber ich habe nichts zu verlieren«, sagte sie ungeduldig. »Wenn Sie wüßten, was es ist, würden Sie mir glauben, daß ich froh wäre, es zu verlieren. Aber fürchten Sie für sich selbst?«

»Ja«, sagte er kurz. »Das tue ich. Ich fürchte mich. Ich fürchte die ganze Geschichte.«

»Was?« fragte sie.

Er warf mit einem sonderbaren Ruck den Kopf zurück und deutete damit die Außenwelt an.

»Alle. Jeden. Alles zusammen.«

Dann beugte er sich nieder und küßte jäh ihr unglückliches Gesicht.

»Nein, es ist mir gleich. Ich mach' mir nichts daraus. Wir wollen zusammen sein, alles andere soll der Teufel holen. Aber wenn es Ihnen hinterher leid tut, daß Sie dies getan haben...«

»Stoß mich nicht zurück«, flehte sie.

Er legte seine Hand an ihre Wange und küßte sie schnell wieder.

»Laß mich 'reinkommen!« sagte er leise. »Und zieh' deinen Regenmantel aus!«

Er hing sein Gewehr auf, schlüpfte aus seiner nassen Lederjacke und ergriff die Wolldecken.

»Ich hab' noch eine andere Decke mitgebracht«, sagte er. »Eine können wir über uns legen, wenn wir wollen.«

»Ich kann nicht lange bleiben«, sagte sie. »Das Abendessen ist um halb acht.

Er blickte sie rasch an und sah dann auf seine Uhr. »Schon recht«, sagte er.

Er schloß die Tür und zündete ein winziges Licht in der aufgehängten Sturmlaterne an.

»Einmal werden wir mehr Zeit miteinander haben«, meinte er.

Er breitete sorgfältig die Decken auf; eine ließ er zusammengefaltet für ihren Kopf. Dann setzte er sich einen Augenblick auf den Stuhl, zog die Frau an sich, hielt sie mit einem Arm eng an sich gedrückt und tastete mit seiner freien Hand nach ihrem Körper. Sie hörte sein plötzliches stockendes Einatmen, als er sie fand. Unter ihrem dünnen Unterkleid war sie nackt.

»Oh, wie du dich anfühlst!« sagte er, als seine Finger die zarte, warme, verborgene Haut ihrer Flanken und Hüften liebkosten. Er senkte sein Gesicht und rieb seine Wange gegen ihren Bauch und ihre Schenkel, wieder und wieder. Und abermals wunderte sie sich ein wenig über die Art von Entzückung, die es für ihn war. Sie begriff die Schönheit nicht, die er durch die Berührung ihres lebenden, verborgenen Leibes in ihr fand, beinahe eine Ekstase der Schönheit. Denn Leidenschaft allein ist ihr zugetan. Und wenn Leidenschaft tot oder abwesend ist, dann ist der prachtvolle Pulsschlag der Schönheit unverständlich und sogar ein wenig verächtlich – warme, lebendige Schönheit des Berührens, die so viel tiefer ist als die Schönheit des Sehens. Sie fühlte das Gleiten seiner Wangen an ihren Schenkeln und ihrem Leib und das nahe Streifen seines Schnurrbarts und seines weichen, dichten Haares, und ihre Knie begannen zu beben. Tief unten in sich fühlte sie etwas Neues sich regen, eine neue Nacktheit auftauchen. Und sie fürchtete sich beinahe. Sie wünschte fast, er würde sie nicht so liebkosen. Er umschloß sie gewissermaßen ganz und gar. Und doch wartete sie, wartete sie.

Und als er in sie eindrang, mit einer Innigkeit der Erlösung und Vollbringung, die für ihn reinster Friede war, wartete sie noch immer. Sie fühlte sich ein wenig aus dem Spiel gelassen, und sie wußte, daß es zum Teil ihre eigene Schuld war. Sie hatte sich stets willentlich so abgesondert. Nun war sie vielleicht dazu verurteilt. Sie lag still und fühlte seine Bewegung in ihr, seine tiefwurzelnde Gespanntheit, sein jähes Erbeben beim Hervorspritzen seines Samens und dann das allmählich aufhörende Stoßen. Dieses Stoßen der Hinterbacken, das war gewiß ein wenig lächerlich. Wenn man eine

Frau war und ein wenig abseits bei der ganzen Sache, war dieses Stoßen der Hinterbacken eines Mannes gewiß in höchstem Maße lächerlich. Sicherlich war der Mann in dieser Stellung und bei diesem Akt ganz ungemein lächerlich.

Aber sie lag still, ohne Widerwillen. Als er zu Ende war, raffte sie sich nicht einmal auf, ihre eigene Befriedigung zu erzwingen, wie sie es mit Michaelis getan hatte; sie lag still, und Tränen füllten langsam ihre Augen und rannen über ihre Wangen.

Auch er lag still, aber er hielt sie eng an sich gedrückt und versuchte, ihre armen nackten Beine mit den seinen zu bedecken und sie warm zu halten. Er lag mit einer nahen, keine Zweifel kennenden Wärme auf ihr.

»Ist dir kalt?« fragte er mit weicher, ganz leiser Stimme, als wäre sie ihm nahe, so nahe. Und dabei war sie aus dem Spiel gelassen und fern.

»Nein! Aber ich muß gehen«, sagte sie leise.

Er seufzte, hielt sie enger umschlungen, ließ dann von ihr ab und lag still.

Er ahnte ihre Tränen nicht. Er dachte, sie sei mit ihm.

Er erhob sich, kniete einen Augenblick neben ihr und küßte die Innenseite ihrer Schenkel. Dann zog er ihren Rock herab, knöpfte achtlos seine eigenen Kleider zu, wandte sich nicht einmal ab dabei in dem schwachen, schwachen Licht der Laterne.

»Du mußt einmal zu mir ins Forsthaus kommen«, sagte er und blickte mit einem warmen, zuversichtlichen, unbesorgten Ausdruck auf sie nieder.

Aber sie lag regungslos da und starrte gedankenvoll zu ihm empor. Ein Fremder! Ein Fremder! Sie empfand sogar ein wenig Widerwillen gegen ihn.

Er zog seinen Rock an und sah sich nach seinem Hut um, der zu Boden gefallen war, dann warf er sein Gewehr über die Schulter.

»Dann komm!« sagte er und blickte mit diesen warmen, friedvollen Augen auf sie hinab.

Sie erhob sich langsam. Sie wollte nicht gehen, aber sie hatte auch einen starken Widerwillen gegen das Bleiben. Er half ihr in den dünnen Regenmantel und achtete darauf, daß sie ordentlich aussah.

Dann öffnete er die Tür. Draußen war es ganz finster. Die treue Hündin unter dem Vordach sprang erfreut auf, als sie ihren Herrn sah. Der Sprühregen trieb grau vor der Finsternis vorbei. Es war ganz finster.

»Ich muß die Laterne nehmen«, sagte er. »Wir werden eh niemandem begegnen.«

Er schritt auf dem engen Pfad dicht vor ihr dahin, die schwingende Sturmlampe tief haltend, daß sie das nasse Gras, die schwarz glänzenden, schlangengleichen Baumwurzeln und matten Blumen erkennen ließ. Sonst war alles grauer Regendunst und völlige Finsternis. »Du mußt mal ins Forsthaus kommen«, sagte er. »Nicht wahr, du kommst mal?«

Es war ihr rätselhaft, dieses seltsame, beharrliche Verlangen nach ihr, wenn, wenn doch nichts zwischen ihnen war, wenn er nie wirklich zu ihr sprach. Und gegen ihren Willen nahm sie ihm den Dialekt übel. Sein »du mußt mal kommen« schien nicht an sie gerichtet, sondern an irgendeine gewöhnliche Frau. Sie erkannte die Fingerhutblätter in der Schneise und wußte mehr oder weniger, wo sie waren.

»Es ist ein Viertel nach sieben«, sagte er, »Sie werden zurechtkommen.« Er hatte den Ton seiner Stimme geändert und schien Connies Entfernung zu fühlen. Als sie um die letzte Biegung herumkamen, blies er die Laterne aus. »Von hier an können wir sehen«, sagte er und nahm sie sanft beim Arm.

Es war schwierig; die Erde unter ihren Füßen war ein Geheimnis, aber er ertastete sich durch den Tritt seinen Weg, er war es gewohnt. Beim Parktor gab er ihr seine elektrische Taschenlampe. »Es ist ein bißchen heller im Park«, sagte er, »aber nehmen Sie sie, damit Sie nicht vom Weg abkommen.«

Es war wahr; ein grauer Geisterschein schien über den offenen Flächen des Parkes zu liegen. Er zog sie plötzlich an sich und fuhr ihr mit der Hand wieder unters Kleid und befühlte ihren warmen Leib mit seinen feuchten, kalten Händen.

»Ich würde mein Leben dafür gegen, um ein Weib wie dich anzufassen«, sagte er mit gepreßter Kehle.

»Bleib' doch noch eine Minute!« Sie fühlte die plötzliche Kraft seines neuerlichen Verlangens nach ihr.

»Nein, ich muß laufen«, sagte sie ein wenig ungestüm.

»Ja«, erwiderte er, plötzlich verändert, und ließ sie los.

Sie kehrte sich ab, aber sogleich wandte sie sich wieder zu ihm zurück und sagte: »Küß mich!«

Unerkennbar neigte er sich über sie und küßte sie auf das linke Auge. Sie hielt ihm ihren Mund entgegen, und er küßt ihn sanft, wich aber sogleich zurück. Küsse auf den Mund konnte er nicht leiden.

»Morgen komme ich wieder«, sagte sie, sich entfernend.

»Wenn ich kann«, fügte sie hinzu.

»Ja! Aber nicht so spät«, erwiderte er aus der Finsternis. Sie konnte ihn fast gar nicht mehr sehen.

»Gute Nacht«, sagte sie.

»Gute Nacht, Euer Gnaden«, erklang seine Stimme.

Sie blieb stehen und blickte in die nasse Finsternis. Sie konnte gerade noch die Umrisse seiner Gestalt erkennen.

»Warum hast du das gesagt?«

»Schon gut«, erwiderte er. »Also dann, gute Nacht. Lauf zu!«

Sie hastete weiter in die dunkelgraue, beinahe greifbare Nacht hinein. Sie fand die Seitentür offen und schlüpfte ungesehen in ihr Zimmer. Als sie die Türe schloß, ertönte der Gong, aber sie wollte dennoch ihr Bad nehmen – sie mußte ihr Bad nehmen. »Aber ich werde mich nicht mehr verspäten«, sagte sie zu sich, »es ist zu unangenehm.«

Am nächsten Tage ging sie nicht in den Wald. Statt dessen fuhr sie mit Clifford nach Uthwaite. Er konnte jetzt gelegentlich im Auto ausfahren und hatte einen starken jungen Mann als Chauffeur aufgenommen, der ihm, wenn es nötig wurde, aus dem Wagen helfen konnte. Er wollte vor allem seinen Paten Leslie Winter sehen, der auf Shipley Hall, nicht weit von Uthwaite, wohnte. Winter war jetzt ein betagter Herr und sehr reich, einer der reichen Kohlengrubenbesitzer, die ihre Glanzseiten während König Eduards Regierung gehabt hatten. König Eduard hatte mehr als einmal zur Jagd auf Shipley geweilt. Es war ein hübscher alter Stuckbau, sehr elegant eingerichtet, denn Winter war ein Junggeselle und stolz auf seinen Lebensstil; aber das Gut war von Bergwerken umlagert. Leslie Winter war Clifford zugetan, hegte aber persönlich, der Bilder in den illustrierten Zeitungen und der Literatur wegen, keine große Achtung für ihn. Der alte Herr war ein Lebemann der König Eduard-Schule, der dachte, das Leben sei das Leben und die Schreiberlinge seien etwas anderes. Connie gegenüber war der alte Landedelmann stets sehr galant, er hielt sie für ein anziehendes, züchtiges Mädchen, das an Clifford fast verschwendet sei, und meinte, es sei jammerschade, daß sie keine Aussicht habe, einen Erben für Wragby zur Welt zu bringen. Er selbst hatte keinen Erben.

Connie fragte sich, was er wohl sagen würde, wenn er wüßte, daß Cliffords Förster geschlechtlichen Verkehr mit ihr gehabt und zu ihr gesagt hatte:»Du mußt mal zu mir ins Forsthaus kommen.« Er würde sie verabscheuen und verachten, denn er war dahingelangt, das Sich-Vordrängen der Arbeiterklasse beinahe zu hassen. Einen Mann ihrer eigenen Klasse hätte er ihr nicht übel genommen, denn Connie war von Natur mit diesem Anschein von züchtiger, unterwürfiger Mädchenhaftigkeit ausgestattet, und vielleicht war sie ein Teil ihrer Natur. Winter nannte sie »liebes Kind« und schenkte ihr, beinahe gegen ihren Willen, eine ganz entzückende Miniatur von einer Dame aus dem achtzehnten Jahrhundert.

Aber Connies Gedanken waren bei ihrer Affäre mit dem Förster. Schließlich behandelte Mr. Winter, der wirklich ein

Gentleman und ein Mann von Welt war, sie als Persönlichkeit und unterscheidbares Einzelwesen; er warf sie nicht mit seiner ganzen übrigen femininen Weiblichkeit in einen Topf durch sein *Du mußt* und *Du kommst*.

Sie ging nicht in den Wald an jenem Tag, auch nicht am nächsten und auch nicht am übernächsten. Sie ging so lange nicht, wie sie fühlte oder zu fühlen sich einbildete, daß der Mann auf sie warte, daß er nach ihr verlange. Aber am vierten Tag war sie schrecklich unruhig und aus dem Gleichgewicht. Sie weigerte sich noch immer, in den Wald zu gehen und ihre Schenkel abermals dem Manne zu öffnen. Sie dachte an alles, was sie etwa tun könnte – nach Sheffield hineinfahren, Besuche machen –, und der Gedanke an alle diese Dinge war ihr widerwärtig. Schließlich entschloß sie sich, spazieren zu gehen, aber nicht in den Wald, sondern in die entgegengesetzte Richtung. Sie wollte nach Marehay gehen, durch das kleine eiserne Gittertor auf der anderen Seite des Parkes. Es war ein stiller, grauer Frühlingstag, beinahe warm. Sie schritt achtlos dahin, in Gedanken verloren, deren sie sich nicht einmal bewußt war. Sie war sich keines Dinges außerhalb ihrer selbst wirklich bewußt, bis sie durch das laute Gebell des Hundes auf dem Marehay-Hof aufgeschreckt wurde. Der Marehay-Hof! Seine Weiden erstreckten sich bis ans Parkgitter von Wragby, also waren sie Nachbarn. Aber es war einige Zeit her, seit Connie einen Besuch gemacht hatte.

»Bella!« rief sie dem großen, weißen Bullterrier zu, »Bella, hast du mich vergessen? Kennst du mich nicht mehr?« Sie fürchtete sich vor Hunden, und Bella pflanzte sich vor ihr auf und bellte, und sie wollte durch den Hof gehen und weiter den Pfad durch die Schonung.

Mrs. Flint erschien in der Türe. Sie war eine Frau in Constances Alter und war Schullehrerin gewesen. Connie hatte sie im Verdacht, ein recht falsches kleines Ding zu sein.

»Ja, das ist ja die Lady Chatterley! Ja sowas!« Und Mrs. Flints Augen leuchteten auf, und sie wurde rot wie ein junges Mädchen. »Bella! Bella! Was fällt dir ein, die Lady Chatterley anzubellen? Ruhig, Bella! Wirst du ruhig sein!« Sie stürzte auf die Hündin los und schlug nach ihr mit einem weißen Tuch, das sie gerade in der Hand hatte; dann trat sie auf Connie zu.

»Sie hat mich sonst immer erkannt«, sagte Connie, ihr die Hand schüttelnd. Die Flints waren Pächter der Chatterleys.

»Natürlich kennt sie Euer Gnaden! Sie macht sich bloß wichtig«, sagte Mrs. Flint glühend und blickte mit einer Art verwirrten Errötens auf. »Aber es ist so lange her, seit sie Sie gesehen hat. Ich hoffe, es geht Ihnen besser.«

»Ja, danke, mir geht's recht gut.«

»Wir haben Sie den ganzen Winter fast gar nicht gesehen. Wollen Sie nicht hereinkommen und sich das Kleine anschau'n?«

»Hm ja!« Connie zögerte. »Nur für eine Minute.«

Mrs. Flint stürzte wie wild ins Haus, um aufzuräumen, und Connie folgte ihr langsam und verweilte in der recht dunklen Küche, wo das Wasser im Kessel kochte. Mrs. Flint kam zurück.

»Ich hoffe wirklich, Sie werden entschuldigen«, sagte sie. »Wollen Sie hier hereinkommen.«

Sie gingen ins Wohnzimmer, wo das Kind auf dem Teppich vor dem Kamin saß und der Tisch ländlich für den Tee gedeckt war. Ein junges Dienstmädchen wich scheu und ungeschickt in den Hausgang zurück.

Das Kind war ein hübsches kleines Ding von ungefähr zwölf Monaten, mit rotem Haar wie sein Vater und kecken, blaßblauen Augen. Es war ein Mädchen und ließ sich nicht einschüchtern. Es saß zwischen Kissen und war von Stoffpuppen und anderen Spielsachen in modernem Überfluß umgeben.

»Ach, wie herzig sie ist!« sagte Connie. »Und wie sie gewachsen ist! Ein großes Mädel. So ein großes Mädel!«

Sie hatte ihm, als es geboren wurde, ein Wolltuch und zu Weihnachten Enten aus Zelluloid geschenkt.

»Da, Josefine! Schau, wer dich besuchen gekommen ist! Wer ist das, Josefine? Lady Chatterley – du kennst doch Lady Chatterley, nicht wahr?«

Das seltsame, kecke kleine Persönchen starrte Connie unverfroren an. Ladies oder andere Frauen, das war noch ein und dasselbe für sie.

»Komm! Willst du zu mir kommen?« rief Connie das Kind.

Dem Baby war es gleichgültig, und so hob Connie es auf und hielt es auf ihrem Schoß. Wie herrlich und warm es war, ein Kind auf dem Schoße zu haben, die weichen kleinen Arme, die unbewußten, kecken Beinchen.

»Ich hab' gerade ganz allein eine einfache Tasse Tee getrunken. Luke ist auf den Markt gefahren, da kann ich Tee trinken, wann es mir paßt. Möchten Sie eine Tasse, Lady Chatterley? Ich glaube zwar nicht, daß es das ist, was Sie gewohnt sind, aber wenn Sie vielleicht vorlieb nehmen möchten...«

Connie mochte, obgleich sie nicht erinnert sein wollte, an was sie gewöhnt war. Der Tisch wurde umständlich von neuem gedeckt, die beste Teekanne, die besten Tassen wurden herbeigebracht.

»Wenn Sie sich bloß keine Mühe machen wollten«, sagte Connie.

Aber wenn Mrs. Flint sich keine Mühe machte, wo blieb da der Spaß? Also spielte Connie mit dem Kind und war belustigt über seine kleine weibliche Unerschrockenheit und genoß ein inniges wollüstiges Vergnügen an seiner weichen jungen Wärme. Junges Leben! Und so furchtlos! So furchtlos, weil so wehrlos. Alle die älteren Leute waren so beengt von Furcht.

Sie trank eine Tasse Tee – recht starken Tee, und aß sehr gutes Butterbrot und Pflaumenmus dazu. Mrs. Flint wurde immer wieder rot und verlegen und glühte vor Erregung, als wäre Connie irgendein galanter Ritter. Und sie hatten einen richtigen weiblichen Plausch miteinander, und beide hatten sie ihre Freude daran. »Es ist ein sehr armseliger Tee...« sagte Mrs. Flint.

»Es ist viel netter als zu Hause«, erwiderte Connie wahrheitsgemäß.

»Oh, oh!« rief Mrs. Flint und glaubte es natürlich nicht.

Aber endlich erhob sich Connie. »Ich muß gehen«, sagte sie. »Mein Mann hat keine Ahnung, wo ich bin. Er wird sich alles mögliche vorstellen.«

»Es wird ihm gar nicht einfallen, daß Sie hier sein könnten«, rief Mrs. Flint aufgeregt. »Er wird Sie austrommeln lassen.«

»Leb wohl, Josefine«, sagte Connie, das Kind küssend und ihm dabei durch das rote, flockige Haar fahrend.

Mrs. Flint ließ es sich nicht nehmen, die versperrte und verriegelte Vordertür zu öffnen. Connie trat in den kleinen Vorgarten hinaus, der von einer Ligusterhecke umgeben war. Rechts und links war der Gartenweg von einer Reihe sehr samtiger und üppiger Aurikeln eingefaßt.

»Die wunderschönen Aurikeln!« rief Connie.

»Waghälse, wie Luke sie nennt«, lachte Mrs. Flint. »Nehmen Sie welche mit!« Und eifrig pflückte sie die violetten und gelben Blumen.

»Genug, genug!« rief Connie.

Sie kamen an das kleine Gartentor.

»Welchen Weg gehen Sie?« fragte Mrs. Flint.

»Durch die Schonung.«

»Warten Sie mal. Oh ja, die Kühe sind noch auf der Wacholderwiese, aber sie sollten schon heroben sein. Aber das Gatter ist versperrt; Sie werden drüberklettern müssen.«

»Klettern kann ich«, meinte Connie.

»Vielleicht kann ich noch mit Ihnen über die Wiese gehn.«

Sie schritten über die armselige, kaninchenbenagte Weide. Vögel pfiffen im Walde einen wilden abendlichen Triumphgesang. Ein Mann rief die letzten Kühe herbei, die langsam über die von Viehsteigen durchzogene Weide geschlendert kamen.

»Die Leute sind spät dran mit dem Melken heute«, sagte Mrs. Flint streng. »Sie wissen, daß Luke nicht vor der Dunkelheit zurück sein wird.«

So kamen sie an den Zaun, hinter dem die junge Tannenwaldung sich dicht und nadelstarrend erstreckte. Ein kleines Gatter war da, aber es war versperrt. Auf der Innenseite, im Grase, stand eine leere Flasche.

»Das ist die leere Milchflasche vom Förster«, erklärte Mrs. Flint. »Wir bringen sie bis hierher für ihn, und dann holt er sie sich selber.«

»Wann?« fragte Connie.

»Oh, wann immer er gerade in der Nähe ist. Sehr oft in der Früh. Also leben Sie wohl, Lady Chatterley! Und kommen Sie recht bald wieder! Es war so eine Freude, Sie hier zu haben.«

Connie kletterte über den Zaun in den schmalen Pfad zwischen den dichten, von Nadeln starrenden jungen Tannenbäumen. Mrs. Flint lief über die Weide zurück – in einem Strohhut, denn sie war eine Schullehrerin. Constance mochte diesen dichten, neuen Teil des Waldes nicht. Er schien ihr gruselig und erstickend. Sie eilte mit gesenktem Kopf weiter und dachte an das Kind der Flints. Es war ein süßes kleines Ding, aber es würde ein wenig krummbeinig werden, wie sein Vater. Das zeigte sich schon jetzt. Aber vielleicht würde das sich auswachsen. Wie warm und erfüllend es doch war, ein Kind zu haben, und wie Mrs. Flint damit geprahlt hatte! Jedenfalls hatte sie etwas, das Connie nicht hatte und offenbar nicht haben konnte. Ja, Mrs. Flint hatte ihre Mutterschaft stolz zur Schau getragen. Und Connie war gerade nur ein wenig, nur ein klein wenig eifersüchtig gewesen. Sie konnte nichts dawider.

Sie fuhr aus ihrem Sinnen auf und stieß einen kleinen Schreckensschrei aus. Ein Mann stand da.

Es war der Förster. Er stand auf dem Pfad wie Balaams Esel und versperrte den Weg.

»Was ist denn das?« sagte er überrascht.

»Wie kommen Sie hierher?« keuchte sie.

»Und Sie? Sind Sie bei der Hütte gewesen?«

»Nein, nein! Ich bin in Marehay gewesen.«

Er blickte sie neugierig und forschend an, und sie ließ ein wenig schuldbewußt den Kopf hängen.

»Und wollten Sie jetzt zur Hütte gehen?« fragte er beinahe streng.

»Nein. Ich kann jetzt nicht. Ich bin lange in Marehay geblieben. Niemand weiß, wo ich bin. Ich habe mich verspätet. Ich muß laufen.«

»Mir den Laufpaß geben vielleicht?« sagte er mit einem schwachen, ironischen Lächeln.

»Nein, nein! Nicht das. Nur...«

»Ja? Was sonst?« fragte er, und er trat zu ihr und legte den Arm um sie. Sie fühlte seinen Körper nahe und lebendig.

»Oh, nicht jetzt, nicht jetzt!« rief sie und versuchte, ihn wegzustoßen.

»Warum nicht? Es ist erst sechs. Du hast noch eine halbe Stunde.«

»Nein! Nein! Ich will nicht.«

Er hielt sie fest, und sie spürte sein Drängen. Ihr alter Trieb war es, um ihre Freiheit zu kämpfen. Aber etwas anderes in ihr war seltsam und träge und schwer. Sein Körper drängte sich an sie, und sie hatte nicht das Herz, noch weiter zu kämpfen.

Er blickte sich um.

»Komm – komm hierher! Hier durch«, sagte er und blickte durchdringend in die dichten Tannenbäume, die jung und kaum zu mehr als halber Manneshöhe herangewachsen waren.

Er sah sich nach ihr um. Sie gewahrte seine Augen, die gespannt und glänzend waren, wild, nicht liebevoll. Aber ihr Wille hatte sie verlassen. Ein seltsames Gewicht lastete auf ihren Gliedern. Sie gab nach. Sie gab auf.

Er führte sie durch den Wald stacheliger Bäume, durch die man schwer hindurchkam, zu einem Platz, wo ein kleiner freier Raum war und ein Haufen Reisig lag. Er warf ein paar trockene Zweige auf die Erde, tat seinen Rock und seine Weste darauf, und sie mußte sich da unter den Ästen der Bäume niederlegen wie ein Tier, während er wartete und in Hemd und Kniehosen dastand und sie mit gehetzten Augen beobachtete. Aber auch jetzt war er fürsorglich – er ließ sie sich bequem hinlegen, bequem und ordentlich. Dennoch zerriß er das Band ihrer Unterkleidung, denn sie half ihm nicht, sondern lag bloß untätig da.

Auch er hatte seinen Körper vorn entblößt, und sie fühlte sein nacktes Fleisch an dem ihren, als er zu ihr kam. Einen Augenblick hielt er sich ruhig in ihr, geschwellt daselbst und zuckend. Dann, als er sich in jähem, hilflosem Orgasmus zu bewegen begann, da erwachten in ihr neue, seltsame, sie durchrieselnde Schauer. Wie kleine Wellen, kleine Wellen rannen sie, wallten wie ein schwingendes, welliges flügelschlagendes Übereinandergreifen weicher Flammen, weich wie Federn, in schimmernde Spitzen auslaufend, köstlich, köstlich und sie innen ganz zum Schmelzen bringend. Es war wie Glocken, die immer höher schwangen, hinauf zu einem Höhepunkt. Sie lag, ohne sich der wilden kleinen Schreie bewußt zu sein, die sie am Ende ausstieß. Aber es war zu bald, zu bald vorbei, und sie konnte den Abschluß nicht mehr durch ihre eigene Betätigung erzwingen. Dies war anders, anders. Sie konnte gar nichts tun. Sie konnte sich nicht mehr stählen und ihn zu ihrer eigenen Befriedigung gepackt halten. Sie konnte bloß warten, warten und im Geiste stöhnen, als sie fühlte, wie er sich zurückzog, zurückzog und zusammenzog, und sie zu dem schrecklichen Augenblick gelangte, da er aus ihr gleiten und weg sein würde –, während ihr ganzer Schoß offen und weich war wie eine Seeanemone unter der Flut und leise nach ihm schrie, nach ihm schrie, daß er wieder in sie komme und ihr Erfüllung bringe. Bewußtlos vor Leidenschaft, klammerte sie sich an ihn, und er entschlüpfte ihr nie ganz, und sie fühlte, wie seine weiche Knospe sich in ihr regte und seltsame Rhythmen in ihr aufschossen, mit einer seltsamen, rhythmisch wachsenden Bewegung, schwellend und schwellend, bis es ihr ganzes klaffendes Bewußtsein ausfüllte, und dann begann wiederum die unaussprechliche Bewegung, die nicht wirklich Bewegung war, sondern reine, sich vertiefende Stromwirbel der Empfindung, die tiefer und tiefer hinab kreisten durch all ihr Gewebe und ihr Bewußtsein, bis sie selbst ein einziges vollkommenes, konzentrisches Fluidum des Gefühls war und dalag und aufschrie mit unbewußten, unartikulierten Schreien. Die Stimme aus der äußersten Nacht, das Leben! Der Mann vernahm es unter sich mit einer heiligen Scheu, als sein Leben aus ihm in ihr hervorsprang. Und als es aufhörte, hörte auch er auf und lag völlig still, nichts mehr wissend, während ihr Halt an ihm langsam nachließ und sie regungslos dalag. Und so lagen sie und wußten von nichts, nicht einmal von einander, beide ganz verloren. Bis er sich endlich aufzuraffen begann und seiner wehrlosen Nacktheit gewahr wurde, und sie merkte, daß sein Körper seine Umschlingung von ihr löse. Er trennte sich von ihr; aber in ihrer Brust fühlte sie, sie könnte es nicht ertragen, daß er sie unbedeckt ließe. Er mußte sie nun für immer bedecken.

Aber endlich entfernte er sich von ihr, küßte sie und deckte sie zu und begann, sich selbst anzukleiden. Sie lag und blickte in die Zweige der Bäume hinauf, unfähig, sich schon zu rühren. Er stand da und befestigte seine Kniehosen und blickte umher. Alles war dicht und schweigsam, ausgenommen die eingeschüchterte Hündin, die mit den Pfoten an der Nase dalag. Er setzt sich wieder auf das Reisig und ergriff schweigend Connies Hand.

Sie wandte sich herum und blickte ihn an.

»Diesmal sind wir zur selben Zeit gekommen«, sagte er. Sie antwortete nicht.

»Es ist gut, wenn es so ist. Die meisten Leute haben so etwas noch nie erlebt«, sagte er, beinahe träumerisch. Sie blickte in sein nachdenkliches Gesicht.

»Wirklich? Bist du froh?«

Er blickte zurück in ihre Augen. »Froh«, wiederholte er. »Ja, aber laß gut sein.« Er wollte nicht, daß sie spreche.

Und er beugte sich über sie und küßte sie, und ihr war, als müßte er sie für alle Zeiten so küssen.

Endlich setzte sie sich auf. »Kommen die Leute nicht oft gleichzeitig zu Ende?« fragte sie mit naiver Neugier. »Nicht sehr viele. Das kannst du an ihren bösen Blicken erkennen.« Er sprach unbewußt und bedauerte, daß er zu sprechen begonnen hatte.

»Ist es bei dir und anderen Frauen so gewesen?«

Er blickte sie belustigt an. »Ich weiß nicht«, sagte er, »ich weiß nicht.«

Und sie wußte, er würde ihr nie etwas sagen, was er ihr nicht sagen wollte.

Sie beobachtete sein Gesicht, und die Leidenschaft für ihn regte sich in ihrem Innersten. Sie widerstand ihr, soweit sie konnte, denn sie bedeutete, daß sie sich selbst verlor.

Er zog seine Weste und seinen Rock an und bahnte einen Weg zurück auf den Pfad hinaus. Die letzten, beinahe waagerechten Strahlen der Sonne trafen den Wald. »Ich komme nicht mit dir«, sagte er, »lieber nicht.«

Sie blickte ihn nachdenklich an, ehe sie sich abwandte. Sein Hund wartete so ängstlich darauf, daß er gehe, und er schien gar nichts zu sagen zu haben. Nichts war geblieben.

Connie ging langsam nach hause und vergegenwärtigte sich die Tiefe dieses Neuen in sich. Ein anderes Ich war in ihr lebendig, brannte geschmolzen und weich in ihrem Leib und ihren Eingeweiden, und mit diesem Ich betete sie ihn an. Sie betete ihn an, bis ihre Knie weich wurden im Dahinschreiten. In ihrem Leib und ihren Eingeweiden zerfloß sie nun und war lebendig und verwundbar und hilflos in Anbetung für ihn wie die allernaivste Frau. »Es ist, als fühlte ich ein Kind«, sagte sie sich, »als fühlte ich ein Kind in mir«. Und so war es auch. Als hätte ihr Schoß, der fest verschlossen gewesen, sich geöffnet und mit neuem Leben gefüllt, beinahe eine Last und doch wonnevoll.

»Wenn ich ein Kind hätte«, dachte sie bei sich. »Wenn ich ihn als ein Kind in mir hätte!« Und ihre Gliedmaßen wurden wie geschmolzen bei dem Gedanken. Und sie wurde sich des ungeheuern Unterschiedes bewußt: sich selbst ein Kind zu schenken und einem Manne, dem ihr Innerstes sich entgegensehnte, ein Kind zu schenken. Das erste schien in gewissem Sinne gewöhnlich. Aber einem Manne ein Kind zu gebären, den sie im Innersten und im Schoße anbetete, das gab ihr das Gefühl, sehr verschieden zu sein von ihrem alten Ich und gewissermaßen tief, tief hinabzusinken zum Mittelpunkt aller Weiblichkeit und in den Schlaf der Schöpfung.

Nicht die Leidenschaft war das Neue für sie, sondern die sehnsüchtige Anbetung. Sie wußte, daß sie die stets gefürchtet hatte, denn sie machte sie hilflos; sie fürchtete sie noch immer, denn wenn sie ihn zu sehr anbetete, dann würde sie sich selbst verlieren und ausgelöscht werden, und sie wollte nicht ausgelöscht werden, eine Sklavin wie eine Wilde. Sie durfte nicht zur Sklavin werden. Sie fürchtete ihre Anbetung und wollte doch nicht sogleich gegen sie ankämpfen. Sie wußte, daß sie sie bekämpfen könne. Sie hatte einen Teufel von Eigenwillen in ihrer Brust, der die volle, weite, schwellende Anbetung in ihrem Schoß hätte bekämpfen und ersticken können; sie könnte, so dachte sie wenigstens, das sogar jetzt noch tun. Und sie könnte dann ihre Leidenschaft aus eigenem Willen wieder aufnehmen.

Ach ja, leidenschaftlich zu sein wie eine Bacchantin, wie eine durch die Wälder rasende Mänade, Iacchos anzurufen, den glänzenden Phallus, der keine unabhängige Persönlichkeit hinter sich hatte, sondern reiner Gott-Diener war für das Weib! Der Mann, das Individuum, – daß er sich nicht einzudrängen wage! Er war bloß ein Tempeldiener, der Träger und Hüter des glänzenden Phallus, ihres Eigentums.

So flammte im Strömen ihres neuen Erwachens die alte harte Leidenschaft für einige Zeit in ihr, und der Mann schrumpfte zu einem verächtlichen Ding zusammen, zu einem bloßen Phallusträger, der in Stücke gerissen wurde, sobald sein Dienst geleistet war. Sie fühlte die Kraft der Bacche in ihren Gliedern und in ihrem Leibe, des Weibes, das wie ein jäher Blitzstrahl war, der den Mann niederschlug. Aber während sie das fühlte, war ihr Herz schwer. Sie wollte das nicht, es war ihr nur zu gut bekannt und war unfruchtbar, geburtslos; in der Anbetung bestand ihr Schatz. Der war so unergründlich, so weich, so tief und so unbekannt. Nein, nein, sie wollte ihre harte, helle, weibliche Macht aufgeben; sie war ihrer überdrüssig, ganz verhärtet davon; sie wollte sich in dieses neue Lebensbad sinken lassen, in die Tiefen ihres Schoßes und ihres Eingeweides, die den stimmlosen Gesang der Anbetung sangen. Es war noch zu früh, den Mann zu fürchten zu beginnen.

»Ich bin nach Marehay hinübergegangen und habe mit Mrs. Flint Tee getrunken«, sagte sie zu Clifford. »Ich wollte mir das Kleine ansehen. Es ist so entzückend, mit Haaren wie rote Spinnweben. Solch ein süßes Ding! Mr. Flint war zum Markt gefahren, und so tranken sie und ich und das Baby zusammen Tee. Du hast dich wohl gewundert, wo ich war?«

»Ja, ich habe mich wohl gewundert, aber ich vermutete, du seist irgendwo zum Tee geblieben«, sagte Clifford eifersüchtig. Mit einer Art zweiten Gesichts spürte er etwas ganz Neues in ihr, etwas ihm ganz Unverständliches, aber er schrieb es dem Kinde zu. Er dachte, daß, woran Connie leide, nur der Umstand sei, daß sie kein Kind habe, daß sie, sozusagen, nicht automatisch eines hervorbringen könne.

»Ich habe Euer Gnaden durch den Park zu dem eisernen Gittertor gehen gesehen«, sagte ihr Mrs. Bolton, »und da dachte ich mir, daß Sie vielleicht einen Besuch im Pfarrhaus gemacht haben.«

»Das tat ich auch beinahe, aber dann ging ich statt dessen nach Marehay.«

Die Augen der beiden Frauen begegneten einander: Mrs. Boltons grau und glänzend und forschend, Connies blau und verschleiert und seltsam schön. Mrs. Bolton war beinahe gewiß, Connie habe einen Liebhaber, aber wie konnte das sein, und wer konnte es sein? Wo war da ein Mann?

»Es ist so gut für Sie, wenn Sie ausgehen und ab und zu ein bißchen Gesellschaft haben«, sagte Mrs. Bolton. »Wie ich vorhin zu Sir Clifford sagte: Es würde Ihrer Gnaden unendlich gut tun, mehr unter die Leute zu gehen.«

»Ja, ich bin froh, daß ich hingegangen bin, und es ist solch ein merkwürdiges, süßes keckes Kindchen, Clifford«, sagte Connie. Es hat Haare genau wie Spinnweben, und sie sind hell orangefarben. Und es hat die sonderbarsten, kecksten blaßblauen Porzellanaugen. Natürlich ist's ein Mädchen, oder es würde nicht so unerschrocken sein. Unerschrockener als irgendein kleiner Ritter ohne Furcht und Tadel.«

»Sie haben recht, Euer Gnaden, – eine richtige kleine Flint. Die waren immer eine draufgängerische rotköpfige Familie«, meinte Mrs. Bolton.

»Möchtest du es nicht sehen, Clifford? Ich habe sie zum Tee gebeten, damit du es sehen kannst.«

»Wen?« fragte er und blickte Connie in großem Unbehagen an.

»Mrs. Flint und das Kind, nächsten Montag.«

»Du kannst ihnen oben in deinem Zimmer Tee geben«, meinte er.

»Ja, willst du denn das Kind nicht sehen?« rief sie.

»Oh, ich will es wohl sehen, aber ich will nicht eine Stunde lang mit den beiden beim Tee sitzen.«

»Ach so«, sagte Connie und blickte ihn mit großen, verschleierten Augen an. Sie sah nicht wirklich ihn, er war ein anderer.

»Sie können einen netten, behaglichen Tee oben in Ihrem Zimmer haben, Euer Gnaden, und Mrs. Flint wird sich nicht so befangen fühlen, als wenn Sir Clifford dabei wäre«, meinte Mrs. Bolton.

Sie war sicher, Connie habe einen Liebhaber, und irgend etwas in ihr jubelte. Aber wer war es? Wer war es? Vielleicht würde Mrs. Flint ihr einen Anhaltspunkt geben.

An diesem Abend wollte Connie ihr Bad nicht nehmen. Das Gefühl von der Berührung seines Fleisches, ja selbst von seinem Schweiß an ihr, waren ihr teuer und in einem gewissen Sinne heilig.

Clifford war sehr beunruhigt. Er wollte sie nach dem Abendessen nicht weglassen, und sie hatte so sehr gewünscht, allein zu sein. Sie warf ihm einen Blick zu, aber sie war sonderbar unterwürfig.

»Wollen wir etwas spielen, oder soll ich dir vorlesen, oder was wollen wir tun?« fragte er unsicher.

»Lies mir vor!« meinte Connie.

»Was soll ich lesen – Verse oder Prosa? Oder ein Theaterstück?«

»Lies Racine!« sagte sie.

Es war früher eines seiner Bravourstücke gewesen, Racine in der großen französischen Manier zu lesen. Aber jetzt war er ein wenig eingerostet und befangen. Er zog wirklich den Lautsprecher vor. Doch Connie nähte; nähte an einem kleinen Röckchen primelfarbener Seide, das für Mrs. Flints Baby aus einem ihrer alten Kleider geschnitten war. Zwischen dem Nachhausekommen und dem Abendessen hatte sie es zugeschnitten, und nun saß sie in ihrer sanften, beruhigenden Verzückung da und nähte, während das Geräusch des Vorlesens andauerte.

In ihrem Innern konnte sie das Summen der Leidenschaft fühlen wie das Nachsummen tiefer Glocken.

Clifford sagte etwas über Racine zu ihr. Sie erfaßte den Sinn erst, als die Worte schon verklungen waren.

»Ja, ja«, sagte sie zu ihm aufblickend, »es ist wirklich herrlich.«

Wiederum empfand er Furcht vor dem tiefen blauen Feuer ihrer Augen und vor ihrer sanften Stille, wie sie so dasaß. Sie war nie so völlig sanft und still gewesen. Sie faszinierte ihn, machte ihn hilflos, als berauschte ihn irgend ein Duft, der um sie war. So fuhr er hilflos mit seinem Vorlesen fort, und der kehlige Klang seines Französisch war für sie wie der

Wind im Rauchfang. Von dem Racine hörte sie nicht eine Silbe.

Sie war in ihre eigene sanfte Verzückung verloren wie ein Wald, der mit dem matten, freudigen Seufzen des Frühlings ächzend zu knospen beginnt. Sie konnte fühlen, daß in derselben Welt mit ihr auch der Mann war, der namenlose Mann, der auf schönen Beinen dahinschritt, schön in dem phallischen Geheimnis. Und in ihr selbst, in allen ihren Ader, fühlte sie ihn und sein Kind. Sein Kind war in allen ihren Adern wie eine sanfte Dämmerung.

»Denn Hände hat sie nicht, noch Augen, noch Füße, noch goldene Schätze von Haar...«

Sie war wie ein Wald, wie das dunkle Gezweige des Eichenwaldes, das unhörbar von Milliarden sich entfaltender Knospen summte. Indessen schliefen die Vögel der Begierde in der unendlich verschlungenen Verzweigtheit ihres Körpers.

Aber Cliffords Stimme tönte fort, klatschte und gurgelte in ungewohnten Lauten. Wie außerordentlich das war! Und wie außerordentlich er war, wie er sich da über das Buch neigte, wunderlich und raubgierig und kultiviert, mit breiten Schultern und keinen wirklichen Beinen. Welch ein seltsames Geschöpf, mit dem scharfen, kalten, unbeugsamen Willen eines Raubvogels und ohne Wärme! Ganz und gar ohne Wärme! Eines dieser Geschöpfe der fernen Zukunft, die keine Seele haben, aber einen außergewöhnlich lebhaften, kalten Willen. Sie erschauerte ein wenig in Furcht vor ihm. Aber die sanfte, warme Flamme des Lebens war doch stärker als er, und die wahren Dinge blieben ihm verborgen.

Das Lesen war zu Ende. Sie schrak zusammen. Sie blickte auf und war noch mehr erschrocken, zu sehen, daß Clifford sie mit blassen, unheimlichen Augen wie mit Haß beobachtete.

»Dank dir vielmals. Die liest Racine wirklich herrlich«, sagte sie leise.

»Beinahe so herrlich, wie du ihm zuhörst«, erwiderte er grausam. »Was machst du da?« fragte er dann.

»Ich mache ein Kinderkleidchen für Mrs. Flints Baby.«

Er wandte sich ab. Ein Kind! Ein Kind! Davon war sie ganz besessen.

»Schließlich«, sagte er mit deklamatorischer Stimme, »kann man alles, was man braucht, aus Racine schöpfen. Gefühle, die geordnet und gestaltet sind, sind wichtiger als unordentliche Gefühle.«

Sie beobachtete ihn mit weiten, unsicheren, verschleierten Augen.

»Ja, ich bin überzeugt davon«, sagte sie.

»Die moderne Welt hat die Gefühle nur gemein gemacht, indem sie sie locker ließ. Was wir brauchen, das ist klassische Beherrschung.«

»Ja«, sagte sie langsam und dachte an ihn, wie er mit ausdruckslosem Gesicht der emotionellen Idiotie des Radios lauschte. »Die Leute geben vor, Gefühle zu haben, und in Wirklichkeit fühlen sie nichts. Ich glaube, das nennen sie romantisch sein.«

»Gewiß«, erwiderte er.

In Wirklichkeit war er müde. Dieser Abend hatte ihn ermüdet. Er wäre lieber bei seinen technischen Büchern oder mit seinem Werksdirektor beisammen gewesen oder hätte lieber Radio gehört.

Mrs. Bolton kam mit zwei Gläsern Malzmilch herein. Für Clifford, damit er besser schlafe, und für Connie, damit sie wieder dicker werde. Es war ein regelrechter Nachttrunk, den sie eingeführt hatte.

Connie war froh, in ihr Zimmer hinaufgehen zu können, als sie ihr Glas leergetrunken hatte, und dankbar, daß sie Clifford nicht ins Bett zu helfen brauchte. Sie nahm sein Glas und stellte es auf das Tablett und nahm dann das Tablett, um es draußen niederzusetzen.

»Gute Nacht, Clifford. Ich hoffe, du wirst gut schlafen. Der Racine geht einem ein wie ein Traum. Gute Nacht.«

Sie war bereits bis zur Türe gelangt. Sie ging also, ohne ihm einen Gutenachtkuß zu geben. Er beobachtete sie mit scharfem, kaltem Blick. So! Sie gab ihm nicht einmal einen Gutenachtkuß, nachdem er einen Abend damit verbracht hatte, ihr vorzulesen. Solche Abgründe von Hartherzigkeit in ihr! Auch wenn der Kuß bloß eine Förmlichkeit war, hing von solchen Förmlichkeiten doch das Leben ab. Sie war in Wirklichkeit eine Bolschewikin, ihre Instinkte waren bolschewistisch. Er blickte kalt und zornig auf die Tür, durch die sie hinausgegangen war. Voll Zorn!

Und wiederum überkam ihn die Furcht vor der Nacht. Er war ein Netzwerk von Nerven, und wenn er nicht zur Arbeit gerüstet und voll von Energie war, oder wenn er nicht Radio hörte und solcherart vollkommen neutralisiert war, wurde er von Furcht und dem Gefühl einer gefährlichen bevorstehenden Leere erfüllt. Er fürchtete sich. Und Connie konnte ihm diese Furcht fernhalten, wenn sie wollte. Aber es war klar, sie wollte nicht. Sie wollte nicht. Sie war unempfindlich und kalt; unempfindlich gegen alles, was er für sie tat. Er gab sein Leben für sie hin, und sie war gefühllos gegen ihn. Sie wollte bloß ihres Weges gehen. »Die Lady, sie liebt ihren Willen.«

Und nun war es ein Kind, wovon sie besessen war. Nur damit es ihr eigenes sein sollte, ganz ihr eigenes, und nicht seines.

Clifford war so gesund, wenn man's genau betrachtete. Er sah so gut und frisch aus im Gesicht, seine Schultern waren breit und stark, sein Brustkasten mächtig, er hatte Fleisch angesetzt. Und doch hatte er dabei Furcht vor dem Tod. Ein schrecklicher Abgrund schien ihn irgendwo auf irgendeine Art zu bedrohen, eine Leere. Und in dieser Leere würde seine Energie zusammenbrechen. Energielos, das fühlte er bisweilen, wäre er tot, wirklich tot.

So hatten denn seine stark vorgewölbten blassen Augen einen seltsamen Blick, einen verstohlenen und doch auch wieder grausamen, und so kalt waren sie und dabei fast unverschämt. Er war sehr merkwürdig, dieser unverschämte Blick. Als triumphierte er trotz des Lebens über das Leben.

»Wer kennet die Geheimnisse des Willens — denn er kann sogar wider die Engel triumphieren...«

Seine besondere Angst jedoch waren die Nächte, wenn er nicht schlafen konnte. Dann war es in der Tat entsetzlich, wenn die Vernichtung ihn von allen Seiten bedrängte. Dann war es grauenhaft, zu existieren, ohne irgend ein Leben zu haben. Leblos mitten in der Nacht zu existieren.

Aber jetzt konnte er Mrs. Bolton klingeln, und sie würde stets kommen. Das war ein großer Trost. Sie würde in ihrem Schlafrock kommen, das Haar in einem Zopf über den Rücken herunter, seltsam mädchenhaft und verwirrt, obgleich die braunen Flechten von Grau durchzogen waren. Und sie würde ihm Kaffee bereiten oder Kamillentee und sie würde Schach oder Piquet mit ihm spielen. Sie hatte die seltsame Fähigkeit einer Frau, auch wenn sie zu drei Vierteln schlief, sogar Schach noch gut genug zu spielen, um es der Mühe wert zu machen, gegen sie zu gewinnen. So saßen sie in der schweigenden Vertraulichkeit der Nacht, oder sie saß bei ihm und er lag im Bett, die Leselampe warf ihr einsames Licht auf sie, die beinahe ganz benommen von Schlaf, und auf ihn, der beinahe ganz benommen von einer Art von Furcht war, und sie spielten, spielten beide darauf los — dann tranken sie eine Tasse Kakao miteinander und aßen ein Biskuit dazu, sprachen kaum in der Stille der Nacht, aber waren eine Vergewisserung für einander.

Und heute nacht fragte sie sich, wer Lady Chatterleys Liebhaber sei. Und sie dachte an ihren Ted, der schon so lange tot war, aber für sie niemals ganz tot. Und wenn sie an ihn dachte, stieg der alte, alte Groll gegen die Welt in ihr auf, aber besonders gegen die Herren, weil sie ihren Ted getötet hatten. Sie hatten ihn nicht wirklich getötet. Aber in ihren Augen, gefühlsmäßig, hatten sie es getan. Und irgendwo tief in ihrem Innern war sie eben darum eine Nihilistin, eine wirkliche Anarchistin.

In ihrem Halbschlaf vermischten sich Gedanken an ihren Ted und an Lady Chatterleys unbekannten Liebhaber, und dann fühlte sie, daß sie mit der andern Frau einen tiefen Groll gegen Sir Clifford und alles, was er versinnbildlichte, teilte. Gleichzeitig aber spielte sie Piquet mit ihm, und sie spielten um Sechspencestücke. Und es war eine Quelle der Befriedigung, mit einem Baronet Piquet zu spielen und sogar Sechspencestücke an ihn zu verlieren.

Wenn sie Karten spielten, spielten sie immer um Geld. Das ließ ihn sich selbst vergessen. Und gewöhnlich gewann er. Auch heute nacht gewann er. So schlief er denn nicht eher ein, als bis der erste Tagesschimmer erschien. Glücklicherweise geschah dies um halb fünf oder etwa um diese Zeit.

Connie lag unterdessen im Bett und in tiefem Schlaf. Aber der Förster konnte auch keine Ruhe finden. Er hatte die Brutkäfige geschlossen und seine Runde durch den Wald gemacht und war dann nach hause gegangen und hatte sein Nachtmahl gegessen. Aber er ging nicht zu Bett. Er saß vielmehr beim Feuer und dachte nach.

Er dachte an seine Knabenzeit in Tevershall und an die fünf oder sechs Jahre seines Ehelebens. Er dachte an seine Frau, und zwar stets mit Bitterkeit. Sie war ihm so brutal erschienen! Aber nun hatte er sie seit 1915 nicht mehr gesehen, seit dem Frühling, da er zum Militär gegangen war. Und doch war sie da, keine drei Meilen weg, und brutaler als je. Er hoffte, sie nie mehr zu sehen, solange er lebte.

Er dachte an sein Leben in der Fremde, als Soldat, – Indien, Ägypten und dann wieder Indien: das blinde, gedankenlose Leben mit den Pferden. Der Oberst, der ihn gern gehabt hatte, und den er gern gehabt hatte; die etlichen Jahre, die er Offizier gewesen, ein Oberleutnant mit sehr guten Aussichten, Rittmeister zu werden. Dann das Sterben des Obersten an Lungenentzündung und sein eigenes knappes dem Tode Entrinnen; seine beschädigte Gesundheit; seine tiefe Ruhelosigkeit; sein Austritt aus dem Heer und seine Rückkehr nach England, um wieder ein Arbeiter zu sein.

Er hatte sein Leben improvisiert. Er hatte gedacht, er würde wenigstens für einige Zeit in diesem Wald sicher sein. Bisher gab es noch keinen Abschuß: er mußte die Fasanen erst aufziehen. Er würde keine Schützen bedienen müssen. Er würde allein und abseits vom Leben sein, und das war alles, was er wollte. Er mußte irgendeine Art von Hintergrund haben, und dies hier war sein Geburtsort. Sogar seine Mutter lebte hier; allerdings hatte sie ihm nie viel bedeutet. Und er konnte sein Leben weiterführen und von einem Tag zum andern existieren, ohne Zusammenhang und ohne Hoffnung. Denn er wußte nicht, was mit sich tun.

Er wußte nicht, was mit sich tun. Seit er einige Jahre lang Offizier gewesen war und sich unter den andern Offizieren und Regierungsbeamten mit ihren Frauen und Familien bewegt hatte, hatte er allen Ehrgeiz verloren, »hoch zu kommen«. Es war eine Zähigkeit, eine seltsame dickhäutige Zähigkeit und Leblosigkeit um die mittleren und oberen Klassen, wie er sie gekannt hatte, die ihm einfach ein Gefühl der Kälte und des Andersseins gab.

So war er zu seiner eigenen Klasse zurückgekehrt, um daselbst – was er während seiner jahrelangen Abwesenheit vergessen hatte – eine Kleinlichkeit und Gewöhnlichkeit des Benehmens zu finden, die ihm außerordentlich zuwider waren. Er gab nun endlich zu, wie wichtig Manieren waren. Und er gab zu, wie wichtig es war, auch nur vorzutäuschen, es liege einem nichts an einem halben Penny und den Kleinigkeiten im Leben. Aber unter den Leuten aus dem Volke gab es dieses Vortäuschen nicht. Ein Penny mehr oder weniger am Preise des Specks war ärger als eine Änderung am Evangelium. Er konnte es nicht ertragen.

Und dann auch der ewige Streit um den Lohn. Da er in der besitzenden Klasse gelebt hatte, wußte er, wie völlig vergeblich es war, eine Lösung der Lohnfrage zu erwarten. Es gab keine andere Lösung als höchstens den Tod. Das Einzige war, sich nichts daraus zu machen, sich nichts aus Löhnen zu machen.

Aber wenn man arm und elend war, mußte man sich etwas daraus machen. Jedenfalls war es das einzige geworden, woraus die Leute sich etwas machten.

Die Sorge ums Geld war wie ein großes Krebsgeschwür, das die Einzelwesen aller Klassen auffraß. Er weigerte sich, sich um Geld zu sorgen.

Und was blieb sonst? Was bot das Leben, abgesehen von Geldsorgen? Nichts.

Immerhin konnte er allein leben, in der schwachen Genugtuung, allein zu sein, und Fasanen aufziehen, damit sie schließlich von ausgefressenen Herren nach dem Frühstück abgeschossen würden. Es war Zwecklosigkeit, Zwecklosigkeit zur x-ten Potenz.

Aber warum sich Sorgen machen, warum sich den Kopf zerbrechen? Und er hatte sich bisher keine Sorgen gemacht und sich nicht den Kopf zerbrochen. Bis dann diese Frau in sein Leben getreten war. Er war beinahe zehn Jahre älter als sie. Und er war tausend Jahre älter als sie an Erfahrung, da er von unten auf begonnen hatte. Die Verbindung zwischen ihnen wurde immer enger. Er konnte schon den Tag sehen, da alles sich ganz vernieten würde, und dann würden sie ein gemeinsames Leben daraus zu machen haben. »Denn es sind der Liebe Fesseln schwer zu lockern!«

Und was dann? Was dann? Müßte er abermals beginnen, mit nichts, womit man beginnen konnte? Müßte er diese Frau mit hineinverwickeln? Müßte er den entsetzlichen Streit mit ihrem gelähmten Mann haben? Und auch eine Art entsetzlichen Streits mit seiner eigenen, brutalen Frau, die ihn haßte? Welch ein Elend! Eine Unmenge Elend! Und er war nicht mehr länger jung und bloß lebenshungrig. Er war auch nicht von der sorglos gleichgültigen Art. Jede Bitterkeit und jede Häßlichkeit würde ihn verwunden – ihn und auch die Frau!

Aber selbst wenn sie beide von Sir Clifford und von seiner eigenen Frau loskämen, selbst wenn sie loskämen, was sollten sie beginnen? Was würde er selbst beginnen? Was sollte er mit seinem Leben tun? Denn tun müßte er etwas. Er konnte nicht ein bloßer Mitläufer sein, von ihrem Gelde und seiner kleinen Pension leben.

Das war das Unlösbare. Es fiel ihm nichts ein, als daß er nach Amerika gehen könnte, um eine neue Luft zu versuchen. Er setzte nicht den mindesten Glauben auf den Dollar. Aber vielleicht, vielleicht gab es dort noch etwas anderes.

Er vermochte keine Ruhe zu finden oder auch nur zu Bett zu gehen. Nachdem er in einer Starre bitterer Gedanken bis Mitternacht dagesessen hatte, erhob er sich plötzlich und langte nach seinem Rock und seiner Flinte.

»Komm mit, Alte!« sagte er zu der Hündin. »Für uns ist's draußen am besten.«

Es war eine sternklare Nacht, aber mondlos. Er begann eine langsame, gewissenhafte, leise und heimliche Runde. Das Einzige, das er zu bekämpfen hatte, waren die Fallen für wilde Kaninchen, die die Bergleute aufstellten, besonders jene von Stacks Gate, drüben bei Marehay. Es war die Zeit des Wurfs, und sogar die Bergleute nahmen darauf ein wenig Rücksicht. Nichtsdestoweniger beruhigte der heimliche Rundgang auf der Suche nach Wilderern seine Nerven und zog seinen Geist von seinen Gedanken ab.

Aber als er mit der langsamen, vorsichtigen Streife zu Ende war – es war ein Weg von beinahe acht Kilometern –, fühlte er sich müde. Er erstieg die Höhe der Kuppe und hielt Ausschau. Kein Laut war zu hören außer dem schwach klirrenden Lärm von der Stacks-Gate-Grube, die nie mit der Arbeit aussetzte. Und es waren kaum irgendwelche Lichter zu sehen, außer den hellen Reihen elektrischer Lampen bei den Zechen. Die Welt lag dunkel und dampfend im Schlaf. Es war halb drei. Aber sogar im Schlaf war es eine unruhige, grausame Welt, und sie regte sich im Lärm eines Eisenbahnzuges oder eines großen Lastautos auf der Landstraße und zuckte in einem rötlichen Blitz aus den Hochöfen. Es war eine Welt von Eisen und Kohle, von der Grausamkeit des Eisens und des Qualms der Kohle und von der endlosen, endlosen Gier, die das alles antrieb. Nichts als Gier, Gier, die sich im Schlafe regte.

Es war kalt, und er hustete. Ein feiner, kalter Wind blies über die Kuppe. Er dachte an die Frau. Nun hätte er alles, was er besaß oder je besitzen würde, darum gegeben, sie warm in seinen Armen zu halten, sie beide in eine Decke gehüllt, und zu schlafen. Alle Hoffnungen auf die Ewigkeit und allen Gewinn der Vergangenheit hätte er darum gegeben, sie da bei sich zu haben, warm mit ihr in eine Decke gehüllt zu sein und zu schlafen, nur zu schlafen. Der Schlaf mit der Frau in seinen Armen schien die einzige Notwendigkeit.

Er ging zu der Hütte und wickelte sich in die Wolldecke und lag da auf dem Boden, um zu schlafen. Aber er konnte nicht einschlafen; ihm war kalt. Und überdies empfand er grausam sein unvollständiges Wesen. Er fühlte bitter seinen unvollkommenen Zustand des Alleinseins. Er wollte *sie*, um sie zu berühren, um sie fest an sich gedrückt zu halten in einem Augenblick der Vollkommenheit und des Schlafes.

Er erhob sich wieder und verließ die Hütte, diesmal in der Richtung auf das Parktor, dann ging er langsam den Pfad zum Hause entlang. Es war beinahe vier Uhr, noch immer klar und kalt, aber ohne ein Anzeichen der Morgendämmerung. Er war so an die Dunkelheit gewöhnt, daß er ganz gut sehen konnte.

Langsam, langsam zog das große Haus ihn an wie ein Magnet. Er wollte ihr nahe sein. Es war nicht Begierde, nein, nicht das. Es war das grausame Gefühl einsamer Unvollständigkeit, das einer still in seine Arme gebetteten Frau bedurfte. Wo könnte er sie finden? Vielleicht könnte er sie sogar zu sich herausrufen oder einen Weg zu ihr hinein finden, denn seine Not war gebieterisch.

Langsam und leise stieg er die Anhöhe zum Hause hinauf. Dann kam er um die großen Bäume oben auf den Zufahrtsweg hinaus, der einen weiten Bogen um den Grasplatz vor dem Eingang machte. Er konnte bereits die zwei prächtigen Buchen sehen, die auf diesem großen ebenen Rasenplatz vor dem Hause standen, – sie hoben sich dunkel von der dunkeln Luft ab.

Da war das Haus, niedrig und langgestreckt und dunkel, nur im Erdgeschoß brannte ein einziges Licht, in Sir Cliffords Zimmer. Aber in welchem Zimmer sie war, die Frau, die das andere Ende des gebrechlichen Fadens hielt, der ihn so erbarmungslos zog, das wußte er nicht.

Er ging ein wenig näher, die Flinte in der Hand, und stand regungslos mitten auf dem Wege und betrachtete das Haus. Vielleicht konnte er sie sogar jetzt finden und auf irgendeinen Wege zu ihr hineinkommen. Das Haus war nicht unzugänglich, und er so verschlagen und geschickt wie ein Einbrecher. Warum nicht zu ihr kommen? Er stand regungslos, wartend, während der Morgen schwach und unmerklich hinter ihm zu dämmern begann. Er sah das Licht im Hause erlöschen. Aber er sah nicht Mrs. Bolton ans Fenster treten und die alten Vorhänge aus dunkler Seide zurückziehen und, selber in dem dunklen Zimmer stehend, hinausblicken in das Halbdunkel des herannahenden Tages, ausspähend nach der ersehnten Morgendämmerung und wartend, daß Clifford wirklich überzeugt wäre, es sei Tagesanbruch. Denn wenn er gewiß war, es werde Tag, schlief er beinahe sogleich ein.

Sie stand, blind vor Schlaf, am Fenster und wartete. Und als sie so stand, fuhr sie zusammen und schrie beinahe auf. Denn dort draußen in der Zufahrt war ein Mann, eine schwarze Gestalt im Zwielicht. Sie wurde ganz wach und beobachtete, aber ohne einen Laut, der Sir Clifford gestört hätte.

Das Tageslicht begann in die Welt zu sickern, und die dunkle Gestalt schien kleiner und bestimmter zu werden. Mrs. Bolton konnte die Flinte und die Ledergamaschen und den faltigen Rock erkennen – es mußte Oliver Mellors, der Förster sein. Ja, denn da war der Hund, der wie ein Schatten umherschnüffelte und auf ihn wartete!

Und was wollte der Mann? Wollte er das Haus aus dem Schlafe scheuchen? Wozu stand er dort wie entrückt und blickte zu den Fenstern hinauf wie ein liebeskranker Hund vor dem Haus, in dem die Hündin ist?

Du meine Güte! Die Erkenntnis durchfuhr Mrs. Bolton wie ein Blitz. Er war Lady Chatterleys Liebhaber! Er! Er!

Wer hätte das gedacht? Ja, war nicht sie selbst, Ivy Bolton, einmal ein wenig verliebt in ihn gewesen, als er ein Bursche von sechzehn Jahren und sie eine Frau von sechsundzwanzig war? Das war, als sie für ihre Pflegerinnenprüfung studierte. Und er hatte ihr eine Menge geholfen bei der Anatomie und den andern Dingen, die sie hatte lernen müssen. Er war ein gescheiter Junge gewesen, hatte ein Stipendium für die Lateinschule in Sheffield gehabt und Französisch gelernt und sonst allerlei, und dann war er schließlich doch Oberschmied geworden und beschlug Pferde, weil er Pferde gern hatte, wie er sagte; aber in Wirklichkeit, weil er sich fürchtete, in die Welt hinauszugehen und ihr die Stirne zu bieten, – nur daß er das nie zugegeben hätte.

Aber er war ein netter Bursche gewesen, ein netter Bursche! Und er hatte ihr eine Menge geholfen. Er war so geschickt darin, einem Dinge klarzumachen. Er war ganz so gescheit wie Sir Clifford. Und bei den Frauen hatte er immer etwas gegolten. Mehr bei den Frauen als bei den Männern, sagten die Leute. Bis er hergegangen war und Bertha Coutts geheiratet hatte, als hätte er es sich zum Trotz getan. Manche Leute heiraten wirklich sich selbst zum Trotz, weil sie von etwas enttäuscht sind. Und kein Wunder, daß es bei ihm fehlgeschlagen, – jahrelang war er weggewesen, die ganze Kriegszeit. Und ein Leutnant und alles das. Ein ganzer Gentleman, wirklich, ein ganzer Gentleman! – Und dann nach Tevershall zurückzukommen und als Förster zu gehen! Wirklich, manche Leute verstehen nicht, ihre Aussichten auszunützen, wenn sie sich ihnen bieten. Und breitesten Dialekt zu reden wie die Allerärgsten, wo sie, Ivy Bolton, doch wußte, daß er wirklich reden konnte wie ein feiner Mann.

Ja, ja! Also Ihre Gnaden hatte sich in ihn verschaut. Na ja, Ihre Gnaden war nicht die erste. An dem Manne war etwas. Aber sich das vorzustellen! Ein Bursche, in Tevershall geboren und aufgewachsen, und sie, Ihre Gnaden auf Wragby Hall! Mein Wort, das gab den hochmächtigen Chatterleys eins ins Gesicht!

Aber er, der Förster, hatte, als es immer mehr Tag wurde, begriffen: es war zwecklos. Es war zwecklos, zu versuchen, sein Alleinsein loszuwerden. Man mußte sein ganzen Leben darin aushalten. Nur bisweilen, ganz selten, füllte sich die Lücke. Nur manchmal! Aber man mußte auf die Male warten. Mußte sein Alleinsein hinnehmen und es aushalten, das ganze Leben lang, und dann die Male, wenn die Lücke ausgefüllt war, hinnehmen, wann sie kamen. Aber sie mußten von selbst kommen. Man konnte sie nicht zwingen.

Mit einem jähen Ruck riß das flutende Begehren ab, das ihn hinter ihr hergezogen hatte. Er hatte es zerrissen, weil es so sein mußte. Es mußte von beiden Seiten ein Zueinanderkommen sein. Und wenn sie nicht zu ihm kam, wollte er ihr nicht nachspüren. Er durfte es nicht. Er mußte weggehen, bis sie käme.

Er wandte sich langsam und nachdenklich ab und nahm wiederum seine Einsamkeit hin. Er wußte, es war besser so. Sie mußte zu ihm kommen. Es war zwecklos, hinter ihr herzuspüren, zwecklos.

Mrs. Bolton sah ihn verschwinden, sah seinen Hund ihm nachlaufen.

»Na sowas!« dachte sie. »Er ist der einzige Mann, an den ich dabei nie gedacht habe, und der einzige, an den ich wahrhaftig hätte denken können! Er war lieb zu mir, als er ein junger Bursche war, nachdem ich Ted verloren hatte. Ja, ja! Was *er* wohl dazu sagen würde, wenn er wüßte!«

Und sie warf einen triumphierenden Blick auf den bereits schlafenden Clifford, während sie leise aus dem Zimmer schritt.

ELFTES KAPITEL

Connie machte Ordnung in einer der Rumpelkammern von Wragby. Es gab deren etliche; das Haus war voll von Gerümpel, und die Familie verkaufte nie etwas. Sir Geoffreys Vater hatte Bilder gesammelt und Sir Geoffreys Mutter Cinquecentomöbel. Sir Geoffrey selbst hatte eine Vorliebe für alte geschnitzte Eichentruhen, Sakristeitruhen gehabt. So ging es weiter durch die Generationen. Clifford sammelte sehr moderne Bilder zu sehr mäßigen Preisen.

Und so fanden sich in der Rumpelkammer schlechte Landseers und rührende Vogelnester von William Henry Hunt und andere Akademie-Schinken, die genügten, die Tochter eines Mitglieds der königlichen Akademie schaudern zu machen. Sie beschloß, sie eines Tages durchzusehen und auszumisten. Und die grotesken Möbel interessierten sie.

Sorgfältig eingehüllt, um vor Schaden und Fäulnis bewahrt zu bleiben, stand da die alte Familienwiege aus Rosenholz. Connie mußte sie auspacken, um sie sich anzusehen. Das Ding besaß einen gewissen Zauber; sie betrachtete es lange Zeit.

»Jammerschade, daß sie nicht benötigt werden wird«, seufzte Mrs. Bolton, die mithalf. »Obgleich Wiegen heutzutage etwas Veraltetes sind.«

»Vielleicht wird sie noch benötigt werden; vielleicht werde ich doch ein Kind bekommen«, sagte Connie leichthin, als sagte sie, sie werde sich vielleicht einen neuen Hut leisten.

»Sie meinen, wenn Sir Clifford etwas zustößt«, stammelte Mrs. Bolton.

»Nein, ich meine, so, wie die Dinge liegen. Es ist nur eine Muskellähmung bei Sir Clifford – es hat nichts mit ihm selbst zu tun«, erwiderte Connie und log so natürlich, wie sie atmete.

Clifford hatte ihr den Gedanken in den Kopf gesetzt. Er hatte gesagt: »Selbstverständlich kann ich vielleicht doch noch ein Kind haben. Ich bin keineswegs wirklich verstümmelt. Die Potenz mag leicht zurückkehren, selbst wenn Hüften und Schenkel gelähmt sind. Und dann läßt sich der Samen vielleicht übertragen.«

Er hatte während seiner energischen Zeiten, in denen er so hart an den Problemen des Bergwerks arbeitete, wirklich ein Gefühl, als kehrte seine sexuelle Potenz zurück. Connie hatte ihn entsetzt angestarrt. Sie war jedoch aufgeweckt genug, um seinen Gedanken für ihre eigenen Zwecke zu benützen. Denn sie wollte ein Kind haben, wenn sie könnte. Aber nicht seines.

Mrs. Bolton war einen Augenblick sprachlos, wie vom Donner gerührt. Dann glaubte sie es nicht. Sie sah darin eine List. Aber die Ärzte brachten heutzutage solche Dinge fertig; sie würden vielleicht eine künstliche Befruchtung vornehmen.

»Ja, Euer Gnaden, ich hoffe und bete bloß, es möge Ihnen beschieden sein. Es wäre herrlich für Sie und für uns alle. Wahrhaftig, ein Kind hier in Wragby, was für einen Unterschied das machen würde!«

»Nicht wahr?« sagte Connie.

Und sie wählte drei Akademie-Schinken aus, die sechzig Jahre alt waren, um sie der Herzogin von Shortlands für den nächsten Wohltätigkeitsbazar zu senden. Man nannte sie die Bazarherzogin, und sie bat stets die ganze Gesellschaft, ihr Sachen zum Verkauf zu überlassen. Sie würde entzückt sein über die drei Schinken. Die würden sie vielleicht sogar veranlassen, einen Besuch zu machen. Wie wütend Clifford stets war, wenn sie kam!

»Aber du meine Güte«, dachte Mrs. Bolton im stillen, »aber es ist Oliver Mellors' Kind, auf das du uns da vorbereitest! O du meine Güte! Das wäre was: ein Tevershall-Kind in einer Wragbywiege! Würde ihr wahrhaftig auch keine Schande nicht machen.«

Unter anderen Ungeheuerlichkeiten stand in dieser Gerümpelkammer auch ein ziemlich großes japanisches Lackkästchen, eine sechzig oder siebzig Jahre alte, höchst erfindungsreiche und vortreffliche Arbeit, mit allen nur erdenklichen Dingen eingerichtet. Zuoberst war eine konzentrierte Toilettengarnitur: Bürsten, Fläschchen, Spiegel, Kämme, Dosen, sogar drei wunderschöne kleine Rasiermesser in Sicherheitshüllen, Seifenschale und so weiter. Darunter kam eine Art Schreibtischeinrichtung: Löschwiegen, Federstiele, Tintenfässer, Papier, Briefumschläge, Notizbücher. Und dann ein vollständiges Nähzeug mit drei verschiedenen großen Scheren, mit Fingerhüten, Nadeln, Nähseide, Zwirn und Stopfholz, alles von bester Qualität und vortrefflich ausgeführt. Und ferner war da eine kleine Apotheke mit Fläschchen, auf denen stand: Laudanum, Myrrhentinktur, Nelkenessenz und so weiter, aber alle leer.

Alles war völlig neu, und das ganze Ding, wenn man es schloß, war so groß wie eine kleine, aber dicke Wochenend-Handtasche, und innen war es ineinandergeschachtelt wie ein Geduldspiel. Die Fläschchen konnten unmöglich ihren Inhalt verschütten: es war nicht Platz genug.

Das Kästchen war wundervoll erdacht und ausgeführt; vorzügliche Arbeit von der soliden viktorianischen Art. Aber in gewissem Sinn war es eine Ungeheuerlichkeit. Sogar irgendein Chatterley mußte das gefühlt haben, denn das Ding war nie in Gebrauch gewesen. Es war von ganz besonderer Seelenlosigkeit.

Mrs. Bolton jedoch war davon begeistert. »Aber sehen Sie nur, was für wunderschöne Bürsten! Und so luxuriös! Sogar die Rasierpinsel – drei tadellose! Nein! Und die Scheren! Wirklich die besten, die man für Geld kriegen kann. Oh, es ist entzückend, daß muß ich sagen!«

»So? Müssen Sie das?« meinte Connie. »Dann nehmen Sie sich's.«

»Aber nein, Euer Gnaden.«

»Aber natürlich. Hier wird es nur bis zum Ende der Welt herumliegen. Wenn Sie es nicht haben wollen, werde ich's der Herzogin schicken, zusammen mit den Bildern. Und sie verdient wirklich nicht, so viel zu bekommen. Nehmen Sie's doch!«

»Oh, Euer Gnaden! Dafür kann ich Ihnen ja nie genug danken.«

»Sie brauchen's nicht zu versuchen«, lachte Connie.

Und Mrs. Bolton segelte hinunter, die riesige, tiefschwarze Schatulle im Arm, ganz rot im Gesicht vor Aufregung.

Mr. Betts fuhr sie in der einspännigen Kutsche mit dem Kästchen zu ihrem Haus im Dorf.

Und sie mußte einfach ein paar Freundinnen einladen, um es ihnen zu zeigen: die Schullehrerin, die Frau des Apothekers, Mrs. Weedon, die Frau des zweiten Kassierers. Sie fanden alle, es sei ein Wunder. Und dann begann das Getuschel von Lady Chatterleys Kind.

»Es geschehen immer noch Wunder«, meinte Mrs. Weedon.

Aber Mrs. Bolton war überzeugt, wenn es käme, würde es Sir Cliffords Kind sein. So, da habt Ihr's!

Nicht lange danach sagte der Pfarrer milde zu Clifford: »Und dürfen wir wirklich auf einen Erben für Wragby hoffen? Ach, da würde sich fürwahr die Hand Gottes in Gnade zeigen!«

»Tja, wir dürfen wohl hoffen«, erwiderte Clifford mit leiser Ironie und zugleich mit einer gewissen Überzeugung. Er hatte begonnen, es wirklich für möglich zu halten, daß es sogar *sein* Kind sein könnte.

Dann kam eines Nachmittags Leslie Winter an, Squire Winter, wie ihn jedermann nannte: hager, wie aus dem Schächtelchen, und siebzig. Und jeder Zoll ein Gentleman, wie Mrs. Bolton zu Mrs. Betts sagte; jeder Millimeter wahrhaftig! Mit seiner altmodischen, stark näselnden Redeweise schien er unzeitgemäßer als eine Allongeperücke. Die Zeit wirft auf ihrem Fluge solch feine alte Federn ab.

Sie sprachen über die Gruben. Cliffords Gedanke war, daß seine Kohle, selbst die mindere Sorte, zu einem harten, konzentrierten Brennstoff verarbeitet werden könnte, der mit großer Hitzeentwicklung verbrennen würde, wenn man ihm feuchte, angesäuerte Luft unter starkem Druck zuführte. Es war seit langem beobachtet worden, daß in besonders starkem, feuchten Wind die Halden sehr lebhaft brannten, kaum irgendwelche Dämpfe ausströmten und ein feines Aschenpulver statt der zähen, rosafarbenen Schlacke zurückließen.

»Aber wo willst du die geeigneten Anlagen zur Verbrennung deines Brennstoffes finden?« fragte Winter.

»Ich werde sie selber bauen. Ich werde meinen Brennstoff selber verbrauchen. Und ich werde elektrische Kraft verkaufen. Ich bin überzeugt, ich könnte es tun.«

»Wenn du das zuwege brächtest, das wäre ja famos, mein Junge, äh, ganz famos! Würde mich nur freuen, wenn ich dir dabei behilflich sein könnte. Ich fürchte, äh, ich bin ein bißchen altmodisch, und auch meine Gruben sind es. Aber wer weiß, wenn ich einmal nicht mehr bin, wird's vielleicht lauter solche Männer geben wie du. Äh, ganz famose Idee! Wird wieder allen Leuten Arbeit geben, und man wird nicht gezwungen sein, seine Kohle verkaufen zu müssen oder sich damit abzufinden, daß man sie nicht los wird. Eine glänzende Idee, und ich hoffe, es wird ein Erfolg werden. Wenn ich selbst Söhne hätte, würden sie zweifellos auch zeitgemäße Ideen für Shipley haben, ganz zweifellos. Übrigens, mein Junge, ist das Gerücht irgendwie begründet, daß wir Hoffnung auf einen Erben für Wragby hegen dürfen?«

»Geht so ein Gerücht?« fragte Clifford.

»Nun ja, mein lieber Junge, Marshall auf Fillingwood drüben hat mich gefragt. Das ist alles, was ich über das Gerücht sagen kann. Ich werde es natürlich nicht um die Welt weitergeben, wenn es unbegründet ist.«

»Ja, Onkel«, sagte Clifford unbehaglich, aber mit seltsam glänzenden Augen, »Hoffnung ist vorhanden. Eine Hoffnung ist wohl vorhanden.«

Winter kam durchs Zimmer auf Clifford zu und schüttelte ihm die Hand. »Mein lieber Junge, mein lieber Junge, kannst du dir vorstellen, was es für mich bedeutet, das zu hören? Und zu hören, daß du bei deiner Arbeit die Hoffnung auf einen Sohn hat? Und daß du wieder jeden einzelnen Mann in Tevershall wirst beschäftigen können? Ah, mein Junge, sein Geschlecht zu erhalten, und Arbeit für jeden Mann zu haben, der arbeiten will!«

Der alte Herr war aufrichtig gerührt.

Am nächsten Tag ordnete Connie langstielige gelbe Tulpen in einer Glasvase.

»Connie«, sagte Clifford, »wußtest du, daß ein Gerücht geht, du würdest Wragby mit einem Sohn und Erben beschenken?«

Connie fühlte sich schwindlig vor Schrecken, aber sie stand ganz still, die Hand in den Blumen.

»Nein«, erwiderte sie. »Ist es ein Scherz? Oder eine Bosheit?«

Er machte eine Pause, ehe er antworte. »Keines von beiden, hoffe ich. Ich hoffe, es ist eine Prophezeiung.«

Connie beschäftigte sich wieder mit ihren Tulpen. »Ich hatte heute morgen einen Brief von Vater«, sagte sie. »Er fragt, ob ich daran denke, daß er Sir Alexander Coopers Einladung für mich angenommen hat, für Juli und August in die Villa Esmeralda nach Venedig zu kommen.«

»Juli und August?« wiederholte Clifford fragend.

»Oh, ich würde nicht die ganze Zeit bleiben. Möchtest du nicht doch mitkommen?«

»Ich reise nicht ins Ausland«, erwiderte Clifford prompt.

Sie trug ihre Blumen zum Fenster.

»Hast du etwas dagegen, wenn ich fahre?« fragte sie. »Du weißt, es war so gut wie abgemacht für diesen Sommer.«

»Für wie lange würdest du gehen?«

»Vielleicht für drei Wochen.«

Eine Zeitlang herrschte Schweigen.

»Nun«, sagte Clifford zögernd und ein wenig düster, »ich glaube, drei Wochen lang könnte ich's ertragen. Wenn ich unbedingt sicher wäre, du würdest zurückkommen wollen.«

»Ich würde bestimmt zurückkommen wollen«, sagte sie mit ruhiger, überzeugter Einfachheit.

Sie dachte an den andern Mann.

Clifford spürte ihre Überzeugtheit und glaubte ihr. Er glaubte, sie gelte ihm. Er fühlte sich unendlich erleichtert und war sogleich wieder guter Laune.

»In diesem Fall«, meinte er, »wäre ja, glaube ich, alles in Ordnung. Meinst du nicht?«

»Ich glaube ja«, erwiderte sie.

»Die Veränderung würde dir Freude machen?«

Sie blickte mit seltsam blauen Augen auf. »Ich würde gern wieder Venedig sehen,« sagte sie, »und von einer der Inseln vor der Lagune aus baden. Du weißt ja, der Lido ist mir verhaßt! Ich habe nicht das Gefühl, daß Sir Alexander Cooper und Lady Cooper mir sehr sympathisch sein werden. Aber wenn Hilda da ist und wir unsere eigene Gondel haben, – ja, es wird sehr schön werden. Ich wollte, du kämst mit.«

Sie sagte das aufrichtig. Sie hätte ihn so gern auf solche Art glücklich gemacht.

»Ah, aber stelle dir mich an der Gare du Nord vor oder bei der Landung in Galais.«

»Aber warum nicht? Man sieht doch auch andere Männer, die im Krieg verwundet wurden, in Tragstühlen. Überdies würden wir die ganze Reise im Auto machen.«

»Wir würden zwei Diener mitnehmen müssen.«

»O nein, wir kämen mit Field aus. Der zweite Mann würde sich immer an Ort und Stelle finden.«

Aber Clifford schüttelte den Kopf. »Nein, nicht dieses Jahr, meine Liebe, nicht dieses Jahr. Nächstes Jahr werde ich's wahrscheinlich versuchen.«

Sie verließ ihn in düsterer Stimmung. Nächstes Jahr! Was würde das nächste Jahr bringen? Sie selbst wollte nicht wirklich nach Venedig gehen. Nicht jetzt, jetzt, da der andere Mann da war. Aber sie wollte die Reise als eine Art Selbstdisziplin unternehmen und auch, weil Clifford, wenn sie ein Kind bekäme, glauben würde, sie hätte in Venedig einen Liebhaber gehabt.

Es war bereits Mai, und im Juni sollte die Reise angetreten werden. Immer diese Einteilungen! Stets wurde das Leben für einen eingeteilt. Räder, die einen in Gang brachten und antrieben, und über die man keine wirkliche Herrschaft hatte.

Es war Mai, aber wiederum kalt und naß. Ein kalter, nasser Mai – gut fürs Getreide und gut fürs Heu. Was es heutzutage schon viel auf das Korn und das Heu ankam!

Connie mußte nach Uthwaite hineinfahren – das war das Städtchen der Gegend, und dort waren die Chatterleys noch immer *die* Chatterleys. Sie fuhr allein, Field lenkte den Wagen. Trotz Mai und neuem Grün sah die Landschaft trübselig aus. Es war recht rostig, und der Regen war von Rauchschwaden durchzogen, und in der Luft lag etwas wie ausgeströmter Dampf. Man mußte einfach von seiner Widerstandskraft leben. Kein Wunder, daß die Leute hier häßlich und zäh waren.

Das Auto pflügte bergauf durch das lange, schmutzige Tevershall, vorbei an den geschwärzten Ziegelhäusern, den schwarzen Schieferdächern, deren scharfe Kanten glitzerten; der Straßenschlamm war schwarz von Kohlenstaub, die Gehsteige waren naß und schwarz. Es war, als hätte die gleiche Trübseligkeit alles durchtränkt. Sie war entsetzlich, diese völlige Verneinung natürlicher Schönheit, diese völlige Verneinung der Lebensfreude, dies völlige Fehlen eines Sinnes für Anmut, den jeder Vogel und jedes Tier besaß, dieser völlige Tod aller menschlichen intuitiven Fähigkeit.

Die Seifenstapel in Krämerläden, der Rhabarber und die Zitronen in den Grünzeughandlungen; die entsetzlichen Hüte in den Modistengeschäften! Alle flogen sie vorbei, häßlich, häßlich, häßlich, gefolgt von dem Gips- und Goldgreuel des Kinos mit seinen nassen Plakaten. »Die Liebe einer Frau!« Und die große Kapelle der Primitivengemeinde, primitiv genug mit ihren rohen Ziegeln und den Scheiben von grünlichem und lilafarbenem Glas in den Fenstern. Die Methodistenkapelle höher oben war aus geschwärzten Ziegeln und stand hinter einem eisernen Gitter und geschwärzten Sträuchern. Die Kongregationalistenkapelle, die sich erhaben dünkte, war aus Rustikalsandstein und hatte einen Glockenturm, aber keinen sehr hohen. Gleich dahinter waren die neuen Schulgebäude, kostspielige rosa Ziegelbauten und kiesbestreute Spielplätze hinter Eisengittern, alles sehr imposant und eine Verbindung einer Kapelle mit einem Gefängnis andeutend. Mädchen der fünften Klasse hatten Gesangsstunde, beendeten eben die La-mi-do-la-Übungen und begannen ein »süßes Kinderliedchen«. Irgend etwas einem spontanen Gesang Unähnlicheres war unmöglich vorstellbar. Ein seltsames brüllendes Geschrei, das den Umrissen einer Melodie folgte. Es war nicht, als wären es Wilde. Wilde kennen einen subtilen Rhythmus. Es war nicht wie Tiere. Tiere meinen etwas, wenn sie schreien. Es war wie nichts auf Erden, und es wurde Singen genannt. Connie saß und lauschte, und das Herz sank ihr in die Schuhe, während Field Benzin nachfüllte. Was konnte wohl aus solch einem Volk werden, einem Volk, in dem die lebendige intuitive Fähigkeit tot war wie ein Stockfisch und nichts blieb als seltsam mechanische Schreie und unheimliche Willenskraft?

Ein Kohlenwagen kam den Abhang herab und klapperte und ratterte im Regen. Field setzte das Auto wieder in Gang, fuhr an großen, aber schäbig aussehenden Stoffgeschäften und Kleiderläden und dem Postamt vorbei auf den kleinen Marktplatz von unbestimmtem Umriß, wo Sam Black aus der Türe der »Sonne« guckte, keinem Wirtshaus, sondern einem Gasthaus, in dem die Handlungsreisenden abstiegen, und sich vor Lady Chatterleys Wagen verneigte.

Ein wenig zur Linken, zwischen schwarzen Bäumen, stand die Kirche.

Der Wagen glitt bergab, vorbei am »Bergmannstrunk«. Er war bereits am »Wellington«, am »Nelson«, am »Förderkorb« und an der »Sonne« vorübergekommen und kam nun am »Bergmannstrunk« und dann an der Mechanikerhalle und an dem neuen, beinahe marktschreierischen Bergmannsheim vorbei und so, vorbei an ein paar neuen Villen, hinaus auf die geschwärzte Straße nach Stacks Gate, zwischen dunklen Hecken und dunkelgrünen Feldern.

Tevershall! Das war Tevershall! Das fröhliche England! Shakespeares England! Nein, sondern das England von heute, wie es Connie klar geworden, seit sie hierhergekommen war und mitten darin lebte. Es brachte eine neue Menschenrasse hervor, überbewußt in sozialen und politischen Dingen und in Dingen des Geldes, aber tot, tot in allem Spontanen, Intuitiven. Halbleichen, das waren sie alle! Aber mit einem schrecklichen, beharrlichen Bewußtsein von der anderen Hälfte. Es war etwas Unheimliches, Unterirdisches an dem Ganzen. Es war eine Unterwelt. Und ganz unberechenbar. Wie sollte man die Regungen verstehen, die in Halbleichen vor sich gingen? Als Connie die großen Lastautos erblickte, voll von Stahlarbeitern aus Sheffield – unheimlich verrenkten kleinen Wesen wie Männern –, die sich auf einem Ausflug nach Matlock befanden, wurde ihr ganz schwach im Magen, und sie dachte: »O Gott, was hat der Mensch dem Menschen angetan! Was haben die Führer der Menschheit ihren Mitmenschen angetan! Sie haben sie zu etwas Geringerem als Menschentum heruntergebracht. Und jetzt gibt es kein menschliches Gemeinschaftsgefühl mehr. Es ist einfach ein Alpdruck! Wiederum empfand sie in einer Woge von Grausen die graue, sandige Hoffnungslosigkeit des Ganzen. Wenn die Massen der Industriearbeiter aus solchen Wesen bestanden und die oberen Klassen so waren, wie sie sie kannte, gab es keine Hoffnung, keine Hoffnung mehr. Und da wollte sie ein Kind, einen Erben für Wragby! Einen Erben für Wragby! Sie schauderte vor Entsetzen.

Und doch war Mellors aus all dem hervorgegangen. Ja, aber er stand abseits davon, so, wie sie selbst. Auch in ihm war kein Gemeinschaftsgefühl mehr. Das war tot. Das Gemeinschaftsgefühl war tot. Nur Absonderung war da und Hoffnungslosigkeit, soweit all dies in Betracht kam. Und das war England, die ungeheure Masse Englands, wie Connie wußte, da sie mit dem Auto aus seinem Mittelpunkt gekommen war.

Das Auto fuhr nach Stacks Gate hinauf. Der Regen hatte ausgesetzt, und in die Luft drang ein seltsam durchsichtiger Strahl des Mai. Das Land rollte in langen Wellen südwärts gegen den Peak und ostwärts gegen Mansfield und Nottingham. Connie fuhr nach Süden. Als sie auf die Hochfläche hinaufkam, konnte sie zu ihrer Linken auf einer Anhöhe über dem welligen Land die schattende, mächtige Masse von Schloß Warsop sehen, dunkelgrau, und darunter das rötliche Gefleck der Bergarbeiterwohnungen, helle Neubauten, und unterhalb dieser die Fahnen dunklen Rauchs und weißen Dampfes aus dem großen Bergwerk, das so viele tausend Pfund im Jahr in die Taschen des Herzogs und der anderen Aktienbesitzer fließen ließ. Das mächtige alte Schloß war eine Ruine, aber noch immer hing es seine dunkle Masse an den niedrigen Himmelsrand über die schwarzen und die weißen Fahnen, die in der feuchten Luft drunten flatterten.

Eine Biegung, und sie fuhren über das hochgelegene Terrain auf Stacks Gate zu. Stacks Gate, von der Landstraße gesehen, war bloß ein ungeheures protziges neues Hotel, das »Coningsby-Wappen«, das rot und weiß und golden, in barbarischer Absonderung, an der Straße stand. Aber wenn man genauer hinsah, bemerkte man zur linken ganze Reihen hübscher moderner Wohnhäuser, hingesetzt wie Dominosteine, mit Zwischenräume und Gärten, ein seltsames Dominospiel, das irgendwelche unheimliche »Herren« auf der überraschten Erde spielten, Und hinter diesen Häuserreihen erhoben sich die erstaunlichen und furchteinflößenden Hochkonstruktionen einer wirklich modernen Zeche, chemische Werke und lange Galerien, ungeheure und dem Menschen bisher unbekannte Formen. Die Fördertürme und Halden des Bergwerkes selbst waren unbedeutend inmitten der riesenhaften neuen Anlagen. Und vor dem Ganzen stand das Dominospiel immerwährend in einer Art von Erstaunen und wartete darauf, gespielt zu werden.

Dies war Stacks Gate, seit dem Kriege etwas Neues auf dem Antlitz der Erde. Tatsächlich jedoch, obgleich auch Connie es nicht wußte, lag eine halbe Meile unterhalb des Hotels das alte Stacks Gate mit einer kleinen alten Zeche und schwärzlichen alten Ziegelhäusern und ein paar Kapellen und ein paar Kaufläden und zwei oder drei kleinen Wirtshäusern.

Aber das zählte nicht mehr. Die ungeheuren Wolken von Rauch und Dampf stiegen aus dem neuen Werk droben auf der Höhe auf, und das war nun Stacks Gate: keine Kapellen, keine Wirtshäuser, nicht einmal Kaufläden; nur die großen »Werke« – die das moderne Olympia sind, mit Tempeln für alle Götter, – und die Musterkolonien der Arbeiter und das Hotel. Das Hotel war in Wirklichkeit nichts als eine Bergarbeiterkneipe, obgleich es erstklassig aussah.

Sogar seit Connies Ankunft in Wragby war der Ort noch weiter aus der Erde gewachsen, und die Musterkolonie hatte sich mit Gesindel gefüllt, das von überallher herbeigeströmt war, um, nebst anderen Beschäftigungen, auf Cliffords Kaninchen zu wildern.

Das Auto fuhr weiter über die Höhen und Connie sah das wellige Land vor sich ausgebreitet. Die Grafschaft! Es war einst eine stolze und stattliche Grafschaft gewesen. Geradeaus, ebenfalls dräuend und an der Stirne des Himmelsrandes hängend, zeigte sich die ungeheure, prächtige Masse von Chadwick Hall, mehr Fenster als Mauern, eines der berühmtesten Häuser aus der Zeit Elisabeths. Edel stand es einsam über dem großen Park, aber veraltet, übergangen. Es wurde noch instand gehalten, aber nur als ein Schaustück. »Seht, wie unsere Vorfahren herrschaftlich zu leben wußten!«

Das war die Vergangenheit. Die Gegenwart lag tiefer unten. Gott allein wußte, wo die Zukunft liegen mochte. Das Auto wand sich bereits zwischen kleinen, geschwärzten Bergarbeiterhäusern hindurch, um nach Uthwaite hinabzugelangen. Und Uthwaite sandte an feuchten Tagen ein ganzes Gewimmel von Rauchwolken und Dampf zu wer weiß welchen Göttern empor. Uthwaite drunten im Tal übte stets eine seltsame Wirkung auf Connie aus, mit allen seinen hindurchgezogenen Stahlfäden der Eisenbahn nach Sheffield und seinen Kohlenzechen und Stahlwerken, die aus langen Röhren Rauch und Glut emporsandten, und dem noch immer die Dünste durchstechenden Korkenzieherturm der Kirche, der bald einstürzen würde. Es war ein alter Marktflecken, der Mittelpunkt der umliegenden Täler. Eines der ersten Gasthäuser war das »Chatterley-Wappen«. Hier in Uthwaite war Wragby Hall als Wragby bekannt, als wäre es ein ganzer Ort, nicht bloß ein Haus, als das es Außenstehenden erschien: Wragby Hall bei Tevershall: Wragby, ein Adelssitz.

Die Häuschen der Bergarbeiter standen verrußt dicht am Gehsteig, in jener Traulichkeit und Kleinheit von Bergmannshäusern, die über hundert Jahre alt sind. Sie säumten den ganzen Weg ein. Die Landstraße war zu einer Gasse geworden, und wo sie sich senkte, vergaß man sogleich das offene, wellig sich hinstreckende Land, wo die Schlösser und großen Herrensitze noch immer, aber wie Geistererscheinungen herrschten. Hier befand man sich gerade oberhalb des Wirrwarrs nackter Eisenbahngleise, und Gießereien und andere »Werke« ragten neben einem auf, so groß, daß man sich nur endloser Mauern bewußt war. Und Eisen schmetterte mit einem gewaltig widerhallenden Rasseln, und ungeheure Loren erschütterten die Erde, und Pfeifen schrillten.

Aber wenn man einmal ganz hinuntergelangt war in das Herz des Städtchens, in das verschlungene Gewirr hinter der Kirche, war man wieder in der Welt von vor zweihundert Jahren, in den krummen Straßen, wo das »Chatterley-Wappen« stand und die alte Apotheke, Straßen, die einst hinausführten in die wilde, offene Welt der Schlösser und stattlich thronenden Herrensitze.

Doch an der Ecke hielt ein Polizist die Hand empor, als drei mit Eisen beladene Loren vorbeirollten und die arme alte Kirche erzittern machten. Und nicht ehe die Loren vorbei waren, konnte er Ihre Gnaden grüßen.

So war es. Gegen die alten krummen Bürgerstraßen drängten sich Horden alter, geschwärzter Bergarbeiterwohnungen und säumten die ins Land hinausführenden Straßen ein. Und unmittelbar nach diesen kamen die neueren, mehr rötlichen Reihen größerer Häuser, die das Tal pflasterten, die Heimstätten der modernen Arbeiter. Und dahinter wiederum, in den weiten, wellig sich hinstreckenden Gebieten der Schlösser, trieben Rauch und Dampf vermengt dahin, und Fleck nach Fleck roher rötlicher Ziegel zeigte die neueren Bergwerksniederlassungen an, manchmal in den Talsohlen, manchmal greulich häßlich entlang der Hügelränder. Und dazwischen, mitten drin, waren die zerfetzten Überreste des alten England der Postkutschen und Bauernhäuser, ja sogar des England Robin Hoods, wo die Bergleute in der Trübseligkeit unterdrückter Jagdtriebe umherschlichen, wenn sie nicht bei der Arbeit waren.

England, mein England! Aber welches war *mein* England?

Die stattlichen Heime Englands gaben gute Photographien ab und schufen die Illusion einer Verbindung mit den Menschen der elisabethinischen Zeit. Die schönen alten Landsitze aus den Tagen der guten Königin Anna und des Tom Jones waren da. Aber Rußflocken fielen und schwärzten den grauen Stuck, der längst aufgehört hatte, vergoldet zu sein. Und auch sie wurden eins nach dem andern, ebenso wie die stattlichen Heime, preisgegeben. Und jetzt wurden sie niedergerissen. Und die Bauernhäuser Englands – da waren sie – große Flecke von Ziegelbehausungen auf der hoffnungslosen Landschaft.

Nun riß man die stattlichen Heime nieder, die Landsitze aus der georgianischen Zeit verschwanden. Fritchley, das Muster eines altgeorgianischen Landsitzes, wurden eben jetzt, als Connie im Auto vorbeikam, niedergerissen. Es war in tadellosem Zustand. Bis zum Kriege hatten die Weatherleys stilgemäß da residiert. Nun aber war es zu groß, zu kostspielig, und die Umgebung war zu wesensfremd geworden. Der Landadel zog weg in angenehmere Gegenden, wo er sein Geld ausgeben konnte, ohne zusehen zu müssen, wie es gemacht wurde.

Das war der Gang der Geschichte. Das eine England löschte das andere aus. Die Bergwerke hatten die Schlösser reich gemacht. Nun löschten sie sie aus, wie sie bereits die Bauernhäuser ausgelöscht hatten. Das industrielle England löschte das landwirtschaftliche aus, die eine Bedeutung die andere. Das neue England löschte das alte aus. Und die Kontinuität war nicht organischer, sondern mechanischer Art.

Connie, die der begüterten Klasse angehörte, hatte sich an die Überreste des alten England geklammert. Es hatte Jahre gebraucht, bis sie begriff, daß das alte tatsächlich von diesem erschrecklichen neuen und greulichen England ausgelöscht wurde und daß dieses Auslöschen weitergehen würde, bis es vollständig wäre. Fritchley war dahin, Eastwood war dahin, Shipley würde bald auch dahin sein: Squire Winters geliebtes Shipley.

Connie sprach für einen Augenblick in Shipley vor. Das hintere Parktor öffnete sich ganz nahe dem Niveauübergang der Grubenbahn; die Shipley-Zeche selbst lag gleich hinter den Bäumen. Das Tor stand offen, denn durch den Park bestand ein altes Wegerecht, von dem die Bergleute Gebrauch machten. Sie trieben sich im Park umher.

Das Auto fuhr an den Zierteichen vorbei, in die die Bergleute ihre Zeitungsblätter warfen, und bog in die private Zufahrt zum Hause ein. Das Haus stand ein wenig höher und abseits, ein gefälliges Stuckgebäude aus der Mitte des achtzehnten Jahrhunderts. Es besaß eine sehr schöne Allee von Eiben, die einst die Zufahrt zu einem älteren Haus gebildet hatte, und das Ganze stand in heiterer Ausbreitung da und blinkte geradezu fröhlich mit seinen georgianischen Fensterscheiben. Dahinter erstreckten sich wirklich herrliche Gärten.

Connie gefiel das Innere viel besser als Wragby. Es war viel lichter, lebendiger, schöner gestaltet und eleganter. Die Räume hatten cremefarbene gestrichene Holztäfelungen, die Decken waren leicht vergoldet, und alles war in tadelloser Ordnung gehalten, der Komfort war musterhaft, ohne Rücksicht auf Kosten. Sogar die Korridore brachten es zuwege, weiträumig und anmutig zu sein, weich geschwungen und voller Leben.

Aber Leslie Winter war einsam. Er hatte sein Haus abgöttisch geliebt, doch sein Park war an drei Seiten von seinen eigenen Bergwerken umgeben. Er war in seinen Ideen ein großzügiger Mann gewesen. Er hatte die Bergleute in seinem Park beinahe willkommen geheißen. Hatten die Bergleute ihn nicht reich gemacht? Und wenn er die Trupps ungeschlachter Männer an seinen Zierteichen und Wasserkünsten herumlungern sah – nicht im privaten Teil des Parks, nein, da zog er die Grenze –, pflegte er daher zu sagen: »Die Bergleute sind vielleicht keine Zierde wie Damwild, aber sie sind viel gewinnbringender.«

Doch das war in der – geldmäßig – goldenen zweiten Hälfte von Königin Victorias Regierungszeit gewesen. Bergleute hatten damals für »gute Arbeiter« gegolten.

Winter hatte diese kleine Rede, die eine halbe Entschuldigung war, seinem Gast, dem Prinzen von Wales gehalten, und der Prinz hatte in seinem stark kehligen Englisch geantwortet: »Sie haben ganz recht. Wenn unter Sandringham Kohle wäre, würde ich eine Zeche auf den Rasenflächen eröffnen, und das für erstklassige Landschaftsgärtnerei halten. Oh, um diesen Preis bin ich ganz gerne bereit, Damwild gegen Bergarbeiter zu tauschen. Ihre Leute sollen sehr gute Arbeiter sein, wie man mir sagt.«

Aber der Prinz hatte vielleicht eine etwas übertriebene Vorstellung von der Schönheit des Geldes und den Segnungen der Industrie gehabt. Immerhin war aus dem Prinzen ein König geworden, und der König war gestorben, und nun war ein anderer König da, dessen Hauptbeschäftigung es zu sein schien, Suppenküchen zu eröffnen.

Und die guten Arbeiter engten Shipley auf irgendeine Art ein. Neue Arbeiterdörfer drängten sich an den Park heran, und der Grundherr hatte das unbestimmte Gefühl, daß es eine fremde Bevölkerung sei. Er pflegte sich auf eine gutmütige, aber ganz hoheitsvolle Art als Herr über seinen Grund und Boden und seine Bergleute zu fühlen. Nun war er durch ein unmerkliches Durchdringen des neuen Geistes irgendwie hinausgedrängt worden. Er war es jetzt, der nicht mehr hergehörte. Das ließ sich nicht verkennen. Die Gruben, die Industrie, sie hatten ihren eigenen Willen, und dieser Wille richtete sich gegen den herrschaftlichen Besitzer. Und die Bergleute hatten teil an diesem Willen, und es war schwer, sich gegen ihn zu behaupten. Er drängte einen aus dem Ort oder aus dem Leben überhaupt hinaus.

Squire Winter, ein Soldat, hatte dagegen standgehalten. Aber er hatte keine Lust mehr, sich nach dem Abendessen im Parke zu ergehen. Er verbarg sich beinahe im Haus. Einmal war er barhäuptig, in seinen Lackschuhen und lila Socken, mit Connie bis ans Parktor gegangen und hatte zu ihr in seiner wohlerzogenen, ein wenig affektierten Art gesprochen. Aber als sie dann an den kleinen Gruppen von Arbeitern vorbeikamen, die dastanden und starrten und weder grüßten, noch sonst etwas dergleichen taten, spürte Connie, wie der hagere, wohlerzogene alte Herr zusammenzuckte – zusammenzuckte wie ein edler Antilopenhirsch im Käfig vor dem gemeinen Anstarren der Menge. Die Bergleute waren nicht persönlich feindselig, keineswegs, aber der Geist, der sie belebte, war kalt und drängte ihn hinaus. Und ganz unten in ihnen regte sich ein tiefer Groll. Sie »arbeiteten für ihn« und in ihrer Häßlichkeit verübelten sie ihm sein elegantes, wohlgepflegtes, wohlerzogenes Dasein. »Wer ist denn er!« Dieser Unterschied war es, was sie übelnahmen.

Und irgendwo in seinem innersten englischen Herzen glaubte er, der viel von einem Soldaten hatte, daß sie recht daran taten, den Unterschied übelzunehmen. Er fühlte sich ein wenig im Unrecht, daß aller Vorteil auf seiner Seite sei. Aber er vertrat eine bestimmte Gesellschaftsordnung und wollte sich nicht hinausdrängen lassen.

Außer durch den Tod. Der traf ihn ganz plötzlich, bald nach Connies Besuch. Und in seinem Testament bedachte er Clifford sehr ansehnlich.

Die Erben trafen sogleich die Anordnungen zum Abbruch von Shipley. Die Instandhaltung kostete viel. Niemand wollte es bewohnen. Also wurde es niedergerissen. Die Eibenallee wurde gefällt. Der Park wurde seines Holzbestandes entkleidet und in Bauplätze aufgeteilt. Er lag nahe genug bei Uthwaite. In der seltsamen kahlen Einöde dieses neuen Niemandslandes entstanden kleine Gäßchen halb freistehender, sehr preiswerter Einfamilienhäuser. Die Gartenstadt Shipley!

Binnen einem Jahre nach Connies letztem Besuch hatte es sich vollzogen. Da stand die Gartenstadt Shipley, ein Haufen halb freistehender, aus Rohziegeln erbauter Villen in neuen Straßen. Niemand wäre im Traum eingefallen, daß zwölf Monate früher das Stuckschlößchen da gestanden hatte.

Aber das war eben ein späteres Stadium der Landschaftsgärtnerei König Eduards, jener Art, die eine »Zier«-Kohlenzeche auf dem Rasen anlegte.

Ein England löschte das andere aus. Das England der Squire Winters und Wragby Halls war dahin, war tot. Das Auslöschen war nur noch nicht vollendet.

Was würde nachher kommen? Connie konnte es sich nicht vorstellen. Sie konnte bloß sehen, wie die neuen Häuserzeilen sich in die Felder hinein ausdehnten, wie die neuen

Anlagen bei den Gruben in die Höhe wuchsen, die neuen Mädchen in ihren Seidenstrümpfen mit den neuen Hauerburschen ins Palee oder ins Arbeiterheim schlenderten. Die junge Generation wußte gar nichts mehr von dem alten England. Es war da eine Lücke in der Kontinuität des Bewußtseins. Es hatte beinahe etwas Amerikanisches aber in Wirklichkeit bloß Industrielles. Was war das Nächste?

Connie hatte stets das Gefühl, es gebe nichts Nächstes. Sie hätte am liebsten ihren Kopf im Sande vergraben oder wenigstens an der Brust eines lebendigen Mannes.

Die Welt war so verwickelt und unheimlich und grausig! Die Massen des Volkes waren so zahlreich, und sie waren wirklich so schrecklich! So dachte sie auf der Heimfahrt und sah die Grubenarbeiter von den Schächten daherkommen, grauschwarz verzerrt, die eine Schulter höher als die andere, mit den schweren eisenbeschlagenen Schuhen über den Boden schleifend; unterirdisch grau die Gesichter, daß das Weiße der Augen starr leuchtete, die Hälse gekrümmt von der Stollendecke, die Schultern verborgen. Männer! Männer! Ach ja, in mancher Hinsicht geduldige und brave Männer, in anderer – nicht existierend. Etwas, das Männer haben sollten, war aus ihnen hinausgezüchtet und abgetötet. Und doch waren sie Männer. Sie zeugten Kinder. Man könnte ihnen ein Kind gebären. Schrecklicher, schrecklicher Gedanke! Sie waren gut und freundlich, aber sie waren bloß halb, bloß die graue Hälfte eines menschlichen Wesens. Bis jetzt waren sie gut. Aber auch das war die Güte ihrer Halbheit. Wie, wenn die tote Hälfte in ihnen je aufbegehrte? Aber nein. Es war zu entsetzlich, daran zu denken! Connie fürchtete sich absolut vor den industriellen Massen. Sie schienen ihr so unheimlich. Ein Leben, das so gar keine Schönheit in sich hatte, das so ganz ohne Intuition war, stets »im Schacht«.

Kinder von solchen Männern! O Gott!

Und doch stammte Mellors von solch einem Vater. Nein, nicht ganz. Vierzig Jahre hatten einen Unterschied gemacht, einen erstaunlichen Unterschied an Männlichkeit. Das Eisen und die Kohle hatten sich tief in die Leiber und Seelen dieser anderen Männer eingefressen.

Eingefleischte Häßlichkeit, und dennoch lebendig. Was würde aus ihnen allen werden? Vielleicht würden sie mit dem Hinschwinden der Kohle wiederum vom Angesicht der Erde verschwinden. Sie waren zu Tausenden aus dem Nichts aufgetaucht, als die Kohle nach ihnen rief. Vielleicht waren sie eine unheimliche Fauna der Kohlenflöze. Geschöpfe einer andern Wirklichkeit waren sie, Elementarwesen, die den Elementen der Kohle dienten, wie die Metallarbeiter elementare, den Elementen des Eisens Dienende waren. Männer, die keine Menschen waren, sondern Tiere der Kohle, des Eisens und des Lehms. Fauna der Elemente, des Kohlenstoffes, des Eisens, des Siliziums: Elementarwesen. Sie besaßen vielleicht etwas von der unheimlichen, unmenschlichen Schönheit der Minerale, etwas vom Glanz der Kohle, von der Schwere und Bläue und Widerstandskraft des Eisens, von der Durchsichtigkeit des Quarzes. Elementare Wesen, unheimlich und ungestalt, Wesen des Mineralreichs. Sie gehörten der Kohle, dem Eisen, dem Lehm an wie Fische dem Wasser und Würmer dem modrigen Holz. Der Hauch mineralischen Zerfalls.

Connie war froh, wieder zu Hause zu sein, den Kopf in den Sand zu stecken. Sie war sogar froh, Clifford wieder etwas vorplappern zu können. Denn die Angst vor dem Mittelengland der Kohle und des Eisens überfiel sie mit einem seltsamen Gefühl, das sie ganz durchdrang wie eine Grippe.

»Ich mußte natürlich in Miß Bentleys Laden meinen Tee trinken«, sagte sie.

»Wirklich? Winter hätte dich doch zum Tee dabehalten.«

»O ja. Aber ich traute mich nicht, Miß Bentley zu enttäuschen.«

Miß Bentley war eine käsige alte Jungfer, die eine reichlich große Nase und romantische Veranlagung besaß und mit sorgfältigem Eifer, der eines Sakramentes würdig gewesen wäre, Tee ausschenkte.

»Hat sie nach mir gefragt?« erkundigte sich Clifford.

»Selbstverständlich! – Darf ich fragen, Euer Gnaden, wie sich Sir Clifford befindet? – Ich glaube, sie stellt dich noch höher als die Nurse Cavell.«

»Und du sagtest ihr vermutlich, ich sehe blühend aus.«

»Ja. Und sie sah so verzückt drein, als hätte ich ihr erzählt, der Himmel habe sich vor dir aufgetan. Ich sagte ihr, wenn sie einmal nach Tevershall komme, müsse sie dich besuchen.«

»Mich? Wozu, um Gottes willen? Mich besuchen!«

»Aber gewiß, Clifford. Du kannst doch nicht so angebetet werden, ohne dich ein klein wenig erkenntlich zu zeigen. Der heilige Georg von Kappadozien war nichts gegen dich in ihren Augen.«

»Und glaubst du, daß sie kommen wird?«

»Oh, sie errötete und sah wirklich schön aus für einen Augenblick, das arme Ding. Warum heiraten Männer nicht die Frauen, von denen sie wirklich angebetet würden?«

»Die Frauen beginnen zu spät mit dem Anbeten. Aber hat sie gesagt, daß sie kommen wird?«

»Ach!« Connie ahmte die atemlose Miß Bentley nach, »Euer Gnaden, wenn ich je wagen dürfte, es mir zu erlauben.«

»Wagen dürfte, es mir zu erlauben! Wie lächerlich! Aber ich hoffe zu Gott, daß sie nicht eines Tages hier erscheint. Und wie war ihr Tee?«

»Oh, von Lipton und sehr stark. Aber Clifford, bist du dir bewußt, daß du der Rosenroman der Miß Bentley und einer Menge ihresgleichen bist?«

»Auch dann fühlte ich mich nicht geschmeichelt.«

»Sie heben sich jedes deiner Bilder in den illustrierten Zeitungen wie einen Schatz auf und beten wahrscheinlich jeden Abend für dich. Es ist doch wundervoll!«

Sie ging hinauf, um sich umzukleiden.

An diesem Abend sagte er zu ihr: »Nicht wahr, du glaubst doch, daß etwas Ewiges an der Ehe ist?«

Sie blickte ihn an. »Aber Clifford, wie du das sagst, klingt es, als wäre die Ewigkeit ein Deckel, der sich über einem schließt, oder eine lange, lange Kette, die hinter einem nachschleift, wie weit man auch gehen mag.«

Er warf ihr einen verärgerten Blick zu. »Was ich meine«, sagte er, »ist, daß du, wenn du nach Venedig gehst, nicht in der Hoffnung auf eine Liebesaffäre hinfahren wirst, die du wirklich ernst nehmen könntest, nicht wahr?«

»Eine Liebesaffäre in Venedig wirklich ernst? Nein, wahrhaftig nicht. Ich versichere dir, ich würde eine Liebesaffäre in Venedig niemals anders als ein klein wenig ernst nehmen.«

Sie sprach in einem sonderbar verachtungsvollen Ton. Er blickte sie mit zusammengezogenen Brauen an.

Als sie am Morgen herunterkam, saß des Försters Hündin, Flossie, im Gange vor Cliffords Zimmer und winselte leise.

»Ja, Flossie«, sagte sie sanft, »was machst denn du hier?«

Und leise öffnete sie Cliffords Tür. Clifford saß im Bett, hatte sein Tischchen und die Schreibmaschine beiseite geschoben, und der Förster stand in dienstlicher Haltung am Fußende des Bettes. Flossie lief hinein. Mit einer schwachen Kopfbewegung und einem Augenwink sandte Mellors sie wieder vor die Tür, und sie schlich hinaus.

»Guten Morgen, Clifford«, sagte Connie. »Ich wußte nicht, daß du beschäftigt bist.« Dann blickte sie den Förster an und sagte ihm Gutenmorgen. Er murmelte seine Antwort und sah sie dabei nur halb an. Aber sie spürte einen Hauch der Leidenschaft sie berühren – von seiner bloßen Gegenwart.

»Habe ich dich gestört, Clifford? Das tut mir leid.«

»Nein, es ist nichts von Wichtigkeit.«

Sie schlüpfte aus dem Zimmer und hinauf in den blauen Salon im ersten Stock.

Sie saß in der Fensternische und sah ihn den Zufahrtsweg hinabgehen mit seinem merkwürdigen, stillen Gang, als machte er sich unsichtbar. Er besaß eine natürliche Art ruhiger Vornehmheit, einen fernen Stolz und auch etwas Zartes, beinahe Gebrechliches im Aussehen. Ein Schwächling? Einer von Cliffords Untergebenen.

›Nicht durch die Schuld der Sterne, lieber Brutus,
Durch eigne Schuld nur sind wir Untergeb'ne.‹

War er ein Untergeb'ner, ein Knecht? War er das? Und wofür hielt er sie?

Es war ein sonniger Tag, Connie arbeitete im Garten, und Mrs. Bolton half ihr dabei. Aus irgend einem Grunde waren die beiden Frauen einander nahe gekommen, in einer jener Regungen des unerklärlichen Flutens und Ebbens von Sympathie, das zwischen Menschen besteht. Sie waren damit beschäftigt, Nelken zu stecken und kleine Pflanzen für den Sommer einzusetzen. Es war eine Arbeit, die beide liebten. Besonders Connie bereitete es Vergnügen, die weichen Wurzeln junger Pflanzen in eine weiche, schwarze Masse zu tun und sie darin einzubetten. An diesem Frühlingsmorgen fühlte sie ein Zucken in ihrem Schoß, als hätte der Sonnenschein ihn berührt und ihn glücklich gemacht.

»Es ist wohl schon viele Jahre her, seit Sie Ihren Mann verloren haben?« fragte sie Mrs. Bolton, während sie wieder eine Pflanze ergriff und in das vorbereitete Loch setzte.

»Dreiundzwanzig«, erwiderte Mrs. Bolton, während sie die jungen Akeleipflanzen voneinander trennte. »Dreiundzwanzig Jahre, seit sie ihn heimgebracht haben.«

Connies Herzen gab es einen Stich bei der schrecklichen Endgültigkeit dieses »ihn heimgebracht haben«.

»Warum ist er ums Leben gekommen, was glauben Sie wohl?« fragte sie. »Er war glücklich mit Ihnen, nicht wahr?«

Es war die Frage einer Frau an eine Frau. Mrs. Bolton strich sich mit dem Handrücken eine Haarsträhne aus der Stirn.

»Ich weiß nicht, Euer Gnaden. Es war so, als wollt' er sich den Dingen nicht fügen; er hat nicht wirklich mit den übrigen mitgehn wollen. Und dann ist es ihm wie nichts sonst auf der Welt verhaßt gewesen, sich zu ducken. Eine Widerspenstigkeit, die in den Tod rennt. Sehen Sie, in Wirklichkeit hat ihm nichts dran gelegen. Ich glaube, die Grube hat ihn so gemacht. Er hätte niemals drunten im Schacht sein dürfen. Aber sein Vater hat ihn zum Einfahren gezwungen, als er noch ein Bub war; und dann, wenn man einmal über zwanzig ist, ist es nicht mehr sehr leicht, wieder herauszukommen.«

»Sagte er, daß es ihm verhaßt war?«

»O nein, nie. Er hatt's nie gesagt, wenn ihm was verhaßt war. Bloß ein komisches Gesicht gemacht. Er war einer von denen, die einfach nicht achtgeben wollen. Wie einige von den Burschen, die als erste und so selig ins Feld sind, und die es gleich erwischt hat. Er war nicht wirklich waghalsig. Aber er hat nicht achtgeben wollen. Ich habe ihm oft gesagt: ›Dir liegt an nichts und an niemand‹. Aber das war nicht richtig. Wie er dagesessen ist, als ich mein erstes Kind gekriegt habe, ganz still, und die schicksalergebenen Augen, mit denen er mich angesehen hat, als es vorüber war! Ich habe es schwer gehabt, aber, ich hab ihn trösten müssen. ›Ist schon gut, Junge, ist schon gut‹, habe ich zu ihm gesagt. Und er hat mir einen Blick zugeworfen und mich so mit seinem komischen Lächeln angeschaut. Er hat zwar nie was gesagt, aber ich glaube nicht, daß er von da an in der Nacht das richtige Vergnügen an mir gehabt hat; er hat sich nie wirklich gehen lassen wollen. Ich hab zu ihm gesagt: ›Halt' dich nicht zurück, Liebster, laß' es darauf ankommen!‹ Ich habe manchmal so mit ihm gesprochen, wie die Leute reden. Und er hat nichts drauf gesagt. Aber er hat sich nicht gehen lassen wollen. Oder er konnt's nicht. Er hat nicht haben wollen, daß ich noch mehr Kinder kriege. Ich hab seiner Mutter immer die Schuld gegeben, weil sie ihn damals im Zimmer hat sein lassen. Er hat da nichts zu suchen gehabt. Die Männer machen so viel mehr aus allem, wenn sie einmal zum grübeln anfangen.«

»Hat er sich so viel daraus gemacht?« fragte Connie verwundert.

»Ja. Er hat es nicht so recht als natürlich nehmen können, all die Schmerzen. Und es hat ihm das Vergnügen an seinem bißchen ehelicher Liebe verdorben. Ich hab' zu Ihm gesagt: ›Wenn ich mir nichts daraus mache, warum machst du dir was draus? Es ist ja mein Schaden.‹ Aber alles, was er mir darauf geantwortet hat, war: ›Es ist nicht recht!‹«

»Vielleicht war er zu empfindlich«, meinte Connie. »Ja, da war's. Wenn man die Männer einmal näher kennenlernt, dann sind sie so: zu empfindlich am unrechten Ort. Und ich glaub', ohne daß er's wußte, hat er den Schacht gehaßt. Einfach gehaßt. So friedlich hat er ausgesehen, wie er tot war, als ob er frei geworden wär'. Er war so ein hübscher Bursche. Es hat mir einfach das Herz gebrochen, ihn so zu sehn. So still und rein, als wenn er hätt' sterben wollen. Oh, das hat mir völlig das Herz gebrochen, wirklich wahr. Aber es war schon der Schacht.«

Sie weinte ein paar bittere Tränen, und Connie weinte noch mehr. Es war ein warmer Frühlingstag mit einem Duft von Erde und gelben Blumen und vielen Dingen, die Knospen trieben, und der Garten war förmlich gestillt vom Saft des Sonnenscheins.

»Es muß schrecklich für Sie gewesen sein«, sagte Connie. »Oh, Euer Gnaden! Ich hab's zuerst gar nicht begriffen. Ich hab' nur sagen können: ›O mein Junge, warum hast du mich verlassen woll'n‹ — das war alles, was ich hab' schreien können. Aber irgendwie hab' ich gefühlt, daß er zurückkommen wird.«

»Aber er hat Sie doch nicht verlassen wollen«, warf Connie ein.

»Nein, nein, Euer Gnaden, das war nur so mein dummes Geschrei. Und ich hab' immer weiter darauf gewartet, daß er zurückkommen wird. Besonders in der Nacht. Ich bin immer wieder aufgewacht und hab' mir gedacht: Wie kommt denn das, er ist ja nicht bei mir im Bett! Es war, als wenn ich's mit'm Herzen nicht hätt' glauben wollen, daß er nicht mehr da war. Ich hab' einfach das Gefühl gehabt, er wird zurückkommen müssen und bei mir liegen, daß ich ihn bei mir fühlen könnte. Das war alles, was ich hab' wollen; ihn da bei mir fühlen, warm bei mir. Und es hat mich tausend Schrecken gekostet, bevor ich gewußt hab', er wird nicht zurückkommen; Jahre hat mich das gekostet.«

»Die Berührung mit ihm«, sagt Connie.

»Ja, das ist's, Euer Gnaden! Die Berührung mit ihm. Ich bin bis heut' nicht darüber weggenommen, und ich werd's nie. Und wenn's einen Himmel droben gibt, wird er auch da sein und wird bei mir liegen, so daß ich schlafen kann.«

Connie warf einen ängstlichen Seitenblick auf das hübsche, grüblerische Gesicht. Noch ein leidenschaftlicher Mensch aus Tevershall! Die Berührung mit ihm! Denn es ist der Liebe Fessel schwer zu lösen!

»Es ist schrecklich, wenn einem ein Mann einmal ins Blut gegangen ist«, sagte sie.

»Oh, Euer Gnaden, und das ist's, was einen so verbittert macht: daß man fühlt, die Leute haben ihn töten wollen. Oh, ich hab's gefühlt, daß, wenn's nicht wegen dem Schacht gewesen wär' und wegen denen, die was den Schacht leiten tun, da hätt's kein Verlassen gegeben. Aber sie alle wollen durchaus eine Frau und einen Mann auseinanderbringen, die beieinander sind.«

»Die körperlich beieinander sind«, ergänzte Connie.

»Ja, da ist richtig, Euer Gnaden. Es gibt eine Menge hartherziger Leut' auf der Welt. Und jede Früh, wenn er aufgestanden und zum Schacht gegangen ist, hab' ich gefühlt, daß es unrecht ist, unrecht! Aber was sonst hätt' er tun sollen? Was kann ein Mann tun?«

Ein seltsamer Haß flammte in der Frau auf.

»Aber kann das Gefühl einer Berührung so lange dauern?« fragte Connie plötzlich. »Daß Sie ihn so lange fühlen konnten?«

»Oh, Euer Gnaden, was gibt's denn sonst, das dauern könnt'? Die Kinder entwachsen einem sozusagen, aber der Mann, na ja...! Aber sogar das möchten sie am liebste in einem umbringen, sogar den Gedanken an seine Berührung. Sogar die eigenen Kinder möchten das. Ah ja, wir wären vielleicht auch, wenn's anders gekommen wäre, auseinandergeraten, wer weiß? Aber das ist dann ein anderes Gefühl. Es ist vielleicht besser, wenn einem nichts nahegeht. Aber wenn ich mir dann wieder Frauen anschaue, die niemals richtig durchgewärmt worden sind von einem Mann, ja, dann tun sie mir alle leid, ganz gleich, wie sie sich fein anzieh'n und großtun mögen. Nein, ich bleibe schon bei dem meinem. Ich habe nicht viel Hochachtung vor den Leuten.«

ZWÖLFTES KAPITEL

Connie ging gleich nach dem Mittagessen in den Wald. Es war wirklich ein herrlicher Tag. Die ersten Löwenzahnblüten bildeten kleine Sonnen, die ersten Margeriten leuchteten so weiß. Das Haseldickicht war ein Netzwerk aus halbentfalteten Blättern und den letzten, stäubenden Senkrechten der Kätzchen. Die Blüten des gelben Schöllkrauts waren nun in Scharen da, flach geöffnet, zurückgestülpt in ihrer Hast und ihrem gelben Glitzern. Es war das Gelb, das kraftvolle Gelb des frühen Sommers. Und die Primeln waren breit und voll blassen Hingegebenseins, dichtstehende Primeln, nicht länger mehr scheu. Das saftige dunkle Grün der Traubenhyazinthen war ein Meer, aus dem Knospen aufragten wie blasse Kornähren, während in der Schneise die Vergißmeinnicht sich flaumig erhoben und die Akelei ihre tinten-violetten Rüschen entfaltete; und Stückchen bläulicher Eierschalen lagen unter einem Busch. Überall schwellende Knospen und das Hervorbrechen des Lebens.

Der Förster war nicht in der Hütte. Alles war Heiterkeit; braune Küken liefen lustig umher. Connie schritt weiter, gegen das Forsthaus zu, denn sie wollte ihn finden.

Das Forsthaus stand in der Sonne, ein Stück weit vom Waldrand weg. In dem kleinen Garten reckten sich die gefüllten Narzissen in Büscheln nahe der weit offenen Tür, und rote Tausendschönchen bildeten eine Einfassung des Pfades. Das Bellen eines Hundes ertönte, und Flossie kam angelaufen.

Die Haustür stand weit offen. Also war er zu Hause! Und das Sonnenlicht auf dem roten Ziegelboden! Als sie den Pfad hinaufschritt, sah sie ihn durchs Fenster in Hemdsärmeln am Tische sitzen und essen. Die Hündin wuffte leise und wedelte langsam mit dem Schweif.

Der Förster stand auf und kam zur Tür, wischte sich den Mund mit einem roten Taschentuch, während er noch kaute. »Darf ich hinein?« fragte sie.

»Komm doch ’rein!«

Die Sonne schien in den kahlen Raum, und es roch noch immer nach einem Hammelkotelett, das in einem Bratrohr zubereitet worden war, denn es stand noch auf dem Vorsatz und die schwarze Kartoffelpfanne auf einem Stück Papier daneben auf dem weißen Herd. Das Feuer war zu roter Glut zusammengesunken, die Kesselschwinge war herabgelassen, der Kessel summte. Auf dem Tisch stand ein Teller mit Kartoffeln und den Überresten des Koteletts, Brot in einem Korb, Salz und ein blauer Krug mit Bier. Das Tischtuch war ein weißes Wachstuch.

Der Förster stand im Schatten.

»Du bist spät dran«, sagte sie. »Iß doch weiter.« Sie zog einen Holzstuhl ins Sonnenlicht an die Tür und setzte sich.

»Ich müßte nach Uthwaite«, sagte er und setzte sich wieder an den Tisch, aß aber nicht.

»Iß doch«, redete sie ihm zu.

Aber er berührte die Speisen nicht.

»Willst du nicht etwas essen?« fragte er. »Willst du eine Tasse Tee? Das Wasser kocht schon.« Er erhob sich halb von seinem Stuhl.

»Wenn du mich den Tee machen lassen willst«, sagte sie, sich erhebend. Er schien traurig, und sie fühlte, sie belästige ihn.

»Ja, die Teekanne ist dort drinnen.« Er wies auf einen kleinen dunklen Geschirrschrank in der Ecke. »Und die Tassen auch. Der Tee steht gerade über dir.«

Sie nahm die schwarze Teekanne aus dem Schrank und die Teebüchse vom Kaminsims. Sie spülte die Teekanne mit heißem Wasser aus und stand einen Augenblick und zögerte, wohin sie sie ausleeren sollte.

»Schütt's draußen aus«, sagte er, als er es bemerkte. »Es ist ja sauber.«

Sie ging zur Tür und goß das bißchen Wasser auf den Weg.

Wie schön es hier war, wie still! So richtig im Wald. Die Eichen setzten ockergelbe Blätter an, die Tausendschönchen im Garten waren wie rote Samtknöpfe. Sie blickte auf die große, ausgetretene Sandsteinplatte der Schwelle, die nun von so wenigen Füßen überschritten wurde.

»Es ist wundervoll hier«, sagte sie. »Solch eine schöne Stille, alles ist lebendig und still.«

Er aß wieder, recht langsam und unwillig, und sie konnte fühlen, daß er bedrückt war. Sie bereitete schweigend den Tee und setzte die Teekanne auf den Kaminvorsprung, wie sie es von den Leuten gesehen hatte. Er schob seinen Teller beiseite und ging nach hinten, sie hörte ein Schloß einschnappen, dann kam er mit einem Stück Käse auf einem Teller und Butter zurück.

Sie stellte die beiden Teetassen auf den Tisch; es waren nur zwei da.

»Willst du eine Tasse Tee?« fragte sie.

»Ja bitte. Wenn du so gut sein willst. Zucker ist im Geschirrschrank. Ein Milchkännchen gibt's auch. Die Milch steht in einem Krug in der Speisekammer.«

»Soll ich deinen Teller wegräumen?« fragte sie. Er blickte mit einem schwachen, ironischen Lächeln zu ihr auf. »Ja,...wenn du willst«, sagte er und aß langsam Brot und Käse. Sie ging nach hinten, in die offene Abwaschküche, wo die Pumpe stand. Zur Linken war eine Tür, die zweifellos in die Speisekammer führte. Sie öffnete sie und lächelte beinahe über das, was er eine Speisekammer nannte: eine schmale, weißgetünchte Art Wandschrank, aber groß genug für ein Fäßchen Bier und ein paar Schüsseln und kleine Vorräte von Lebensmitteln. Sie nahm ein wenig Milch aus dem gelben Krug.

»Wie bekommst du deine Milch?« fragte sie ihn, als sie an den Tisch zurückkehrte.

»Von den Flints. Sie stellen mir eine Flasche hin, wo die Schonung anfängt. Dort, wo ich dich getroffen habe.«

Aber er war bedrückt. Sie schenkte den Tee ein, zögerte mit der Milchkanne.

»Keine Milch«, sagte er. Dann schien er ein Geräusch zu hören und blickte scharf durch die Tür hinaus. »Sollten wir sie nicht lieber zumachen«, meinte er.

»Es scheint so schade«, erwiderte sie. »Hierher kommt ja niemand. Oder doch?«

»Höchstens alle Schaltjahre einmal. Aber man kann ja nie wissen.

»Und auch dann liegt nichts daran«, sagte sie. »Ich trinke doch bloß eine Tasse Tee. Wo sind die Löffel?« Er langte hinüber und zog die Tischlade auf. Connie trank ihren Tee, während sie im Sonnenschein in der Tür saß. »Flossie«, sagte er zu der Hündin, die auf einer kleinen Matte am Fuße der Stiege lag, »geh, paß auf, paß auf!« Er hob den Finger und sein »Paß auf!« klang sehr eindringlich. Die Hündin trottete hinaus, um zu kundschaften.

»Bist du traurig heute?« fragte sie ihn.

Er wandte ihr schnell seine blauen Augen zu und blickte sie voll an.

»Traurig? Nein, verärgert. Ich hab' Vorladungen ausstellen lassen müssen für zwei Wilderer, die ich erwischt hab', und ich weiß nicht, ich kann Menschen eben nicht leiden.«

Er sprach nüchterne Schriftsprache, und aus seiner Stimme klang Zorn.

»Ist es dir verhaßt, Förster zu sein?« fragte sie.

»Förster? Nein. Nicht, solange ich in Ruhe gelassen werde. Aber wenn ich bei der Gendarmerie zu tun habe und sonst noch wer weiß wo, und warten muß, bis ein Haufen Narren sich endlich um meine Sache kümmert... Na ja, da werd' ich wild...« Und er lächelte mit einem gewissen leisen Humor.

»Könntest du nicht wirklich unabhängig sein?« fragte sie.

»Ich? Ich glaube, ich könnte es, wenn du damit meinst, ob

meine Pension dazu ausreicht. Ich könnte es. Aber ich muß einfach arbeiten, sonst würde ich draufgehen. Das heißt, ich muß etwas haben, was mich beschäftigt hält. Und meine Stimmung ist nicht gut genug, als daß ich für mich selbst arbeiten könnte. Es muß irgend etwas für jemand anderen sein, oder ich würde es nach einem Monat hinschmeißen, einfach aus schlechter Laune. So im ganzen geht es mir hier recht gut, besonders in letzter Zeit...«

Er lachte ihr wiederum mit humorvollem Spott zu.

»Aber warum bist du schlechter Laune«, fragte sie. »Willst du damit sagen, daß du immer schlechter Laune bist?«

»So ziemlich«, sagte er lachend. »Ich verdaue meine Galle nicht ganz.«

»Galle?« fragte sie.

»Galle!« sagte er. »Weißt du nicht, was das ist?« Sie verstummte und war enttäuscht. Er beachtete sie nicht.

»Ich fahre nächsten Monat für einige Zeit weg«, sagte sie.

»Was du nicht sagst! Wohin?«

»Venedig.«

»Venedig! Mit Sir Clifford? Für wie lange?«

»Für einen Monat oder so«, erwiderte sie. »Clifford fährt nicht mit.«

»Er bleibt hier?« fragte er.

»Ja, Reisen ist ihm zuwider, bei seinem Zustand.«

»Freilich, der arme Teufel«, sagte er in einem Ton des Mitgefühls.

Es entstand eine Pause.

»Du wirst mich nicht vergessen, wenn ich weg bin, nicht wahr?« fragte sie. Abermals hob er den Blick und sah sie voll an.

»Vergessen?« wiederholte er. »Du weißt doch, daß niemand vergißt. Es ist keine Sache des Gedächtnisses.«

Sie wollte fragen: »Was sonst?« aber sie unterließ es. Statt dessen sagte sie mit tonloser Stimme: »Ich habe Clifford gesagt, ich werde vielleicht ein Kind bekommen.«

Nun blickte er sie wirklich an, gespannt und forschend.

»Das hast du getan?« fragte er endlich. »Und was hat er gesagt?«

»Oh, Clifford hätte nichts dagegen. Er wäre wirklich froh, solange es sein Kind zu sein schiene.« Sie wagte nicht, zu ihm aufzublicken.

Er schwieg lange Zeit, dann sah er ihr wieder ins Gesicht.

»Keine Erwähnung meiner Person selbstverständlich?« fragte er.

»Nein, keine«, erwiderte sie.

»Freilich nicht. Er würde mich kaum als Ersatzzeuger verdauen können. Woher sollst du also dann das Kind bekommen haben?«

»Ich könnte in Venedig ein Verhältnis anfangen«, sagte sie.

»Du könntest«, erwiderte er langsam. »Also darum fährst du.«

»Nicht, um das Verhältnis zu haben«, fiel sie ein und blickte flehend zu ihm auf.

»Nur den Anschein eines solchen«, meinte er.

Es folgte ein Schweigen. Er saß da und starrte mit einem leisen Grinsen, halb Spott, halb Verbitterung, zum Fenster hinaus. Sie haßte sein Grinsen.

»Du hast also keine Vorsichtsmaßregeln dagegen angewendet, ein Kind zu kriegen?« fragte er plötzlich. »Ich hab' das nämlich nicht getan.«

»Nein«, erwiderte sie leise. »Ich kann sowas nicht ausstehen.«

Er blickte in ihr Gesicht und dann wieder mit dem eigenartigen, verschlagenen Grinsen aus dem Fenster. Es herrschte ein gespanntes Schweigen.

Endlich wandte er sich ihr zu und sagte höhnisch:

»Darum also hast du mich haben wollen? Um ein Kind zu kriegen?«

Sie ließ den Kopf hängen. »Nein, nicht wirklich.«

»Und warum wirklich?« fragte er recht beißend.

Sie blickte ihn vorwurfsvoll an und murmelte: »Ich weiß nicht.« Er brach in ein Gelächter aus.

»Dann will ich verdammt sein, wenn ich es weiß.«

Es folgte eine lange Pause des Schweigens, eines kalten Schweigens.

»Nun,« sagte er schließlich, »wie es Ihrer Gnaden beliebt. Wenn du das Kind bekommst, ist es Sir Clifford gegönnt. Ich werde nichts verloren haben. Im Gegenteil. Ich habe ein sehr hübsches Erlebnis gehabt. Ein sehr hübsches, wahrhaftig!« Und er streckte sich mit einem halbunterdrückten Gähnen. »Wenn du von mir Gebrauch gemacht hast«, fuhr er fort, »ist es nicht das erste Mal, daß man von mir Gebrauch gemacht hat. Und ich glaube nicht, daß es je so angenehm gewesen ist wie diesmal. Obwohl man sich natürlich nicht ungeheuer würdevoll dabei vorkommen kann.« Er streckte sich abermals ganz seltsam, mit zuckenden Muskeln und sonderbar entschlossenem Gesicht.

»Aber ich habe nicht Gebrauch von dir gemacht«, sagte sie flehend.

»Euer Gnaden stets zu Diensten«, erwiderte er.

»Nein«, sagte sie. »Ich habe deinen Körper gern.«

»So, hast du?« gab er zurück und lachte. »Na, dann sind wir quitt. Denn ich hab deinen gern.«

Er sah sie mit seltsam dunklen Augen an.

»Möchtest du jetzt hinaufkommen?« fragte er sie mit gepreßter Stimme.

»Nein, nicht hier, nicht jetzt«, sagte sie dumpf. Obgleich sie, wenn er nur im geringsten von seiner Gewalt über sie Gebrauch gemacht hätte, hinaufgegangen wäre; denn gegen ihn besaß sie keine Kraft.

Er wandte sein Gesicht wieder ab und schien sie zu vergessen.

»Ich möchte dich berühren, wie du mich berührst«, sagte sie. »Ich habe deinen Körper nie wirklich berührt.«

Er blickte sie an und lächelte wieder »Jetzt?« fragte er.

»Nein, nein! Nicht hier. In der Hütte. Hättest du was dagegen?«

»Wie berühre ich dich denn?« fragte er.

»Wenn du mich streichelst.«

Er blickte sie an und begegnete ihren bekümmerten, angstvollen Augen.

»Und hast du es gern, wenn ich dich streichle?« fragte er und lachte sie noch immer an.

»Ja. Und du?«

»Oh, ich!« Dann änderte er seinen Ton. »Ja«, sagte er. »Du weißt es, ohne zu fragen.« Und das war wahr.

Sie erhob sich und ergriff ihren Hut. »Ich muß gehen«, sagte sie.

»Willst du wirklich schon gehen?« erwiderte er höflich.

Sie wollte, er solle sie berühren, er solle etwas zu ihr sagen. Aber er sagte nichts, er wartete bloß höflich.

»Danke schön für den Tee«, sagte sie.

»Ich habe Euer Gnaden noch nicht gedankt, meiner Teekanne die Ehre erwiesen zu haben«, erwiderte er.

Sie schritt den Pfad hinab, und er stand mit einem leisen Grinsen an der Tür.

Flossie kam mit hocherhobenem Schweif herbeigelaufen. Und Connie mußte stumm hinübertrotten in den Wald, und dabei wußte sie, daß er da stand und sie beobachtete mit diesem unbegreiflichen Grinsen auf seinem Gesicht.

Sie ging sehr niedergeschlagen und verärgert heim. Sein Ausspruch, daß man Gebrauch von ihm gemacht habe, gefiel ihr gar nicht. Denn in gewissem Sinne war es wahr. Aber er hätte es nicht sagen sollen. Und so schwankte sie wiederum zwischen zwei Gefühlen: dem Groll gegen ihn und dem Verlangen, sich mit ihm zu versöhnen.

Sie verbrachte eine sehr unbehagliche und gereizte Stunde mit Clifford am Teetisch und ging dann sogleich in ihr Zimmer hinauf. Aber auch dort war es nicht anders; sie konnte keine Ruhe finden. Sie mußte etwas unternehmen. Sie durfte es nicht auf sich beruhen lassen. Sie würde zur Hütte zurückgehen müssen – wenn er nicht dort wäre, schön und gut. Sie schlüpfte aus der Seitentür und nahm geradewegs und ein wenig verdrossen die Richtung auf die

Hütte. Als sie zu der Lichtung kam, war sie schrecklich unruhig. Aber da war er wieder, in Hemdsärmeln, auf die Erde gekauert, und ließ die Hennen aus den Brutkästen zu den Fasanenküken, die nun ein wenig tolpatschig wurden, aber viel schmucker aussahen als junge Hühner.

Sie ging geradewegs zu ihm hinüber.

»Siehst du, ich bin gekommen«, sagte sie.

»Ja, das sehe ich«, erwiderte er, richtete sich auf und blickte sie mit leiser Belustigung an.

»Läßt du die Hennen jetzt heraus?« fragte sie.

»Ja, die haben gebrütet, bis sie nur noch Haut und Knochen waren«, sagte er. »Jetzt haben sie es gar nicht so eilig, herauszukommen und zu fressen. Eine Bruthenne ist selbst überhaupt nichts. Sie ist ganz Eier und Küken.«

»Die armen Mutterhennen! Solch' blinde Aufopferung sogar für die Jungen, die nicht ihr eigen sind.« Connie blickte sie mit Mitgefühl an. Ein hilfloses Schwiegen entstand zwischen dem Mann und der Frau.

»Sollen wir in die Hütte gehen?« fragte er. »Willst du mich?« fragte sie mit einer Art Mißtrauen. »Ja, wenn du mitkommst.«

»Ich will.«

»Dann komm!«

Und sie ging mit ihm in die Hütte. Es war ganz dunkel, als er die Türe geschlossen hatte, und so entzündete er, wie schon das vorige Mal, ein kleines Licht in der Laterne.

»Hast du dein Unterzeug daheim gelassen?« fragte er.

»Ja.«

»Gut, dann werde ich mich auch ausziehen.«

Er breitete die Decke aus und legte eine zum Zudecken an die Seite. Sie nahm ihren Hut ab und schüttelte ihr Haar. Er setzte sich, zog seine Schuhe und Gamaschen und seine Kniehosen aus.

»Leg' dich jetzt hin«, sagte er, als er im Hemd dastand. Sie gehorchte schweigend, und er legte sich neben sie und zog die Decke über sie beide.

»So!« sagte er und er schob ihr Kleid ganz hinauf, bis er sogar an ihre Brüste kam. Er küßte sie sanft und nahm mit winzigen Liebkosungen die Knospen zwischen seine Lippen.

»Ach, bist du lieb!« Und er rieb plötzlich mit einer kuschelnden Bewegung sein Gesicht an ihrem warmen Bauch. Und sie schlang ihre Arme um ihn, unter seinem Hemd, aber sie fürchtete sich, sie fürchtete sich vor seinem schmalen, nackten Körper, der so kraftvoll schien, sie fürchtete sich vor seinen ungestümen Muskeln. Sie wich furchtsam zurück.

Und als er mit einer Art kurzen Auflachens sagte: »Ach, bist du lieb«, erbebte etwas in ihr, und etwas in ihrem Geiste wurde starr vor Widerstand, erstarrte vor der schrecklichen physischen Vertraulichkeit, vor der eigenartigen Hast seiner Besitzergreifung. Und diesmal überkam die scharfe Ekstase ihrer eigenen Leidenschaft sie nicht; sie lag, die Hände untätig auf seinem sich mühenden Körper, und sie mochte tun, was sie wollte, ihr Geist schien vom Scheitel ihres Kopfes aus zuzusehen, und das Stoßen seiner Hüften erschien ihr lächerlich; und dieser Eifer seines Penis, zu seinem kleinen Orgasmus zu gelangen, schien possenhaft. Ja, dies war die Liebe! Dieses lächerliche Hüpfen der Hinterbacken und dieses Schrumpfen des armen, unansehnlichen, feuchten kleinen Penis. Dies war die göttliche Liebe! Schließlich hatten Menschen von heutzutage recht, wenn sie Verachtung für diese Verrichtung empfanden; denn es war eine Verrichtung. Es war vollkommen richtig, wie manche Dichter sagten, daß der Gott, der den Menschen erschaffen hatte, einen finsteren Sinn für Humor gehabt haben mußte, da er ihn als vernünftiges Wesen erschafen und ihn doch gezwungen hatte, diese lächerliche Stellung einzunehmen, und ihn dazu antrieb, ihn antrieb durch ein blindes Lechzen nach dieser lächerlichen Verrichtung. Sogar ein Maupassant fand in ihr eine erniedrigende Antiklimax. Die Menschen verachteten den Geschlechtsakt und führten ihn dennoch aus.

Kalt und spöttisch stand ihr eigensinniger Frauengeist abseits, und obgleich sie vollkommen still lag, empfand sie den Trieb, ihre Lenden zu spannen und den Mann hinauszuwerfen, seinem häßlichen Zugriff und dem sie überrumpelnden Stoßen seiner absurden Hüften zu entkommen. Sein Körper war ein närrisches, unverschämtes, unvollkommenes Ding, ein wenig widerlich in seiner plumpen Unfertigkeit. Denn sicherlich, eine vollkommenere Evolution würde diese Verrichtung abschaffen, diese »Funktion«.

Und doch, als er zu Ende war – es war so bald vorbei – und ganz, ganz ruhig dalag, in ein Schweigen zurückweichend und in eine fremdartige, regungslose Ferne, weit, weit weg, weiter als der Horizont ihres Bewußtseins, da begann ihr Herz zu weinen. Sie konnte fühlen, wie er hinwegebbte – hinwegebbte und sie da am Ufer liegen ließ wie einen Stein. Er zog sich zurück, sein Geist verließ sie. Er wußte nichts.

In wirklichem Kummer, gequält von ihrer zweifachen Bewußtheit und Reaktion, begann sie zu weinen. Er beachtete es nicht oder merkte es nicht einmal. Der Sturm von Tränen schwellte und schüttelte sie und schüttelte auch ihn.

»Ja«, sagte er, »diesmal war es nicht gut. Du bist nicht gekommen.« Also wußte er! Ihr Schluchzen wurde heftig. »Aber was ist schon dabei«, fuhr er fort. »Das passiert halt manchmal.«

»Ich... ich kann dich nicht lieben«, schluchzte sie, und fühlte plötzlich, daß ihr das Herz brach.

»Kannst du nicht? Wein nicht! Es steht ja nirgends geschrieben, daß du mich lieben mußt. Nimm's halt wie es ist.«

Er lag noch immer mit der Hand auf ihrer Brust da. Sie aber hatte beide Hände von ihm weggezogen. Seine Worte waren ihr ein geringer Trost. Sie schluchzte laut.

»Na komm!« sagte er. »Nimm das Fette mit dem Mageren. Diesmal war es halt ein Stück Mageres.«

Sie weinte bitterlich und schluchzte:»Aber ich will dich lieben, und ich kann nicht. Es ist so schrecklich.«

Er lachte ein wenig, halb bitter, halb belustigt.

»Es ist doch kein Beinbruch«, sagte er. »Auch wenn du das denkst. Du kannst es auch nicht schrecklich machen. Denk' nicht darüber nach, ob du mich liebst. Du darfst dich nicht dazu zwingen. Manchmal ist in einem Korb auch eine taube Nuß. Man muß es nehmen, wie es kommt.«

Er zog seine Hand von ihrer Brust weg und berührte sie nicht mehr. Und nun, da sie unberührt blieb, empfand sie eine beinahe eigensinnige Genugtuung darüber. Sie haßte den Dialekt: dieses ›Wein nicht‹ und ›Tue nicht‹. Er natürlich, er konnte aufstehen, wann es ihm beliebte, und da stehen und gerade vor ihr diese lächerlichen Manchestersamthosen zuknöpfen. Michaelis hatte schließlich doch den Anstand besessen, sich abzuwenden. Aber dieser Mann da war seiner selbst so sicher – er wußte nicht, als was für ein Clown er andern Leuten erschien, – solch ein halberzogener Geselle!

Und doch, als er sich nun tatsächlich von ihr entfernte, um schweigend aufzustehen und sie zu verlassen, hielt sie ihn angstvoll fest.

»Nicht, geh nicht weg! Verlaß mich nicht! Sei nicht böse mit mir! Halt mich, halt mich fest!« flüsterte sie in blinder Raserei, nicht wissend, was sie sagte, und klammerte sich mit unheimlicher Kraft an ihn. Vor sich selbst wollte sie gerettet werden, vor ihrem eigenen innerlichen Zorn und Widerstand. Und doch, wie machtvoll war dieser innerliche Widerstand, der sie beherrschte!

Er nahm sie wieder in seine Arme und zog sie an sich, und plötzlich wurde sie klein in seinen Armen, klein und anschmiegsam. Weg war der Widerstand. Er war weg, und sie begann in einem wunderbaren Frieden dahinzuschmelzen. Und während sie, klein und wonnevoll, in seinen Armen verging, wurde sie ihm unendlich begehrenswert. Alle seine Adern schienen ihn mit heftigem und doch zärtlichem Verlangen nach ihr zu verbrühen, nach ihrer Weichheit, nach ihrer verzehrenden Schönheit in seinen Armen, die in sein Blut überging. Und sanft, mit jener wundervollen Liebkosung seiner Hand, die, in ihrem reinen, sanften Begehren, ihr beinahe die Sinne schwinden machte, strich er leise die seidige Neigung ihrer Lenden hinab, hinunter zwischen ihre weichen, warmen Schenkel, näher und näher zum lebendigsten Sitz ihres Lebens. Und sie fühlte ihn: er war eine Flamme von Begierde, aber eine zärtliche, und sie fühlte sich selbst in der Flamme dahinschmelzen. Sie ließ sich gehen. Sie fühlte seinen Penis mit stiller, erstaunlicher Kraft und Behauptung sich gegen sie erheben, und sie ließ sich gehen. Mit einem Zucken, das wie der Tod war, ergab sie sich und öffnete sich ihm ganz. Und oh, wenn er jetzt nicht zärtlich zu ihr wäre – wie grausam! Denn sie war ihm nun ganz offen und war hilflos.

Sie erbebte abermals vor dem machtvollen, unerbittlichen Eindringen in sie, das so seltsam und schrecklich war. Es mochte vielleicht mit dem Stoß eines Schwertes in ihren weich geöffneten Leib kommen, und das wäre der Tod. Sie klammerte sich in jäher, rasender Seelenangst an ihn. Aber er kam mit einem seltsamen, langsamen Stoß voll Frieden, mit dem dunkeln Stoß des Friedens und einer schweren, urzeitlichen Zärtlichkeit, die im Anbeginn die Welt schuf. Und die Furcht verebbte in ihrer Brust, ihr Herz wagte es, in Frieden zu vergehen, sie hielt nichts zurück. Sie wagte es, alles dahinzugeben, ihr ganzes Selbst, und sich von der Flut treiben zu lassen.

Und es schien ihr, sie sei wie das Meer – nichts als dunkle Wellen, die sich hoben und senkten, getragen von dem großen Schwall, sodaß langsam ihre ganze Dunkelheit in Bewegung geriet und sie das Weltmeer war, das seine dunkle, stumme Masse dahinrollte. Oh, und ganz innen in ihr öffneten sich ihre Tiefen und rollten auseinander von dem Mittelpunkt sanften Eintauchens, als der Taucher tiefer und tiefer drang, sie immer tiefer berührte, und sie wurde tiefer und tiefer erschlossen, und immer gewaltiger rollten die Wogen ihres Seins dahin an irgendein Ufer, enthüllten sie, und näher und näher tauchte das bebende Unbekannte, und weiter und weiter rollten die Wogen ihres Ich von ihr weg und ließen sie so, bis plötzlich in einem sanften, erschauernden Krampf der lebendigste Mittelpunkt ihres ganzen Seins getroffen wurde, bis sie sich berührt wußte und die Erfüllung sie überkam und sie verging. Sie verging, sie war nicht, und sie ward geboren: ein Weib.

Ah, zu köstlich, zu köstlich! Im Verebben ward sie sich der ganzen Köstlichkeit bewußt. Nun klammerte sich ihr ganzer Leib mit zärtlicher Liebe an den unbekannten Mann und blindlings an den erschlaffenden Penis, als er, nach dem wilden Stoß seiner Potenz, sich so zart und schwach und unschuldig zurückzog. Als es herausglitt und ihren Körper verließ, das geheimnisvolle, empfindliche Ding, entrang sich ihr ein unbewußter Schrei, klagend um unwiderbringlichen Verlust, und sie versuchte, es zurückzuhalten. Es war so herrlich gewesen! Und sie liebte es so.

Und erst jetzt wurde sie der kleinen, knospengleichen Heimlichkeit und Zartheit des Penis gewahr, und sie stieß einen leisen Ruf der schmerzlichen Verwunderung aus, und ihr Frauenherz schrie auf über die zarte Gebrechlichkeit dessen, was die Kraft gewesen war.

»Es war so wundervoll!« stöhnte sie, »so wundervoll!« Aber er sagte nichts, sondern küßte sie bloß sanft und lag still auf ihr. Und sie stöhnte in einer Art von Seligkeit, als ein Opfer, als etwas Neugeborenes.

Und nun war in ihrem Herzen das seltsam Wunderbare seines Wesens erweckt.

Ein Mann! Die seltsame Kraft der Männlichkeit! Ihre Hände wanderten, noch immer ein wenig furchtsam, über ihn hin. Furchtsam vor diesem fremdartigen, feindseligen, ein wenig abstoßenden Ding, das er für sie gewesen war, — ein Mann. Und nun berührte sie ihn, und da waren es die Söhne Gottes mit den Töchtern der Menschen. Wie schön er sich anfühlte, wie rein im Gewebe! Wie wundervoll, wie wundervoll stark, und doch rein und zart war solche Ruhe des empfindlichen Körpers. Solch eine völlige Stille von Kraft und zartem Fleisch! Wie schön, wie schön! Ihre Hände glitten furchtsam seinen Rücken hinab zu den weichen, kleinen Wölbungen seiner Hinterbacken. Schönheit! Welche Schönheit! Eine jähe kleine Flamme neuer Erkenntnis durchzuckte sie. Wie war sie möglich, diese Schönheit, hier, wo sie sich zuvor nur abgestoßen gefühlt hatte? Die unaussprechliche Schönheit in der Berührung der warmen, lebendigen Hinterbacken. Das Leben im Lebendigen, die schiere, warme, kraftvolle Herrlichkeit. Und die seltsame Schwere der Kugeln zwischen seinen Beinen! Welch ein Mysterium! Welch ein seltsames, schweres Gewicht des Mysteriums, das weich und schwer in ihrer Hand liegen konnte. Die Wurzeln! Die Wurzel alles dessen, was herrlich war, die Urwurzel aller vollen Schönheit!

Sie klammerte sich an ihn mit dem Stoßseufzer einer Verwunderung, die beinahe furchtsame Scheu und Schrekken war. Er hielt sie fest, aber er sagte nichts. Er würde nie etwas sagen. Sie drängte sich näher an ihn; näher, um nur ja dem sinnlichen Wunder seiner Person nahe zu sein, und aus seiner völligen, unverständlichen Stille fühlte sie wiederum das langsame, jähe, schwellende, neuerliche Sicherheben des Phallus, der anderen Macht. Und ihr Herz schmolz dahin in einer Art ehrfürchtiger Scheu.

Und dieses Mal war sein In-ihr-Sein ganz sanft und schimmernd, wie kein Bewußtsein es erfassen konnte. Ihr ganzes Ich erbebte unbewußt und lebendig wie Plasma. Sie vermochte nicht mehr zu wissen, was es war. Sie vermochte sich nicht zu erinnern, was es gewesen war, — nur daß es herrlicher gewesen, als irgend etwas nur sein könnte. Nur das wußte sie. Und danach war sie völlig still, völlig unbewußt, sie wußte nicht, wie lange. Und er war still mit ihr, in einem unermeßlichen Schweigen mit ihr vereint. Und davon würden sie nie sprechen.

Als die Wahrnehmung der Außenwelt ihr zurückzukehren begann, drängte sie sich an seine Brust. »Geliebter!« flüsterte sie, »Geliebter!« Und er hielt sie schweigend. Und sie schmiegte sich an seine Brust, vollendet.

Sein Schweigen war unergründlich. Seine Hände, so still und seltsam wie eine Blume, hielten sie.

»Wo bis du?« flüsterte sie ihm zu, »wo bist du? Sprich zu mir! Sag mir etwas!«

Er küßte sie leise und murmelte: »Ja, mein Mädchen.«

Aber sie wußte nicht, was er meinte, sie wußte nicht, wo er war. In seinem Schweigen schien er ihr verloren zu sein.

»Du hast mich lieb, nicht wahr?« flüsterte sie.

»Ja, das weißt du doch«, sagte er.

»Aber sag es mir«, bat sie.

»Ja, ja. Hast du es nicht gespürt?« murmelte er undeutlich, aber sanft und voll Gewißheit. Und sie schmiegte sich enger an ihn, noch enger. Er war so viel friedvoller in der Liebe als sie, und sie wollte, daß er ihr etwas von seiner eigenen Sicherheit gebe.

»Ja, du liebst mich!« flüsterte sie bestätigend. Und seine Hände streichelten sie sanft, als wäre sie eine Blume, – ohne das Zucken der Begierde, aber mit zartem Nahesein. Und noch immer wurde sie von einer ruhelosen Notwendigkeit verfolgt, die Liebe zu fassen.

»Sag, daß du mich immer lieben wirst«, flehte sie.

»Ja«, erwiderte er abwesend. Und sie fühlte, wie ihre Fragen ihn von ihr wegtrieben.

»Müssen wir nicht aufstehen?« fragte er endlich.

»Nein«, erwiderte sie. Aber sie konnte fühlen, wie sein Bewußtsein abirrte und auf die Geräusche draußen lauschte.

»Es muß schon finster sein«, sagte er, und sie hörte den Zwang der äußeren Umstände in seiner Stimme. Sie küßte ihn mit dem Kummer einer Frau, die ihre Stunde hingeben muß.

Er erhob sich, schraubte den Docht der Laterne hoch, begann seine Kleider anzuziehen und verschwand schnell in ihnen. Dann stand er da vor ihr, aufgerichtet, befestigte seine Hosen und blickte mit dunklen, großen Augen auf sie hinab, das Gesicht ein wenig gerötet und das Haar zerzaust, merkwürdig warm und ruhig und schön in dem matten Licht der Laterne, so schön, – sie würde ihm nie sagen, wie schön. Es trieb sie, sich fest an ihn zu klammern, ihn festzuhalten, denn in seiner Schönheit war eine warme, halb schlafende Entrücktheit, die ihr das Verlangen eingab, aufzuschreien und ihn zu ergreifen, ihn zu haben. Sie würde ihn nie haben! So lag sie da auf der Decke, mit weich geschwungenen, nackten Hüften, und er hatte keine Ahnung, was sie dachte, aber für ihn war sie schön, das über alles wundervolle, sanfte Ding, in das er eingehen konnte.

»Ich liebe dich, weil ich zu dir kommen kann.«

»Du hast mich wirklich lieb?« fragte sie, und ihr Herz klopfte.

»Das macht alles wieder gut, daß ich zu dir kommen kann. Ich habe dich lieb, weil du dich mir geöffnet hat. Ich habe dich lieb, weil ich wie eben bei dir gewesen bin.«

Er neigte sich zu ihr hinunter und küßte ihre weiche Flanke, rieb sein Kinn an ihr; dann deckte er sie zu. »Und wirst du mich nie verlassen?« fragte sie.

»Frag mich nicht so etwas«, sagte er.

»Aber du glaubst, daß ich dich liebe?«

»Du hast mich eben gerade geliebt, viel mehr als du dir vorstellen konntest. Aber wer weiß, was passiert, wenn du einmal anfängst, dir darüber den Kopf zu zerbreche.«

»Nein, sag' sowas nicht. Und du glaubst auch nicht wirklich, daß ich Gebrauch von dir machen wollte, nicht wahr?«

»Wofür?«

»Um ein Kind zu haben.«

»Heute kann jeder, der will, ein Kind haben«, sagte er, als er sich niedersetzte, um seine Ledergamaschen anzulegen,

»Nein, nein!« rief sie, »das meinst du nicht wirklich.«

»Aber ja«, sagte er und blickte sie unter seinen Brauen hervor an. »Das wär' eh das Beste.«

Sie lag still. Er öffnete leise die Tür. Der Himmel war dunkelblau, mit einem kristallenen Türkisrand. Er ging hinaus, schloß die Hennen ein, sprach leise zu seinem Hund. Und sie lag und verwunderte sich über das Leben und über das Sein.

Als er zurückkam, lag sie noch immer da, glühend wie eine Zigeunerin.

Er saß auf dem Stuhl neben ihr.

»Du mußt einmal für eine Nacht ins Forsthaus kommen, ehe du wegfährst. Wirst du kommen?« fragte er und hob die Brauen, als er sie ansah, während seine Hände zwischen den Knien herabhingen.

»Wirst du kommen?« echote sie neckend.

Er lächelte. »Also, kommst du?« wiederholte er.

»Ja«, sagte sie, den Dialekt nachahmend.

»Bestimmt!« sagte er.

»Ganz bestimmt!« wiederholte sie. »Und bei mir schlafen?« sagte er. »Das ist notwendig. Wann kommst du?«

»Wann soll ich kommen?«

»Nein«, sagte er. »Du bekommst den Dialekt nicht hin. Wann wirst du kommen?«

»Vielleicht Sonntag«, sagte sie.

»Ja, vielleicht Sonntag.« Er lachte ihr schnell zu. »Na, den Dialekt schaffst du nicht«, widersprach er.

»Warum kann ich das nicht?« fragte sie.

Er lachte. Ihre Versuche mit der Mundart erschienen ihm, ohne daß er wußte warum, so komisch.

»Auf! Geh jetzt! Es ist schon Zeit«, sagte er.

»Muß ich schon gehen?«

»Schon gehn«, verbesserte er.

»Warum soll ich gehn sagen, wenn du gehen sagst?« widersprach sie. »Du bist nicht gerecht.«

»Bin ich das nicht?« sagte er, beugte sich vor und streichelte sacht ihr Gesicht. »Aber du bist eine gute Votze, ja, das bist du, nicht wahr? Du bist das beste kleine Vötzchen auf der Welt. Wenn's dir Spaß macht. Wenn du gefügig bist!«

»Was ist das — Votze?«

»Das weißt du nicht? Eine Votze? Das bist du selbst da unten. Und was ich spür', wenn ich bei dir drin bin. Es ist eben das Ganze da unten!«

»Das Ganze da unten!« neckte sie. »Votze! Das ist also dasselbe wie Ficken, ja?«

»Nein, nein! Ficken, das tut man nur. Wie es auch die Tiere machen. Aber eine Votze, das ist was ganz anderes. Das bist du selbst, verstehst du? Du bist doch was anderes als ein Tier, oder? Sogar beim Ficken! Na, die Votze – ja, das ist das schönste an dir, mein Mädchen!«

Sie stand auf und küßte ihn zwischen die Augen, die sie so dunkel und weich und unaussprechlich warm anblickten, so unerträglich schön.

»So? Wirklich?« erwiderte sie. »Und du hast mich lieb?«

Er küßte sie, ohne zu antworten.

»Du mußt gehn. Warte! Ich klopfe dich ab«, sagte er.

Seine Hand glitt über die Rundungen ihres Körpers, fest, ohne Begierde, aber mit einer sanften, vertrauten Kenntnis.

Als sie im Zwielicht nach Hause lief, schien die Welt ein Traum; die Bäume im Park schienen, wie in einer Flut verankert, sich zu wölben und emporzudrängen, und der Schwung des Hügels zum Hause hinauf war lebendig.

DREIZEHNTES KAPITEL

Am Sonntag wollte Clifford in den Wald. Es war ein herrlicher Morgen, die Birnen- und Pflaumenblüte war mit einem Mal in der Welt erschienen, ein weißes Wunder hier und da.

Es war hart für Clifford, sich, während die Welt in Blüte stand, vom Sessel in den Rollstuhl helfen lassen zu müssen. Aber er hatte das vergessen und schien sich in gewissem Sinne sogar etwas auf seine Lahmheit einzubilden. Connie litt noch immer, wenn sie seine unbeweglichen Beine in die richtige Lage heben mußte. Mrs. Bolton oder Field besorgten das jetzt zumeist.

Sie wartete auf ihn auf der Höhe des Fahrweges, am Rande des Buchwaldes; sein Rollstuhl kam mit einer Art kränklicher, schwerfälliger Langsamkeit dahergepufft. Als er seine Frau eingeholt hatte, sagte er: »Sir Clifford auf seinem schäumenden Streitroß.«

»Schnaubend jedenfalls«, lachte sie.

Er hielt an und blickte zurück nach der Fassade des langgestreckten, niedrigen alten Bauernhauses.

»Wragby zuckt nicht mit der Wimper«, sagte er, »aber warum sollte es auch. Ich reite auf den Errungenschaften des Menschengeistes, und die sind einem Roß über.«

»Vermutlich. Und die Seelen bei Plato, die in einem Zweispännigen Streitwagen gen Himmel fahren, würden das heute in einem Ford tun«, erwiderte sie.

»Oder in einem Rolls-Royce; Plato war ein Aristokrat.«

»Gewiß! Kein schwarzes Pferd mehr zum Schlagen und zum Mißhandeln. Plato fiel es nie ein, daß wir um einen Schritt weiter gehen könnten, als er mit einem schwarzen und einem weißen Roß, und überhaupt keine Rösser mehr haben würden, sondern nur einen Motor.«

»Nur einen Motor und Benzin«, stimmte Clifford bei. »Ich werde nächstes Jahr an dem alten Gemäuer ein paar Reparaturen ausführen lassen. Ich glaube, ich werde etwa tausend Pfund dafür erübrigen können. Aber Arbeit kostet heutzutage so viel«, fügte er hinzu.

»Ah, gut«, erwiderte Connie. »Wenn es nur nicht wieder einen Streik gibt.«

»Welchen Sinn hätte es, wenn sie wieder streikten. Es wäre bloß der Ruin der Industrie oder dessen, was noch von ihr übrig ist. Das pfeifen doch heute schon die Spatzen auf dem Dach.«

»Vielleicht liegt ihnen nichts daran, die Industrie zu ruinieren«, meinte Connie.

»Ach, rede doch nicht wie ein Frauenzimmer! Die Industrie füllt ihren Bauch, auch wenn sie ihnen die Börse nicht so gespickt erhalten kann«, sagte er und gebrauchte Redewendungen, die merkwürdig an Mrs. Bolton gemahnten.

»Aber hast du nicht neulich gesagt, du seist ein konservativer Anarchist?« fragte sie unschuldig.

»Und hast du verstanden, was ich damit meinte?« gab er zurück. »Ich meinte damit bloß, daß die Leute sein können, was sie wollen, aber streng privat, solange sie die Form des Lebens und den ganzen Apparat unangetastet lassen.«

Connie ging schweigend einige Schritte weiter, dann sagte sie eigensinnig: »Das klingt, als würde man sagen, ein Ei könne faul werden, wenn es will, solange es nur seine Schale ganz erhält. Aber faule Eier zerbrechen von selbst.«

»Ich glaube nicht, daß Leute Eier sind«, sagte er, »nicht einmal Engelseier, mein süßer kleiner Evangelist.«

Er war an diesem klaren Morgen recht sprühender Laune. Die Lerchen über dem Park trillerten darauf los, der ferne Schacht drunten in der Mulde stieß lautlos Dampf aus. Es war beinahe wie in den alten Zeiten vor dem Krieg. Connie wollte sich nicht wirklich in einen Wortstreit einlassen.

Aber sie wollte auch nicht wirklich mit Clifford in den Wald gehen. So schritt sie neben seinem Rollstuhl in einer Art eigensinniger Verstocktheit einher.

»Nein«, sagte er, »es wird keinen Streik mehr geben, wenn die Sache richtig gehandhabt wird.«

»Warum nicht?«

»Weil ein Streik so gut wie unmöglich gemacht werden wird.«

»Aber werden die Arbeiter das zulassen?« fragte sie.

»Wir werden sie nicht fragen. Wir werden es tun, während sie nicht hersehen; zu ihrem eigenen Besten, um die Industrie zu retten.«

»Auch zu eurem Besten«, warf sie ein.

»Selbstverständlich! Zu jedermanns Besten. Aber zu ihrem noch mehr als zu meinem. Ich kann ohne die Gruben leben, sie können das nicht. Sie werden verhungern, wenn es keine Gruben mehr gibt. Ich habe noch andere Hilfsquellen.«

Sie blickten das seichte Tal hinauf, gegen das Bergwerk, und darüber hinaus auf die schwarz bedeckten Häuser von Tevershall, die wie eine Schlange den Abhang hinaufkrochen. Von der alten braunen Kirche her läuteten die Glokken: Sonntag, Sonntag, Sonntag!

»Aber werden die Arbeiter sich Bedingungen vorschreiben lassen« fragte sie.

»Sie werden es sich gefallen lassen müssen, meine Liebe. Besonders, wenn man dabei behutsam zu Werke geht.«

»Währe nicht ein gegenseitiges Einverständnis möglich?«

»Unbedingt. Sobald sie begreifen würden, daß die Industrie vor dem Individuum kommt.«

»Aber mußt du die Industrie als Eigentum besitzen?« fragte sie.

»Nein, das nicht. Das heißt, bis zu dem Ausmaß, in dem ich sie besitze, – ja, ganz entschieden! Der Besitz von Eigentum ist heutzutage wieder eine religiöse Frage geworden: was er ja schon seit Jesus und dem heiligen Franziskus ist.

Der Punkt aber, auf den es ankommt, ist nicht: Nimm alles, was du hast, und gib es den Armen! sondern Benütze alles, was du hast, um die Industrie zu fördern und den Armen Arbeit zu geben! Das ist der einzige Weg, alle Mäuler zu füttern und alle Leiber zu kleiden. Alles an die Armen zu verschenken, das bedeutet verhungern, für die Armen ebenso wie für uns. Und allgemeine Hungersnot ist kein sehr hohes Ziel. Sogar allgemeine Armut ist keine sehr liebliche Sache. Armut ist häßlich.«

»Aber der krasse Unterschied?«

»Der ist Schicksal. Warum ist der Planet Jupiter größer als der Planet Neptun? Man kann das Wesen der Dinge nicht ändern!«

»Aber wenn Neid und Eifersucht und Unzufriedenheit einmal begonnen haben?« fragte sie.

»Dann muß man sein Möglichstes tun, sie zu unterdrücken. Irgend jemand muß Herr des Ganzen sein.«

»Und wer ist Herr des Ganzen?« fragte sie.

»Die Männer, denen die Industrie gehört, und die sie leiten.«

Es folgte ein langes Schweigen.

»Mir scheint, sie sind schlechte Herren«, sagte sie endlich.

»Dann schlage du vor, was sie tun sollen.«

»Sie nehmen ihr Herrentum nicht ernst genug«, sagte sie.

»Sie nehmen ihr Herrentum viel ernster als du deinen Adel«, erwiderte er.

»Der wird mir aufgedrängt. Ich brauche ihn wirklich nicht«, platzte sie heraus.

Er bremste den Rollstuhl und blickte sie an.

»Wer weicht nun seiner Verantwortlichkeit aus« fragte er. »Wer versucht nun, der Verantwortlichkeit seines Herrentums, wie du es nennst, zu entgehen?«

»Aber ich will gar kein Herrentum«, widersprach sie.

»Ah, das ist Kneiferei! Du hast es erhalten, es war dir vom Schicksal bestimmt. Du solltest danach leben. Wer hat den Bergarbeitern alles gegeben, was sie besitzen und was des

Besitztums wert ist: ihre ganze politische Freiheit und ihre Bildung, soweit sie geht, ihre sanitären Einrichtungen, ihre gesundheitlichen Verhältnisse, ihre Bücher, ihre Musik, kurz alles? Wer hat es ihnen geschenkt? Haben Bergarbeiter es den Bergarbeitern gegeben? Nein, alle die Wragbys und Shipleys in England haben ihr Teil gegeben und müssen fortfahren, es zu geben. Da liegt deine Verantwortlichkeit.«

Connie hörte zu und wurde sehr rot.

»Ich würde ihnen gern was schenken«, sagte sie. »Aber es wird mir nicht gestattet. Alles muß heute verkauft und bezahlt werden. Und alle die Dinge, die du da aufzählst, verkauften Wragby und Shipley an die Leute mit beträchtlichem Nutzen. Alles wird verkauft. Du schenkst nicht einen Herzschlag wirklicher Sympathie. Und überdies, wer hat dem Volk sein natürliches Leben und sein Menschentum genommen und ihm diesen industriellen Greuel gegeben? Wer hat das getan?«

»Und was soll ich tun?« fragte er mißgünstig. »Sie auffordern, zu mir zu kommen und mich auszuplündern?«

»Warum ist Tevershall so häßlich, so scheußlich. Warum ist das Leben der Leute so hoffnungslos?«

»Sie haben sich ihr eigenes Tevershall gebaut. Das ist ein Teil ihrer zur Geltung gebrachten Freiheit. Sie haben sich ihr hübsches Tevershall selber gebaut, und sie leben ihr eigenes nettes Leben. Jeder Käfer muß sein eigenes Leben führen.«

»Aber du läßt sie für dich arbeiten. Sie leben das Leben deiner Kohlengrube.«

»Keineswegs. Jeder Käfer findet sein Futter. Kein einziger Mann ist gezwungen, für mich zu arbeiten.«

»Ihr Leben ist industrialisiert und hoffnungslos, und so ist auch das unsere!«

»Das glaube ich nicht. Das ist einfach eine romantische Redensart. Ein Überbleibsel der schmachtenden, dahinsterbenden Romantik. Du machst ganz und gar keine hoffnungslose Figur, wie du da stehst, meine liebe Connie.«

Und das war wahr. Denn ihre dunkelblauen Augen blitzten, ihre Wangen waren heiß gerötet, sie sah voll aufrührerischer Leidenschaft aus, weit entfernt von aller hoffnungslosen Niedergeschlagenheit. Sie bemerkte in den büscheligen Grasflecken wolligen jungen Löwenzahn, der noch in seinen Flaum gehüllt stand, und fragte sich wütend, warum sie fühle, daß Clifford unrecht habe, so unrecht habe. Und doch konnte sie es ihm nicht sagen. Sie konnte nicht genau sagen, warum er unrecht habe.

»Kein Wunder, daß die Männer dich hassen«, sagte sie.

»Fällt ihnen garnicht ein«, entgegnete er. »Und irre du dich nur nicht: in dem Sinn, wie du das Wort gebraucht hast, sind sie keine Männer. Sie sind Tiere, die du nicht verstehst und nie verstehen könntest. Behänge andere Leute nicht mit deinen Einbildungen. Die Massen waren sich immer gleich und werden sich immer gleich bleiben. Neros Sklaven waren außerordentlich wenig verschieden von unseren Bergleuten oder den Arbeitern in den Fordwerken. Ich meine Neros Bergwerksklaven und seine Feldsklaven. So sind die Massen; sie sind unveränderlich. Ein Einzelwesen mag aus der Masse auftauchen, aber dieses Auftauchen ändert die Masse nicht. Die Massen sind nicht zu ändern. Das ist eine der bedeutsamsten Tatsachen der Sozialwissenschaft. *Brot und Spiele!* Nur ist heute die Bildung ein schlechter Ersatz für den Zirkus. Heute ist der Fehler der, daß wir den Zirkusteil des Programms gründlich verpfuscht und unsere Massen mit ein bißchen Bildung vergiftet haben.«

Wenn Clifford sich wirklich in seinen Gefühlen über das Volk erregte, empfand Connie Furcht. Es lag etwas vernichtend Wahres in dem, was er sagte. Aber es war eine Wahrheit, die tötete.

Als er sie blaß und stumm dastehen sah, setzte Clifford den Rollstuhl wieder in Gang, und es wurde nichts mehr gesprochen, bis er am Waldtor hielt, das sie öffnete.

»Und was wir heute zur Hand nehmen müssen«, sagte er, »das sind Peitschen, nicht Schwerter. Die Massen sind seit undenklichen Zeiten beherrscht worden und werden bis in alle Ewigkeit beherrscht werden müssen. Es ist glatte Heuchelei und Posse, zu behaupten, sie könnten sich selber beherrschen.«

»Aber kannst du sie beherrschen?« fragte sie.

»Ich? O ja. Weder mein Geist noch mein Wille sind verkrüppelt, und ich herrsche nicht mit meinen Beinen. Ich kann mein Teil am Herrschen leisten. Vollkommen. Mein Teil. Und gib mir einen Sohn, und er wird nach mir imstande sein, sein Teil zu beherrschen.«

»Aber er würde nicht dein eigener Sohn sein, aus deiner eigenen herrschenden Klasse, – oder *vielleicht* nicht«, stammelte sie.

»Es kümmert mich nicht, wer sein Vater sein mag, solange er ein gesunder Mann von nicht weniger als normaler Intelligenz ist. Gib mir das Kind eines gesunden, normal intelligenten Mannes, und ich werde einen vollkommen tüchtigen Chatterley aus ihm machen. Nicht darauf kommt es an, wer uns zeugt, sondern, wo das Schicksal uns hinstellt. Stelle irgendein Kind mitten unter die herrschende Klasse, und es wird in seinem Maße zu einem Herrscher heranwachsen. Steck' die Kinder von Königen und Herzögen unter die Massen, und sie werden Plebejer werden, Massenprodukte. Das ist der überwältigende Druck des Milieus.«

»Dann sind also die gewöhnlichen Leute keine eigene Rasse und die Aristokraten nicht von besonderem Blut«, meinte sie.

»Nein, mein Kind. All das ist romantische Einbildung. Der Adel ist eine Funktion, ein Teil des Schicksals. Und die Massen sind eine Funktion eines anderen Teils des Schicksals. Das Individuum spielt kaum eine Rolle. Die Frage ist, zu welcher Funktion man erzogen und ausgebildet wurde. Nicht die Einzelwesen machen eine Aristokratie aus; auf das Funktionieren des aristokratischen Ganzen kommt es an. Und es ist das Funktionieren der gesamten Masse, das den gemeinen Mann zu dem macht, was er ist.«

»Dann gibt es also nichts gemeinsam Menschliches zwischen uns allen?«

»Darüber kann man denken, wie man will. Wir alle müssen unseren Magen füllen. Aber wenn es zu ausdruckgebenden oder ausführenden Funktionen kommt, dann, glaube ich, ist da eine Kluft, und zwar eine unbedingte, zwischen den herrschenden und den dienenden Klassen. Die beiden Funktionen sind einander entgegengesetzt. Und die Funktion bestimmt das Individuum.«

Connie blickte ihn ganz betäubt an. »Willst du nicht weiterkommen?« fragte sie.

Er setzte den Rollstuhl in Gang. Er hatte sein Teil gesagt. Nun verfiel er in seine eigenartige und recht leere Teilnahmslosigkeit, die Connie so schwer erträglich fand. Sie war entschlossen, jedenfalls im Wald nicht zu streiten.

Vor ihnen erstreckte sich der offene Einschnitt der Schneise zwischen den Haselwänden und den heiteren grünen Bäumen. Der Rollstuhl pufftte langsam weiter, drang langsam in die Vergißmeinnicht ein, die sich in der Schneise wie Milchschaum erhoben, wo die Haselsträucher keinen Schatten warfen. Clifford steuerte den mittleren Kurs, wo wandernde Füße eine Fahrrinne zwischen den Blumen offengehalten hatten. Aber Connie, die hinter ihm schritt, hatte beobachtet, wie die Räder über den Waldmeister und Günsel holperten und die kleinen gelben Becher des Augentrosts erdrückten. Nun schufen sie eine Art Kielwasser in den Vergißmeinnicht.

Alle Blumen waren da; auch die ersten Traubenhyazinthen, gleich blauen Tümpeln stehenden Wassers.

»Du hast recht damit, daß es schön ist«, sagte Clifford. »Es ist ganz erstaunlich. Was kann es wirklich Schöneres geben als einen englischen Frühling?«

Connie dachte, es klinge, als blühte selbst der Frühling auf Grund eines Parlamentbeschlusses. Ein englischer Frühling! Warum nicht ein irischer? Oder ein jüdischer? Der Rollstuhl drang langsam vor, vorbei an Büscheln stämmiger Traubenhyazinthen, die wie Weizenähren dastanden, und über graue Klettenblätter. Als sie auf den freien Platz kamen, wo die Bäume gefällt worden waren, flutete das Licht beinahe allzu grell herein, und die Traubenhyazinthen bildeten hier und dort Flächen von hellblauer Farbe, die in lila und violett überging. Und dazwischen erhoben die Farnkräuter ihre braunen lockigen Häupter wie Millionen junger Schlangen, die Eva ein neues Geheimnis zuzuflüstern hatten.

Clifford hielt den Rollstuhl in Gang, bis er auf die Höhe hinaufkam; Connie folgte langsam. Die Eichenknospen öffneten sich weich und braun. Alles kam zart aus der alten Härte. Sogar die knorrigen, rauhen Eichbäume setzten die weichsten jungen Blätter an, breiteten im Licht braune kleine Flügel wie junge Fledermausschwingen aus. Warum hatten die Menschen nie etwas Neues in sich, irgend etwas frisches, mit dem sie herausrücken konnten? Schale Menschen!

Clifford hielt den Rollstuhl auf der Höhe des Abhanges an und blickte hinab. Die Traubenhyazinthen wogten wie blaues Flutwasser über die breite Schneise und erhellten den Abhang mit einer warmen Bläue.

»Es ist an sich eine sehr feine Farbe«, sagte Clifford, »aber gemalt taugt sie nichts.«

»Ja, ja«, sagte Connie, völlig uninteressiert.

»Soll ich mich bis zur Quelle wagen?« fragte Clifford.

»Wird der Rollstuhl wieder hier heraufkönnen?« meinte sie.

»Wir wollen's versuchen. Wer nicht wagt, gewinnt nicht.«

Und der Rollstuhl begann sich langsam vorwärts zu bewegen, holperte die breite Schneise entlang, die von den blau sich drängenden Hyazinthen überflutet war. O letztes aller Schiffe durch hyazinthene Untiefen! O Pinasse auf den letzten wilden Wassern, dahinsegelnd auf der letzten Fahrt unserer Zivilisation! Wohin, o du unheimlich berädertes Schiff, wohin führt dich dein langsamer Kurs? – Ruhig und selbstzufrieden saß Clifford am Steuer des Abenteuers; in seinem alten schwarzen Hut und Cheviotrock, regungslos und vorsichtig. O Kapitän, mein Kapitän, unsere herrliche Fahrt ist zu Ende! Nein, doch noch nicht! Bergab, im Kielwasser, kam Constance in ihrem grauen Kleid und sah zu, wie der Rollstuhl hinabstolperte.

Sie kamen an dem schmalen Pfad vorbei, der zur Hütte führte. Dank dem Himmel war er nicht breit genug für den Rollstuhl; kaum breit genug für eine Person. Der Rollstuhl erreichte den Fuß des Abhangs, machte eine Wendung und verschwand. Und Connie hörte einen leisen Pfiff hinter sich. Sie blickte sich jäh um. Der Förster kam bergab auf sie zugeschritten, sein Hund hielt sich hinter ihm.

»Will Sir Clifford zur Hütte?« fragte er und blickte ihr in die Augen.

»Nein, nur zur Quelle.«

»Ah, gut. Dann brauche ich mich nicht blicken zu lassen. Aber dich werde ich heute nacht sehen, nicht wahr? Ich werde gegen zehn Uhr beim Parktor auf dich warten.«

Er blickte ihr abermals in die Augen.

»Ja«, hauchte sie.

Sie hörten das »Tä! Tä!« von Cliffords Hupe, mit der er nach Connie tutete. Sie juchzte als Antwort. Über des Försters Gesicht zuckte ein kleines Grinsen, und mit der Hand fuhr er sanft von unter her über ihre Brust. Sie blickte ihn furchtsam an und begann dann, bergab zu laufen, wobei sie abermals Clifford zurief. Der Mann droben sah ihr nach, wandte sich dann leise lächelnd ab und schlug wieder seinen Pfad ein.

Sie holte Clifford ein, als er eben langsam zur Quelle hinauffuhr, die sich auf halber Höhe des dunklen Lärchenhanges befand. Er langte eben dort an, als sie ihn einholte.

»Er hat das ganz brav gemacht«, sagte er, auf den Motorstuhl anspielend.

Connie blickte auf die großen Blätter der Kletten, die geisterhaft vom Rande des Lärchenwaldes hervorwuchsen. Die Leute nannten sie Robin Hoods Rhabarber. Wie schweigend und düster es bei der Quelle schien. Doch das

Wasser sprudelte so hell, wundervoll! Und da waren kleine Fleckchen von Augentrost und stämmigem blauem Günsel... Und da, unter dem Rasen, bewegte sich die gelbe Erde. Ein Maulwurf. Er kam hervor, ruderte mit seinen rosigen Pfoten und schwenkete seine blinde Ahle von einem Gesicht, die winzige rosige Nasenspitze erhoben.

»Er scheint mit dem Ende seiner Nase zu sehen«, sagte Connie.

»Besser als mit seinen Augen«, erwiderte Clifford. »Willst du trinken?«

»Willst du?« Sie nahm einen Emailbecher von einem Zweig des nächsten Baumes herab und bückte sich, um ihn für Clifford zu füllen. Er trank mit langsamen Schlucken. Dann bückte sie sich abermals und trank selber ein wenig.

»So eiskalt«, sagte sie, nach Luft schnappend.

»Gut, nicht wahr? Hast du dir was gewünscht?«

»Nein. Du?«

»Ja, ich hab mir was gewünscht, aber ich sag's nicht.«

Sie vernahm das Klopfen eines Spechtes und den Wind, der leise und elfenhaft durch die Lärchen wehte. Sie blickte empor. Weiße Wolken zogen im Blau.

»Wolkenlämmer«, sagte sie.

»Aber nur weiße«, erwiderte er.

Ein Schatten fiel auf die kleine Lichtung. Der Maulwurf war herausgerudert auf die weiche gelbe Erde.

»Unangenehmes kleines Vieh. Wir sollten ihn umbringen«, meinte Clifford.

»Schau! Sieht er nicht aus wie ein Pfarrer auf der Kanzel?« rief sie.

Sie pflückte ein paar Stengel des Waldmeisters und brachte sie ihm.

»Frischgemähtes Heu«, sagte er. »Riecht es nicht wie die romantischen Damen des vorigen Jahrhunderts, denen der Kopf doch richtig auf den Schultern saß?«

Sie blickte zu den weißen Wolken empor. »Ich möchte wissen, ob es regnen wird«, sagte sie.

»Regnen? Warum? Willst du, daß es regnen soll?«

Sie traten den Rückweg an, und Clifford holperte vorsichtig bergab. Sie kamen auf den dunklen Grund der Mulde, wandten sich nach rechts und schwenkten nach hundert Schritten zum Fuß des langen Abhanges hin, wo die Traubenhyazinthen im Sonnenlicht standen.

»Also los jetzt, alter Knabe!« sagte Clifford und lenkte den Motorstuhl in die Richtung.

Es war ein steiler und holperiger Anstieg. Der Rollstuhl zuckelte langsam, mühevoll und unwillig. Immerhin arbeitete er sich schwankend aufwärts, bis er dahin kam, wo die Traubenhyazinthen ringsum ganz dicht standen; dann stockte er, mühte sich, ruckte ein wenig aus den Blumen heraus und blieb schließlich stehen.

»Wir wollen lieber hupen, damit vielleicht der Förster kommt«, sagte Connie. »Er könnte ein wenig anschieben. Das kann ich übrigens auch tun, es hilft doch.«

»Wir lassen ihn verschnaufen«, sagte Clifford. »Willst du so gut sein und einen Stein unters Rad legen?«

Connie tat es, und sie warteten. Nach einer Weile ließ Clifford den Motor wieder an und setzte dann den Rollstuhl in Gang. Er holperte und schwankte unter sonderbaren Geräuschen wie ein krankes Ding.

»Laß mich anschieben«, sagte Connie, die hinterdrein kam.

»Nein, laß das!« rief er ärgerlich. »Wozu ist der verdammte Karren gut, wenn er geschoben werden muß? Leg den Stein unter.« Es folgte wieder eine Pause und wieder ein Anfahren, aber mit noch weniger Erfolg als zuvor.

»Du mußt mich anschieben lassen«, sagte sie. »Oder gib dem Förster ein Hupensignal.«

»Warte!«

Sie wartete. Und er machte einen Versuch, der mehr schadete als nützte.

»Hupe doch wenigstens, wenn du mich nicht helfen lassen willst«, sagte sie.

»Verflucht, sei doch endlich still!«

Sie war einen Augenblick still. Er machte vernichtende Versuche mit dem kleinen Motor.

»Du wirst das Ding nur ganz zugrunde richten, Clifford«, hielt sie ihm vor. »Und überdies verschwendest du deine Nervenkraft.«

»Wenn ich nur heraussteigen und mir den verdammten Karren besehen könnte!« sagte er gereizt. Und er ließ lärmend die Hupe ertönen. »Vielleicht kann Mellors sehen, was da nicht in Ordnung ist.«

Sie warteten inmitten der zermalmten Blumen unter einem Himmel, der sachte zu Wolken gerann. In der Stille begann eine Waldtaube zu gurren. Clifford brachte sie mit einem heftigen Hupen zum Schweigen.

Gleich darauf erschien der Förster und kam forschend um die Biegung. Er grüßte.

»Verstehen Sie etwas von Motoren?« fragte Clifford scharf.

»Ich fürchte, nein. Hat er versagt?«

»Offenbar.«

Der Mann kauerte sich dienstbeflissen neben das Rad und beguckte die kleine Maschine.

»Es tut mir leid, aber ich verstehe gar nichts von diesen technischen Dingen, Sir Clifford«, sagte er ruhig. »Wenn noch genug Benzin und Öl drin ist –«

»Sehen Sie nur genau nach, ob sie bemerken, daß irgend etwas gebrochen ist«, fiel Clifford ihm ins Wort.

Der Mann lehnte seine Flinte gegen einen Baum, zog den Rock aus und warf ihn daneben hin. Der braune Hund saß Wache. Dann hockte sich der Mann wieder auf den Boden und spähte unter das Gefährt, stocherte mit seinem Finger an der fettigen kleinen Maschine herum und war ungehalten über die Fettflecken auf seinem reinen Sonntagshemd.

»Scheint nichts gebrochen zu sein«, sagte er. Und er stand auf, schob den Hut ins Gesicht, rieb sich die Stirn und überlegte offenbar.

»Haben Sie sich die Stangen unten angesehen?« fragte Clifford. »Sehen Sie nach, ob sie in Ordnung sind!«

Der Mann legte sich flach auf den Bauch, den Hals zurückgepreßt, schlängelte sich unter die Maschine und tastete mit den Fingern. Connie dachte, was für ein rührendes Geschöpf ein Mann sei, so schwach und klein sah er aus, wenn er auf dem Bauch an der großen Erde lag.

»Offenbar in Ordnung, soweit ich sehen kann«, erklang die gedämpfte Stimme.

»Ich vermute, Sie können wohl nichts tun«, sagte Clifford.

»Scheint mir auch so!« Und er krabbelte hervor und hockte wieder, nach der Art der Bergleute, auf den Fersen. »Es ist bestimmt nichts gebrochen, was man sehen könnte.«

Clifford ließ den Motor an und schaltete den Antrieb ein. Das Gefährt wollte sich nicht von der Stelle rühren.

»Haben ihm wohl ein bißchen zu viel zugemutet«, meinte der Förster.

Clifford nahm die Einmischung übel. Aber er ließ seinen Motor surren wie eine Schmeißfliege. Der hustete und fauchte und schien dann besser zu gehen.

»Sieht aus, als käme er wieder in Gang«, sagte Mellors.

Aber Clifford hatte bereits die Kupplung wiederum eingeschaltet. Das Gefährt tat einen kränklichen Rutscher und wankte schwächlich vorwärts.

»Wenn ich ihm einen Schubs gebe, wird er's machen«, sagte der Förster und trat hinter den Rollstuhl.

»Bleiben Sie weg!« schnauzte Clifford. »Er wird's schon allein zuwege bringen.«

»Aber Clifford«, warf Connie von der Böschung her ein, »du weißt doch, es ist zu viel für ihn. Warum bist du so eigensinnig?«

Clifford war blaß vor Zorn. Er riß an dem Hebel. Der Rollstuhl machte einen Satz, rollte ein paar Schritte weiter und kam dann inmitten eines besonders vielversprechenden Flecks von Traubenhyazinthen zum Stillstand.

»Mit dem ist's aus«, sagte der Förster. »Nicht Kraft genug.«

»Er ist schon öfter hier oben gewesen«, erwiderte Clifford kalt.

»Diesmal macht er's nicht«, meinte der Förster.

Clifford gab keine Antwort. Er begann alles mögliche mit dem Motor anzustellen, ließ ihn bald schnell, bald langsam laufen, als wollte er einen besonderen Klang herausbekommen. Der Wald widerhallte von unheimlichen Geräuschen. Dann warf er heftig den Geschwindigkeitshebel herum, nachdem er vorher die Bremse aufgerissen hatte.

»Sie werden ihn in Stücke reißen«, murmelte der Förster.

Der Rollstuhl schoß mit einem taumelndem Ruck seitwärts gegen den Graben.

»Clifford!« schrie Connie und rannte vorwärts.

Aber der Förster hatte den Rollstuhl beim Handgriff erwischt. Clifford jedoch, der alle Kraft zusammennahm, brachte es zuwege, den Stuhl in die Mitte der Schneise zu steuern, und mit einem seltsamen Geräusch erkämpfte der sich den Aufstieg. Mellors schob gleichmäßig hinten an, und hinauf ging's, als wollte der Rollstuhl alles wieder gut machen.

»Sehen Sie, er bringt es zuwege«, sagte Clifford triumphierend und blickte über seine Schulter zurück. Da sah er des Försters Gesicht.

»Schieben Sie ihn?«

»Sonst schafft er's nicht.«

»Lassen Sie ihn los. Ich sagte Ihnen doch, Sie sollen nicht.«

»Er schafft es aber nicht.«

»Lassen Sie ihn versuchen«, fauchte Clifford mit allem Nachdruck, dessen er fähig war. Der Förster trat zurück und machte kehrt, um seinen Rock und seine Flinte zu holen.

Dem Rollstuhl schien sogleich die Luft auszugehen. Er stand unbeweglich. Clifford, der als Gefangener dasaß, war weiß vor Ärger. Er riß mit der Hand an den Hebeln, seine

Füße taugten nichts. Er brachte sonderbare Geräusche aus dem Motor heraus. In wilder Ungeduld bewegte er kleine Griffe und brachte noch mehr Geräusche aus ihm heraus. Aber der Stuhl wollte sich nicht vom Fleck rühren. Nein, nicht vom Fleck! Clifford stellte den Motor ab und saß starr vor Zorn.

Constance saß auf der Böschung und blickte auf die armen zertrampelten Hyazinthen. »Es gibt nichts Wundervolleres als einen englischen Frühling.« »Ich kann mein Teil am Herrschen leisten.« »Was wir heute zur Hand nehmen müssen, sind Peitschen, nicht Schwerter.« »Die herrschende Klasse!«

Der Förster kam mit Rock und Flinte herbei, Flossie vorsichtig ihm auf den Fersen. Clifford befahl dem Mann, irgend etwas an dem Motor zu tun. Connie, die gar nichts von Motoren verstand und schon öfter Störungen miterlebt hatte, saß geduldig auf der Böschung, als wäre sie eine Holzpuppe. Der Förster lag wiederum auf dem Bauch. Die herrschende Klasse und die dienende Klasse!

Er stand auf und sagte geduldig: »Versuchen Sie's also nochmals.« Er sprach mit ruhiger Stimme, beinahe wie zu einem Kind.

Clifford versuchte es, und Mellors trat rasch hinter ihn und begann anzuschieben. Es ging; der Motor tat etwa die halbe Arbeit, der Mann den Rest.

Clifford blickte sich, gelb vor Zorn, um.

»Werden Sie da weggehen!«

Der Förster ließ sofort den Griff los, und Clifford fügte hinzu: »Wie soll ich sonst wissen, was der Motor leistet?«

Der Mann legte seine Flinte hin und begann, seinen Rock anzuziehen. Er war fertig mit der Sache.

Der Stuhl fing an, langsam rückwärts zu rollen.

»Clifford! Die Bremse!« rief Connie.

Sie, Mellors und Clifford gerieten gleichzeitig in Bewegung, Connie und der Förster stießen dabei leicht aneinander. Der Rollstuhl stand still. Es folgte ein Augenblick tödlichen Schweigens.

»Es ist klar, daß ich jedem Menschen auf Gnade und Ungnade ausgeliefert bin«, sagte Clifford. Er war gelb vor Zorn.

Niemand antwortete. Mellors hängte die Flinte über die Schulter, das Gesicht wunderlich und ausdruckslos, bis auf eine geistesabwesende Miene der Geduld. Die Hündin Flossie stand, beinahe zwischen den Beinen ihres Herrn, Wache. Und sie regte sich unruhig, beäugte den Rollstuhl mit Argwohn und Abneigung und war sehr verdutzt zwischen den drei Menschenwesen. Das »lebende Bild« blieb da inmitten der zerdrückten Traubenhyazinthen gestellt, und niemand äußerte ein Wort.

»Ich vermute, er wird geschoben werden müssen«, sagte Clifford endlich mit vorgetäuschter Kaltblütigkeit.

Keine Antwort. Mellor's geistesabwesendes Gesicht sah aus, als hätte er nichts gehört. Connie blickte ihn ängstlich an. Auch Clifford blickte sich um.

»Vielleicht schieben Sie den Stuhl nach Hause, Mellors«, sagte er in kühlem, überlegenen Ton. »Ich hoffe, ich habe nichts gesagt, was Sie gekränkt hat«, fügte er mit einem Klang von Widerwillen hinzu.

»Durchaus nicht, Sir Clifford. Wollen Sie, daß ich den Stuhl da anschiebe?«

»Wenn Sie so gut sein wollen.«

Der Mann trat hinzu; aber diesmal half es nichts. Die Bremse war verklemmt. Sie stocherten und zerrten, und der Förster legte abermals seine Flinte und seinen Rock ab. Und Clifford sagte jetzt kein Wort mehr. Endlich hob der Förster den Rollstuhl hinten vom Boden auf und versuchte gleichzeitig, mit einem Fußstoß die Räder zu lockern. Es gelang ihm nicht, der Rollstuhl senkte sich. Clifford hielt die Armlehnen umklammert. Der Mann keuchte unter dem Gewicht.

»Tun Sie's nicht!« rief Connie ihm zu.

»Wenn Sie das Rad hinüberziehen wollen? So!« sagte er und zeigte ihr wie.

»Nein! Sie dürfen ihn nicht heben! Sie werden sich überanstrengen«, erklärte sie, nunmehr rot vor Zorn.

Aber er blickte ihr in die Augen und nickte. Und sie mußte hingehen und das Rad ergreifen, ganz willig und bereit. Er stemmte hoch, und sie zog, und der Rollstuhl schwankte.

»Um Gottes Willen!« schrie Clifford erschrocken.

Aber es war nichts geschehen, und die Bremse kam los. Der Förster schob einen Stein unter das Rad und ging und setzte sich auf die Böschung. Sein Herz schlug stark, und sein Gesicht war weiß von der Anstrengung, er war halb bewußtlos. Connie blickte ihn an und schrie beinahe auf vor Zorn. Es gab eine Pause, ein tödliches Schweigen. Sie sah, wie seine Hände auf seinen Schenkeln zitterten.

»Haben Sie sich weh getan?« fragte sie, zu ihm hingehend.

»Nein, nein!« Er wandte sich beinahe ärgerlich ab.

Wiederum herrschte vollkommenes Schweigen. Cliffords blonder Hinterkopf rührte sich nicht. Sogar der Hund stand regungslos. Der Himmel hatte sich bewölkt. Endlich seufzte der Mann und schneuzte sich in sein rotes Taschentuch.

»Diese Lungenentzündung hat mich sehr heruntergebracht«, sagte er.

Niemand antwortete. Connie berechnete daß Maß an Kraft, das erforderlich gewesen sein mußte, den Rollstuhl mit dem beleibten Clifford hochzustemmen: zu viel, viel zu viel! Wenn es ihm nur nicht den Tod gebracht hatte.

Der Förster erhob sich, ergriff wieder seinen Rock und schlang ihn durch den Handgriff des Rollstuhls.

»Sind Sie nun bereit, Sir Clifford?«

»Wenn Sie es sind.«

Er bückte sich und zog den Bremskeil hervor, dann stemmte er sein Gewicht wieder gegen den Rollstuhl. Er war blasser, als Connie ihn je gesehen hatte; und geistesabwesender. Clifford war ein schwerer Mann, und der Abhang war steil. Connie trat an des Försters Seite.

»Ich werde mit anschieben«, sagte sie. Und sie begann mit der stürmischen Energie einer erzürnten Frau zu schieben. Der Rollstuhl fuhr schneller. Clifford blickte sich um.

»Ist das notwendig?« fragte er.

»Sehr! Willst du den Mann umbringen? Wenn du den Motor hättest laufen lassen, solange er ging...«

Aber sie vollendete den Satz nicht, sie keuchte bereits. Sie ließ ein wenig nach, denn es war eine überraschend schwere Arbeit.

»Ah, ja! Langsamer!« sagte der Mann an ihrer Seite mit einem schwachen Lächeln in den Augen.

»Sind Sie sicher, daß Sie sich nichts getan haben?« fragte sie zornig.

Er schüttelte den Kopf. Sie blickte auf seine fast kleine, kurze, lebendige Hand, die vom Wetter gebräunt war. Es war die Hand, von der sie liebkost worden war. Sie hatte sie bisher nicht einmal angesehen. Sie schien so still, so wie er, von einer sonderbaren, inneren Stille, die ihr das Verlangen eingab, sie zu fassen, als könnte sie sie sonst nicht erreichen. Ihre ganze Seele schwang ihm plötzlich zu: er war so still und außer Reichweite! Und er, er fühlte, wie seine Gliedmaßen sich wieder belebten. Mit der linken Hand anschiebend, legte er seine Rechte um ihr weißes Handgelenk, umschloß es sanft mit einer Liebkosung. Die Flamme von Kraft lief seinen Rücken und seine Lenden hinab und belebte ihn. Und Connie beugte sich plötzlich nieder und küßte seine Hand. Währenddessen war der Hinterkopf Cliffords, schlank und regungslos, gerade vor ihnen.

Droben auf der Anhöhe rasteten sie, und Connie war froh, loslassen zu können. Sie hatte flüchtige Träume von Freundschaft zwischen diesen beiden Männern gehabt; dem einen, der ihr Mann, dem andern, der der Vater ihres Kindes war. Nun sah sie die schreiende Ungereimtheit ihrer Träume. Die beiden Männer waren einander so feindlich wie Feuer und Wasser. Sie tilgten einander aus. Und sie erkannte zum ersten Male, was für ein seltsames und heimtückisches Ding der Haß war. Zum ersten Male hatte sie bewußt und bestimmt Clifford gehaßt, lebhaft gehaßt: als müßte er von Angesicht der Erde hinweggetilgt werden. Und es war seltsam, welch ein Gefühl von Freiheit und Lebensfülle es in ihr gab, ihn zu hassen und es sich voll einzugestehen. »Nun, da ich ihn gehaßt habe, werde ich nie wieder imstande sein, mit ihm weiterzuleben«, kam es ihr in den Sinn.

Auf dem ebenen Boden konnte der Förster den Stuhl allein schieben. Clifford hielt ein kleines Gespräch mit Connie aufrecht, um seine völlige Fassung zu zeigen: über Tante Eva, die in Dieppe war, und über Sir Malcolm, der geschrieben und gefragt hatte, ob Connie mit ihm in seinem kleinen Wagen nach Venedig fahren oder mit Hilda die Bahn benützen wolle.

»Ich würde viel lieber mit der Bahn fahren«, sagte Connie. »Ich mag Autofahrten nicht, besonders, wenn es staubig ist. Aber ich werde sehen, was Hilda will.«

»Sie wird ihren eigenen Wagen fahren wollen und dich mitnehmen«, erwiderte er.

»Wahrscheinlich! – Hier hinauf muß ich helfen. Du hast keine Ahnung, wie schwer dieser Stuhl ist.«

Sie trat hinter den Rollstuhl und stapfte anschiebend den rosafarbenen Pfad hinauf neben dem Förster her. Es war ihr gleichgültig, wer es sehen mochte.

»Warum läßt du mich nicht warten und holst Field her? Er ist stark genug dazu.«

»Es ist so nahe«, keuchte sie.

Aber beide, sie und Mellors, wischten sich den Schweiß vom Gesicht, als sie beide auf die Anhöhe hinaufkamen. Es war sonderbar, aber dieses bißchen gemeinsame Arbeit hatte sie einander viel näher gebracht, als sie je zuvor gewesen waren.

»Danke Ihnen vielmals, Mellors«, sagte Clifford, als sie an der Haustür anlangten. »Ich muß mir eine andere Motortype anschaffen, weiter nichts. Wollen Sie nicht in die Küche gehen und essen? Es muß ungefähr Zeit sein.«

»Danke sehr, Sir Clifford. Ich war auf dem Wege zu meiner Mutter zum Mittagessen, heute ist Sonntag.«

»Wie Sie wollen.«

Mellors schlüpfte in seinen Rock, blickte Connie an, grüßte und war verschwunden. Connie ging wütend in ihr Zimmer hinauf.

Beim Mittagessen konnte sie ihre Gefühle nicht beherrschen.

»Warum bist du so abscheulich rücksichtslos, Clifford?«

»Gegen wen?«

»Gegen den Förster. Wenn du das herrschende Klasse nennst, dann tust du mir leid.«

»Warum?«

»Ein Mann, der krank war und nicht kräftig ist! Mein Wort, wenn ich die dienende Klasse wäre, ich ließe dich auf den Dienst warten. Ich würde dir was pfeifen.«

»Das glaube ich gern.«

»Wenn er in einem Rollstuhl gesessen hätte, mit gelähmten Beinen, und sich benommen hätte, wie du dich benommen hast, — was würdest du für *ihn* getan haben?«

»Mein lieber Evangelist, dieses Durcheinanderbringen von Personen und persönlichen Dingen zeugt von schlechtem Geschmack.«

»Und dein häßlicher, steriler Mangel an allgemein menschlichem Mitgefühl zeugt vom denkbar schlechtesten Geschmack. Adel verpflichtet! Du und deine herrschende Klasse.«

»Und wozu sollte er mich verpflichten? — Eine Menge unnötiger Gefühle meinem Wildhüter gegenüber zu hegen? Nein, ich danke. Das überlasse ich alles meinem lieben Evangelisten.«

»Als währe er nicht genau so ein Mensch wie du, wahrhaftig!«

»Mein Wildhüter, wohlgemerkt, und ich zahle ihm zwei Pfund in der Woche und gebe ihm freie Wohnung.«

»Zahle ihm! Was glaubst du, was du damit zahlst, mit deinen zwei Pfund in der Woche und freier Wohnung?«

»Seine Dienste.«

»Pah! Ich würde dir sagen, du solltest dir deine zwei Pfund in der Woche und die freie Wohnung behalten.«

»Vielleicht möchte er das gern. Aber er kann sich den Luxus nicht leisten.«

»Du und herrschen!« rief sie. »Du herrschst nicht, schmeichle dir nur nicht! Du hast bloß mehr als dein Teil am Geld und läßt Leute um zwei Pfund in der Woche für dich arbeiten oder bedrohst sie mit dem Verhungern. Herrschen! Was für eine Herrschaft übst du denn aus? Du bist ja vertrocknet. Du tyrannisierst bloß mit deinem Geld, wie irgend ein Jude oder Schieber!«

»Sie drücken sich sehr elegant aus, Lady Chatterley.«

»Ich versichere dir, du benahmst dich im ganzen sehr elegant draußen im Wald. Ich habe mich für dich in Grund und Boden geschämt. Du lieber Gott! Mein Vater hat zehnmal mehr von einem menschlichen Wesen als du, du Gentleman!« Er streckte die Hand aus und klingelte nach Mrs. Bolton. Aber sein Hals war gelb.

Sie ging in ihr Zimmer hinauf, voll Wut, und sagte sich: Er und sich Leute kaufen! Na, mich kauft er nicht. Und darum besteht auch keine Notwendigkeit für mich, bei ihm zu bleiben. Dieser tote Fisch von einem Gentleman mit seiner Zelluloidseele! Und wie sie einen hereinlegen mit ihren Manieren und ihrer geheuchelten Bedächtigkeit und Güte. Sie besitzen ungefähr so viel Gefühl wie Zelluloid.

Sie machte ihre Pläne für die Nacht und beschloß, sich Clifford aus dem Sinn zu schlagen. Sie wollte ihn nicht hassen. Sie wollte durch keinerlei Gefühl sehr nahe mit ihm verbunden sein. Sie wollte nicht, daß er irgend etwas über sie selbst wisse. Und besonders nicht über ihre Gefühle für den Förster. Dieser Streit wegen ihrer Haltung der Dienerschaft gegenüber war eine alte Sache. Er fand, sie sei zu vertraulich. Sie fand, er sei stumpfsinnig, unempfindlich, zäh und gummigleich, wo es sich um andere Menschen handelte.

Als es Zeit zum Abendessen wurde, ging sie ruhig und in ihrer alten, bescheidenen Haltung hinunter. Er war immer noch gelb am Hals. Es stand ihm wieder einer seiner Gallenanfälle bevor, wie stets, wenn er so merkwürdig war. – Er las ein französisches Buch.

»Hast du je Proust gelesen?« fragte er sie.

»Ich hab's versucht, aber er langweilt mich.«

»Er ist wirklich ganz außerordentlich.«

»Möglich! Aber er langweilt mich. All diese Überspitztheit! Er hat keine Gefühle, er hat bloß Bäche von Worten über Gefühle. Ich habe diese egozentrische Mentalität satt.«

»Würdest du egozentrische Animalität vorziehen?«

»Vielleicht! Aber vielleicht könnte man etwas finden, das sich selbst nicht wichtig nimmt.«

»Nun, mir gefällt Prousts subtile Geistigkeit und seine wohlerzogene Anarchie.«

»Aber in Wirklichkeit macht er einen sehr tot.«

»Da spricht meine kleine Evangelistenfrau.«

Sie waren schon wieder dabei, schon wieder! Aber sie konnte sich nicht enthalten, ihn zu bekämpfen. Er schien da zu sitzen wie ein Gerippe, um den kalten, gruseligen Hauch eines Totengerippes gegen sie auszusenden. Sie konnte beinahe fühlen, wie das Gerippe sie packte und an seinen Rippenkäfig drückte. Auch er war wirklich aufgebracht; und sie fürchtete sich ein wenig vor ihm.

Sie ging so bald als möglich hinauf und legte sich ganz zeitig zu Bett. Aber um halb zehn stand sie auf und trat auf den Gang hinaus, um zu lauschen. Kein Laut war zu hören. Sie warf einen Schlafrock über und ging hinunter. Clifford und Mrs. Bolton saßen bei den Karten und spielten um Geld. Sie würden es wahrscheinlich bis Mitternacht so weitertreiben.

Connie kehrte in ihr Zimmer zurück, warf ihr Pyjama auf das zerwühlte Bett, zog ein dünnes Nachtgewand an und darüber ein wollenes Kleid, zog Tennisschuhe mit Gummisohlen an und dann einen leichten Mantel. Sie war fertig.

Wenn sie jemand begegnete, ging sie eben für ein paar Minuten vors Haus. Und am Morgen, wenn sie wieder hereinkäme, würde sie eben einen kleinen Spaziergang im Tau unternommen haben, wie sie das recht häufig vor dem Frühstück tat. Im übrigen bestand die einzige Gefahr darin, daß jemand während der Nacht in ihr Zimmer käme. Aber das war höchst unwahrscheinlich. Eine Möglichkeit von eins zu hundert.

Betts hatte noch nicht zugeschlossen. Er schloß das Haus um zehn Uhr und öffnete es wieder um sieben Uhr morgens. Sie schlüpfte lautlos und ungesehen hinaus. Der Halbmond schien hell genug, um ein wenig Licht in der Welt zu machen, nicht genug, um sie in ihrem dunkelgrauen Mantel sichtbar werden zu lassen. Sie durchschritt schnell den Park, nicht wirklich aufgeregt über das Stelldichein, sondern mit einer gewissen Erbitterung und Auflehnung, die in ihrem Herzen brannte. Es war nicht die richtige Herzensverfassung, in der man einer Liebesnacht entgegenging. Aber im Krieg ist es einmal so!

VIERZEHNTES KAPITEL

Als sie in die Nähe des Parktores kam, hörte sie das Klicken des Schlosses. Er war also da, in der Dunkelheit des Waldes, und hatte sie gesehen.

»Brav, daß du so zeitig kommst«, sagte er aus dem Dunkel. »Ist alles glatt gegangen?«

»Kinderleicht.«

Er schloß leise das Tor hinter ihr und ließ einen Lichtfleck auf den dunklen Boden fallen, der die bleichen Blumen erkennbar machte, die noch geöffnet in der Nacht dastanden. Sie schritten getrennt und schweigend dahin.

»Bist du sicher, daß du dir heute mit dem Rollstuhl nichts getan hast?«

»Nein, nein.«

»Hast du von deiner Lungenentzündung nichts zurückbehalten?«

»O nein. Mein Herz ist nicht mehr so kräftig und die Lunge nicht mehr so elastisch. Aber das ist immer die Folge.«

»Und du solltest keine heftigen körperlichen Anstrengungen machen?«

»Nicht oft.«

Sie schritt in zornigem Schweigen weiter.

»Hast du Clifford gehaßt?« fragte sie endlich.

»Ihn gehaßt? Nein! Ich bin zu vielen seinesgleichen begegnet, um mich damit aufzuregen, ihn zu hassen. Ich weiß im voraus, daß ich Leute seiner Art nicht mag. Und dabei lasse ich's bewenden.«

»Welches ist seine Art?«

»Na, das weißt du besser als ich. Diese Art von jungem Gentleman, ein bißchen wie eine Dame. Und keine Eier.«

»Was für Eier?«

»Eier. Die Eier, die ein Mann hat.«

Sie dachte darüber nach.

»Aber kommt es darauf an?« fragte sie ein wenig ungehalten.

»Man sagt, ein Mann hat kein Hirn, wenn er ein Narr ist; und kein Herz, wenn er gemein ist; und kein Mark in den Knochen, wenn er ein Feigling ist. Und wenn er nichts von dieser gewissen hitzigen Wildheit eines Mannes in sich hat, dann sagt man eben, er hat keine Eier. Wenn er gewissermaßen zahm ist.«

Sie überdachte das. »Und ist Clifford zahm?« fragte sie dann.

»Zahm und boshaft dazu. Wie die meisten solcher Gesellen, wenn man an sie gerät.«

»Und du meinst, du bist nicht zahm?«

»Vielleicht nicht ganz.«

Endlich erblickte sie in der Ferne ein gelbes Licht. Sie blieb stehen.

»Dort ist ein Licht.«

»Ich laß immer Licht im Haus brennen«, erwiderte er.

Sie ging wieder weiter an seiner Seite, aber ohne ihn zu berühren, und fragte sich, warum sie überhaupt mit ihm gehe.

Er schloß auf, sie traten ein, und er verriegelte die Türe. Als ob es ein Gefängnis wäre, dachte sie. Der Kessel summte über der roten Glut, und Teetassen standen auf dem Tisch.

Sie saß in dem hölzernen Armstuhl beim Feuer. Es war warm nach der frostigen Kühle draußen.

»Ich werde meine Schuhe ausziehen, sie sind naß«, sagte sie.

Sie saß da, die bestrumpften Füße auf dem blankgeputzten Herdgitter. Er ging in die Speisekammer und brachte Essen: Brot und Butter und Büchsenzunge. Ihr war warm. Sie zog ihren Mantel aus. Er hing ihn an die Tür.

»Möchtest du Kakao oder Tee oder Kaffee trinken?« fragte er.

»Ich glaube, ich möchte gar nichts«, sagte sie, auf den Tisch blickend. »Aber iß du nur.«

»Nein, ich bin nicht hungrig. Ich werde bloß den Hund füttern.«

Er stapfte mit einer ruhigen Unvermeidlichkeit über den Ziegelboden und tat Futter für den Hund in einen braunen Napf. Der Spaniel blickte ängstlich zu ihm auf.

»Das ist dein Nachtmahl! Brauchst gar nicht so dreinschauen, als ob du nichts bekommen würdest«, sagte er.

Er stellte den Napf auf die Matte am Fuße der Treppe und setzte sich auf einen Stuhl an der Wand, um seine Gamaschen und Schuhe auszuziehen. Der Hund kam, statt zu fressen, wieder zu ihm und saß da und blickte ihn verwirrt an.

Er löste langsam die Schnallen an seinen Gamaschen. Der Hund rückte ein wenig näher.

»Ja, was ist denn? Du bist ja ganz außer dir, weil noch jemand da ist! Du bist mir schon ein Frauenzimmer! Geh und friß dein Nachtmahl.«

Er legte seine Hand auf den Kopf der Hündin, und sie lehnte ihren Kopf seitlich an ihn. Er zog langsam und sacht an dem langen, seidigen Ohr.

»Da«, sagte er, »da! Geh und friß dein Nachtmahl, geh!« Er kippte seinen Stuhl ein wenig gegen den Napf auf der Matte, und die Hündin ging folgsam hin und begann zu fressen.

»Hast du Hunde gern?« fragte Connie ihn.

»Nein, eigentlich nicht. Sie sind mir zu zahm und anhänglich.«

Er hatte seine Gamaschen abgelegt und schnürte seine schweren Schuhe auf. Connie hatte sich vom Feuer abgewendet. Wie kahl der kleine Raum war! Doch über seinem Kopf hing an der Wand eine scheußliche vergrößerte Photographie eines jungvermählten Paares, offenbar er und eine frech aussehende Person, zweifellos seine Frau.

»Bist du das?« fragte Connie.

Er wandte den Kopf und blickte zu der Vergrößerung hinauf.

»Ja, es wurde aufgenommen, ehe wir geheiratet haben. Ich war damals einundzwanzig.« Er blickte das Bild unbewegt an.

»Hast du es gern?« fragte sie.

»Gern? Nein, ich hab' das Ding nie gemocht. Aber sie hat es schon so eingerichtet, daß wir uns so aufnehmen ließen, wie sie es wollte.«

Er wandte sich wieder dem Ausziehen seiner Schuhe zu.

»Wenn du es nicht magst, warum läßt du es dann dort hängen? Vielleicht würde deine Frau es haben wollen«, sagte sie.

Er blickte mit einem plötzlichen Grinsen zu ihr auf.

»Sie hat alles aus dem Haus getragen, was sich lohnte mitzunehmen«, sagte er. »Aber das hat sie dagelassen.«

»Warum behältst du es dann? Aus Gefühlsgründen?«

»Nein, ich schaue es nie an. Ich hab' gar nicht mehr gewußt, daß es dort hängt. Seit wir eingezogen sind, hängt es da.«

»Warum verbrennst du es nicht?« fragte sie.

Er drehte sich wieder nach der vergrößerten Photographie um und blickte sie an. Sie hatte einen braunen und vergoldeten Rahmen, scheußlich!

Ein glattrasierter flotter, sehr jung aussehender Mann in einem recht hohen Kragen war darauf zu sehen und eine ein wenig rundliche, unverschämt dreinblickende junge Frau mit lose gekräuseltem Haar, die eine dunkle Seidenbluse trug.

»Wär' keine schlechte Idee, oder?« meinte er. Er hatte die Schuhe ausgezogen und Pantoffeln angezogen. Er stieg auf den Stuhl hinauf und hob die Photographie herunter. Sie hinterließ einen großen blassen Fleck auf der grünlichen Tapete.

Es lohnt sich nicht mehr, es abzustauben», sagte er und lehnte das Bild gegen die Wand.

Er ging in die Werkzeugkammer und kam mit Hammer und Zange zurück. Niedersitzend, wo er zuvor gesessen, begann er das Papier von der Rückseite des großen Rahmens abzureißen und die Stifte herauszuziehen, die das Stück Karton hinter der Photographie festhielten. Er arbeitete mit der stillen Vertieftheit des Augenblickes, die charakteristisch für ihn war.

Er hatte die Stifte bald heraus. Dann zog er den Pappendeckel hervor. Dann die Vergrößerung selbst in ihrem starken weißen Passepartout. Belustigt blickte er die Photographie an.

»Es zeigt mich, wie ich damals war: ein junger Naseweis, und sie, wie sie war: ein gewöhnliches Weibstück«, sagte er. »Der eingebildete Kerl und das Weibstück.«

»Laß mich sehn!« sagte Connie. Er sah in der Tat sehr glattrasiert und sauber aus, einer der glattgeschniegelten jungen Männer von vor zwanzig Jahren. Aber sogar auf der Photographie waren seine Augen lebhaft und unerschrocken, und die Frau war nicht ganz und gar ein Weibstück, trotzdem sie grobe Backenknochen hatte. Es war doch etwas Anziehendes an ihr.

»Solche Dinge sollte man nie aufbewahren«, sagte Connie.

»Nein, wahrhaftig nicht. Man sollte sie gar nicht machen lassen.«

Er zerriß die Photographie und das Passepartout über seinem Knie, und als die Stücke klein genug waren, warf er sie ins Feuer.

»Es wird allerdings das Feuer verderben...«, meinte er.

Das Glas und den Pappendeckel trug er sorgsam hinauf. Den Rahmen schlug er mit ein paar Hammerschlägen auseinander, daß der Gips umherflog. Dann trug er die Stücke in die Kammer.

»Das werde ich morgen verbrennen«, sagte er. »Da sind zuviel Gipsschnörkel dran.«

Nachdem er alles weggeräumt hatte, setzte er sich.

»Hast du deine Frau geliebt?« fragte sie ihn.

»Geliebt?« gab er zurück. »Hast du Sir Clifford geliebt?«

Doch sie wollte sich nicht abweisen lassen.

»Aber du hast sie gern gehabt?« beharrte sie.

»Gern?« grinste er.

»Vielleicht hast du sie jetzt noch gern?« fragte sie.

»Ich?« Seine Augen weiteten sich. »Oh nein, ich will nicht einmal an sie denken«, sagte er ruhig.

»Warum?«

Aber er schüttelte den Kopf.

»Warum läßt du dich nicht scheiden? Sie wird eines Tages zurückkommen zu dir«, sagte Connie.

Er blickte scharf zu ihr auf. »Die käme mir nicht einmal auf einen Büchsenschuß in die Nähe. Die haßt mich noch viel mehr als ich sie.«

»Du wirst sehen, sie wird zu dir zurückkommen.«

»Das wird sie nicht. Das ist aus. Mich befällt ein Grausen, wenn ich sie nur seh.«

»Du wirst sie sehen. Und eure Ehe ist nicht einmal gerichtlich geschieden, nicht wahr?«

»Nein.«

»Ah, siehst du, dann wird sie zurückkommen, und du wirst sie zu dir nehmen müssen.«

Er blickte Connie starr an. Dann warf er den Kopf mit einer jähen Bewegung empor. »Du magst recht haben. Ich war ein Narr, daß ich je hierher zurück bin. Aber ich habe mich gestrandet gefühlt und habe irgendwohin geh'n müssen. Ein Mann ist ein armer Schlucker und von jedem Wind hin und her geweht. Aber du hast recht. Ich werde mich scheiden lassen und loskommen. Ich hasse das ganze Zeug wie den Tod – Beamte und Gerichtsverhandlungen und Richter. Aber ich werd's über mich ergehen lassen müssen. Ich werde die Scheidung einreichen.«

Und sie sah den entschlossenen Eindruck in seinem Gesicht.

Innerlich jubelte sie. »Ich glaube, ich möchte jetzt ganz gern eine Tasse Tee«, sagte sie.

Er erhob sich, um den Tee zuzubereiten. Aber sein Gesicht blieb starr.

Als sie am Tisch saßen, fragte sie ihn: »Warum hast du sie geheiratet? Sie war von niedrigerer Herkunft als du. Mrs. Bolton hat mir von ihr erzählt. Sie konnte nie verstehen, warum du sie geheiratet hast.«

Er blickte sie starr an. »Ich werd's dir sagen«, begann er. »Mit dem ersten Mädel, das ich gehabt hab', hab' ich angefangen, wie ich sechzehn war. Sie war die Tochter eines Lehrers drüben in Ollerton, hübsch, sogar wirklich schön. Ich hab' für einen gescheiten jungen Kerl aus der Lateinschule von Sheffield gegolten, mit ein bißchen Französisch und Deutsch, und die Nase sehr hoch in der Luft. Sie war von der romantischen Art und hat Gewöhnlichkeit gehaßt. Sie hat mich zu Gedichten und zum Lesen angespornt. Auf eine gewisse Art hat sie einen Mann aus mir gemacht. Ich las und dachte mit einem Feuereifer, alles für sie. Und ich war Schreiber im Bureau bei Butterley; ein magerer Kerl mit einem weißen Gesicht und dampfte nur so von allem, was ich las. Und über alles hab' ich mit ihr gesprochen; aber auch wirklich alles. Wir redeten uns bis nach Persepolis und Timbuktu. Wir waren das literarisch gebildetste Paar in zehn Grafschaften. Ich legte mit einer Art von Verzückung vor ihr los. Ich ging einfach in Rauch auf. Und sie betete mich an. Aber die Sexualität, die war die Schlange im Gras. Sie, das Mädel, besaß keine, wenigstens nicht dort, wo sie angeblich sein soll. Ich wurde magerer und verrückter. Dann sagte ich, daß wir nun Liebesleute werden müßten. Ich redete sie in die Sache hinein, wie gewöhnlich. Also ließ sie mich. Ich war aufgeregt, und sie verlangte nicht wirklich danach. Sie verlangte einfach nicht danach. Sie betete mich an, sie liebte es, wenn ich zu ihr sprach und sie küßte; auf diese Art hatte sie eine Leidenschaft für mich. Aber das andere, das wollte sie einfach nicht. Und es gibt eine Unmenge Frauen so wie sie. Und es war gerade das andere, was *ich* wollte. Also ging die Sache in die Brüche. Ich war grausam und verließ sie. Dann begann ich mit einer andern, einer Lehrerin, die einen Skandal hervorgerufen hatte, weil sie es mit einem verheirateten Mann hatte und ihn beinahe zum Wahnsinn trieb. Sie war weich und weißhäutig, eine weiche Art von Frau, älter als ich, und sie spielte Geige. Und sie war ein Teufel. Sie liebte alles in der Liebe, ausgenommen das Geschlechtliche. Anschmiegsam, liebkosend, sich auf jede Art einschmeichelnd; aber wenn man sie zum Geschlechtlichen selbst zwang, hat sie einfach mit den Zähnen geknirscht und Haß gespien. Ich hab' sie dazu gezwungen, und sie hat mich deswegen manchmal geradezu mit Haß betäubt. Also bin ich wieder enttäuscht worden. Mich hat schon vor dem Ganzen geekelt. Ich wollte eine Frau, die mich wollte und *es* wollte.

»Dann kam Bertha Coutts. Sie hat im Nachbarhaus gewohnt, als ich ein kleiner Bub war war, also hab' ich die Leute gut gekannt. Und sie waren gewöhnlich. Nun, Bertha ging weg auf irgendeinen Posten in Birmingham; sie sagte, als Gesellschafterin zu einer Dame, jeder andere sagte, als Kellnerin oder so etwas in ein Hotel. Jedenfalls, als ich die andere gerade mehr als satt hatte – ich war damals einundzwanzig – kam Bertha zurück, mit Allüren und Manieren und eleganten Kleidern und einer Art Blütenschimmer, einer Art sinnlichen Hauch, wie man ihn manchmal an einer Frau sieht oder an einer Dirne. Na, und ich war in einer wahren Mordstimmung. Ich schmiß meine Stellung bei Butterley hin, weil ich glaubte, ich sei ein Waschlappen, daß ich mir dort die Finger krumm schrieb; und ich kam als Oberschmied in Tevershall unter und habe meistens Pferde beschlagen. Es war die Arbeit meines Vaters gewesen, und ich war stets mit dabei gewesen. Es war eine Arbeit, die mir gefiel, mit Pferden umzugehen, und sie lag mir. Also hörte ich auf, fein daherzureden, wie die Leute sagen, wenn man nach der Schriftsprache redet, und begann wieder in der Mundart zu sprechen. Ich las noch immer Bücher zu Hause, aber ich schmiedete Hufeisen und besaß einen eigenen Ponywagen und war der Graf von Hammerschlag. Mein Alter hinterließ mir dreihundert Pfund, als er starb. Also fing ich mit Bertha an, und ich war froh, daß sie gewöhnlich war. Ich wollte sie so gewöhnlich. Ich wollte selber gewöhnlich sein. Na, und ich heiratete sie, und sie war nicht übel. Die anderen, die ›reinen Frauen‹, hatten mir fast alle Männlichkeit genommen, aber in der Hinsicht war nichts auszusetzen an ihr. Sie begehrte mich und machte kein Federlesens damit. Und ich freute mich wie ein Schneekönig. Das war, was ich wollte: eine Frau, die *wollte,* daß ich sie ficke. So fickte ich sie denn nach Noten. Und ich glaube, sie verachtete mich ein wenig dafür, daß es mir so gefiel und ich ihr manchmal das Frühstück ans Bett brachte. Sie hörte auf, sich ums Haus zu kümmern, gab mir kein ordentliches Essen, wenn ich von der Arbeit heimkam, und wenn ich etwas sagte, fuhr sie auf mich los. Und ich fuhr auf sie los mit Krach und Donnerwetter. Sie warf mir eine Tasse an den Kopf und ich erwischte sie beim Genick, daß ihr der Atem ausging. Das war so die Art! Aber sie behandelte mich unverschämt, und sie trieb es so weit, daß sie mich nie haben wollte, wenn ich sie wollte – nie. Hat mich immer weggestoßen, so brutal, als du dir's nur denken kannst. Und dann, wenn sie mich ganz davon weg hatte und ich sie nicht haben wollte, dann ist sie ganz süß und lieb dahergekommen und hat mich drangekriegt. Und ich bin immer gekommen, wenn sie gepfiffen hat. Aber wenn ich sie hatte, ist sie nie mit mir zugleich zu Ende gekommen. Nie! Sie wartete einfach. Wenn ich eine halbe Stunde zurückhielt, hielt sie noch länger zurück. Und wenn ich wirklich zu Ende war, dann hat sie erst für sich angefangen, und ich hab' stillhalten müssen in ihr, bis sie sich soweit gebracht hatte, und dabei hat sie sich gewunden und geschrien und sich verbissen mir ihrem Ding da unten, und wenn's ihr dann kam, geriet sie geradezu in Ekstase. Und dann sagte sie: ›Das war wundervoll!‹ Mit der Zeit bekam ich es satt. Und sie wurde immer ärger. Es wurde ihr immer schwerer zu kommen. Und sie zerrte auf eine Art da unten an mir, als wenn ein Schnabel an mir reißen würde. Bei Gott! man möchte glauben, daß ein Weib da unten weich wäre wie eine Feige. Aber ich sag dir, diese alten Reibeisen haben einen wahren Schnabel zwischen ihren Beinen, und sie zerren damit an einem, bis einem übel wird. Selbst! Selbst! Selbst! Nur sie selbst! Zerren und schreien. Sie reden von der Selbstsucht des Mannes. Aber ich bezweifle, daß ich es darin je mit einer Frau aufnehmen könnte, die so geworden ist. Wie eine alte Vettel! Und sie konnte nichts dafür. Ich erzählte ihr davon, und ich sagte ihr, wie ich es haßte. Sie versuchte sogar, mir nachzugeben, sie versuchte, still zu liegen und mich die Sache besorgen zu lassen. Sie versuchte es wohl, aber es half nichts. Sie fühlte nichts dabei, wenn ich es ihr besorgte. Sie mußte es selber tun und ihr eigenes Süppchen kochen. Und es überfiel sie immer wieder eine rasende Not. Sie mußte sich gehen lassen und zerren, zerren, zerren, als hätte sie keine Empfindung in sich, außer an der Spitze ihres Schnabels, ganz an der äußersten, vordersten Spitze, die rieb und zerrte. So, wie die Männer zu sagen pflegten, daß die alten Huren sind. Es war eine niedrige Art von Eigenwillen in ihr, eine rasende Art von Eigenwillen. Wie in einer Frau, die säuft. Na, am Ende konnt' ich's nicht mehr ertragen. Wir schliefen getrennt. Sie selbst hatte damit angefangen bei ihren Ausfällen, wenn sie behauptete, daß ich sie tyrannisiere. Sie hatte damit begonnen, ihr eigenes Schlafzimmer zu haben. Aber die Zeit kam, wo ich sie nicht mehr in mein Zimmer lassen wollte. Nicht um die Welt!

Es war mir verhaßt. Und sie haßte mich. Mein Gott, wie sie mich gehaßt hat, ehe das Kind geboren wurde! Ich glaube oft, sie empfing es nur aus Haß. Jedenfalls, nachdem das Kind geboren war, ließ ich sie in Ruhe. Und dann kam der Krieg, und ich meldete mich freiwillig. Und ich bin erst zurückgekommen, als ich erfahren hatte, daß sie mit dem Kerl drunten in Stacks Gate lebte.«

Er brach ab, bleich im Gesicht.

»Und was für ein Mann ist das, drunten in Stacks Gate?« fragte Connie.

»Ein großer, starker, kindsköpfischer Kerl, ein Waschlappen. Sie tyrannisiert ihn. Und beide trinken.«

»Mein Gott, wenn sie zurückkäme!«

»Mein Gott, ja! Ich würde rein davongehen und wieder verschwinden.«

Es folgte ein Schweigen. Der Pappendeckel im Feuer war zu grauer Asche geworden.

»Also, als du eine Frau bekamst, die dich wollte«, sagte Connie, »hast du ein bißchen zu viel des Guten bekommen.«

»Scheint so. Aber auch so möcht' ich lieber sie haben als eine von diesen Rühr-mich-nicht-ans: die weiße Liebe meiner Jugend und diese andere giftduftende Lilie und die übrigen.«

»Was ist's mit den übrigen?« fragte Connie.

»Die übrigen? Die zählen nicht. Nur ist nach meinen Erfahrungen die große Masse der Frauen so: die meiste wollen einen Mann, aber nicht das Geschlechtliche. Doch sie finden sich damit ab, als mit einem Teil des ganzen Handels. Die mehr altmodischen liegen einfach da wie nichts und lassen einen drauflostun. Sie nehmen's nachher nicht übel: sie haben einen Mann gern. Aber die Sache selbst ist ihnen nichts, nur ein bißchen zuwider. Und die meisten Männer haben es gern auf diese Art. Mir ist es verhaßt. Aber die gewitzten Frauen, die so sind, die tun so, als wären sie's nicht. Die tun, als wären sie leidenschaftlich und erlebten Schauer. Aber es ist alles Larifari. Sie schwindeln bloß. – Dann gibt's die anderen, die alles gern haben, jede Art von Gefühl und Herumschmusen und Fertigwerden, nur nicht die natürliche. Immer erreichen sie's, daß es einem kommt, wenn man nicht an dem einzigen Ort ist, wo man sein sollte, wenn's einem kommt. – Und dann die zähe Sorte, bei denen es Teufelsplage ist, sie überhaupt zum Losgehen zu bringen, und die sich selber dahin bringen wie meine Frau. Sie wollen unbedingt der aktive Teil sein. – Und dann die, die innen einfach tot sind. Einfach tot. Und sie wissen es. Und schließlich noch die, die einen hinausstoßen, bevor es einem wirklich kommt, und sich dann weiter in den Hüften winden, bis sie sich am Schenkel des Mannes befriedigen. Aber die sind zumeist von der lesbischen Art. Es ist erstaunlich, wie lesbisch die Frauen sind, bewußt oder unbewußt. Mir scheint, daß sie beinahe alle Lesbierinnen sind.«

»Und das magst du nicht?« fragte Connie.

»Ich könnte sie umbringen. Wenn ich bei einer Frau bin, die wirklich lesbisch ist, dann heule ich geradezu in der Seele vor Verlangen, sie umzubringen.«

»Und was tust du dann?«

»Ich schau' einfach, daß ich weiterkomm', so schnell ich kann.«

»Aber glaubst du, daß lesbische Frauen ärger sind als homosexuelle Männer?«

»Ja, das glaube ich. Weil ich von ihnen mehr gelitten hab'. Theoretisch gesprochen, hab' ich keine Ahnung. Wenn ich mit einer lesbischen Frau zu tun habe – ob sie weiß, daß sie eine ist oder nicht – dann wird mir rot vor Augen. Nein, nein! Ich wollte überhaupt mit keiner Frau mehr etwas zu tun haben. Ich wollte für mich bleiben, meine Ungestörtheit und meine Anständigkeit bewahren.«

Er sah blaß aus, und seine Stirne war düster.

»Und hat es dir leid getan, als ich daherkam?«

»Es hat mir leid getan, und ich war auch wieder froh.«

»Und was bist du jetzt?«

»Traurig, äußerlich traurig. Alle diese Verwicklungen und Häßlichkeiten und Vorwürfe, die früher oder später doch kommen müssen, davor werde ich verzagt und fühle mich ganz elend. Aber wenn mein Blut in mir hochsteigt, dann bin ich froh. Ich juble sogar. Ich wurde wirklich schon verbittert. Ich dachte, es gäbe überhaupt keine wirkliche Geschlechtlichkeit mehr, keine Frau mehr, die es auf natürliche Art erleben könnte bei einem Mann. Ausgenommen schwarze Frauen. Und, na ja, wir sind eben doch weiße Männer, und sie sind ein bißchen wie Schlamm.«

»Und nun? Bist du nun froh über mich?« fragte sie.

»Ja, wenn ich alles übrige vergessen kann. Wenn ich's nicht vergessen kann, möcht ich am liebsten unter den Tisch kriechen und sterben.«

»Warum unter den Tisch?«

»Warum?« lachte er. »Mich verstecken, vermutlich, wie ein kleines Kind.«

»Du scheinst wirklich schreckliche Erfahrungen mit Frauen gemacht zu haben«, sagte sie.

»Siehst du, ich konnte mich nicht selbst betrügen. Damit kommen die meisten Männer doch darüber weg. Sie stellen sich darauf ein und nehmen eine Lüge hin. Ich konnte mich nie betrügen. Ich wußte, was sich von einer Frau wollte, und ich war nie imstande, mir einzureden, daß ich's erreicht hatte, wenn's nicht wahr war.«

»Aber hast du es jetzt erreicht?«

»Scheint so, als ob ich's hätte.«

»Warum bist du dann so blaß und verdüstert?«

»Der Bauch voll Erinnerungen. Und vielleicht Angst vor mir selbst.«

Sie saß und schwieg. Es wurde spät.

»Und du meinst, es ist wichtig – ein Mann und eine Frau?« fragte sie ihn.

»Für mich ja. Für mich ist es nun einmal der innerste Kern meines Lebens, die richtige Beziehung zu einer Frau zu haben.«

»Und wenn du die nicht bekämst?«

»Dann müßte ich mich eben ohne sie abfinden.«

Wieder überlegte sie, ehe sie fragte. »Und du glaubst, daß du dich Frauen gegenüber stets richtig benommen hast?«

»Gott, nein! Ich habe meine Frau zu dem werden lassen, was sie war. Zum großen Teil mein Fehler! Ich habe sie verwöhnt. Und ich bin sehr mißtrauisch. Darauf mußt du gefaßt sein. Es gehört viel dazu, daß ich irgend jemand innerlich traue. Also bin vielleicht auch ich ein Schwindel. Ich bin mißtrauisch. Aber Zärtlichkeit läßt sich nicht verkennen.«

Sie blickte ihn an. »Mit deinem Körper mißtraust du nicht, wenn dein Blut aufwallt«, sagte sie. »Dann mißtraust du nicht, nicht wahr?«

»Nein, leider. So bin ich in all die Unannehmlichkeiten hineingeraten. Und darum mißtraut mein Geist so gründlich.«

»Laß deinen Geist doch mißtrauen! Was liegt daran.«

Der Hund seufzte unbehaglich auf der Matte. Das von der Asche erstickte Feuer sank zusammen.

»Wir zwei sind ein Paar geschlagener alter Krieger.«

»Bist du auch einer?« lachte er. »Und da kehren wir jetzt wieder ins Getümmel zurück!«

»Ja. Ich habe wirklich Angst.«

»Ah ja!«

Er erhob sich und stellte ihre Schuhe zum Trocknen und wischte die seinen ab und stellte sie ans Feuer. Am Morgen wollte er sie einfetten. Er stieß die Asche des Pappendeckels so weit als möglich aus dem Feuer. »Sogar verbrannt ist es noch widerlich«, sagte er. Dann brachte er trockenes Astholz und legte es für den Morgen bereit. Hierauf ging er für eine Weile mit dem Hund hinaus.

Als er zurückkam, sagte Connie: »Ich gehe auch noch für eine Minute an die Luft.«

Sie ging allein in die Dunkelheit. Über ihr waren Sterne. Sie konnte in der Nachtluft die Blumen riechen, und sie konnte fühlen, wie ihre nassen Schuhe wieder nasser wurden. Aber sie hatte das Gefühl, als wollte sie am liebsten weggehen, ganz weg von ihm und jedermann.

Es war empfindlich kühl. Sie schauderte und kehrte ins Haus zurück. Er saß vor dem niedergebrannten Feuer.

»Brr! Kalt!« sagte sie.

Er tat Äste auf das Feuer und brachte mehr, bis sie ein gutes prasselndes Feuer auf dem Herd hatten. Die flackernden, wallenden gelben Flammen machten sie beide glücklicher, wärmten ihre Gesichter und ihre Seelen.

»Nimm's nicht so schwer«, sagte sie und ergriff seine

Hand, als er schweigend und fern dasaß. »Man tut eben, was man kann.«

»Ja, ja.« Er seufzte mit einem verzerrten lächeln.

Sie schlüpfte zu ihm hinüber und in seine Arme, als er so vor dem Feuer saß.

»Also vergiß,« flüsterte sie, »vergiß!«

Er hielt sie eng umschlungen in der riesigen Wärme des Feuers. Die Flammen selbst waren ein Vergessen. Und ihre weiche, warme, reife Schwere! Langsam kreiste sein Blut und begann zurückzufluten in Stärke und unerschrockene Lebenskraft.

»Und vielleicht wollten die Frauen wirklich da sein und dich richtig lieben und haben nur nicht können. Vielleicht war es nicht alles ihre Schuld.«

»Das weiß ich. Glaubst du, ich weiß nicht, was für ein armes Vieh, dem man das Rückgrat zertreten hatte, ich selbst war?«

Sie klammerte sich plötzlich an ihn. Sie hatte wirklich nicht von all dem anfangen wollen, aber irgend ein verdrehter Eigensinn hatte sie dazu getrieben.

»Aber jetzt bist du's nicht«, sagte sie. »Jetzt bist du das nicht: ein armes Vieh, dem man das Rückgrat zertreten hat.«

»Ich weiß nicht, was ich bin. Es werden schwarze Tage kommen.«

»Nein«, widersprach sie, sich an ihn klammernd. »Warum? Warum?«

»Schwarze Tage stehen uns bevor. Uns und allen«, wiederholte er mit prophetischer Düsterkeit.

»Nein! Du sollst das nicht sagen!«

Er schwieg. Aber sie konnte die schwarze Leere der Verzweiflung in ihm fühlen. Das war der Tod des Begehrens, der Tod aller Liebe, diese Verzweiflung, die wie eine dunkle Höhle in den Männern war, in der ihr Geist sich verlor.

»Und du redest so kalt über das Geschlechtliche«, sagte sie. »Du redest, als hättest du bloß dein eigenes Vergnügen und deine eigene Befriedigung gewollt.« Es war ein nervöser Protest gegen ihn.

»Nein«, sagte er. »Ich wollte mein Vergnügen und meine Befriedigung von einer Frau haben, und ich erhielt sie nie, weil ich nie mein Vergnügen und meine Befriedigung von ihr erhalten konnte, wenn sie nicht gleichzeitig die ihre von mir erhielt. Und das geschah nie. Dazu gehören zwei.«

»Aber du hast nie an deine Frauen geglaubt. Du glaubst nicht einmal wirklich an mich«, sagte sie.

»Ich weiß nicht, was das bedeutet, an eine Frau glauben.«

»Das ist es eben, siehst du!«

Sie saß noch immer angeschmiegt auf seinen Knien. Aber sein Geist war grau, abwesend, weit weg, er war nicht da für sie. Und alles, was sie sagte, trieb ihn weiter weg.

»Aber woran glaubst du denn eigentlich?« beharrte sie.

»Ich weiß nicht.«

»An nichts; wie alle Männer, die ich je gekannt habe«, sagte sie.

Sie schwiegen beide. Dann raffte er sich auf und sagte: »Ja, ich glaube an etwas. Ich glaube an Warmherzigkeit. Ich glaube besonders an Warmherzigkeit in der Liebe. Ans Ficken mit warmem Herzen. Ich glaube, wenn die Männer mit warmem Herzen ficken und die Frauen es warmherzig aufnehmen könnten, würde alles gut werden. Es ist diese kaltherzige Fickerei, die einfach Tod und Wahnsinn ist.«

»Aber du fickst mich nicht kaltherzig«, widersprach sie.

»Ich will dich überhaupt nicht ficken. Mein Herz ist gerade jetzt so kalt wie kalte Kartoffeln.«

»Oh!« rief sie und küßte ihn spöttisch. »Dann wollen wir sie lieber gebraten haben.« Er lachte und saß aufrecht.

»Es ist Tatsache«, sagte er. »Alles für ein bißchen Warmherzigkeit! Aber die Frauen mögen sie nicht. Auch du magst sie nicht wirklich. Du möchtest eine gute, scharfe, durchdringende, kaltherzige Fickerei und dann so tun, als wäre alles Zucker. Wo ist deine Zärtlichkeit für mich? Du bist so argwöhnisch gegen mich wie eine Katze gegen einen Hund. Ich sage dir, es braucht zwei, um auch nur zärtlich und warmherzig zu sein. Das Ficken wäre dir schon ganz recht, aber du willst, daß es etwas Großes, Geheimnisvolles genannt werden soll, nur um deiner eigenen Wichtigkeit zu schmeicheln. Die bedeutet dir mehr, fünfzigmal mehr als jeder Mann oder das Beisammensein mit einem Mann.«

»Aber das ist es eben, was ich von dir behaupten möchte. Deine eigene Wichtigkeit ist dir alles.«

»Ja? Na, also gut«, sagte er und machte eine Bewegung, als wollte er aufstehen. »Dann wollen wir lieber auseinander bleiben. Ich möchte lieber sterben, als noch irgend jemand einmal kaltherzig ficken.«

Sie glitt von ihm weg, und er erhob sich.

»Und glaubst du, ich will das?« fragte sie.

»Ich hoffe nicht«, erwiderte er. »Aber jedenfalls geh' du ins Bett, und ich werde hier unten schlafen.«

Sie blickte ihn an. Er war blaß, und seine Miene war verdrossen. Er war so fern in seinem Zurückweichen wie der kalte Pol. Die Männer waren alle gleich.

»Ich kann nicht nach Hause gehen, nicht vor morgen früh.«

»Nein, geh' zu Bett. Es ist Viertel vor eins.«

»Das werde ich gewiß nicht tun«, sagte sie.

Er schritt zum Herd und ergriff seine Schuhe.

»Dann werde ich ausgehen«, sagte er.

Er begann seine Schuhe anzuziehen. Sie starrte ihn an.

»Warte« stammelte sie, »warte! Was ist nur zwischen uns gekommen?«

Er saß vornübergebeugt, seine Schuhe zuschnürend, und gab keine Antwort. Die Augenblicke verrannen. Eine Dumpfheit überkam sie, fast wie eine Ohnmacht. Ihr ganzes Bewußtsein starb, und sie stand weitäugig da und blickte ihn an aus dem Unbekannten und wußte überhaupt nichts mehr.

Die Stille ließ ihn aufblicken, und er sah sie weitäugig und verloren da stehen. Und als würde ein Wind ihn treiben, stand er auf und humpelte hinüber zu ihr, den einen Schuh ausgezogen, den anderen schon an, und nahm sie in seine Arme, drückte sie an seinen Leib, der sich wie durch und durch verwundet fühlte. Und da hielt er sie, und da blieb sie.

Bis seine Hände blindlings hinunterlangten und nach ihr tasteten und unter ihre Kleidung fühlten, dahin, wo sie glatt und warm war.

»Mein Mädchen!« murmelte er, »mein Mädchen, mein Kleines! Wir wollen uns niemals streiten! Nein, nein, niemals wollen wir uns streiten! Ich liebe dich und berühre dich so gern. Streit' dich nicht mit mir! Mach das nicht! Laß uns zusammen sein!«

Sie hob ihr Gesicht und blickte ihn an.

»Quäl dich nicht«, sagte sie gefaßt. »Es hat keinen Sinn, sich zu quälen. Willst du wirklich mit mir zusammen sein?«

Sie blickte mit weiten, ruhigen Augen in sein Gesicht. Er hielt inne und wurde plötzlich ruhig und wandte seinen Kopf zur Seite. Sein ganzer Körper wurde vollkommen ruhig, aber zog sich nicht zurück.

Dann hob er den Blick, sah ihr in die Augen, mit seinem seltsamen, ein wenig spöttischen Lächeln: »Doch, doch! Laß' uns zusammen sein, bis daß der Tod uns scheidet.«

»Aber wirklich?« fragte sie und ihre Augen füllten sich mit Tränen.

»Ja, wirklich! Herz und Bauch und alles.«

Er lächelte noch immer schwach auf sie hinab, mit einem Flackern von Ironie in den Augen und einer Spur von Bitterkeit.

Sie weinte schweigend, und er lag mit ihr und kam in sie, da auf der Matte vor dem Herd, und so gewannen sie ein gewisses Maß von Gleichmut. Dann gingen sie schnell zu Bett, denn es wurde kalt und sie hatten einander ganz ermüdet. Und sie schmiegte sich eng an ihn und fühlte sich klein und eingehüllt, und beide schliefen sie sogleich ein, fest in *einem* Schlaf. Und so lagen sie und rührten sich nicht, bis die Sonne über dem Wald aufging und der Tag begann.

Dann erwachte er und blickte ins Licht. Die Vorhänge waren zugezogen. Er horchte auf das laute, wilde Rufen der

Amseln und Drosseln im Wald. Es mußte ein herrlicher Morgen sein, ungefähr halb sechs, die Stunde, da er gewöhnlich aufstand. Er hatte so fest geschlafen! Es war solch ein neuer Tag! Die Frau lag noch immer zusammengerollt da, schlafend und zart. Seine Hand glitt über sie hin. Sie öffnete ihre blauen verwunderten Augen und lächelte ihm unbewußt ins Gesicht.

»Bist du wach?« fragte sie ihn.

Er blickte noch immer in ihre Augen. Nun lächelte auch er und küßte sie. Und mit einem Male war sie vollends wach und setzte sich auf.

»Zu denken, daß ich hier bin!« sagte sie.

Sie sah sich um in dem weißgetünchten kleinen Schlafzimmer mit seiner schrägen Decke und dem Giebelfenster, vor dem die weißen Vorhänge geschlossen waren. Der Raum war kahl: leer, bis auf eine kleine, gelbgestrichene Kommode und einen Stuhl; und das nicht allzubreite Bett, in dem sie mit ihm lag.

»Ich kann gar nicht recht glauben, daß wir hier sind!« sagte sie und blickte auf ihn hinab. Er lag und betrachtete sie, und durch das dünne Nachtgewand streichelte er ihre Brüste mit seinen Fingern. Wenn er warm und ausgeglichen war, sah er jung und hübsch aus. Seine Augen konnten so warm dreinblicken. Und sie fühlte sich jung und hübsch wie eine Blume.

»Ich will das ausziehen«, sagte sie, raffte das dünne Batistnachtgewand zusammen und streifte es über den Kopf. Sie saß da, matt golden, mit bloßen Schultern und länglichen Brüsten. Er liebte es, ihre Brüste leise schwingen zu machen wie Glocken.

»Du mußt auch dein Pyjama ausziehen«, sagte sie.

»Ah nein!«

»Doch! Doch!« befahl sie.

Und er zog seine alte Pyjamajacke aus und schob die Hosen hinunter. Bis auf seine Hände und Handgelenke und sein Gesicht und seinen Hals war er weiß wie Milch, mit feinem, schlankem, muskulösem Fleisch. Für Connie war er mit einem Mal wieder durchdringend schön, wie an jenem Nachmittag, als sie ihn sich waschen gesehen hatte.

Goldener Sonnenschein rührte an die geschlossenen Fenstervorhänge. Sie fühlte, daß er herein wollte.

»Oh, wir müssen die Vorhänge öffnen! Die Vögel singen so! Laß doch die Sonne herein«, rief sie.

Er glitt aus dem Bett, mit dem Rücken zu ihr, nackt und weiß und schmal, und ging ein wenig vorgeneigt zum Fenster, zog die Vorhänge beiseite und sah für einen Augenblick hinaus. Sein Rücken war weiß und fein, die kleinen Hinterbacken schön, von einer erlesenen, zarten Männlichkeit, der Nacken rötlich und zart und doch kräftig.

Es war eine innerliche, nicht äußerliche Kraft in dem zarten schlanken Körper.

»Aber du bist schön!« rief sie. »So rein und fein! Komm!« Sie streckte die Arme aus.

Er schämte sich, sich ihr zuzuwenden, seiner erregten Nacktheit wegen.

Er griff sein Hemd vom Stuhl auf und kam, es vor sich haltend, auf sie zu.

»Nein!« rief sie, noch immer ihre schönen schlanken Arme von den leicht hängenden Brüsten wegstreckend. »Laß mich dich sehen!«

Er ließ das Hemd fallen und stand still und blickte zu ihr hin. Durch das niedrige Fenster sandte die Sonne einen Strahl, der seine Schenkel und seinen schlanken Bauch beleuchtete und den aufrechten Phallus, der dunkel und heiß aus der kleinen Wolke lebhaft goldroter Haare emporstand. Sie wurde ein wenig stutzig und ängstlich.

»Wie sonderbar!« sagte sie langsam. »Wie wunderlich er steht! So groß und anmaßend! Ist er so?«

Der Mann blickte an seinem schlanken weißen Körper hinab und lachte. Auf seiner Brust war das Haar dunkel, beinahe schwarz. Aber an der Wurzel des Bauches, wo der Phallus dick und gekrümmt sich erhob, war es goldrot, eine lebhaft gefärbte kleine Wolke.

»So stolz!« murmelte sie unsicher. »Und so herrisch! Jetzt weiß ich, warum Männer so überheblich sind! Aber er ist herrlich, in Wirklichkeit. Wie ein anderes Wesen! Ein bißchen erschreckend! Aber wirklich wunderschön! Und er kommt zu mir!« – Sie zog die Unterlippe zwischen die Zähne vor Furcht und Aufregung.

Der Mann blickte schweigend hinab auf den straffen Phallus, der sich nicht veränderte. – »Ja« sagte er endlich mit leiser Stimme. »Ja. mein Junge! Wie schön du deinen Kopf in die Höhe reckst! Bist gar dein eigener Herr, nicht wahr? Scherst dich um niemanden! Für dich bin ich gar nichts, John Thomas! Bist du der Herr? Von mir? Du bildest dir mehr ein als ich und redest weniger, John Thomas! Möchtest du sie? Lady Jane? Du hast mich wieder reingerissen. Das ist gewiß. Du kommst hierher und lachst dir eins. – Frag' sie doch! Frag' die Lady Jane! Sag: Macht hoch die Tür, die Tor macht weit, es kommt der Herr der Herrlichkeit! Ja, wie keck du bist! Auf die Votze bist' aus, ja? Sag' zu der Lady Jane, du willst die Votze! Der John Thomas und die Votze der Lady Jane!«

»Oh, du darfst ihn nicht necken!« rief Connie und rutschte auf den Knien über das Bett zu ihm hin und schlang ihre Arme um seine weißen schlanken Lenden und zog ihn zu sich, so daß ihre hängenden, schwingenden Brüste die Spitze des sich regenden, aufrecht stehenden Phallus berührten und den Tropfen von Feuchtigkeit auffingen. Sie hielt den Mann fest.

»Leg dich nieder!« sagte er. »Leg dich nieder! Laß mich zu dir!«

Er hatte es nun eilig.

Und nachher, als sie ganz still geworden waren, mußte die Frau den Mann wiederum aufdecken, um sich das Mysterium des Phallus zu betrachten.

»Aber jetzt ist er winzig und weich wie eine kleine Knospe von Leben!« sagte sie und nahm den weichen, kleinen Penis in die Hand. »Ist er nicht im Grunde wunderschön? So ganz für sich, so seltsam. Und so unschuldig! Und er kommt so weit in mich! Du darfst ihn nie beleidigen, hörst du? Er gehört auch mir. Er gehört nicht nur dir. Er gehört mir. Er ist mein! Und so allerliebst und unschuldig!« Und sie hielt den Penis sanft in der Hand.

Er lachte. »Gesegnet sei das Band, das unsre Herzen bindet in gleichgestimmter Liebe«, sagte er.

»Gewiß!« erwiderte sie. »Sogar wenn er weich und klein ist, fühle ich mein Herz einfach an ihn gebunden. Und wie wunderschön dein Haar hier ist! Ganz, ganz anders!«

»Das sind die Haare von John Thomas, nicht die meinen!« sagte er.

»John Thomas! John Thomas!« Und geschwind küßte sie den weichen Penis, der sich wieder zu regen begann.

»Wohl!« sagte der Mann und streckte seinen Körper beinahe schmerzhaft. »Er hat seine Wurzel in meiner Seele, das hat er, der gnädige Herr! Und manchmal weiß ich nicht, was ich mit ihm machen soll. Ja, er hat halt seinen eigenen Willen, und es ist schwer, es ihm recht zu machen. Aber trotzdem möchte ich beileibe nicht, daß er mir umgebracht wird.«

»Kein Wunder, daß die Menschen stets vor ihm Furcht gehabt haben!« sagte sie. »Er ist recht furchtbar.«

Ein Zucken lief durch des Mannes Körper, als der Strom des Bewußtseins wiederum die Richtung änderte und sich abwärts wandte. Und er war hilflos, als der Penis in langsamen, sachten Wallungen sich füllte und schwoll und sich erhob und hart wurde, hart und anmaßend dastehend, auf seine sonderbare, ragende Art. Auch die Frau zitterte ein wenig, als sie zusah.

»Da! Nimm ihn dir! Er gehört dir!« sagte der Mann. Und sie erbebte, und ihr eigener Sinn schmolz hinweg. Scharfe weiche Wellen unaussprechlicher Lust fluteten über sie hin, als er in sie einging, und verursachten dies seltsame geschmolzene Erschauern, das sich ausbreitete und immer mehr ausbreitete, bis sie fortgerissen wurde im letzten, jähen, blinden Dahinströmen höchster Leidenschaft.

Er hörte die fernen Dampfpfeifen von Stacks Gate sieben Uhr heulen. Es war Montag morgen. Er schauderte ein wenig, und, das Gesicht zwischen ihren Brüsten vergraben, drückte er ihre weichen Brüste an seine Ohren, damit sie ihn taub machten.

Sie hatte die Dampfpfeifen gar nicht gehört. Sie lag völlig still, die Seele zu durchsichtiger Klarheit gewaschen.

»Du mußt aufstehen, nicht wahr?« murmelte er.

»Wie spät?« kam ihre farblose Stimme.

»Es hat gerade sieben gepfiffen.«

»Ich glaube, ich muß wohl.«

Sie war, wie immer, ungehalten über den Zwang von außen. Er setzte sich auf und blickte ausdruckslos durchs Fenster.

»Du, nicht wahr, du liebst mich?« fragte sie ruhig.

Er blickte auf sie hinab.

»Du weißt, was du weißt! Warum fragst du mich?« sagte er ein wenig ungeduldig.

»Ich will, daß du mich hältst, daß du mich nicht gehen läßt«, sagte sie.

Seine Augen schienen voll von einer warmen, sanften Dunkelheit, die nicht denken konnte.

»Wann? Jetzt?«

»Jetzt, in deinem Herzen, dann will ich kommen und immer mit dir leben, bald.«

Er saß nackt auf dem Bett, den Kopf hatte er sinken lassen, nicht imstande zu denken.

»Willst du das nicht?« fragte sie.

»Wohl!« sagte er.

Dann blickte er mit denselben Augen, aber verdunkelt von einer anderen Flamme des Bewußtseins, beinahe wie von Schlaf, zu ihr hinüber.

»Frag mich jetzt nicht!« sagte er. »Laß mich sein. Ich hab dich gern. Ich liebe dich, wenn du so daliegst. Eine Frau ist etwas Wundervolles, wenn sie es versteht, tief zu ficken und eine gute Votze hat. Ich liebe dich, deine Schenkel und deinen Körper und die Frau in dir. Ich liebe die Frau in dir. Ich liebe dich mit meinen Eiern und mit meinem Herzen. Aber stelle jetzt keine Fragen! Bring mich nicht zum Reden. Laß mich bleiben wie ich bin, solange ich kann. Danach kannst du mich alles fragen. Jetzt laß mich in Ruhe! Bitte laß mich.«

Und sacht legte er seine Hand über ihren Venusberg, auf das weiche braune Jungfernhaar, und er selbst saß still und nackt auf dem Bettrand, das Gesicht regungslos in physischer Entrückung, beinahe wie das Gesicht des Buddha. Regungslos und in der unsichtbaren Flamme eines anderen Bewußtseins saß er da, mit seiner Hand auf ihr, und wartete auf den Umschwung.

Nach einer Weile langte er nach seinem Hemd und zog es über, kleidete sich geschwind und schweigend an, blickte einmal auf sie, wie sie noch immer nackt und matt golden wie eine Gloire-de-Dijon-Rose auf dem Bette lag, und war gegangen. Sie hörte ihn unten die Tür öffnen.

Und noch immer lag sie sinnend, sinnend. Es war sehr schwer, zu gehen: aus seinen Armen zu gehen. Er rief vom Fuß der Treppe: »Halb acht!« Sie seufzte und stieg aus dem Bett. Der kahle kleine Raum! Gar nichts darin außer der schmalen Kommode und dem nicht allzu breiten Bett. Aber der Bretterboden war rein gescheuert. Und im Winkel beim Giebelfenster stand ein Regal mit Büchern, einige davon aus einer Leihbibliothek. Sie besah sie. Da waren Bücher über Sowjetrußland, Reisebeschreibungen, ein Werk über Atome und Elektronen, ein anderes über die Zusammensetzung des Erdinneren und die Ursachen von Erdbeben; dann ein paar Romane; und drei Bücher über Indien. So! Also war er schließlich doch ein Bücherleser!

Durch das Giebelfenster fiel die Sonne über ihre nackten Glieder. Draußen sah sie die Hündin Flossie umherstreifen. Das Haseldickicht war vom Grün umnebelt, und darunter stand dunkelgrünes Bingelkraut. Es war ein klarer, reiner Morgen, Vögel flogen und sangen triumphierend. Wenn sie nur bleiben könnte! Wenn nur die andere, grauenhafte

Welt von Rauch und Eisen nicht wäre! Wenn nur *er* ihr eine Welt schaffen würde!

Sie ging hinunter, hinunter über die steile, enge Holztreppe. Sie würde zufrieden sein mit diesem kleinen Haus, wenn es nur in einer eigenen Welt stünde.

Er war gewaschen und frisch, und das Feuer brannte.

»Willst du was essen?« fragte er.

»Nein! Leih mir bloß einen Kamm!«

Sie folgte ihm in die Abwaschküche und kämmte ihr Haar vor dem handbreiten Spiegel neben der Hintertür. Dann war sie zum Gehen bereit.

Sie stand in dem kleinen Vorgarten und blickte auf die tauigen Blumen, das silbergraue Beet von Nelken, die bereits Knospen hatten.

»Ich möchte, daß die ganze übrige Welt verschwände«, sagte sie, »und ich möchte mit dir leben.«

»Sie wird nicht verschwinden«, erwiderte er.

Sie gingen beinahe in völligem Schweigen durch den lieblichen tauigen Wald. Aber sie waren beieinander in ihrer eigenen Welt.

Es war bitter für Connie, nach Wragby weiterzugehen.

»Ich möchte bald zu dir kommen und ganz mit dir leben«, sagte sie, als sie ihm verließ.

Er lächelte, ohne zu antworten.

Sie gelangte leise und unbemerkt nach Hause und ging in ihr Zimmer hinauf.

FÜNFZEHNTES KAPITEL

Ein Brief von Hilda lag auf dem Frühstückstisch. »Vater fährt diese Woche nach London, und ich werde Dich Donnerstag über eine Woche, am 17. Juni, abholen. Du mußt bereit sein, damit wir gleich weiterfahren können. In Wragby will ich keine Zeit verschwenden. Es ist ein gräßlicher Ort. Ich werde wahrscheinlich über Nacht in Retford bei den Colemans bleiben, so daß ich also am Donnerstag zum Mittagessen bei Dir sein werde. Dann könnten wir am Nachmittag losfahren und vielleicht in Grantham übernachten. Es hat keinen Sinn, daß wir einen Abend mit Clifford verbringen. Wenn ihm Dein Wegfahren zuwider ist, wäre ihm das kein Vergnügen.«

So! Sie wurde wiederum auf dem Schachbrett umhergeschoben.

Clifford war der Gedanke, daß sie wegfahren sollte, verhaßt, aber nur darum, weil er sich in ihrer Abwesenheit nicht sicher fühlte. Ihre Anwesenheit gab ihm aus irgend einem Grund bei den Dingen, mit denen er beschäftigt war, ein Gefühl der Sicherheit und der Freiheit. Er verbrachte viel Zeit in der Zeche und rang im Geiste mit den beinahe aussichtslosen Problemen, seine Kohle auf die wirtschaftlichste Art heraufzubekommen und auf die wirtschaftlichste Art zu verkaufen. Er wußte, er müsse irgend einen Weg finden, sie zu verwenden oder zu verwandeln, sodaß er nicht die Kohle selbst zu verkaufen brauchte oder den Ärger hätte, sie nicht anzubringen. Aber wenn er elektrische Kraft erzeugte, könnte er die dann verkaufen oder verwenden? Und die Verwandlung in flüssigen Brennstoff war bisher noch zu kostspielig und zu kompliziert. Um die Industrie am Leben zu erhalten, mußte es noch mehr Industrie geben – es war wie ein Wahnsinn.

Es war ein Wahnsinn, und es bedurfte eines Wahnsinnigen, um damit Erfolg zu haben. Nun, er war ein wenig wahnsinnig. So dachte Connie. Gerade sein Eifer und seine Scharfsinnigkeit in allem, was die Zeche betraf, schienen ihr Äußerungen des Wahnsinns zu sein. Seine Einfälle selbst schienen Einfälle der Verrücktheit.

Er sprach ihr von allen seinen ernsten Plänen, und sie hörte mit einer Art von Verwunderung zu und ließ ihn reden. Dann versiegte der Redefluß, und er schaltete den Lautsprecher ein und wurde leer, während seine Pläne sich offenbar in ihm weiterringelten wie ein böser Traum.

Und jede Nacht spielte er nun mit Mrs. Bolton Pontoon, dieses Spiel der Tommies im Schützengraben, und wettete um Sechspencestücke. Und auch, wenn er um Geld spielte, war er in einer Art Bewußtlosigkeit befangen, einer leeren Berauschung oder einem Rausch der Leere, was immer es sein mochte. Connie konnte es nicht ertragen, ihn so zu sehen. Aber wenn sie zu Bett gegangen war, spielten er und Mrs. Bolton weiter bis zwei oder drei Uhr morgens um ihre kleinen Einsätze, ungestört und mit einer seltsamen Lust. Mrs. Bolton war von dieser Lust ebensosehr ergriffen wie Clifford. Um so mehr, da sie fast immer verlor.

Sie sagte eines Tages zu Connie: »Ich hab gestern nacht dreiundzwanzig Schilling an Sir Clifford verloren.«

»Und hat er das Geld von Ihnen angenommen?« fragte Connie entsetzt.

»Aber selbstverständlich, Euer Gnaden! Ehrenschulden!«

Connie machte ihnen unumwundene Vorhaltungen und war zornig mit beiden. Das Ergebnis war, daß Sir Clifford das Gehalt Mrs. Bolton um hundert Pfund im Jahr erhöhte, und damit konnte sie die Einsätze bestreiten. Inzwischen schien es Connie, daß Clifford wirklich immer mehr absterbe. Sie sagte ihm endlich, daß sie am Siebzehnten fahren wolle.

»Am siebzehnten?« wiederholte er. »Und wann wirst du zurück sein?«

»Spätestens am zwanzigsten Juli.«

»Ja, am zwanzigsten Juli.«

Fremd und leer blickte er sie an, mit der Unbestimmtheit eines Kindes, aber mit der seltsamen leeren Verschlagenheit eines alten Mannes.

»Du wirst mich jetzt nicht im Stich lassen, nicht wahr?« fragte er.

»Wie meinst du das?«

»Während du weg bist. Ich meine, du kommst doch bestimmt zurück?«

»Ich bin so sicher wie nur etwas, daß ich zurückkommen werde.«

»Ja. Gut! Am zwanzigsten Juli!«

Er blickte sie ganz eigentümlich an. Und doch wollte er wirklich, daß sie fahre. Das war sonderbar. Er wollte, daß sie gehe, buchstäblich; und ihre kleinen Abenteuer erlebe und vielleicht schwanger heimkäme und so weiter. Gleichzeitig aber fürchtete er ihr Weggehen.

Sie zitterte vor Ungeduld und spähte nach der wirklichen Gelegenheit, ihn ganz und gar zu verlassen, sie wartete auf die Zeit, da sie und er dafür reif sein würden.

Sie saß und sprach mit dem Förster über ihre Auslandsreise.

»Und dann, wenn ich zurückkomme«, sagte sie, »kann ich Clifford sagen, daß ich ihn verlassen muß. Und du und ich, wir können dann weg. Kein Mensch braucht je zu wissen, daß du es bist. Wir können in ein anderes Land gehen, nicht wahr? Nach Afrika oder Australien. Wollen wir?«

Sie war ganz erregt von ihrem Plan.

»Du bist nie in den Kolonien gewesen, nicht war?« fragte er sie.

»Nein. Und du?«

»Ich war in Indien und Südafrika und Ägypten.«

»Warum sollten wir nicht nach Südafrika gehen?«

»Hm, das könnten wir«, sagte er langsam.

»Oder willst du nicht?«

»Mir ist es gleich. Mir ist es ziemlich gleich, was ich tue.«

»Macht es dich nicht glücklich? Warum nicht? Wir werden nicht arm sein. Ich habe ungefähr sechshundert Pfund im Jahr. Ich habe geschrieben und mich erkundigt. Es ist nicht viel, aber es ist genug, nicht wahr?«

»Für mich ist das Reichtum.«

»Und wie herrlich es sein wird!«

»Aber ich sollte mich scheiden lassen. Und das solltest auch du, wenn wir keine Verwicklungen haben wollen.«

Es gab mehr als genug zu überdenken.

Ein andermal fragte sie ihn über ihn selbst aus. Sie saßen in der Hütte, und draußen war ein Gewitter.

»Und warst du glücklich, als du Leutnant warst und ein Offizier und Gentleman?«

»Glücklich? Das schon. Ich hab' meinen Oberst gut leiden können.«

»Hast du ihn gern gehabt?«

»Ja, ich hab' ihn gern gehabt.«

»Und hat er dich gern gehabt?«

»Ja, auf eine gewisse Art.«

»Erzähl mir von ihm.«

»Was gibt's da zu erzählen? Er war aus der Truppe aufgestiegen. Er liebte die Armee. Und er hat nie geheiratet. Er war zwanzig Jahre älter als ich, ein sehr intelligenter Mann, und stand allein in der Armee, wie es bei solch einem Mann eben ist. Ein leidenschaftlicher Mann in seiner Art und ein sehr tüchtiger Offizier. Ich lebte unter seinem Bann, während ich mit ihm war. Ich ließ ihn sozusagen mein Leben leiten, und ich habe es nie bedauert.«

»Ist es dir sehr nahe gegangen, als er starb?«

»Ich selbst war dem Tod fast ebenso nahe. Und als ich mich dann erholte, wußte ich, daß wieder ein Teil von mir erledigt war. Aber ich hatte auch immer gewußt, daß es mit dem Tod enden würde. Alles endet so, was das betrifft.«

Sie saß und sann. Draußen krachte der Donner. Es war wie in einer kleinen Arche während der Sintflut.

»Du scheinst solch eine Menge hinter dir zu haben«, sagte sie.

»Ja? Es scheint mir, daß ich schon ein- oder zweimal gestorben bin. Aber hier bin ich und arbeite mich weiter ab und werde mir wieder den Schädel anrennen.«

Sie dachte angestrengt nach, horchte aber dabei auf den Gewittersturm. »Und warst du nicht glücklich als Offizier und Gentleman, als dein Oberst gestorben war?«

»Nein, es war eine räudige Bande.« Er lachte plötzlich. »Der Oberst pflegte zu sagen: Junge, der englische Mittelstand muß jedes Maulvoll dreißigmal kauen, weil seine Gedärme so eng sind. Ein Stück wie eine Erbse würde ihm schon Verstopfung verursachen. Und sie sind die schäbigste Gesellschaft von affektierten Spatzen, die je erfunden wurde. Maßlos eingebildet auf sich selbst und verängstigt, wenn ihre Schuhriemen nicht ganz korrekt sind, verdorben wie zu altes Wildpret und immer im Recht. Das kann ich nicht aushalten. Ein ewiges Kotau-Machen und Arschlecken. Aber dabei sind sie doch immer im Recht. Eingebildete Laffen obendrein. Laffen. Eine Generation weibischer Laffen mit je einem halben Ei.«

Connie lachte. Der Regen stürzte herab.

»Er muß sie gehaßt haben.«

»Nein«, erwiderte er, »er kümmerte sich nicht um sie. Er konnte sie einfach nicht leiden. Das ist ein Unterschied. Denn, wie er sagte, auch die Tommies werden heute schon genau solche Laffen und Halbmänner und engdarmige Schlucker. Es ist das Schicksal der Menschheit, so zu werden.«

»Das gewöhnliche Volk auch? Die Arbeiter?«

»Alle miteinander. Ihr Lebensmut ist tot. Automobile und Kinos und Flugzeuge saugen ihnen das letzte Bißchen davon aus. Ich sage dir, jede Generation zeugt eine noch kaninchenhaftere Generation, mit Gummischläuchen statt

Gedärm und Blechbeinen und Blechgesichtern. Blechmenschen! Das Ganze ist eine beharrliche Art von Bolschewismus, die einfach alles Menschliche abtötet und alles Mechanische anbetet. Geld, Geld, Geld! Die ganze moderne Bande kriegt ihren wirklichen Schwung davon, die menschlichen Gefühle im Menschen abzutöten und den alten Adam und die alte Eva in Stücke zu hacken. Sie sind alle gleich. Die ganze Welt treibt's auf die gleiche Art: Bringt die menschliche Wirklichkeit um! Zehn Schilling für jede Vorhaut, zwanzig für jedes Paar Hoden! Was ist Beischlaf? Maschinenfickerei! Es ist immer dasselbe. Zahl ihnen Geld, und sie schneiden der Welt den Phallus ab! Gib ihnen Geld, Geld, Geld, und du nimmst der Menschheit die Lebenskraft, und lauter kleine kreiselnde Maschinen bleiben übrig!«

Er saß da in der Hütte, das Gesicht in höhnischer Ironie verzogen. Doch auch jetzt noch hielt er gewissermaßen das eine Ohr gespitzt und lauschte auf den Sturm über dem Wald. Er gab ihm solch ein Gefühl des Alleinseins.

»Aber wird das nie enden?« fragte sie.

»Oh, gewiß! Es wird seine eigene Rettung bewirken. Sobald der letzte wirkliche Mensch umgebracht ist und sie alle zahm sind: weiße,schwarze, gelbe, alle Farben von Zahmen. Dann werden sie alle wahnsinnig sein. Denn die Wurzel alles gesunden Sinnes steckt in den Hoden. Dann werden sie alle wahnsinnig sein und werden ihr großes Autodafé veranstalten. Du weißt doch, Autodafé heißt Akt des Glaubens? Na schön! Sie werden ihren großartigen kleinen Akt des Glaubens vollbringen. Sie werden einer den andern opfern.«

»Du meinst, einer den andern umbringen?«

»Jawohl, Schätzchen! Wenn wir in unserem gegenwärtigen Tempo fortfahren, dann werden in hundert Jahren nicht zehntausend Leute auf dieser Insel sein. Vielleicht nicht einmal zehn. Sie werden einander liebevoll vertilgt haben.« Der Donner rollte jetzt ferner.

»Wie nett!« sagte sie.

»Ganz nett! Die Vertilgung der menschlichen Spezies zu bedenken und die lange Pause, die dann folgen wird, ehe eine neue Spezies auftaucht, das beruhigt einen mehr als alles andere. Und wenn es auf diese Art weitergeht, daß jedermann: Intellektuelle, Künstler, Regierungen, Industrielle und Arbeiter, alle in Raserei das letzte Bißchen menschlichen Fühlens abtöten, das letzte Bißchen ihrer Intuition, den letzten gesunden Instinkt – wenn es in algebraischer Proportion, so wie jetzt, weitergeht, dann: Adieu, menschliche Spezies! Lebe wohl, Liebchen! Die Schlange verschluckt sich selbst und hinterläßt eine Leere, beträchtlich versaut, aber nicht hoffnungslos. Sehr nett! Wenn verwilderte Hunde in Wragby heulen und wilde Grubenpferde auf den Halden von Tevershall stampfen – Gott wir loben dich!«

Connie lachte, aber nicht sehr heiter. »Dann solltest du doch froh sein, daß sie alle Bolschewiken sind«, sagte sie. »Du solltest froh sein, daß sie alle dem Ende zueilen.«

»Das bin ich auch. Ich halte sie nicht auf. Denn ich könnte es nicht, auch wenn ich wollte.«

»Warum bist du dann so verbittert?«

»Das bin ich nicht! Wann der Hahn zum letzten Mal kräht, ist mir gleichgültig.«

»Aber wenn du ein Kind hättest?«

Er ließ den Kopf sinken. »Ja«, sagte er endlich, »es scheint mir etwas sehr Schlechtes und Bitteres zu sein, ein Kind in diese Welt zu setzen.«

»Nein, sag' das nicht, sag' das nicht!« flehte sie. »Ich glaube, ich bekomme eins. Sag', daß du froh darüber sein wirst!« Sie legte ihre Hand auf die seine.

»Ich bin froh, daß du froh bist«, sagte er. »Aber mir erscheint es als ein gräßlicher Verrat an dem ungeborenen Geschöpf.«

»Ah nein!« rief sie entsetzt. »Dann *kannst* du mich nicht wirklich wollen. Du *kannst* mich nicht wollen, wenn du so fühlst.«

Wiederum schwieg er, und seine Miene war verdrossen. Draußen war bloß das Trommeln des Regens.

»Es ist nicht ganz wahr«, flüsterte sie. »Es ist nicht ganz wahr. Es gibt noch eine andere Wahrheit.« Sie fühlte, daß er jetzt verbittert sei, weil sie ihn absichtlich verlassen, weil sie nach Venedig fahren wollte. Und das freute sie beinahe.

Sie machte seine Kleider auf und enthüllte seinen Leib und küßte seinen Nabel. Dann legte sie ihre Wange an seinen Bauch und schlang ihre Arme um seine warmen, stillen Lenden. Sie waren allein in der Flut.

»Sag' mir, daß du ein Kind willst, daß du es erhoffst!« murmelte sie und preßte ihr Gesicht an seinen Leib. »Sag' mir, daß du es willst!«

»Ich weiß nicht«, erwiderte er endlich, und sie fühlte, wie das seltsame Beben des wechselnden Bewußtseins und der Entspannung durch seinen Körper ging. »Ich weiß nicht, ich habe mir manchmal gedacht, wenn man es nur versuchte – hier, mitten unter den Bergleuten! Sie arbeiten schlecht jetzt und verdienen nicht viel. Wenn ein Mensch ihnen sagen könnte: »Denk' nicht immer nur an's Geld! Wenn es darauf ankommt, braucht man sehr wenig. Wir wollen nicht für's Geld leben!«

Sie rieb sanft ihr Gesicht an seinem Bauch und nahm seine Hoden in die Hand. Der Penis regte sich sacht, mit fremdartigem Leben, aber er hob sich nicht. Der Regen draußen schlug zermalmend hernieder.

»Wie wollen für etwas anderes leben. Wir wollen nicht für das Geldverdienen leben, nicht für uns und nicht für andere. Jetzt sind wir dazu gezwungen. Jetzt müssen wir einen Berg für uns und einen größeren für die Herren verdienen. Damit soll jetzt Schluß sein. Wir müssen uns nicht mehr deswegen abschuften. Eins nach dem anderen geben wir das ganze Industriezeug auf. Wir hören auf! Ein bißchen Geld tut es auch. Für jeden von uns: für mich und dich, für die Herrn und Meister, sogar für den König. Ein bißchen Geld reicht wirklich aus! Wir müssen nur den Anfang damit machen und dann sind wir aus der Tretmühle draußen!« Er hielt inne und fuhr dann fort:

»Und ich würde ihnen sagen: Schaut her! Schaut euch Joe an. Er bewegt sich prächtig. Schaut, wie er sich rührt, lebendig und sicher! Schön ist er! Dann schaut euch den Jonah an! Er ist fett und abstoßend, weil er nicht den Willen hat, sich aufzurappeln. Ich würde ihnen sagen: Schaut euch doch selber an! Die eine Schulter höher als die andere, die Beine krumm und die Füße wie zwei Klumpen! Was habt ihr euch denn mit der verflixten Arbeit angetan? Verunstaltet habt ihr euch! Ihr habt es doch nicht nötig, so viel zu arbeiten. Zieht eure Kleidung aus und schaut euch mal an! Ihr solltet doch lebendig und schön sein! Aber in Wirklichkeit seid ihr häßlich und halbtot. So würde ich mit ihnen reden. Ich würde meine Leute dazu bringen, daß sie eine andere Kleidung tragen: vielleicht enge, rote Hosen, hellrot, und kurze, kleine weiße Jacken. Ich sage euch! Wenn die Männer schöne rote Beine hätten und auch zeigen würden, dies allein würde sie schon verwandeln, ehe ein Monat um wäre. Dann fangen sie wieder an, richtige Männer zu sein. Und die Frauen könnten sich anziehen, wie es ihnen gefällt. Wenn die Männer wieder mit engen Hosen herumliefen und unter der Jacke ihr strammer Hintern hervorschaute, dann würden auch die Frauen wieder Frauen sein. Da nämlich die Männer keine Männer mehr sind, müssen es die Frauen sein – und mit der Zeit würden sie Tevershall niederreißen und einige schöne Häuser bauen, wo alle Platz hätten. Das Land würde aufgeräumt werden. Und es wären auch nicht mehr so viele Kinder da. Denn die Welt ist überbevölkert. Aber ich will den Leuten nicht predigen. Ich würde ihnen geradewegs die Kleider ausziehen und sagen: Schaut euch an! Das kommt davon, wenn man für's Geld arbeitet. Hört euch mal selber zu! Das kommt davon, wenn man für's Geld arbeitet. Ihr habt für's Geld gearbeitet. Schaut euch Tevershall an, wie häßlich es ist. Weil es gebaut worden ist, als ihr für's Geld gearbeitet habt! Schaut euch eure Mädchen an! Sie lieben euch nicht, und ihr habt keine rechte Liebe für sie. Eben weil ihr euer Lebtag nur für Geld gearbeitet habt. Dies ist euer einziges Ziel. Ihr könnt nicht reden und nicht stehn und nicht gehn und nicht leben und nicht einmal richtig mit einer Frau schlafen. Ihr lebt nicht! Schaut euch nur an!«

Es folgte ein völliges Schweigen. Connie hörte mit halbem Ohr zu und flocht in die Haare an der Wurzel seines Leibes ein paar Vergißmeinnicht, die sie auf dem Wege zur Hütte gepflückt hatte. Die Welt draußen war still und ein wenig eisig geworden.

»Du hast vier Arten von Haar«, sagte sie. »Auf deiner Brust ist es beinahe schwarz, aber das Haar auf deinem Kopf ist nicht dunkel. Und dein Schnurrbart ist steif und rotbraun, und dein Haar hier, dein Liebeshaar, ist wie ein kleiner Busch von hellen, rotgoldenen Mistelzweigen, es ist das schönste von allen.«

Er blickte hinab und sah die milchigblauen Sternchen der Vergißmeinnicht in den Haaren an seiner Scham.

»Ja, das ist der Ort für Vergißmeinnicht: ins Männerhaar oder ins Jungfernhaar. Aber denkst du nicht an die Zukunft?«

Sie blickte zu ihm auf. »O ja, gewiß, schrecklich«, sagte sie.

»Weil, wenn ich fühle, daß das Schicksal der Menschheit besiegelt ist, daß sie es sich selbst besiegelt hat durch ihre schäbige Scheußlichkeit, weil ich dann das Gefühl habe, daß nicht einmal die Kolonien weit genug weg sind. Der Mond wäre nicht fern genug. Denn auch von dort könnte man zurückblicken und die Erde sehen, den schmutzigsten, scheußlichsten, unappetitlichsten aller Sterne. Versaut durch den Menschen. Dann habe ich das Gefühl, Galle geschluckt zu haben, und sie zehrt mein Innerstes auf, und kein Ort ist fern genug, um davon wegzukommen. Aber wenn sich meine Stimmung ändert, dann vergesse ich alles wieder. Obgleich es eine Schande ist, was man den Leuten angetan hat in diesen letzten hundert Jahren. Die Männer in nichts als Arbeitsinsekten verwandelt und ihnen ihre ganze

Männlichkeit weggenommen und ihr ganzes wirkliches Leben. Ich möchte die Maschinen von der Erde vertilgen und die industrielle Epoche ein für allemal beenden wie einen finsteren Irrtum. Aber da ich es nicht kann und niemand es kann, ist es besser, ich halte den Mund und versuche, mein eigenes Leben zu leben. – Wenn ich eines zu leben habe, was ich sehr bezweifle.«

Der Donner draußen hatte aufgehört, aber der Regen, der nachgelassen hatte, prasselte plötzlich wieder herab, mit einem letzten fahlen Blitzen und einem Gemurmel des abziehenden Unwetters. Connie war beunruhigt. Er hatte nun so lange gesprochen. Er hatte in Wirklichkeit mit sich selbst, nicht mit ihr gesprochen. Verzweiflung schien völlig auf ihn niederzusinken, während sie sich glücklich fühlte und Verzweiflung haßte. Sie wußte, daß ihr Weggehen, dessen er sich eben erst innerlich bewußt geworden war, ihn in diese Stimmung zurückgeschleudert hatte, und sie triumphierte ein wenig.

Sie öffnete die Tür und blickte in den schnurgeraden schweren Regen hinaus, der wie ein Stahlvorhang war, und fühlte ein plötzliches Verlangen, hinauszulaufen in den Regen und davonzulaufen. Sie erhob sich und begann schnell, ihre Strümpfe auszuziehen, dann ihr Kleid und ihre Unterkleidung, und er hielt den Atem an. Ihre spitzen Tierbrüste wippten und regten sich, wenn sie sich bewegte. Ihr Körper war elfenbeinfarben in dem grünlichen Licht. Sie schlüpfte in ihre Schuhe, und mit einem wilden, kurzen Auflachen rannte sie hinaus, hielt ihre Brüste dem schweren Regen entgegen, breitete die Arme aus und lief, undeutlich durch den Regen sichtbar, mit den eurythmischen Tanzbewegungen, die sie vor so langer Zeit in Dresden gelernt hatte. Es war eine wunderliche, blasse Gestalt, die sich da streckte und krümmte, sich bückte, so daß der Regen auf den vollen Hüften auftraf und glitzerte, sich wieder aufschwang und mit vorgestrecktem Bauch durch den Regen einher kam, dann sich wieder bückte, so daß bloß die vollen Schenkel und

Hinterbacken ihm in einer Art Huldigung dargeboten waren und eine wilde Ehrenbezeigung wiederholten.

Er verzog sein Gesicht zu einem Lachen und warf seine Kleider ab. Es war zu viel! Er sprang hinaus, nackt und weiß, mit einem kleinen Schauder, hinaus in den harten, schneidenden Regen. Flossie hüpfte mit einem aufgeregten kurzen Bellen vor ihm her. Connie, der das Haar ganz naß am Kopfe klebte, wandte ihr heißes Gesicht und sah ihn. Ihre blauen Augen flammten vor Erregung, als sie sich umwandte und schnell, mit einer seltsamen, losstürmenden Bewegung über die Lichtung weg und den Pfad entlang rannte, wo die nassen Zweige sie peitschten. Sie rannte, und er sah nichts als den runden, nassen Kopf, den nassen, in der Flucht vorgeneigten Rücken und die gerundeten blinkenden Hinterbacken. Eine wundervolle, geduckte weibliche Nacktheit auf der Flucht.

Sie war beinahe bis in die breite Schneide gelangt, als er sie einholte und seinen nackten Arm um ihre weiche, nackend nasse Mitte schlang. Sie stieß einen Schrei aus und richtete sich auf, und die Fülle ihres weichen, kalten Fleisches begegnete seinem Körper. Er preßte sie ganz fest an sich, wie verrückt, diese Fülle weichen, durchkühlten weiblichen Fleisches, das unter der Berührung schnell warm wurde wie eine Flamme. Der Regen strömte auf sie nieder, bis sie dampften. Er faßte mit jeder Hand eine ihrer wunderschönen, vollen Hinterbacken und preßte sie in Raserei an sich, bewegungslos im Regen erbebend. Dann plötzlich warf er die Frau um und fiel mit ihr in der brausenden Stille des Regens auf den Fußpfad und nahm sie jäh und heftig, jäh und heftig nahm er sie und endigte kurz, wie ein Tier.

Er sprang im Augenblick auf und wischte sich den Regen aus den Augen. »Komm nach haus!« sagte er. Sie begannen, zur Hütte zurückzulaufen. Er lief aufrecht und schnell; er mochte den Regen nicht. Aber sie kam langsamer und pflückte Vergißmeinnicht und Kuckucksnelken und Traubenhyazinthen, lief dann wieder ein paar Schritte und sah ihm nach, wie er von ihr davoneilte.

Als sie mit den Blumen keuchend zur Hütte kam, hatte er bereits ein Feuer gemacht, und das Reisig prasselte. Ihre spitzen Brüste hoben und senkten sich, ihr Haar war vom Regen niedergeklebt, ihr Gesicht rot angeflammt, und ihr Körper glitzerte und triefte. Weitäugig und atemlos, mit einem kleinen, nassen Kopf und vollen, triefenden, naiven Hüften, sah sie wie ein anderes Geschöpf aus. Er nahm ein altes Leintuch und rieb sie ab, während sie wie ein Kind dastand. Und dann rieb er sich selbst ab, nachdem er die Tür der Hütte geschlossen hatte. Das Feuer flammte auf. Sie hüllte ihren Kopf in das andere Ende des Leintuchs und rieb ihr nasses Haar.

»Wir trocknen uns an demselben Handtuch, das bedeutet Streit«, sagte er.

Sie sah für einen Augenblick auf, ihr Haar ganz wild und zerzaust.

»Nein«, sagte sie mit großen Augen. »Es ist kein Handtuch, es ist ein Leintuch.« Und sie fuhr geschäftig fort, ihren Kopf zu reiben, während er eifrig den seinen rieb.

Noch immer keuchend von ihren Anstrengungen, ein jedes in eine Militärdecke gehüllt, aber die Vorderseite des Körpers gegen das Feuer zu entblößt, saßen sie auf einem Holzblock Seite an Seite vor den lodernden Flammen, um wieder ruhig zu werden. Connie war das Gefühl der Decke auf ihrer Haut zuwider, aber das Leintuch war jetzt ganz naß.

Sie ließ die Decke fallen, kniete auf dem Lehmrand der Herdstelle nieder und streckte ihren Kopf zum Feuer und schüttelte ihr Haar, damit es trockne. Er betrachtete die schön geschwungene Kurve ihrer Hüften. Die fesselte ihn heute, wie sie sich so in einem üppigen Bogen zu der vollen Rundung ihrer Hinterbacken senkte! Und zwischen ihnen die geheime Wärme, die geheimen Eingänge!

Er streichelte ihr Hinterteil mit seiner Hand, lange und genießerisch die Rundungen und die gewölbte Fülle auskostend.

»Du hast einen wunderbaren Hintern«, sagte er in der kehligen, liebkosenden Mundart. »Du hast den schönsten Arsch auf der Welt. Es ist der allerschönste Weiberarsch, den es gibt. Und jedes Stück davon ist etwas von einer richtigen Frau, ja Frau! Du bist nicht eins von den knopfärschigen Mädchen, die lieber Jungs hätten werden sollen. Du hast einen richtigen schönen und runden Hintern, wie er einen Mann im Innersten erfreut, es ist ein Hintern, der die ganze Welt zusammenhalten könnte, jawohl!«

Während er sprach, streichelte er immerzu ganz zart ihr gerundetes Hinterteil, bis es schien, als spränge von ihm eine schlüpfrige Art von Feuer in seine Hände über. Und seine Fingerspitzen berührten die beiden geheimen Öffnungen zu ihrem Leib, wieder und wieder, mit einem sanften kleinen Hauch von Feuer.

»Und wenn du deine Notdurft verrichtest, dann freut's mich. Ich mag keine Frau, die das nicht richtig kann.«

Connie vermochte ein erstauntes, prustendes Auflachen nicht zu unterdrücken, aber er fuhr unbeirrt fort.

»Du bist wirklich, ja, das bist du! Du bist wirklich, sogar ein wenig eine Dirne. Du verrichtest deine Notdurft. Auf beide Stellen leg' ich meine Hand und hab' dich gern drum. Gerade deshalb lieb' ich dich. Du hast einen richtigen Frauenarsch, stolz und selbstbewußt. Der schämt sich seiner nicht, der nicht!«

Er legte seine Hand eng und fest über ihre geheimen Stellen, in einer Art naher Begrüßung.

»Ich hab' ihn gern«, sagte er, »ich hab' ihn gern! Wenn ich noch zehn Minuten am Leben wäre und ich könnte deinen schönen Hintern sehen, dann würde ich glauben, ich habe gelebt. Industriezeitalter oder nicht! Hier ist mein Leben!«

Sie wandte sich herum und kletterte auf seinen Schoß und schmiegte sich an ihn. »Küß mich!« flüsterte sie.

Und sie wußte, der Gedanke an ihre Trennung war versteckt in ihrer beider Sinn vorhanden, und zuletzt wurde sie traurig.

Sie saß auf seinen Schenkeln, den Kopf an seiner Brust und die elfenbeinglänzenden Beine, auf denen flackernd der Feuerschein glühte, lose herabhängend. Er blickte, mit gesenktem Kopf dasitzend, auf die Falten ihres Körpers in dem rötlichen Licht und auf das Vließ weichen braunen Haars, das zwischen ihren geöffneten Schenkeln zu einer Spitze herabhing. Er langte auf den Tisch hinter sich und ergriff ihren Blumenstrauß, der noch so naß war, daß Regentropfen auf ihn fielen.

»Die Blumen bleiben bei jedem Wetter im Freien«, sagte er. »Sie haben keine Häuser.«

»Nicht einmal eine Hütte«, murmelte sie.

Mit ruhigen Fingern flocht er ein paar Vergißmeinnicht in das feine braune Vließ des Venusberges.

»Da!« sagte er. »Da sind Vergißmeinnicht am rechten Ort.«

Sie blickte hinab auf die winzigen, milchigen, fremdartigen kleinen Blüten in dem braunen Frauenhaar in der Tiefe ihres Schoßes.

»Sieht es nicht schön aus?« sagte sie.

»Schön wie das Leben!« Und er steckte eine rosa Kuckucksblume zwischen die Haare.

»Da! Da bin ich, wo du mich nicht vergessen wirst! Das ist der Moses im Schilf!«

»Du bist nicht böse, nicht wahr, daß ich wegfahre?« fragte sie und blickte nachdenklich in sein Gesicht auf.

Doch sein Gesicht unter den schweren Brauen war unerforschlich. Er hielt es ganz ausdruckslos.

»Tu nur, was du für gut befindest«, sagte er. Und er sprach ohne eine Andeutung von Dialekt.

»Aber ich werde nicht gehen, wenn du es nicht willst«, sagte sie, sich an ihn schmiegend. Ein Schweigen folgte. Er beugte sich vor und tat noch ein Stück Holz aufs Feuer. Der Flammenschein glühte auf seinem schweigenden, gedankenverlorenen Gesicht. Sie wartete, aber er sagte nichts.

»Ich dachte nur«, nahm sie das Gespräch dann wieder auf, »es wäre ein guter Weg, einen Bruch mit Clifford zu beginnen. Ich will doch ein Kind haben. Und das gäbe mir eine Gelegenheit, die... die...«

»Die Leute ein paar Lügen denken zu lassen«, ergänzte er.

»Ja, das auch unter anderm. Willst du etwa, daß sie sich die Wahrheit denken?«

»Es ist mir ganz gleich, was sie sich denken.«

»Mir nicht! Ich will nicht, daß sie mich mit ihren unangenehmen, kalten Gemütern betasten, nicht, während ich noch in Wragby bin. Sie können sich denken, was sie wollen, wenn ich einmal endgültig weg bin.«

Er schwieg. Dann fragte er: »Aber Sir Clifford erwartet, daß du zu ihm zurückkehren wirst?«

»Oh, ich muß wieder zurückkommen.«

»Und möchtest du in Wragby ein Kind bekommen?« fragte er.

Sie schlang ihren Arm um seinen Nacken.

»Wenn du mich nicht von hier wegnehmen würdest, müßte ich wohl.«

»Dich von hier wegnehmen? Wohin?«

»Irgendwohin! Weg! Nur ganz weg von Wragby.«

»Wann?«

»Natürlich wenn ich zurückkomme.«

»Aber welchen Zweck hat es, zurückzukommen? Die Sache zweimal zu tun, wenn du schon einmal weg bist?« fragte er.

»Oh, ich muß zurückkommen. Ich hab's versprochen. Ich hab's so fest versprochen. Übrigens komme ich in Wirklichkeit zu dir zurück.«

»Zum Förster deines Mannes.«

»Ich sehe nicht, daß das etwas ausmacht.«

»Nicht?« Er sann eine Weile. »Und wann gedenkst du dann wieder wegzugehen? Endgültig? Wann genau?«

»Ich weiß nicht. Von Venedig würde ich jedenfalls zurückkommen. Und dann würden wir alles vorbereiten.«

»Wie?«

»Ich würde es Clifford sagen. Ich müßte es ihm sagen.«

»So!« Er schwieg lange.

Sie schlang ihre Arme fest um seinen Hals. »Du sollst es mir nicht schwer machen«, bat sie.

»Was schwer machen?«

»Nach Venedig zu gehen und alles einzurichten.«

Ein schwaches Lächeln, ein halbes Grinsen, huschte über sein Gesicht.

»Ich mache es dir nicht schwer«, sagte er. »Ich will bloß herausfinden, worauf du eigentlich aus bist. Aber in Wirklichkeit kennst du dich selbst noch nicht. Du willst Zeit gewinnen; ein wenig Abstand gewinnen und die Sache begutachten. Ich mache dir keinen Vorwurf daraus. Ich glaube, du bist klug. Du wirst es vielleicht vorziehen, Herrin von Wragby zu bleiben. Ich mache dir keinen Vorwurf. Ich habe dir kein Wragby zu bieten. Du weißt ja, was bei mir zu holen ist. Nein, nein, ich glaube, du hast recht! Wirklich, das glaube ich. Und ich bin nicht erpicht darauf, von dir zu leben – mich von dir aushalten zu lassen. Das kommt ja auch noch hinzu.«

Sie hatte das unbestimmte Gefühl, als vergälte er ihr Gleiches mit Gleichem.

»Aber du willst mich, nicht wahr?« fragte sie.

»Willst du mich?«

»Das weißt du doch; das ist ja selbstverständlich.«

»Vollkommen! Und wann willst du mich?«

»Du weißt, wir können das alles einrichten, sobald ich zurückkomme. Jetzt hast du mich ganz verwirrt gemacht. Ich muß ruhig werden und klar sehen.«

»Gewiß! Werde ruhig und sehe klar!«

Sie war ein wenig gekränkt. »Aber du traust mir doch, nicht wahr?« fragte sie.

»Oh, vollkommen!«

Sie hörte den Spott in seinem Ton.

»Sag mir also«, fragte sie gedrückt, »glaubst du, es wäre besser, wenn ich nicht nach Venedig ginge?«

»Ich bin überzeugt, es ist besser, wenn du nach Venedig gehst«, erwiderte er in dem kühlen, ein wenig spöttischen Ton.

»Du weißt, ich fahre nächsten Donnerstag?« fragte sie.

»Ja.«

Nun wurde sie nachdenklich. Endlich sagte sie: »Und wenn ich zurückkomme, werden wir sicher besser wissen, woran wir sind, nicht wahr?«

»Oh, sicher.«

Diese sonderbare Kluft des Schweigens zwischen ihnen!

»Ich bin beim Anwalt gewesen wegen meiner Scheidung«, sagte er ein wenig gezwungen.

Sie zuckte leicht zusammen. »So?« fragte sie. »Und was hat er gesagt?«

»Er sagte, ich hätte es schon früher tun sollen. Jetzt könnte es zu Schwierigkeiten führen. Aber da ich beim Militär war, glaubt er, wird es doch glatt durchgehen. Wenn es mir nur nicht *sie* auf den Hals hetzt!«

»Muß sie es vorher wissen?«

»Ja. Sie erhält eine Benachrichtigung zugestellt. Und auch der Mann, mit dem sie lebt.«

»Ist sie nicht scheußlich, die ganze Prozedur? Ich vermute, mit Clifford werde ich die gleiche durchmachen müssen.«

Ein Schweigen folgte.

»Und natürlich«, sagte er, »werde ich ein mustergültiges Leben führen müssen während der nächsten sechs oder acht Monate. Wenn du also nach Venedig gehst, ist wenigstens für ein paar Wochen die Versuchung aus dem Wege.«

»Bin ich eine Versuchung?« erwiderte sie und streichelte sein Gesicht. »Ich bin so froh, daß ich eine Versuchung für dich bin. Denken wir nicht mehr daran! Du machst mir Angst, wenn du zu denken beginnst. Du drückst mich ganz nieder. Denken wir nicht mehr daran! Wir können so viel nachdenken, während wir getrennt sind. Das ist es ja! Ich hab' mir gedacht, ich muß einfach noch eine Nacht zu dir kommen, ehe ich wegfahre. Ich *muß* noch einmal ins Forsthaus kommen. Soll ich Donnerstag nacht kommen?«

»Da wird doch deine Schwester hier sein, nicht?«

»Ja! Aber sie sagte, wir würden am Nachmittag abfahren. Also könnten wir wirklich am Nachmittag abfahren, aber sie könnte anderswo übernachten, und ich könnte mit dir schlafen.«

»Aber da würde sie davon wissen müssen.«

»Oh, ich werde es ihr sagen. Ich habe es ihr mehr oder weniger schon gesagt. Ich muß das Ganze mit Hilda besprechen. Sie ist eine große Hilfe und so vernünftig.«

Er dachte über ihren Plan nach.

»Also du willst am Nachmittag von Wragby weg, so als würdest du nach London fahren. Welchen Weg wollt ihr nehmen?«

»Über Nottingham und Grantham.«

»Und dann würde dich deine Schwester irgendwo absetzen, und du würdest hierher zurück gehen oder fahren? Das klingt sehr riskant, scheint mir wenigstens.«

»Glaubst du? Nun, dann kann Hilda mich ja hierher zurückbringen. Sie könnte in Mansfield übernachten und mich am Abend hierher fahren und am Morgen wieder abholen. Das geht ganz leicht.«

»Und die Leute, die dich sehen?«

»Ich werde Brillen und einen Schleier tragen.«

Er dachte eine Weile nach. »Na«, sagte er, »Mach's wie's dir paßt! Wie gewöhnlich.«

»Aber würde es dir denn nicht passen?«

»O ja, es würde mir schon passen«, sagte er ein wenig finster. »Warum soll ich nicht schmieden, solange das Eisen heiß ist.«

»Weißt du, was ich mir gedacht habe?« sagte sie plötzlich. »Es ist mir eben eingefallen. Du bist ›der Ritter vom feurigen Stößel‹.«

»Ja, und du? Bist du die Dame vom brennheißen Mörser?«

»Ja«, sagte sie, »ja! Du bist Ritter Stößel, und ich bin Dame Mörser.«

»Na schön, dann bin ich geadelt. John Thomas ist Ritter John, und du bist Lady Jane.«

»Ja, John Thomas ist zum Ritter geschlagen. Ich bin die Dame Jungfernhaar, und du mußt auch Blumen haben. Komm!« Sie steckte zwei rosa Kuckucksnelken in das Büschel rotgoldener Haare über seinem Penis.

»Da!« sagte sie »Reizend, ganz reizend! Ritter John!« Und sie schob ein Zweiglein Vergißmeinnicht zwischen die dunklen Haare auf seiner Brust.

»Und da wirst du mich auch nicht vergessen, nicht wahr?« Sie küßte ihn auf die Brust und quartierte je ein Zweiglein Vergißmeinnicht über jeder seiner Brustwarzen ein und küßte ihn abermals.

»Ja, mach einen Kalender aus mir!« sagte er. Er lachte, und die Blüten fielen von seiner Brust.

»Warte ein wenig«, sagte er. Er erhob sich und öffnete die Tür der Hütte. Flossie, die unter dem Vordach gelegen hatte, stand auf und blickte ihn an. »Ja, ja, ich bin's«, sagte er.

Der Regen hatte aufgehört. Es herrschte eine feuchte, schwere, duftende Stille. Es wurde Abend.

Er trat ins Freie und schritt den kleinen Pfad entlang, der der Schneise entgegengesetzt lag. Connie betrachtete seine schmale, weiße Gestalt, und sie kam ihr vor wie ein Geist, wie eine Erscheinung, die sich von ihr entfernte. Als sie ihn nicht mehr sehen konnte, verzagte ihr Herz. Sie stand in der Tür der Hütte, nur in eine Decke gehüllt, und blickte in die triefende, regungslose Stille.

Aber er kam zurück, in einem seltsamen Trott, und brachte Blumen. Sie fürchtete sich ein wenig vor ihm, als wäre er nicht ganz menschlich. Und als er nahe kam, blickten seine Augen in die ihren, aber sie konnte die Bedeutung nicht verstehen.

Er hatte Akelei und Kuckucksnelken gebracht und Waldmeister und junge Eichentriebe und Geißblatt in kleinen Knospen. Er schlang flaumige junge Eichenzweiglein um ihre Brüste und steckte Büschel von Traubenhyazinthen und Nelken dazwischen. Und in ihren Nabel tat er eine rosa Kuckucksnelke und in ihrem Jungfernhaar waren Vergißmeinnicht und Waldmeister.

»Das bist du in deiner ganzen Glorie«, sagte er. »Lady Jane auf ihrer Hochzeit mit John Thomas.«

Und er tat Blumen in das Haar an seinem Körper und schlang eine Ackerwinde, einen »Männertreu«, um seinen Penis und steckte eine einzelne Hyazinthenglocke in seinen Nabel. Sie sah ihm belustigt zu bei seinem wunderschönen Eifer. Und sie schob eine Kuckucksnelke in seinen Schnurrbart, wo sie stecken blieb und unter seiner Nase baumelte.

»Das ist John Thomas' Hochzeit mit Lady Jane«, sagte er, »wir müssen Constance und Oliver ihrer Wege gehen lassen. Vielleicht...«

Er breitete mit einer Geste seine Hände aus und dann nieste er, nieste er die Blumen von seiner Nase und seinem Nabel weg. Er nieste nochmals.

»Vielleicht was?« fragte sie und wartete darauf, daß er weiterspreche.

Er blickte sie ein wenig verwirrt an.

»Eh?« sagte er.

»Vielleicht was? Sag doch, was du sagen wolltest!« drängte sie.

»Ja, was hab ich bloß sagen wollen?«

Er hatte es vergessen. Und es war eine der großen Enttäuschungen ihres Lebens, daß er den Satz nie beendete.

Ein gelber Sonnenstrahl glitt über die Bäume.

»Die Sonne«, sagte er. »Und Zeit, daß du gehst. Es ist Zeit, Euer Gnaden, es ist Zeit! Was fliegt ohne Flügel, Euer Gnaden? Die Zeit! Die Zeit!«

Er langte nach seinem Hemd. »Sag' John Thomas Gutenacht«, sagte er und blickte hinab auf seinen Penis. »Er ruht sicher in den Armen der treuen Jane. Augenblicklich sieht er nicht sehr einem feurigen Stößel gleich.« Und er zog sein Flanellhemd über den Kopf.

»Der gefährlichste Augenblick für einen Mann«, meinte er, als sein Kopf wieder auftauchte, »wenn er sein Hemd anzieht. Dann steckt er den Kopf in einen Sack. Darum sind mir die amerikanischen Hemden lieber, die man wie einen

Rock anzieht.« Sie stand noch immer da und beobachtete ihn. Er fuhr in seine kurzen Unterhosen und knöpfte sie zu.

»Schau dir deine kleine Jane an, in ihrem Blumenschmuck«, sagte er. »Wer wird dich nächstes Jahr mit Blumen zieren, Jane? Ich oder ein anderer? ›Leb wohl meine kleine Rose, so leb denn immer wohl!‹ Ich hasse das Lied, es ist aus den ersten Kriegstagen.«

Er setzte sich und zog seine Strümpfe an. Sie stand noch immer, ohne sich zu rühren. Er legte seine Hand auf die Rundung ihrer Hinterbacken. »Hübsche kleine Lady Jane«, sagte er, »vielleicht wirst du in Venedig einen Mann finden, der Jasmin in dein Jungfernhaar und eine Granatapfelblüte in deinen Nabel tut. Arme kleine Lady Jane!«

»Sag nicht solche Sachen!« rief sie. »Du sagst sie nur, um mir weh zu tun.«

Er ließ den Kopf sinken. Dann sagte er in der Mundart: »Ach, kann sein und kann auch nicht sein! Na schön, ich möchte nichts mehr sagen und meine Litanei beenden. Du mußt dich anziehen und heimgehen in dein stattliches Anwesen Englands, wie herrlich sie dastehen! Die Zeit ist um! Die Zeit ist um für den Ritter John und für die kleine Lady Jane. Zieh' dein Hemd an, Lady Chatterley! Du könntest ja jeder sein, wie du jetzt aussiehst. Ohne Kleid und nur mit ein paar Blumen! Komm' her, ich werde dich ausziehen, du kurzschwänzige kleine Wachtel!« Und er nahm die Blätter aus dem feuchten Haar und küßte es, und er nahm die Blumen von ihren Brüsten und küßte ihre Brüste, und er küßte ihren Nabel und ihr Jungfernhaar, in dem er die Blumen eingeflochten ließ. »Die müssen da bleiben, solange sie es wollen!« sagte er. »So, da bist du wieder splitternackt, nichts als ein nacktärschiges Mädchen und ein bißchen von der Lady Jane. Hier, zieh dein Kleid an! Oder Lady Chatterley wird zu spät zum Nachtmahl kommen. Und wo bist du denn gewesen, mein schönes Mädchen?«

Sie wußte nie, wie ihm antworten, wenn er in dieser mundartlichen Verfassung war. Also kleidete sie sich an und machte sich fertig, ein wenig schmählich heimzugehen nach Wragby. Oder so empfand sie es wenigstens: ein wenig schmählich heim.

Er wollte es sich nicht nehmen lassen, sie bis zu der breiten Schneise zu begleiten. Seine jungen Fasane waren alle in Sicherheit unter dem Flugdach.

Als sie beide in die Schneise hinaustraten, kam ihnen da Mrs. Bolton bleich entgegengeflattert.

»O Euer Gnaden, wir haben schon gedacht, es ist etwas geschehen.«

»Nein! Nichts ist geschehen.«

Mrs. Bolton blickte in des Mannes Gesicht, das geglättet und erneut aussah von Liebe. Sie begegnete seinen halb lachenden, halb spottenden Augen. Er lachte stets über Mißgeschick. Aber er blickte sie freundlich an.

»Abend, Mrs. Bolton! Euer Gnaden sind ja jetzt in guten Händen, also kann ich Sie verlassen. Gute Nacht, Euer Gnaden! Gute Nacht, Mrs. Bolton!«

Er grüßte und wandte sich ab.

SECHZEHNTES KAPITEL

Connie hatte bei ihrer Heimkehr ein scharfes Kreuzverhör zu bestehen. Clifford war zum Tee ausgefahren, war kurz vor dem Gewitter heimgekehrt, und wo blieb Ihre Gnaden? Niemand wußte es; nur Mrs. Bolton meinte, sie sei vielleicht in den Wald spazieren gegangen. In den Wald, bei solch einem Wetter! – Clifford ließ sich diesmal bis zu einem Zustand nervöser Raserei gehen. Er fuhr bei jedem Blitz auf und zuckte bei jedem Donner zusammen. Er blickte in den eisigen Gewitterregen hinaus, als wäre das Ende der Welt nahe. Er steigerte sich in eine immer größere Aufregung hinein.

Mrs. Bolton versuchte, ihn zu beruhigen. »Sie wird in der Hütte Schutz gesucht haben, bis es vorbei ist. Sorgen Sie sich nicht. Ihre Gnaden ist in Sicherheit.«

»Es gefällt mir nicht, daß sie bei einem solchen Wetter im Wald ist. Es gefällt mir gar nicht, daß sie überhaupt im Wald ist. Sie ist schon mehr als zwei Stunden aus. Wann ist sie weggegangen?«

»Kurz bevor Sie nach Hause kamen.«

»Ich habe sie nicht gesehen im Park. Gott weiß, wo sie ist und was ihr zugestoßen sein mag!«

»Ach, es ist ihr sicher nichts zugestoßen. Sie werden sehen, sie wird gleich nach Hause kommen, sobald der Regen aufgehört hat. Es ist bloß der Regen, der sie aufhält.«

Aber Ihre Gnaden kam nicht gleich nach Hause, sobald der Regen aufhörte. Ja, die Zeit verging, die Sonne trat zu einem letzten, gelblichen Blick hervor, und noch immer war keine Spur von Connie zu sehen. Die Sonne ging unter, es wurde finster, der Gong zum Abendessen war bereits zum ersten Mal erklungen.

»So geht das nicht«, sagte Clifford rasend vor Unruhe. »Ich werde Field und Betts ausschicken, damit sie sie suchen.«

»Oh, tun Sie das nicht!« rief Mrs. Bolton. »Man wird glauben, es sei ein Selbstmord oder sonst etwas. Geben Sie nicht Anlaß zu einer Menge Gerede. Lassen Sie mich zur Hütte hinüberlaufen und sehen, ob sie nicht da ist. Ich werde sie schon finden.«

Und so hatte nach einiger Überlegung Clifford ihr erlaubt, zu gehen. Und so war Connie ihr in der Schneise begegnet, wo sie allein und blaß herumirrte.

»Sie dürfen es mir nicht übel nehmen, daß ich nach Ihnen sehen kam, Euer Gnaden. Aber Sir Clifford hat sich in einen solchen Zustand hineingearbeitet! Er war überzeugt, Sie sind vom Blitz getroffen oder von einem stürzenden Baum erschlagen worden. Und er war entschlossen, Field und Betts in den Wald zu schicken, um die Leiche zu finden. Da habe ich mir gedacht, es wäre besser, wenn ich käme, statt die ganze Dienerschaft in Aufruhr zu versetzen.«

Sie sprach nervös. Sie konnte auf Connies Gesicht noch den gelösten, träumerischen Ausdruck sehen, der auf die Leidenschaft folgt, und sie spürte die gegen sie gerichtete Gereiztheit.

»Gewiß«, sagte Connie. Und mehr konnte sie nicht sagen.

Die beiden Frauen stapften schweigend durch die nasse Welt, während große Tropfen wie Explosionen auf dem Waldboden aufklatschten. Als sie in den Park kamen, schritt Connie voraus, und Mrs. Bolton keuchte ein wenig. Sie fing an, dicker zu werden.

»Wie närrisch von Clifford, solch ein Getue zu machen«, sagte Connie endlich ärgerlich und zu sich selbst.

»Oh, Sie wissen doch, wie die Männer sind! Sie arbeiten sich gern in solch einen Zustand hinein. Aber er wird sich schon beruhigen, sobald er Euer Gnaden sieht.«

Connie ärgerte sich sehr, daß Mrs. Bolton ihr Geheimnis kannte, — denn gewiß kannte sie es.

Plötzlich blieb Constance mitten auf dem Wege stehen. »Es ist eine Ungeheuerlichkeit, daß man mir so auf Schritt und Tritt folgt«, sagte sie, und ihre Augen blitzten.

»Oh, Euer Gnaden, sagen Sie das nicht. Er würde sicherlich die beiden Männer geschickt haben, und sie wären geradewegs zu der Hütte gekommen. Ich selbst wußte nicht einmal wirklich, wo sie ist.«

Connies Wangen färbten sich noch dunkler vor Zorn bei dieser Anspielung. Aber solange die Leidenschaft sie beherrschte, vermochte sie nicht zu lügen. Sie konnte nicht einmal vorgeben, daß zwischen ihr und dem Förster nichts wäre. Sie blickte die andere Frau an, die so listig dastand, den Kopf gesenkt, und doch in ihrem Weibsein eine Verbündete.

»Ach was«, sagte sie, »wenn's so ist, ist's eben so. Mir ist's gleich.«

»Aber es ist alles in Ordnung, Euer Gnaden. Sie haben sich bloß vor dem Regen in die Hütte geflüchtet. Daran ist absolut nichts.«

Sie schritten weiter, dem Hause zu. Connie ging zu Clifford ins Zimmer hinein, voll Wut über ihn, über sein blasses, übermäßig erregtes Gesicht und seine vorstehenden Augen.

»Ich muß sagen, ich glaube nicht, daß es notwendig ist, mir die Dienstboten nachzuschicken«, brach sie los.

»Mein Gott!« explodierte er, »wo bist du denn gewesen, Frau? Du warst seit Stunden aus — seit Stunden — und in einem solchen Wetter! Was, zum Teufel, hast du in diesem verdammten Wald zu suchen? Worauf bis du nur aus gewesen? Was hast du nur getrieben? Der Regen hat schon seit Stunden aufgehört, seit Stunden! Weißt du, wie spät es ist? Du kannst einen glatt zum Wahnsinn bringen. Wo bist du gewesen? Was in Dreiteufels Namen hast du nur getrieben?«

»Und wie, wenn es mir nicht paßte, es dir zu sagen?« Sie zog den Hut vom Kopf und schüttelte ihr Haar.

Er blickte sie an, und seine Augen quollen vor, und das Weiße färbte sich gelblich. Es war sehr schlecht für ihn, in solche Wut zu geraten. Mrs. Bolton hatte dann immer tagelang ihre schwere Plage mit ihm. Connie empfand plötzlich Gewissensbisse.

»Nein, wirklich«, sagte sie sanfter, »jedermann würde glauben, ich sei wer weiß wo gewesen. Ich saß einfach in der Hütte während des ganzen Gewitters und machte mir ein kleines Feuer und war glücklich.« Sie sprach jetzt unbefangen. Schließlich, warum ihn noch weiter aufregen?

Er blickte sie argwöhnisch an. »Und sieh dir dein Haar an«, sagte er. »Sieh dich bloß an!«

»Ja«, erwiderte sie ganz ruhig, »ich bin in den Regen hinausgelaufen, ohne Kleider.«

Sprachlos starrte er sie an. »Du mußt verrückt sein«, sagte er endlich.

»Warum? Weil ich eine Regendusche gern habe?«

»Und wie hast du dich getrocknet?«

»Mit einem alten Handtuch und beim Feuer.«

Er starrte sie noch immer an wie vom Schlage gerührt.

»Und wie, wenn jemand gekommen wäre?« sagte er.

»Wer hätte denn kommen sollen?«

»Wer? Mein Gott, irgendwer. Und Mellors? Kommt er nicht hin? Er muß doch jeden Abend kommen.«

»Ja, er kam später, als es sich aufgeheitert hatte, um die Fasanen mit Körnern zu füttern.«

Sie sprach mit erstaunlichem Gleichmut. Mrs. Bolton, die im nächsten Zimmer horchte, hörte ihr mit ehrlicher Bewunderung zu. Zu denken, daß eine Frau das so natürlich fertig brachte!

»Aber stelle dir vor, er wäre gekommen, während du im Regen herumranntest und nichts anhattest – wie eine Verrückte!«

»Ich vermute, er hätte den größten Schreck seines Leben gehabt und wäre davongelaufen, so schnell er nur konnte.«

Clifford starrte sie entgeistert an. Was er im Unterbewußtsein dachte, das würde er nie wissen. Und er war zu sehr verblüfft, um in seinem Bewußtsein einen einzigen klaren Gedanken zu formen. Er nahm einfach in einer Art von Leere hin, was sie sagte. Und er bewunderte sie. Er konnte sich nicht helfen, er mußte sie bewundern. Sie sah so angeregt und hübsch und weich aus – weich von Liebe.

»Jedenfalls«, meinte er, »wirst du von Glück sagen können, wenn du ohne eine schwere Erkältung davonkommst.«

»Oh, ich habe mich nicht erkältet«, erwiderte sie. Sie dachte bei sich an des andern Mannes Worte: »Du hast den schönsten Arsch der Welt!« Sie wünschte von Herzen, sie könnte Clifford erzählen, daß das während des berühmten Gewittersturms zu ihr gesagt worden sei. Schade! Und in der Haltung einer beleidigten Königin ging sie hinauf, um sich umzukleiden.

Am Abend wollte Clifford nett zu ihr sein. Er las eines der neuesten wissenschaftlich-religiösen Bücher. Er besaß einen Zug unechter Religiosität und war egozentrisch um die Zukunft seines eigenen Ich besorgt. Es war ihm eine Art Gewohnheit, mit Connie über irgendein Buch Konversation zu machen, da die Konversation zwischen ihnen eben gemacht werden mußte, – beinahe chemisch. Sie mußten sie beinahe chemisch in ihren Köpfen zusammenbrauen.

»Was hältst du übrigens von dem da?« fragte er und langte nach dem Buch. »Du würdest es nicht nötig haben, deinen glühenden Körper zu kühlen, indem du in den Regen hinausläufst, wenn wir bloß ein paar weitere Äonen von Evolutionen hinter uns hätten. Ah, hier ist die Stelle! – ›Das Universum läßt sich von zwei Seiten betrachten. Auf der einen verfällt es physisch, auf der andern ist es geistig im Aufstieg begriffen.‹«

Connie hörte zu und erwartete mehr. Aber Clifford machte eine Pause. Sie blickte ihn erstaunt an.

»Und wenn es geistig aufsteigt«, sagte sie, »was läßt es drunten unter sich, an der Stelle, wo sein Hinterteil zu sein pflegte?«

»Ah«, sagte er, »du mußt den Mann so verstehen, wie er es meint. Aufstieg ist hier der Gegensatz zu dem, was er Verfall nennt, vermute ich.«

»Geistig aufgeblasen sozusagen!«

»Nein, aber ernsthaft, ohne Spaß, glaubst du, daß etwas daran ist?«

Sie blickte ihn abermals an. »Physisch verfallen«, sagte sie. »Ich sehe, wie du immer dicker wirst, und ich selbst verfalle nicht. Glaubst du, die Sonne ist kleiner, als sie früher war? Mir scheint es nicht so. Und ich glaube, der Apfel, den Eva dem Adam anbot, war nicht wirklich viel größer, wenn überhaupt, als eine unserer Goldreinetten. Oder glaubst du, doch?«

»Na, hör zu, was er weiterschreibt! ›Es geht auf diese Art langsam, mit einer nach unserer Zeitmessung nicht wahrnehmbaren Langsamkeit, neuen Schöpfungszuständen entgegen, unter denen allen die physische Welt, wie wir sie jetzt kennen, nur durch eine leichte Kräuselung vertreten sein kann, kaum unterscheidbar vom Nichtsein.‹«

Sie hörte mit einem Schimmer von Belustigung zu. Allerhand Unanständiges, was sie sagen könnte, fiel ihr ein. Aber sie sagte bloß: »Welch ein dummer Hokuspokus! Als ob ein kleines eingebildetes Bewußtsein überhaupt etwas von Dingen wissen könnte, die mit solcher Langsamkeit vor sich gehen! Das Ganze beweist nur, daß er physisch auf dieser Erde ein Versager ist. Und darum will er aus dem ganzen Weltall einen physischen Versager machen durch seine arrogante Unverschämtheit.«

»Ah, aber hör doch zu! Unterbrich nicht die feierlichen Worte des großen Mannes. – ›Die gegenwärtige Weltordnung erstand aus einer unvorstellbaren Vergangenheit und wird ihr Grab in einer unvorstellbaren Zukunft finden. Es verbleibt also das unerschöpfliche Reich der abstrakten Formen und der Schöpferkraft, die in ihrem wechselnden Charakter stets von Neuem bestimmt wird durch ihre eigenen Geschöpfe und Gott, von dessen Weisheit alle Formen von Ordnung abhängen‹ – Damit schließt er!«

Connie saß und hörte voll Verachtung zu. »Er ist geistig aufgeblasen«, sagte sie. »Welch ein Gewäsch! Unvorstellbares und Weltanordnungen in Gräbern und Reiche abstrakter Formen und Schöpferkraft mit wechselndem Charakter und Gott mit Ordnungsformen vermischt! Das ist ja idiotisch!«

»Ich muß sagen, es ist ein wenig unbestimmt und so etwas wie ein Konglomerat, eine Gasmischung sozusagen«, gab Clifford zu. »Dennoch glaube ich, es ist etwas an dem Gedanken, daß das Universum physisch verfällt und geistig aufsteigt.«

»Meinst du? Dann mag es aufsteigen, solange es mich physisch nur sicher und fest hier unten läßt!«

»Hast du deine Körperlichkeit gern?« fragte er.

»Ich liebe sie.« Und durch ihren Kopf gingen die Worte: »Es ist der allerschönste Weiberarsch, den's gibt!«

»Aber das ist wirklich recht ungewöhnlich. Denn es läßt sich doch nicht leugnen, daß sie eine Behinderung darstellt. Allerdings vermute ich, daß eine Frau nicht ihr höchstes Vergnügen im geistigen Leben findet.«

»Höchstes Vergnügen?« fragte sie, zu ihm aufblickend. »Ist diese Art von blödsinnigem Geschwätz das höchste Vergnügen geistigen Lebens? Nein, danke schön! Mir ist der Körper lieber. Ich glaube, das Leben des Körpers ist eine größere Wirklichkeit als das geistige Leben. Das heißt, wenn der Körper wirklich zum Leben erweckt ist. Aber so viele Leute, wie dein berühmter Windmacher, haben bloß ein geistiges Anhängsel an ihrem physischen Leichnam.«

Er blickte sie verwundert an. »Das Leben des Körpers«, sagte er, »ist einfach das Leben des Tieres.«

»Und das ist besser als das Leben berufsmäßiger Leichen. Aber es ist gar nicht wahr. Der menschliche Körper kommt eben erst wirklich zum Leben. Bei den Griechen tat er ein paar wunderschöne Zuckungen, dann brachten Plato und Aristoteles ihn um, und Jesus tötete ihn ganz. Aber jetzt kommt der Körper wirklich zum Leben. Jetzt ersteht er wirklich aus dem Grabe. Und es wird ein herrliches, herrliches Leben in der herrlichen Welt sein, dieses Leben des menschlichen Körpers.«

»Meine Liebe, du redest, als wärst du sein Herold. Es ist wahr, du begibst dich auf eine Vergnügungsreise, aber sei bitte nicht gar so unanständig begeistert darüber. Glaube mir, was für ein Gott immer existieren mag, er schafft langsam die Eingeweide und das Verdauungssystem aus dem Menschen ab, um ein höheres und geistigeres Wesen zur Entwicklung zu bringen.«

»Warum sollte ich dir glauben, Clifford, wenn ich fühle, daß, was für ein Gott auch immer herrschen mag, er endlich meine Eingeweide, wie du das nennst, erweckt hat und sich da so glücklich regt wie in der Morgensonne. Warum soll ich dir glauben, wenn ich so ganz das Gegenteil empfinde?«

»Oh, gewiß! Und was hat diese außerordentliche Veränderung in dir bewirkt? Etwa splitternackt in den Regen hinauszulaufen und Bacchantin zu spielen? Sensationsbedürfnis oder die Vorfreude, nach Venedig zu fahren?«

»Beides. Findest du, daß es abscheulich von mir ist, so entzückt vom Wegfahren zu sein?«

»Abscheulich genug, es so offen zu zeigen.«

»Dann werde ich es lieber verheimlichen.«

»Oh, bemühe dich nicht. Du teilst mir beinahe etwas von deiner Entzückung mit. Ich habe fast das Gefühl, als würde ich selber wegfahren.«

»Nun, warum kommst du nicht mit?«

»Wir haben das alles schon genügend besprochen. Und Tatsache ist, daß ich vermute, dein größtes Entzücken rührt daher, daß du all dem hier für einige Zeit Lebewohl sagen kannst. Nichts begeistert dich im Augenblick so sehr wie dieses: Adieu alles miteinander! Aber jede Trennung bedeutet eine Begegnung an anderem Ort. Und jede Begegnung ist eine neue Bindung.«

»Ich habe nicht die Absicht, irgendeine neue Bindung einzugehen.«

»Prahle nicht, wenn die Götter es hören können!« sagte er.

Sie richtete sich mit einem Ruck auf. »Nein, wahrhaftig, ich will nicht prahlen!« Aber sie war nichtsdestoweniger begeistert, wegzukommen, zu fühlen, wie alte Bande zerrissen. Sie konnte nichts dawider.

Clifford, der nicht einzuschlafen vermochte, spielte die ganze Nacht mit Mrs. Bolton, um kleine Geldbeträge, bis sie beinahe zu schläfrig zum Leben war.

Und dann kam der Tag von Hildas Ankunft heran. Connie hatte mit Mellors vereinbart, sie würde, wenn alles für ihre gemeinsame Nacht günstig schiene, einen grünen Schal aus dem Fenster hängen, aber wenn ihr Plan vereitelt würde, einen roten.

Mrs. Bolton half Connie beim Einpacken. »Eine Veränderung wird Euer Gnaden so gut tun«, sagte sie.

»Das glaube ich auch. Sie machen sich doch nichts daraus, Sir Clifford für einige Zeit allein am Hals zu haben, nicht wahr?«

»O nein, ich kann ganz gut mit ihm fertig werden. Ich meine, ich kann alles tun, was er benötigt. Was glauben Sie, ist sein Zustand besser als früher?«

»Oh, bedeutend besser. Sie wirken wahre Wunder bei ihm.«

»Wirklich? Aber Männer sind alle gleich. Einfach kleine Kinder. Und man muß ihnen schmeicheln und zureden und sie zuletzt glauben lassen, daß sie ihren Willen haben. Finden Sie nicht auch, Euer Gnaden?«

»Ich fürchte, ich habe nicht viel Erfahrung.« Connie hielt in ihrer Beschäftigung inne. »Und Ihr Mann? Haben Sie ihn behandeln und überreden müssen wie ein kleines Kind?« fragte sie, die andere Frau anblickend.

Auch Mrs. Bolton hielt inne. »Tja«, sagte sie, »ich hab ihm wohl oft sehr schön zureden müssen, aber er hat immer gewußt, worauf ich hinauswollte. Das muß ich ihm lassen. Und gewöhnlich hat er mir nachgegeben.«

»Er spielte sich nie als Herr und Meister auf?«

»Nein! Das heißt, manchmal haben seine Augen einen gewissen Ausdruck bekommen, und dann wußte ich, daß ich nachzugeben hatte. Aber gewöhnlich hat er nachgegeben. Nein, er war nie der Herr und Meister. Aber ich auch nicht. Ich wußte, wann ich bei ihm nicht weitergehen durfte, und dann gab ich nach – obwohl es mich manchmal recht viel gekostet hat.«

»Und was wäre geschehen, wenn Sie standgehalten hätten gegen ihn?«

»Oh, ich weiß nicht. Das hab ich nie getan. Sogar wenn er im Unrecht war und darauf beharrte, gab ich nach. Sehen Sie, ich wollte nie das, was zwischen uns bestand, zerstören. Und wenn man einem Manne den eigenen Willen wirklich entgegensetzt, dann ist es damit aus. Wenn man einen Mann wirklich gern hat, muß man ihm nachgeben, sobald er einmal fest entschlossen ist. Ob man im Recht ist oder nicht, man muß nachgeben. Sonst zerstört man etwas. Aber ich muß sagen, Ted gab auch manchmal nach, wenn ich auf etwas versessen war und unrecht hatte. Also verteilt es sich auf beide Seiten, glaube ich.«

»Und Sie sind so mit allen Ihren Patienten?« fragte Connie.

»Oh, das ist was anderes. Da ist mir auf diese Art gar nichts daran gelegen. Ich weiß, was gut für sie ist, oder versuche, es zu wissen, und dann gelingt es mir eben, sie zu ihrem eigenen Besten zu behandeln. Das ist nicht so wie bei jemand, den man wirklich gern hat. Es ist ganz anders. Wenn man einmal einen Mann wirklich lieb hatte, kann man beinahe zu jedem Manne herzlich sein, wenn er einen überhaupt braucht. Aber es ist nicht dasselbe. Man macht sich nicht wirklich etwas aus ihm. Ich glaube, wenn man einmal wirklich geliebt hat, macht man sich nie wieder wirklich etwas aus einem Mann.«

Diese Worte erschreckten Connie. »Glauben Sie, man kann nur einmal lieben?« fragte sie.

»Oder nie. Die meisten Frauen lieben nie, beginnen nie zu lieben. Sie wissen nicht, was das heißt. Und die Männer auch nicht. Aber wenn ich eine Frau sehe, die wirklich liebt, bleibt mir das Herz stehen um sie.«

»Und glauben Sie, daß Männer leicht gekränkt sind?«

»Ja, wenn man ihren Stolz verletzt. Aber sind die Frauen nicht auch so? Nur daß diese zwei Arten von Stolz ein bißchen verschieden sind.«

Connie überlegte das. Sie begann wiederum, Gewissensbisse zu empfinden, weil sie wegfahren wollte. Legte sie nicht schließlich ihren Liebhaber auf Eis, wenn auch nur für kurze Zeit? Und er wußte es. Darum war er so sonderbar und sarkastisch.

Allerdings! Die menschliche Existenz wurde zu einem großen Teil von der Maschinerie äußerer Umstände beherrscht. Sie war in der Gewalt dieser Maschinerie. Sie konnte sich ihr nicht so im Handumdrehen entziehen. Sie wollte es nicht einmal.

Hilda traf reichlich früh am Donnerstag vormittag ein, in einem zierlichen Zweisitzer, ihren Handkoffer fest hinten aufgeschnallt. Sie sah so bescheiden und mädchenhaft aus wie immer, aber sie besaß ihren alten Eigenwillen. Sie besaß einen teuflischen Eigenwillen, wie ihr Mann herausgefunden hatte. Aber ihr Mann ließ sich nun von ihr scheiden. Ja, sie machte ihm das sogar leicht, obgleich sie keinen Liebhaber hatte. Sie hatte für den Augenblick genug von den Männern. Sie war es wohl zufrieden, ganz ihre eigene Herrin zu sein; und Herrin ihrer beiden Kinder, die sie »ordentlich« erziehen wollte, was immer das heißen mochte.

Auch Connie wurde nur ein Handkoffer gestattet. Aber sie hatte einen großen Reisekoffer an ihren Vater, der mit der Bahn fuhr, vorausgesandt. Er fand, es hatte keinen Zweck, ein Auto nach Venedig mitzunehmen. Schon deshalb, weil Italien im Juli viel zu heiß für Autotouren war. Er fuhr bequem mit der Bahn. Er war eben erst aus Schottland heruntergekommen.

Und so traf Hilda wie ein züchtiger arkadischer Feldmarschall die sachlichen Anordnungen für die Reise. Sie und Connie saßen plaudernd droben in deren Boudoir.

»Aber Hilda«, sagte Connie ein wenig furchtsam, »ich will die Nacht über hier bleiben. Nicht hier, — in der Nähe.«

Hilda fixierte ihre Schwester mit grauen, unergründlichen Augen.

Sie schien so ruhig; und sie war doch oft so wild.

»Wo, hier in der Nähe?«

»Nun, du weißt doch, ich liebe jemand, nicht wahr?«

»Ich dachte mir, daß etwas los sei.«

»Nun, er lebt hier in der Nähe. Und ich will diese letzte Nacht mit ihm verbringen. Ich muß. Ich hab's versprochen.«

Connie wurde dringlich.

Hilda neigte ihr minervagleiches Haupt in Schweigen, dann blickte sie auf.

»Willst du mir sagen, wer es ist?« fragte sie.

»Er ist unser Förster«, stammelte Connie, und sie errötete lebhaft wie ein beschämtes Kind.

»Connie!« rief Hilda und hob vor Abscheu ein wenig die Nase, eine Bewegung, die sie von ihrer Mutter hatte.

»Ich weiß. Aber er ist wirklich entzückend. Er versteht wirklich, was Zärtlichkeit heißt«, sagte Connie, mit dem Versuch, sich für ihn zu entschuldigen.

Hilda, wie eine rotbäckige Athene mit lebhaften Gesichtsfarben, neigte ihr Haupt und sann. In Wirklichkeit war sie von heftigem Ärger erfüllt. Aber sie wagte nicht, das zu zeigen, denn Connie, die ihrem Vater nachgeriet, würde glattweg widerspenstig und unlenkbar werden.

Es war wahr, Hilda konnte Clifford nicht leiden: seine kühle Sicherheit, daß er jemand sei! Sie fand, daß er Connie schändlich und unverschämt ausnütze. Sie hatte gehofft, Connie werde ihn tatsächlich eines Tages verlassen. Aber da sie solider schottischer Mittelstand war, graute ihr vor jeder »Herabwürdigung« der eigenen Person oder der Familie. Endlich hob sie den Blick.

»Du wirst es bereuen«, sagte sie.

»Nein, das werde ich nicht!« rief Connie, heftig errötend. »Er ist eine seltene Ausnahme. Ich liebe ihn wirklich. Er ist wundervoll als Liebhaber.«

Hilda überlegte noch immer.

»Du wirst sehr bald mit ihm fertig sein«, sagte sie, »und dich dein ganzes Leben lang seinetwegen schämen.«

»Ich denke nicht daran. Ich hoffe, ein Kind von ihm zu bekommen.«

»Connie!« rief Hilda hart wie ein Hammerschlag, und sie war blaß vor Zorn.

»Ich werde es, wenn ich nur irgendwie kann. Ich würde schrecklich stolz sein, ein Kind von ihm zu haben.«

Es hatte keinen Zweck, mit ihr zu reden. Hilda dachte nach. »Und argwöhnt Clifford nichts?« fragte sie dann.

»O nein! Warum sollte er?«

»Ich zweifle nicht im geringsten, daß du ihm reichlich Gelegenheit zum Argwohn gegeben hast«, sagte Hilda.

»Keine Spur.«

»Und diese Sache heute Nacht scheint eine ganz überflüssige Torheit. Wo wohnt der Mann?«

»Im Forsthaus drüben auf der anderen Seite des Waldes.«

»Ist er Junggeselle?«

»Nein. Seine Frau hat ihn verlassen.«

»Wie alt?«

»Ich weiß nicht. Älter als ich.«

Hilda wurde bei jeder Antwort zorniger; zornig, wie ihre Mutter zu sein pflegte, in einer Art von Paroxismus. Aber sie verbarg das noch immer.

»Ich würde diese Eskapade heute nacht aufgeben, wenn ich du wäre«, riet sie ruhig.

»Ich kann nicht! Ich muß diese Nacht mit ihm verbringen, oder ich kann überhaupt nicht nach Venedig fahren. Ich kann einfach nicht anders.«

Hilda hörte ihren Vater reden, und sie gab aus reiner Diplomatie nach. Und sie willigte ein, zum Abendessen mit

Connie nach Mansfield hinüberzufahren, sie nach dem Dunkelwerden an das Ende des Heckenweges zurückzubringen und sie am nächsten Morgen von dort abzuholen, während sie selbst in Mansfield übernachten wollte, das, wenn man gut fuhr, nur eine halbe Stund entfernt war. Aber sie war wütend. Sie schrieb es ihrer Schwester auf's Kerbholz, dieses Durchkreuzen ihrer eigenen Pläne.

Connie hängte einen smaragdgrünen Schal aus ihrem Fenster.

Der Zorn gegen Connie ließ Hilda Clifford gegenüber wärmer werden. Clifford hatte zumindest Geist. Und wenn er kein Geschlecht besaß – funktionell –, um so besser. Um so weniger Möglichkeit zu einem Streit! Hilda wollte nichts mehr wissen von diesem Sexualzeug, bei dem die Männer häßliche, egoistische kleine Scheusale wurden. Connie hatte wirklich weniger auszustehen als viele andere Frauen, wenn sie es bloß wüßte!

Und Clifford kam zu dem Schluß, daß Hilda schließlich doch eine entschieden intelligente Frau sei und einem Mann eine erstklassige Hilfe wäre, wenn er sich, zum Beispiel, der Politik widmen würde. Ja, sie besaß nichts von Connies Einfalt. Connie glich eher einem Kinde. Man mußte ihr manches verzeihen, denn sie war nicht ganz verantwortungsfähig.

Eine Tasse Tee stand zeitig in der Halle bereit, deren Türen offen waren, um die Sonne hereinzulassen. Jedermann schien ein wenig außer Atem.

»Leb wohl, Connie-Kind! Komm gesund zu mir zurück!«

»Leb wohl, Clifford! Ja, ich werde nicht lange bleiben.« Connie war beinahe zärtlich.

»Leb wohl, Hilda! Nicht wahr, du wirst ein Auge auf sie haben?«

»Sogar zwei«, erwiderte Hilda. »Sie wird sich nicht sehr weit verlaufen.«

»Gut, versprochen!«

»Adieu, Mrs. Bolton! Ich weiß, Sie werden großartig für Sir Clifford sorgen.«

»Ich werde tun, was ich kann, Euer Gnaden.«

»Und schreiben Sie, wenn es etwas Neues gibt. Und auch über Sir Clifford, wie es ihm geht.«

»Gewiß, Euer Gnaden, das werde ich tun. Und unterhalten Sie sich gut! Und kommen Sie zurück und heitern Sie uns auf!«

Alle winkten. Das Auto fuhr los. Connie blickte zurück und sah Clifford oben auf der Freitreppe in seinem Rollstuhl sitzen. Schließlich und endlich war er ihr Mann. Wragby war ihr Heim. Die Umstände hatten es so mit sich gebracht.

Mrs. Chambers hielt das Tor offen und wünschte Ihrer Gnaden eine glückliche Reise. Das Auto glitt aus dem dunklen Gehölz hervor, das den Park verbarg, und hinaus auf die Landstraße, wo die Bergleute einzeln und in Gruppen heimtrotteten. Hilda bog in die Crosshill-Straße ein, die eine Nebenstraße war, aber auch nach Mansfield führte. Connie setzte die Autobrille auf. Sie fuhren der Bahnstrecke entlang, die in einer Schneise neben ihnen lief. Dann überquerten sie die Schneise auf einer Brücke.

»Das ist der Weg zum Forsthaus«, sagte Connie.

Hilda warf einen ungeduldigen Blick dorthin.

»Es ist schrecklich schade, daß wir nicht gleich weiterfahren können«, meinte sie. »Wir hätten um neun Uhr in der Pall Mall sein können.«

»Es tut mir leid für dich«, sagte Connie hinter ihrer Automaske hervor.

Sie waren bald in Mansfield, dieser einst romantischen, nunmehr völlig entmutigenden Grubenstadt. Hilda hielt vor dem im Autoführer genannten Hotel und nahm ein Zimmer. Die ganze Sache war völlig uninteressant, und sie war beinahe zu verärgert, um zu reden. Dennoch mußte Connie ihr etwas von der Lebensgeschichte des Mannes erzählen.

»Er! Er! Wie nennst du ihn? Du sagst immer bloß *er*«, warf Hilda ein.

»Ich habe ihn nie bei irgendeinem Namen genannt; und er mich auch nicht. Eigentlich merkwürdig, wenn man sich's überlegt. Außer wir sagen Lady Jane und John Thomas. Aber sein Name ist Oliver Mellors.«

»Und wie würde es dir gefallen, Mrs. Oliver Mellors zu sein, statt Lady Chatterley?«

»Ausgezeichnet! Es wäre herrlich!«

Es war nichts zu machen mit Connie. Und immerhin, wenn der Mann vier oder fünf Jahre Offizier in der Armee in Indien gewesen war, mußte er mehr oder weniger gesellschaftsfähig sein. Offenbar hatte er Charakter. Hilda begann, ein wenig nachgiebiger zu werden.

»Aber nach einer Weile wirst du von ihm genug haben«, sagte sie. »Und dann wirst du dich schämen, mit ihm verbunden gewesen zu sein. Man kann sich nicht mit der Arbeiterklasse vermengen.«

»Du bist doch solch eine Sozialistin. Du bist immer auf Seite der Arbeiterklasse.«

»Ich mag wohl in einer politischen Krise auf ihrer Seite stehen, aber dadurch, daß ich auf ihrer Seite bin, weiß ich, wie unmöglich es ist, das eigene Leben mit dem ihren zu vermengen. Nicht aus Hochmut, sondern weil der ganze Lebensrhythmus ein anderer ist.«

Hilda hatte unter wirklichen politischen Intellektuellen gelebt, also ließ sich ihr unglückseligerweise nichts entgegnen.

Der eintönige Abend im Hotel schlich dahin, und endlich nahmen sie ein farbloses Abendessen ein. Dann stopfte Connie ein paar Sachen in eine kleine Seidentasche und kämmte nochmals ihr Haar.

»Weißt du, Hilda«, sagte sie, »die Liebe kann doch wundervoll sein. Wenn man fühlt, daß man lebt und ganz im Mittelpunkt der Schöpfung steht.« Es war beinahe eine Protzerei von ihrer Seite.

»Ich vermute, jeder Moskito empfindet dasselbe«, erwiderte Hilda.

»Glaubst du? Wie nett für ihn.«

Der Abend war herrlich klar und schwand nur langsam, sogar in der kleinen Stadt. Es würde die ganze Nacht halb hell sein. Mit einem Gesicht, das vor Unwillen wie eine Maske war, ließ Hilda ihren Wagen wieder an, und die zwei fuhren dahin zurück, woher sie gekommen waren, aber auf der anderen Straße, über Bolsover.

Connie trug ihre Autobrille und die unkenntlich machende Kappe und saß schweigend da. Infolge Hildas Widerspruch war sie heftig auf Seiten des Mannes und wollte mit ihm durch dick und dünn gehen.

Sie hatten die Scheinwerfer aufgedreht, als sie durch Crosshill fuhren, und der kleine erleuchtete Zug, der neben ihnen in der Schneise daherpuffte, verstärkte den Eindruck, als wäre es wirklich Nacht. Hilda hatte das Einbiegen in den Weg am Brückenende geschätzt. Sie bremste ziemlich plötzlich und schwenkte von der Straße ab, und die Lampen schienen blendend weiß in den mit Gras überwachsenen Heckenweg. Connie hielt Ausschau. Sie sah eine schattenhafte Gestalt und öffnete den Schlag.

»Da sind wir«, sagte sie leise.

Aber Hilda hatte die Lampen abgeblendet und war damit beschäftigt, zurückzusetzen, um dann umkehren zu können. »Ist nichts auf der Brücke?« fragte sie kurz.

»Es geht schon, fahren Sie nur«, erklang des Mannes Stimme.

Sie fuhr bis an die Brücke rückwärts, ließ hierauf den Wagen ein paar Meter die Straße entlang fahren und drehte dann in den Fahrweg zurück unter eine Ulme, dabei das Gras und die Farnkräuter zerdrückend. Dann erloschen alle Lichter. Connie stieg aus. Der Mann stand unter den Bäumen.

»Hast du lange gewartet?« fragte Connie.

»Nicht gar so lange«, erwiderte er.

Sie warteten beide, daß Hilda aussteige. Aber Hilda schloß den Wagenschlag und saß unbeweglich.

»Dies ist meine Schwester Hilda. Willst du nicht kommen und mit ihr sprechen? Hilda, dies ist Mr. Mellors.« Der Förster lüftete den Hut, trat aber nicht näher. »Komm, geh mit uns bis zum Forsthaus, Hilda«, bat Connie. »Es ist nicht weit.«

»Und der Wagen?«

»Die Leute lassen die Autos oft am Wege stehen. Du hast ja den Schlüssel.«

Hilda schwieg und überlegte. Dann blickte sie zurück, den Heckenweg entlang.

»Kann ich um diesen Strauch herum zurückfahren?« fragte sie.

»O ja«, erwiderte der Förster.

Sie fuhr langsam um die Biegung, bis sie von der Straße nicht mehr gesehen werden konnte, sperrte den Wagen ab und stieg aus. Es war Nacht, aber eine helle Dunkelheit. Die Hecken zu beiden Seiten des unbenützten Fahrweges stiegen hoch und verwildert auf und schienen sehr dunkel. Ein frischer, süßer Duft war in der Luft. Der Förster ging voraus, dann kam Connie, dann Hilda, und alle schwiegen. Er leuchtete an manchen Stellen mit einer Taschenlampe, und sie schritten wieder weiter, während über den Eichen eine Eule leise schuhuhte und Flossie schweigend um die kleine Gruppe herumtrottete. Niemand vermochte zu sprechen. Es gab nichts zu sagen.

Endlich erblickte Connie das gelbe Licht des Hauses, und ihr Herz schlug schneller. Sie hatte ein wenig Furcht. Sie schritten weiter, noch immer wie die Indianer auf dem Kriegspfad.

Er schloß die Haustür auf und ging ihnen in den warmen, aber kahlen kleinen Raum voraus. Das Feuer brannte niedrig und rot auf dem Herd. Der Tisch war mit zwei Tellern und zwei Gläsern gedeckt, diesmal auf einem richtigen weißen Tischtuch. Hilda schüttelte ihr Haar und blickte sich in dem kahlen, freudlosen Zimmer um. Dann nahm sie ihren Mut zusammen und sah den Mann an.

Er war mäßig groß und mager, und sie fand, daß er gut aussah. Er bewahrte seine ruhige Distanz und schien durchaus nicht gewillt, zu sprechen.

»Setz dich doch, Hilda!« sagte Connie.

»Ja, setzen Sie sich!« sagte er. »Darf ich Ihnen Tee oder sonst etwas kochen? Oder wollen Sie ein Glas Bier trinken? Es ist einigermaßen kühl.«

»Bier«, sagte Connie.

»Für mich auch, bitte«, sagte Hilda mit einer parodistischen Art von Schüchternheit. Er warf ihr einen Blick zu und blinzelte.

Dann ergriff er einen blauen Krug und ging in die Speisekammer. Als er zurückkam, hatte sich seine Miene wieder verändert.

Connie setzte sich zunächst der Tür, und Hilda saß in seinem Sessel, mit dem Rücken gegen die Fensterecke.

»Das ist sein Sessel«, sagte Connie leise, und Hilda sprang auf, als hätte sie sich verbrannt.

»Bleiben Sie nur, bleiben Sie nur. Setzen Sie sich hin, wo es Ihnen beliebt. Von uns hier ist keiner der Allmächtige«, sagte er mit völligem Gleichmut. Und er brachte Hilda ein Glas und schenkte zuerst ihr aus dem blauen Kruge Bier ein.

»Mit Zigaretten schaut's schlecht aus«, sagte er. »Ich hab' keine. Aber vielleicht haben Sie Ihre eigenen. Ich selbst rauche nicht. Wollen Sie was essen?« Er wandte sich unmittelbar an Connie: »Willst du nicht etwas essen, wenn ich es dir bringe? Gewöhnlich verträgst du doch was.« Er sprach die Mundart mit einer seltsamen, ruhigen Sicherheit, als wäre er der Wirt des Gasthauses.

»Was ist da?« fragte Connie errötend.

»Gekochter Schinken, Käse, gesalzene Nüsse, wenn du willst, – nicht viel.«

»Ja«, sagte Connie. »Willst du nicht auch, Hilda?«

Hilda blickte zu ihm auf. »Warum sprechen Sie Dialekt?« fragte sie leise.

»Warum sollte ich nicht?«

»Sie haben doch zuerst ganz rein gesprochen.«

»So? Hab' ich das? Nein, nein, lassen Sie mich nur in der Mundart reden, wenn es mir paßt. Und wenn Sie nichts dagegen haben.«

»Es klingt ein wenig affektiert«, sagte sie.

»Wohl, das kann leicht sein. Oben in Tevershall würde Ihre Redeweise gekünstelt klingen.« Er blickte sie wiederum an, abwärts aus dem Augenwinkel, mit einer sonderbaren, abschätzenden Distanz, als wollte er sagen: »Oh, wer bis du denn?« Er ging mit schweren Schritten hinaus, das Essen zu holen.

Die Schwestern saßen schweigend da. Er brachte noch einen Teller und Messer und Gabel. Dann sagte er: »Und wenn's Ihnen nichts ausmacht, dann ziehe ich meinen Rock aus, wie gewöhnlich.«

Und er zog seinen Rock aus und hing ihn an einen Haken, dann setzte er sich in Hemdsärmeln zum Tisch. Er trug ein Hemd aus dünnem cremefarbenen Flanell.

»Greift einfach zu!« sagte er. »Greift einfach zu. Laßt Euch nicht bitten!« Er schnitt das Brot und saß dann regungslos. Hilda empfand, wie Connie sie einst zu fühlen pflegte, die Macht seiner Schweigsamkeit und Entferntheit. Sie sah eine kleine, zartnervige lässige Hand auf dem Tische. Er war kein einfacher Arbeiter, er nicht! Er schauspielerte, schauspielerte!

»Immerhin«, sagte sie, während sie ein wenig Käse nahm, »es wäre natürlicher, wenn Sie Schriftsprache redeten und nicht in der Mundart.«

Er blickte sie an und spürte ihren Teufel von einem Willen.

»Wirklich?« sagte er ohne eine Spur von Dialekt, »wäre es natürlicher? Wäre irgend etwas, das zwischen Ihnen und mir gesprochen würde, ganz natürlich, außer Sie sagten, Sie wünschten, ich wäre zum Teufel gegangen, ehe Ihre Schwester mich je erblickte, und ich sagte Ihnen etwas ebenso Liebenswürdiges zurück? Wäre irgend etwas anderes ganz natürlich?«

»O ja«, erwiderte Hilda, »einfach gute Manieren, die wären ganz natürlich.«

»Zweite Natur, sozusagen«, meinte er. Dann begann er zu lachen. »Nein«, sagte er. »Ich habe die Manieren satt! Lassen Sie mich in Ruhe damit!«

Hilda war ehrlich verblüfft und heftig verärgert. Schließlich könnte er doch wirklich zeigen, daß er begreife, es sei eine Ehre für ihn. Statt dessen schien er mit seinem Schauspielern und seinem Herrschergehaben zu denken, er sei es, der die Ehre erweise. Einfach unverschämt! Arme, irregeleitete Connie, in den Klauen dieses Mannes!

Die drei aßen schweigend. Hilda achtete darauf, wie sein Benehmen beim Essen sei. Sie mußte gegen ihren Willen einsehen, daß er instinktiv viel heikler und wohlerzogener war als sie selbst. Sie besaß eine gewisse schottische Schwerfälligkeit, während er die ganze ruhige, selbstgenügsame Sicherheit der Engländer hatte. Es mußte sehr schwer sein, ihn unterzukriegen.

Aber er würde auch sie nicht unterkriegen.

»Und glauben Sie wirklich«, fragte sie ein wenig menschlicher, »daß es die Gefahr wert ist?«

»Daß was welche Gefahr wert ist?«

»Diese Eskapade mit meiner Schwester.«

Er ließ wieder das aufreizende Grinsen über sein Gesicht huschen.

»Da müssen Sie sie selber fragen!«

Dann blickte er Connie an.

»Du kommst doch freiwillig, Mädchen, nicht wahr? Ich zwinge dich doch nicht?«

Connie warf einen Blick auf Hilda. »Ich wollte, du würdest nicht nörgeln, Hilda!«

»Selbstverständlich will ich das gar nicht. Aber irgendwer muß doch an die Zukunft denken. Dein Leben muß doch Beständigkeit haben. Du kannst es nicht einfach drunter und drüber gehen lassen.«

Es entstand eine kurze Pause. »Ja, Beständigkeit«, sagte er. »Und was soll die? Welche Beständigkeit gibt es denn in Ihrem Leben? Ich dachte, Sie wollten sich scheiden lassen. Was ist das für eine Beständigkeit? Die Beständigkeit Ihres Eigensinns. Das kann ich wohl sehen. Und was nützt sie Ihnen? Kreuzübel wird's Ihnen davon werden, bevor Sie noch viel älter geworden sind. Eine eigensinnige Frau und ihr Starrsinn, ja, das gibt eine schöne Beständigkeit ab. Gott sei Dank, daß ich es nicht bin, der sich mit Ihnen abgeben muß.«

»Welches Recht haben Sie, so mit mir zu reden?« rief Hilda.

»Recht! Welches Recht haben Sie, andere Leute in Ihre Beständigkeit einspannen zu wollen? Überlassen Sie doch andere Leute ihrer eigenen Beständigkeit!«

»Mein guter Mann, glauben Sie, es ist mir dabei um Sie zu tun?« fragte Hilda sanft.

»Freilich, was denn sonst?« gab er zurück. »Sie sind ja gezwungen dazu. Sie sind ja mehr oder weniger meine Schwägerin.«

»Davon bin ich noch weit entfernt, das versichere ich Ihnen.«

»Nicht gar so weit, das versichere *ich* Ihnen. Ich habe meine eigene Art von Beständigkeit, da können Sie Gift drauf nehmen. Sie ist auf alle Fälle so gut wie die Ihre. Und wenn Ihre Schwester kommt, für ein bißchen Ficken und Zärtlichkeit, dann weiß sie schon, warum. Sie war schon mal in meinem Bett. Wo Sie nicht gewesen sind, Gott sei Dank! Sie mit Ihrer Beständigkeit.«

Es folgte ein tödliches Schweigen ehe er fortfuhr: »Ich trag' meine Hosen nicht mit dem Hintern voran. Wenn mir etwas vom Himmel fällt, dann dank' ich ihm dafür. Ein Mann kann bei diesem Mädchen seine Freude haben und das ist allemal mehr, als jemand von einer wie Ihnen bekommen kann. Und das ist jammerschade. Sie hätten ein guter Apfel werden können statt eines schönen Holzapfels. Frauen wie Sie müssen ordentlich aufgepfropft werden.«

Er blickte sie mit einem sonderbaren, flüchtigen Lächeln an, ein wenig sinnlich und anerkennend.

»Und Männer wie Sie«, sagte sie, »müßten abgesondert werden. Sie versuchen bloß, Ihre eigene Gewöhnlichkeit und egoistischen Gelüste zu rechtfertigen.«

»Jawohl, gnädige Frau! Es ist ein wahrer Segen, daß es noch ein paar Männer wie mich gibt. Aber Sie bekommen schon, was Sie verdienen: völlig allein gelassen zu werden!«

Hilda hatte sich erhoben und war zur Tür gegangen. Er stand auf und nahm seinen Rock vom Haken.

»Ich kann meinen Weg sehr gut allein finden«, sagte sie.

»Das möchte ich bezweifeln«, erwiderte er leichthin.

Sie trabten in lächerlichem Gänsemarsch wieder schweigend den Heckenweg entlang. Die Eule schrie noch immer. Er wußte, er sollte sie abschießen.

Das Auto stand unberührt, ein wenig feucht vom Tau. Hilda stieg ein und ließ den Motor an. Die beiden warteten.

»Ich meine bloß«, sagte sie aus ihrer Verschanzung hervor, »daß ich meine Zweifel habe, ob Ihr finden werdet, daß es der Mühe wert war, Ihr beiden.«

»Was dem einen sein Tod ist, ist dem andern sein Brot«, sagte er aus der Finsternis. »Aber für mich ist es Brot und Wein.«

Das Licht der Scheinwerfer flammte auf.

»Laß mich morgen früh nicht warten, Connie!«

»Nein, nein. Gute Nacht!«

Das Auto fuhr langsam auf die Chaussee hinaus und glitt dann schnell davon, die Nacht in Schweigen hinter sich lassend.

Connie nahm schüchtern seinen Arm, und sie gingen zusammen den Weg zurück. Er sprach nichts. Endlich zwang sie ihn zum Stehenbleiben.

»Küß mich!« flüsterte sie.

»Nein, wart' ein wenig. Laß' mich erst ein bißchen Dampf ablassen«, sagte er.

Das belustigte sie. Sie hielt noch immer seinen Arm, und sie schritten schnell und schweigend weiter. Sie war so froh, gerade jetzt bei ihm zu sein. Sie schauderte bei dem Gedanken, daß Hilda sie am Ende von ihm hätte losreißen können. Er war unergründlich schweigsam.

Als sie wiederum im Forsthaus waren. hüpfte sie beinahe vor Freude darüber, daß sie die Schwester losgeworden waren.

»Aber du warst greulich zu Hilda«, sagte sie.

»Sie hätte beizeiten ihre Tracht Prügel kriegen sollen.«

»Aber warum? Und sie ist doch so nett.«

Er antwortete nicht; er ging umher und richtete die Dinge für die Nacht zurecht, mit ruhigen, gewissermaßen unvermeidlichen Bewegungen. Äußerlich war er zornig, aber nicht gegen sie, das fühlte Connie. Und sein Zorn verlieh ihm ein besonders hübsches Aussehen. Eine innere Geschlossenheit und ein Glanz, der sie tief erregte und ihre Glieder zum Schmelzen brachte. Er jedoch beachtete sie nicht. Bis er niedersaß und seine Schuhe aufzuschnüren begann. Dann blickte er sie unter seinen Brauen hervor an, auf denen noch immer der Zorn festsaß.

»Gehst du nicht hinauf?« fragte er. »Da ist eine Kerze.« Er machte eine jähe Kopfbewegung, um die auf dem Tische brennende Kerze zu bezeichnen. Sie nahm sie folgsam, und er betrachtete die volle Rundung ihrer Hüften, als sie die ersten Stufen hinaufstieg.

Es wurde eine Nacht sinnlicher Leidenschaft, und Connie war ein wenig entsetzt und beinahe unwillig; und doch wieder im Innersten aufgewühlt von durchdringenden Schauern der Sinnlichkeit, anders, schärfer, schrecklicher als die Schauer der Zärtlichkeit, aber, im Augenblick, begehrenswerter. Obgleich ein wenig furchtsam, ließ sie ihm seinen Willen, und die unbekümmerte, schamlose Sinnlichkeit erschütterte sie bis in ihre Grundfesten, entkleidete sie bis aufs Letzte und machte eine andere Frau aus ihr. Es war nicht Liebe. Es war nicht Wollust. Es war Sinnlichkeit, scharf und sengend wie Feuer, eine Sinnlichkeit, die die Seele zu Asche verbrannte.

Sinnlichkeit, die alle Scham ausbrannte, jede tiefste, älteste Scham an den geheimsten Stellen. Es kostete sie Überwindung, ihn mit ihr tun zu lassen, was er wollte. Sie mußte ein passives, williges Ding sein, wie eine Sklavin, eine physische Sklavin.

Aber die Leidenschaft umzüngelte sie verzehrend, und als ihre sinnliche Flamme ihr durch die Eingeweide und die Brust drang, glaubte sie wirklich, sie müßte sterben – aber einen heißen, wundervollen Tod.

Sie hatte sich oft gefragt, was Abälard meinte, als er sagte, daß in ihrem Jahr der Liebe er und Heloise alle Stadien und Verfeinerungen der Leidenschaft durchlaufen hatten. Ganz das Gleiche vor tausend Jahren – vor zehntausend Jahren! Das Gleiche auf den griechischen Vasen – überall! Die Verfeinerungen der Leidenschaft, die Ausschweifungen der Sinnlichkeit! Und notwendig, ewiglich notwendig, um falsche Scham auszubrennen und das schwerste Erz des Körpers herauszuschmelzen – mit dem Feuer schierer Sinnlichkeit.

In der kurzen Sommernacht lernte sie so viel. Sie hatte gedacht, eine Frau würde dabei sterben vor Scham. Statt dessen starb die Scham. Scham, die Furcht ist, die tiefsitzende organische Scham, die alte, physische Furcht, die in unseren körperlichen Wurzeln lauert und nur durch das sinnliche Feuer ausgetrieben werden kann, – endlich war sie aufgescheucht und vertrieben durch die phallische Jagd des Mannes, und die Frau gelangte zum innersten Herzen des Urwaldes in sich. Sie fühlte nun, daß sie an den wirklichen Felsgrund ihrer Natur gelangt war und wurde im innersten Wesen schamlos. Sie war ihr sinnliches Selbst, nackt und ohne Scham. Sie empfand einen Triumph von fast prahlerischem Hochmut. So! Also so war das! Das war das Leben! So war man also wirklich! Nichts blieb übrig, was man hätte verhüllen oder dessen man sich hätte schämen müssen. Sie teilte ihre äußerste Nacktheit mit einem Manne, einem anderen Wesen.

Und welch ein unbekümmerter Teufel der Mann war! Wirklich ein Teufel. Man mußte stark sein, um ihn zu ertragen. Aber es brauchte einiges, bis das Innerste des physischen Urwaldes erreicht war, der letzte und tiefste Zufluchtsort organischer Scham. Der Phallus allein konnte ihn erkunden. Und wie er in sie eingedrungen war!

Und wie sie in ihrer Furcht das gehaßt hatte – aber wie sie in Wirklichkeit danach verlangte! Sie wußte es nun. Im Grunde ihrer Seele, ganz zutiefst, hatte sie diese phallische Austreibung nötig gehabt. Sie hatte insgeheim nach ihr verlangt, und sie hatte gemeint, daß sie ihr nie zuteil werden würde. Nun war sie plötzlich da, und ein Mann teilte mit ihr ihre letzte und äußerste Nacktheit – sie war schamlos.

Was für ein Lügner die Dichter und alle Leute waren! Sie machten einen glauben, man wollte Gefühl, wenn das, wonach es einen zu allermeist verlangte, diese durchdringende, verzehrende, fast furchtbare Sinnlichkeit war. Einen Mann zu finden, der es zu tun wagte, ohne Scham oder Sünde oder anschließenden Groll! Wenn er sich nachher geschämt oder einem ein Gefühl der Scham gegeben hätte – entsetzlich! Wie schade, daß die meisten Männer so hündisch waren, ein wenig schamhaft, wie Clifford! Sogar wie Michaelis! Beide ein wenig hündisch und erniedrigend. Die höchste Freude des Geistes! Und was bedeutete die einer Frau? Was bedeutete sie in Wirklichkeit schon einem Manne? Er wurde bloß unsauber, verworren und hündisch, sogar in seinem Geist. Es bedurfte schierer Sinnlichkeit, sogar um den Geist zu reinigen und zu beleben, – schierer, feuriger Sinnlichkeit, nicht verschämter Unsauberkeit. Ach Gott, welch ein seltsames Ding ein Mann war! Sie waren alle Hunde, die umhertrotteten und schnüffelten und kopulierten. Einen Mann gefunden zu haben, der sich nicht scheute und nicht schämte. Sie blickte ihn jetzt an, wie er da schlief, so sehr einem schlafenden wildlebenden Tier gleichend, ganz, ganz hingeschwunden in diese Entrückung. Sie schmiegte sich zärtlich an ihn, um ihm nicht fern zu sein.

Bis sein Erwachen sie völlig weckte. Er saß aufrecht im Bett und blickte auf sie hinab. sie sah in seinen Augen ihre eigene Nacktheit, seine unmittelbare Kenntnis von ihr. Und das flutende männliche Wissen von ihr schien ihr aus seinen Augen entgegenzuströmen und sie wollüstig einzuhüllen. Oh, welch eine Lust, welche Herrlichkeit war es, Glieder und einen Leib zu haben, die halb im Schlaf lagen, schwer, schwer und durchtränkt von Leidenschaft!

»Ist es Zeit aufzuwachen?« fragte sie.

»Halb sieben vorbei.«

Um acht Uhr sollte sie an der Brücke sein. Immer, immer, immer dieser Zwang!

»Ich könnte das Frühstück machen und dir raufbringen, was meinst du?« sagte er.

»O ja, ja.«

Unten winselte Flossie leise. Er sprang aus dem Bett, warf seinen Pyjama ab und rieb sich mit einem Handtuch. Wenn der Mensch voll Mut und voll Leben ist, wie schön ist er da! So dachte sie, als sie ihm schweigend zusah.

»Öffne die Vorhänge, bitte!«

Die Sonne schien bereits auf die zartgrünen morgendlichen Blätter, und ganz nahe stand bläulich frisch der Wald. Sie setzte sich im Bett auf und sah wie in einem Traum durch das Dachfenster; ihre nackten Arme drängten ihre nackten Brüste zusammen.

Er kleidete sich an. Sie dachte träumerisch an das Leben. An ein Leben mit ihm: einfach ein Leben.

Er ging, er floh vor ihrer gefährlichen kauernden Nacktheit.

»Habe ich mein Nachthemd ganz und gar verloren?« fragte sie.

Er griff mit der Hand unter die Bettdecke und zog das bißchen hauchdünne Seide hervor. »Ich habe es gewußt, ich habe etwas Seidenes an den Knöcheln gespürt«, sagte er.

Aber das Nachthemd war beinahe ganz entzweigerissen.

»Macht nichts«, sagte sie. »Es gehört von Rechts wegen hierher. Ich werde es hierlassen.«

»Ja, laß' es da. Ich kann es in der Nacht zwischen meine

Füße legen, damit ich Gesellschaft habe. Es ist wohl kein Monogramm oder Zeichen drauf, oder?«

Sie schlüpfte in das zerrissene Ding und saß und blickte verträumt durchs Fenster. Es stand offen, die Morgenluft zog herein und der Klang von Vogelstimmen. Vögel flogen beständig draußen vorbei. Dann sah sie Flossie umherstreifen. Es war Morgen.

Sie hörte, wie er unten Feuer machte, Wasser pumpte und durch die Hintertür hinausging. Allmählich zog der Geruch gebratenen Specks herauf, und endlich kam er mit einem ungeheuren schwarzen Tablett über die Stiege; es ging gerade noch durch die Tür. Er stellte das Tablett aufs Bett und goß den Tee ein. Connie hockte in ihrem zerrissenen Nachthemd da und fiel hungrig über das Frühstück her. Er saß auf dem einzigen Stuhl, seinen Teller auf den Knien.

»Wie gut das ist«, sagte sie. »Wie hübsch, zusammen zu frühstücken!«

Er aß schweigend, seine Gedanken auf die Zeit gerichtet, die schnell verging. Das ließ sie sich erinnern.

»Oh, wie sehr ich wünschte, ich könnte hier bei dir bleiben und Wragby wäre eine Million Meilen weit weg! Das weißt du doch, nicht wahr?«

»Ja.«

»Und du versprichst mir, daß wir zusammen leben und ein gemeinsames Leben führen werden, du und ich? Das versprichst du mir, nicht wahr?«

»Ja! Wenn wir können.«

»Ja! Und wir werden's, wir werden's, nicht wahr?« Sie beugte sich vor, so daß der Tee verschüttet wurde, und ergriff sein Handgelenk.

»Ja«, sagte er und wischte den Tee auf.

»Wir können doch unmöglich nicht zusammen leben, jetzt nicht mehr, nicht wahr?« sagte sie flehend.

Er blickte mit seinem huschenden ironischen Lächeln zu ihr auf. »Nein«, sagte er, »nur, daß du in fünfundzwanzig Minuten gehen mußt.«

»Schon!« rief sie. Plötzlich hielt er warnend einen Finger empor und erhob sich.

Flossie hatte ein kurzes Knurren ausgestoßen und dann drei helle scharfe Warnungslaute.

Schweigend stellte er seinen Teller auf das Tablett und ging hinunter. Constance hörte ihn den Gartenweg entlanggehen. Eine Fahrradglocke klingelte dort draußen.

»Guten Morgen. Ich hätt' einen eingeschriebenen Brief!«

»Oh, ach so. Haben Sie einen Bleistift?«

»Da! Hier zum Unterschreiben.«

Eine Pause.

»Kanada«, sagte die Stimme des Fremden.

»Ach ja, das ist ein Kamerad von mir in Britisch-Kolumbien. Ich weiß nicht, was der einzuschreiben hat.«

»Vielleicht hat er Ihnen ein Vermögen geschickt.«

»Eher braucht der selber was.«

Pause.

»Ein schöner Tag wird's heut' wieder.«

»Ja.«

»Alsdann adieu.«

»Guten Morgen.«

Nach einer Weile kam er herauf und blickte ein wenig verärgert drein. »Der Briefträger«, sagte er.

»So früh?« erwiderte sie.

»Er hat einen weiten Bestellgang. Meist ist er schon um sieben hier, wenn er überhaupt kommt.«

»Hat dein Kamerad dir ein Vermögen geschickt?«

»Nein. Nur ein paar Photographien und Schriftstücke über ein Anwesen drüben in Britisch-Kolumbien.«

»Würdest du dorthin gehen?«

»Ich meine, wir könnten's vielleicht versuchen.«

»Ja, ich glaube, es müßte herrlich sein.«

Aber er war bestürzt über das Kommen des Briefträgers.

»Diese verdammten Radler. Sie sind einem auf dem Hals, bevor man weiß, wo man ist. Hoffentlich hat er nichts gemerkt.«

»Was hätte er denn merken sollen?«

»Du mußt jetzt aufstehen und dich fertig machen. Ich geh bloß hinaus, ein bißchen Ausschau halten.«

Sie sah ihn den Heckenweg auskundschaften gehen, mit seinem Hund und seiner Flinte. Sie ging hinunter und wusch sich und war bereit, als er zurückkam, und hatte ihre paar Sachen in das kleine Seidensäckchen gepackt.

Er versperrte die Haustür, und sie machten sich auf den Weg, aber durch den Wald, nicht den Heckenweg entlang. Er war vorsichtig.

»Glaubst du nicht auch, daß man für solche Zeiten lebt wie heute Nacht?« fragte sie ihn.

»Ja. Aber man muß an die übrigen Zeiten denken«, erwiderte er recht kurz.

Sie schritten weiter auf dem überwachsenen Pfad, er voraus, schweigend.

»Und wir werden zusammen leben und ein gemeinsames Leben daraus machen, nicht wahr?« flehte sie.

»Ja«, erwiderte er und schritt weiter, ohne sich umzublicken. »Wenn die Zeit dazu kommt. Grad' jetzt gehst du davon, nach Venedig oder sonstwohin.«

Sie folgte ihm stumm mit verzagendem Herzen. Oh, jetzt tat es ihr leid, zu gehen.

Endlich blieb er stehen. »Ich werd' mich jetzt da hinüberschlagen«, sagte er und wies nach rechts.

Sie jedoch schlang ihre Arme um seinen Hals und schmiegte sich an ihn.

»Aber du wirst mir deine Zärtlichkeit bewahren, nicht wahr?« flüsterte sie. »Diese letzte Nacht war wunderschön. Aber du wirst die Zärtlichkeit für mich bewahren, nicht wahr?«

Er küßte sie und hielt sie einen Augenblick eng umschlungen. Dann seufzte er und küßte sie abermals.

»Ich muß geh'n und schau'n, ob das Auto da ist.«

Er schritt über die niedrigen Dornenranken und das Gestrüpp davon und hinterließ eine Spur durch die Farnkräuter. Ein oder zwei Minuten war er weg. Dann kam er zurück.

»Das Auto ist noch nicht da«, sagte er. »Aber der Bäckerwagen ist auf der Straße.«

Er schien ängstlich und besorgt.

»Horch!«

Sie hörten ein Auto im Näherkommen leise tuten. Auf der Brücke bremste es ab.

Sie stapfte in unendlicher Traurigkeit in seiner Spur durch die Farnkräuter und kam zu einer großen Stechpalmenhecke. Er war dicht hinter ihr.

»Hier! Geh hier durch!« sagte er und wies auf eine Lücke. »Ich komm nicht mit hinaus.«

Sie blickte ihn verzweifelt an. Aber er küßte sie und drängte sie zum Gehen. Sie kroch in jämmerlichem Elend durch die Hecke und durch den Holzzaun, stolperte in den kleinen Graben hinein und hinauf auf den Weg, wo Hilda eben ärgerlich aus dem Auto stieg.

»Ach, da bist du ja«, sagte Hilda. »Wo ist *er*?«

»Er kommt nicht.«

Connies Gesicht war von Tränen überströmt, als sie mit ihrem kleinen Täschchen einstieg. Hilda zog die Autohaube mit den entstellenden Brillen hervor.

»Setz sie auf!« sagte sie. Und Connie zog die Verkleidung an und danach den langen Automantel und setzte sich nieder, ein glotzendes, unmenschliches, unerkennbares Geschöpf. Hilda brachte das Auto mit einer fachmännischen Bewegung in Gang. Sie schossen aus dem Heckenweg hervor und waren weg, die Straße hinab. Connie hatte sich umgeblickt, aber von ihm war nichts zu sehen. Weg! Weg! Sie saß in bitteren Tränen. Die Trennung war so plötzlich gekommen, so unerwartet. Wie der Tod.

»Gott sei Dank, daß du für eine Weile fern von ihm sein wirst!« sagte Hilda und bog in eine Seitenstraße ein, um das Dorf Crosshill zu vermeiden.

SIEBZEHNTES KAPITEL

Siehst du, Hilda«, sagte Connie nach dem Mittagessen, als sie sich London näherten, »du hast weder wirkliche Zärtlichkeit noch wirkliche Sinnlichkeit gekannt. Aber wenn du einmal beides kennen gelernt hast, und zwar mit ein und demselben Mann, so macht das einen großen Unterschied.«

»Um Himmels Willen, protze doch nicht mit deinen Erfahrungen!« entgegnete Hilda. »Ich bin nie dem Manne begegnet, der des Vertrautseins mit einer Frau fähig gewesen wäre und sich ihr dabei ganz hingegeben hätte, und gerade das wollte ich. Ich bin nicht erpicht auf die selbstzufriedene Zärtlichkeit der Männer und ihre Sinnlichkeit. Ich bin nicht damit zufrieden, das Spielzeug irgendeines Mannes zu sein und auch nicht sein *Lustobjekt*. Ich wollte eine vollkommene Vertrautheit, und die habe ich nie erlangt. Das genügt mir.«

Connie überlegte das. Vollkommene Vertrautheit! Sie vermutete, es bedeute, daß man dem andern alles, was einen betraf, erzählte, und der andere alles enthüllte, was ihn betraf. Aber was war das für eine öde Sache. Und all' die öde Selbstbewußtheit zwischen einem Mann und einer Frau! Eine Seuche!

»Ich glaube, du bist die ganze Zeit deiner selbst zu sehr bewußt, mit jedermann«, sagte sie zu ihrer Schwester.

»Ich hoffe zumindest, ich habe keine Sklavennatur«, erwiderte Hilda.

»Und doch hast du vielleicht eine! Vielleicht bist du eine Sklavin deiner eigenen Vorstellungen von dir selbst.«

Nach dieser unerhörten Unverschämtheit von Seiten dieses Fratzes Connie fuhr Hilda einige Zeit schweigend weiter.

»Wenigstens bin ich nicht eine Sklavin der Vorstellung, die jemand anderer von mir hat, und der andere ist kein Bediensteter meines Mannes«, gab sie schließlich in grobem Zorn zurück.

»Siehst du, so ist es eben nicht«, sagte Connie ruhig.

Sie hatte sich stets von ihrer älteren Schwester beherrschen lassen. Jetzt, obgleich sie innerlich weinte, war sie frei von der Herrschaft *anderer Frauen*. Ah! Das allein war schon eine Erlösung, als wäre einem ein zweites Leben geschenkt worden: frei zu sein von dem seltsamen Beherrschtwerden und Besessensein von anderen Frauen. Wie entsetzlich sie waren, die Frauen!

Sie freute sich, mit ihrem Vater zusammen zu sein, dessen Liebling sie stets gewesen war. Sie und Hilda stiegen in einem kleinen Hotel in der Nähe der Pall Mall ab, und Sir Malcolm wohnte in seinem Klub. Aber er führte seine Töchter des Abends aus, und sie ließen sich gern von ihm ausführen.

Er war noch immer robust und stattlich, obgleich ein klein wenig ängstlich vor der neuen Welt, die da rings um ihn entstanden war. Er hatte in Schottland eine zweite Frau geheiratet, die jünger war als er und reicher. Aber er verbrachte so viele Urlaube als möglich fern von ihr. Genau so, wie er es während seiner ersten Ehe getan hatte.

Connie saß in der Oper neben ihm. Er war mäßig beleibt und hatte dicke Schenkel, aber sie waren noch immer kräftig und fest – die Schenkel eines gesunden Mannes, der stets sein Vergnügen am Leben gehabt hatte. Seine gutmütige Selbstsucht, seine gewisse hartnäckige Unabhängigkeit, seine reuelose Sinnlichkeit, – es schien Connie, als könnte sie sie alle in seinen kräftig gebauten geraden Schenkeln sehen. Einfach ein Mann, der nun ein alter Mann wurde. Und das war traurig. Denn in seinen kräftigen, dicken Männerbeinen war nichts von der lebhaften Empfindungsfähigkeit und Kraft der Zartheit, die das wahre Wesen der Jugend sind, etwas, das nie stirbt, wenn es einmal da war.

Connie wurde sich der Existenz von Beinen bewußt. Sie wurden ihr wichtiger als Gesichter, die ja heute nicht mehr viel Wirklichkeit besitzen. Wie wenige Leute hatten lebendige, lebensvolle Beine! Sie sah sich die Männer im Parkett an. Große puddinghafte Schenkel in schwarzem Puddingtuch oder magere hölzerne Stangen in schwarzem Trauerzeug oder wohlgeformte junge Beine ohne jede Bedeutung – weder Sinnlichkeit, noch Zärtlichkeit, noch Empfindungsfähigkeit – einfach bloße Gewöhnlichkeit, die da umherhopste. Nicht einmal etwas von der Sinnlichkeit ihres Vaters. Sie waren alle eingeschüchtert, so eingeschüchtert, daß sie kaum noch vorhanden waren.

Aber die Frauen waren nicht eingeschüchtert. Diese entsetzlichen Mühlbalken der meisten Frauen! Wirklich anstößig. Wirklich ausreichend, um einen Mord zu rechtfertigen. Oder diese armseligen dünnen Stifte! Oder diese schmukken netten Dinger in Seidenstrümpfen ohne das geringste Aussehen von Leben. Gräßlich, diese Millionen sinnloser Beine, die sinnlos umherhopsten.

Aber Connie war nie glücklich in London. Die Leute schienen so geisterhaft und leer. Sie besaßen keine lebendige Fröhlichkeit. Wie flott sie auch waren und wie gut sie auch aussahen. Es war alles unfruchtbar. Und Connie besaß einer Frau blindes Lechzen nach Glück, darnach, des Glückes sicher zu sein.

In Paris fühlte sie jedenfalls noch ein wenig Sinnlichkeit. Aber welch' eine überdrüssige, müde, erschöpfte Sinnlichkeit! Erschöpft aus Mangel an Zärtlichkeit. Oh, Paris war trübselig. Eine der traurigsten Städte. Überdrüssig seiner nunmehr mechanischen Sinnlichkeit, überdrüssig der Spannung des Geldes, Geldes, Geldes, überdrüssig sogar des Grolls und Eigendünkels, einfach sterbensmüde und noch immer nicht genügend amerikanisiert oder londonisiert, um die Müdigkeit unter einem mechanischen Gehopse zu verbergen. Ah, diese männlichen Männer, diese Flaneure, diese Augenwerfer, diese Verspeiser guter Diners!

Wie erschöpft sie waren, erschöpft, verbraucht aus Mangel an ein wenig Zärtlichkeit, gegebener und empfangener. Die tüchtigen, manchmal charmanten Frauen wußten das eine oder andere über die sinnlichen Wirklichkeiten; darin waren sie stärker als ihre mechanisch hopsenden englischen Schwestern. Aber sie wußten sogar noch weniger von Zärtlichkeit. Ausgetrocknet von der endlosen trockenen Spannung des Willens wurden auch sie immer verbrauchter. Die Menschenwelt nützte sich einfach immer mehr ab. Vielleicht würde sie gewaltsam zerstörerisch werden. Eine Art von Anarchie! Clifford und seine konservative Anarchie! Vielleicht würde sie sich zu einer sehr radikalen Anarchie entwickeln.

Connie merkte, daß sie zurückschrak und Furcht vor der Welt hatte. Manchmal war sie für eine kleine Weile glücklich: auf den Boulevards oder im Bois oder in den Luxembourg-Gärten. Aber Paris war bereits voll von Amerikanern und Engländern, sonderbaren Amerikanern in den wunderlichsten Gewandungen und den üblichen trübseligen Engländern, die sich im Ausland so hoffnungslos ausnehmen.

Sie war froh, weiterzufahren. Das Wetter wurde plötzlich heiß, und so nahm Hilda den Weg durch die Schweiz und über den Brenner, dann durch die Dolomiten hinunter nach Venedig. Hilda liebte diese ganze Anordnungen-Treffen und Chauffieren, sie liebte es, Leiterin der Unternehmung zu sein. Connie war ganz zufrieden, sich still zu verhalten.

Und die Vergnügungsreise war wirklich ganz hübsch. Nur sagte Connie sich unaufhörlich: Warum liegt mir nicht wirklich etwas daran? Warum bin ich nie wirklich ergriffen? Wie schrecklich, daß ich für Landschaften nicht mehr wirklich etwas übrig habe. Aber es ist so. Es ist schrecklich. Ich bin wie der heilige Bernhard, der über den Vierwaldstätter See segeln konnte, ohne je zu bemerken, daß da Berge und grüne Gewässer waren. Mir liegt einfach nichts mehr an schönen Landschaften. Warum soll man sie anstarren? Warum? Ich weigere mich.

Nein, sie fand nichts Lebensvolles in Frankreich oder der Schweiz oder in Tirol oder in Italien. Sie wurde einfach durch alles hindurchgefahren. Und es war alles weniger wirklich als Wragby. Weniger wirklich als das gräßliche Wragby! Sie fühlte, daß ihr nichts daran läge, wenn sie Frankreich oder Italien oder die Schweiz nie wiedersähe. Die würden sich halten. Wragby war wirklicher.

Und die Menschen? Die Menschen waren alle gleich, mit sehr kleinen Unterschieden. Alle wollten sie Geld aus einem herausschlagen oder, wenn sie auf Reisen waren, wollten sie genießen um jeden Preis, als müßten sie Blut aus einem Stein herauspressen. Arme Berge! Arme Landschaft! Sie alle mußten immer und immer wieder ausgepreßt werden, um eine Sensation, um Genuß zu liefern. Worauf wollten die Leute hinaus mit ihrem geradezu *entschlossenen* Genießenwollen?

Nein! sagte sich Connie, ich wollte lieber in Wragby sein, wo ich in Ruhe umhergehen kann und nichts anzustarren und überhaupt nichts zu verrichten brauche. Diese Pflicht des Touristen: zu genießen – sie ist gar zu hoffnungslos erniedrigend, sie ist solch ein völliger Mißerfolg.

Sie wollte nach Wragby zurückkehren, sogar zu Clifford, sogar zu dem armen Krüppel Clifford. Er war doch immerhin kein solcher Narr wie dieses umherschwärmende vergnügungsreisende Pack.

Aber in ihrem inneren Bewußtsein hielt sie Fühlung mit dem anderen Mann. Sie durfte sich ihre Verbindung mit ihm nicht entgleiten lassen. Oh, sie durfte nicht loslassen, oder sie wäre verloren, völlig verloren in dieser Welt pöbelhafter kostspieliger Leute und Vergnügungsjäger. Oh, diese Vergnügungsjäger! Oh, dieses Vergnügen! Auch eine moderne Krankheitsform.

Die Schwestern ließen das Auto in Mestre in einer Garage und fuhren mit dem regulären Dampfer nach Venedig hinüber. Es war ein herrlicher Sommernachmittag. Die seichte Lagune kräuselte sich leicht, das volle Sonnenlicht ließ Venedig, das ihnen übers Wasser her den Rücken zuwandte, ganz in Dunst verfließen.

Am Bahnhofskai stiegen sie in eine Gondel um und gaben dem Mann die Adresse an. Er war ein richtiger Gondoliere in einer weißblauen Bluse und sah nicht sehr gut aus, keineswegs eindrucksvoll.

»Ja! Die Villa Esmeralda! Ja! Ich kenne sie. Ich war der Gondoliere für einen Herrn dort. Aber sie liegt ein gutes Stück weit draußen.«

Er schien ein recht kindischer, ungestümer Kerl. Er ruderte mit einer gewissen übertriebenen Heftigkeit durch die dunklen Seitenkanäle mit den greulichen, schleimig grünen Mauern, die Kanäle, die durch die armen Viertel führen, wo die Wäsche hoch droben an Leinen hängt und ein schwächerer oder stärkerer Geruch von Kloaken herrscht.

Aber endlich kamen sie in einen der breiten, mit Gehsteigen zu beiden Seiten und geschwungenen Brücken versehenen Kanäle, die schnurgerade und im rechten Winkel zum Canale Grande führen. Die beiden Frauen saßen unter dem kleinen Sonnendach, der Mann stand auf seinem Platz hoch hinter ihnen.

»Bleiben die Signorine lange in der Villa Esmeralda?« fragte er, während er lässiger ruderte und sein schwitzendes Gesicht mit einem weißblauen Taschentuch trocknete.

»Ungefähr drei Wochen; wir sind beide verheiratet«, erwiderte Hilda mit ihrer sonderbar gedämpften Stimme, die ihr Italienisch so fremd klingen ließ.

»Ah, drei Wochen«, sagte der Mann. Es folgte eine Pause, und dann fragte er: »Brauchen die Signore einen Gondoliere für die drei Wochen oder so, die sie in der Villa Esmeralda wohnen werden? Oder per Tag? Oder per Woche?«

Connie und Hilda überlegten. In Venedig ist es stets vorzuziehen, seine eigene Gondel zu haben, wie auf dem Lande ein eigenes Auto vorzuziehen ist.

»Was gibt es in der Villa? Was für Boote?«

»Es ist ein Motorboot da und auch eine Gondel. Aber...«

Das Aber bedeutete: sie werden nicht euer Eigentum sein.

»Wieviel verlangen Sie?«

Es machte etwa dreißig Schilling am Tag oder zehn Pfund in der Woche aus.

»Ist das der reguläre Preis?« fragte Hilda.

»Weniger, Signora, weniger. Der reguläre Preis...«

Die Schwestern überlegten.

»Gut«, sagte Hilda. »Kommen Sie morgen früh, und wir werden es abmachen. Wie heißen Sie?«

Er hieß Giovanni, und er wollte wissen, um welche Zeit er kommen solle, und dann, wem er melden lassen solle, daß er warte. Hilda hatte keine Karte bei sich. Connie gab ihm eine von den ihren. Mit seinen heißen, südlichen blauen Augen warf er einen schnellen Blick darauf und sah dann nochmals hin. »Ah«, sagte er, und sein Gesicht leuchtete auf, »Milady! Milady, nicht wahr?«

»Milady Costanza«, sagte Connie.

Er nickte und wiederholte: »Milady Costanza!« und steckte die Karte sorgfältig in seine Bluse.

Die Villa Esmeralda lag ein gutes Stück weit draußen am Rande der Lagune gegen Chioggia. Es war ein nicht sehr altes, freundliches Haus, mit Terrassen, die aufs Meer sahen, und darunter einem großen Garten mit dunklen Bäumen, der gegen die Lagune zu von einer Mauer eingefaßt war.

Der Gastgeber war ein untersetzter, recht derber Schotte, der vor dem Kriege ein schönes Vermögen in Italien gemacht hatte und für seinen Ultrapatriotismus während des Krieges geadelt worden war. Seine Frau war eine magere, blasse, scharfgesichtige Person, die kein eigenes Vermögen hatte, dafür aber das Pech, ihres Mannes recht schmutzige Liebesabenteuer regeln zu müssen. Sie hatte seinetwegen viel lästigen Verdruß mit den Dienstboten, aber da er im Winter einen leichten Schlaganfall gehabt hatte, war er nun etwas lenkbarer.

Das Haus war hübsch voll. Außer Sir Malcolm und seinen zwei Töchtern waren noch sieben andere Leute da: ein schottisches Ehepaar, auch mit zwei Töchtern; eine junge italienische Contessa, eine Witwe; ein junger georgischer Prinz und ein jugendlicher englischer Geistlicher, der Lungenentzündung gehabt hatte und um seiner Gesundheit willen eine Art Hauskaplan bei Sir Alexander war. Der Prinz war mittellos, hübsch, würde einen ausgezeichneten Chauffeur abgeben, besaß die nötige Unverschämtheit und *basta!* Die Contessa war ein stilles Kätzchen, das irgendein geheimes Spiel trieb. Der Geistliche war ein ungeschliffener einfacher Mensch aus einem Pfarrhof in Buckshire; glücklicherweise hatte er seine Frau und seine beiden Kinder daheim gelassen. Und die Guthries, die vierköpfige Familie, waren guter, solider Edinburgher Mittelstand, genossen alles auf eine solide Art und erlaubten sich alles, solange sie nichts riskierten.

Connie und Hilda schalteten den Prinzen sogleich aus. Die Guthries gehörten ungefähr derselben Klasse an wie sie: wohlhabend, aber langweilig; und die Mädchen brauchten Ehemänner. Der Kaplan war kein übler Geselle, aber zu unterwürfig. Sir Alexander war nach seinem leichten Schlaganfall von schrecklicher Schwerfälligkeit in seiner Jovialität, aber er war noch immer erregt von der Anwesenheit so vieler junger hübscher Frauen. Lady Cooper, seine Frau, war eine stille, hinterlistige Person, die nicht sehr auf ihre Rechnung kam, das arme Ding, und jede andere Frau mit einer kalten Wachsamkeit beobachtete, die ihr zur zweiten Natur geworden war, und kalte, kleine Bosheiten äußerte, die zeigten, welch äußerst geringe Meinung sie von aller menschlichen Natur hatte. Sie war gegen die Dienstboten von einer giftigen Überheblichkeit, so fand Connie, aber auf eine ruhige Art. Und geschickt benahm sie sich so, daß Sir Alexander glauben solle, er sei Herr und Gebieter der ganzen Gesellschaft, mit seinem dicken, liebenswürdig sein wollenden Wanst und seinen äußerst öden Witzen, seiner Humorosität, wie Hilda es nannte.

Sir Malcolm malte. Ja, er malte noch immer ganz gern ab und zu ein venezianisches Lagunenbild als Gegensatz zu seinen schottischen Landschaften. Und so wurde er des Morgens, zusammen mit einer ungeheuren Leinwand, zu seinem »Motiv« hinweggerudert. Ein wenig später wurde Lady Cooper samt Skizzenblock und Farben ins Innere der Stadt gerudert. Sie war eine eingefleischte Aquarellmalerin, und das Haus war angefüllt mit rosenfarbenen Palazzi, dunklen Kanälen, schwanken Brücken, mittelalterlichen Fassaden und so weiter. Bald darnach brachen die Guthries, der Prinz, die Contessa, Sir Alexander und manchmal Mr. Lind, der Kaplan, nach dem Lido auf, um zu baden und erst gegen halb zwei zu einem späten Mittagessen zurück zu sein.

Die Hausgesellschaft war als Hausgesellschaft entschieden langweilig. Aber dies kümmerte die beiden Schwestern nicht. Sie waren die ganze Zeit außer Haus. Ihr Vater nahm sie in die Ausstellung mit; Meilen und Meilen trübseliger Malerei. Er nahm sie zu allen seinen alten Kumpanen in die Villa Lucchese mit, er saß mit ihnen an warmen Abenden auf der Piazza, wo er einen Tisch bei Florian ergattert hatte. Er führte sie ins Theater zu den Goldoni-Stücken. Es gab Wasserfeste mit Lampions, es gab Bälle. Dies war der Vergnügungsort aller Vergnügungsorte. Der Lido mit seinen Quadratkilometern sonnengeröteter oder pyjamabekleideter Leiber war wie ein Strand mit einem endlosen Haufen von Seehunden, die zur Paarung heraufgekommen waren. Zu viele Leute auf der *piazza*, zu viele Gliedmaßen und Leiber von Menschheit auf dem Lido, zu viele Gondeln, zu viele Motorboote, zu viele Dampfer, zu viele Tauben, zu viele Eisbomben, zu viele Cocktails, zu viele trinkgeldheischende Diener, zu viele schnatternde Sprachen, zu viel, allzuviel Sonne, zu viel Geruch von Venedig, zu viele Frachten von Erdbeeren, zu viele Seidenschals, zu viele ungeheure rohfleischige Schnitten von Wassermelonen auf Verkaufsständen; zu viel Vergnügen, ganz und gar zu viel Vergnügen.

Connie und Hilda flanierten in ihren sommerlichen Kleidern umher. Es waren Dutzende von Leuten da, die sie kannten. Dutzende von Leuten kannten sie. Michaelis tauchte auf wie ein falscher Groschen. »Hallo! Wo wohnt Ihr? Kommt mit, fahren wir in meiner Gondel irgendwohin...« Sogar Michaelis beinahe sonnengebräunt; jedoch für das Aussehen der Masse menschlichen Fleisches wäre »sonnengekocht« zutreffender.

Es war auf eine gewisse Art ganz vergnüglich. Es war *beinahe* ein Vergnügen. Aber dennoch, samt all' den Cocktails, all' dem Umherliegen in lauwarmem Wasser und den Sonnenbädern auf heißem Sand in heißer Sonne, dem Jazztanzen – den Bauch in den warmen Nächten an irgendeinen Kerl angeklebt – und samt dem sich darnach mit Fruchteis Abkühlen – war es nur ein gutes Rauschgift. Das träge Wasser ein Rauschgift; die Sonne ein Rauschgift; Jazz ein Rauschgift; Zigaretten, Cocktails, Eiscreme, Vermouth. Nur sich betäuben! Genießen! Genießen!

Halb und halb gefiel es Hilda, in einem Rausch zu leben. Es gefiel ihr, alle diese Frauen zu betrachten und Vermutungen über sie anzustellen. Die Frauen gingen ganz in ihrem Interesse für die anderen Frauen auf. Wie sieht sie aus? Welchen Mann hat sie eingefangen? Wieviel Spaß hat sie davon? – Die Männer waren wie große Hunde in Flanellhosen, warteten darauf, getätschelt zu werden, warteten darauf, sich zu suhlen, warteten darauf, beim Jazz den Bauch irgendeiner Frau an den eigenen zu kleben.

Hilda hatte Jazz gern, weil sie ihren Bauch an den Bauch eines sogenannten Mannes kleben und ihn ihre Bewegungen vom Eingeweidezentrum aus regeln lassen konnte, hierhin und dahin über den Tanzboden, und dann sich losmachen und »den Kerl« ignorieren konnte. Er war bloß benützt worden. Die arme Connie war recht ungeschickt. Sie wollte nicht Jazz tanzen, weil sie einfach ihren Bauch nicht an den irgendeines Kerls kleben konnte. Sie haßte das Konglomerat beinahe nackten Fleisches auf dem Lido. Es war kaum genug Wasser da, sie alle zu benetzen. Sie hatte eine Abneigung gegen Sir Alexander und Lady Cooper. Sie wollte nicht, daß Michaelis oder sonst jemand ihr nachlief. Die glücklichsten Zeiten waren es für sie, wenn sie Hilda dazu brachte, mit ihr über die Lagune zu fahren, weit hinüber zu einer einsamen Sandbank, wo sie ganz allein baden konnten, während die Gondel auf der Landseite blieb.

Dabei nahm Giovanni sich einen andern Gondoliere als Hilfe, weil es ein langer Weg war und er in der Sonne schrecklich schwitzte. Giovanni war sehr nett: zutunlich, wie die Italiener sind, und gänzlich leidenschaftslos. Die Italiener sind nicht leidenschaftlich; Leidenschaft hat tiefe Reserven. Sie sind leicht gerührt und oft zutunlich. Aber sie besitzen selten eine bleibende Leidenschaft irgendeiner Art. So war Giovanni seinen Damen bereits ergeben, wie er in der Vergangenheit Frachten von Damen ergeben gewesen war. Er war völlig bereit, sich ihnen zu prostituieren, wenn sie ihn wollten; er hoffte insgeheim, sie würden ihn wollen. Sie würden ihm ein ansehnliches Geschenk geben, und das käme ihm sehr zupaß, da er eben im Begriffe stand, zu heiraten.

Er sprach ihnen von seiner bevorstehenden Hochzeit, und sie bezeugten angemessenes Interesse.

Er dachte, dieser Ausflug über die Lagune zu einer einsamen Sandbank bedeute vielleicht ein Geschäft; das Geschäft war *l'amore,* die Liebe. Also holte er sich einen Kollegen, damit der ihm helfe, denn es war wirklich ein langer Weg; und schließlich waren es zwei Damen, zwei Makrelen! Gute Arithmetik! Und auch schöne Damen! Er war berechtigt stolz auf sie. Und obgleich es die Signora war, die ihn bezahlte und ihm Befehle gab, hoffte er vielmehr, es werde die junge Milady sein, die sich ihn für die Liebe erköre. Sie würde ihm auch mehr Geld geben.

Der Kollege, den der mitbrachte, hieß Daniele. Er war kein regelrechter Gondoliere, und so hatte er nichts vom Trinkgeldjäger und Prostituierten an sich. Er war ein Sandola-Mann; er fuhr gewöhnlich auf einer Sandola, einem großen Boote, die Obst und Lebensmittel von den Inseln hereinbringen.

Daniele war schön. Hochgewachsen und wohlgestalt, mit einem lichten runden Kopf, bedeckt von kleinen, enganliegenden blaßblonden Locken, und mit einem hübschen Männergesicht, ein bißchen wie ein Löwe, und mit weitblickenden blauen Augen. Er war nicht überschwenglich, nicht geschwätzig und trunksüchtig wie Giovanni. Er war schweigsam und ruderte mit einer Kraft und Leichtigkeit, als wäre er allein auf dem Wasser. Die Damen waren Damen und weit entfernt von ihm. Er blickte sie nicht einmal an. Er blickte weit vor sich.

Er war ein wirklicher Mann; ein wenig zornig, wenn Giovanni zu viel Wein trank und ungeschickt, mit übermäßigen Stößen des großen Ruders, ruderte. Er war ein Mann, wie Mellors ein Mann war, und unprostituiert. Connie bedauerte die Frau des leicht überschwenglichen Giovanni. Aber Danieles Frau war wohl eine dieser süßen Venezianerinnen aus dem Volke, die man noch immer bescheiden und blumengleich im Hintergrund dieses Labyrinths einer Stadt sehen konnte.

Ach, wie traurig, daß der Mann erst die Frau prostituierte und dann die Frau den Mann. Giovanni lechzte danach, sich zu prostituieren, er geiferte wie ein Hund vor Verlangen, sich einer Frau hinzugeben. Und für Geld!

Connie blickte auf das ferne Venedig, niedrig und rosenfarben auf dem Wasser. Erbaut aus Geld, erblüht aus Geld und tot vor Geld. Die Totheit des Geldes! Geld, Geld, Geld, Prostitution und Starre!

Und doch war Daniele noch immer ein Mann, der freien Treue eines Mannes fähig. Er trug nicht die Bluse der Gondoliere; nur den gestrickten blauen Sweater. Er war ein wenig wild, ungehobelt und stolz. Also war er der Bedienstete des recht hündischen Giovanni, der wiederum ein Bedienstete der beiden Frauen war. So war es! Als Jesus des Teufels Geld zurückwies, ließ er den Teufel wie einen jüdischen Bankier, als Herr der ganzen Situation.

Connie kam stets in einer Art stumpfer Benommenheit aus dem blendenden, flammenden Licht der Lagune heim und fand dann Briefe von Zuhause vor. Clifford schrieb regelmäßig. Er schrieb sehr gute Briefe; man hätte sie als Buch drucken können. Und aus diesem Grunde fand Connie sie nicht sehr interessant.

Sie lebte in einer stumpfen Benommenheit, wie das Licht der Lagune, die sie umspülende Salzigkeit des Wassers, die Weite und Leere, die Nichtigkeit sie erzeugten, aber in Gesundheit, in völliger erstarrender Betäubung vor Gesundheit. Es war angenehm, machte einen zufrieden, und sie wurde darin eingelullt und kümmerte sich um nichts. Überdies war sie schwanger. Sie wußte es jetzt. So wurde die stumpfe Benommenheit durch das Sonnenlicht und das Lagunensalz und das Baden im Meer und das Liegen auf Sandbänken und das Suchen von Muscheln und das fernhin Davongleiten in einer Gondel vervollständigt durch die Schwangerschaft, durch eine weitere Fülle von zufriedenmachender und betäubender Gesundheit.

Sie war bereits zwei Wochen in Venedig und sollte noch zehn oder vierzehn Tage bleiben. Das Sonnenlicht überflammte jede Zeitrechnung, und die Fülle physischer Gesundheit machte die Vergessenheit vollständig. Sie lebte in einer Art Betäubung von Wohlbefinden.

Aus der rüttelte ein Brief Cliffords sie auf.

»Auch wir hatten unsere gelinde Lokalsensation. Es ergab sich, daß Mellors', des Försters, getreues Eheweib im Forsthaus auftauchte und fand, daß sie unwillkommen war. Er warf sie hinaus und versperrte die Tür. Das Gerücht will jedoch wissen, daß er bei seiner Rückkehr aus dem Wald die nicht länger Schöne fest in seinem Bette eingenistet fand, in rein natürlichem Zustand. Oder man sollte eher sagen: in unrein natürlichem Zustand. Sie hatte ein Fenster eingeschlagen und war auf diesem Wege eingedrungen. Außerstande, die einigermaßen abgegriffene Venus von seinem Lager zu vertreiben, trat er den Rückzug an und zog sich, wie es heißt, ins Haus seiner Mutter nach Tevershall zurück. Inzwischen hat die Venus von Stacks Gate sich im Forsthaus niedergelassen, das sie als ihr Heim beansprucht, und Apollo ist offenbar in Tevershall wohnhaft geworden.«

»Ich wiederhole dies vom Hörensagen, da Mellors nicht persönlich zu mir gekommen ist. Ich erhielt dieses besondere Stückchen lokalen Mülls von unserem Müllvogel, unserem Ibis, unserem gassekehrenden Aasgeier, Mrs. Bolton. Ich hätte es nicht wiederholt, wenn sie nicht ausgerufen hätte: ›Ihre Gnaden wird nicht mehr in den Wald gehen, wenn sich dieses Weib dort herumtreibt!‹«

»Mir gefällt das Bild, das Du von Sir Malcolm entwirfst, wie er ins Meer hineinschreitet, sein weißes Haar im Winde flatternd und das Fleisch rosig erglühend. Ich beneide Dich um diese Sonne. Hier regnet es. Aber ich beneide Sir Malcolm nicht um seine unausrottbare sterbliche Fleischeslust. Allerdings ziemt sie seinem Alter. Offenbar wird man fleischlicher und sterblicher, je älter man wird. Nur die Jugend hat einen Duft von Unsterblichkeit.«

Die Neuigkeit bewirkte bei Connie, in ihrem Zustand halbbetäubten Wohlbefindens einen Verdruß, der an Verzweiflung grenzte. Nun mußte sie von diesem viehischen Weibsbild behelligt werden! Nun mußte sie damit beginnen, sich Sorgen zu machen! Sie hatte keinen Brief von Mellors. Sie hatte mit ihm vereinbart, daß sie einander überhaupt nicht schreiben würden. Nun aber wollte sie von ihm persönlich hören. Schließlich war er der Vater des Kindes, das sie erwartete. Er sollte schreiben!

Aber welch eine verhaßte Geschichte! Nun war alles verpfuscht. Wie schmutzig gemein diese niedrigen Menschen waren! Wie nett es hier war, in Sonnenschein und in Lässigkeit, verglichen mit dem schmutzigen Wirrwarr jenes Mittelengland! Schließlich und endlich war ein klarer Himmel beinahe das Wichtigste im Leben.

Sie erwähnte die Tatsache ihrer Schwangerschaft nicht, nicht einmal Hilda gegenüber. An Mrs. Bolton schrieb sie um genaue Auskunft über das Vorgefallene.

Duncan Forbes, ein Maler, ein Freund ihrer Familie, war auf seinem Wege von Rom herauf in der Villa Esmeralda eingetroffen. Nun machte er den Dritten in der Gondel, und er badete mit ihnen drüben am Rande der Lagune und war der ständige Begleiter der beiden Schwestern. Ein ruhiger, beinahe schweigsamer Mann, sehr fortschrittlich in seiner Kunst.

Sie erhielt einen Brief von Mrs. Bolton: »Sie werden sich gewiß freuen, Euer Gnaden, wenn Sie Sir Clifford sehen werden. Er sieht wirklich blühend aus und arbeitet sehr angestrengt und ist sehr hoffnungsfreudig. Er erwartet natürlich schon mit Sehnsucht, Sie wieder hier bei uns zu sehen. Das Haus ist sehr öde ohne Euer Gnaden, und wir alle werden froh sein, Euer Gnaden wieder in unserer Mitte begrüßen zu können.«

»Was Mr. Mellors betrifft, so weiß ich nicht, wieviel Sir Clifford Ihnen mitgeteilt hat. Es scheint, daß seine Frau ganz plötzlich eines Nachmittags zurückkehrte und er sie auf der Türschwelle sitzen fand, als er aus dem Wald nach Hause kam. Sie sagte, sie sei zu ihm zurückgekehrt und wolle wieder mit ihm leben, da sie seine gesetzliche Frau sei, und er werde sich nicht von ihr scheiden lassen. Denn es scheint, Mr. Mellors hat versucht, die Scheidung zu erlangen. Aber er wollte nichts mehr mit der Frau zu tun haben und wollte sie nicht ins Haus lassen und ist auch selber nicht hineingegangen, sondern er ist in den Wald zurück, ohne auch nur die Türe zu öffnen.«

»Aber als er nach dem Dunkelwerden zurückkam, fand er das Haus aufgebrochen, und so ging er hinauf, um zu sehen, was sie angestellt habe, und er fand sie im Bett, ohne einen Fetzen am Leib. Er bot ihr Geld an, aber sie sagte, sie sei seine Frau, und er müsse sie zurücknehmen. Ich weiß nicht, was für einen Auftritt sie miteinander hatten. Seine Mutter erzählte mir davon, und sie ist schrecklich aufgeregt darüber. Ja, und er hatte ihr gesagt, er würde lieber sterben, als je wieder mit ihr leben, und so nahm er seine Sachen und ging schnurstracks zu seiner Mutter in das Haus droben in Tevershall. Er blieb dort über Nacht und ging am nächsten

Tag durch den Park in den Wald und kam dem Forsthaus gar nicht in die Nähe. Es scheint, er hat seine Frau an diesem Tag überhaupt nicht gesehen. Aber am nächsten Tag war sie bei ihrem Bruder Dan in Beggarlee und schimpfte und tobte und sagte, sie sei seine gesetzliche Frau und daß er Frauen im Forsthaus gehabt habe, weil sie eine Parfümflasche in seiner Lade gefunden habe und Zigaretten mit Goldmundstück auf dem Aschenhaufen und ich weiß nicht, was noch alles. Dann scheint es auch, daß der Briefträger Fred Kirk sagt, er habe einmal früh am Morgen jemand in Mr. Mellors Schlafzimmer sprechen hören und ein Automobil sei auf dem Heckenweg gewesen.«

»Mr. Mellors ist bei seiner Mutter wohnen geblieben und geht stets durch den Park in den Wald, und es scheint, daß die Frau im Forsthaus blieb. Nun, da gab's unendlich viel Gerede, so daß schließlich Mr. Mellors und Tom Philips ins Forsthaus gingen und das meiste von den Möbeln und dem Bettzeug wegholten und den Handgriff von der Pumpe abschraubten, so daß die Frau gezwungen war, wegzugehen. Aber statt nach Stacks Gate zurückzukehren, ging sie hin und mietete sich bei dieser Mrs. Swain in Beggarlee ein, weil die Frau ihres Bruders Dan sie nicht im Haus haben wollte. Und sie ist immer wieder zum Haus der alten Mrs. Mellors gekommen, um ihn abzufangen, und sie hat zu schwören angefangen, daß er mit ihr ins Bett ist im Forsthaus. Und sie ist zu einem Advokaten, um Mr. Mellors zu zwingen, ihr monatlich etwas zu zahlen. Sie ist plump geworden und gemeiner als je und so kräftig wie ein Roß. Und sie geht herum und sagt die schauderhaftesten Dinge über ihn, wie, daß er Frauen im Forsthaus gehabt, und wie er sich zu ihr benommen hat, als sie verheiratet waren, die gemeinen, schweinischen Sachen, die er ihr angetan hat, und ich weiß nicht, was alles. Es ist gewiß entsetzlich, das Unheil, das eine Frau anrichten kann, wenn sie einmal zu reden anfängt. Und ganz gleich, was für eine niedrige Person sie ist, es wird immer welche geben, die ihr glauben, und etwas von dem

Schmutz bleibt immer hängen. Die Art, wie sie behauptet, daß Mr. Mellors wie einer von diesen gemeinen, bestialischen Männern mit einer Frau umgeht, ist einfach empörend. Und die Leute sind nur zu bereit, alles Schlechte über jemand zu glauben, besonders solche Dinge. Sie erklärt, daß sie ihn nicht in Ruhe lassen wird, solange er lebt. Obgleich ich sagen muß, wenn er so gemein zu ihr war, warum ist sie dann so darauf erpicht, zu ihm zurückzukehren? Aber freilich nähert sie sich dem Wechsel, dann sie ist um Jahre älter als er. Und diese gewöhnlichen, heftigen Frauen werden alle halb verrückt, wenn sie in die Wechseljahre kommen.«

Das ein böser Schlag für Connie. Da war sie nun und würde bombensicher ihr Teil von all der Niedrigkeit und dem Schmutz abbekommen. Sie fühlte Zorn gegen ihn, weil er sich nicht von Bertha Coutts freigemacht hatte, ja, weil er sie überhaupt geheiratet hatte. Vielleicht besaß er einen gewissen Hang zur Niedrigkeit. Connie erinnerte sich der letzten Nacht, die sie mit ihm verbracht hatte, und schauderte. Er hatte all' diese Niedrigkeit gekannt, sogar mit einer Bertha Coutts. Es war wirklich recht ekelhaft. Es wäre ganz gut, von ihm freizukommen, ihn vollkommen los zu sein. Er war vielleicht wirklich gewöhnlich, wirklich gemein.

Sie empfand plötzlich einen Widerwillen gegen die ganze Affäre und beneidete die Guthrie-Mädchen beinahe um ihre linkische Unerfahrenheit und ungeschliffene Mädchenhaftigkeit. Und sie fürchtete nun den Gedanken, daß irgend jemand von ihr und dem Förster wissen könnte. Wie unaussprechlich erniedrigend! Sie war überdrüssig und voll Furcht und fühlte ein quälendes Verlangen nach äußerer Wohlanständigkeit, sogar nach der gewöhnlichen und ertötenden Wohlanständigkeit der Guthrie-Mädchen. Wenn Clifford von ihrer Affäre wüßte – wie unaussprechlich erniedrigend! Sie hatte Angst, sie fürchtete sich vor der Gesellschaft und ihrem unreinen Biß. Sie wünschte beinahe, sie könnte das Kind loswerden und ganz befreit sein. Kurzum, sie verfiel in einen Zustand feiger Angst.

Was die Parfümflasche anlangte – das war ihre eigene Torheit. Sie hatte sich nicht enthalten können, seine paar Taschentücher und seine Hemden in der Schublade zu parfümieren, einfach aus Kinderei. Und sie hatte das kleine Fläschchen von Cotys Waldveilchenparfüm halbleer unter seinen Sachen gelassen. Sie hatte gewollt, er solle sich durch das Parfüm an sie erinnern. Und die Zigarettenenden – die stammten von Hilda.

Sie konnte sich nicht anders helfen, sie mußte sich Duncan Forbes ein wenig anvertrauen. Sie sagte ihm nicht, sie sei des Försters Geliebte gewesen, sie sagte bloß, sie habe ihn gern, und erzählte die Lebensgeschichte des Mannes.

»Oh, Sie werden sehen«, sagte Forbes, »die Leute werden nicht eher Ruhe geben, ehe sie den Mann nicht zu Boden gezerrt und niedergetrampelt haben. Wenn er es abgelehnt hat, in den Mittelstand hinaufzukriechen, als er Gelegenheit dazu hatte, und wenn er ein Mann ist, der für sein eigenes Geschlecht eintritt, dann werden sie ihn sicher hereinlegen. Es ist das einzige, was sie einen nicht sein lassen: geradeheraus und offen in geschlechtlichen Dingen. Man mag so schmutzig sein als man will, ja, tatsächlich, je mehr Schmutz man auf das Sexuelle häuft, desto besser gefällt es ihnen. Aber wenn man an seine eigene Geschlechtlichkeit glaubt und sie nicht beschmutzen lassen will, dann trampeln sie einen nieder. Das ist das einzige übriggebliebene irrsinnige Tabu: die Sexualität als etwas Natürliches und Lebenswichtiges. Sie wollen sie nicht haben und sie töten einen eher, als daß sie sie einem ließen. Sie werden sehen, man wird den Mann mit allen Hunden hetzen. Und was hat er schließlich getan? Wenn er seine Frau von allen Seiten geliebt hat, – hat er nicht ein Recht dazu? Sie sollte stolz darauf sein. Aber sehen Sie, sogar eine ordinäre Schlumpe wie die wendet sich gegen ihn und gebraucht den Hyäneninstinkt des Pöbels gegen das Sexuelle, um den Mann zu Boden zu reißen. Man muß winseln und sich sündig und erbärmlich fühlen wegen seines Geschlechts, ehe einem erlaubt wird, eines zu haben. Oh, sie werden den armen Teufel schon zu Tode hetzen.«

Connie erlebte nun einen Umschwung ihrer Gefühle in die andere Richtung. Was hatte er schließlich getan? Was hatte er ihr selbst, Connie, angetan, als ihr einen köstlichen Genuß gegeben und ein Gefühl von Freiheit und Leben? Er hatte das warme natürliche Strömen ihrer Sexualität erlöst. Und dafür würden die Leute ihn mit allen Hunden hetzen.

Nein, nein. So sollte es nicht werden. Sie sah im Geiste sein Bild, wie er nackt und weiß, Gesicht und Hände sonnengebräunt, niederblickte und seinen aufrechten Penis anredete, als wäre der ein anderes Wesen, und wie dabei das wunderliche Grinsen über sein Gesicht huschte. Und sie hörte wiederum seine Stimme: »Du hast den schönsten Arsch der Welt!« Und sie fühlte seine Hand sich wiederum warm und weich um ihr Hinterteil legen und über ihre geheimen Stellen, wie in einer Danksagung. Und die Wärme rann durch ihren Schoß, und die kleinen Flämmchen flackerten in ihren Knien, und sie sagte sich: »O nein! Ich darf mein Wort nicht brechen. Ich darf ihn nicht im Stich lassen. Ich muß zu ihm halten und zu allem, was ich von ihm hatte. Ich muß alles mit ihm durchhalten. Ich hatte kein warmes, flammendes Leben, ehe er es mir gab. Ich werde das nicht verleugnen.«

Sie tat etwas Übereiltes. Sie sandte Ivy Bolton einen Brief, legte einen zweiten an den Förster bei und ersuchte Mrs. Bolton, ihm den zu geben. Und sie schrieb ihm: »Ich bin sehr betrübt, von all den Unannehmlichkeiten zu hören, die Ihre Frau Ihnen bereitet. Aber machen Sie sich nichts daraus, es ist nur eine Art Hysterie. Das Ganze wird so schnell vorübergehen, wie es gekommen ist. Aber es tut mir schrecklich leid, und ich hoffe wirklich, es geht Ihnen nicht sehr nahe. Schließlich ist es das nicht wert. Sie ist bloß eine hysterische Person, die Ihnen weh tun will. Ich werde in zehn Tagen wieder zu Hause sein und hoffe aufrichtig, daß bis dahin alles wieder gut sein wird.«

Ein paar Tage später kam ein Brief von Clifford. Er war ersichtlich beunruhigt.

»Ich höre mit Freuden, daß Du bereit bist, Venedig am 16. zu verlassen. Aber wenn Du Dich gut unterhältst, eile Dich nicht mit dem Heimkommen. Wir vermissen dich, Wragby vermißt Dich. Aber es ist unbedingt wichtig, daß Du Dein volles Maß an Sonnenschein erhältst, an Sonnenschein und Pyjamas, wie die Ankündigungen des Lido sagen. Also, bitte, bleibe noch ein wenig länger, wenn es Dich aufheitert und für unseren genügend schauderhaften Winter stählt. Sogar heute regnet es.«

»Ich werde auf's Aufmerksamste und Ausgezeichnetste von Mrs. Bolton betreut. Sie ist ein wunderliches Exemplar. Je länger ich lebe, desto mehr wird mir bewußt, welch seltsame Geschöpfe die Menschen sind. Manche von ihnen könnten ebenso gut tausend Beine haben wie ein Tausendfüßler oder sechs wie ein Hummer. Die menschliche Beständigkeit und Würde, die man von seinen Mitmenschen zu erwarten sich hat verleiten lassen, scheint tatsächlich nicht vorhanden zu sein. Man muß zweifeln, ob sie in bemerkenswertem Grade in einem selbst vorhanden sei.«

»Der Skandal mit dem Förster dauert fort und wird größer und größer wie ein Schneeball. Mrs. Bolton hält mich auf dem Laufenden. Sie erinnert mich an einen Fisch, der Zeit seines Lebens, obgleich stumm, stillen Klatsch durch seine Kiemen atmet. Alles geht durch das Sieb ihrer Kiemen, und nichts überrascht sie. Es ist so, als wären die Ereignisse in anderer Leute Leben der notwendige Sauerstoff des ihren.«

»Sie ist vollauf mit dem Mellors-Skandal beschäftigt, und wenn ich sie nur anfangen lasse, führt sie mich in seine letzten Winkel. Ihre große Entrüstung, die auch dann noch der Entrüstung einer Schauspielerin gleicht, welche eine Rolle darstellt, richtet sich gegen Mellors Frau, die sie beharrlich Bertha Coutts nennt. Ich bin bis auf den Grund der schlammigen Leben aller Bertha Couttses dieser Welt gewesen, und wenn ich von der Klatschströmung losgelassen werden, treibe ich langsam wieder an die Oberfläche empor und erblicke das Tageslicht, verwundert, daß es überhaupt da ist.«

»Es scheint mir unbedingt wahr, daß unsere Welt, die uns als die Oberfläche aller Dinge vorkommt, in Wirklichkeit der Boden eines tiefen Meeres ist: alle unsere Bäume sind submarine Gewächse, und wir selbst sind eine abenteuerliche, schuppenbekleidete submarine Fauna und nähren uns von Abfällen wie die Garnelen. Nur gelegentlich taucht die Seele, nach Luft schnappend, aus den unermeßlichen Tiefen empor, in denen wir leben, weit empor an die Oberfläche des Äthers, wo es wahre Luft gibt. Ich bin überzeugt, daß die Luft, die wir normalerweise atmen, eine Art Wasser ist und daß Männer und Frauen eine Spezies von Fischen sind.«

»Aber manchmal kommt die Seele wirklich herauf, schießt in Ekstase wie eine Möwe ins Licht, nachdem sie in den submarinen Tiefen geräubert hat. Es ist vermutlich unser sterbliches Schicksal, in dem grauenhaften unterseeischen Leben unserer Mitmenschen auf Raub auszugehen durch den submarinen Urwald der Menschheit. Aber unsere unsterbliche Bestimmung ist es, sobald wir unseren fischigen Fang verschluckt haben, wieder hinauf in den klaren Äther zu entwischen, aus der Oberfläche des alten Ozeans hervorzustürzen ins wirkliche Licht. Da werden wir uns dann unserer ewigen Natur bewußt.«

»Wenn ich Mrs. Bolton reden höre, habe ich das Gefühl, hinabzutauchen, tief hinunter in die Tiefen, wo die Fische menschlicher Geheimnisse zappeln und schwimmen. Fleischhunger läßt einen ein Maulvoll Beute erraffen; und dann wieder hinauf, hinauf, hinaus aus der Dichte ins Ätherische, aus dem Nassen ins Trockene. Hier kann ich den ganzen Vorgang erzählen. Aber mit Mrs. Bolton fühle ich bloß das Hinabtauchen, scheußlich hinunter zwischen die Seetangdickichte und die bleichen Ungeheuer des untersten Grundes.«

»Ich fürchte, wir werden unseren Förster verlieren. Der Skandal mit dem abtrünnigen Eheweib widerhallt, statt abzuklingen, in immer größerem Ausmaß. Mellors wird aller unaussprechlichen Dinge beschuldigt, und merkwürdigerweise hat diese Person es zuwege gebracht, die Mehrzahl der Bergarbeiterfrauen, greuliches Fischzeug, auf ihre Seite zu bekommen, und das Dorf ist in eine wahre Fäulnis von Geklatsch übergegangen.«

»Wie ich höre, belagert Bertha Coutts den guten Mellors in seiner Mutter Haus, nachdem sie zuvor das Forsthaus und die Hütte ausgeplündert hat. Eines Tages stürzte sie sich auf ihre eigene Tochter, als dieses Äpfelchen von ihrem Stamme aus der Schule heimrollte. Aber die Kleine, statt die Hand der liebevollen Mutter zu küssen, biß kräftig hinein und erhielt daher von der anderen Hand eine Ohrfeige, die sie kopfüber in den Rinnstein sandte, von wo sie durch eine empörte und vielgeplagte Großmutter errettet wurde.«

»Das Weibsbild hat ein erstaunliches Quantum Giftgas umhergeblasen. Sie hat mit allen Einzelheiten alle jene Vorfälle ihres Ehelebens ausgelüftet, die zwischen Eheleuten gewöhnlich im tiefsten Grab matrimonialen Stillschweigens begraben werden. Und nachdem es ihr beliebt hatte, sie nach zehnjährigem Begrabensein zu exhumieren, hat sie eine unheimliche Kollektion zusammenbekommen. Ich höre diese Einzelheiten von Linley und dem Doktor. Dieser ist belustigt. Selbstverständlich ist in Wirklichkeit nichts daran. Die Menschen haben stets eine seltsame Gier nach ungewöhnlichen sexuellen Stellungen gehabt und wenn ein Mann seine Frau zu gebrauchen liebt auf die Art, die Benvenuto Cellini die italienische nennt, – nun gut, so ist das Geschmackssache. Aber ich hatte kaum erwartet, daß unser Wildhüter sich auf so viele Kunststücke verstünde. Kein Zweifel, daß Bertha Coutts sie ihn zuerst lehrte. Auf jeden Fall ist es eine Sache ihres eigenen persönlichen Mistbeets und geht niemand sonst etwas an.«

»Jedoch jedermann hört zu, auch ich selbst. Vor zehn oder fünfzehn Jahren würde die einfachste Anständigkeit solch eine Sache vertuscht haben. Aber einfache Anständigkeit gibt es nicht mehr, und die Bergarbeiterfrauen sind alle auf und in der Höhe, und ihre Stimmen klingen keineswegs schüchtern. Man würde meinen, in den letzten fünfzig Jahren sei jedes Kind in Tevershall eine unbefleckte Empfängnis gewesen und jede einzelne unserer nonkonformistischen Weiblichkeiten eine strahlende Jeanne d'Arc. Daß unser schätzenswerter Förster solch einen anstößigen Zug haben sollte, scheint ihn ungeheuerlicher und abscheulicher zu machen als den kaltblütigsten Massenmörder. Und doch sind die Leute in Tevershall ein lockeres Gesindel, wenn man allen Berichten glauben darf.«

»Das Unglück ist jedoch, daß die unangenehme Bertha Coutts sich nicht auf ihre eigenen Erlebnisse und Leiden beschränkt hat. Sie hat mit dem Aufgebot ihrer ganzen Stimmkraft enthüllt, daß ihr Mann drüben im Forsthaus Frauen beherbergte, und hat auf gut Glück ein paar zu nennen versucht. Dies hat etliche anständige Namen durch den Kot geschleift, und die Sache ist ganz beträchtlich zu weit gegangen. Eine gerichtliche Verwarnung wurde gegen das Frauenzimmer erwirkt.«

»Ich hatte über die Angelegenheit eine Unterredung mit Mellors, da es unmöglich war, das Frauenzimmer aus dem Wald fernzuhalten. Er geht umher wie immer, mit seiner unbekümmertsten Miene, so ›Was geht das uns an, das geht uns gar nichts an, es ist ja nur die Rede davon.‹ Nichtsdestoweniger hege ich den schlauen Verdacht, daß er sich wie ein Hund fühlt, dem man eine Blechkanne an den Schwanz gebunden hat; obgleich er sich sehr gut den Anschein zu geben versteht, als wäre die Blechkanne nicht da. Aber ich höre, daß die Frauen im Dorfe, wenn er vorbeigeht, ihre Kinder hereinrufen, als wäre er der Marquis de Sade in eigener Person. Er geht weiter seinen Weg mit einer gewissen Unverschämtheit, aber ich fürchte, die Blechkanne ist ihm fest an den Schwanz gebunden und innerlich bereut er wie Don Rodrigo in der spanischen Ballade: ›Ach, ach, nun beißt's mich, wo am meisten ich gesündigt!‹«

»Ich fragte ihn, ob er glaube, weiter seine Pflichten im Wald versehen zu können, und er antwortete, er glaube nicht, daß er sie vernachlässigt habe. Ich sagte ihm, es sei äußerst lästig, die Frau auf dem Besitz herumstreifen zu haben, worauf er entgegnete, er habe keine Macht, sie zu verhaften. Dann spielte ich auf den Skandal und seinen unangenehmen Verlauf an. ›Ja‹, sagte er, ›die Leute sollten lieber selber ficken, dann haben sie es nachher nicht nötig, soviel Getöse um das Treiben der anderen zu machen.‹«

»Er sagte es mit einer Bitterkeit, und zweifellos enthält es einen Kern Wahrheit. Die Ausdrucksweise jedoch ist weder delikat noch respektvoll. Ich deutete das an, und dann hörte ich die Blechkanne rasseln. ›Aber Herr Baron, einem Mann in Ihrem Zustand steht es nicht an, mir vorzuwerfen, daß ich einen Sack zwischen den Beinen habe!‹«

»Diese Dinge, unterschiedslos allen und jedem gesagt, helfen natürlich nicht im geringsten, und der Pfarrer und Linley und der Doktor meinen alle, es wäre ganz gut, wenn der Mann die Gegend verließe.«

»Ich fragte ihn, ob es wahr sei, daß er drunten im Forsthaus Damen zu Gast habe, und alles, was er sagte, war: ›Nein‹ und ›Was geht das Sie an, Herr Baron?‹ Ich sagte ihm, ich wolle darauf sehen, daß es auf meinem Gut anständig zugehe, worauf er erwiderte: ›Dann verbieten Sie doch all den Frauen den Mund!‹ Als ich ihm mit Fragen über seine Lebensweise im Forsthaus zusetzte, sagte er: ›Freilich, Sie können aus mir und meiner Flossie einen Skandal zusammenrühren. Da haben Sie etwas verpaßt.‹ Tatsächlich, als ein Beispiel von Unverschämtheit ist er schwer zu überbieten.«

»Ich fragte ihn, ob er leicht einen anderen Posten finden könnte. Er sagte: ›Wenn Sie mir damit andeuten wollen, daß Sie mich auf der Stelle rausschmeißen wollen, so wäre das kinderleicht.‹ Also macht er gar keine Schwierigkeiten, Ende nächster Woche zu gehen, und ist offenbar bereit, einen jungen Burschen namens Joe Chambers in so viele Geheimnisse der grünen Kunst einzuweihen als möglich. Ich sagte ihm, ich würde ihm ein Monatsgehalt extra geben, wenn er ginge. Er antwortete, es wäre ihm lieber, ich behielte mein Geld, da ich keinen Anlaß hätte, mein Gewissen zu erleichtern. Ich fragte ihn, was er damit meine, und erhielt die Antwort: ›Sie schulden mir nichts extra, Herr Baron! Also zahlen Sie mir auch nichts extra! Wenn Sie meinen, mir hinge das Hemd heraus, dann sagen Sie es frei heraus.‹«

»Nun, das ist für den Augenblick das Ende der Geschichte. Die Frau ist weggezogen, wir wissen nicht, wohin. Aber sie setzt sich einer Verhaftung aus, wenn sie sich in Tevershall wieder blicken läßt, und ich höre, sie fürchtet sich unmenschlich vor dem Gefängnis, weil sie es so wohl verdient. Mellors geht Samstag über eine Woche, und der Ort wird bald wieder sein normales Gepräge erhalten.«

»Inzwischen, meine liebe Connie, wenn es Dir Freude macht, in Venedig oder in der Schweiz bis Anfang August zu bleiben, würde mich der Gedanke freuen, daß Du all' diesem Gesumm von Gemeinheit fern bist; es wird wahrscheinlich bis zum Ende des Monats ganz verklungen sein.«

»Du siehst also, wir sind Tiefseeungeheuer, und wenn der Hummer auf Schlamm dahinschreitet, wirbelt er ihn für jedermann auf. Wir müssen es gezwungenermaßen philosophisch nehmen.«

Die Gereiztheit und der Mangel jeglicher Sympathie in irgendeiner Richtung in Cliffords Brief hatten eine böse Wirkung auf Connie. Aber sie verstand das Ganze besser, als sie das folgende Schreiben von Mellors erhielt.

»Die Katze ist aus dem Sack, zugleich mit verschiedenen anderen Kätzchen. Du hast gehört, daß meine Frau Bertha in meine unliebenden Arme zurückgekehrt ist und ihren Aufenthalt im Forsthaus genommen hat, wo sie, um unehrerbietig zu sprechen, bald fand, daß etwas stank, — nämlich eine kleine Flasche Coty. Andere Beweisstücke fand sie nicht, wenigstens nicht in den nächsten Tagen, worauf sie dann ein Geheul über die verbrannte Photographie anstimmte. Sie bemerkte das Glas und den Pappendeckel in der zweiten Schlafkammer. Unseligerweise hatte jemand auf den Pappendeckel kleine Zeichnungen gekritzelt und mehrere Male die Initialen: C. S. R. Dies bot allerdings keinen Anhaltspunkt. Bis sie in die Hütte einbrach und eines deiner Bücher fand, eine Autobiographie der Schauspielerin Judith mit deinem Namen, Constance Stewart Reid, auf dem Titelblatt. Danach ging sie einige Tage lang umher und verkündete laut, daß mein Liebchen keine Geringere sei als die Lady Chatterley selbst. Die Neuigkeit kam endlich dem Pfarrer Dr. Burroughs und Sir Clifford zu Ohren. Sie begannen dann gerichtliche Schritte gegen meine Angetraute, die ihrerseits verschwand, da sie stets eine Todesangst vor der Polizei gehabt hat.«

»Sir Clifford verlangte mich zu sprechen, und so ging ich zu ihm. Er redete um die Dinge herum und schien ärgerlich über mich. Dann fragte er, ob ich wisse, daß sogar der Name der Frau Baronin erwähnt worden sei. Ich sagte, ich hörte nie auf Skandalgeschichten und sei überrascht, eine solche von Sir Clifford selbst zu vernehmen. Er sagte, es sei natürlich eine schwere Beleidigung, und ich erzählte ihm, daß Königin Mary auf einem Kalender in meiner Küchenkammer abgebildet sei, zweifellos, weil Ihre Majestät einen Teil meines Harems bilde. Aber er wußte den Sarkasmus nicht zu würdigen. Was er sagte, lief darauf hinaus, daß ich ein übelberufenes Subjekt sei, ein schlechter Charakter, der mit aufgeknöpfter Hose umhergehe, und ich sagte ihm so viel, als daß er jedenfalls nichts aufzuknöpfen habe. Also schmiß er mich hinaus, und ich gehe Samstag über eine Woche, und der Ort wird mich fortab nicht mehr sehen.«

»Ich werde nach London fahren, und meine alte Hauswirtin, Mrs. Inger, 17 Coburg Square, wird mir entweder ein Zimmer geben oder eines für mich finden.«

»Sei überzeugt, deine Sünden suchen dich heim, besonders, wenn du verheiratet bist und ihr Name Bertha ist.«

Es stand kein Wort über sie selbst da und kein Wort an sie. Connie nahm das übel. Er hätte ein Paar Worte des Trostes und der Beruhigung schreiben können. Aber sie wußte, er lasse ihr Freiheit, Freiheit, nach Wragby und zu Clifford zurückzukehren. Auch das nahm sie übel. Er brauchte nicht diese falsche Ritterlichkeit zu zeigen. Sie wünschte, er hätte zu Clifford gesagt: »Ja, sie ist meine Geliebte, und ich bin stolz darauf!« Aber soweit würde sein Mut nie reichen.

So! Also in Tevershall wurde ihr Name mit dem seinen in Verbindung gebracht. Eine schöne Bescherung. Aber es würde bald Gras darüber wachsen.

Sie fühlte Ärger, einen komplizierten und verworrenen Ärger, der sie untätig machte. Sie wußte nicht, was tun, noch, was sagen. Und so sagte und tat sie nichts. Sie führte ihr Leben in Venedig ganz gleich weiter, machte Gondelfahrten mit Duncan Forbes, badete, ließ den Tag vorbeigleiten. Duncan, der zehn Jahre zuvor recht niederdrückend in sie verliebt gewesen, war wiederum in sie verliebt. Aber sie sagte zu ihm: »Ich will nur eines von den Männern: sie sollen mich in Ruhe lassen.«

Also ließ Duncan sie in Ruhe, in Wirklichkeit ganz froh, das tun zu können. Dennoch bot er ihr einen gelinden Strom einer sonderbaren, verdrehten Art von Liebe. Er wollte in ihrer Nähe sein.

»Haben Sie je darüber nachgedacht«, fragte er sie eines Tages, »wie wenig die Menschen miteinander verbunden sind? Sehen Sie sich Daniele an! Er ist so schön und stattlich wie ein Sohn der Sonne. Aber sehen Sie nur, wie einsam er aussieht in seiner Stattlichkeit. Und doch könnte ich wetten, er hat Frau und Kinder und könnte sie unmöglich verlassen.«

»Fragen Sie ihn«, sagte Connie.

Duncan tat es. Daniele sagte, er sei verheiratet und habe zwei Kinder, beides Knaben im Alter von sieben und neun. Aber er verriet keine Gemütsbewegung darob.

»Vielleicht haben nur Menschen, die eines wirklichen Zusammenseins fähig sind, dieses Aussehen, als wären sie allein im Weltall«, sagte Connie. »Die anderen haben eine gewisse Kläglichkeit, sie kleben an der Masse wie Giovanni.« ›Und‹, dachte sie bei sich, ›wie du, mein lieber Duncan.‹

ACHTZEHNTES KAPITEL

Sie mußte sich entscheiden, was sie tun wolle. Sie würde von Venedig am selben Tage abreisen, an dem er Wragby verließ; in sechs Tagen. Sie würde also nächsten Montag in London eintreffen und ihn dann sehen. Sie schrieb ihm an seine Londoner Adresse und bat ihn, ihr einen Brief ins Hotel Hartland zu senden und sie am Montag abend um sieben Uhr aufzusuchen.

Innerlich war sie sonderbar und auf eine verworrene Art ärgerlich, und alle ihre Gefühle waren betäubt. Sie weigerte sich sogar, sich Hilda anzuvertrauen, und Hilda, gekränkt durch Connies beharrliches Stillschweigen, hatte sich sehr intim mit einer Holländerin angefreundet. Connie haßte diese fast erstickenden intimen Freundschaften zwischen Frauen, Freundschaften, die Hilda stets umständlich und gewichtig einging.

Sir Malcolm entschied sich dafür, mit Connie zu reisen, und Duncan konnte mit Hilda mitfahren. Der alte Künstler ließ es sich stets gut gehen. Er nahm zwei Schlafwagenplätze für den Orientexpreß, trotz Connies Abneigung gegen Luxuszüge, gegen die Atmosphäre ordinärer Verderbtheit, die heutzutage in ihnen herrscht. Immerhin, die Reise nach Paris würde dadurch kürzer werden.

Sir Malcolm fühlte sich stets unbehaglich, wenn er zu seiner Frau zurückkehrte. Es war eine aus den Zeiten seiner ersten Frau übernommene Gewohnheit. Aber es würden Gäste zur Waldhuhnjagd da sein, und er wollte nicht zu knapp vorher eintreffen. Connie, sonnengebräunt und hübsch, saß schweigend da und achtete nicht auf die Landschaft.

»Ein wenig langweilig für dich, nach Wragby zurückzukehren«, sagte ihr Vater, ihre Verdrossenheit bemerkend.

»Ich bin nicht so sicher, daß ich nach Wragby zurückkehren werde«, erwiderte sie mit überraschender Unvermitteltheit und sah ihm dabei mit ihren großen blauen Augen in die seinen. Und seine großen blauen Augen nahmen den Ausdruck eines Mannes an, dessen gesellschaftliches Gewissen nicht ganz rein ist.

»Du meinst, du wirst für eine Weile in Paris bleiben?«

»Nein, ich meine, ich werde nicht nach Wragby zurückkehren.«

Er war von seinen eigenen kleinen Problemen belästigt und hoffte aufrichtig, er werde keines von den ihren aufgehalst bekommen.

»Was hast du denn so plötzlich?« fragte er.

»Ich bekomme ein Kind.«

Es war das erste Mal, daß sie die Worte zu einer lebenden Seele äußerte, und es schien einen Trennungsstrich in ihrem Leben anzudeuten.

»Woher weißt du das?« fragte ihr Vater.

Sie lächelte. »Woher weiß man so etwas?«

»Aber... aber natürlich nicht von Clifford?«

»Nein! Von einem andern.«

Es freute sie im Grunde, ihn auf die Folter zu spannen.

»Kenne ich den Mann?« fragte Sir Malcolm.

»Nein, du hast ihn nie gesehen.«

Es entstand eine lange Pause.

»Und was gedenkst du zu tun?«

»Ich weiß nicht. Das ist es eben.«

»Läßt sich das mit Clifford nicht einrenken?«

»Ich vermute, Clifford würde es hinnehmen«, erwiderte Connie. »Er sagte mir, nachdem du das letzte Mal mit ihm gesprochen hattest, er würde nichts dagegen haben, wenn ich ein Kind hätte, vorausgesetzt, ich stellte es diskret an.«

»Das einzig Vernünftige, das er sagen konnte, unter den Umständen. Dann nehme ich also an, es wird alles gut gehen.«

»Wie meinst du das?« fragte Connie und sah ihrem Vater in die Augen. Es waren große blaue Augen, den ihren sehr ähnlich, aber von einer gewissen Unruhe, manchmal mit dem Blick eines schuldbewußten kleinen Jungen, manchmal mit einem Blick mürrischer Selbstsucht, für gewöhnlich aber voll guter Laune und vorsichtiger Schlauheit.

»Du könntest Clifford mit einem Erben aller Chatterleys beschenken und einen weiteren Baronet auf Wragby setzen.«

Sir Malcolms Gesicht verzog sich zu einem halb sinnlichen Lächeln.

»Ich glaube nicht, daß ich dazu Lust habe«, sagte Connie.

»Warum nicht? Fühlst dich zu stark verbunden mit dem anderen? Na ja, wenn du die Wahrheit von mir hören willst, mein Kind, dann laß dir folgendes sagen: Die Welt geht weiter. Wragby steht fest und wird weiter stehen. Die Welt ist mehr oder weniger eine feststehende Sache, und äußerlich müssen wir uns anpassen. Innerlich können wir, meiner privaten Meinung nach, tun, was uns gefällt. Gefühle ändern sich. Du magst heuer den Mann gern haben und nächstes Jahr einen andern. Aber Wragby steht noch immer. Halte zu Wragby, solange Wragby zu dir hält. Im übrigen tue, was dir gefällt. Aber du wirst sehr wenig davon haben, wenn du einen Bruch herbeiführst. Du kannst es tun, wenn es dein Wunsch ist. Du hast ein unabhängiges Einkommen; das ist das einzige, das einen niemals im Stich läßt. Aber du wirst nicht viel von der ganzen Sache haben. Setz einen kleinen Baronet auf Wragby, das ist wenigstens was Amüsantes!«

Und Sir Malcolm lehnte sich zurück und lächelte wieder. Connie antwortete nicht.

»Ich hoffe, du hast endlich einen wirklichen Mann gehabt«, sagte er schließlich nach einer Weile mit einiger Lebhaftigkeit.

»Ja. Das ist es eben. Es gibt ihrer nicht viele.«

»Nein, bei Gott!« stimmte er nachdenklich zu. »Wirklich nicht. Na, mein Kind, wenn man dich so ansieht, muß man ihn für einen glücklichen Mann halten. Er würde dir doch sicherlich keine Schwierigkeiten machen.«

»O nein, er läßt mir völlige Freiheit.«

»Gewiß, gewiß. Ein echter Mann tut das auch.«

Sir Malcolm war erfreut. Connie war seine Lieblingstochter, und er hatte stets das Weib in ihr gern gehabt. Sie hatte nicht so viel von ihrer Mutter wie Hilda. Und Clifford hatte er nie mögen. Also war er erfreut und sehr zärtlich zu seiner Tochter, als wäre das noch ungeborene Kind sein Kind.

Er fuhr mit ihr ins Hotel Hartland und blieb, bis sie sich eingerichtet hatte. Dann ging er in seinen Klub hinüber. Sie hatte für diesen Abend seine Gesellschaft abgelehnt.

Sie fand einen Brief von Mellors vor. »Ich werde nicht ins Hotel zu Dir kommen, aber ich werde um sieben Uhr vor dem ›Golden Cock‹ in der Adams Street auf Dich warten.«

Und dort stand er, schmal und schlank und so anders in dem förmlichen Anzug aus leichtem dunklen Stoff. Er besaß eine natürliche Vornehmheit, aber er hatte nicht das nach einem Modebild zugeschnittene Aussehen von Connies Klasse. Sie sah jedoch gleich, daß er sich überall zeigen konnte. Er hatte eine natürliche Lebensart, die wirklich viel netter war als dieses nach einem Modebild Zugeschnittene.

»Ah, da bist du ja! Wie gut du aussiehst!«

»Ja! Aber du siehst nicht gut aus.«

Sie blickte besorgt in sein Gesicht. Es war hager, und die Backenknochen standen hervor. Aber seine Augen lächelten sie an, und sie fühlte sich zu Hause bei ihm. Da war es: plötzlich fiel die Spannung, den Schein wahren zu müssen, von ihr ab. Etwas strahlte physisch von ihm aus, das ihr ermöglichte, sich innerlich unbefangen und glücklich und zu Hause zu fühlen. Mit dem nun wachen Instinkt einer Frau für's Glücklichsein vermerkte sie das sogleich. »Ich bin glücklich, wenn er da ist!« Aller Sonnenschein Venedigs hatte ihr nicht diese innere Weite und Wärme gegeben.

»War es scheußlich für dich?« fragte sie ihn, als sie ihm an einem Tisch gegenübersaß. Er war zu mager; sie sah das jetzt. Seine Hand lag, wie sie sie kannte, mit dieser seltsamen, gelösten Vergessenheit eines schlafenden Tieres da. Es verlangte sie so sehr danach, sie zu ergreifen und zu küssen, aber sie wagte es nicht recht.

»Die Leute sind immer scheußlich«, sagte er.

»Und hast du dir das sehr zu Herzen genommen?«

»Ja. Wie ich es immer tue. Und ich weiß, ich war ein Narr, es mir zu Herzen zu nehmen.«

»Hast du dich wie ein Hund gefühlt, dem man eine Blechkanne an den Schwanz gebunden hat? Clifford schrieb, du fühltest dich so.«

Er blickte sie an. Es war grausam von ihr in diesem Augenblick; denn er hatte bitterlich gelitten.

»Wahrscheinlich fühlte ich mich so«, sagte er.

Sie wußte nichts von der heftigen Bitterkeit, mit der er Beleidigungen übelnahm. Es folgte eine kleine Pause.

»Und hast du mich vermißt?« fragte sie.

»Ich war froh, daß du aus der ganzen Geschichte draußen warst.«

Wiederum entstand eine Pause.

»Aber haben die Leute es *geglaubt* von dir und mir?« fragte sie.

»Nein, ich bin überzeugt, nicht einen Augenblick.«

»Und Clifford?«

»Ich würde sagen, nein. Er schob es von sich, ohne darüber nachzudenken. Aber natürlich ließ es ihn den Wunsch empfinden, ich wäre, wo der Pfeffer wächst.«

»Ich bekomme ein Kind.«

Jeglicher Ausdruck schwand völlig aus seinem Gesicht, aus seinem ganzen Körper. Er blickte sie mit verdunkelten Augen an, Augen, deren Blick Connie gar nicht verstehen konnte, – wie ein dunkelflammender Geist, der sie ansah.

»Sag, daß du dich freust!« bat sie, nach seiner Hand tastend. Und sie sah einen gewissen Jubel in ihm aufquellen. Aber er war niedergeschlagen von einem Netz von Dingen, die sie nicht verstehen konnte.

»Es ist nur wegen der Zukunft«, sagte er.

»Aber freust du dich nicht?« beharrte sie.

»Ich hab solch ein schreckliches Mißtrauen gegen die Zukunft.«

»Aber du brauchst dich wegen irgendeiner Verantwortlichkeit nicht zu sorgen. Clifford würde es als das seine anerkennen; er wäre froh.«

Sie sah ihn erblassen und unter ihren Worten zusammenzucken. Er antwortete nicht.

»Soll ich zu Clifford zurückkehren und einen kleinen Baronet auf Wragby setzen?« fragte sie.

Er blickte sie an, blaß und sehr fern. Das häßliche kleine Grinsen huschte über sein Gesicht. »Du würdest ihm nicht sagen müssen, wer der Vater ist?«

»Oh«, erwiderte sie, »wenn ich es so wollte, würde er das Kind auch dann nehmen.«

Er dachte eine Weile nach.

»Ja«, sagte er schließlich wie zu sich selbst, »ich glaube, das würde er.«

Es herrschte Schweigen. Eine große Kluft war zwischen ihnen.

»Aber du willst doch nicht, daß ich zu Clifford zurückgehe, nicht wahr?« fragte sie ihn.

»Was willst du selbst?« gab er zurück.

»Ich will mit dir leben«, erwiderte sie einfach.

Gegen seinen Willen überliefen kleine Flammen seinen Leib, als er sie das sagen hörte, und er ließ den Kopf sinken. Dann blickte er sie wieder mit den gehetzten Augen an.

»Wenn es dir dafürsteht...« sagte er. »Ich besitze nichts.«

»Du besitzt mehr als die meisten Männer. Schau, das weißt du doch.«

»Auf eine Art weiß ich's.« Er schwieg eine Weile und dachte nach. Dann fuhr er fort: »Die Leute pflegten zu sagen, ich hätte zu viel von einer Frau in mir. Aber es ist nicht das. Ich bin deshalb noch kein Weib, weil ich kein Wild schießen will, und auch nicht, weil ich nicht Geld machen oder emporkommen will. Ich hätte es leicht beim Militär vorwärtsbringen können. Aber ich mochte das Militär nicht. Obgleich ich mit der Mannschaft sehr gut umgehen konnte. Meine Leute hatten mich gern. Und sie hatten eine Mordsangst vor mir, wenn ich wild wurde. Nein, es war diese stumpfsinnige, ertötende höhere Befehlsgewalt, die das Militär zu etwas Totem machte, zu einem absoluten mausetoten Unsinn. Ich habe Männer gern, und Männer haben mich gern. Aber ich kann die kleinliche, herrische Unverschämtheit der Leute, die unsere Welt regieren, nicht leiden. Darum kann ich nicht vorwärtskommen. Ich hasse die Unverschämtheit des Geldes und ich hasse die Unverschämtheit des Klassendünkels. Was habe ich da in der Welt, wie sie ist, einer Frau zu bieten?«

»Aber warum irgend etwas bieten? Es ist doch kein Handel. Wir lieben einander eben«, sagte sie.

»Nein, nein! Es ist mehr als das. Leben ist Bewegung, und zwar Vorwärtsbewegung. Mein Leben will nicht in den richtigen Bahnen fließen. Es will einfach nicht. Daher bin ich so etwas wie eine verpfuschte Existenz auf eigene Faust. Und es kommt mir nicht zu, eine Frau in mein Leben hineinzuzerren, wenn mein Leben nicht etwas leistet und irgendwohin gelangt, zumindest innerlich, um uns beide frisch zu erhalten. Ein Mann muß einer Frau *irgendeinen* Sinn in seinem Leben bieten, wenn sie zusammen ein isoliertes Leben führen sollen, und sie eine echte Frau ist. Ich kann nicht einfach dein Beischläfer sein.«

»Warum nicht?« warf sie ein.

»Warum? Weil ich nicht kann. Und dir wäre es bald verhaßt.«

»Als könntest du mir nicht vertrauen!« rief sie.

Das Grinsen huschte über sein Gesicht.

»Das Geld ist dein Geld, die gesellschaftliche Stellung ist die deine, die Entscheidungen werden bei dir liegen. Ich bin doch schließlich nicht bloß der Büchsenspanner Ihrer Gnaden.«

»Was sonst bist du?«

»Das magst du wohl fragen! Es ist zweifellos nicht erkennbar. Aber mir selbst bin ich wenigstens etwas. Ich kann den Sinn meines eigenen Daseins sehen, obgleich ich ganz gut begreife, daß niemand sonst ihn sieht.«

»Und wird dein Dasein weniger Sinn haben, wenn du mit mir lebst?«

Er machte eine lange Pause, ehe er antwortete.

»Das könnte sein.«

Auch sie hielt inne, um darüber nachzudenken.

»Und was ist der Sinn deines Daseins?« fragte sie dann.

»Ich sage dir ja, er ist unsichtbar. Ich glaube nicht an die Welt, noch ans Geld, noch ans Emporkommen, noch an die Zukunft unserer Zivilisation. Wenn es durchaus eine Zukunft für die Menschheit geben muß, wird eine große Veränderung in allem jetzt Bestehenden nötig sein.«

»Und wie wird die wirkliche Zukunft aussehen müssen?«

»Das mag der liebe Gott wissen. Ich kann es ein wenig in mir fühlen, aber alles vermischt mit einem guten Teil Wut. Doch worauf es wirklich hinausläuft, das weiß ich nicht.«

»Soll ich's dir sagen?« fragte sie, in sein Gesicht blickend. »Soll ich dir sagen, was du besitzt und andere Männer nicht besitzen, und was die Zukunft gestalten wird? Soll ich's dir sagen?«

»Ja, sag es mir«, erwiderte er.

»Den Mut zur Zärtlichkeit. Und der ist es auch, wenn du deine Hand auf mein Rückenende legst und sagst, daß ich ein hübsches Hinterteil habe.«

Das huschende Grinsen erschien wieder auf seinem Gesicht.

»Oh, das!« sagte er. Dann saß er nachdenklich da.

»Ja«, fuhr er fort, »du hast recht. Das ist es wirklich. Das ist es allezeit. Ich wußte es auch bei meiner Mannschaft. Ich mußte mit den Leuten in Fühlung sein, physisch, und nicht davon abgehen. Ich mußte mir ihrer körperlich bewußt und ein wenig zärtlich zu ihnen sein, auch wenn ich sie geschunden habe. Es ist eine Frage des wachen Bewußtseins, wie Buddha sagt. Aber auch er kniff aus vor dem körperlichen Bewußtsein und jener natürlichen physischen Zärtlichkeit, die das Allerbeste ist, sogar zwischen Männern; auf eine rechte, männliche Art. Das macht sie zu wirklichen Männern, nicht zu solchen Affen. Ja! In Wirklichkeit ist es Zärtlichkeit. Es ist wirklich nichts anderes als Geschlechtsbewußtsein. Sexualität ist wirklich nur Fühlung, die allerengste Fühlung. Und davor fürchten wir uns, vor der Fühlung. Wir sind nur halb bewußt und nur halb lebendig. Wir müssen lebendig und bewußt werden. Die Menschen müssen miteinander in Fühlung kommen und ein wenig zartfühlend werden. Das ist unsere schreiende Not.«

Sie blickte ihn an.

»Warum fürchtest du dich dann vor mir?« fragte sie.

Er sah sie lange an, ehe er antwortete.

»Ich fürchte dein Geld, in Wirklichkeit, und deine Stellung. Ich fürchte die Welt in dir.«

»Aber ist denn keine Zärtlichkeit in mir?« fragte sie sinnend.

Er sah mit verdüstertem, abwesenden Blick auf sie hinab.

»Das wohl. Sie kommt und geht, wie in mir.«

»Aber kannst du ihr zwischen dir und mir nicht vertrauen?« fragte sie, ihn ängstlich anblickend. Sie sah, wie sein Gesicht ganz sanft wurde und seinen Panzer verlor.

»Vielleicht«, sagte er.

Dann schwiegen sie beide.

»Ich will, daß du mich in deinen Armen hältst«, sagte sie. »Ich will, daß du mir sagst, du freust dich darüber, daß wir ein Kind haben werden.«

Sie sah so liebenswert aus, so warm und ernst! Sein Innerstes strebte zu ihr hin.

»Ich glaube, wir können in mein Zimmer gehen«, sagte er. »Obgleich das wieder etwas Skandalöses ist.«

Aber sie sah die Weltvergessenheit wieder über ihn kommen, und sie sah sein Gesicht den sanften, reinen Ausdruck zärtlicher Leidenschaft annehmen.

Sie gingen durch abgelegene Straßen nach dem Coburg Square, wo er im obersten Stockwerk ein Zimmer hatte, eine Mansarde, in der er auf einem Gaskocher selber seine Mahlzeiten zubereitete. Der Raum war klein, aber anständig und ordentlich.

Sie legte ihre Kleider ab und veranlaßte ihn, ein Gleiches zu tun. Sie war reizend in dem weichen ersten Anflug ihrer Schwangerschaft.

»Ich sollte dich in Ruhe lassen«, sagte er.

»Nein!« entgegnete sie. »Liebe mich! Liebe mich und sag, du willst mich behalten! Sag, du willst mich behalten! Sag, daß du mich nie von dir lassen willst, weder in die Welt, noch zu irgend jemand!«

Sie drängte sich dicht an ihn, klammerte sich fest an seinen mageren, kräftigen nackten Körper, das einzige Zuhause, das sie je gekannt hatte.

»Dann will ich dich halten«, sagte er. »Wenn du willst, will ich dich halten.«

Er hielt sie fest umschlungen.

»Und sag, daß du dich freust über das Kind!« wiederholte sie. »Küsse es! Küss' meinen Schoß und sag, du freust dich, daß es da ist.«

Aber das war schwerer für ihn.

»Ich fürchte mich, Kinder in die Welt zu setzen«, sagte er. »Ich fürchte mich für ihre Zukunft.«

»Aber du hast es in mich gesetzt. Sei zärtlich zu ihm! Und das wird schon seine Zukunft sein. Küsse es!«

Er erbebte, denn es war wahr. »Sei zärtlich zu ihm, und das wird schon seine Zukunft sein!« – im Augenblick fühlte er lauterste Liebe für die Frau. Er küßte ihren Bauch und ihren Venusberg, um nahe heran an ihren Schoß und die Frucht darin zu küssen.

»Oh, du liebst mich! Du liebst mich!« rief sie mit einem kleinen Aufschrei, der einem ihrer blinden, unartikulierten Liebesschreie glich. Und er ging sanft in sie ein und fühlte den Strom von Zärtlichkeit erlösend aus seinem Innersten in das ihre fließen, und ihrer beider Innerstes war entflammt von Mitgefühl.

Und er begriff, als er in sie kam, daß dies es war, was er zu tun hatte: in zärtlicher Fühlung zu kommen, ohne seinen Stolz oder seine Würde oder seine Ganzheit als Mann zu verlieren. Schließlich, wenn sie Geld und Mittel hatte und er nicht, sollte er zu stolz und ehrenhaft sein, ihr darum seine Zärtlichkeit vorzuenthalten. »Ich trete ein für das körperliche Bewußtsein zwischen den Menschen«, sagte er sich, »und für den zärtlichen Kontakt. Und die Frau da ist meine Lebensgefährtin. Und es ist ein Kampf gegen das Geld und gegen die Maschine und die fühllose, ideale Äffischkeit der Welt. Und sie wird dabei hinter mir stehen. Gott sei Dank, daß ich ein Weib gefunden habe! Gott sei Dank, daß ich eine Frau gefunden habe, die mit mir ist und zärtlich zu mir und meiner bewußt! Gott sei Dank, daß sie kein Tyrann und keine Närrin ist! Gott sei Dank, daß sie ein zärtliches, bewußtes Weib ist.« Und als sein Same in sie sprang, sprang auch seine Seele zu ihr hinüber in dem schöpferischen Akt, der so viel mehr ist als bloße Fortpflanzung.

Sie war nun ganz entschlossen, daß es keine Trennung zwischen ihm und ihr geben dürfe, aber die Mittel und Wege waren noch zu finden.

»Hast du Bertha Coutts gehaßt?« fragte sie ihn.

»Rede nicht von ihr.«

»Doch, du mußt mich reden lassen! Weil du sie einmal gern gehabt hast. Und du warst einmal so vertraut mit ihr, wie du es mit mir bist. Also mußt du es mir sagen. Ist es nicht recht schrecklich, sie so zu hassen, wenn du einmal vertraut warst mit ihr? Wie kommt das?«

»Ich weiß nicht. Sie hielt gewissermaßen ihren Willen gegen mich bereit, immer, immer. Ihren gräßlichen weiblichen Willen, ihre Freiheit! Einer Frau greuliche Freiheit, die im abscheulichsten Tyrannisieren endet. Oh, sie wahrte immer ihre Freiheit gegen mich, als schüttete sie mir Vitriol ins Gesicht.«

»Aber sie ist nicht einmal jetzt frei von dir. Liebt sie dich noch?«

»Nein, nein! Wenn sie nicht frei von mir ist, so ist der Grund der, daß sie von dieser verrückten Raserei besessen ist, sie müsse mich zu tyrannisieren versuchen.«

»Aber sie muß dich doch geliebt haben.«

»Nein! Oder ja, hier und da wohl. Sie fühlte sich zu mir hingezogen. Und ich glaube, sie haßte sogar das. In manchen Augenblicken liebte sie mich. Aber sie nahm es stets zurück und versuchte zu tyrannisieren. Ihr tiefstes Verlangen war es, mich zu tyrannisieren, und darin konnte man sie nicht ändern. Ihr Wille war von Anfang an böse.

»Aber vielleicht fühlte sie, daß du sie nicht wirklich liebtest, und sie wollte dich dahin bringen.«

»Mein Gott, es war eine verteufelte Art, mich dahin zu bringen!«

»Aber du liebtest sie nicht wirklich, nicht wahr? Dieses Unrecht hast du ihr angetan.«

»Wie hätte ich sie lieben können? Ich begann zwar, ich begann, sie zu lieben. Aber irgendwie hat sie mich stets im Innersten aufgebracht. Nein, reden wir nicht davon! Es war ein Verhängnis; das war es. Und sie war eine Frau , die sich selbst zum Verhängnis werden mußte. Dieses letzte Mal hätte ich sie erschossen wie eine Wildkatze, wenn ich nur gedurft hätte. Ein rasendes, verhängnisvolles Ding in Gestalt eines Weibes. Wenn ich sie nur hätte erschießen und das ganze Elend damit beenden können! Das müßte erlaubt sein. Wenn ein Weib ganz und gar besessen ist von ihrem eigenen Willen, ihrem Eigenwillen, der sich allem entgegensetzt, dann ist es schrecklich. Man sollte sie endlich erschießen.«

»Und sollte man nicht auch Männer endlich erschießen, wenn ihr eigener Wille zur Besessenheit wird?«

»Ja, genau so! Aber ich muß mich von ihr befreien, oder sie wird mir wieder auf den Hals kommen. Ich wollte es dir sagen. Ich muß die Scheidung erwirken, wenn ich nur irgend kann. Darum müssen wir vorsichtig sein. Wir dürfen wirklich nicht zusammen gesehen werden, du und ich. Ich könnte es nie, nie ertragen, wenn sie über dich und mich herfiele.«

Connie überlegte das.

»Dann können wir also nicht zusammen sein?« fragte sie.

»Nicht für die nächsten sechs Monate oder so, bis die endgültige Trennung der Ehe rechtskräftig wird. Aber ich glaube, meine Scheidung wird im September bewilligt werden; also dann bis März.«

»Aber das Kind wird wahrscheinlich Ende Februar zur Welt kommen«, sagte sie.

Er schwieg. »Ich könnte fast wünschen, die Cliffords und Berthas wären alle tot«, sagte er.

»Das nenne ich nicht gerade zärtlich.«

»Zärtlich? O ja, die größte Zärtlichkeit, die man ihnen erweisen könnte, wäre es vielleicht sogar, ihnen den Tod zu geben. Sie können nicht leben! Sie vereiteln bloß das Leben. Die Seele in ihnen ist schauderhaft. Der Tod müßte ihnen süß sein. Und mir müßte es erlaubt sein, sie niederzuschießen.«

»Aber du würdest es nicht tun«, warf sie ein.

»Oh doch! Und mit weniger Skrupel, als ich ein Wiesel niederschieße. Das hat immerhin eine gewisse Anmut und ist ein einsames Ding. Aber sie sind Legion. Oh, ich würde sie niederschießen!«

»Dann ist's vielleicht gut, daß du es nicht wagst.«

»Na ja.«

Connie hatte nun reichlich Stoff zum Nachdenken. Es war klar, daß er von Bertha Coutts vollkommen frei sein wollte. Und sie fühlte, daß er recht hatte; der letzte Angriff war zu wüst gewesen. Es bedeutete, daß sie bis zum Frühjahr allein würde leben müssen. Vielleicht könnte sie sich von Clifford scheiden lassen. Aber wie? Wenn Mellors dabei genannt würde, wäre es aus mit seiner Scheidung. Wie eklig! Konnte man nicht glatt weggehen ans andere Ende der Welt und frei von all dem sein?

Man konnte nicht. Das andere Ende der Welt war heutzutage keine fünf Minuten vom Victoria-Bahnhof entfernt. Solange das Radio in Tätigkeit war, gab es kein anderes Ende der Welt. Könige von Dahomey und Lamas von Tibet hörten London und New York.

Geduld! Geduld! Die Welt war ein ungeheures und grauenhaftes Wirrsal mechanischen Getriebes, und man mußte sehr vorsichtig sein, um nicht von ihm zerfleischt zu werden.

Connie vertraute sich ihrem Vater an.

»Siehst du, Vater, er war Cliffords Förster. Aber vorher war er Offizier beim Heer in Indien. Nur ist er so wie Oberst C. E. Florence, der es vorzog, wieder gemeiner Soldat zu werden.«

Sir Malcolm jedoch hatte keine Sympathie für die unzulängliche Geheimnistuerei des berühmten C. E. Florence. Er sah zu viel Reklame hinter all der Demut. Es sah genau so aus wie die Art von Eingebildetheit, die dem »Ritter von« am meisten zuwider war, die Arroganz der Selbsterniedrigung.

»Wo kommt dein Förster her?« fragte Sir Malcolm gereizt.

»Er ist ein Bergmannssohn aus Tevershall. Aber er ist durchaus gesellschaftsfähig.«

Der Ritter der Kunst wurde noch ärgerlicher.

»Sieht mir nach einem Goldgräber aus«, sagte er. »Und du bist offenbar eine hübsch bequeme Goldmine.«

»Nein, Vater, so ist das nicht. Und du wüßtest das auch, wenn du ihn sehen würdest. Er ist ein Mann. Clifford hat ihn nie ausstehen können, weil er nicht demütig war.«

»Da hat er offenbar einmal einen richtigen Instinkt gehabt.«

Was Sir Malcolm nicht ertragen konnte, war der Skandal, daß seine Tochter ein Verhältnis mit einem Förster hatte. Das Verhältnis nahm er nicht übel, aber den Skandal.

»Ich habe nichts gegen den Burschen. Er ist offenbar imstande gewesen, dich ganz richtig herumzukriegen. Aber bei Gott, denk an all das Gerede! Denk an deine Stiefmutter, was sie dazu sagen würde!«

»Ich weiß«, erwiderte Connie. »Klatsch ist etwas Scheußliches. Besonders wenn man in der Gesellschaft lebt. Und ihm ist es so sehr darum zu tun, seine eigene Scheidung zu erwirken. Ich dachte, wir könnten vielleicht einen anderen als Vater des Kindes angeben und Mellors' Namen gar nicht erwähnen.«

»Einen anderen? Welchen anderen?«

»Vielleicht Duncan Forbes. Er ist sein Leben lang unser Freund gewesen. Und er ist ein recht bekannter Künstler. Und er hat mich gern.«

»Also, da soll mich doch der Teufel holen! Der arme Duncan! Und was soll er davon haben?«

»Ich weiß nicht. Aber es wird ihm vielleicht sogar ganz lieb sein.«

»So? Lieb sein wird's ihm? Na, er ist ein komischer Mann, wenn ihm das lieb ist. Du hast doch nicht einmal ein Verhältnis mit ihm gehabt, oder ja?«

»Nein. Aber er will das auch nicht wirklich. Er liebt es nur, daß ich ihm nahe bin, aber nicht, daß ich ihn berühre.«

»Mein Gott, was für eine Generation!«

»Am liebsten wäre es ihm, wenn ich ihm Modell stehen würde. Nur wollte ich das nie.«

»Gott helfe ihm! Aber er sieht niedergebügelt genug aus für alles mögliche.«

»Immerhin, du würdest dir doch nicht so viel daraus machen, wenn das Gerede sich auf ihn bezöge.«

»Mein Gott, Connie, all diese dreckigen Machenschaften!«

»Ich weiß. Es ist ekelhaft! Aber was bleibt mir übrig?«

»All diese Machenschaften und Winkelzüge, Winkelzüge und Machenschaften! Es gibt einem Manne das Gefühl, schon zu lange gelebt zu haben.«

»Schau, Vater, wenn du in deinem Leben nicht auch hübsch viel Machenschaften und Winkelzüge durchgeführt hättest, könntest du reden.«

»Aber das war anders, das versichere ich dir.«

»Es ist immer anders.«

Hilda traf in London ein und war gleichfalls wütend, als sie von der neuen Entwicklung der Dinge hörte. Und auch sie konnte den Gedanken an einen öffentlichen Skandal, dessen Gegenstand ihre Schwester und ein Förster wäre, einfach nicht ertragen. Wirklich, zu erniedrigend!

»Warum sollten wir nicht einfach, jedes für sich, verschwinden, nach Britisch Kolumbien, ganz ohne Skandal?« meinte Connie.

Aber das taugte nichts. Der Skandal würde genau so herauskommen. Und wenn Connie zusammen mit dem Manne ginge, wäre es schon besser, sie könnte ihn heiraten. Dies war Hildas Meinung. Sir Malcolm war nicht überzeugt. Die Affäre konnte noch immer vorübergehen.

»Aber willst du ihn nicht kennenlernen, Vater?«

Der arme Sir Malcolm! Er war keineswegs erpicht darauf. Und der arme Mellors! Er war noch weniger erpicht. Doch die Zusammenkunft fand statt: ein Lunch in einem Privatraum des Klubs; nur die beiden Männer, die einander von oben bis unten musterten.

Sir Malcolm trank eine hübsche Menge Whisky, und auch Mellors trank. Und sie redeten die ganze Zeit von Indien, über das der jüngere Mann gut informiert war.

Dies währte, solange sie aßen. Erst als der Kaffee serviert wurde und der Kellner gegangen war, zündete Sir Malcolm sich eine Zigarre an und sagte herzlich:

»Nun, junger Mann, was ist's mit meiner Tochter?«

Das Grinsen huschte über Mellors Gesicht.

»Nun, Sir, was ist's mit ihr?«

»Ein Kind haben Sie ihr jedenfalls gemacht.«

»Ich habe die Ehre«, grinste Mellors.

»Ehre, bei Gott!« Sir Malcolm stieß ein kurzes prustendes Lachen aus und wurde schottisch und derb. »Ehre! Wie hat sich das Rennen gelaufen, he? Gut, mein Junge, was?«

»Gut!«

»Das will ich wetten! Meine Tochter, Holz von einem guten Stamm,was? Ich selbst habe mich auch nie vor einer guten Fickerei gedrückt. Obgleich ihre Mutter – du heiliger Strohsack!« Er verdrehte die Augen zum Himmel. »Aber Sie haben sie durchgewärmt. Oh, Sie haben sie durchgewärmt, das kann ich sehen. Haha! Das ist mein Blut in ihr. Sie haben schon richtig Feuer gelegt an den Heuschober. Hahaha! Ich war herzlich froh darüber, das kann ich Ihnen sagen. Sie hat's nötig gehabt. Oh, sie ist ein nettes Mädel, sie ist ein nettes Mädel! Und ich wußte immer, sie würde schon warm werden, wenn nur irgend ein verfluchter Kerl sie richtig in Brand setzen würde. Hahaha! Ein Förster, he, mein Junge? Verflixt guter Wilderer, wenn Sie mich fragen. Haha! Aber nun sehen Sie mal her, ernsthaft gesprochen, was wollen wir da unternehmen? Ernsthaft gesprochen, wissen Sie!«

Ernsthaft sprechend, kamen sie nicht sehr weit. Mellors, obgleich ein wenig beschwipst, war bei weitem der Nüchternere von den beiden. Er führte das Gespräch so vernünftig als möglich, was nicht viel besagen wollte.

»So, also ein Wildhüter sind Sie. Oh, Sie haben ganz recht, diese Art von Wild ist es schon wert, daß ein Mann sich anstrengt, he, was? Und der Prüfstein einer Frau ist es, wenn man sie in den Hintern zwickt. Man kann nach dem Anfühlen ihres Hinterns genau sagen, ob sie so recht mit dabei sein wird. Haha! Ich beneide Sie, mein Junge. Wie alt sind Sie?«

»Neununddreißig.«

Der »Ritter von« zog die Brauen hoch.

»Schon? Na, Sie haben gut weitere zwanzig Jahre, nach Ihrem Aussehen zu schließen. Ob Förster oder nicht, ein guter Hahn sind Sie. Das kann ich mit geschlossenen Augen sehen. Nicht wie dieser verflixte Clifford. Ein saft- und kraftloser Hund, der überhaupt nie einen Fick in sich gehabt hat, überhaupt nie. Ich kann Sie gut leiden, mein Junge. Ich wette, Sie haben einen tüchtigen Beutel. Oh, Sie sind ein Haupthahn, das kann ich sehen. Ein Kampfhahn. Wildhüter! Haha! Bei Gott, ich würde Ihnen mein Wild nicht zu hüten geben. Aber sehen Sie mal, ernsthaft, was wollen wir da tun? Die Welt ist voller verfluchter alter Weiber.«

Ernsthaft taten sie da gar nichts, außer die alte Freimaurerei männlicher Sinnenfreude zwischen einander aufzurichten.

»Und sehen Sie mal, mein Junge, wenn ich je etwas für Sie tun kann, können Sie sich auf mich verlassen. Wildhüter! Herrgott, das ist wirklich saftig! Oh, aber mir gefällt's. Mir gefällt's. Zeigt, daß das Mädel Schneid hat. Was? Schließlich, wissen Sie, hat sie ihr eigenes Einkommen. Bescheiden, bescheiden, aber es schützt vorm Verhungern. Und ich werde ihr hinterlassen, was ich habe. Bei Gott, das werde ich! Sie verdient es dafür, daß sie Schneid gezeigt hat in einer Welt alter Weiber. Ich habe mich siebzig Jahre lang gemüht, um von den Unterröcken alter Weiber freizukommen, und hab's noch immer nicht zuwege gebracht. Aber Sie sind der Mann dazu, das kann ich sehen.«

»Ich freue mich, daß Sie das finden. Gewöhnlich wird mir zu verstehen gegeben, daß ich ein Esel bin.«

»Oh, das glaube ich wohl. Mein lieber Freund, was sonst könnten Sie sein für alle diese alten Weiber als ein Esel?«

Sie trennten sich äußerst herzlich, und den ganzen Rest des Tages lachte Mellors in sich hinein.

Am nächsten Tag nahm er in einem verschwiegenen Lokal mit Connie und Hilda den Lunch ein.

»Es ist ein großer Jammer, daß das Ganze solch eine häßliche Situation ergibt«, sagte Hilda.

»Ich habe eine Menge Spaß davon«, erwiderte er.

»Ich glaube, ihr hättet es vermeiden können, Kinder in die Welt zu setzen, ehe ihr beide frei seid, zu heiraten und Kinder zu haben.«

»Der liebe Gott blies ein wenig zu früh auf den Funken«, sagte er.

»Ich glaube, der liebe Gott hatte nichts damit zu tun. Gewiß hat Connie genug Geld, um euch beide zu erhalten, aber die Situation ist unerträglich.«

»Sie haben aber schließlich doch nicht mehr als einen kleinen Zipfel davon zu tragen«, erwiderte er.

»Wenn Sie wenigstens derselben Klasse wie Connie angehörten!«

»Oder wenn ich in einem Käfig im Zoo wäre.«

Es folgte ein Schweigen.

»Ich glaube«, sagte Hilda, »es wird das Beste sein, den Namen eines anderen Mannes anzugeben und Sie aus dem Spiel zu lassen.«

»Aber ich dachte, ich hätte mich mitten 'reingesetzt.«

»Ich meine, aus dem Scheidungsprozeß.«

Er blickte sie verwundert an. Connie hatte es nicht gewagt, ihm von dem Plan mit Duncan zu erzählen.

»Ich verstehe Sie nicht recht«, sagte er.

»Wir haben einen Freund, der wahrscheinlich einwilligen würde, als Mitschuldiger genannt zu werden, so daß Ihr Name nicht aufzutauchen brauchte«, erklärte Hilda.

»Sie meinen einen anderen Mann?«

»Selbstverständlich!«

»Aber sie hat keinen anderen.«

Er blickte voll Verwunderung auf Connie.

»Nein, nein«, sagte sie hastig, »nur eine alte Freundschaft, eine ganz einfache – keine Liebe.«

»Warum sollte der Kerl da die Schuld auf sich nehmen? Wenn er nichts von dir gehabt hat?«

»Manche Männer sind ritterlich und berechnen nicht bloß, was sie von einer Frau haben«, sagte Hilda.

»Ein Hieb für mich, eh? Aber wer ist der Vogel?«

»Ein Freund, den wir seit unserer Kindheit in Schottland kennen, ein Maler.«

»Duncan Forbes!« sagte er sogleich, denn Connie hatte von ihm gesprochen. »Und wie wollen Sie ihm die Schuld aufhalsen?«

»Die beiden könnten zusammen in irgendeinem Hotel wohnen, oder sie könnte sogar in seiner Wohnung übernachten.«

»Scheint mir eine Menge Getue um nichts«, sagte er.

»Was sonst schlagen Sie vor?« fragte Hilda. »Wenn Ihr Name auftaucht, werden Sie die Scheidung von Ihrer Frau nicht erlangen, die offenbar eine ganz unmögliche Person ist, mit der man nichts zu tun haben darf.«

»Das stimmt«, sagte er grimmig.

Es folgte ein langes Schweigen.

»Wir könnten einfach aus England verschwinden«, meinte er.

»Es gibt kein Verschwinden für Connie«, sagte Hilda. »Clifford ist zu bekannt.«

Wiederum das Schweigen hoffnungsloser Vereitelung.

»Die Welt ist, was sie nun einmal ist. Wenn ihr miteinander leben wollt, ohne verfolgt zu werden, werdet ihr heiraten müssen. Um zu heiraten, müßt ihr beide geschieden sein. Also wie wollt ihr das anfangen?«

Er schwieg lange Zeit.

»Wie wollen *Sie* das für uns anfangen?« fragte er endlich.

»Wir wollen sehen, ob Duncan einwilligen wird, als Mitschuldiger zu figurieren. Dann müssen wir Clifford dazu bringen, die Scheidungsklage gegen Connie zu erheben. Und Sie müssen Ihre Scheidung weiterbetreiben. Und ihr beide müßt getrennt bleiben, bis ihr frei seid.«

»Klingt wie ein ganzes Irrenhaus.«

»Möglich! Und die Welt würde euch als Irrsinnige oder noch was Ärgeres betrachten.«

»Was wäre noch ärger?«

»Verbrecher vermutlich.«

»Ich hoffe, ich kann vorher noch ein paarmal mit dem Dolch zustoßen«, sagte er grinsend. Dann schwieg er verärgert.

»Na gut«, sagte er endlich, »ich bin mit allem einverstanden. Die Welt ist ein tobsüchtiger Idiot, den kein Mensch umbringen kann. Allerdings werde ich mein Bestes dazu tun. Aber sie haben recht. Wir müssen uns retten, so gut wir können.«

Er sah Connie gedemütigt, zornig, überdrüssig und elend an.

»Mein Mädel«, sagte er, »die Welt ist schon dabei, dir Salz auf den Schwanz zu streuen.«

»Nicht, wenn wir sie nicht lassen«, erwiderte sie.

Sie machte sich weniger als er aus diesen Winkelzügen gegen die Welt.

Auch Duncan bestand, als man an ihn herantrat, darauf, den Förster-Delinquenten zu sehen. Und so kam es zu einem Dinner, diesmal in Duncans Wohnung: sie alle vier. Duncan Forbes war ein ziemlich untersetzter, breitschultriger, dunkelhäutiger, schweigsamer Hamlet mit glattem schwarzem Haar und von einem unheimlichen keltischen Eigendünkel. Seine Malereien bestanden aus lauter Röhren und Ventilen und Spiralen und sonderbaren Farben, ultramodern, aber doch von einer gewissen Kraft, ja sogar einer gewissen Reinheit der Form und des Tons; nur Mellors fand sie grausig und abstoßend. Er erlaubte sich jedoch nicht, dies zu sagen, denn Duncan war beinahe wahnsinnig, wo es seine Kunst galt; sie war ein persönlicher Kult, eine persönliche Religion für ihn.

Sie besichtigten die Bilder im Atelier, und Duncan hielt seine etwas klein geratenen braunen Augen auf den anderen Mann gerichtet. Er wollte hören, was der Förster über die Bilder sagen würde. Connies und Hildas Urteile kannte er bereits.

»Sie sind wie kleine Morde in Reinkultur«, sagte Mellors endlich – ein Ausspruch, den Duncan von einem Förster keineswegs erwartet hatte.

»Und wer wird ermordet?« fragte Hilda sehr kühl und höhnisch.

»Ich. Diese Art Malerei mordet alles Mitgefühl im Herzen eines Menschen.«

Eine Welle reinsten Hasses strömte aus dem Maler. Er hörte den Ton von Abscheu und Verachtung in des anderen Stimme. Und ihn ekelte bei der Erwähnung des mitfühlenden Herzens. Kränkliche Empfindelei!

Mellors stand sehr schmal und schlank und angegriffen aussehend da und blickte mit einer flackernden Unbeteiligtheit, die ein wenig wie das Tanzen einer umherflatternden Motte war, auf die Bilder.

»Vielleicht wird die Einfalt ermordet – empfindsame Einfalt«, höhnte der Maler.

»Glauben Sie? Ich denke, all' diese Röhren und Wellenlinien sind vollauf einfältig genug und nicht wenig sentimental. Sie zeigen eine Menge Selbstmitleid und eine schauderhafte Menge nervöser Wichtigtuerei, so scheint mir.«

In einer neuerlichen Welle von Haß sah des Malers Gesicht gelb aus. Aber mit einer Art schweigenden Hochmuts drehte er die Bilder zur Wand.

»Ich glaube, wir könnten ins Eßzimmer gehen«, sagte er, und sie schlichen trübselig hinüber.

Nach dem schwarzen Kaffee sagte Duncan: »Ich habe gar nichts dagegen, als Vater von Connies Kind dazustehen, aber nur unter der Bedingung, daß sie herkommt und mir Modell steht. Ich habe sie seit Jahren als Modell haben wollen, und sie hat sich stets geweigert.« Er äußerte das mit der finsteren Endgültigkeit eines Inquisitors, der ein Autodafé ankündigt.

»Ah«, sagte Mellors, »Sie tun es also nur bedingungsweise.«

»Gewiß, ich tue es nur unter dieser Bedingung.« Der Maler versuchte, die äußerste Verachtung für den anderen in seine Worte zu legen. Er legte ein wenig zu viel hinein.

»Sie sollten lieber gleichzeitig auch mich als Modell nehmen«, sagte Mellors. »Sollten uns lieber in einer Gruppe malen: Vulkan und Venus unter dem Netze der Kunst. Ich war einmal Schmied, ehe ich Förster wurde.«

»Ich danke Ihnen«, erwiderte der Maler. »Ich glaube nicht, daß Vulkan einen Akt hat, der mich interessiert.«

»Nicht einmal, wenn er zu Röhren geformt und entsprechend herausgeputzt wird?«

Es erfolgte keine Antwort. Der Maler war zu hochmütig erhaben für weitere Worte.

Es wurde eine trübselige Abendgesellschaft, während der der Künstler die Anwesenheit des andern Mannes beständig ignorierte und nur in kurzen Sätzen zu den Frauen sprach, als würden die Worte den Tiefen seiner düsteren Gewichtigkeit abgerungen.

»Du magst ihn nicht, aber er ist wirklich nicht so schlimm. Er ist wirklich ein guter Mensch«, erklärte Connie, als sie weggingen.

»Er ist ein kleines schwarzes Hundejunges, das die Wellenlinienstaupe hat«, entgegnete Mellors.

»Ja, er war heute nicht nett.«

»Und willst du wirklich zu ihm gehen und ihm Modell stehen?«

»Oh, heute habe ich nicht mehr wirklich etwas dagegen. Er wird mich nicht anrühren. Und ich mache mir aus nichts etwas, wenn es nur für dich und mich den Weg zu einem Zusammenleben ebnet.«

»Aber er wird dich bloß bescheißen auf der Leinwand.«

»Das ist mir gleich. Er wird bloß seine eigenen Gefühle für mich malen, und ich mache mir nichts daraus, wenn er das tut. Ich würde mich nicht von ihm anrühren lassen, nicht um die Welt. Aber wenn er glaubt, er kann etwas mit seinem eulenhaften künstlerischen Anstarren leisten, dann laß ihn starren. Er kann so viele leere Röhren und Wellenlinien aus mir machen, als ihm paßt. Es ist sein Schaden. Er haßte dich, weil du sagtest, daß seine röhrenförmige Kunst sentimental und wichtigtuerisch sei. Aber natürlich ist es wahr.«

NEUNZEHNTES KAPITEL

Lieber Clifford! Ich fürchte, was Du vorausgesehen hast, ist eingetreten. Ich bin wirklich verliebt in einen anderen Mann, und ich hoffe zuversichtlich, Du wirst dich von mir scheiden lassen. Ich lebe gegenwärtig mit Duncan in seiner Wohnung. Ich teilte Dir mit, daß er in Venedig mit uns beisammen war. Ich bin schrecklich unglücklich um Deinetwillen. Aber versuche, bitte, es ruhig zu nehmen. Du brauchst mich nicht mehr wirklich, und ich kann es nicht ertragen, nach Wragby zurückzukehren. Es tut mir ganz entsetzlich leid. Aber bitte, versuche, mir zu verzeihen, und lasse Dich scheiden von mir und finde jemand besseren. Ich bin nicht wirklich die Richtige für Dich; ich bin zu ungeduldig und selbstisch, vermute ich. Aber ich kann nie wieder zurückkommen und mit Dir leben. Und das Ganze tut mir so schrecklich leid um Deinetwillen, aber wenn Du Dich nicht in eine Aufregung hineingeraten läßt, wirst Du sehen, daß Du Dir nicht so schrecklich viel daraus machen wirst. Es war Dir nicht wirklich an mir persönlich gelegen. Also vergib mir, bitte, und werde mich los!«

Innerlich war Clifford nicht überrascht, diesen Brief zu erhalten. Innerlich hatte er seit langer Zeit gewußt, daß sie ihn verließ. Aber er hatte unbedingt jedes äußerliche Eingeständnis verweigert. Daher kam es äußerlich als der schrecklichste Schlag und Schock für ihn. Er hatte bisher die Oberfläche seines Vertrauens auf Connie völlig ungetrübt erhalten.

Und so sind wir eben. Durch Willensstärke schneiden wir unser innerliches intuitives Bild vom eingestandenen Bewußtsein ab. Dies verursacht einen Zustand von Angst oder Vorahnung, der den Schlag zehnmal ärger macht, wenn er dann wirklich fällt.

Clifford war wie ein hysterisches Kind. Er verursachte Mrs. Bolton einen fürchterlichen Schreck, als er sich plötzlich im Bett aufsetzte, totenbleich und mit leerer Miene.

»Aber Sir Clifford, was ist nur geschehen?«

Keine Antwort! Sie war entsetzt, daß er am Ende einen Schlaganfall haben könnte. Sie eilte zu ihm, befühlte sein Gesicht und griff nach seinem Puls.

»Haben Sie Schmerzen? Versuchen Sie doch, mir zu sagen, wo es Ihnen weh tut. Sprechen Sie doch!«

Keine Antwort.

»O Gott, o Gott! Da werde ich nach Sheffield telefonieren, dem Doktor Carrington, und Doktor Lecky sollte am besten gleich herüberkommen.«

Sie war schon in der Nähe der Tür, als er mit hohler Stimme sagte:

»Nein!«

Sie blieb stehen und starrte ihn an. Sein Gesicht war gelb und leer und wie das Gesicht eines Schwachsinnigen. »Sie meinen, Sie wollen lieber nicht, daß ich den Doktor hole?«

»Nein! Ich brauche ihn nicht«, ertönte die Grabesstimme.

»Oh, aber Sir Clifford, Sie sind krank, und ich traue mich nicht, die Verantwortung zu übernehmen. Ich muß nach dem Doktor senden. Oder man wird mir die Schuld geben.«

Eine Pause; dann sagte die hohle Stimme:

»Ich bin nicht krank. Meine Frau kommt nicht zurück.« Es war, als spräche eine Bildsäule.

»Kommt nicht zurück? Sie meinen Ihre Gnaden?« Mrs. Bolton kam ein wenig näher zum Bett. »Oh, glauben Sie das nicht. Sie können sich auf Ihre Gnaden verlassen, daß sie zurückkommt.«

Die Bildsäule im Bett veränderte ihr Aussehen nicht, aber sie schob einen Brief über die Bettdecke.

»Lesen Sie das!« sagte die Grabesstimme.

»Aber... aber wenn es ein Brief von Ihrer Gnaden ist, dann bin ich sicher, daß Ihre Gnaden nicht wollen würde, daß ich ihren Brief an Sie lese, Sir Clifford. Sie können mir sagen, was sie schreibt, wenn Sie wollen.«

Aber das Gesicht mit den starren blauen Augen, die daraus hervorstanden, veränderte sich nicht.

»Lesen Sie!« befahl die Stimme.

»Ja, wenn ich muß, dann tue ich es, um Ihnen zu gehorchen, Sir Clifford«, sagte sie.

Und sie las den Brief.

»Also ich bin wirklich erstaunt über Ihre Gnaden«, erklärte sie dann. »Sie versprach so fest, sie werde zurückkommen.«

Das Gesicht im Bett schien seinen Ausdruck von wilder, aber regungsloser Verzweiflung zu verstärken. Mrs. Bolton sah es an und war besorgt. Sie wußte, womit sie es da zu tun hatte: mit männlicher Hysterie. Sie hatte nicht Soldaten gepflegt, ohne etwas über dieses sehr unangenehme Leiden zu lernen.

Sie war ein wenig ungeduldig mit Sir Clifford. Jeder Mensch, der bei Sinnen war, mußte gewußt haben, daß seine Frau einen anderen liebte und daran war, ihn zu verlassen. Sogar Sir Clifford, davon war sie überzeugt, mußte sich innerlich unbedingt dessen bewußt gewesen sein, nur wollte er es sich nicht eingestehen. Hätte er es sich eingestanden und sich darauf vorbereitet oder hätte er es sich eingestanden und tätig mit seiner Frau dagegen gerungen — das wäre wie ein Mann gehandelt gewesen. Aber nein! Er wußte es und versuchte die ganze Zeit wie ein Kind, sich vorzumachen, es wäre nicht so. Er fühlte, wie der Teufel den Schwanz ringelte, und gab vor, daß die Engel ihn anlächelten. Dieser falsche Zustand hatte nun diese Krise von Falschheit und Verdrängung herbeigeführt, diese Hysterie, die eine Form des Wahnsinns war. »Das kommt davon«, sagte sie bei sich und haßte ihn ein wenig, »daß er immer an sich selbst denkt. Er ist so eingesponnen in sein eigenes unsterbliches Ich, daß er, wenn er wirklich einen Schlag erhält, wie eine Mumie in die eigenen Binden verwickelt ist. Man braucht ihn nur anzusehen.«

Aber Hysterie war gefährlich. Und sie war eine Pflegerin; es war ihre Pflicht, ihn herauszureißen. Jeder Versuch, seine Männlichkeit und seinen Stolz aufzurütteln, würde seinen Zustand nur verschlimmern: denn seine Männlichkeit war tot, zeitweilig, wenn nicht endgültig. Er würde sich nur winden, immer weicher und weicher, wie ein Wurm, und noch mehr verrückt werden.

Das einzige, was sich tun ließe, war, sein Selbstmitleid auszulösen. Wie die Frau bei Tennyson mußte er weinen, oder er mußte sterben.

Also begann Mrs. Bolton als erste zu weinen. Sie bedeckte ihr Gesicht mit der Hand und brach in kleine wilde Schluchzer aus. »Das hätte ich nie von Ihrer Gnaden geglaubt, das hätte ich nie geglaubt«, weinte sie, indem sie plötzlich all ihren alten Gram und ihr Wehgefühl heraufrief und die Tränen ihres eigenen bitteren Kummers weinte. Als sie einmal begonnen hatte, wurde ihr Weinen echt genug, denn sie hatte wirklich etwas zu beweinen.

Clifford dachte an die Art, wie er von dem Weib Connie betrogen worden war, und in einer Ansteckung von Gram füllten Tränen seine Augen und begannen über seine Wangen herabzurinnen. Er beweinte sich selbst. Sobald Mrs. Bolton die Tränen über sein leeres Gesicht laufen sah, trocknete sie hastig ihre eigenen nassen Wangen mit ihrem kleinen Taschentuch und beugte sich zu Clifford.

»Nun quälen Sie sich nur nicht, Sir Clifford«, sagte sie mit einem köstlich verschwenderischen Aufwand von Gefühl. »Nun quälen Sie sich nur nicht, Sir Clifford. Das dürfen Sie nicht, Sie werden nur sich selbst schaden!«

Sein Körper erschauerte plötzlich vom eingezogenen Atem stummen Schluchzens, und die Tränen rollten schneller über sein Gesicht herab. Sie legte ihre Hand auf seinen Arm, und wiederum flossen ihre eigenen Tränen. Abermals durchlief das Erschauern ihn wie ein Krampf, und sie legte ihm ihren Arm um die Schulter. »Aber, aber! Aber, aber! Kränken sie sich nur nicht. Nicht kränken! Nicht kränken!«

murmelte sie ihm zu, während ihre eigenen Tränen herniedertropften. Und sie zog ihn an sich und hielt ihre Arme um seine breiten Schultern geschlungen, während sie sein Gesicht an ihren Busen lehnte und schluchzte, dabei seine ungeheuren Schultern wiegend und drückend, während sie sanft sein dunkelblondes Haar streichelte und sagte: »Aber, aber, wer wird denn! Wer wird denn! Na, na! Nehmen Sie's nicht so schwer!«

Und er schlang seine Arme um sie und klammerte sich an sie wie ein Kind und benetzte den Latz ihrer gestärkten weißen Schürze und die Bluse ihres hellblauen Baumwollkleides mit seinen Tränen. Er hatte sich endlich ganz gehen lassen.

Und so küßte sie ihn endlich und wiegte ihn an ihrem Busen, und in ihrem Herzen sagte sie sich: »O Sir Clifford, o hochmächtige Chatterleys! So tief seid Ihr nun gefallen!« Und endlich schlief er sogar ein wie ein Kind. Sie fühlte sich erschöpft und ging in ihr Zimmer, wo sie in ihrer eigenen Hysterie zugleich lachte und weinte. Es war so lächerlich! Es war so schrecklich! Solch ein Sturz, solch eine Schande! Und es war auch so aufregend.

Danach wurde Clifford Mrs. Bolton gegenüber wie ein Kind. Er hielt ihre Hand und lehnte seinen Kopf an ihre Brust, und als sie ihn einmal leicht küßte, sagte er: »Ja! Küssen Sie mich! Küssen Sie mich!« Und wenn sie seinen großen blonden Körper mit dem Schwamme abrieb, sagte er dasselbe: »Küssen Sie mich! Ja, küssen Sie mich doch!« Und dann küßte sie leicht seinen Körper, überall, halb im Spott.

Und er lag mit einem wunderlichen, leeren Gesicht da, wie ein Kind, mit ein wenig von der Verwunderung eines Kindes. Und in einer erleichternden Madonnenanbetung pflegte er sie mit weiten Kinderaugen anzustarren. Es war eine reine Erleichterung für ihn, all seine Männlichkeit sein zu lassen, um zurückzusinken in eine Kindlichkeit, die wirklich pervers war. Und dann griff er mit der Hand in ihren Busen und befühlte ihre Brüste und küßte sie in leidenschaftlicher Erregung, der leidenschaftlichen Erregung der Perversität, ein Kind zu sein, wenn er doch ein Mann war.

Mrs. Bolton fühlte sowohl Entzücken als auch Scham. Sie liebte es und sie haßte es auch. Aber sie stieß ihn nicht zurück, machte ihm nie Vorwürfe. Und sie gerieten in eine engere physische Vertrautheit, eine Vertrautheit von Perversität, in der er ein Kind war, befallen von einer anscheinenden Freimütigkeit und Verwunderung, die beinahe wie religiöse Begeisterung aussah; wie die perverse und wörtliche Widergabe des »Es sei denn, Ihr werdet wieder wie ein kleines Kind« – während sie die Große Mutter voll Kraft und Macht war, die den großen blonden Kind-Mann völlig unter ihrem Willen und ihrem Gebot hatte.

Das Merkwürdige daran war, daß dieser Kind-Mann, der Clifford nun war, und zu dem er seit Jahren geworden, wenn er in die Welt hinauskam, viel energischer und scharfsinniger war, als der frühere wirkliche Mann. Dieser perverse Kind-Mann war jetzt ein wirklicher Geschäftsmann; wenn es auf Geschäfte ankam, war er ein absoluter Voll-Mann, scharf wie ein Messer und undurchdringlich wie ein Stück Stahl. Wenn er draußen unter Männern war und seine eigenen Zwecke verfolgte und sein Bergbauunternehmen »florieren machte«, besaß er eine beinahe unheimliche Gerissenheit und Härte und einen geraden, scharfen Schlag. Es war, als gäbe ihm seine Passivität und Prostitution gegenüber der Großen Mutter andererseits eine verschärfte Einsicht in materiellen Geschäftsangelegenheiten und verliehe ihm eine gewisse bemerkenswerte unmenschliche Stärke. Das Schwelgen in privatem Gefühl, die äußerste Erniedrigung seines männlichen Selbst schien ihm eine zweite Natur zu verleihen, eine kalte, beinahe visionäre Geschäftstüchtigkeit. Im Geschäft war er völlig unmenschlich.

Und für Mrs. Bolton war das ein Grund, zu triumphieren. »Wie er vorwärtskommt!« sagte sie sich stolz. »Das ist mein Werk! Wahrhaftig, mit Lady Chatterley wäre er nie so vorwärts gekommen. Sie war nicht eine, die einen Mann vorwärtsbringen konnte. Sie wollte zu viel für sich selbst.«

Und wie sie ihn dabei in irgendeinem Winkel ihrer unheimlichen weiblichen Seele verachtete und haßte! Er war für sie das gefallene Tier, das sich windende Ungeheuer. Und während sie ihm half und Vorschub leistete, so viel sie konnte, verachtete sie ihn im entferntesten Winkel ihrer alten gesunden Weiblichkeit mit einer wilden Verachtung, die keine Grenzen hatte. Der letzte Vagabund war besser als er.

Sein Benehmen, soweit es Connie betraf, war sonderbar. Er bestand darauf, sie wiederzusehen. Er bestand überdies darauf, daß sie nach Wragby komme. In diesem Punkt war er endgültig und unbedingt entschlossen. Connie hatte fest versprochen, getreulich nach Wragby zurückzukehren.

»Aber hat es einen Zweck?« fragte Mrs. Bolton. »Können Sie sie nicht laufen lassen und sie los sein?«

»Nein. Sie sagte, sie werde zurückkommen, und sie hat zurückzukommen.«

Mrs. Bolton widersprach ihm nicht mehr. Sie wußte, womit sie es zu tun hatte.

»Ich brauche Dir nicht zu sagen, welche Wirkung Dein Brief auf mich gehabt hat«, schrieb er an Connie nach London. »Vielleicht kannst Du es Dir vorstellen, wenn Du es versuchst. Obgleich Du Dir zweifellos nicht die Mühe nehmen wirst, Deine Vorstellungsgabe mir zuliebe zu gebrauchen. Ich kann Dir nur eines antworten. Ich muß Dich persönlich sprechen, hier in Wragby, ehe ich irgend etwas tun kann. Du hast fest versprochen, nach Wragby zurückzukehren, und ich nehme Dich beim Wort. Ich glaube gar nichts und verstehe gar nichts, ehe ich Dich nicht persönlich gesprochen habe, und zwar hier, unter normalen Verhältnissen. Ich brauche Dir nicht erst zu sagen, daß niemand irgend einen Verdacht hat. Also würde deine Rückkehr etwas ganz Selbstverständliches sein. Wenn Du dann, nachdem wir die Sache besprochen haben, noch bei derselben Meinung verharrst, werden wir zweifellos zu einem Übereinkommen gelangen können.«

Connie zeigte Mellors diesen Brief.

»Er will mit seiner Rache an Dir beginnen«, sagte er, als er ihr den Brief zurückreichte.

Connie schwieg. Sie war einigermaßen überrascht, zu entdecken, daß sie sich vor Clifford fürchtete. Sie fürchtete, ihm in die Nähe zu gehen. Sie fürchtete sich vor ihm, als wäre er böse und gefährlich.

»Was soll ich tun?« fragte sie.

»Nichts, wenn du nichts tun willst.«

Sie beantwortete den Brief und versuchte Clifford hinzuhalten. Er schrieb zurück: »Wenn Du nicht jetzt nach Wragby zurückkommst, werde ich annehmen, daß Du eines Tages zurückkommen wirst, und werde dementsprechend handeln. Ich werde die Dinge genau so weitergehen lassen und hier auf Dich warten, und wenn ich fünfzig Jahre warte.«

Sie fürchtete sich. Dies war Tyrannisieren von einer ganz heimtückischen Art. Sie zweifelte nicht, daß er meine, was er sagte. Er würde nicht in die Scheidung einwilligen, und das Kind bliebe das seine, wenn sie nicht irgendwelche Mittel finden könnte, es für illegitim erklären zu lassen.

Nach einer Zeit der Sorge und Gehetztheit entschloß sie sich, nach Wragby zu fahren. Hilda würde mit ihr kommen. Sie schrieb Clifford das. Er antwortete: »Deine Schwester wird mir nicht willkommen sein, aber ich werde ihr nicht die Türe verschließen. Ich zweifle nicht, daß sie im geheimen Einverständnis mit Dir stand, als Du Deine Pflichten und Verantwortlichkeiten im Stiche ließest. Also erwarte von mir nicht, daß ich Vergnügen darüber bezeige, sie zu sehen.«

Sie fuhren nach Wragby. Clifford war nicht zu Hause, als sie ankamen. Mrs. Bolton empfing sie. »Oh, Euer Gnaden, das ist nicht die glückliche Heimkehr, die wir erhofft hatten, nicht wahr?« rief sie.

»Nicht?« sagte Connie.

Also diese Frau wußte! Wie viel wußten oder argwöhnten die übrigen Dienstboten?

Sie betrat das Haus, das sie jetzt mit jeder Faser ihres Körpers haßte. Die große, weitläufige Masse des Anwesens schien ihr etwas Böses, einfach etwas, von dem sie bedroht wurde. Sie war nicht länger seine Herrin. Sie war sein Opfer.

»Lange kann ich nicht hier bleiben«, flüsterte sie Hilda schreckerfüllt zu.

Und sie litt, als sie in ihr altes Schlafzimmer ging und wieder Besitz ergriff, als wäre nichts geschehen. Sie haßte jede Minute innerhalb der Mauern von Wragby. Die Schwestern trafen Clifford nicht eher, als bis sie zum Abendessen hinunterkamen. Er war im Abendanzug und mit seiner schwarzen Krawatte sehr förmlich und ganz der überlegene Gentleman. Er benahm sich vollkommen höflich während des Essens und hielt eine höfliche Art von Konversation aufrecht. Aber alles schien einen Zug von Wahnsinn zu haben.

»Wieviel wissen die Dienstboten?« fragte Connie, als das Mädchen das Zimmer verlassen hatte.

»Von deinen Absichten? Gar nichts.«

»Mrs. Bolton weiß.«

Er wechselte die Farbe.

»Mrs. Bolton ist nicht ganz ein Dienstbote.«

»Oh, mir liegt nichts daran.«

Es herrschte eine Spannung bis nach dem Kaffee; dann sagte Hilda, sie wolle in ihr Zimmer hinaufgehen.

Clifford und Connie saßen schweigend, als sie gegangen war. Keiner wollte zu sprechen beginnen. Connie war so froh, daß er sich nicht aufs Pathetische verlegte – sie reizte ihn zu so viel Hochmut als möglich. So saß sie einfach schweigend da und blickte auf ihre Hände hinab.

»Ich vermute, du machst dir nicht das geringste daraus, dein Wort gebrochen zu haben«, sagte er endlich.

»Ich kann's nicht ändern«, murmelte sie.

»Wenn du's nicht kannst, wer kann es sonst?«

»Vermutlich niemand.«

Er blickte sie mit einer sonderbaren kalten Wut an. Er war an sie gewöhnt. Sie war sozusagen in seinen Willen eingebettet. Wie durfte sie ihn nun im Stich lassen, sich gegen ihn auflehnen und das Gewebe seines täglichen Daseins zerstören? Wie durfte sie es wagen, diese Störung seiner Persönlichkeit verursachen zu wollen?

»Und wofür willst du alles im Stich lassen?« fragte er beharrlich weiter.

»Für Liebe«, sagte sie. Es war das beste, banal zu sein.

»Die Liebe eines Duncan Forbes? Aber die schien dir nicht des Nehmens wert, als du mich kennenlerntest. Willst du etwa sagen, daß du ihn jetzt mehr liebst als alles andere im Leben?«

»Man ändert sich«, sagte sie.

»Möglich! Möglicherweise hast du Launen. Aber du mußt mich erst noch von der Wichtigkeit der Veränderung überzeugen. Ich glaube schlicht nicht an deine Liebe für Duncan Forbes.«

»Aber warum solltest du auch an sie glauben? Du hast dich nur scheiden zu lassen von mir und nicht an meine Gefühle zu glauben.«

»Und warum sollte ich mich scheiden lassen von dir?«

»Weil ich nicht mehr hier leben will. Und du brauchst mich wirklich nicht.«

»Entschuldige bitte! Ich ändere mich nicht. Für mein Teil, da du meine Frau bist, würde ich es vorziehen, daß du in Würde und Ruhe unter meinem Dache bleibst. Wenn wir persönliche Gefühle beiseite lassen – und ich versichere dir, von meiner Seite heißt das, recht viel beiseite lassen –, ist es für mich so bitter wie der Tod, mir meine Lebensordnung hier in Wragby umstoßen und den täglichen Gang der Dinge zertrümmern zu lassen, einfach wegen einer Laune von dir.«

Nach einer Weile des Schweigens erwiderte sie: »Dagegen kann ich nichts tun. Ich muß einfach weg. Ich erwarte ein Kind.«

Auch er schwieg für eine Weile.

»Und um des Kindes willen mußt du weg?« fragte er endlich.

Sie nickte.
»Und warum? Ist Duncan Forbes so erpicht auf seine Brut?«
»Jedenfalls erpichter, als du es sein würdest«, erwiderte sie.
»Aber wirklich – ich will meine Frau haben und ich sehe keinen Grund dafür, sie gehen zu lassen. Wenn sie unter meinem Dach ein Kind gebären will, ist sie mir willkommen und das Kind auch; vorausgesetzt, daß der Anstand und die Lebensordnung gewahrt bleiben. Willst du mir etwa sagen, daß Duncan Forbes dich stärker festhält? Das glaube ich nicht.«
Es entstand eine Pause.
»Aber siehst du denn nicht«, sagte Connie, »daß ich von dir weg muß? Ich muß mit dem Manne leben, den ich liebe.«
»Nein, das sehe ich nicht. Ich gebe keinen Deut für deine Liebe zu ihm und auch nicht für den Mann, den du liebst. Ich glaube nicht an diese Sorte von Redensarten.«
»Aber siehst du, ich tue es.«
»So, tust du es? Meine liebe gnädige Frau, Sie sind zu intelligent, das versichere ich Ihnen, um an Ihre Liebe zu Duncan Forbes zu glauben. Nein, glaube mir, auch jetzt noch hast du mehr für mich übrig. Also warum sollte ich in solch einen Unsinn einwilligen?«
Sie fühlte, daß er da recht hatte. Und sie fühlte, daß sie nicht länger schweigen könne.
»Weil es nicht Duncan Forbes ist, den ich wirklich liebe«, sagte sie und blickte zu ihm auf. »Wir sagten bloß, es wäre Duncan, um deine Gefühle zu schonen.«
»Um meine Gefühle zu schonen?«
»Ja! Weil der, den ich wirklich liebe – und du wirst mich darum hassen –, Mr. Mellors ist, der hier dein Förster war.«
Wenn er aus seinem Stuhl hätte springen können, hätte er es getan. Sein Gesicht wurde gelb, und seine Augen quollen unheildrohend vor, während er Connie wütend anstarrte.

Dann fiel er in seinen Stuhl zurück, schnappte nach Luft und blickte zur Decke empor.

Endlich richtete er sich auf.

»Willst du mir etwa weismachen, daß du mir da die Wahrheit sagst?« fragte er und sah grauenhaft aus dabei.

»Ja. Und du weißt es.«

»Und wann hast du angefangen mit ihm?«

»Im Frühjahr.«

Er verstummte wie ein Tier in der Falle.

»Also warst doch du es, in der Schlafkammer im Forsthaus.«

Innerlich hatte er es demnach wirklich die ganze Zeit gewußt.

»Ja«, erwiderte sie.

Er saß noch immer vorgebeugt in seinem Stuhl und starrte sie an wie ein in die Enge getriebenes Tier.

»Mein Gott, du müßtest vom Erdboden vertilgt werden!«

»Warum?« stieß sie leise hervor.

Aber er schien sie nicht zu hören.

»Dieser Abschaum! Dieser prahlerische Lümmel! Dieser miserable Schuft! Und du hast's die ganze Zeit mit ihm getrieben, während du hier warst und er einer meiner Bediensteten war. Mein Gott, mein Gott! Gibt es irgendeine Grenze für die viehische Niedrigkeit der Frauen?«

Er war, wie sie vorausgesehen hatte, außer sich vor Wut.

»Und willst du sagen, daß du solch einem Schuft ein Kind gebären willst?«

»Ja. Und ich werde es.«

»Du wirst es! Du meinst, du bist dessen gewiß! Seit wann weißt du es gewiß?«

»Seit Juni.«

Er war sprachlos, und der sonderbare leere Blick eines Kindes kam wieder in seine Augen.

»Man muß sich wundern«, sagte er endlich, »daß solche Wesen je geboren werden dürfen.«

»Was für Wesen?« fragte sie.

Er blickte sie unheimlich an, ohne zu antworten. Es war unverkennbar, daß er nicht einmal die Tatsache von Mellors' Existenz im Zusammenhang mit seinem eigenen Leben hinnehmen konnte. Es war schierer, unaussprechlicher, impotenter Haß.

»Und du meinst, daß du ihn heiraten willst? Und seinen schmutzigen Namen tragen?« fragte er endlich.

»Ja, das will ich.«

Es verschlug ihm wieder die Sprache.

»Ja«, sagte er endlich, »das beweist, daß, was ich stets von dir gedacht habe, richtig ist. Du bist nicht normal. Du bist nicht recht bei Sinnen. Du bist eine von diesen halb wahnsinnigen, perversen Frauen, die der Verderbtheit nachrennen müssen, der Sehnsucht nach dem Dreck.«

Plötzlich war er beinahe moralisch geworden, sah sich selbst als die Verkörperung eines Gottes und Leute wie Mellors und Connie als die Verkörperung des Schmutzes, des Bösen. Er schien in einem Nimbus zu verschwimmen.

»Also glaubst du nicht, daß du dich lieber von mir scheiden lassen und mit mir fertig sein solltest?« fragte sie.

»Nein. Du kannst hingehen, wohin du willst, aber scheiden lasse ich mich nicht von dir«, sagte er idiotisch.

»Warum nicht?«

Er schwieg; ein Schweigen schwachsinniger Verstocktheit.

»Würdest du sogar das Kind vor dem Gesetz dein Kind und deinen Erben sein lassen?« fragte sie.

»Das Kind kümmert mich nicht.«

»Aber wenn es ein Knabe ist, wird es gesetzlich dein Sohn sein und es wird deinen Titel erben und Wragby besitzen.«

»Das kümmert mich nicht«, sagte er.

»Aber es muß dich kümmern. Ich werde es verhindern, daß das Kind gesetzlich das deine ist, wenn ich es kann. Ich wollte so viel lieber, es wäre illegitim und meines, wenn es nicht Mellors' Kind sein kann.«

»Das mach du, wie du willst.« Er war unerschütterlich.

»Und willst du dich nicht doch scheiden lassen?« fragte sie. »Du kannst Duncan als einen Vorwand benützen. Es wäre nicht notwendig, den wirklichen Namen hineinzuziehen. Duncan macht sich nichts daraus.«

»Ich werde mich nie scheiden lassen«, sagte er, als schlüge er einen Nagel ein.

»Aber warum? Weil ich will, daß du es tust?«

»Weil ich meiner Neigung folge und nicht dazu geneigt bin.«

Es war zwecklos. Sie ging hinauf und erzählte Hilda das Ergebnis.

»Sieh lieber zu, daß du morgen von hier verschwindest«, sagte Hilda, »und laß ihn zur Besinnung kommen.«

So verbrachte Connie die halbe Nacht damit, ihre wirklich privaten und persönlichen Sachen zu packen. Am Morgen ließ sie ihre Koffer zur Bahnstation schaffen, ohne es Clifford zu sagen. Sie beschloß, ihn bloß zu sehen, um ihm, vor dem Mittagessen, Lebewohl zu sagen.

Aber sie sprach mit Mrs. Bolton.

»Ich muß Ihnen Adieu sagen, Mrs. Bolton, und Sie wissen, warum. Aber ich kann Ihnen vertrauen, daß Sie nicht darüber reden.«

»Oh, Sie können mir vertrauen, Euer Gnaden, obwohl es wahrhaftig traurig und ein schwerer Schlag für uns hier ist. Aber ich hoffe, Sie werden mit dem anderen Herrn glücklich werden.«

»Dem anderen Herren! Es ist Mr. Mellors, und ich liebe ihn. Sir Clifford weiß es. Aber sagen Sie niemand ein Sterbenswort. Und wenn Sie eines Tages glauben, daß Sir Clifford vielleicht gewillt wäre, sich scheiden zu lassen von mir, verständigen Sie mich, nicht wahr? Ich möchte gern mit dem Manne, den ich liebe, ordentlich verheiratet sein.«

»Das glaube ich Ihnen, Euer Gnaden. Oh, Sie können mir vertrauen. Ich werde Sir Clifford treu sein, und ich werde Ihnen treu sein, denn ich kann sehen, daß Sie auf Ihre Weise recht haben und er auf die seine.«

»Ich danke Ihnen. Und sehen Sie, ich möchte Ihnen das da geben – darf ich?« – So verließ sie Wragby abermals und fuhr mit Hilda weiter nach Schottland. Mellors ging auf's Land und fand Arbeit auf einem Gutshof. Die Absicht dabei war, daß er womöglich seine Scheidung erwirken sollte, gleichgültig, ob Connie die ihre erhielt oder nicht. Und sechs Monate sollte er in der Landwirtschaft arbeiten, damit er und Connie gegebenenfalls eine eigene kleine Farm haben könnten, auf die er seine Energie würde verwenden können.

Denn er würde irgend eine Arbeit haben müssen, sogar harte Arbeit, und er würde den eigenen Unterhalt verdienen müssen, auch wenn Connies Kapital ihm den Anfang ermöglichte.

So würden sie also warten müssen, bis das Frühjahr käme, bis das Kind geboren wäre, bis es wiederum Frühsommer werden würde.

The Grange Farm
Old Heanor

29. September

»Ich bin hier mit ein bißchen Drähteziehen untergekommen, weil ich Richard, den Ingenieur der Gesellschaft, vom Militär her kenne. Es ist ein Gut, das der Butler & Smitham Bergwerksgesellschaft gehört, und sie gewinnen hier das Heu und den Weizen für die Grubenponys; es ist kein Privatunternehmen. Aber die Gesellschaft hält Kühe und Schweine hier und alles übrige, und ich bekomme dreißig Schilling wöchentlich als Landarbeiter. Rowley, der Verwalter, stellt mich zu so viel Arbeiten an, als er kann, damit ich bis nächste Ostern so viel als möglich lerne. Von Bertha habe ich gar nichts gehört. Ich habe keine Ahnung, warum sie sich bei der Scheidungsverhandlung nicht blicken ließ, noch, wo sie ist oder was sie im Schilde führt. Aber ich vermute, wenn ich mich bis März ruhig verhalte, werde ich frei sein. Und mache Du Dir keine Sorgen wegen Sir Clifford. Er wird Dich eines schönen Tages los sein wollen. Wenn er Dich vorläufig in Ruhe läßt, ist das schon viel.«

»Ich habe eine Wohnung in einem alten, kleinen Häuschen gefunden – sehr anständig. Der Mann ist Lokomotivführer in Heath Park, groß, mit einem Bart und sehr fromm. Die Frau ist ein vogelartiges Weibsbild, die alles Höhere liebt, reine Aussprache und ›Gestatten Sie mir!‹ – die ganze Zeit. Aber sie verloren ihren einzigen Sohn im Krieg, und das hat ihnen gewissermaßen ein Loch geschlagen. Eine lang aufgeschossene linkische Tochter ist da, die sich aufs Lehrerinnenexamen vorbereitet. Ich helfe ihr manchmal bei ihren Aufgaben, und so bilden wir geradezu eine Familie. Aber es sind sehr anständige Leute, und sie sind nur allzu gut zu mir. Ich vermute, ich werde mehr gehätschelt, as Du es wirst.«

»Landwirt zu sein, gefällt mir recht gut. Es ist nicht begeisternd, aber ich verlange auch nicht, begeistert zu sein. An Pferde bin ich gewöhnt, und Kühe, obgleich sie sehr weiblich sind, üben eine beruhigende Wirkung auf mich aus. Wenn ich mit dem Kopf an ihre Flanke gelehnt sitze und melke, fühle ich mich sehr getröstet. Es sind sechs sehr schöne Herefords. Die Weizenernte ist eben vorbei, und sie machte mir Spaß, trotz wunden Händen und einer Menge Regen. Ich kümmere mich nicht viel um die Leute, komme aber ganz gut mit ihnen aus. Die meisten Dinge ignoriert man einfach.«

»Die Gruben gehen schlecht; dies ist ein Kohlengebiet wie Tevershall, nur hübscher. Ich sitze manchmal im ›Wellington‹ und rede mit den Bergleuten. Sie finden eine Menge zu murren, aber sie werden nichts ändern. Wie jedermann sagt – die Bergleute von Nottinghamshire und Derbyshire haben das Herz auf dem rechten Fleck. Aber das übrige ihrer Anatomie muß auf dem unrechten Fleck sein in einer Welt, die keine Verwendung für sie hat. Ich kann sie gut leiden, aber sie heitern mich nicht sehr auf. Sie haben zu wenig von dem alten Kampfgeist in sich. Sie reden eine Menge über Verstaatlichung: Verstaatlichung der Bodenprämien, Verstaatlichung der ganzen Industrie. Aber man kann die

Kohle nicht verstaatlichen und alle andern Industrien lassen, wie sie sind. Sie reden davon, die Kohle zu neuen Zwecken zu verwenden, wie Sir Clifford es zu tun versucht. Das mag sich hier und da ausführen lassen, aber nicht im allgemeinen, glaube ich. Was immer man erzeugt, man muß es verkaufen. Die Leute sind sehr apathisch. Sie fühlen, daß das ganze verdammte Zeug dem Untergang geweiht ist, und ich glaube, das ist es auch. Und damit sind auch sie dem Untergang geweiht. Ein paar von den Jungen nehmen das Maul mit Sowjets voll, aber es wohnt ihnen nicht viel Überzeugungskraft inne. Es herrscht nicht viel Überzeugung in bezug auf irgendetwas, außer daß alles ein Wirrwarr und ein im Dreck festgefahrener Karren ist. Selbst unter einem Sowjet müßte man noch immer die Kohle verkaufen – und darin besteht die Schwierigkeit.«

»Wir haben diese große industrielle Bevölkerung, und sie will gefüttert sein, und so muß der verdammte Zirkus auf irgendeine Art in Gang gehalten werden. Die Frauen reden heutzutage gewaltig mehr als die Männer, und sie sind um ein bedeutendes kecker. Die Männer sind schlapp; sie fühlen den drohenden Untergang, und sie gehen herum, als wäre nichts dagegen zu machen. Jedenfalls weiß niemand, was gemacht werden sollte, trotz all dem Gerede. Die Jungen werden rabiat, weil sie kein Geld zum Ausgeben haben. Ihr ganzes Leben hängt daran, Geld auszugeben, und jetzt haben sie keines dazu. Das ist unsere Zivilisation, unsere Bildung. Man erzieht die Massen dazu, ausschließlich vom Geldausgeben abzuhängen, und dann hört sich's mit dem Geldausgeben auf. Die Gruben arbeiten zwei, zweieinhalb Tage in der Woche, und auch für den Winter besteht keine Aussicht auf eine Besserung. Das bedeutet, daß ein Mann seine Familie mit fünfundzwanzig oder dreißig Schilling wöchentlich erhalten muß. Die Frauen sind am allerrabiatesten. Aber sie sind's heutzutage auch, wo's das Geldausgeben gilt.«

»Wenn man ihnen nur sagen könnte, daß Leben und Geldausgeben nicht einunddasselbe ist. Aber es hat keinen

Zweck. Wenn sie wenigstens zum Leben erzogen würden, statt zum Verdienen und Ausgeben, könnten sie sehr glücklich mit fünfundzwanzig Schilling auskommen. Wenn die Männer bunte Tracht mit roten Hosen trügen, wie ich sagte, würden sie nicht so viel ans Geld denken. Wenn sie tanzen und springen könnten und singen und daherstolzieren und stattlich sein, könnten sie's mit sehr wenig Bargeld. Und sie könnten sich an ihren Frauen erfreuen und die Frauen an ihnen. Sie müßten lernen, nackt und stattlich zu sein und mitsammen zu singen und die alten Gruppentänze zu tanzen und die Stühle zu schnitzen, auf denen sie sitzen, und ihre eigenen Embleme zu sticken. Dann würden sie das Geld nicht brauchen. Und das ist der einzige Weg, die industrielle Frage zu lösen: die Leute dazu zu erziehen, daß sie fähig sind zu leben, und zwar mit Anstand und Anmut zu leben, ohne es nötig zu haben, viel Geld auszugeben. Aber es läßt sich nicht machen. Heutzutage gibt es nur eingleisige Gehirne. Wogegen die Massen des Volkes nicht einmal versuchen dürften, zu denken, weil sie nicht denken können. Sie sollten lebendig und munter sein und den großen Gott Pan anerkennen. Er ist der einzige Gott für die Massen, auf ewig. Die Wenigen können sich auf höhere Kulte verlegen, wenn sie wollen. Aber die Massen sollten für immer heidnisch bleiben.«

»Doch die Bergleute sind nicht heidnisch – weit entfernt. Sie sind eine traurige Gesellschaft, ein abgetötetes Pack von Menschen, tot für ihre Frauen, tot für das Leben. Die Jungen rasen mit Mädeln auf Motorrädern umher und jazzen, wenn sie Gelegenheit dazu haben. Aber sie sind sehr tot, und es ist Geld dazu nötig. Geld vergiftet einen, wenn man's hat und läßt einen Hungers sterben, wenn man's nicht hat.«

»Ich bin überzeugt, es ist Dir von all dem schon übel. Aber ich mag nicht immerzu auf mir herumreiten, und in meinem Leben ereignet sich nichts. Ich mag nicht in meinem Hirn zu viel über Dich nachdenken, das macht nur einen Wirrwarr aus uns beiden. Aber selbstverständlich lebe ich jetzt dafür, daß Du und ich zusammen leben werden. In Wirklichkeit habe ich Angst. Ich spüre den Teufel in der Luft, und er wird versuchen, uns zu fassen zu kriegen, – oder vielmehr nicht der Teufel, sondern Mammon, der schließlich, wie ich glaube, nur der Massenwille der Leute ist, die nach Geld gieren und das Leben hassen. Jedenfalls spüre ich große zupackende weiße Hände in der Luft, die jedermann, der zu leben versucht, und zwar jenseits des Geldes, an der Kehle zu fassen und ihm das Leben herauszupressen drohen. Es kommen böse Zeiten. Es kommt eine schlimme Zeit, Leute, es kommt eine schlimme Zeit! Wenn die Dinge so weitergehen, dann birgt die Zukunft nichts als Tod und Vernichtung für diese industriellen Massen. Manchmal wird mir innerlich ganz schwach. Und da bist Du nun und wirst ein Kind von mir haben. Aber macht nichts. Alle schlechten Zeiten, die je gewesen sind, waren nicht imstande, die Krokusblüte auszublasen; nicht einmal die Frauenliebe. Also werden sie auch nicht imstande sein, mein Verlangen nach Dir auszublasen, noch das bißchen Glut, das zwischen Dir und mir ist. Nächstes Jahr werden wir zusammen sein. Und obgleich ich mich ängstige, glaube ich daran, daß du mit mir sein wirst. Ein Mann muß sich seiner Haut wehren und sich rühren, so gut er kann, und dann auf etwas außerhalb seiner selbst vertrauen. Man kann sich nicht gegen die Zukunft versichern lassen, außer indem man wirklich an das beste Stückchen in einem selbst glaubt und an die Macht außerhalb. Also glaube ich an die kleine Flamme zwischen uns. Für mich ist sie nun das einzige Ding in der Welt. Ich habe keine Freunde, keine inneren Freunde. Nur Dich. Und das kleine Flämmchen ist nun alles, woran mir in meinem Leben liegt. Das Kind ist wohl auch noch da, aber es ist nur eine Begleiterscheinung. Sie ist mein Pfingstfest, die gezackte Flamme zwischen Dir und mir. Die alten Pfingsten sind nicht ganz richtig. Ich und Gott, das ist doch ein wenig zu hoch. Aber die kleine gezackte Flamme zwischen Dir und mir – ah, die ja! Bei der harre ich aus und will bei ihr ausharren, und keine Cliffords und keine Berthas und keine Bergwerksgesellschaften und Regierungen und auch nicht die Geldmasse der Leute sollen mich daran hindern.«

»Das ist der Grund, warum ich nicht gern tatsächlich über Dich nachzudenken beginne. Es foltert mich nur und hilft Dir nicht. Ich will Dich nicht fern von mir haben. Aber wenn ich ungeduldig werde, welkt etwas dahin. Geduld, immer Geduld. Dies ist mein vierzigster Winter, und ich kann nichts für all die Winter, die gewesen sind. Aber diesen Winter will ich ausharren bei einer kleinen Pfingstflamme und ein wenig Frieden haben. Und ich werde sie nicht ausblasen lassen vom Atem der anderen Leute. Ich glaube an ein höheres Mysterium, das nicht einmal das Ausblasen der Krokusblüte zuläßt. Und wenn Du in Schottland bist und ich in den Midlands und ich Dich nicht umarmen kann und meine Beine nicht um dich schlingen kann, besitze ich doch etwas von Dir. Meine Seele wiegt sich sanft mit Dir in der kleinen Pfingstflamme wie im Frieden. Wir haben eine Flamme ins Dasein gefickt. Sogar die Blumen werden ins Dasein gefickt von der Sonne und der Erde. Aber es ist eine heikle Sache und erfordert Geduld und die große Pause.«

»So liebe ich denn die Keuschheit jetzt, weil sie der Friede ist, der dem Ficken entspringt. Ich liebe es jetzt, keusch zu sein. Ich liebe es, wie Schneeglöckchen den Schnee lieben. Ich liebe sie, diese Keuschheit, die friedvolle Pause unseres Fickens, die nun zwischen uns ist wie ein Schneeglöckchen von gezacktem weißem Feuer. Und wenn der wirkliche Frühling kommt, wenn die Zeit der Vereinigung kommt, dann können wir die kleine Flamme zu strahlendem gelbem Glanz ficken. Aber jetzt nicht, noch nicht! Nun ist die Zeit der Keuschheit; es ist so gut, keusch zu sein, – wie ein Strom kühlen Wassers in meiner Seele. Ich liebe die Keuschheit nun, die zwischen uns fließt. Sie ist wie frisches Wasser und Regen. Wie können Männer danach verlangen, öde herumzuliebeln? Welch ein Elend, Don Juan zu gleichen und impotent zu sein, sich jemals in Frieden und das kleine Flämmchen zur Helle ficken zu können, impotent und außerstande, in den kühlen Zwischenzeiten keusch zu sein, wie durch einen Strom gekühlt!«

»Ja, ja, so viele Worte, weil ich Dich nicht berühren kann. Wenn ich, mit meinen Armen um dich, schlafen könnte, dürfte die Tinte ruhig im Tintenfaß bleiben. Wir könnten keusch mitsammen sein, genau so wie wir mitsammen ficken konnten. Nun aber müssen wir für eine Weile getrennt bleiben, und ich vermute, es ist wirklich das Klügere. Wenn man nur gewiß wäre!«

»Macht nichts, macht nichts. Wir wollen uns nicht darüber aufregen. Wir vertrauen wirklich auf die kleine Flamme und auf den namenlosen Gott, der sie vor dem Ausgeblasenwerden schützt. Es ist wirklich so viel von Dir bei mir — es ist ein Jammer, daß Du nicht ganz hier bist.«

»Mach Dir keine Sorgen wegen Sir Clifford. Wenn Du nichts von ihm hörst, mache Dir nichts draus. Er kann Dir wirklich nichts tun. Warte nur, er wird Dich endlich los werden wollen, Dich verstoßen wollen. Und wenn er es nicht tut, wird es uns schon gelingen, uns von ihm fern zu halten. Aber er wird es tun. Am Ende wird er Dich doch ausspeien wollen als das verworfene unreine Ding.«

»Nun kann ich nicht einmal aufhören, dir zu schreiben.«

»Aber sehr viel von uns ist zusammen, und wir können bloß dabei ausharren und unsern Kurs steuern, um bald ganz zusammenzutreffen. John Thomas sagt der Lady Jane Gutenacht, mit ein wenig hängendem Kopf, aber mit hoffnungsvollem Herzen.«

Roman einer stürmischen Liebe

Als Band mit der Bestellnummer 11890 erschien:

Fünf Jahre sind vergangen, seit Elizabeth Alcester die Liebe des Stallburschen entflammt und ihn dann schmählich zurückgewiesen hat. Arm und verzweifelt sieht sie sich nun seiner Gnade ausgeliefert, denn er, der uneheliche Sohn des Marquis von Powerscourt, wird als rechtmäßiger Erbe seines Vaters eingesetzt.

BASTEI LÜBBE